BASTEI
LÜBBE
TASCHENBUCH

Weitere Titel des Autors:

Shaman Bond
Bd. 1 Wächter der Menschheit
Bd. 2 Krieg der Wächter
Bd. 3 Der Spion, der mich jagte
Bd. 4 Liebesgrüße aus der Hölle
Bd. 5 Ein Quantum Tod

Ghost Hunters
Bd. 1 Ghost Hunters. Unheil aus der Tiefe

Titel in der Regel auch als E-Book erhältlich

Über den Autor:

New-York-Times-Bestsellerautor Simon R. Green hat an der University of Leicester Literatur und Geschichte studiert. Er schreibt für Film und Fernsehen ebenso wie fürs Theater. Den deutschen Lesern ist Green durch die erfolgreiche SF-Serie *Todtsteltzer* bekannt. Green lebt derzeit in England.

Simon R. Green

EIN QUANTUM TOD

Aus dem Englischen von
Susanne Picard

BASTEI
LÜBBE
TASCHENBUCH

BASTEI LÜBBE TASCHENBUCH
Band 20 659

1. Auflage: Juni 2012

Dieser Titel ist auch als E-Book erschienen

Vollständige Taschenbuchausgabe

Bastei Lübbe Taschenbuch in der Bastei Lübbe GmbH & Co. KG

Deutsche Erstausgabe

Titel der amerikanischen Originalausgabe: »For Heaven's Eyes Only«
Originalverlag: Roc, an imprint of New American Library,
a division of Penguin Group (USA)

Textredaktion: Dr. Frank Weinreich
Umschlaggestaltung: Guter Punkt, München
Titelabbildung: © Arndt Drechsler, Rohr i. Nb.
Satz: Urban SatzKonzept, Düsseldorf
Gesetzt aus der Baskerville
Druck und Verarbeitung: CPI – Ebner & Spiegel, Ulm
Printed in Germany
ISBN 978-3-404-20659-9

Kapitel 1

Der Gefangene

Der November war halb vorbei, aber ich konnte nicht schlafen.

Ich war nicht sicher, wie lange ich schon gepennt hatte, aber es fühlte sich an, als wäre es eine ganze Weile. Als ob ich einen Winterschlaf gehalten hätte und warm und geschützt eingepackt tief und fest durch Kälte und Dunkelheit hindurch geschlafen hätte. Aber etwas wollte mich nicht in Ruhe lassen, und so war ich jetzt hier und ging in einem stillen, leeren Haus einen langen, leeren Korridor hinab.

Es gab keinen Übergang. In einem Moment hatte ich tief geschlafen, im nächsten wanderte ich ziellos einen gemütlich aussehenden Korridor hinunter, der mit einem dicken Teppich ausgelegt war und getäfelte Wände und große, weite Fenster besaß. Ich erkannte irgendwie, wo ich war, konnte es aber nicht benennen. Ich hätte nicht einmal meinen Namen sagen können. Ich hatte auch keine Ahnung, wo ich war, aber seltsamerweise schien mich das nicht zu kümmern. Ich hatte keine Erinnerungen und keine Pläne. Keine Bedürfnisse, keine Sorgen. Da war nur ich, wie ich durch ein leeres Haus ging.

Die Umgebung kam mir bekannt vor, und eine vage Neugier brachte mich dazu, mir die Porträts genauer anzusehen, mit denen die Wände geschmückt waren, an denen ich entlangging. Die Gesichter kamen mir ebenfalls bekannt vor, aber bei keinem fiel mir ein, wie sie hießen. Sie schienen freundlich und auf meiner Seite zu sein. Als wären sie Familie. Ich konnte mich nicht entscheiden, ob ich mich in diesem leeren Schweigen wohl oder irgendwie bedroht fühlen sollte. Oder vielleicht beides.

Wer war ich? Wie lautete mein Name? Ich blieb stehen und konzentrierte mich, runzelte die Stirn, bis sie wehtat, und dann fiel mir endlich etwas ein. Drood. Was war das? War das überhaupt ein Name? Was zur Hölle war ein Drood, wenn das hier ein Heim war?

Ich ging weiter und kam bald ans Ende des Korridors. Ich bog nach rechts ab, wo sich ein weiterer Flur vor mir erstreckte. Ich ging weiter. Immerhin hatte ich so etwas zu tun, während ich meine Gedanken ordnete. War ich der Einzige an diesem leeren Ort? Eine mittelalterliche Ritterrüstung ragte neben mir auf, ein Impuls ließ mich daneben innehalten. Das solide Eisen war sorgfältig poliert, aber dennoch waren die Dellen, Kratzer und Beulen eines langen Arbeitslebens darauf zu sehen. In der Vergangenheit hatte jemand diese Rüstung in einer lange vergessenen Schlacht getragen, das schimmernde Schwert und den Schild benutzt, die beide danebenstanden. Ich runzelte wieder die Stirn. Diese Rüstung ... sie bedeutete mir etwas. Etwas Besonderes. Ich beugte mich vor, um sie genauer zu betrachten, und erst da bemerkte ich, dass die ganze Rüstung mit dickem Raureif bedeckt war. Ich streckte den Finger aus, um den schweren, stählernen Brustharnisch zu berühren, aber ich konnte weder Metall noch Frost spüren.

Ich trat zurück und sah mich um. Der Boden, die Wände und die Decke waren allesamt von Frost und dicken Eiskrusten überzogen. Selbst die großen Fenster waren mit dicken Eisblumen bedeckt. Warum also war mir nicht kalt? Ich sah an mir herab. Ich trug ein einfaches, weißes T-Shirt und gewöhnliche Jeans. Meine Arme waren nackt, aber die Kälte sorgte nicht einmal für Gänsehaut. Ich ging zum nächsten Fenster und rieb die Eisblumen mit meinem nackten Unterarm fort. Ich fühlte nichts. Ich sah aus dem Fenster – überall herrschte Winter. So weit ich sehen konnte, bedeckte Schnee den Boden, glatt und unberührt und ganz ohne Spuren von Mensch oder Tier. Ein weiter Ozean von Weiß erstreckte sich, so weit ich sehen konnte. Aber kein Schneefall, auch wenn sich um das Fundament des Hauses leichter grauer Nebel kräuselte.

In den auf und ab fallenden Schneewehen standen in der Ferne hier und da Formen, die Skulpturen hätten sein können. Geflügelte Pferde, Greifen und etwas, das ein halb vergrabener und echt riesiger Drachenkopf hätte sein können. Sehr detailliert, aber völlig still. Sie waren wie aufmerksame Wächter auf der Schneeebene verteilt. Es gab auch ein riesiges Heckenlabyrinth, dessen komplizierte Wege und Kurven ein großes Muster ergaben, wenn man sie von oben betrachtete. Weiße Linien und dunkle Schatten. Und dann sah ich, dass sich in diesem Labyrinth etwas bewegte, etwas, das sich manchmal über die engen Pfade erhob und wieder verschwand und sich mit unbändiger Kraft zwischen den Hecken fortbewegte. Es tauchte hier und da wieder auf, zu schnell für mich, um es zu identifizieren. Mir war nur klar, dass es kein bisschen menschlich war. Es war etwas Böses, etwas, das falsch und schrecklich monsterhaft war, aber selbst wenn es an die endlosen, weißen Hecken stieß, war es nicht in der Lage, sie zu zerstören oder auch nur anzukratzen. Trotz all seiner Stärke und Kraft war es offenbar in dem Labyrinth gefangen. Ich sah zu, wie es auf und ab wanderte, hin und her, nie innehielt, nie in der Lage, einen Ausgang zu finden. Ich fragte mich, was es war und warum ich so große Angst davor hatte, was passieren würde, fände es je einen Ausgang.

Ich sah in den offenen Himmel. Ein großer Mond, voll und bläulich, hing allein an einem dunklen, dunklen Himmelszelt ohne Sterne. Überhaupt keine Sterne. Ich trat vom Fenster fort. Das blaue Mondlicht fiel durch das Glas und erleuchtete den Flur ein wenig. Zum ersten Mal bemerkte ich, dass der Mond die einzige Lichtquelle war. Blaues Mondlicht, schimmerndes Eis und dunkle Schatten erfüllten den Korridor, aber es gab kein Lebenszeichen. Ich ging schnell den Korridor hinab, sah aus jedem Fenster, aber ich sah immer dasselbe. Den gleichen Blick in genau dem gleichen Winkel, an dem sich nichts änderte, egal, wie weit ich ging – und das hätte unmöglich sein sollen.

Ich wandte mich um und sah den Flur hinunter, den ich entlanggegangen war. Auch wenn der flauschige Teppich mit einer dicken Reifschicht bedeckt war, hatte ich keinen Fußabdruck hinterlassen. Keine Spur, nichts, um zu zeigen, dass ich diesen Weg entlanggekommen war. Ich stampfte fest mit dem Fuß auf, aber das beeinflusste den Frost unter mir nicht, und der Ton war seltsam flach, gedämpft. War ich ein Geist, der an diesem Ort spukte? Oder spukte dieser Ort in mir? Er schien ... tot. Und warum kam die einzige Kälte, die ich fühlen konnte, aus mir und nicht von draußen durch die Fenster?

Ich rief laut. »Hallo! Jemand zu Hause? Irgendjemand?« Niemand antwortete. Die Stille schien schwerer und bedrückender als zuvor. Ein Schauder lief mir über den Rücken, und zwar nicht vor Kälte. Meine Stimme hatte seltsam flach geklungen, und ich realisierte, dass es kein Echo gegeben hatte. Aber das hätte es geben müssen. Eine unmögliche Tatsache an einem unmöglichen Ort. Ich atmete schwer, aber der Atem bildete in der Luft vor mir keinen Dampf.

Ich hastete den Flur hinunter und versuchte, jede Tür zu öffnen, an die ich kam. Doch keine von ihnen rührte sich, die Türknäufe unter meinen Fingern drehten sich nicht einmal, egal, wie sehr ich mich anstrengte. Ich rannte weiter, wieder um eine Ecke und blieb plötzlich vor einer gewaltigen Großvateruhr stehen. Sie war hoch und sah mit ihrem reich verzierten Eichengehäuse solide aus, stellte ein großes Zifferblatt und schwere Messingpendel zur Schau. Sie war völlig still, nicht ein Tick oder Tack – und nach einem Augenblick bemerkte ich, dass das Blatt gar keine Zeiger besaß. Ich sah auf meine Armbanduhr. Die Digitalanzeige war völlig leer. War ich an einem Ort, an dem die Zeit stillstand oder gab es gar keine Zeit mehr?

Weiter den Korridor hinab kam ich an einem mannshohen Spiegel in einem filigran gemusterten Rahmen vorbei, der hell im blauen Mondlicht glänzte. Ich stellte mich vor den Spiegel, und er reflektierte alles im Flur außer mir. Das Herz raste mir in der Brust, mein Atem rasselte in der Kehle. Ich drückte eine Hand fest gegen das kalte Glas, aber der Spiegel weigerte sich, etwas von mir zu reflektieren.

Ich wich vor ihm zurück und rannte den Korridor hinab, auch wenn meine Füße dabei nicht das geringste Geräusch machten und ich auf dem vereisten Teppich nicht rutschte oder fiel, wie es hätte sein sollen. Ich fegte um die nächste Ecke und hielt plötzlich inne. Ich war im Erdgeschoss, in der Eingangshalle und stand direkt vor der doppelflügeligen Tür, die hinausführte. Ich stand sehr still und atmete nicht einmal schwer. Ich starrte die Türen an. Das war falsch. Ein Korridor in den oberen Etagen konnte nicht direkt in eine Halle im Erdgeschoss führen, ohne dass Treppen dazwischenlagen. Aber das kümmerte mich in diesem Moment nicht. Der Weg hinaus lag direkt vor mir, und ich hatte genug von diesem leeren Haus. Ich rannte gegen die Tür und rüttelte an den Knäufen. Natürlich rührten sie sich nicht. Ich arbeitete mich an ihnen ab, bis die Türen wackelten, aber sie öffneten sich nicht. Ich rammte meine Schultern dagegen, wieder und wieder, und doch konnte ich nicht einmal den Aufprall spüren. Irgendwann gab ich auf und lehnte mich gegen die Türen. Tränen der Enttäuschung brannten heiß in meinen Augen.

»Sie können hier nicht weg, Eddie«, sagte eine Stimme hinter mir plötzlich. »Sie sind hier eingesperrt, ein Gefangener in Drood Hall.«

Ich wirbelte herum, und da, mitten in der Halle, ruhig, zivilisiert und ungerührt wie immer, stand Walker. Der Mann, der in Londons Nightside in jeder Beziehung, die eine Rolle spielte, das Sagen hatte. Er war angezogen wie jemand, der in der Stadt wichtig ist; die Kleidung schick und teuer bis hin zur Melone und dem zusammengerollten Regenschirm, auf den er sich stützte. Ein Mann, der bereits über seine besten Tage hinaus war, aber immer noch die ultimative Autoritätsfigur, mit höflichem Lächeln und kalten, eiskalten Augen. Ich erkannte ihn sofort, und plötzlich kam eine Flut von Erinnerungen zurück. Ich war Eddie Drood, auch bekannt als Shaman Bond, der sehr geheime Geheimagent. Agent für diese uralte und mächtige Familie, die Droods, von Kindesbeinen an darauf trainiert, die Menschheit vor allen dunklen Mächten zu schützen, die sie bedrohten.

Das hier war mein Heim, Drood Hall. Auch wenn ich es nie so verlassen und einsam gesehen hatte. Ich erinnerte mich jetzt an eine Menge Dinge, aber nicht daran, wie ich hierhergekommen war oder was zur Hölle überhaupt vor sich ging. Also warf ich mich in meine bequemste und sicherste Pose und warf Walker meinerseits einen kalten Blick zu.

»Ein Gefangener?«, fragte ich. »In meinem eigenen Heim? Ich glaube nicht, Walker. Und wie zur Hölle sind Sie eigentlich hier reingekommen? Wir sind echt zimperlich, was Besucher angeht und wen wir hier reinlassen.«

»Ah«, sagte Walker. »Sagen wir ... ich bin hier, um gewisse mächtige und engagierte Interessenten zu vertreten, für die ich Ihnen einige Fragen stellen soll. Es gibt Dinge, die man über Sie und Ihre Familie wissen will. Dinge, die Sie getan haben und noch tun wollen. All die Geheimnisse, die Sie und Ihre Familie vor der Welt versteckt haben. Man will *alles* wissen. Sagen Sie's mir einfach, Eddie und all das wird vorbei sein. Sie müssen erkennen, dass es sinnlos ist, mich oder die, die ich repräsentiere, zu bekämpfen. Sie sind doch ein vernünftiger Mann.«

»Nein, verdammt, bin ich nicht«, gab ich zurück. »Ich bin ein Drood-Agent, mit der Lizenz, alles rauszufinden und in übernatürliche Ärsche zu treten. Vernünftig zu sein bringt gegen die Mächte des Bösen überhaupt nichts. Ich habe selbst Fragen, Walker. Fangen wir mal damit an, was mit Drood Hall passiert ist. Und wo zur Hölle sind alle? Hab ich einen Feueralarm verpasst?«

Ich hatte das Bedürfnis, meine Fragen selbst mit ein wenig Autorität zu unterlegen, und sprach lautlos die Worte, die meine Rüstung aktivierten. Die spezielle, goldene Rüstung, die das größte Geheimnis meiner Familie und ihre effektivste Waffe ist. Aber zu meiner Überraschung passierte nichts. Ich war schockiert. Meine Hand fuhr an die Kehle und der goldene Torques war nicht da. Ich glaube, ich schrie auf, als sei mir ein Stück meiner Seele entrissen worden. Droods erhalten ihren Torques kurz nach der Geburt und tragen ihn permanent. Ich grub die Finger beider Hände in meinen Hals, aber er blieb nackt. Für einen Moment konnte ich nicht atmen, dann versuchte ich, meine rasenden Gedanken mit eisernem Willen wieder in den Griff zu bekommen. Ich war ein geübter Agent und ich wollte verdammt sein, wenn ich im Angesicht meiner Feinde in Panik geriet. Selbst wenn ich mich hilflos fühlte wie nie in meinem Leben. So verwundbar und ... unmännlich.

Zum ersten Mal wusste ich, wie sich der Rest der Familie gefühlt hatte, als ich ihnen die Torques weggenommen hatte.

Ich starrte Walker böse an. »Wie können Sie es wagen? Wie können Sie wagen, meinen Torques zu stehlen? Und was ist mit meiner Familie passiert? Was haben Sie mit ihr gemacht?«

Walker lächelte mich an. »Ich stelle hier die Fragen, Eddie, ich beantworte sie nicht. Meine derzeitigen Herren und Meister benötigen Ihren Gehorsam. Jeder Einzelne von ihnen. Und dann kann dieser Albtraum auch enden.«

Ich gab nicht nach und betrachtete ihn nachdenklich. Wutanfälle waren bei Walker vergeblich. Man kann eine spirituelle Jauchegrube wie die Nightside nicht ohne vernünftiges Benehmen und gute Absichten beherrschen. Walker glaubte an eiserne Fäuste in Eisenhandschuhen und war schon immer ein sehr gefährlicher Mann gewesen. Ich konnte nicht erwarten, ihn ohne meine Rüstung einzuschüchtern. Aber an dem Tag, an dem ich nicht mehr in der Lage war, eine seelenlose Denkmaschine wie Walker geistig auszutricksen, würde ich mich zur Ruhe setzen und Bienen züchten. Glaubt man den Medien, gibt es heutzutage sowieso zu wenig davon. Ich schenkte Walker mein bestes freches und hinterlistiges Grinsen; das, das sagt: Ich-weiß-was-das-du-nicht-weißt.

»Ich hab Sie seit dieser üblen Angelegenheit mit dem Autonomen Agenten nicht mehr gesehen«, meinte ich. »Also, Sie passen immer noch auf die Nightside auf, ja? Rennen hin und her und sehen zu, dass all diese Götter und Monster nett zueinander sind?« Ich hielt inne, runzelte die Stirn und sah Walker genauer an. »Hat mir nicht jemand gesagt, dass Sie getötet wurden?«

Walker zuckte mit den Schultern. »Das ereilt uns am Ende alle. Keiner beendet sein Leben lebendig. Alles, was jetzt und hier eine Rolle spielt, ist, dass ich neuen Herren diene, und die wollen Informationen von Ihnen. Vergangene Fälle, Siege, kürzlich oder länger her. Kurz: alles, was es über die berüchtigten Droods zu sagen gibt.«

»Ja klar«, sagte ich. »Das könnte Ihnen so passen. Also, neue Herren und Meister? Und wer könnten die wohl genau sein?«

»Das brauchen Sie nicht zu wissen«, sagte Walker. »Es spielt keine Rolle, am Ende dienen wir alle jemandem. Es ist in Ordnung für Sie, zu erzählen, Eddie. Die Geheimnisse, die wir im

Leben hatten, sind nicht mehr von Belang, wenn wir erst tot sind.«

Ich starrte ihn an. »Jemand hat Sie also wirklich getötet? Ich hätte nicht geglaubt, dass irgendjemand den legendären Walker töten könnte.«

»Ich wurde alt«, erwiderte Walker. »Und vielleicht ein wenig sorglos mit jemandem, dem ich vertraute. Dennoch. Er wird einen guten Ersatz abgeben.«

»Und ... Ich bin auch tot?«

»Natürlich. Erinnern Sie sich nicht mehr an den getarnten Unsterblichen, der Sie erstochen hat? Nein? Nun, ich bin sicher, das werden Sie früher oder später. Sie stehen sicher noch unter Schock.«

»Ich bin nicht tot! Ich atme, ich fühle, wie mein Herz schlägt – ich kann gar nicht tot sein!«

»Aber Sie müssen es sein«, gab Walker zurück. »Oder Sie wären nicht hier unter all den anderen Toten.«

Ein plötzlicher Schauer durchfuhr mich. Ich sah mich schnell in der Eingangshalle um, die voll tiefer Schatten und blauem Mondlicht war.

»Hier sind noch andere Tote?«

»Aber ja«, sagte Walker. »Alte Feinde und noch ältere Freunde. An einige werden Sie sich vielleicht erinnern, an andere nicht. Die Vergangenheit ist voller Fremder mit bekannten Gesichtern. Leuten, deren Leben sich mit Ihrem kreuzte, zum Guten oder zum Schlechten. Die Leben, die Sie gerettet haben und die, die Sie beendeten. Und alle wollen, was ich will. Antworten. Geheimnisse. Informationen. Sie werden mir sagen, was ich wissen muss, Eddie. Sagen Sie's.«

»Ich will verdammt sein, wenn ich Ihnen irgendetwas erzähle!«

»Sie werden verdammt, wenn Sie es nicht tun«, sagte Walker ruhig.

Auf einmal sah ich hinter ihm ein bekanntes Gesicht. Die Gestalt stand still im blauen Mondlicht, als sei sie nicht sicher, ob sie überhaupt dort sein sollte, eine hochgewachsene, dünne Gestalt, die mich traurig anstarrte. Gehüllt in einen langen, grauen Mantel, einen dicken Schal um den Hals gewickelt, um die Kälte abzuhalten, nickte Sargnagel Jobe mir sorgenvoll zu. Jobe war ein Nekroleptiker, er fiel immer wieder tot um und stand wieder auf. Wir kannten uns, aber ich hätte uns nicht als Freunde bezeichnet. Und er hatte ganz sicher nichts in Drood Hall zu suchen.

Er kam mir irgendwie widerwillig und von der Seite näher und blieb schließlich neben Walker stehen, der ein wenig zur Seite rückte, als ob er befürchte, sich etwas einzufangen. Eine Menge Leute fühlten das in Sargnagel Jobes Nähe. Ich hatte immer gedacht, das sei der Mantel, der so aussah, als könne er allein Ursprung einer neuen Seuche sein.

»Hallo, Jobe«, sagte ich. »Kommst du hierher, wenn du tot umfällst?«

»Keine Ahnung«, erwiderte Jobe. »Ich erinnere mich nie, wenn ich erst wieder lebendig bin. Offenbar ist das gegen die Regel. Eigentlich bekomme ich gerade das Gefühl, dass ich gar nicht hier sein sollte. Aber natürlich habe ich das Gefühl auch an einer Menge von Orten, wenn ich lebendig bin.« Er sah mich vorwurfsvoll an. »Ich mochte dich lieber, als du noch Shaman Bond warst. Bei Shaman wusste ich immer, woran ich bin. Nur ein anderes Gesicht in der Szene, ein Gelegenheitsgauner wie ich. Kein bisschen wichtig. Aber es stellte sich heraus, dass du die ganze Zeit ein Drood warst. Und uns hinter deiner Shaman-Bond-Maske ausgelacht hast.«

»Nein«, sagte ich. »So war das nicht, Jobe.«

Aber er war wieder verschwunden, innerhalb einer Sekunde wieder lebendig geworden.

Neben mir öffnete sich jetzt eine Tür und der Seneschall der

Droods trat aus seinem persönlichen Büro. Der vorige Seneschall, der auf so überaus tapfere Weise auf dem Weg der Verdammnis sein Leben geopfert hatte, um uns allen Zeit zum Entkommen zu verschaffen. Groß, muskulös und brutal, genau, wie ich mich an ihn erinnerte. Sein halbes Gesicht war voller Narben, die ihm meine Freundin Molly Metcalf verpasst hatte, weil sie ihm eine Rattenplage an den Hals gewünscht hatte. Er hätte Schlimmeres verdient gehabt. Er stand neben Walker und sah mich kalt an, durchdringend und ungerührt wie immer.

»Du warst ein Tyrann und Schläger, als du lebendig warst, Seneschall«, sagte ich. »Und es sieht ganz so aus, als habe der Tod das nicht geändert.«

»Du hast nie begriffen, was Pflicht bedeutet, Edwin«, gab der Seneschall zurück. »Dir hätte nie erlaubt werden dürfen, die Familie zu leiten. Du hast unsere Torques weggenommen. Uns schwach gemacht.«

»Die Familie war korrupt«, antwortete ich. »Sie hatte sich zu weit von dem entfernt, wer und was wir sein sollten. Ich habe das getan, um die Familie vor sich selbst zu retten.«

»Indem du ihr Herz zerstört hast.«

»Das Herz war verdorben. Es hat uns angelogen. Ich war der Einzige, dem das, wofür die Familie hätte stehen sollen, etwas bedeutete. Was hat dir je etwas bedeutet, außer die zu disziplinieren, die schwächer waren als du?«

»Du hast nie begriffen, was Pflicht bedeutet«, wiederholte der Seneschall. »Die Familie muss stark sein, um das zu tun, was sie tun muss. Ich habe versucht, euch zu stärken, indem ich die Schwäche und die Rebellion aus euch rausprügelte.«

»Schwäche?«, fragte ich. »Du meinst Dinge wie Mitgefühl, Ehre oder das Richtige zu tun?«

»Ja. Alles, was die Familie tut, ist richtig, weil wir Droods sind. Nichts anderes spielt eine Rolle.«

»Wir sind dazu da, die Menschheit zu beschützen, nicht um sie zu beherrschen!«

»Schafe brauchen Schäfer«, widersprach der Seneschall. »Und ein wenig Keulung dann und wann, um das Erbgut zu verbessern.«

Ich machte ein paar Schritte auf ihn zu und verpasste ihm einen Faustschlag ins Gesicht. Aber meine Hand fuhr durch ihn hindurch, als sei er nur eine Vision oder ein Geist. Ich zog meine Hand eilig zurück, und der Seneschall sah mich beinahe traurig an.

»Ein guter Schlag, Edwin. Gerade so, wie ich es dir beigebracht habe. Aber das wird dir hier nicht helfen. Du kannst uns nicht bekämpfen. Du kannst uns nicht aufhalten. Sag uns, was wir wissen wollen. Erzähl uns all deine Geheimnisse. Das ist der einzige Weg, um dich jemals von diesem Ort zu befreien.«

»Du bist nicht der Seneschall«, sagte ich. »Er würde lieber sterben, bevor er einem Außenseiter auch nur ein einziges Geheimnis der Droods verrät.«

»Sie können uns nicht entkommen«, sagte Walker.

»Ach ja? Leckt mich doch am Arsch.«

Ich rannte an ihm vorbei, die Treppe hinauf ins nächste Stockwerk. Nur war das nicht da, stattdessen stolperte ich in den Lageraum, das Nervenzentrum der Familie, wo alle wichtigen Entscheidungen getroffen wurden. Von hier aus standen hunderte von Agenten draußen in der Welt unter Beobachtung, während sie übernatürliche Buschfeuer austraten und böse Jungs k. o. schlugen. Sie ließen die Gottlosen sich in die Hosen scheißen, wie es mein Onkel James immer ausgedrückt hatte. Der Lageraum war normalerweise voller arbeitender Leute, voller Geräusche und Zorn, aber jetzt war er verlassen und still. All die Arbeitsstationen waren leer, die Computermonitore und Kristallkugeln unbemannt. Auf der großen Weltkarte waren alle Lichter aus und auf allen Zifferblättern, die die Zeitzonen in jedem Land der Welt anzeigten, fehlten Ziffern und Uhrzeiger. Auch hier war die Zeit stehen geblieben.

Die Arbeitstische waren von Frost, die Kommunikationsstationen von einer dicken Eisschicht bedeckt. (Ein Teil von mir wunderte sich, wo das blaue Mondlicht herkam, das den Lageraum erleuchtete, aber ich entschied mich bewusst dafür, mir nur um Dinge Gedanken zu machen, die wirklich vorrangig waren.) Ich schrieb mit der Fingerspitze meinen Namen in den Reif auf einem der Monitore und konnte doch die Kälte des Eises nicht spüren. Ich zuckte zusammen, als plötzlich ein Monitor nach dem anderen ansprang. Sie alle sollten Brennpunkte für Ärger auf der Welt anzeigen. Nun erschienen mir vage bekannte Gesichter darauf und starrten mich mit kalten, wütenden und vorwurfsvollen Mienen an. Wenn ich eines der Gesichter direkt ansah, verschwand es und erschien erst dann wieder, wenn ich mich abwandte. Ich war von einem grimmigen Gesichtermeer umgeben. Ein jedes klagte mich an, aber keines vermochte, mich direkt anzusehen. Ich schaute schnell hin und her, aber ich konnte meine Ankläger nur aus den Augenwinkeln erhaschen. Kurze Anblicke von kalten, finsteren Gesichtern, die mich in böser Absicht ansahen.

Ich bekam fast einen Herzinfarkt vor Schreck, als ich plötzlich bemerkte, dass noch jemand außer mir im Lageraum war. Ich wirbelte herum, lehnte mich mit dem Rücken an die nächste Arbeitsstation und sah dem Blauen Elfen in die Augen. Halb Elb, halb Verräter – manchmal ein Freund, und manchmal nicht. So ist es oft draußen im Feld. Er sah sehr schick aus, beinahe modisch, auf seine eigene schäbige Weise, doch sein Gesicht trug die Spuren der Zeit und zu viel guten Lebens. Er sah mich an und schüttelte traurig den Kopf.

»Eddie, meine lieber Junge, was machst du hier, verfolgt von den Toten und der Gnade von alten Freunden und Feinden ausgeliefert? So viel Bitterkeit und Unfreundlichkeit, und das alles für ein paar Geheimnisse, die wahrscheinlich nie eine Rolle gespielt haben – nicht einmal, als wir noch lebten.« Er sah sich um. »Ein furchtbarer Ort, kein Sinn für Stil. Sag ihnen, was sie wissen wollen, Eddie, dann werden wir beide verdammt noch mal endlich gehen können. Ich mag diesen Ort nicht. Was das angeht, mag ich es übrigens auch nicht, tot zu sein. Als ich zuerst entdeckte, wie es ist, tot zu sein, habe ich geweint und geweint und geweint ...«

»Es muss einen Weg hier raus geben«, unterbrach ich ihn. »Hilf mir. Ich hab dir auch geholfen.«

»Hast du das, Eddie? Hast du das wirklich? Oh ja, du hast mich aus den Tiefen meiner Depression und Schande gerettet, mir ein neues Leben und diesem einen Sinn gegeben – aber hast du wirklich geglaubt, dafür sei ich dankbar? Du hättest mich sein lassen sollen, was ich war: Ein gebrochener Mann, der zentimeterweise starb und sich nicht darum scherte. Du hast mich geweckt, mir Hoffnung gegeben, nur damit ich ein paar Jahre später in einem deiner dämlichen Agentenspielchen starb. Du hättest mich lassen sollen, wie ich war. Es wäre freundlicher gewesen.«

»Du hast schon immer die falschen Entscheidungen getroffen, Edwin«, sagte eine andere bekannte Stimme.

Und aus den tiefen, tiefen Schatten des Lageraums trat meine Großmutter. Martha Drood, die Matriarchin der Familie. Sie stand hochgewachsen, steif und stolz vor mir, in ihrem grauen Twinset und den Perlen. Sie sah mich mit ihren kalten Augen und noch kälterer Miene an. Kein Anzeichen verriet die schreckliche Wunde, die sie in ihrem eigenen Bett getötet und ihre ganze Vorderseite mit Blut durchtränkt hatte. Sie sah an mir herab und schnaubte kurz. Noch so ein bekannter Laut. Er zerriss mir förmlich das Herz. Ich hatte nicht gewusst, dass ich ihn so sehr vermisst hatte.

»Du bist aus dem Herrenhaus ausgezogen, um Agent zu sein, und was hat es dir gebracht? Alles nur, weil du nicht die Disziplin hattest, dich zu beugen und wie jeder andere das zu tun, was man dir sagt. Ich habe dich dazu erzogen, eine hohe Position in der Familie einzunehmen, aber du hast uns den Rücken gekehrt. Du warst immer eine gewaltige Enttäuschung für mich, Edwin.«

»Ich habe deinen Mord gerächt«, sagte ich fest. »Ich habe deinen Killer gefangen, den Unsterblichen, der sich als dein Ehemann Alistair getarnt hatte. Ich habe ihn für dich getötet, Großmutter.«

»Ich bin immer noch tot«, erwiderte sie. »Und nur, weil du nicht aufgepasst hast. Du warst zu sehr mit deiner neuen Freundin beschäftigt. Ich war nie mit ihr einverstanden.«

»Und du warst nie mit mir einverstanden, Edwin«, sagte Alistair Drood und trat neben Martha. »Du warst auch für meinen Tod verantwortlich. Ich habe nur versucht, das Richtige zu tun und meine Frau zu beschützen. Sag ihnen, was sie wissen wollen, Edwin. Lass deine Großmutter und mich den Frieden erfahren und endlich zur Ruhe kommen.«

»Sag es ihnen«, sagte Martha Drood. »Sag ihnen alles, Edwin.«

»Sag es ihnen«, fügte der Blaue Elf hinzu. »Oder wir werden dich nie in Ruhe lassen.«

»Keiner eurer Tode war meine Schuld!«, schrie ich sie an. Dann wandte ich mich um und rannte aus dem Lageraum.

Direkt in die Waffenmeisterei, obwohl die in einem ganz anderen Flügel von Drood Hall lag. Ich sah mich schnell um, aber keiner war mir gefolgt. Ich ging langsam vorwärts und kontrollierte jeden dunklen Schatten darauf, ob in ihm nicht ein neues anklagendes Gesicht verborgen war. Das große Steingewölbe schien fremd und beunruhigend, viel zu still ohne das übliche Wirrwarr und die Geschäftigkeit des Waffenschmieds und seiner Laborassistenten. Immer beschäftigt mit seinen neuen Waffen und Geräten von alarmierender Zerstörungskraft. Oder dabei, die Hölle zu entfachen und sich aus lauter Spaß Ärger einzuhandeln. Ein Tag in der Waffenmeisterei ist nicht erfolgreich, wenn nichts Aufregendes passiert, nichts explodiert oder ein paar mutige neue Verbrechen gegen die Natur verübt werden. Aber die Arbeitstische waren verlassen und der Waffenübungsplatz war unnatürlich still. Ich ging schnell durch die Waffenmeisterei hindurch und sah mich nach etwas um, was ich als Waffe benutzen konnte. Hier lagen immer widerlich zerstörerische Dinge herum. Aber die paar dunklen Formen, die ich ausmachen konnte, waren durch die extreme Kälte mit der Oberfläche der Tische verschmolzen und unter dicken Eisschichten verborgen. Ich versuchte, ein paar zu lösen, aber jede Anstrengung war vergeblich. Ich schlug mit meiner Faust auf die Eiskruste, aber nicht einmal ein Kratzer oder Eissplitter erschienen.

Ein Geräusch hinter mir ließ mich herumfahren, die Hände zur Verteidigung erhoben. Halb erwartete ich, Onkel Jack, den Waffenmeister, zu erblicken. Aber stattdessen war es mein Onkel James. Der größte Agent, den die Familie je hervorgebracht hatte: der legendäre Graue Fuchs. Tot, durch meine Schuld. Da stand er lächelnd, groß, dunkelhaarig und gutaussehend in seinem eleganten Smoking. Jeder Zentimeter der Meisterspion, der ich nie gewesen war. Er sah genauso aus wie in dem Moment, in dem ich ihn getötet hatte.

»Nein«, sagte ich. »Bitte. Nein. Nicht du, Onkel James. Das ertrage ich nicht.«

»Entspann dich«, sagte Onkel James. »Das ist in Ordnung, Eddie. Ich habe dir schon lange vergeben.«

Für einen langen Moment konnte ich nichts sagen. Onkel James nickte verständnisvoll.

»Es ist schön, dich wiederzusehen, Eddie. Ich verstehe, was

du getan hast, selbst als ich noch lebte. Ah, all die Dinge, die wir für die Familie tun! Ich bin nicht nachtragend. Du siehst die Dinge klarer, wenn du erst einmal tot bist. Du hast für die Familie getan, was ich schon vor langer Zeit hätte tun sollen.«

»Warum bist du hier?«, fragte ich. »Bist du hier auch ein Gefangener, so wie ich?«

»Nein, ich bin hergerufen worden, wie die anderen. Aber im Gegensatz zu den meisten anderen bin ich auf deiner Seite.«

»Glaubst du, dass ich Walker erzählen sollte, was er wissen will?«, fragte ich. »Ihm all meine Geheimnisse sagen und die der Familie?«

»Natürlich nicht«, antwortete Onkel James. »Walker hat sich schon immer allzu schnell irgendwelchen Autoritäten gebeugt, überhaupt jedem, der spricht wie ein Snob. Sag ihm, er soll zur Hölle fahren, Eddie.«

Ich musste grinsen. Der Tod hatte Onkel James nicht verändert. »Weißt du, für wen Walker arbeitet? Wer will meine Geheimnisse wissen?«

Onkel James runzelte die Stirn. »Es ist schwer, sich hier irgendeiner Sache sicher zu sein. Kaum jemand oder etwas ist notwendigerweise das, was er oder es zu sein scheint.«

»Nicht einmal du?«, fragte ich.

Er zuckte leicht mit den Achseln. »Schwer zu sagen. Ich glaube, ich bin ich, aber das würde ich anderenfalls ja auch behaupten, oder?«

Ich streckte ihm meine Hand hin, aber als er sie schütteln wollte, durchdrangen unsere Finger sich gegenseitig.

»Bin ich ein Geist?«, fragte ich. »Sag's mir ins Gesicht, ich kann's ertragen!«

»Nicht einmal annähernd«, rief eine weitere bekannte Stimme. »Du solltest nicht hier sein, Junge!«

Und plötzlich stand Jacob Drood, der Familiengeist, neben meinem Onkel James. Er trug ein verbeultes Hawaiihemd über einem schmuddeligen T-Shirt und sah älter aus als der Tod. Sein Gesicht war eine Masse von Falten, um seinen großen, knochigen Schädel flogen ein paar wenige Haare. Aber seine Augen waren so scharf und durchdringend wie immer. Er nickte James barsch zu und fixierte dann mich mit seinem finsteren Blick. »Ich bin der einzige Geist hier, Eddie, aber ich kann dir nicht helfen. Es gibt Regeln, die selbst die Toten befolgen müssen. Vielleicht besonders die Toten.«

Ich betrachtete ihn nachdenklich. Er sah solider und realer aus als jeder andere, den ich in diesem leeren Herrenhaus getroffen hatte. »Bist du wirklich hier, Jacob?«

»Ja. Aber alle anderen sind es nicht.« Er sah zu Onkel James, der leicht zurücklächelte. Jacob schnaubte laut und warf ihm einen bösen Blick zu, bevor er ihn wieder auf mich richtete. »Jemand spielt mit dir ein Spielchen, Eddie. Ich kann dir aber auf keinen Fall sagen, wer die Spieler sind. Du musst hier raus, Junge. Du gehörst hier nicht hin. Schlimme Dinge sind auf dem Weg hierhin, angezogen vom Licht.«

»Dem blauen Mondlicht?«

»Deinem Licht, Junge! Raus hier! Renn, so schnell du kannst!«

Ich sah zu Onkel James, und er nickte hastig. Das reichte mir. Ich wandte mich um, rannte durch die Waffenmeisterei zurück und fand mich beinahe sofort im Sanktum wieder, der großen offenen Halle, die als Treffpunkt für den Familienrat diente. Einst war es das Heim des Herzens gewesen, jenem riesigen, andersdimensionalen Diamanten, der der Familie ihre Macht und die ursprüngliche Rüstung verliehen hatte. Solange wir es mit den Seelen unserer Kinder gefüttert hatten. Ich hatte dem ein Ende gesetzt und das Herz zerstört, und jetzt war das Sanktum nur ein Raum. Aber es war auch keine Spur von dem rosenroten Glühen zu sehen, das die Kammer normalerweise seitdem durchdrang und das die physische Manifestation eines anderen Dimensionsreisenden war, der sich Ethel nennen ließ. Er war ins Herrenhaus gekommen, um das Herz zu ersetzen und unsere neue Rüstung bereitzustellen; der gute Engel, der den bösen ersetzt hatte. Nur hatten auch Engel immer eigene Pläne und kümmerten sich nicht immer um simple menschliche Sorgen.

Das Sanktum fühlte sich ohne Ethels freundliches Leuchten kalt und verlassen an. Ich rief nach ihr, aber niemand antwortete. Ich nickte mir selbst still zu. Das war der letzte Beweis, dass dieser Ort nicht das richtige Drood Hall war und gar nicht sein konnte. Im richtigen Herrenhaus hätte niemand Ethel davon abhalten können, mir zu antworten.

»Immer in Bewegung, Eddie«, sagte noch eine bekannte Stimme. »Du bleibst nie lange genug an einem Ort, um Verantwortung für deine Taten übernehmen zu können.«

Ich ließ mir Zeit dabei, mich umzudrehen. Hinter mir stand Penny Drood, groß und schlank, wie üblich in weißem Pulli und Bundfaltenhosen. Sie sah mich mit kalten, verzweifelten Augen an.

»Du hast zugelassen, dass er mich tötet. Dieses alte Monster von London. Mein Blut klebt an deinen Händen. Du musst Zugeständnisse machen, Eddie. Sag Walker, was er wissen muss.«

»Ich habe dich vor Mr. Stich gewarnt«, sagte ich. »Ich habe dir gesagt, wer er war, aber du warst dir ja so sicher, dass du es besser weißt.«

»Du hast immer eine Antwort, oder, Eddie?«, sagte Alexander King, der Autonome Agent, und trat vor, um sich neben Penny zu stellen. »Typisch Drood. Immer dazu bereit, das Schlimme in der Welt jemand anderem in die Schuhe zu schieben.«

»In deinem Fall lag ich goldrichtig«, erwiderte ich. »Widerlicher alter Mann, hockst da auf deinen gestohlenen Geheimnissen wie ein Drache in der Höhle und bewachst deinen Schatz. Ja, ich habe dich getötet. Ich würd's sofort wieder tun. Nach allem, wofür du verantwortlich warst, hattest du den Tod verdient.«

»Sag ihnen, was sie wissen wollen«, sagte King. »Du kannst vor Walker und denen, denen er dient, nichts verbergen. Sie haben hier alle Macht. Sie wissen von allen Leichen im Keller.«

Plötzlich war das ganze Sanktum voller Leute, die sich um mich drängten. Matthew und Alexandra Drood, die ihr Bestes getan hatten, mich im Namen der Nulltoleranz-Fraktion zu töten, und zudem versucht hatten, mich davon abzuhalten, die Familie zu retten. Und noch mehr Gesichter und immer mehr: All die Männer und Frauen, die durch meine Hand gestorben waren, oder wegen mir, weil ich ein Drood-Agent war. All die bösen Jungs ebenso wie die, die dachten, sie seien die Guten, sich dann aber entschieden hatten, eine schlechte Sache zu vertreten und schließlich auch alle dazwischen: all die Beschleunigten, die bei dem Versuch gestorben waren, Drood Hall zu stürmen und meine Familie zu töten; all die Unsterblichen im Teenager-Alter, die bei dem Versuch gestorben waren, die Menschheit zu beherrschen oder die Mächte der Hölle mithilfe der Apokalyptischen Tür auf die Welt loszulassen; all die, die ich bekämpft hatte, um die Welt zu retten. Ich hatte nicht gewusst, dass es so viele waren. Hunderte von toten Männern und Frauen umringten mich mit kalten, mitleidlosen Augen, viele von ihnen trugen noch die offenen, blutigen Wunden, an denen sie gestorben waren. Doch ich hielt ihnen stand, starrte böse um mich herum und weigerte mich, die Schuld anzunehmen, die sie mir zuweisen wollten.

»Da ist nicht einer von euch, der den Tod nicht verdient hätte!«, rief ich. »Ich habe meine Pflicht getan. Für die Familie und die Menschheit. Ihr alle musstet getötet werden.«

Und einer nach dem anderen verblasste, keiner war in der Lage, die Selbstsicherheit in meinem Blick zu ertragen.

»Harte Worte«, sagte eine letzte bekannte Stimme. »Hart und bösartig, sogar kaltherzig. Ich wusste immer, du warst ein Agent, aber ich wusste nicht, dass du so ein erfolgreicher Killer warst.«

Philip MacAlpine vom MI-13 stand vor mir, in mittlerem Alter und ein wenig zerschlagen, aber immer noch jeder Zentimeter der professionelle Spion. Ich erwiderte seinen bösen Blick. »Was zum Teufel machst du denn hier? Hat dir jemand aus deinem eigenen Department endlich in den Rücken geschossen?«

Er grinste. »Das würdest du wohl gerne wissen. Du musst mir schon meine eigenen kleinen Geheimnisse gestatten, selbst wenn du keine haben darfst. Das ist deine eigene Schuld, Eddie, was hast du auch so ein interessantes Leben geführt! Oder dir so viele faszinierende Geheimnisse angeeignet! Du musst gewusst haben, dass du die nicht für immer behalten kannst. Man darf nicht gierig sein, Eddie. Du musst ein guter Junge sein und lernen, zu teilen. Sag Walker, was du weißt. Oder du kannst sie mir sagen, das ist einfacher.«

Ich lachte ihm ins Gesicht. »Ja, klar. Den Tag müsste man aber rot im Kalender anstreichen. Wenigstens besitzt Walker ein wenig Integrität. Du hast deine Seele doch schon lange verkauft, an unzählige Herren. Ich würde dir nicht mal die Uhrzeit sagen.«

»Das verletzt mich wirklich«, murmelte Philip. »Wir sind gar nicht so verschieden, Eddie. Beide sind wir Geheimagenten und operieren im Schatten, weil wir nicht ins Licht gehören. Du hast einer uralten Familie gedient, die eigene geheime Pläne hatte, während ich ein stumpfes Instrument für Regierungspolitik war. Wir taten all die schweren und schmutzigen Dinge, die getan werden mussten, um die Welt zusammenzuhalten. Und vielleicht haben wir ein paar gute Dinge nebenher erreicht, wenn wir konnten.«

»Der Unterschied zwischen uns ist, dass ich über die Schreibtischkante hinausgesehen habe«, erwiderte ich. »Ich habe nie zugelassen, dass sich die Politik in den Weg dessen stellt, was ich tun musste. Ich habe die Menschheit vor denen beschützt, die sie ausbeuten wollten. Und es hat sich nicht gerade selten herausgestellt, dass das ausgerechnet die Politiker waren.«

»Nicht alle können sich diesen Luxus leisten«, sagte Philip. »Es muss angenehm sein, auf uns wie Götter herabzublicken und zu entscheiden, was das Beste für uns ist, während der Rest von uns in der Gosse herumkriecht und sich mit all den dreckigen kleinen Jobs die Hände schmutzig macht, für die du dir zu schade warst. Du kannst mit deiner wundervollen goldenen Rüstung so viel Chaos anrichten, wie du willst, die Situation retten und dann wieder verschwinden und uns die Aufräumarbeiten überlassen. Nun, jetzt kommen alle deine Sünden an den Tag, Eddie. Du hast eine Menge wichtiger Personen verärgert, und nun, da du ... verwundbar bist, sind sie entschlossen, dich wie eine Zitrone auszupressen. Sie wollen alles, was du weißt, und sie werden es früher oder später auch kriegen. Du bist hier gefangen, ohne Rüstung und ohne eine Familie, die dich beschützen könnte. Du bist dir selbst überlassen, Eddie, und stehst einer Legion von Folterknechten gegenüber.«

»Und wenn ich nicht reden will?«, fragte ich.

»Das ist der einzige Weg, wie du hier je herauskommen wirst«, sagte Philip. »Würdest du dich nicht gerne von all dem befreien? Frei sein, dich hinzulegen und auszuruhen und endlich deinen Frieden zu finden?«

»Frieden wird überbewertet«, sagte ich. »Und warum sollte ich gehen wollen? Das ist doch mein Heim, oder etwa nicht? Das Heim meiner Familie, Drood Hall. Es muss ein bisschen aufgeräumt werden, die Heizung muss repariert werden, und da ist ein ganzer Haufen uneingeladener Gäste, die ich rausschmeißen muss.«

Philip schnitt eine Grimasse. »Du bist in den Händen deiner Feinde, Eddie. Du kannst sie nicht aufhalten. Sie sind zahllos, unendlich viele, sie sind eine Legion. Sie werden hinter dir sein, dir im Nacken hängen und niemals aufhören, dich zu bedrängen, für immer und immer und ewig. Auf Gedeih und Verderb werden sie dir jedes Geheimnis entreißen, selbst die, von denen du nicht wusstest, dass du sie kennst. Sie werden es tun und dir ins Gesicht lachen, während du schreist.«

»Nur über meine Leiche.«

Ich schlug ihn ins Gesicht. Es war als Trotzgeste gedacht, denn ich erwartete, dass meine geballte Faust durch sein Gesicht hindurchfahren würde, aber sie traf auf solides Fleisch und Knochen. Ich hörte, wie seine Nase brach, und sah, dass Blut aus seinem verletzten Mund flog. Es fühlte sich gut an. Hervorragend. Philip fiel zurück und schrie vor Schreck und Schmerz auf. Ich lachte laut auf, als ich an ihm vorbei- und aus dem Sanktum hinausschlenderte. Zum ersten Mal hatte ich das Gefühl, dass ich in dieser Situation die Oberhand behalten hatte.

In dem Moment, in dem ich das Sanktum verließ, betrat ich wieder die Eingangshalle und ging auf die fest verschlossenen Türen zu. Walker war immer noch da und lächelte mich leicht an. Er lehnte auf seinem zusammengerollten Schirm und stand zwischen mir und der Tür, sodass der Weg blockiert war. Er sagte nichts. Das musste er nicht.

»Ich werde niemals reden«, sagte ich. »Und Sie sollten das von allen Leuten am ehesten verstehen. Meine Geheimnisse gehören nicht nur mir, sie gehören der Familie. Unsere Geheimnisse sorgen dafür, dass die Menschen sicher sind, dass sie am Leben bleiben und vor Leuten wie Ihnen und Ihren geheimen Herren und Meistern geschützt sind. Ich habe meine

Familie nicht im Leben verraten und ich will verdammt sein, wenn ich es jetzt tue. Droods stehen zwischen der Menschheit und ihren Feinden, lebendig oder tot.«

»Ich habe meine Stimme«, sagte Walker. »Die Stimme, die befiehlt und der man gehorchen muss. Ich könnte Sie zwingen, mir alles zu sagen.«

»Nein, könnten Sie nicht«, erwiderte ich prompt. »Weil Sie es dann schon getan hätten. Sie können einen Betrüger nicht betrügen, Walker.«

»Vielleicht«, meinte Walker. »Aber ich war immer so viel mehr als nur ein Mann mit einer befehlenden Stimme. Ich kannte schon immer eine ganze Menge von unangenehmen Wegen, wie man Leute dazu bringen kann, mir zu sagen, was ich wissen muss.«

Das glaubte ich ihm aufs Wort. Ich wich langsam zurück, als Walker auf mich zu kam. Ich überlegte fieberhaft, sah mich um und versuchte, mich an irgendwelche Informationen über Drood Hall zu erinnern, von denen Walker nichts wissen konnte. Etwas, das ich gegen ihn verwenden konnte. Meine Aufmerksamkeit richtete sich auf die Porträtgemälde an der Wand. Die Bilder bewegten sich, die Gesichter bekamen wahnsinnige Augen und wurden zu verzerrten Mienen. Sie wurden zu Albträumen, Blicken in die Hölle, als wären all meine Ahnen gefangen und zu ewigem Leiden verdammt. Matthew und Alexandra erschienen wieder und kamen durch die längliche Eingangshalle auf mich zu.

»Na los«, sagte Alexandra. »Bring uns wieder um. Du weißt, dass du das willst. Aber das kannst du nicht. Sag Walker, was er wissen will.«

»Ich habe keinen von euch beiden umgebracht«, sagte ich. Ich hielt inne und starrte beide an, als dieser Gedanke durch drang. Ich hatte sie nicht getötet, Jacob hatte das getan. Aber diese beiden hatten das nicht gewusst, also konnten sie gar nicht sein, was sie vorgaben. Jacob und Onkel James hatten gesagt, dass nicht jeder in diesem Herrenhaus war, was er oder es zu sein schien.

»Ihr seid nicht real«, sagte ich entschieden. »Ich glaube nicht an euch.«

Ich starrte Matthew und Alexandra böse an, und sie verblassten angesichts meiner Entschlossenheit. Ich wandte mich um und sah Walker an.

»Nur noch Sie und ich, Walker. Aber vielleicht war es immer so. Wenn Sie überhaupt Walker sind.«

Er betrachtete mich nachdenklich, als wir uns direkt gegenüberstanden. Zwei Männer in einer leeren Halle, der Gefangene und sein Inquisitor. Walker seufzte kurz und zückte fleckenlose Handschellen. »Sie können nirgendwohin, Eddie. Und ich habe alle Zeit der Welt, Ihren Willen zu brechen und zu erfahren, was ich wissen muss. Jeder redet irgendwann.«

»Benutzen Sie doch Ihre Stimme«, sagte ich. »Los doch. Aber das können Sie gar nicht, oder? Weil Sie gar nicht wirklich Walker sind. Und das ist nicht Drood Hall. Ist hier irgendetwas real? Oder irgendjemand? Oder ist das nur ein Duell zwischen meinem und dem Willen dessen, der Sie wirklich sind? Sie können nichts aus mir herausbekommen, was ich Ihnen nicht freiwillig gebe, und das werde ich nie tun.«

»Nie ist eine lange Zeit«, erwiderte Walker. »Ich kann von hier fortgehen, meinen Geschäften nachgehen und wiederkommen, wann immer es mir gefällt. Es können einige Tage sein oder ein paar Jahre, vielleicht sogar ein paar Jahrhunderte. Oder vielleicht bleibe ich so lange fort, dass Sie verzweifelt nach einer menschlichen Stimme verlangen, nach menschlichem Kontakt, sodass Sie mich anbetteln zurückzukommen. Mich darum anbetteln, mir alles sagen zu dürfen, was Sie wissen, um die schreckliche Einsamkeit zu erleichtern. Die Hölle, das sind nicht die anderen, Eddie. Die Hölle ist ein Haus, das für immer und ewig leer ist.«

»Und ich werde Ihnen für immer und ewig trotzen«, sagte ich. »Für immer und ewig und einen Tag. Erinnern Sie sich an den Schwur der Droods: ›Alles für die Familie.‹ Wir meinen es so, Walker. Das ist es, was uns stark macht, nicht unsere Rüstung.«

»Alles für die Familie?«, fragte Walker. »Ich denke, ich glaube Ihnen, Eddie. Also gut.« Er tippte an seine Melone und wandte sich ab.

»Warten Sie«, sagte ich. »Sind sie wirklich Walker? Sind Sie wirklich tot? Bin ich's?«

Er lächelte vage. »Wer kann das an so einem Ort schon sagen?«

»Wenn ich tot bin«, sagte ich, »und das hier ein Ort der Toten ist – warum habe ich dann meine Eltern nicht gesehen?«

»Charles und Emily?«, fragte Walker. »Was um alles in der Welt lässt Sie glauben, sie seien tot?«

Er öffnete die Türen, trat hindurch und war verschwunden. Ich rannte hinter ihm her und blieb auf der Stelle stehen, als ein gewaltiger Schein aus reinem, weißem Licht vor mir erschien. Und aus diesem Licht trat Molly, meine süße, wilde Hexe Molly Metcalf. Sie grinste mich breit an, stürzte vor und warf ihre Arme um mich. Sie hielt mich fest, so fest, dass ich schon dachte, sie wolle mich nie mehr loslassen. Ich hielt sie ebenso fest, selbst als eine schreckliche Traurigkeit mein Herz wie ein Messer durchfuhr.

»Oh, Molly!«, sagte ich endlich. »Wie bist du gestorben? Wer hat dich umgebracht und hierhergeschickt?«

Sie ließ mich endlich los und schob mich zurück, sodass sie mir in die Augen sehen konnte. »Ich bin nicht tot, Süßer. Und du auch nicht. Auch wenn du verdammt dicht dran warst.«

»Also ist das hier nicht Drood Hall? Oder irgendein kalter Platz in der Hölle?«

»Nicht einmal annähernd«, sagte Molly. »Das ist der Limbus. Und ich bin hier, um dich nach Hause zu holen.«

Sie umarmte mich erneut. Das Licht flammte wieder auf. Endlich war mir wieder warm.

Kapitel 2

Zu Hause ist es am schönsten

Und ich wachte sanft in den Armen meiner Molly auf, tauchte auf ins Bewusstsein wie ein Schwimmer, der aus den Tiefen hinaufkommt und an die Oberfläche des Meeres schwimmt. Ich war wieder zurück im richtigen Herrenhaus, wieder im echten Sanktum und badete in Ethels rosig-rotem Leuchten. Molly saß neben mir. Meine Familie umgab mich. Der Waffenmeister war da, mein Onkel Jack, ein Mann mittleren Alters in einem fleckigen Laborkittel, der erschrocken und besorgt aussah, aber versuchte, es zu verstecken. Der Seneschall, groß, brutal und ständig wütend. Mein Cousin Harry, aalglatt und arrogant in seinem schicken grauen Anzug und der weißgerahmten Brille. Und mein anderer Cousin, Roger Morgenstern, die halbe Höllenbrut, dunkel und sarkastisch in seinem Armani-Anzug. Vor allem aber Molly. Meine süße, wilde Hexe und Freigeist, eine zierliche Porzellanpuppe mit großem Busen, kurzgeschnittenen schwarzen Haaren und einem Mund so rot wie die Sünde. Meine eigene, wahre Liebe für alle Sünden.

Sie sah suchend in meine Augen und versuchte, die Furcht aus ihrem Lächeln zu verbannen; einen Arm um meine Schultern, während die andere beruhigend meine Brust tätschelte. Ich brachte ein zittriges Lächeln für sie zustande und wir beugten uns vor, sodass unsere Stirnen sich berührten, und blieben so. Ich fühlte mich sicher und glücklich und so verdammt lebendig, dass ich glaubte, jeden Moment in pure Wolken von Lebenslust zu zerplatzen. Kurze Schauder kamen und gingen, ich atmete schwer, aber die Kälte sickerte langsam aus mir heraus und wurde von Mollys Wärme und der Wohltat von Ethels unkompliziertem rosenroten Licht ersetzt.

Ich war wieder zu Hause.

Ich erinnerte mich jetzt an alles. Ich erinnerte mich an den Unsterblichen, der als Mollys Schwester Isabella ins Sanktum gestürmt war. Eine so perfekte Tarnung, dass sie sogar die vielen verschiedenen Verteidigungssysteme des Herrenhauses getäuscht hatte. Ich erinnerte mich, dass der Unsterbliche mich erstach. Wie sich das Messer anfühlte, als die Klinge in mein Fleisch sank und mein Herz zerstach. Ich erinnerte mich an den Schmerz, das Blut und daran, wie ich fiel und starb.

Ich griff an meine Brust und frisches Blut rann mein Handgelenk herunter, als ich mit meiner Hand das zerrissene T-Shirt zerknüllte. Aber als ich den Stoff beiseiteschob, war die Haut darunter unverletzt. Ich ließ meine Finger über die Brust gleiten und suchte nach der tiefen Wunde, an die ich mich erinnerte. Aber sie war komplett verheilt. Ich fühlte mich großartig. Ich sah Molly an.

»Das ist in Ordnung, Eddie«, sagte sie. Sie versicherte es mir sowohl mit ihren Augen und ihrem Lächeln als auch mit ihren Worten. »Dir geht's gut. Alles ist wieder gut.«

»Guck dir mal dieses T-Shirt an«, nuschelte ich. »Ruiniert. Und es war auch noch mein Lieblings-T-Shirt.«

»Ich hab's nie gemocht«, meinte Molly.

»Hast du mir nie gesagt. – In Ordnung, ich bin zurück. Also, was zum Teufel ist eigentlich gerade passiert?«

Der Waffenmeister streckte mir die Hand hin. Ich ergriff sie und er zog mich auf die Füße. Meine Beine zitterten einen Moment, stabilisierten sich aber dann. Molly stand dicht neben mir, für den Fall, dass ich sie brauchte. Der Waffenmeister begutachtete mich gründlich, dann zog er mich in seine Arme und drückte mich fest.

»Ich dachte, wir hätten dich verloren, Eddie. Das dachte ich wirklich. Und ich hätte den Gedanken nicht ertragen, dass du tot bist. Ich habe schon zu viele verloren.«

Ich umarmte ihn ebenfalls vorsichtig. Wir sind noch nie eine besonders zärtliche Familie gewesen. Er ließ mich abrupt los und trat zurück. Er hatte sich wieder unter Kontrolle.

»Erinnerst du dich an das, was passiert ist, Eddie? Während du … weg warst?«

»Ich war in Drood Hall«, sagte ich langsam. »Aber es war nicht das echte Herrenhaus. Es war ein kalter und leerer Ort – voller Toter. Walker war da, und Großmutter und Onkel James.«

»Eine Nahtod-Erfahrung?«, fragte Harry. »Ist ja gerade echt in Mode gekommen.«

Er unterbrach sich, als er den Blick des Waffenmeisters auffing. »Faszinierend«, sagte Onkel Jack lebhaft. »Die wollte ich immer schon mal aufnehmen. Was hatte James dir zu sagen? Hat er dir vergeben?«

»Wir haben einander vergeben«, erwiderte ich.

»So gesehen warst du gar nicht wirklich tot«, sagte Molly schnell. »Dein Geist war im Limbus. Und nicht jeder, den du da getroffen hast, war notwendigerweise der oder das, was er zu sein schien. Und Walker war beinahe ganz bestimmt nicht Walker.«

»Vielleicht aber doch«, sagte der Waffenmeister. »Er ist auf jeden Fall tot. Ich hab einen Brief gekriegt.«

»Was ist passiert?«, fragte ich.

»Jemand hat ihn getötet. Ein alter Feind, oder vielleicht war es auch ein alter Freund. Möglicherweise beides. So ist das in der Nightside. Jedenfalls wurde mir das berichtet.«

»Dennoch hätte er nicht mit dir dort sein dürfen, Eddie«, sagte Molly. »Nicht, wenn du in einem Abbild von Drood Hall warst. Er war doch nie hier.«

Roger Morgenstern schnaubte laut. »Du verstehst den Limbus auch nicht besser als ich, Molly. Es ist weder Himmel noch Hölle, kein Ort für die Lebenden oder die Toten. Es ist eher ein spirituelles Wartezimmer. Ein Ort zwischen den Orten. Wer weiß schon, wer da Zugang hat? Wenn die Lebenden hineinkönnen, warum nicht auch die Toten? Es könnte gut sein, dass jeder, den du dort gesehen hast, Eddie, genau der war, der er angeblich war.«

»Du rührst wirklich gerne drin rum, was?«, fragte Molly. »Man kann echt drauf bauen, dass du den *advocatus diaboli* spielst.«

»Und man kann drauf bauen, Eddie, dass du eine Nahtod-Erfahrung hast, die völlig anders ist als die jedes anderen«, erwiderte Harry prompt.

»Ich lebe grade erst wieder ein paar Minuten, aber du nervst mich schon wieder zu Tode, Harry«, stöhnte ich. »Jetzt halt mal die Klappe, während die Erwachsenen reden, oder ich verschaff dir deine eigene Nahtod-Erfahrung. – Ethel? Bist du da?«

»Eddie, Eddie, Eddie!«, sagte die körperlose Stimme unserer höchsteigenen andersdimensionalen Entität. »Wohin bist du gegangen? Ich konnte dich nirgendwo sehen und ich kann in Dimensionen sehen, von denen andere Leute nicht einmal wissen, dass es sie gibt!«

»Das Herrenhaus war ganz anders ohne dich«, sagte ich. »So kalt. Ich habe dich gerufen, aber du konntest mich nicht hören.«

»Wie schrecklich für dich«, sagte Ethel und meinte es völlig ernst.

»Ja«, antwortete ich. »Das war es auch.«

Ich begann wieder zu zittern. Molly schlang rasch einen Arm durch meinen und drückte ihn an sich. Der Seneschall trat vor und starrte uns beide an.

»Ich verlange eine Erklärung, was genau geschehen ist! Warum bist du nicht tot, Eddie?«

»Versuch mal, nicht ganz so enttäuscht zu klingen, Cedric«, murmelte ich. »Auch wenn ich glaube, dass ich selbst eine Erklärung vertragen könnte. Molly?«

»Du wurdest durchs Herz gestochen«, erklärte Molly. »Aber du warst nie ganz tot. Versuch, nicht allzu böse zu sein, Eddie. Ich hab's zu deinem Besten getan.«

»Was getan? Na los, sag schon.«

»Wie jede andere Hexe habe ich zu Beginn meiner Karriere ganz spezielle Magie gewirkt, um mein Herz woanders aufzubewahren«, sagte Molly vorsichtig. »Technisch ist es von meinem Körper getrennt, aber noch damit verbunden. Und dann hab ich es an einem sehr sicheren, geschützten und geheimen Ort aufbewahrt, damit meine Feinde es nie finden können. Und solange mein Herz von meinem Körper getrennt bleibt, bin ich nur sehr schwer zu töten. Ich kann mich von jeder Wunde und jedem Angriff erholen, egal wie tödlich er scheinen mag. So habe ich den Angriff der Droods überlebt, die von den Unsterblichen aufgehetzt wurden.« Sie warf dem Seneschall einen bösen Blick zu, und er besaß die Größe, ein wenig schuldig auszusehen. Er soll solche Dinge eigentlich verhindern. Molly holte tief Luft. »Ich habe vor einiger Zeit diese Magie auch an dir gewirkt, Eddie.«

»Was? Ohne mir was davon zu sagen?«, rief ich ziemlich laut.

»Ja!«, sagte Molly und erwiderte meinen wütenden Blick. »Ich hab's dir nicht gesagt, weil ich wusste, dass du so reagierst! Ich wusste, du wärst nicht einverstanden, wenn ich dir das vorschlage, obwohl es das Vernünftigste ist, das man tun kann – und ich war nicht bereit, dich zu verlieren. Also hab ich's getan, als du geschlafen hast. Weil ich dich in Sicherheit wissen wollte.«

»Wann genau hast du das getan?«, fragte ich. »Wie lange ist das her?«

»Das werde ich dir nicht sagen«, antwortete Molly und verschränkte die Arme fest unter ihrem Busen. »Nicht, bevor du dich nicht ein bisschen beruhigt hast. Oder vielleicht eine Menge.«

»Ich kann das nicht gutheißen«, sagte der Seneschall rundheraus. »Das Herz eines Drood in den Händen einer Außenseiterin? Völlig inakzeptabel! Solange diese Hexe weiß, wo dein Herz versteckt ist, und du nicht, wird sie immer Macht über dich haben.«

»Da hat er recht«, sagte der Waffenmeister. »Was, wenn ihr beide einen Streit hattet? Oder euch sogar trennt?«

Ich sah Molly an. »Was wir aus Liebe alles so tun. Mein Herz gehört der Familie. So muss es sein. Du musst es hergeben.«

»Ach, na gut«, schmollte Molly. »Männer. Sie wissen nie zu schätzen, was man für sie tut. Da. Da hast du es wieder.«

Ich sah auf meine Brust herab. »Einfach so?«

»Natürlich! Da ist nichts weiter dabei. Einer der ersten Zauber, die ich gelernt habe. Dein Herz war ja nie fort. Es war ... für sich. Und geschützt.«

»Hast du es auf Cholesterin untersucht?«, fragte der Waffenmeister.

Molly warf ihm einen bösen Blick zu. »Ich bin eine Hexe und keine Kardiologin!«

»Schon gut, schon gut! Ich frag ja nur. Unsere Familie hatte schon immer ein Problem mit Cholesterinspiegeln, und ich hab mich halt nur gefragt, ob ... Ja ja, ich bin ja schon still. Tut mir leid.«

Ich fühlte mich nicht anders. Ein Gedanke tauchte in mir auf und ich sah Molly nachdenklich an. »Wo genau hattest du mein Herz versteckt? Sag mir, dass du es nicht in deinen privaten Wald gesteckt hattest, da, wo all diese überintelligenten und wahnsinnig neugierigen Viecher hausen. Was, wenn eines der Eichhörnchen es auf der Suche nach Nüssen ausgegraben hätte? Du weißt, die Eichhörnchen haben mich nie gemocht!«

Molly warf mir ihren besten und hochmütigsten Blick zu. »Das diskutieren wir erst, wenn du dich um ein Vielfaches beruhigt hast. Und an deiner Stelle würde ich mich nicht mehr so anschreien, wenn du mich je wieder nackt sehen willst.«

Frauen kämpfen nie fair.

»Ich bin einverstanden, das Thema zu wechseln«, sagte ich schließlich. »Aber nur, weil ich immer noch darauf warte zu erfahren, was mir passiert ist, nachdem ich erstochen wurde!«

»Dein Geist ging in den Limbus«, erklärte Molly. »Wenn man es genau nimmt, hast du nicht mehr gelebt, aber ich habe dafür gesorgt, dass auch der Tod dich nicht für sich beanspruchen konnte. Also wurdest du im Limbus aufgenommen, bis meine Magien den Heilungsprozess beschleunigt und deinen Körper genügend gestärkt hatten, damit dein Geist zurückkehren konnte. Du warst in einem ... geistigen Schockzustand. Nicht mehr in dem einen, aber auch noch nicht im nächsten Zustand. So gesehen ist der Limbus kein Ort. Wenn du dorthin gehst, kreiert dein Verstand sein eigenes Setting. Es ist absolut möglich« – hier unterbrach sie sich und zog in Rogers Richtung eine Grimasse – »dass all die Leute, die du gesehen hast, in Wirklichkeit nur Teile deines eigenen Verstandes waren, die miteinander kommunizierten. Alte Probleme und ungelöste Konflikte, die miteinander rangen. Psychotherapie für die Seele.«

»Das glaub ich nicht«, sagte ich. »Bei einigen vielleicht. Aber da war ganz sicher eine andere Präsenz. Walker ... war absolut Walker. Er wollte Dinge wissen. Geheimnisse. Meine und die der Familie. Er sagte, er repräsentiere jemanden. Dass er jetzt neue Herren und Meister hätte und dass sie entschlossen seien, mir jedes Geheimnis zu entreißen, das ich besäße. Was auch immer es koste.«

»Walker ist mit ziemlicher Sicherheit tot«, sagte der Waffenmeister. »Ich werde dir den Brief zeigen, wenn du willst.«

»Ich will diesen Brief sehen«, sagte der Seneschall sofort. »Ich habe gar nicht gewusst, dass du so enge Kontakte zur Nightside hast.«

»Später, Cedric«, sagte der Waffenmeister. »Und schmoll nicht so. Das steht einem Mann in deinem Alter nicht.« Er nickte Molly zu. »Mach weiter, Liebes. Wir hören alle zu.«

»Während du im Limbo warst, Eddie, und geistig verwundbar, ist es möglich, dass irgendeiner deiner Feinde deinen Verstand in der Hoffnung angegriffen hat, deine geistigen Sperren zu überwinden.«

»Hast du ihnen irgendetwas gesagt?«, fragte der Seneschall.

»Nein«, sagte ich bestimmt. »Ich kenne meine Pflicht gegenüber der Familie.«

»Natürlich tust du das, Eddie«, sagte der Seneschall. »Entschuldige. Aber wir müssen es wissen. Wir müssen herausfinden, wer dieser Feind ist! Und wie er wissen konnte, dass du im Limbus und deshalb verwundbar für diese Art von Angriff warst.«

Er richtete seinen strengen Blick auf Molly, die sich tatsächlich unbehaglich wand.

»Hör mal«, meinte sie. »Ich bin kein Experte, was den Limbus angeht, ja? Ich kenne auch niemanden, der es ist. Aber um Eddie zu erreichen und das Konstrukt, das sein Verstand dort gebaut hat, und ihn dann herumzuschubsen – dazu müsste er ganz schön mächtig sein.«

»So mächtig wie die Droods?«, fragte ich.

»Ich dachte, wir hätten alle getötet, die so mächtig sind wie wir«, warf Roger ein.

»Es gibt immer jemanden«, sagte der Seneschall düster.

»Wie auch immer«, sagte Molly. »Sobald ich dein Herz, Eddie, geheilt und deinen Körper wieder zum Funktionieren gebracht hatte, war ich ein wenig überrascht, dass dein Geist nicht sofort zurückkam. So hätte das sein sollen. Also ging ich dir nach. Ich war schon im Himmel und in der Hölle, der Limbus jagt mir keine Angst ein. Ich bin selbst einige Zeit dort gewesen und habe mich dort von dem erholt, was der Drood-Mob mir angetan hat. Ich erinnere mich aber nicht mehr daran, wie das war. Und du wirst es nach einer Weile auch nicht mehr. Das ist nichts, wovon die Lebenden etwas wissen sollten.«

Ich sagte nichts, aber ich hatte kein bisschen vergessen. Die ganze Erfahrung war für mich so frisch und klar, als sei ich immer noch dort. Jedes Detail, jeder Moment und jedes Wort. Weil es wichtig war, dass ich mich daran erinnerte. Jemand hatte versucht, meine Geheimnisse und die der Familie zu stehlen, und ich war entschlossen, herauszufinden, wer das war. Und dann war da noch etwas anderes.

Charles und Emily?, hatte Walker gefragt. *Was um alles in der Welt lässt Sie glauben, sie seien tot?*

Ich hörte Harry sprechen. »Immer bist du im Zentrum der Aufmerksamkeit, Eddie. Du kannst nicht einmal normal sterben. Obwohl ich eine Weile echt geglaubt habe, dass wir dich verloren haben.«

»Enttäuscht?«

»Ach, es war eine nette Idee.«

»Wie war es im Limbus?«, fragte Roger. »Ich bin nie da gewesen. Ich darf nicht.«

Molly sah ihn ungläubig an. »Du darfst nicht? Wie wird man denn vom Limbus verbannt?«

»Ungestüm«, sagte Roger vage. »Schlechtes Benehmen. Du weißt ja, wie das ist.«

»Die Erinnerungen verschwinden langsam«, sagte ich mit Bedacht. »Ich muss sagen, bei den meisten bin ich froh, dass sie das tun.«

»An was erinnerst du dich?«, fragte Molly.

»Kälte«, sagte ich. »Es war so unglaublich kalt.« Ich schauderte und Molly griff schnell wieder meinen Arm. Ich lächelte sie an. »Wie lange war ich weg? Es scheinen Ewigkeiten gewesen zu sein.«

»Vielleicht zwanzig Minuten«, sagte Molly. »Die längsten zwanzig Minuten meines Lebens.«

Ich musste mich zusammennehmen, um nicht wieder zu schaudern.

In diesem Moment klopfte es höflich und respektvoll an den Türen des Sanktums. Sie öffneten sich und zwei der Sicherheitsleute des Seneschalls kamen herein. Ich sah ihn schnell an und er bedeutete seinen Leuten, die Türen zu schließen und auf Anweisungen zu warten. Sie taten es still und effizient. Der Seneschall hatte seine Leute gut erzogen. Ich warf ihnen trotzdem einen bösen Blick zu, aus Prinzip. Und für den Fall, dass der Seneschall sie gerufen hätte, um mich zum Verhör zu bringen. Er kann sehr eigensinnig sein, wenn es um die Sicherheit der Familie geht. Das ist sein Job.

»Meine Leute sind hier, um den toten Unsterblichen wegzubringen.« Der Seneschall hatte meine Gedanken richtig interpretiert. »Es ist wichtig, dass wir die Leiche gründlich untersuchen.«

»Du meinst, ihr wollt ihn sezieren.«

Der Waffenmeister lächelte glücklich und rieb die Hände aneinander. »Kenne deinen Feind – und sorg verdammt noch mal dafür, dass er tot ist. Wir wissen nicht annähernd genug darüber, wie die Unsterblichen ihre Gestalt ändern, um anderer Leute Identität anzunehmen. Ich habe immer angenommen, es sei eine Art projektiver Telepathie, die uns sehen lässt, was wir sehen wollen. Aber dieses Fleischtänzer-Ding, das sie da draufhaben, scheint mir eher gestaltwandlerischer Natur zu sein: Wirkliche physische Veränderung, bis hinunter auf DNS-

Ebene. Ich könnte euch zwar mit jeder beliebigen Menge von Geräten ausrüsten, die genau dasselbe tun, aber die Unsterblichen scheinen das durch schiere und höchstens ererbte Willenskraft zu erreichen. ... Ja, schon gut, ich höre ja auf zu reden.«

»Einige Unsterbliche sind immer noch auf freiem Fuß, draußen in der Welt«, sagte der Seneschall bedrückt. »Sie beobachten uns in übler Absicht und planen zweifellos ihre Rache. Wir haben nicht alle auf Schloss Frankenstein getötet. Unglücklicherweise.«

»Wenn ich einen verlässlichen Detektor bauen soll, der so etwas zukünftig vermeidet, muss ich alles wissen, was es über die Unsterblichen zu wissen gibt«, sagte der Waffenmeister entschieden. »Und um sicherzugehen, dass alle in dieser Familie wirklich die sind, die zu sein sie vorgeben. Ich will keine widerlichen Überraschungen mehr.«

»Hört, hört«, warf ich nüchtern ein.

Ich ging hinüber, um mir den toten Unsterblichen anzusehen. Molly blieb dicht bei mir. Der Mann, der versucht hatte, mich zu ermorden, sah jetzt sehr jung aus. Beinahe harmlos. Ein einfacher Teenager, wie alle Unsterblichen, die ja nie alterten. Schwarzer Schaum war an seinem Mund getrocknet und hatte eine Kruste gebildet, denn er hatte sich lieber vergiftet, als gefangen zu werden. Seine Augen schienen immer noch aus den Höhlen zu treten, sein Gesicht war verzerrt, sein Körper verdreht von Muskelkrämpfen. Er hatte sich im Tod beschmutzt und der Geruch war ziemlich schlimm.

»Normalerweise kenne ich die Leute, die mich umbringen wollen«, sagte ich schließlich. »Aber dieses Gesicht habe ich noch nie gesehen. Wahrscheinlich war er gar nicht im Schloss, als wir es stürmten, und deshalb hat er überlebt und die anderen nicht.«

»Er sah aus wie meine Schwester«, sagte Molly. »Er bewegte

sich und sah aus wie Isabella. Ich bin komplett darauf hereingefallen. Er hätte das nie so passend hinbekommen – es sei denn, er hatte Zugang zum Original. Er muss meine Schwester gekannt haben.«

»Vielleicht halten die restlichen Unsterblichen sie gefangen«, schlug ich vor.

Molly umklammerte meinen Arm so fest, dass es wehtat. »Wir müssen los und sie finden, Eddie!«

»Natürlich tun wir das«, sagte ich. »Du bist auch gekommen und hast mich gefunden. Aber wo sollen wir anfangen? Wer von den Unsterblichen überlebt hat, wird sich jetzt bereits über die Welt verteilt haben. Wenn sie noch einen Rest Verstand haben. Die einzige Basis, die wir kannten, war Schloss Frankenstein, und das ist jetzt in den Händen der Braut und der Brut von Frankenstein.« Ich hielt inne, als mir plötzlich eine Idee kam. »Molly, könntest du nicht deine Magie an dieser Leiche wirken und ein paar Informationen aus ihm herausbekommen?«

»Nein«, meinte Molly. Ich konnte nicht umhin zu bemerken, dass das kein echtes Nein war. »Meine Kräfte beschränken sich auf die Lebenden. Meistens. Ich habe mich nie so sehr für Nekromantik interessiert.«

»Aber ich«, sagte Roger. »Tod und Verdammnis sind mein Ressort.«

Ich sah ihn an. »Du kannst Tote wiedererwecken?«

»Ich kann eine Leiche dazu bringen, sich aufzusetzen und zu reden«, sagte Roger bedächtig. »Das ist ein Unterschied. Und das auch nur bei den gerade erst Verschiedenen, deren Seele noch in der Nähe ist.«

»Walker konnte das auch«, warf der Waffenmeister ein.

»Das hat er nur einmal gemacht!«, entgegnete Roger. »Und er hatte die Stimme. Ich bin nur eine armselige kleine Höllenbrut und deshalb muss ich's auf die altmodische Art machen.«

Er sah uns alle an, um sicherzugehen, dass er unser Einverständnis hatte. Nicht, dass ihm auch nur ein Deut an unserem Einverständnis lag, er wollte einfach sichergehen, dass wir uns alle darüber klar waren, was für eine unnatürliche und verdammenswürdige Sache er da vorhatte. Keiner von uns sagte Nein. Meine Familie ist schon immer in der Lage gewesen, die harten, kantigen und notwendigen Dinge zu tun.

Roger beugte sich über den toten Unsterblichen, lächelte auf die Leiche hinab und murmelte in einer Sprache etwas in sich hinein, die ich nicht einmal kannte. Die Luft um ihn schien sich langsam zu verdunkeln, als er eine Seite von sich enthüllte, die normalerweise verborgen war. Die andere, vielleicht die wahre Seite: sein dämonischer Aspekt. Stumpfe Hörner wuchsen ihm aus der Stirn. Seine Augen fingen Feuer, schwefelgelbe Flammen sprangen aus seinen glühenden Augäpfeln. Seine Finger wurden zu scharfen, bösartigen Klauen und seine Füße waren auf einmal grobe, klotzige Hufe. Wo er stand, begann der Holzboden zu versengen und Rauch stieg auf. Dunkle Schatten schienen sich um Roger Morgenstern zu winden, Ethels rosigem Glühen zum Trotz. Wo Roger war, schien das Licht blutrot zu sein.

Rogers Vater war vielleicht mein Onkel James, der legendäre Graue Fuchs, gewesen, aber bei seiner Mutter hatte es sich um einen Lustdämon aus der Hölle gehandelt. Ich hatte die Geschichte nie ganz gehört. Aber wenn man Roger jetzt so ansah, all seine teuflischen Aspekte herausgekehrt und direkt vor unserer Nase, war es schwer zu glauben, wie wir ihn je als einen von uns hatten annehmen können. Ich nahm seine Gegenwart in der Familie hin, weil er Harrys große Liebe und sein Lebensgefährte war und weil Roger in der Vergangenheit auf unserer Seite gekämpft hatte – aber jetzt mitzuerleben, wie er all die Dunkelheit in sich entfesselte, brachte mich dazu zu überlegen, ob wir nicht einen furchtbaren Fehler gemacht hatten.

Er sah aus wie das, was er ja auch war: Ein Höllengezücht, das man aus den Schwefelklüften entlassen hatte, damit es in die Welt kam und Schrecken und Böses zwischen uns verbreitete wie geistigen Krebs.

Harry blickte Roger mit einem Ausdruck an, der ganz wie Schock aussah, und ich erkannte, dass Harry diese Seite seines Geliebten nie geschaut hatte. Er beobachtete ihn gleichzeitig fasziniert und abgestoßen, als Roger eine elegante Manschette seines Hemds zurückschob und mit seiner Klaue eine Vene in seinem Handgelenk aufritzte. Dampfend heißes, dunkles Blut strömte in den offenen Mund der Leiche, füllte ihn schnell und lief an beiden Seiten über. Roger versiegelte die Wunde in seinem Handgelenk mit einer Berührung, dann lehnte er sich über den Toten. Er lächelte ein glückliches, zufriedenes Lächeln, als ob er sich daran erfreue, etwas zu tun, wozu er wenig Gelegenheit hatte.

»Blut meines Lebens für dich, Unsterblicher, für eine Weile. Mein Leben, um in dir zu kreisen und dich auf meinen Befehl zu erwecken und zu tun, was ich gebiete. Setz dich auf und sprich, kleiner, toter Mann, und sag mir, was ich wissen will.«

Der Mund der Leiche klappte auf einmal zu und die Kehle zuckte konvulsivisch, als sie schluckte. Die Augen richteten sich ohne zu blinzeln auf Roger, dann setzte die Leiche sich auf. Der Köper gab laute, protestierende Geräusche von sich, als er sich gegen den *rigor mortis* wehrte. Der Tote sah in Rogers brennende Augen. Und dann schrie er schrecklich, ein furchtbarer, verlorener und gefangener Laut.

»Hör auf damit«, sagte Roger beinahe beiläufig, und der Schrei stoppte abrupt. Die Leiche bewegte ihren Mund, der vom Gift und Rogers dunklem Blut, das er getrunken hatte, befleckt war. Als der Unsterbliche endlich sprach, klang seine Stimme, als ob er in einer unvorstellbaren Entfernung unterwegs war. Es klang wie jemand, der sich erst daran erinnern musste, wie eine menschliche Stimme klang.

»Wer ruft mich zurück?«, fragte es. Und auf einmal wollte ich nichts mehr hören, was auch immer es zu sagen gehabt hätte.

»Ich«, rief Roger. »Sprich zu mir, Unsterblicher.«

Der Mund der Leiche verzog sich langsam zu einem furchtbaren Lächeln. »Willst du die Geheimnisse von Leben und Tod kennenlernen? Soll ich das schreckliche Wissen der schimmernden Ebenen und der Höfe der Heiligen mit dir teilen oder vielleicht das über die Häuser der Schmerzen, unten in den Schwefelklüften?«

»Verschwende nicht meine Zeit«, erwiderte Roger. »Ich weiß über all das derzeit vielleicht besser Bescheid als du. Hör auf, anzugeben und sag mir: Wer hat dich hergeschickt, um Eddie Drood zu töten? Und gibt es noch andere Unsterbliche da draußen in der Welt, die Angriffe auf Drood Hall planen?«

»Es sind nur noch wenige von uns übrig«, sagte die Leiche und sah immer noch allein Roger an. »Zersprengt. In Verstecken. Ich weiß nicht, wo sie sind. Das war alles meine Idee. Wenn ich schon kein echter Unsterblicher sein konnte, keine Privilegien und keine Macht mehr hatte, so entschied ich, wollte ich lieber sterben und meinen verhassten Feind mit mir nehmen.« Er wandte den Kopf langsam, um mich anzusehen, und es kostete mich alles, was ich hatte, um nicht vor dem schieren Hass in diesem Blick zurückzuweichen. »Wir waren die Herren der Welt und du hast uns all das genommen. Der Barbar vor den Toren Roms. Der Wilde, der die Herrlichkeit Roms, die er zerstört, nicht einmal begreift. Ich wollte deinen Tod, Drood, und beinahe hätte ich es geschafft...« Er versuchte, nach mir zu spucken, aber aus seinem schwarz verkrusteten Mund kam nichts.

Der Seneschall trat vor, um sich zwischen mich und den

Toten zu stellen. Er war zu kleinen Gesten fähig, wenn er das wollte.

»Wie bist du hereingekommen?«, grollte er. »An all den Verteidigungen des Herrenhauses vorbei?«

»Rafe war einer von uns«, sagte die Leiche. »Er hat uns alles gesagt. Glaubt ihr wirklich, er sei der Einzige gewesen?«

»Ich muss diesen Detektor endlich zum Laufen bringen«, warf der Waffenmeister ein. »Und ein für alle Mal aussortieren, wer wer ist.«

Molly schob sich vor und starrte dem Toten kalt ins Gesicht. »Du hast dir das Aussehen meiner Schwester Isabella gegeben. Wo ist sie? Hältst du sie irgendwo gefangen? Wo ist sie? Wo ist Isabella?«

»Ich habe keine Ahnung«, sagte die Leiche. »Ich hatte sie nie in meiner Gewalt. Das musste ich nicht. Ich konnte jeden kopieren, den ich je getroffen hatte, und ich kannte Isabella von jeher. Sie hat bei mehreren Gelegenheiten mit uns zusammengearbeitet – in gegenseitigem Interesse.«

»Deine Schwester hat mit den Unsterblichen gearbeitet?«, fragte ich Molly.

»Zum Teufel, Eddie«, sagte Molly. »Iz hat mit jedem irgendwann mal zusammengearbeitet.«

»Zu ein paar Gelegenheiten sogar mit uns«, sagte der Waffenmeister heiter. »Bei Situationen von gegenseitigem Interesse. Ich habe ihr ein paar sehr nützliche Gerätschaften hergestellt, von denen sie mir keine wiedergegeben hat. Du bist doch eine Zeitlang mit ihr gegangen, Cedric, oder?«

Wir alle sahen den Seneschall an, aber er hatte dazu nichts zu sagen.

»Könnten wir vielleicht beim aktuellen Thema bleiben, Leute?«, sagte Roger. »Ihr glaubt doch nicht, was ich hier tue, ist einfach, oder? Die Leiche zerfällt bereits. Was auch immer ihr fragen wollt, tut es schnell. Er wird nicht mehr lange bleiben.«

Wir alle sahen den toten Unsterblichen an. Seine Haut war fleckig und brach, dicke Flüssigkeiten rannen aus ihm heraus, während Rogers dunkles Blut ihn von innen verbrannte. Seine Augen waren in ihre Höhle zurückgesunken und bildeten jetzt nichts weiter als eine Masse schwarzen Gelees. Die Leiche bewegte den Kopf blindlings vor und zurück.

»Bitte lasst mich nicht so. Bitte. Lasst mich nicht hier in diesem verfallenden Körper.«

»Warum nicht?«, fragte Roger. »Du verdienst es.«

»Nein«, sagte Molly. »Lass ihn gehen.«

Roger sah sie an und hob sardonisch eine Augenbraue. »Die wilde Hexe der Wälder lässt Gnade walten?«

»Nein«, sagte Molly. »Keine Gnade. Warum sollten wir ihn vom Urteil des Himmels oder den Strafen der Hölle einen Moment zurückhalten?«

»Hardcore also«, sagte Roger mit einem Lächeln.

»Du hast versucht, Eddie zu töten«, sagte Molly zu dem Toten. »Schmor in der Hölle.«

Ich sah sie an. Die Wildheit und Unkompliziertheit ihres Hasses, der sich in Gesicht und Stimme zeigte, verstörte mich. Ich vergaß gern, dass meine Molly eine ähnlich dunkle Seite hatte wie Roger. Aber manchmal rief sie es mir ins Gedächtnis zurück. Ich konnte nichts sagen. Meine Schwester hatten die Unsterblichen nicht benutzt.

Roger straffte sich und trat zurück. Er schnippte leicht mit den Fingern, und einfach so war der Tote wieder eine Leiche. Wir alle beobachteten sie eine Weile vorsichtig, aber da lag sie, brach langsam auf und alle möglichen unerfreulichen Flüssigkeiten flossen heraus. Es stank furchtbar. Der Waffenmeister schnüffelte laut.

»Du hast mir ja nicht viel zum Sezieren übrig gelassen, Roger.«

Ich sah Molly an. »Der Unsterbliche hat einen Großteil seiner Familie verloren. Ich glaube, es war nicht nur Rache, sondern auch Trauer, die ihn anstiftete. Gott ist gnädig.«

»Ich bin's nicht«, sagte Roger. Er hielt seinen dämonischen Aspekt immer noch aufrecht, allem zum Trotz, was wir sagen mochten. Vielleicht, weil es so guttat, nichts mehr vorspielen zu müssen. Er grinste Harry breit an und zeigte dabei Reihen von spitzen Zähnen. »Das ist, wer und was ich wirklich bin, Harry, mein Lieber. Das ist so real und so gültig wie das menschliche Gesicht, das ich der Welt normalerweise zeige.«

»Wir haben alle unsere dunklen Seiten«, sagte Harry fest.

»Aber die sind nicht wie meine«, sagte Roger.

Er nahm wieder seinen menschlichen Aspekt an und kehrte zu dem dunklen, sardonischen und immer ein wenig mokanten Gesichtsausdruck zurück, den er sonst immer zeigte. Dann wandte er uns allen den Rücken zu, einschließlich Harry, und ging allein fort. Wo er gestanden hatte, hatten seine Hufe tiefe, hufeisenförmige Verbrennungen hinterlassen. Rauch kräuselte langsam daraus hervor, in der Luft hing der Geruch von Blut, Schwefel und saurer Milch. Der Gestank der Hölle.

»Verdammt«, sagte der Waffenmeister. »Ich werde den Industrieschleifer rausholen müssen.«

Es ist schwer, meinen Onkel Jack zu beeindrucken.

»Okay«, sagte ich. »Was jetzt?«

»Eine Attacke auf dich ist eine Attacke auf die Familie«, sagte der Seneschall. »Ich werde die Familienmedien ein paar Tests mit dir machen lassen. Mal sehen, ob die ein paar Spuren auftreiben können, wer oder was dich im Limbus bedroht hat.«

»Später«, sagte ich. »Ich bin müde.«

Der Seneschall seufzte schwer. »Du hattest noch nie Vertrauen in die Wahrsager und Hellseher in der Familie, oder, Edwin?«

»Nun, sie haben meinen blutigen Tod nicht vorausgesagt, oder? Ich würde nicht darauf vertrauen, dass diese Bande von Angebern und Möchtegerns mein Gewicht richtig vorhersagt!«

»Also dann später«, sagte der Seneschall vollkommen unbeeindruckt. »In der Zwischenzeit werde ich den Rest der Familie nach Isabella Metcalf suchen lassen. Wir haben überall Leute, Molly. Wir werden deine Schwester für dich finden.«

»Irgendwann«, sagte ich.

Der Seneschall zuckte zwar nicht mit den Achseln, aber er sah aus, als wolle er das tun. »Die Welt ist schweinegroß.«

Ich sah Molly an. »Hast du eine bessere Idee?«

Sie runzelte dir Stirn. »Meine jüngere Schwester Louisa konnte Iz leicht finden, aber als ich das letzte Mal von ihr hörte, hat sie die Marsianischen Gräber erforscht.«

Ich musste blinzeln. »Wirklich?«

Molly zuckte mit den Achseln. »Wer weiß das schon bei Louisa.«

»Ich hab's«, rief der Waffenmeister. »Merlins Spiegel, Eddie! Er kann jeden Ort finden, an den du gehen musst, also gibt es technisch keinen Grund, warum der Spiegel nicht in der Lage sein sollte, jede einzelne Person zu finden, die du suchst, und dir zu zeigen, wo sie ist! Versuch's!«

Ich griff in die Dimensionstasche, in der ich Merlins Spiegel aufbewahre, nicht zuletzt deshalb, weil das verdammte Ding mir eine Heidenangst einjagt, und hielt ihn mir vors Gesicht. Das Bild im Glas klärte sich schnell, um mir Isabella Metcalf zu zeigen, ihr wahres Ich: eine große, muskulöse Frau in scharlachrotem Bikerleder, mit kurzem, schwarzem Haar und einem ausdrucksstarken, scharf geschnittenen Gesicht. Sie kauerte in einem ganz gewöhnlich aussehenden Büro und blätterte auf eine Art, die den Eindruck hinterließ, sie habe niemandes Erlaubnis, das zu tun, durch Papiere, die auf einem Schreibtisch lagen. Sie sah auf, verwirrt, und erkannte, dass Molly und ich sie durch Merlins Spiegel beobachteten.

»Iz!«, rief Molly. »Dir geht's gut!«

»Natürlich geht's mir gut! Und seid leise«, sagte Isabella drängend. »Keiner weiß, dass ich hier bin!«

»Wir kommen jetzt zu dir«, sagte Molly.

»Bloß nicht!«, sagte Isabella. »Ihr werdet mich auffliegen lassen!«

Aber ich hatte den Spiegel schon zu voller Größe geschüttelt, und Molly und ich traten hinüber ins Büro zu ihr.

»Eddie!«, brüllte der Seneschall hinter mir. »Du kannst nicht einfach abhauen! Du hast hier Pflichten!«

Aber Molly und ich waren schon weg.

Kapitel 3

Die Hölle kennt den Zorn sehr wohl

Wie Büros eben so waren. Aber dieses hier gab sich nicht einmal Mühe. Es war nur ein einfaches, alltägliches Büro mit charakterlosen Möbeln und der Persönlichkeit einer Backsteinmauer. Nicht einmal eine Topfpflanze stand in der Ecke, um das Zimmer ein wenig aufzuheitern. Als Molly und ich ankamen, blätterte Isabella gerade flüchtig durch einen dicken Papierstapel. Sie hatte nicht einmal die Würde, ein wenig schuldig dreinzuschauen, und starrte Molly und mich so böse an, als seien wir diejenigen, die kein Recht hatten, hier zu sein.

»Was zur Hölle macht ihr beide denn hier?«, fragte sie mit gedämpfter Stimme.

»Ach, wir kamen grade zufällig vorbei«, sagte ich leichthin. »Und wir dachten, wir schauen mal rein, um Hallo zu sagen.«

Ich beschäftigte mich damit, Merlins Spiegel abzustellen und ihn sicher zu verstauen, während Molly zu ihrer Schwester hinüberging, um sie fest zu umarmen. Isabella ließ den Papierstapel fallen, und der eisige Blick ließ Molly auf der Stelle stehen.

»Was ist los mit dir? Ich hab keinen Geburtstag.«

An dieser Stelle ließ Molly eine leidenschaftliche Aufzählung dessen vom Stapel, was alles passiert war. Sie nannte nur die Höhepunkte, aber es dauerte dennoch ein Weilchen. Ich nutzte die Zeit, um das Büro genauer in Augenschein zu nehmen. Alles war sehr ordentlich, sehr aufgeräumt und alles hatte diesen besonderen Anschein des Neuen, als ob es erst einen Tag alt wäre. Das Büro fühlte sich merkwürdig an, unvollständig und unfertig. Als ob man ein voll ausgestattetes Büro habe einräumen wollen, aber selbst noch nicht eingezogen sei. Der Computer war das neueste Modell, mit Breitbild- und HD-Monitor, und auf der Tastatur lag kein Stäubchen. Ich betrachtete den Rechner nachdenklich und fragte mich, ob es sicher sei, die Systeme mit meiner Rüstung zu hacken. Luther Drood, unser Agent in Los Angeles, hatte mir einen netten kleinen Trick gezeigt, mit dem die Drood-Rüstung jeden Computer dazu bringen konnte, wie ein Hund den Bauch zu präsentieren und um Streicheleinheiten zu betteln. Widerwillig entschied ich dann, vorerst nichts zu versuchen. Immerhin hätte Isabella es bereits versucht, wenn es so einfach gewesen wäre. Die bösen Jungs lieben eben ihre kleinen Sprengfallen. Und wenn ich einen Alarm auslöste, während Molly ihre Schwester davon zu überzeugen versuchte, was für ein toller Kerl ich war, dann bekäme ich das wohl bis ans Lebensende aufs Butterbrot geschmiert.

Also blätterte ich schnell durch die Papiere auf dem Schreibtisch und suchte nach etwas, das Isabellas Aufmerksamkeit erregt haben könnte. Aber ich fand nicht den geringsten Hinweis. Das war einfach nur ganz normale Geschäftspost: Jobangebote und -möglichkeiten, Kontoauszüge, Rechnungen und Memos, die die Meetings der kommenden Woche betrafen. Aber alle sehr nichtssagend, sehr vage, beinahe zu allgemein, um wirklich echt zu sein. Viel interessanter war das, was nicht auf dem Tisch zu finden war: Da war kein einziger persönlicher Gegenstand. Keine Fotografien, kein Kaffeebecher mit einem dummen Spruch darauf, kein Gegenstand, der aus der Reihe tanzte. Es war auch nichts an den Wänden, kein Porträt, kein Druck – oder gar ein Fenster. Nur eine gestaltlose Schachtel, in der jemand sitzen konnte, der ... so etwas wie Büroarbeit tat. Nein, das war kein Büro. Es war etwas, das aussehen sollte wie ein Büro, genug, um einen Außenstehenden zu täuschen.

Molly kam jetzt schnell zum Ende ihrer Geschichte, also nahm ich die Gelegenheit wahr, in aller Stille ihre Schwester Isabella zu betrachten. Die scharlachrote Motorradkluft sah benutzt und abgetragen aus, so, als sei sie viel darin herumgereist. Sie selbst war muskulös genug, um eine Harley-Davidson stemmen zu können, ohne einen Schweißausbruch befürchten zu müssen. Selbst wenn sie still stand, brannte sie vor Vitalität, als ob sie nicht abwarten könne, hinauszugehen und etwas zu unternehmen. Und wenn man bedachte, dass sie eine der berüchtigten Metcalf-Schwestern war, waren das wahrscheinlich wilde und destruktive Dinge. Sie war eher attraktiv als hübsch, mit einem grobknochigen Gesicht voller Charakter, Entschlossenheit und überraschenderweise einem Hauch untertriebenen Make-ups. Sie verfügte auch über einen gewissen dunklen Charme, der bestimmt gefährlich war, aber da war auch etwas anderes um Isabella, etwas, das suggerierte, man könne mit ihr eine Menge Spaß haben, wenn man mit ihr Schritt halten konnte.

Sie war die einzige Frau, die ich kannte, die einen schlimmeren Ruf hatte als meine Molly. Eine übernatürliche Terroristin, eine Rächerin des Zwielichts, ein Indiana Jones der unsichtbaren Welt, die überall gewesen war und alles getan hatte. Isabella hatte ihr Leben der Entdeckung von Geheimnissen und der Jagd nach der Wahrheit gewidmet und sie kümmerte sich einen Dreck darum, wen sie dafür aus dem Weg schieben oder gar umlegen musste. Immer draußen, in den dunkleren Ecken der Welt, stöberte sie Geheimnisse und Dinge auf, die vernünftigere Leute in Ruhe gelassen hätten. Nur um denen, die sie gefunden hatte, Fragen zu stellen und sie an den Kopf zu treten, wenn die Antworten nicht schnell genug kamen. Sie suchte wohl nach etwas Bestimmten, aber ich glaubte nicht, dass irgendjemand wusste, was das war. Vielleicht wusste sie es nicht einmal selbst. Wahrscheinlich mochte sie es einfach,

Dinge zu wissen. Und wenn Molly der ungezähmte Freigeist unter den Metcalf-Schwestern war, war Isabella auf jeden Fall der zugeknöpfte Kontrollfreak, der immer das Kommando haben musste.

Ich wusste, dass wir nicht miteinander auskommen würden. Aber sie war Mollys Schwester, also ...

Als sie endlich kapiert hatte, warum Molly so froh war, sie lebend und wohlauf zu sehen, erlaubte Isabella Molly grantig, sie zu umarmen, aber nur kurz.

»Also«, sagte sie kalt und musterte mich unfreundlich. »Jemand hat meine Gestalt angenommen? Das hat wirklich jemand gewagt? Mein Ruf muss gelitten haben. Ich habe gehört, dass man sich erzählt, ich sei weich geworden. Es geht nicht, dass die Leute so etwas über mich sagen. Ich sehe schon, ich werde losziehen und etwas Schreckliches anstellen müssen. Ich meine, schrecklicher als sonst. Es geht nicht an, dass die Leute glauben, dass man's mit mir machen kann, sie werden sich sonst alles rausnehmen.«

»Vertrau mir, Iz«, meinte Molly. »Keiner glaubt, du seist weich geworden. Es gibt immer noch Religionen auf dieser Welt, in denen man bei den regelmäßigen Zeremonien rituell deinen Namen verflucht.«

»Na ja«, erwiderte Isabella. »Das ist doch schon mal was. Man muss der Konkurrenz immer einen Schritt voraus sein in diesem Spiel. Es gibt keine Zusammenarbeit, wenn es um das Ausbuddeln von Gräbern geht, das Plündern von Grüften oder das Entweihen von Kirchen. Da muss jedes Mädchen selbst ihren Mann stehen, und den Letzten fressen die Hunde. Oder vielleicht sollte es heißen, dass die Götter die Letzten fressen. Es läuft immer auf Angst, Abscheu und den absoluten Willen hinaus, Risiken einzugehen, die keine andere Person auch nur in Erwägung ziehen würde. Und ihr habt noch nicht erklärt, warum ihr hier seid, um meine Arbeit zu unterbrechen.«

»Ich dachte, es würde dich interessieren, dass die Droods jetzt wissen, dass du weißt, wie man ihre Verteidigungen umgeht«, sagte Molly. »Ich hasse Sätze wie diesen, denn sie lenken immer von dir ab. Ich musste es ihnen sagen, Iz, sie wollten wissen, wie dein Duplikat so leicht an der Drood-Sicherheit vorbeikommen konnte. Ich musste es ihnen sagen, damit ich das andere nicht sagen muss.«

»Das andere?«, fragte ich misstrauisch. »Was soll das denn anderes sein?«

»Später, Süßer«, erwiderte Molly.

Isabella sah mich an und zuckte dann einfach mit den Achseln. »Nimm es nicht persönlich, Drood. Deine Familie kümmert mich einen Dreck. Ich wollte nur in eure alte Bibliothek. Ich habe artig gefragt, aber als dieser freche, hochnäsige Kettenhund, der euer Familienoberhaupt war, das ablehnte, hatte ich keine andere Wahl, als mich selbst hereinzulassen. Zum einen weil mir niemand sagt, ich soll mich zum Teufel scheren, und damit durchkommt, zum anderen weil ich ein paar der wundervollen alten Bücher lesen wollte, die angeblich in eurem Besitz sind. Ihr Droods sitzt auf allen möglichen Informationen, die meinen Job um einiges erleichtern würden – einfach, weil ihr es könnt.«

»Du warst in der alten Bibliothek unterwegs?«, fragte ich. Irgendetwas muss in meiner Stimme mitgeschwungen sein, weil Isabella meinem Blick tatsächlich für einen Augenblick auswich.

»Naja, ich bin so gesehen nicht persönlich drin gewesen. Noch nicht. Aber ich arbeite dran!«

»Du kannst es gerne versuchen«, erwiderte ich. »Aber wenn du erst einmal drin bist, pass nur ja auf. Da lebt etwas in der Alten Bibliothek, etwas sehr Mächtiges und sehr Furchteinflößendes. Es hat beinahe einen Unsterblichen umgebracht, der sich als unser Assistenzbibliothekar ausgab.«

»Siehst du!«, rief Isabella. »Das ist die Art Geheimnis, die ich kennen will!«

»Lass uns das Thema wechseln«, lenkte ich ab. »Immerhin bin ich jetzt schon seit Ewigkeiten hier und ich weiß immer noch nicht, warum. Was machst du hier, Isabella? Und wo ist ›Hier‹ überhaupt?«

»Könnten wir bitte alle versuchen, etwas leiser zu sein?«, fragte Isabella. »Das ist wirklich nicht der Ort, wo man Aufmerksamkeit erregen will. Das ist das Lightbringer House, mitten im Finanzdistrikt von Bristol. Soweit es den Rest der Welt betrifft, ist das nur eins dieser hässlichen und anonymen Bürohäuser, in denen Geschäftsleute ihren Geschäften nachgehen. Aber sie tun's nicht. Das Gebäude ist nur eine Fassade, ein Ort, an den Leute kommen und Dinge im Stillen tun, für die man sie am nächsten Laternenpfahl hängen würde, wären sie bekannt. Dieses Büro und all die anderen sind nur dazu da, um sie herzuzeigen, wenn jemand mit Autorität kommt, den man hereinlassen muss. Jeder hier arbeitet das Gleiche: Ein Zweck, der so geheim ist, dass ich noch nicht das Geringste darüber herausgefunden habe, was es sein könnte.«

»Jaja«, sagte ich ungeduldig. »Aber was machst du hier? Wer sind diese Leute? Was macht sie so wichtig?«

Isabella sah Molly an. »Ich wünschte mir, du wärst einmal mit jemandem zusammen, dem man nicht alles häppchenweise beibringen muss.« Sie sah mich wieder an. »Ich hab das ganze letzte Jahr damit verbracht, eine geheime satanistische Untergrundverschwörung auszuspionieren. Und sieh mich nicht so an, Drood! So etwas gibt es immer noch. Ich rede über eine weltweite, sehr gut organisierte Verbindung von hervorragend situierten Leuten aller Art. Alle beten den Teufel an und haben nichts anderes als die Zerstörung der Zivilisation, wie wir sie kennen, im Sinn.«

»Ich dachte, so ein Zeug sei moderne Legende. Etwas für die Sensationspresse, wenn mal Nachrichtenflaute herrscht.«

Isabella lächelte schlau. »Sie wollen, dass du genau das denkst. Und wer besitzt wohl die meisten Blätter dieser Art heutzutage? Wenn Leute das Muttermal auf dem Hinterkopf von Rupert Murdoch sehen könnten, dann würden sie sich in die Hosen machen. Okay, ich sehe, ich habe dich nicht überzeugt. Also, schnelle Lektion in Geschichte. Pass auf, damit ich mich nicht wiederholen muss, oder ich hau dir ordentlich eine rein. Das wird wehtun.«

»Das macht sie echt«, sagte Molly. »Ich würde außerhalb ihrer Reichweite bleiben, wenn ich du wäre.«

Ich setzte mich auf die Schreibtischkante, absichtlich in Isabellas Reichweite, und lächelte höflich. »Dann mal los. Ich liebe es, von strengen Frauen in Leder unterrichtet zu werden.«

Molly war überrascht. »Eddie! Das hast du mir nie gesagt.«

»Später, Süße!«, erwiderte ich prompt.

Isabella verzog das Gesicht. »Frischverliebte. Der Horror. Wie auch immer, die letzte große satanistische Verschwörung fand in den Zwanziger und Dreißiger Jahren des letzten Jahrhunderts statt, als alle diese klugen neuen Gesichter nach etwas Neuem suchten, an das sie glauben konnten. Die meisten hatten so viel Geschmack, zu Kommunisten oder sexuell Perversen zu werden, aber der Rest verkaufte seine Seele an den Teufel, weil er gelangweilt war. Das Ganze fuhr gegen die Wand, als sie Hitler und die Nazis unterstützten, aber jeder andere die Alliierten. Nach dem Krieg hatten die Leute zu viel andere Sorgen. Es gab ein paar Aufstände in den Sechzigern, aber es war schwer, Leute dazu zu bringen, sich über Sünden aufzuregen, wenn nichts mehr eine Sünde ist.«

»Was ist mit den Achtzigern?«, fragte ich.

»Nein«, antwortete Molly. »Dahinter steckten keine Satanisten. Das scheint nur so.«

»Genau«, sagte Isabella. »Damals haben die Leute ständig ihre Seelen aus freien Stücken verkauft. Der Teufel musste keinen Finger krumm machen.«

»Ich bin immer noch nicht sicher, ob ich überhaupt an den Teufel glaube«, warf ich ein.

»Tu es besser«, erwiderte Isabella. »Er glaubt an dich. Wo war ich? Ach ja, die Satanisten sind zurück und organisieren sich neu. Sie haben Rache im Sinn. Sie glauben, die Droods eiern herum, seien ohne wirkliche Führungskraft und mit anderen Dingen beschäftigt. Mit den Abscheulichen zum Beispiel oder den Unsterblichen. Also haben die Satanisten in aller Stille ein großes Comeback geplant, während ihr zu beschäftigt seid, es zu bemerken.«

»Entschuldige, wenn mich das nicht allzu sehr beeindruckt«, sagte ich. »Ich kann nicht anders, ich bin der Ansicht, Satanisten sind irgendwie altmodisch. Und was machen sie hier? Planen sie schlechte Geschäfte? Oder hecken sie bessere Wege aus, um Steuern zu hinterziehen?«

»Das ist eine echt gute Tarnung«, meinte Isabella. »Ich muss solche Dinge wissen. Geheime Dinge. Besonders, wenn jemand anders findet, ich sollte nichts darüber wissen. Ich habe nach etwas gesucht und etwas ganz anderes gefunden. Das geht immer so. Ich habe in Avignon in Frankreich eine lokale Legende untersucht, derzufolge in einer Stadt jeder ein Werwolf war. Doch das führte mich zu einer verlassenen Tanzschule im Schwarzwald in Deutschland, die eigentlich eine Nahrungsquelle für eine der Alten Mütter war. Das wiederum führte mich zu einem Ausbruch uralter Mächte in einem Steinkreis im tiefsten Wales. Aber jedes Mal, wenn ich an einen dieser Orte kam, war schon jemand vor mir da und hatte eine Menge Mühe und Geld darein gesteckt, alles aufzuräumen, so dass keine Spur mehr vom Geschehen zu finden war. Jeder, mit dem ich sprach, lächelte, schüttelte den Kopf und hat mir frech ins Gesicht gelogen. Jemand hat eine Menge Geld dafür ausgegeben, etwas zu vertuschen, und bei jedem anderen hätte das auch funktioniert.

Ich weiß nicht, wer diese Leute sind oder was sie an diesen Orten wollten, aber ich hasse es, etwas nicht zu wissen, also habe ich angefangen, nachzuforschen. Ich bin in den Untergrund gegangen, in die Subkulturen der Städte, und habe mich an den Orten sehen lassen, von denen Machthaber nichts wissen wollen, weil niemand sich so was wünschen sollte. Und da habe ich eine Menge Fragen gestellt und im Trüben herumgefischt, um zu sehen, was sich da findet. Ein Wort hier und ein Name da haben mich dann auf die Spur von etwas ungewöhnlich Großem und Organisiertem gebracht, und dann war es nur noch eine Frage von ›folge dem großen Geld‹. Ich bin bestochenen Beamten und korrupten Behörden gefolgt, es ging immer höher hinaus, bis ich hier ankam, in einem Geschäftshaus, das nichts mit Geschäften zu tun hat. Lightbringer House ist möglicherweise nur die Spitze des Eisbergs, aber hier erhalten die Satanisten ihre Befehle. Hier werden Dinge entschieden und auf Satans Namen eingeschworen.

Eine interessante Fußnote: Glaubt man den offiziellen Aufzeichnungen, gehören alle Unternehmen in diesem Gebäude der Lightbringer Ltd. Die gehörte, wenn man nur lange genug zurückgeht, einmal der Fallen Star & Co., und das war die Firma, die in den Dreißiger Jahren der satanistischen Verschwörung als Tarnung diente. Diese Leute sind zurück und diesmal meinen sie's ernst. Sie haben einen Plan und ich will wissen, wie der aussieht.«

»Okay«, sagte ich. »Das ist ja alles sehr interessant und vielleicht sogar überzeugend, aber ich sehe nichts in diesem Büro, das es unterstützt. Die Papiere hier auf dem Tisch sind langweilig bis nichtssagend und hier hängt auch nicht gerade ein selbstgestricktes Banner an der Wand, auf dem ›Ich liebe Luzifer‹ steht. Bist du sicher, dass das nicht einfach Paranoia und Panikmache ist? Bei den Droods gibt es eine Menge davon. Eigentlich ist so was ziemlich alltäglich.«

»Wenn Iz sagt, dass hier das Böse haust, dann ist das auch so«, sagte Molly entschieden. »Keiner kennt das Böse besser als Iz. Sie liegt bei solchen Dingen nie falsch. Außer, wenn sie falschliegt.«

»Molly, tu mir einen Gefallen«, sagte Isabella. »Versuch nicht, mir zu helfen. Hör mal, die Beweise sind hier irgendwo! Ich hab sie nur noch nicht gefunden. Sie liegen ja wohl auch kaum herum, oder? Die Spur, der ich folgte, hat mich zu diesem Stockwerk und in dieses Büro geführt. Die Befehle kommen von hier, wie auch die Schmiergelder und sogar ein paar gar nicht so diskrete Drohungen.«

»Wenn die Verschwörung wirklich so groß wäre, wie du glaubst, sollten wir alles tun, um zu vermeiden, dass sie erfahren, was wir wissen. Ich glaube, wir sollten alle nach Drood Hall zurückkehren und eine etwas ... durchdachtere Lösung suchen.«

»Mich in die Hände der Droods begeben?«, sagte Isabella. »Ja, als ob ich das tun würde! Vertraue niemals einem Drood!«

»Warum nicht?«, fragte ich ehrlich überrascht vom Zorn in ihrem Gesicht und dem Gift in ihrer Stimme.

»Deine Familie hat unsere Eltern getötet, erinnerst du dich?«, fragte Molly. »Isabella ist da nicht so versöhnlich wie ich.«

»Ich weiß immer noch nicht, was du mit dem willst«, sagte Isabella. »Ich meine wirklich, Molly – ein Drood?«

»Er ist anders«, sagte Molly stur. »Er ist ... etwas Besonderes.«

»Das sagst du immer«, meinte Isabella. »Und es endet immer damit, dass du auf meiner Couch schläfst und dir die Augen aus dem Kopf heulst. Du hast den schlechtesten Geschmack überhaupt, was Männer angeht.«

»Molly und ich haben einiges gemeinsam«, sagte ich. »Es ist möglich, dass meine Familie auch für den Tod meiner Eltern verantwortlich war.«

Isabella sah mich scharf an und schüttelte dann den Kopf. »Nichts davon ist wichtig. Die Wahrheit ist hier und ich werde sie finden, selbst wenn ich dieses ganze Büro auseinandernehmen muss.«

»Oh, nicht schon wieder!«, sagte Molly.

Isabella warf uns beiden böse Blicke zu. »Raus hier. Beide. Geht zurück zu eurer kostbaren Drood Hall. Ich brauche eure Hilfe nicht und ich will euch nicht hierhaben.«

»Zu spät«, entgegnete ich fröhlich. »Ich bin neugierig geworden. Die Wiederkehr der Satanisten! Das alles klingt so nach dem Schriftsteller Dennis Wheatley. Molly, meine Liebe, glaubst du, du könntest ein Auge auf mögliche Sprengfallen haben, die losgehen könnten, während ich diesen Computer überrede, sich freundlich mit mir zu unterhalten?«

»Ich wüsste nicht warum nicht«, sagte sie. »Software-Zauberei war schon immer eine Spezialität von mir.«

»Du klonst doch nicht schon wieder Kreditkarten, oder?«, fragte Isabella argwöhnisch.

»Natürlich nicht!« Molly war entrüstet. »Ich bin in ganz neue Tiefen der Gesetzlosigkeit vorgedrungen.«

»Wenn du dich dann auf den Computer konzentrieren könntest, Molly ...?«

»Ach, sicher. Kein Problem!«

Ich war halb in der Erwartung, sie würde jetzt ein dramatisch aussehendes Chaos-Ritual über dem Computer abhalten oder vielleicht Feenstaub darüberstreuen, aber sie setzte sich einfach davor, schaltete das Gerät an und wirkte ein wenig subtile Magie mit der Tastatur, bis der Computer die Hosen runterließ und ihr alles zeigte, was er hatte. Molly schob den Stuhl zurück, grinste mich an und stand auf, sodass ich ihren Platz einnehmen konnte.

»Bitte sehr. Frag ihn alles, was du willst. Ich habe das Sicherheitssystem dazu gebracht, mir aus der Hand zu fressen. Du könntest diesen Computer jetzt mit der Brechstange aufhebeln und ihm hintenrein pinkeln, ohne dass er eine Träne vergießt.«

»Du hattest schon immer so ein zartes Händchen.«

»Später, Geliebter«, erwiderte sie.

Ich murmelte die aktivierenden Worte, und ein Tentakel der goldenen Rüstung raste von meinem Torques aus meinem Arm herunter, bis er einen schimmernden goldenen Handschuh über meiner rechten Hand gebildet hatte. Isabella sah fasziniert zu. Nicht viele außerhalb meiner Familie bekommen die Drood-Rüstung bei der Arbeit zu sehen. Und überleben, um davon zu erzählen. Ich setzte eine goldene Fingerspitze an den Computer und drückte leicht. Feine, goldene Filamente schossen durch die Eingeweide des Computers und unterwarfen ihn meinem Willen. Ich habe keine Idee, wie die seltsame Materie meiner Rüstung das anstellt; ich stelle dabei bloß die Willenskraft, und die Rüstung erledigt den Rest. Was mir bekanntermaßen hin und wieder Bauchschmerzen bereitet. Bei Gelegenheit würde ich Ethel einige sehr pointierte Fragen stellen müssen, auch wenn ich verdammt sicher war, dass ich die Antworten wohl kaum mögen würde.

Ich stellte dem Computer einige allgemeine Fragen und schnell erschienen die Antworten auf dem Monitor. Natürlich enthielt die Festplatte so viele Informationen, dass der Trick darin bestand, genau die richtigen Fragen zu stellen, und so tappte ich ziemlich im Dunkeln. Aber als Molly und Isabella sich über meine Schultern lehnten und mir Vorschläge ins Ohr schrien, brauchte ich nicht lange, um eine ganze Reihe von Aufzeichnungen und geheimen Dateien aufzurufen, an die ich eigentlich gar nicht hätte herankommen dürfen. Aber Passwörter und Verschlüsselungen sind für einen Drood ein Klacks.

Und wie sich herausstellte, hatte Isabella recht. Lightbringer House war der zentrale Anlaufpunkt für satanistische Gruppen aus aller Welt. Dieses anonyme Bürogebäude war der Ort, wo Strategien entworfen und alle wichtigen Entscheidungen getroffen wurden. Hier kamen sie alle zusammen, um miteinander zu reden und mit all den schrecklichen Dingen anzugeben und zu prahlen, die sie getan hatten, und mit den noch schlimmeren, die sie planten. Hier kamen sie zusammen, bevor sie in dunklen Kirchen niederknieten, den Teufel anbeteten und das Böse in allen möglichen beängstigenden Formen feierten. Lightbringer House organisierte alles und war die motivierende Kraft hinter einer furchtbar großen Anzahl von Verschwörungen und Komplotten, die sich in allen Regierungen dieser Welt verbargen.

Ich sprang von Datei zu Datei, mein Magen verkrampfte sich schmerzhaft, als ich die ungeheure Größe und Ausmaß dieser Operation betrachtete. Diese Leute wollten die Welt regieren und sie betrieben die langsame und gründliche Korruption mit kalter, konzentrierter Präzision. Es wurde schnell klar, dass im Lightbringer House in der letzten Zeit reges Kommen und Gehen herrschte. Wirklich wichtige Leute, bekannte Namen und Gesichter aus Politik und Wirtschaft und einem Dutzend anderer Einflusssphären waren gerade im Gebäude und besprachen … etwas.

Es gab im Computer keine genaueren Informationen darüber, nur eine einzige versiegelte Datei: »Das Große Opfer«. Und eine ganze Menge von ernsthaften neuen Sicherheitsmaßnahmen, die man im Gebäude angebracht hatte, um dieses Treffen geschützt und sehr geheim zu halten. Molly beugte sich plötzlich vor und wies auf den Bildschirm. »Da! Was war das? Geh mal zurück … Ja, das große Meeting wird im Hauptkonferenzsaal abgehalten, direkt in der Halle hinten auf diesem Flur! Und wenn man sich die Anzahl der hochsituierten teufelsanbeterischen Drecksäcke anschaut, die daran teilnehmen, glaube ich, geziemt es uns, hinzugehen, mal reinzuschauen und sie zu belauschen.«

»Und vielleicht die ganze Bande abzuschlachten«, meinte Isabella. »So aus Prinzip.«

»Wenn ich mir die ungeheure Menge magischer und technischer Waffen so ansehe, die man installiert hat, um besonders Leute wie uns dort fernzuhalten, glaube ich nicht, dass wir uns leisten können, so etwas anzufangen«, sagte ich entschieden. »Wir müssen herausfinden, was genau vor sich geht, und uns dann darauf konzentrieren, die Information aus diesem Gebäude herauszubringen und denen in die Hände zu geben, die am besten darüber entscheiden können, was zu geschehen hat.«

Isabella sah Molly an. »Ist er immer so spießig?«

»Meistens«, antwortete Molly. »Das ist eine seiner liebenswerteren Eigenschaften.«

»Lasst uns einen Blick auf dieses Meeting werfen«, sagte ich resignierend. »Aber keiner fängt hier irgendeinen Streit an, bis wir herausgefunden haben, worum es bei diesem ›Großen Opfer‹ eigentlich geht.«

Ich zog die goldene seltsame Materie wieder in meinen Torques zurück und schaltete den Computer ab. Molly nahm schnell ihre Sperren zurück, und als wir das Büro verließen, gab es keine Anzeichen mehr, dass jemand mit dem Computer herumgespielt hatte. Ich glaube fest daran, dass es besser ist, keine Spuren zu hinterlassen, man weiß nie, wann sie wieder auftauchen und einen in den Hintern beißen. Isabella öffnete die Tür vorsichtig einen Spalt, spähte hinaus und nickte schnell. Wir schlichen langsam hinaus in den Korridor, schlossen die Tür sorgfältig hinter uns und schritten den Korridor hinunter in Richtung des Konferenzraums, als hätten wir jedes Recht, dort zu sein.

In mir herrschte irgendwie die Vorstellung, dass in einem Gebäude, das Satanisten gehörte, dunkle Schatten und gotische Düsternis herrschen müssten, aber der Flur war so anonym und gestaltlos wie das Büro. Die Lichter waren fast schmerzhaft grell, der Teppich war von einem öden Grau und die Wände nackt. Es waren ein paar Leute zu sehen, wahrscheinlich in der Rangordnung zu weit unten, um an der wichtigen Konferenz teilzunehmen: alltäglich aussehende Angestellte in schicken Anzügen, die ihrer Arbeit nachgingen und gar nicht auf uns achteten. Eins der ersten Dinge, die man als Agent lernt: Benimm dich, als würdest du irgendwo dazugehören, und die Leute glauben es dir. Einfaches Selbstvertrauen wird dich weiter bringen als die besten gefälschten Dokumente. Aber selbst so war es schon seltsam, dass keiner auf Isabellas rote Motorradlederkluft achtete oder mein zerrissenes und blutbeflecktes T-Shirt. Vielleicht waren Satanisten daran gewöhnt, regelmäßig merkwürdige Dinge zu sehen.

Und dann war da noch etwas an diesen gewöhnlichen, alltäglichen Geschäftsleuten. Waren sie vielleicht gar nicht echt? Vielleicht taten sie nur so und waren in Wirklichkeit etwas ganz anderes.

Tatsächlich bereitete mir dieser Korridor eindeutig Unbehagen. Er war zu grell und heiter, ohne dass etwas aus der Reihe tanzte. Eher ein Filmset als ein Ort, an dem wirklich jemand lebte und arbeitete. Obwohl ich den Menschen hier zunickte und sie anlächelte und sie zurücknickten und zurücklächelten, gab es etwas, das bewirkte, dass meine Nackenhaare sich aufstellten. Ich bekam eine Gänsehaut. Das Gefühl von Bedrohung und Furcht nahm zu, unbestimmt, aber sehr real und sehr nahe, als ob mich etwas jeden Moment anspringen könnte. Diesen Flur in Richtung des Konferenzraums herunterzugehen fühlte sich an, als balanciere man auf einem Seil in dem Bewusstsein, dass etwas direkt hinter einem sei und nur darauf wartete, einen herunterzustoßen. Oder als ginge man über eine Reihe von Falltüren, von denen sich jeden Moment eine öffnen und einen in die Tiefe schicken konnte, sodass man für immer fiel und fiel …

Mein Problem ist eben, dass meine Vorstellungskraft viel zu gut ist.

Naja, es ist eins meiner Probleme.

Dennoch, selbst mein Torques kitzelte unangenehm, als ob er mich vor irgendeiner Gefahr warnen wollte. Je näher ich dem Konferenzraum und den Leuten, die darin warteten, kam, desto mehr Sorgen machte ich mir darum, dass mir nicht nur Gefahr von den vielen Waffen in diesem Gebäude oder den Schutzmechanismen des Hauses drohte, sondern dass ich mich einer Zone von wirklicher, spiritueller Gefahr näherte.

Als ich Molly das zuflüsterte, nickte diese heftig. »Ja, etwas an diesem Ort jagt mir auch eine Heidenangst ein. Und das ist seltsam, denn sonst ist es eher umgekehrt. Das hier ist ein übler Ort, Eddie. Ich glaube nicht, dass diese Satanisten diesen Namen tragen, weil sie schockieren wollen. Ich glaube, denen ist es ernst damit. Ich könnte meine Sicht benutzen und mal nachsehen, was hier wirklich vor sich geht, aber ich bin ziemlich sicher, dass das so ziemlich jeden Alarm in diesem Gebäude auslöst.«

»Ihr habt ja ganz schön lange gebraucht, um das zu bemerken«, meinte Isabella. »Ich habe das Gefühl seit dem Moment, in dem ich dieses Gebäude betreten habe, deshalb hab ich ja nur Papiere durchsuchen können, die herumlagen. Das hier ist ein übler Ort voller schlechter Menschen mit bösen Absichten. Können wir das als sicher annehmen und weitergehen?«

Wenn Isabella den gleichen Sinn für Bedrohung und Gefahr verspürte wie ich, dann sah man ihr das zumindest nicht an. Sie ging direkt zu der geschlossenen Tür des Konferenzraums. Es gab keine Wachtposten, oder wenigstens keine, die man sehen konnte. Ich versuchte wider besseres Wissen, die Türklinke herunterzudrücken, aber sie war verschlossen.

»Erzwing es nicht«, mahnte Molly schnell.

»Ich weiß«, sagte ich. »Alarme. Ich hab schon mal von diesem Agentenkram gehört, weißt du. Es macht mir Sorgen, dass da keine Wachen sind.«

»Sie müssen glauben, dass ihre Verteidigungen so gut sind, dass sie keine menschlichen Wachen brauchen«, sagte Isabella. »Entweder das oder die wirklichen Wachen sind unsichtbar und warten nur darauf, uns eins überzuziehen.«

»Ich wünschte wirklich, das hättest du nicht gesagt«, meinte Molly und sah sich schnell um. »Ich fühle mich nackt ohne meine Sicht.«

Es gab ein einzelnes Schild, auf dem stand: *Konferenz. Beginn 13:00. Kein Zutritt nach Beginn.*

»Um eins«, sagte Molly. »Die dreizehnte Stunde. Satanisten sind immer ganz groß, was Tradition angeht. Vielleicht, weil all ihre großen Siege in der Vergangenheit liegen.«

»Wir müssen da rein«, sagte Isabella. »Wir müssen rausfinden, worum es hier geht. Ich hasse es, etwas nicht zu wissen! Eddie, kannst du diesen goldenen-Finger-Trick nicht noch einmal benutzen?«

»Selbstverständlich«, sagte ich. »Aber nochmal, die seltsame Materie so nah an den Protagonisten zu benutzen würde wohl so ziemlich jeden Alarm auslösen, den es hier gibt. Ich glaube, wir erledigen das besser auf die altmodische Weise.«

Ich zog einen einzelnen goldbraunen Knochenschlüssel aus der Tasche, den der Waffenmeister aus echtem menschlichen Knochen gemacht hatte. (Ich hatte ihn nicht gefragt, wessen Knochen das gewesen war. Man lernt beim Waffenmeister einfach, solche Fragen nicht zu stellen.) Molly und Isabella stellten sich rasch so hin, dass sie mich verdeckten, während ich das

Schloss bearbeitete, und lenkten so die Blicke all jener, die vielleicht zufällig vorbeikamen, von mir ab. Obwohl dieses Ende des Korridors beunruhigend still und leer war. Der Knochenschlüssel hatte das Schloss in einem Augenblick geöffnet. Ich steckte ihn weg, bevor ich vorsichtig die Klinke niederdrückte. Isabella starrte mich böse an.

»Ich will auch so einen! Das ist nicht fair! Ihr Droods habt immer die besten Sachen.«

Ich bedeutete ihr, still zu sein, und schob die Tür ein paar Zentimeter auf. Ich wartete ab, ob vielleicht ein Alarm oder ein Angriff erfolgte, aber nichts passierte. Ich spähte durch den engen Spalt. Der Hauptkonferenzraum war groß genug, um als Empfangshalle zu dienen, und war von Wand zu Wand mit Stuhlreihen vollgepackt. In jedem einzelnen saßen reiche, mächtige und berühmte Leute. Namen und Gesichter, die man kannte, zusammen mit einer ganzen Reihe von Leuten, die nur jemand wie ich kannte. Sie alle sahen mit voller Konzentration auf den Mann, der auf dem Podium vor ihnen stand und den Raum mit grimmiger Autorität beherrschte. Jeder schien absolut fasziniert von dem, was er hörte, und hing mit jedem Wort an seinen Lippen. Aber da war auch etwas an ihnen, das nahelegte, dass sie Angst hatten – entweder vor dem Mann auf dem Podium oder vor dem, was er sagte.

Wovon sprach er? Was konnte so extrem sein, dass es selbst hartgesottene Satanisten erschreckte? Ich schob die Tür etwas weiter auf und als niemand reagierte, zwängte ich mich durch den Spalt hindurch und stellte mich an die hintere Wand des Saals, hinter die Stuhlreihen. Molly und Isabella kamen hinter mir herein und ließen die Tür ein wenig offen, nur für den Fall. Wir standen sehr still und atmeten kaum, aber keiner sah sich um. Die ganze Aufmerksamkeit war auf den Mann auf dem Podium gerichtet.

Groß, dunkel und unwiderstehlich schlenderte er selbstsicher auf dem Podium hin und her. In seinem teuren Maßanzug sah er aus und klang auch wie einer dieser geübten Motivationstrainer, der sich durch seine Stichworte und Aufzählungen bis zu dem Punkt vorarbeitete, an dem wir alle reich werden sollen. Er lächelte häufig und zeigte dabei perfekte Zähne, und seine regelmäßigen, hübschen Züge hatten dieses etwas gedehnte Aussehen, das Schönheitsoperationen hinterlassen. Sein Haar war schwarz und verdächtig dunkel für einen Mann Mitte vierzig. Aber seine Stimme war voll und fest und überaus einnehmend. Er hatte sein Publikum in der Hand. Ich beugte mich dicht zu Molly und Isabella und murmelte eine Frage in ihr Ohr. »Kennt ihr den Typen?«

Molly runzelte die Stirn. »Das Gesicht kommt mir bekannt vor.«

»Das sollte es. Das ist der berühmte Alexandre Dusk. Ein großer Mann in der Computerbranche. Er war mit zwanzig schon Millionär und mit einundzwanzig dann Milliardär. Keiner weiß, wie reich er jetzt ist, aber wenn er etwas sagt, dann hören Regierungen zu. Wenn sie wissen, was gut für sie ist. Aber er ist in der Öffentlichkeit schon seit Jahren nicht mehr gesehen worden. Die Leute müssen Millionen ausgeben, nur um ihm ein paar Fragen per Telefon zu stellen. Die meisten müssen sich mit E-Mails zufriedengeben. Also was macht er persönlich hier?«

»Wenn du die Klappe hältst und uns zuhören lässt, finden wir's vielleicht raus«, erwiderte Molly.

Also hielten wir die Klappe und hörten zu. Dusk konnte reden, auch wenn er eher wie ein Politiker klang als ein Selfmade-Computerfritze. Er sprach gut und flüssig und bannte das Publikum in den Sitzen. Er verkaufte ihnen eine Vision. Er hatte ganz klar schon einige Zeit gesprochen und die Zuhörer gingen mit. Sie wollten wirklich, was er wollte. Dusk tänzelte vor ihnen vor und zurück, seine Stimme wurde lauter und lauter, als er mit zunehmender Bestimmtheit gestikulierte. Und als ich erkannte, worüber er redete, war ich ebenfalls fasziniert, obwohl mich auch langsam kalte Furcht beschlich.

»Die Droods sind aus dem Spiel ausgestiegen«, sagte Alexandre Dusk. »Sie sind praktisch führerlos und bekämpfen sich gegenseitig. Sie haben vielleicht eine tolle neue Rüstung, aber sie wissen nicht, was sie mit ihr anfangen sollen. Sie sind Gestrige. Wir sind die Zukunft. Die Unsterblichen waren eine Sackgasse. Die meisten von ihnen sind weg, die wenigen Überlebenden zersprengt und auf der Flucht. Die Droods haben uns einen Gefallen getan, indem sie die einzige Kraft, die organisiert und einflussreich genug war, sich uns entgegenzustellen, ausgelöscht haben. Jetzt versucht jede Regierung und jeder Führer dieser Welt die Gelegenheit zu ergreifen, sich vom Joch der Droods zu befreien. Jeder will die Möglichkeit nutzen, für sich selbst zu denken und zu handeln. Sie wollen Mächte aus eigener Kraft sein, und sie hören auf jeden, der ihnen einen neuen Weg aufzeigt. Und das werden wir sein.«

»Siehst du«, flüsterte Molly in mein Ohr. »Ihr habt die Regierungen dieser Welt zum ersten Mal in der Geschichte freigelassen, und das Erste, was sie tun, ist sich zu verschwören und euch ein Messer in den Rücken zu stoßen.«

»Natürlich«, sagte Isabella. »Es sind Politiker.«

»Keine gute Tat bleibt ungestraft«, murmelte ich.

»Um es noch einmal zu sagen, jetzt ist unsere Zeit gekommen!«, sagte Dusk. »Es ist unsere Pflicht, die Gelegenheit zu nutzen, all diese wunderbaren chaotischen Zustände und die Verwirrung. Es ist Zeit, die Zügel der Macht an uns zu reißen. Das ist uns schon immer bestimmt gewesen. Aber nicht, indem wir die Regierungen und ihre Anführer ersetzen. Das haben wir schon versucht und es hat nie funktioniert. Die Schafe rebellieren immer, wenn sie bemerken, dass sie zum Schlachthaus geführt werden. Nein, meine Freunde, wir waren schon immer bessere Königsmacher als Könige. Die Macht hinter dem Thron. Schwerer zu entdecken, schwerer zu bekämpfen, schwerer, unsere wahren Pläne zu entdecken, bis es viel zu spät ist. Unter den Augen der Öffentlichkeit kann man mehr erreichen, und niemand hat mehr Angst vor unseren Methoden. Und es ist immer gut, einen Sündenbock zu haben, wenn alles schiefgeht und wir einen schnellen Abgang durch die Hintertür machen müssen.

Also sind wir die neueste Generation von Ratgebern, politischen Beratern, Ausschüssen, Lobbyisten und persönlichen Assistenten. Wir sind die Leute, die wirklich entscheiden, was geschehen soll. Und jetzt, wo sich die Politiker auf uns verlassen, jetzt, wo sie auf alles hören, was wir zu sagen haben, solange es sie an der Macht hält – jetzt ist es Zeit für das Große Opfer. Eine letzte freiwillige Degradierung der Menschheit, ein spirituelles Verbrechen von solchem Ausmaß, dass all ihre Seelen verdammt sein werden. Damit wird unserem Herrn Satan der endgültige Sieg über die Menschheit ermöglicht. Dann werden wir die Führer los und nehmen ihren Platz als die Könige der neuen Welt ein!«

Das Publikum flippte aus. Sie standen auf, riefen und schrien, klatschten in die Hände, beinahe außer sich vor Aufregung und Erwartung. Der ganze Raum war voller wilder, fieberhafter und übler Hysterie.

Ich sah Molly und Isabella an. »Meint er das ernst? Meinen die das ernst?«

»Klingt ganz so«, entgegnete Isabella.

»Was zum Teufel ist das Große Opfer?«, fragte Molly. »Wen wollen die opfern?«

Isabella warf einen bösen Blick über die heulende Menge und schürzte die Lippen. »Sieh sie dir an. Typische Satanisten. Die Kleinen, die Betrüger und Schikaneure, die es niemals aus eigener Kraft an die Spitze packen. Sie wollen König des Scheißhaufens sein, ihre Rache an der Welt und an allen nehmen, die zwischen ihnen und dem stehen, was sie wollen, das, von dem sie glauben, es zu verdienen. Die geheimen Verschwörer und die Hinterhältigen. Sie wollen die Macht, weil sie eigentlich Feiglinge sind und Angst vor denen haben, die die Macht über sie haben.«

»Die schlimmste Bosheit steckt immer in den kleinen Leuten«, sagte Molly. »Kleine Geister, kleine Seelen, bösartige kleine Scheißer.«

»Satanisten eben«, warf ich ein. »Ich hab's kapiert, Molly, echt.«

Und dann wurde der ganze Konferenzsaal still und wir bemerkten, dass jeder im Saal sich zu uns umgedreht hatte und uns anstarrte. Dusk wies dramatisch mit einem Zeigefinger in unsere Richtung.

»Eindringlinge! Werft sie in Satans Namen nieder!«

»Verdammt«, sagte ich. »Meine Damen, ich denke, es ist an der Zeit zu gehen.«

»Dann halt mal Schritt!«, rief Isabella, die schon halb zur Tür hinaus war.

Molly und ich folgten ihr auf den Fersen. Ich schlug die Tür hinter mir zu und zerschlug mit einer gerüsteten Hand das Schloss. Es würde die Menge nicht lange abhalten, aber sollte uns etwas Zeit verschaffen. Ich wirbelte herum und fluchte dann leidenschaftslos, als ein Dämonenhund den Flur herunter auf uns zustampfte. Ich war solchen Viechern schon begegnet, aber der musste der größte sein, den ich je gesehen hatte: ein riesiger Berg von nachtschwarzem Fleisch, das den Korridor beinahe von Wand zu Wand füllte und mit dem buckligen Rücken beinahe gegen die Decke stieß. Der ganze Flur bebte unter seinem donnernden Galopp, scharfe Krallen hämmerten auf den Boden. Isabella starrte mich wütend an.

»Ich hab dir doch gesagt, du sollst nicht herkommen! Das Vieh muss deinen Torques gewittert haben!«

»Ja, klar«, sagte ich. »Gib nur mir die Schuld.«

»Ich würde ja rennen, wenn ich wüsste, wohin«, sagte Molly.

»Ach ihr Kleingläubigen!«, verkündete ich und trat dem Höllenhund entgegen. Er hatte uns jetzt beinahe erreicht, gewaltige Muskelstränge bewegten sich unter der dunklen Haut. Das Gesicht war flach und brutal, mit brennenden Höllenaugen und einem breiten Maul mit mehr fiesen, spitzen Zähnen als physisch möglich schien. Er schnaubte und grunzte hungrig, als er rannte, und er war schon nah genug herangekommen, sodass ich das Blut und den Schwefel in seinem Atem riechen konnte. Er kam direkt auf mich zu wie ein D-Zug und hob seinen hässlichen Kopf, um wütend zu heulen; ein schrecklicher, primitiver Laut, voller Hass und Wut und Verachtung für alles Leben. Es war verstörenderweise eher ein menschlicher als ein tierischer Laut, weil ein dämonischer Hund nur aussieht wie ein Hund. Ich rüstete auf, die goldene seltsame Materie bedeckte mich augenblicklich von Kopf bis Fuß. So fühlte ich mich stärker, schneller und konzentrierter, so als wache ich nach einem Tag im Halbschlaf auf. Ich fühle immer am lebendigsten, wenn ich die Familienrüstung trage, über die menschlichen Grenzen hinaus befähigt, die Menschheit vor allen Dingen, die uns bedrohen, zu schützen. Aber selbst als ich auf den Höllenhund zuging, war ich mir nicht wirklich sicher, dass irgendetwas davon ausreichte, um ein paar Tonnen eines heranrasenden Dämonenhunds aufzuhalten.

Sie sind nicht real, nicht natürlich. Es sind körperliche Konstrukte: Gemacht, nicht geboren, in besonderen Laboren, stark genug geschaffen, um einen Dämon außerhalb der Hölle aufzunehmen und ihm ein Heim zu bieten. Eine Muskelmaschine, die von einem Dämonen besessen ist und darauf trainiert ist, einem die Seele zu rauben. Glücklicherweise beschränkt diese

Form an sich schon das, was ein Dämon tun kann. Weil sie die Gestalt eines Hundes haben, sind sie durch die Gesetze dieser Welt auch auf das Wesen eines Hundes reduziert. Das bedeutet, sie sind bösartig wie die Hölle, aber auch nicht besonders schlau. Sie kämpfen und greifen an wie ein Tier, und das nicht mit Strategie.

Trotzdem – es sind immer noch verdammt starke und furchtbar machtvolle Viecher.

Also rannte ich direkt auf den Dämonenhund zu und gab ihm direkt eins auf seine hässliche Dämonenvisage. Meine goldene Faust sank tief in die nachtschwarze Stirn, durchbrach das Fleisch und knackte den schweren Schädelknochen. Der Dämonenhund heulte vor Schreck und Schmerz auf, kam schlitternd zum Halt und schubste mich so ein Stück von sich weg. Molly und Isabella sprangen aus dem Weg und drückten sich mit dem Rücken gegen die Flurwände, als wir vorbeirutschten. Ich hielt die Balance, bis wir beide stehenblieben, und riss dann meine gerüstete Hand aus seinem Kopf. Dunkles, dampfendes Blut rann dem Dämonenhund das Gesicht herab. Es fing kurz Feuer, als es an seinen flammenden Augen herabfloss. Der Hund grollte tief aus der Brust heraus und schüttelte den Kopf, dass das Blut hin und her flog. Wo das dunkle Blut die Wände traf, begann die Oberfläche Blasen zu werfen, die platzten. Die Wunde heilte aber schon, das dunkle Fleisch verwob sich wieder.

Und während der Hund damit beschäftigt war, darüber nachzudenken, ließ ich aus meiner rechten Hand eine rasiermesserscharfe Klinge wachsen und rammte sie in das flammende Auge des Hundes. Die Flammen gingen abrupt aus, als der Augapfel explodierte und die Vorderseite meiner Rüstung mit stinkenden Bestandteilen tränkte. Doch das Zeug rann schnell zu einer Pfütze auf den Flurboden und fraß Löcher in den Teppich. Der Dämonenhund warf seinen Kopf zurück, heulte kläglich und schüttelte das riesige Haupt vor und zurück, als er den Schmerz von sich schleuderte, der sein simples Gemüt erfüllte. Ich stand bereit und wartete auf meine Chance. Dann schoss ich vor und senkte meine goldene Klinge tief in das andere Auge. Der Dämonenhund brüllte erneut auf, rammte seinen Kopf und die Schultern gegen die Decke und hob mich so glatt von den Füßen. Mit der anderen Hand klammerte ich mich an den Hundekopf und zog meine Klinge heraus. Lange Stränge von flüssig gewordener Muskulatur tropften von meinem Schwert, die ich fortschleuderte, als ich mich so schnell wie möglich von dem Dämonenhund zurückzog.

Der Hund sprang wieder vor, ich wich hastig wieder zurück. Selbst blind konnte er mich immer noch riechen. Die flache, brutale Schnauze rammte mich wie ein unkontrolliertes Auto, die Wucht des Aufpralls hob mich von den Füßen, sodass er mich vor sich hertrug. Ich kämpfte darum herunterzukommen, bis wenigstens meine Füße den Boden wieder berührten. Ich rammte sie fest und zwang den Hund so zu einem Halt. Meine Füße hinterließen tiefe Bremsspuren im Boden, aber es brauchte dennoch die ganze Kraft meiner Rüstung, den Dämonenhund davon abzuhalten, weitervorzupreschen. Ich schlug wieder und wieder auf den Kopf ein, das Krachen der Knochen und das Reißen des Fleischs klangen schrecklich laut in dem Flur. Stinkendes dunkles Blut überschwemmte meine Rüstung, nur um davon herabzutropfen, ohne Schaden anzurichten, denn es konnte die goldene seltsame Materie nicht angreifen. Aber die Wunden, die ich dem Dämonenhund versetzte, heilten immer wieder, und plötzlich erschien in der linken Augenhöhle wieder ein Augapfel und entzündete sich. Der Dämonenhund konnte wieder sehen.

Er konnte mich dennoch nicht zurückzwingen, so groß er auch war; es gab keinen Platz für ihn, um im Korridor zu manövrieren. Also spielte er mit seinen gewaltigen Nackenmuskeln und warf mich erneut zurück. Ich flog ein paar Meter, bevor ich landete, und sprang sofort wieder auf, aber der Dämonenhund blieb, wo er war, und betrachtete mich mit seinem flammenden Auge unheilvoll. Jetzt knurrte er pausenlos, es war wie ein nicht endendes Donnergrollen. Er sprang unglaublich schnell vor, seine großen Kiefer schlossen sich mit bösartiger Kraft um meine Brust und meine Schulter. Sie schlossen sich wie eine Stahlpresse, der Druck war beinahe zu groß, um ihn auszuhalten, konnte meine Rüstung aber doch nicht knacken. Große Zähne brachen ab und zersplitterten, als die Kiefer sich schließen wollten. Der Dämonenhund schüttelte den Kopf und schleuderte mich herum wie eine Ratte. Alles, was ich tun konnte, war mich mit beiden Händen festzuhalten. Goldene Finger gruben sich tief in sein Fleisch. Wieder und wieder bissen die Kiefer zu, doch meine Rüstung hielt stand. Es gibt nicht viele Dinge, die eine Drood-Rüstung knacken können, und die Zähne eines Dämonenhundes sind weit davon entfernt, wie ich erleichtert feststellte.

Die Kiefer öffneten sich wieder, um ein weiteres Mal zuzubeißen. Ich sprang zurück und nutzte dabei die verstärkte Kraft in den Beinen, um einen vernünftigen Abstand zu dem Hund zu gewinnen. Er schoss mit weitaufgerissenem Maul wieder vor. Ich wartete den letzten Moment ab, dann steckte ich meine Hand in sein offenes Maul, griff nach seiner Zunge und riss das sich windende Ding an der Wurzel aus. Blut schoss heraus wie aus einem Flammenwerfer, als der Hund alle vier Pfoten in den Boden rammte und schlitternd zum Halt kam. Er heulte vor Zorn auf, ein Laut, der halb erstickt klang und von den Blutströmen immer wieder unterbrochen wurde. Trotzdem war er immer noch ohrenbetäubend laut in dem engen Raum des Flurs. Die herausgerissene Zunge zappelte und wand sich in meiner Hand, dann wickelte sie sich fest um meinen Arm. Spitze Zähne auf der Unterseite der Zunge zerbrachen und fielen herunter, ohne meine Rüstung auch nur anzukratzen. Ich zerquetschte die Zunge in meiner Hand zu blutigem Matsch, riss den Rest von meinem Arm herunter und zerstampfte ihn zu einer widerlichen Masse auf dem Boden. Einige Sachen sind sogar für einen hartgesottenen Agenten zu eklig.

Aber während ich damit beschäftigt war, schwang der Dämonenhund seinen verwundeten Kopf in meine Richtung, hob mich wieder von den Füßen und pinnte mich an die Flurwand. Da hing ich nun, meine Füße zappelten hilflos in der Luft, meine Arme waren an die Seiten gepresst, weil der Hauptteil seines Gewichts sie dort festhielt. Die Wand des Korridors krachte und ächzte unter dem tonnenschweren Druck. Noch beschützte mich meine Rüstung, aber ich konnte mich nicht befreien. Alles, was der Dämonenhund tun musste, war, mich dort festzuhalten, bis die Satanisten aus dem verschlossenen Raum entkommen waren und dann …

Auf einmal tauchten aus dem Nichts Molly und Isabella auf. Beide hatten glühende Schwerter in der Hand und griffen den Dämonenhund jetzt von zwei Seiten gleichzeitig an. Ihre Hexenmesser gruben sich tief in die Kehle des Hundes. Blut strömte dick daraus hervor und verdampfte in der Luft. Molly und Isabella sprangen schnell zurück, um es nicht zu berühren, doch ohne dabei ihre Messer herauszuziehen. Sie drückten die Klingen tiefer hinein, dann rissen sie sie durch den Hundehals, bis sie sich in der Mitte trafen. Der Hund versuchte, aufzujaulen, aber sie hatten ihm die Stimme abgeschnitten. Dunkles Blut platschte auf den Boden. Der Druck auf mich wurde schwächer. Plötzlich wich alle Kraft aus dem Wesen, dann brach der Höllenhund zusammen. Molly und Isabella traten zurück und betrachteten den Hund argwöhnisch. Ich schob den Körper von mir weg. Er reagierte nicht, sondern hechelte jetzt schwer. Die Flammen in seinem Auge waren erloschen. Er schnappte zum Trotz noch einmal nach mir und hörte dann auf zu atmen.

Am Rande meines Gehörs hörte ich noch einen verzweifelten Schrei, als der Dämon den jetzt toten Körper verlassen musste. Er wurde wieder in die Hölle geschickt, wo ihn die Strafe dafür erwartete, versagt zu haben.

Der Hund lag jetzt still da, nun nichts weiter als ein Haufen Muskeln, tot und leer. Molly starrte ihn zornig an. »Böser Hund.«

Ich rüstete ab und streckte mich erschöpft. Den Hund zu bekämpfen hatte mich einiges an Kraft gekostet. Die Rüstung ist stark, aber ich muss dennoch darin arbeiten. Isabella runzelte die Stirn.

»Typisch Drood. Du musstest ja aufrüsten, nicht wahr? So viel seltsame Materie hat jeden Alarm im Gebäude ausgelöst!«

»Der Hund war verdammt groß«, beschwerte ich mich. »Was hätte ich denn tun sollen, mich als seinen Kauknochen benutzen lassen? Ihn mit einer zusammengerollten Zeitung auf die Nase hauen? Und ich höre keinen Alarm.«

Molly schnippte mit den Fingern, und jetzt hörte ich alle Sicherheitsalarme von Lightbringer House gleichzeitig losgehen. Glocken, Sirenen, Flutlichter, der ganze Kram. Und im Hintergrund erklang ein ständiges unmenschliches Heulen, das nichts mit einem Alarmsystem zu tun hatte.

»Ich glaube, wir haben etwas aufgeweckt«, sagte Molly. »Und ich glaube nicht, dass wir hier abwarten sollten, bis wir herausfinden, was es ist.«

»Ja«, sagte Isabella widerwillig. »Ich kann ja jederzeit wiederkommen.«

»Neugier ist der Katze Tod«, dozierte ich.

»Und Befriedigung hat sie wieder auferstehen lassen!«, gab Isabella zurück. »Also, wie kommen wir jetzt von hier weg, bevor die Tür des Konferenzraums nachgibt und eine ganze Horde von wütenden Satanisten auf uns loslässt?«

»Kein Problem«, meinte Molly. »Eddie hat Merlins Spiegel. Wir können durch ihn hindurchtreten, heraus aus diesem Gebäude direkt nach Drood Hall, und dann den Spiegel wieder abschalten, bevor uns einer folgen kann. Sie werden nicht einmal wissen, wo wir hin sind.«

Ich hatte Merlins Spiegel bereits herausgeholt und schüttelte ihn zu voller Größe auf. Isabella beäugte ihn eifersüchtig.

»Merlins Spiegel? Wie zum Teufel bist du denn an den gekommen, Drood? Ich suche schon seit Jahren danach. Man kann sich echt darauf verlassen, dass die Droods die besten Spielzeuge für sich behalten. Du musst mir erlauben, ihn zu untersuchen!«

»Vielleicht später«, erwiderte ich. »Wenn du brav bist.«

»Soll ich dir eine reinhauen?«

»Lass die Finger von meinem Freund, Iz«, mahnte Molly.

Aber ich hatte derweil ein anderes Problem. Egal, was ich versuchte, Merlins Spiegel weigerte sich stur, mir etwas anderes zu zeigen als mein Spiegelbild. Ich versuchte es damit, ihn wieder zu normaler Größe und dann noch etwas aus Prinzip zu schütteln, aber er blieb einfach nur ein Spiegel. Endlich sagte ich etwas Rüdes, aber durchaus Berechtigtes und steckte den Spiegel weg.

»Houston, wir haben ein Problem«, sagte ich langsam. »Es scheint, als habe dieses Gebäude einige echt schwere und dicke Schilde angeschmissen, jetzt, wo der Alarm losgegangen ist. Der Spiegel kann die Welt draußen nicht mehr erreichen. Auf diese Weise können wir jedenfalls nicht verschwinden.«

»Das ist echt einer dieser Tage«, sagte Molly wehmütig.

»Na toll«, meinte Isabella. »Du bist ein verdammter Klotz am Bein, weißt du das, Drood?«

Dann wirbelten wir alle herum. Aus einer Entfernung, die nicht annähernd groß genug war, erklangen viele erhobene und wütende Stimmen, die schnell auf uns zukamen. Die Satanisten waren endlich aus dem Konferenzraum herausgekommen. Ich sah mich rasch im Korridor um. Keine Abzweigungen, keine Fenster irgendwo und der Flur endete ungefähr sechs Meter weiter an einer nackten Mauer. Der andere Weg war von mehreren Tonnen totem Höllenhund versperrt. Selbst im Tod machte er noch Ärger. Der Lärm des herankommenden Mobs wurde lauter. Ich sah Molly und Isabella an.

»Ich bin offen für Vorschläge.«

»Ich kann uns nicht rausteleportieren«, sagte Molly. »Nicht an diesen Schilden vorbei. Iz?«

»Alles, was ich hatte, habe ich beim Reinkommen verbraucht«, erwiderte die. »Ich dachte, ich könnte hier unerkannt wieder rausschleichen.«

»Wie hoch sind wir?«, fragte ich. »Wie weit sind die Lobby und der Haupteingang entfernt?«

»Wir sind im zweiundzwanzigsten Stock«, meinte Isabella. »Ein Aufzug ist an unserem Ende des Flurs, eine Treppe auch.«

»Ich hasse die Idee, in einem Aufzug gefangen zu sein«, sagte ich. »Und die Treppe ist höchstwahrscheinlich bewacht.« Ich sah nachdenklich auf die Mauer am Ende des Gangs. So fest sah sie nicht aus. »Ich könnte durch diese Wand brechen, euch beide packen und springen. Ich sollte den Sturz überleben und wenn ihr dicht an mir dranbleibt, ihr auch.«

»Hast du das schon ein einziges Mal versucht?«

»So gesehen nicht, nein.«

»Dann werde ich mein Leben sicher keinem ›sollte‹ anvertrauen«, meinte Isabella entschieden.

»Dann nehmen wir den Aufzug«, entgegnete ich.

»Hexen und Schwestern zuerst«, meinte Molly.

Wir rannten schnell ans Ende des Korridors. Die Rufe und Schreie waren gefährlich dicht hinter uns, aber ich sah mich nicht um. Es würde nichts helfen und ich wollte mich nicht ablenken lassen. Aber dann knallten Kugeln in die Wände neben uns. Ich rüstete sofort auf und fiel ein wenig zurück, sodass ich mich zwischen die Hexen und die Kugeln stellen konnte. Ich versuchte es diskret, sodass ihr Stolz nicht verletzt wurde. Ich war sicher, dass Molly sich kaum von einer einfachen Kugel ins Bockshorn jagen lassen würde, aber ich wollte es nicht darauf ankommen lassen. Das tue ich nicht, wenn es um Molly geht, egal, wie wütend sie später wird. Einige Dinge sind nicht verhandelbar. Das ist so ein Männerding.

Wir erreichten den Aufzug, und Isabella schlug mit dem Knöchel auf den Rufknopf (alter Einbrechertrick: Mit dem Knöchel auf Knöpfe drücken, damit man keine Fingerabdrücke hinterlässt). Ich sah hinter mich. Hinter dem Körper des Höllenhunds war der Flur voller Menschen mit roten Gesichtern und knurrenden Mäulern. Ein Dutzend oder so trug Schusswaffen, auch wenn der größte Teil des toten Hundes uns vor einem direkten Angriff schützte. Sie mussten um den massiven Haufen herumschießen und darin waren sie nicht besonders gut. Aber einige hatten die Leiche bereits erreicht und versuchten, sich an ihr vorbeizuzwängen. Dabei schossen sie die ganze Zeit. Ich stellte mich in ihre Richtung und versuchte dabei, so breit wie möglich zu sein. Ein halbes Dutzend Männer und eine Frau eröffneten schon aus Kernschussweite das Feuer auf mich und bliesen alles weg, was ihnen im Weg war. Aber ich blieb stehen. Die Rüstung absorbierte jede Kugel, die mich traf, neutralisierte den Aufprall und saugte sie in sich auf. Die Satanisten feuerten weiter, aber ich konnte ihnen ansehen, dass sie beeindruckt waren. Da ist etwas sehr Verwirrendes und durchaus Einschüchterndes an einem Feind, der einfach nur dasteht und auf sich schießen lässt. Besonders, wenn er einen aus einer konturlosen metallenen Maske heraus anstarrt, die nicht einmal Augenhöhlen aufweist.

Aber die Satanisten feuerten weiter, und ich konnte mich

nicht einmal bewegen oder auch nur zum Aufzug zurückweichen, ohne Molly und Isabella dem Beschuss auszusetzen. Diese verdammten Kugeln können in einem Feuergefecht überall hinfliegen. Besonders in einem so begrenzten Raum wie diesem. Und dann, wie es eben oft in einer ausufernden Schießerei passiert, hatten sie alle keine Munition mehr. Die Waffen schwiegen, die Satanisten hielten an und sahen blöde auf ihre leeren Schusswaffen herab. Einer schüttelte seine Knarre sogar, als ob das helfen würde. Solche Dinge passieren im Fernsehen einfach nicht. Die Leute hinter ihnen schrien sie an, sie sollten doch aus dem Weg gehen und es jemand anderem überlassen. Vermutlich besaßen sie weitere Waffen, diesmal mit Kugeln drin. Ich riskierte einen Blick über die Schulter.

»Ist der Aufzug immer noch nicht da?«

»Damit stimmt etwas nicht!«, schnappte Isabella zurück. »Ich habe den Rufknopf gedrückt, bis er jammerte, aber die Stockwerkanzeige funktioniert nicht und die Tür öffnet sich nicht.«

»Verschaff mir mal etwas Zeit, Molly«, sagte ich.

Molly trat neben mich, schnippte mit den Fingern. Die Satanisten, die uns am nächsten waren, verschwanden plötzlich und wurden von einem Dutzend sehr überrascht aussehender Kröten ersetzt. Wirklich hässlichen und warzigen Kröten. Die Satanisten hinter ihnen fielen zurück und duckten sich auf der Suche nach Deckung in die Türeingänge.

Isabella schnaubte laut. »Kröten. Ich dachte echt, für so was wärst du zu alt, Molly.«

»Niemals einen Klassiker ersetzen«, meinte Molly. »Und man sollte niemals gegen den Erfolg wettern. Die Leute werden Kugeln riskieren. Aber zeig ihnen, dass ein paar Freunde neuerdings Fliegen mit der Zunge fangen, und schon werden auf einmal alle sehr glücklich sein, wenn jemand anders zuerst geht. Eddie, ich denke, wir haben lange genug auf diesen Aufzug gewartet. Mach die Türen auf, und Isabella und ich zeigen diesen teufelsanbeterischen Scheißkerlen, was passiert, wenn man die Metcalf-Schwestern gegen sich aufbringt. Iz, bist du in der Stimmung, etwas Schreckliches und geradezu Grauenvolles anzustellen?«

»Immer«, erwiderte Isabella.

Ich erwartete, dass beide jetzt die Satanisten mit Zaubersprüchen und wirklich chaotischer Magie bombardieren würden, aber stattdessen gingen Molly und Isabella Seite an Seite den Korridor herunter, direkt durch den toten Höllenhund hindurch, und stürzten sich dann auf die nächsten Satanisten. Die beiden Hexen prügelten sprichwörtlich die Scheiße aus den armen Kerlen. Ihre kleinen Fäuste flogen mit alarmierender Geschwindigkeit und Präzision. Blut spritzte, Knochen brachen und die Luft war voller schrecklicher Geräusche, als die Metcalf-Schwestern die Satanisten mit bösartiger Berechnung niederschlugen und unter ihren Füßen zertrampelten. Die Satanisten hatten sich auf eine magische Attacke vorbereitet, aber zwei junge Hexen im Faustkampf waren dann doch eine recht persönliche Sache. Molly und Isabella kämpften sich vor und lachten dem demoralisierten Feind grimmig ins Gesicht.

Hinter meiner goldenen Maske musste ich grinsen. Man sollte niemals eine der Metcalf-Schwestern gegen sich aufbringen.

Einige der Satanisten erinnerten sich nun daran, dass sie Waffen hatten, und eröffneten wieder das Feuer. Molly und Isabella hielten stand und woben mit ihren Händen geheime Muster – die Kugeln verwandelten sich in Blumen und flatterten zu Boden. Andere Satanisten hatten ihre Handfeuerwaffen gegen automatische ausgetauscht, aber das machte keinen Unterschied. Es hieß nur mehr Blumen. Dennoch, auch wenn es gut war zu wissen, dass Molly und Isabella sich selbst verteidigen konnten, ich wusste auch, dass sie das nicht lange durchhalten würden.

Ich hatte gerade angefangen, meine volle Aufmerksamkeit den geschlossenen Aufzugtüren zu widmen, als sich das Hauptsicherheitssystem des Gebäudes einschaltete. Große Gleitpaneele öffneten sich in der Wand des Flurs. Ich musste ein paar Mal blinzeln, denn ich hätte geschworen, dass die vor ein paar Augenblicken noch nicht da gewesen waren. Wirklich große Geschützbatterien erhoben sich aus Waffenschränken und richteten sich schnell auf Molly und Isabella. Ich rannte vorwärts und warf mich im gleichen Moment zwischen die Geschütze und die Hexen, indem sie das Feuer eröffneten.

Die Kugeln hämmerten auf mich ein, zielten auf meinen Kopf und die Brust und den Bauch, und obwohl meine Rüstung die Kugeln leicht absorbierte, wagte ich nicht, mich zu bewegen. Ich hatte Furcht, Molly und Isabella die Deckung zu nehmen. Das hier war ernstzunehmende Bewaffnung, die Kugeln in einem konstanten Strom ausspuckte. Sie durchlöcherten die Wände hinter mir auf beiden Seiten, schossen gezackte Löcher in Türen und rissen sie aus den Angeln. Einige trafen auch die Leiche des Hundes und zerrissen in einer Serie von kleinen Explosionen das dunkle Fleisch. Muskelkonfetti flog überallhin, dunkle Flüssigkeiten schwappten den Korridor auf und ab. Der Gestank war furchtbar, als die Kugeln sich bis zu den Organen hindurchfraßen.

Eine Munitionswelle nach der anderen traf mich und wurde absorbiert, ohne Schaden anzurichten. Ich fühlte mich langsam ein wenig frech, ein wenig nach »Ist-das-alles-was-ihr-drauf-habt?«, als die Geschütze auf einmal schwiegen und sich in die Wände zurückzogen. Sie wurden aber auf der Stelle von neuen, sogar noch größeren Geschützen ersetzt, die tausende Nadelgeschoss-Salven pro Sekunde abfeuerten. Der tote Hund platzte, in Augenblicken war er zerschossen. Ich hielt stand, atmete durch und lehnte mich leicht nach vorn, mitten in den soliden Kugelstrom hinein. Meine Rüstung saugte die Flechettes mit anhaltender Begeisterung auf. Als ich sicher war, dass meine Rüstung diese Art von konzentriertem Beschuss aushielt, ging ich langsam nach vorn, tiefer ins Feuer hinein, schnappte mir nacheinander zwei der Nadelwerfer und riss sie direkt aus ihren Halterungen. Die übrigen verknotete ich mehrfach, um meinen Standpunkt dazu mal klarzumachen, bevor ich sie auf den Boden warf. Plötzlich war es sehr still im Korridor. Dann brach hinter mir wilder Applaus aus. Und ein gewaltiger Pfiff durch die Zähne von Molly.

Ein weiteres Paneel öffnete sich jetzt neben mir. Wieder fuhr ein Geschütz heraus. Ich packte es und zwang es wieder hinein. Die Waffe explodierte, Flammen und schwarzer Rauch quollen in den Flur. Keines von beiden kümmerte mich in meiner Rüstung. Den Gang hinab rotteten sich die Satanisten zusammen und hielten einen sicheren Abstand zu Molly, Isabella und mir. Sie hatten das mit den Waffen aufgegeben. Etwas in ihren Gesichtern schien zu sagen, dass sie der Ansicht waren, was ich tat, sei irgendwie unfair. Ich hätte nicht in der Lage sein sollen, ihrer zweifellos sehr teuren Bewaffnung standzuhalten.

Ich war so damit beschäftigt, auf die Seitenpaneele in den Wänden zu achten, dass ich wirklich überrascht war, als sich im Gang der Länge nach Falltüren zu öffnen begannen. Große Quadrate des Bodens verschwanden einfach, still und ohne Vorwarnung und offenbar zufällig. Ich wappnete mich, die Hände in die Hüften gestemmt, und warf einen schnellen Blick auf Molly und Isabella. Ich hätte mir keine Sorgen machen müssen. Einige Falltüren öffneten sich unter den Hexen, als sie sorglos zu mir zurückschlenderten, aber beide gingen direkt über die offenen Stellen, als ob sie gar nicht da wären, und schritten leichthin über die tiefen Löcher, ohne hinabzublicken. Isabella schnaubte laut, als sie beim Aufzug ankam.

»Falltüren? Was ist das hier eigentlich? Eine Amateurveranstaltung?«

»Könnt ihr auch übers Wasser laufen?«, fragte ich. Ich war wirklich neugierig.

Molly lachte. »Zur Hölle, Süßer, ich kann auf einem Pool stepptanzen! Das war eine Zeitlang mein Lieblings-Partygag.«

»Und ein echter Fortschritt, wenn man den davor bedenkt«, unterbrach Isabella. »Und es gibt danach auch viel weniger aufzuräumen. Du warst schon immer eine Angeberin. Sie war als Kind schon genauso, Drood. Sie und ihr kostbares Einhorn!«

Ich musste Molly ansehen. »Du bist auf einem Einhorn geritten?«

Sie grinste breit. »Nicht sehr lange.«

Ich sah den Gang hinab. Es schien das Sicherste zu sein. Die satanistischen Typen hatten sich neu formiert, einige trugen jetzt richtig große Wummen, und ein paar davon sahen aus wie Granaten- oder Flammenwerfer. Der einzige Grund, warum sie noch nicht hinter uns waren, war der, dass sie zu sehr damit beschäftigt waren, untereinander auszudiskutieren, wer die Ehre haben sollte, zuerst bei uns zu sein. Jeder schien sehr erpicht darauf, diese Ehre einem anderen zukommen zu lassen. Es ist wirklich schön, geschätzt zu werden. Ein besonders heller Kopf holte eine Granate hervor, zog die Sicherung heraus und rollte sie über den Boden in unsere Richtung. Die Falltüren schlossen sich augenblicklich eine nach der anderen, um dem Ding den Weg zu ebnen. Ich wartete ab, bis sie uns fast erreicht hatte – ich wollte sportlich bleiben. Dann bückte ich mich und presste sie mit beiden Händen an meine Brust. Die Granate ging los, meine Rüstung absorbierte die Explosion und das meiste des entstehenden Rauchs. Ich sah den Gang hinab und winkte dem Kerl fröhlich zu, der die Granate geworfen hatte. Er stampfte doch tatsächlich mit dem Fuß auf vor lauter Frust, wandte sich ab und musste von den anderen Satanisten getröstet werden. Ich glaube nicht, dass sie schon jemals mit der Droodschen Rüstung zu tun gehabt hatten. Sicher, das tat ihrem Selbstbewusstsein gar nicht gut. Einige der Typen sahen aus, als würden sie gleich in Tränen ausbrechen.

»Hör auf anzugeben und mach endlich die Aufzugtüren auf!«, befahl Isabella.

»Kein Sinn für Humor«, sagte Molly. »So war sie schon als Mädchen. Sie und ihr verzaubertes Motorrad.«

Ich wandte mich wieder den Aufzugtüren zu und betrachtete sie nachdenklich. Während ich das tat, flammte ein schrecklich grelles Licht im Gang auf, ein grimmiger, weißglühender und definitiv unnatürlicher Schein, heller als die Sonne. Beinahe grell genug, um meine gerüstete Maske zu durchdringen, die tatsächlich meine Sicht kurze Zeit völlig verdunkeln musste, um meine Augen zu schützen. Molly und Isabella schrien vor Schreck auf und hielten sich aneinander fest. Für den Augenblick waren sie blind. Und während wir so desorientiert waren, öffneten sich neue Paneele in den Seitenwänden des Korridors und enthüllten dunkle, versteckte Löcher voller Viecher, die ganz so aussahen wie Falltürspinnen.

Große, haarige Biester von Katzengröße, mit viel zu vielen Beinen und Augen und zuschnappenden Mäulern mit Fangzähnen. Sie schwärmten aus den Wänden, Gift tropfte von ihren Fängen, und offenbar waren sie begierig, uns zu erreichen, während wir noch hilflos waren. Aber meine Maske war schon wieder normal. Ich stellte mich ihnen schnell in den Weg, aber sie liefen über mich drüber, hielten sich mit ihren klebrigen Beinen an meiner Rüstung fest und versuchten, ihre Reißzähne durch die seltsame Materie zu bohren. Ich schauderte und wand mich in meiner Rüstung. Ich habe Spinnen noch nie gemocht. Aber ich zwang mich, stillzustehen, während sie mich überschwemmten, wogten, schubsten und ihre

Mäuler gegen die Außenseite meiner Maske pressten, dann packte ich sie mit meinen goldenen Händen, zerquetschte ihre fleischigen Körper und riss sie von meinem Gesicht. Ich schlug nach ihnen und sie fielen tot zu Boden. Einige fielen herunter und versuchten zu flüchten, aber ich zertrampelte sie. Als ich fertig war, atmete ich schwer, mein Herz hämmerte wie ein Vorschlaghammer. Ich habe Spinnen *noch nie* gemocht. Ich sah auf die Öffnungen in der Wand, die sich jetzt alle schnell wieder schlossen. Molly und Isabella schauten sich blinzelnd um, als ihre Sicht langsam wiederkam.

»Was zur Hölle war das?«, fragte Isabella. »Was ist denn das da auf dem Boden? Und was tropft da von deiner Hand, Drood?«

»Vertrau mir«, antwortete ich. »Das willst du wirklich nicht wissen.«

»Ich hab jetzt echt genug von diesem Ort und seinen widerlichen kleinen Überraschungen«, sagte Molly und rieb sich mit dem Knöchel ein tränendes Auge. »Zeit zu verschwinden. Mach endlich diese Aufzugtüren auf, Eddie, und vergiss die Höflichkeit.«

»Liebend gern«, erwiderte ich.

Ich rammte ein paar meiner goldenen Finger zwischen die Türen, öffnete einen Spalt, der groß genug war, um beide Hände hineinzuschieben, und zwang die Türen auf. Metall kreischte und verformte sich unter meiner gerüsteten Kraft. Ich sah in das hinab, was ein Aufzugschacht hätte sein sollen, und fluchte leise. Ich hatte nicht erwartet, dass wirklich eine Kabine da war. Ich hatte eher daran gedacht, eines der Aufzugkabel zu nehmen und mich dann mit Molly und Isabella im Arm daran herabzulassen. Das hätte ich tun können. Unglücklicherweise waren da aber keine Kabel und auch kein Schacht. Überhaupt war der ganze mechanische Kram verschwunden und der Schacht selbst war durch einen langen, pulsierenden, rosafarbenen Schlund ersetzt worden, komplett mit dicken, violetten Venen, einer Hand voll Augen, die uns anstarrten und ein paar Reihen schnell rotierender Zähne. Ein wirbelnder, ätzender Dampf erfüllte den Schlund und ließ vermuten, dass sich am anderen Ende eine Art Magen befand. Da durchzuspringen bedeutete also, durch einen Fleischwolf zu springen. Und zwar durch einen hungrigen. Ich war ziemlich sicher, dass meine Rüstung das aushalten würde, aber bei Molly und Isabella war das wohl etwas anderes. Eine Reihe von leisen Schlucklauten kam jetzt durch den Schlund auf uns zu. Etwas bekam gehörigen Appetit.

»Wenn ich Zeit dazu hätte, würde ich dir den Hals runterpinkeln«, vertraute ich dem Schlund an und wandte mich dann wieder an Molly. »Wir nehmen die Treppe.«

»Das ist immer noch eine miese Idee«, sagte Molly. »Aber offenbar das kleinere Übel.«

»Ich hasse diesen Ort«, verkündete Isabella.

Wir wandten uns zur Treppentür. Ich bestand darauf, als Erster zu gehen. Ich stand ein paar Augenblicke vor der Tür, betrachtete sie sorgfältig und überprüfte sie auf neue Überraschungen, dann rammte ich sie mit einem Hieb meiner gerüsteten Schulter auf. Die Tür schlug gegen die innere Wand und machte dabei einen Krach, der das lange Treppenhaus hinunterhallte. Nichts offenbar Gefährliches war zu sehen, also rannte ich die rauen Zementstufen hinunter, Molly und Isabella dicht hinter mir. Ich hörte nicht, dass uns jemand folgte, was mir ziemliche Sorgen machte. Wenn sie uns nicht nachkamen, dann, weil sie es nicht mussten. Weil irgendetwas auf uns wartete.

Wir kamen ohne Zwischenfall einige Stockwerke tiefer, das einzige Geräusch unsere Schritte auf den nackten Stufen. Dann hielt ich an und bat um Stille, indem ich die Hand hob. Wir standen da und lauschten. Von unten kamen Schritte herauf. Aber mit dem Geräusch war etwas nicht in Ordnung. Flach, nicht eilig, beinahe schlurfend. Und kein Wort, kein menschlicher Laut, der das begleitete. Die Satanisten, die wir vorher getroffen hatten, waren in ihrer Ausdrucksweise nicht sehr zurückhaltend gewesen. Ich lehnte mich über das Geländer und spähte hinab. Etwa zwanzig nackte Männer und Frauen kamen die Treppe hinauf.

Ich sah Molly an. »Warum haben die nichts an? Ich glaube nicht, dass ich die Vorstellung mag, nackte Menschen anzugreifen. Ich bitte dich, satanistische Nudisten? Was ist hier los?«

»Du schnallst es nicht, Eddie«, sagte Molly, aber sie lachte nicht. »Die tragen keine Kleider, weil sie die nicht brauchen. Sie sind tot. Die sind alle tot.«

Ich beugte mich wieder vor und sah noch einmal hin. Jetzt waren sie näher gekommen, nah genug, dass ich die schrecklichen Wunden sehen konnte, die sie getötet hatten. Gewaltige Löcher in der Brust, wo man ihnen das Herz herausgerissen hatte. Gezackte Knochenstümpfe ragten aus den klaffenden Wunden und lange Streifen getrockneten Bluts liefen in Krusten über die blassgrauen Torsi. Ihre Gesichter waren leer und starrten mit Augen zu uns hinauf, die vor sich hinblinzelten. Sie waren tot und sie waren hinter uns her.

»Die sind von ihren Menschenopfern übrig geblieben«, sagte Isabella. »Das sind eigentlich nicht mal Zombies, denn in ihnen ist gar nichts mehr übrig. Nur Leichen, die aufgestanden sind und von einem anderen Willen bewegt werden. Ich weiß nicht, warum die Satanisten sie aufgehoben haben. Nur nichts verkommen lassen, denke ich. Tote, die sich wieder erheben, sind hervorragende Truppen mit beeindruckender Wirkung auf die Lebenden. Psychologisch sehr effektiv. Schocktherapie, wenn du so willst.«

Sie waren jetzt nur noch etwa ein Stockwerk unter uns, nah genug, um zu erkennen, dass man den Toten noch andere

Dinge angetan hatte. Einigen fehlte die Hand, einige hatten keine Füße und gingen mit dem, was von den Knöcheln noch übrig war. Ein paar hatten keine Augen oder Zähne oder Lippen. Und das alles war ihnen ganz offenbar vor ihrem Tod angetan worden.

»Warum tut man so was?«, fragte ich.

»Satanisten wollen eben nur Spaß«, erwiderte Isabella und lächelte leicht.

Ich warf ihr einen Blick zu. »Glaubst du echt, das ist lustig? Folter und Verstümmelung und Menschenopfer?«

Molly legte sanft eine Hand auf meinen Arm. Ich konnte sie nicht fühlen, aber sehen. »Du weißt doch, wie das ist. In solchen Situationen muss man eben lachen, sonst würde man verrückt.«

»Okay«, meinte ich. »Ich weiß. Ich ... es hat mich nur für einen Moment erwischt.«

»So ist das gedacht«, sagte Isabella. »Eins muss man den Satanisten lassen: Sie wissen genau, wie sie einen aus der Reserve locken können.«

»Mach dir keine Sorgen darüber, dass du ihnen wehtun könntest, Eddie«, sagte Molly. »Da ist nichts mehr, das ihnen wehtun könnte. Das sind nur Leichen.«

»Dann kümmert ihr euch um die. Ich bringe den Enthusiasmus dafür irgendwie nicht auf.«

»Sicher, Eddie«, meinte Molly. »Kein Problem. Bleib zurück und lass die Metcalf-Schwestern arbeiten.«

Die beiden Hexen lehnten sich über den Absatz, intonierten gleichzeitig einen Zauberspruch und streckten die Hände aus. Feuer brach aus ihren Fingerspitzen, fauchende Stöße heißer, gelber Flammen, die das Treppenhaus hinunterschossen und die Toten entzündeten, die hinaufkamen. Feuer erfüllte den Treppenschacht, so heiß, dass die Luft sich kräuselte und die Wände sich schwärzten. Kurz wallte der Geruch verbrannten

Fleisches auf, war aber genauso schnell wieder verschwunden. Die Flammen erloschen. Doch die Luft flimmerte noch vor Hitze, und ich musste ein paar Augenblicke innehalten, bevor ich nachsah. Alle toten Männer und Frauen waren verschwunden. Nichts zeigte mehr an, dass sie vor wenigen Augenblicken noch auf dieser Treppe gewesen waren, nur ein paar Brandflecken waren auf den Stufen unter uns zu sehen sowie ein paar Ascheflocken, die träge in der Luft schwebten.

»Feuer reinigt«, meinte Molly. »Wenn man es richtig macht.«

»Ich frage mich, wo die die Leichen gelagert haben«, überlegte Isabella. »Vielleicht haben die ja große Gefrierschränke im Keller.«

»Ich glaube, sie haben sie aufgehoben, um sich über sie lustig zu machen«, meinte Molly. »So sind Satanisten eben. Geht's wieder, Eddie?«

»Ja«, sagte ich. »Es ist eben nur ... einige Dinge sind einfach nicht richtig.«

»Wartet mal«, unterbrach Isabella. »Da kommt noch was die Treppe rauf.«

»Natürlich«, sagte ich. »Tage wie dieser. Sind sie diesmal wenigstens angezogen?«

»Ja und nein«, erwiderte Molly und beugte sich weiter über das Geländer, als gut für sie war. Ich zog sie zurück, sie warf mir einen zornigen Blick zu. »Was jetzt kommt, ist so gesehen nicht wirklich real. Auch wenn es ganz definitiv präsent ist.«

Ich beugte mich selbst vor, um einen Blick darauf zu werfen. Eine ganze Horde von menschlichen Gestalten marschierte in perfektem Gleichschritt die Treppen hinauf. Sie waren wie ... Plastikformen von Menschen – die richtige Form, aber kein Detail, mit grauen und farblosen, leeren Gesichtern. Da war etwas wirklich Seltsames um sie, auch wenn ich einen Moment brauchte, um zu erkennen, was es war. Man konnte sie nur von vorne sehen. Von der Seite waren sie kaum einen Zentimeter dick. Und von hinten waren sie überhaupt nur ein konkaves Loch. Ich lehnte mich zurück und sah Molly an.

»Okay, das sind zehn von zehn Punkten auf der Freak-Skala. Was zur Hölle ist das?«

»Schalen«, sagte Molly prompt. »Erfahrene Zauberer können sie aus sich schaffen, so ähnlich wie eine Schlange sich häutet und abwirft. Wirklich geübte Zauberer können ungefähr zehn bis zwanzig Schalen gleichzeitig abwerfen und sie nach Belieben kommandieren. Eine Art physische Ausdehnung des Zaubererwillens. Besser als Zombies, weil der Zauberer spürt, was seine Schalen spüren, aber gefährlicher, weil das, was seinen Schalen passiert, auch den Zauberer beeinträchtigen kann, der sie abgeworfen hat. Sie sind unmenschlich stark und es scheinen eine ganze Menge von ihnen zu sein.«

»Also, wenn wir genug von diesen Schalen zusammenprügeln, können wir die Zauberer ausschalten oder sogar töten?«

»In einem Satz zusammengefasst«, sagte Molly. »Sollen Iz und ich die für dich braten?«

»Nein«, meinte ich. »Ich muss ein paar Aggressionen loswerden. Ich fühl mich, als müsste ich Dampf ablassen.«

Also schlenderte ich die Treppe hinab und watete direkt in die Schalen hinein. Sie schnellten vor wie tollwütige Hunde, gierig zu töten, und ich war bereit für sie. Ich gab dem Ersten, der auf mich zukam, direkt eins auf die Nase. Meine goldene Faust drang durch ihn hindurch und aus der anderen Seite wieder hinaus. Der Schalentyp war ja nur einen knappen Zentimeter dick. Er zappelte um mein Handgelenk herum, seine Fäuste wirbelten nutzlos in meine Richtung. Ich zerriss ihn mühelos und zerfetzte ihn wie Papier. Ich arbeitete mich stetig die Stufen hinab, schlug die Schalen nieder und zerriss sie. Sie überschwemmten mich, klammerten sich mit übernatürlicher Stärke und Hartnäckigkeit an mich, selbst als ich sie zerstörte, aber sie konnten mir durch meine Rüstung nichts anhaben.

Ich zerriss sie in Stücke, warf diese zu Boden und trampelte darauf herum. Es fühlte sich außerordentlich gut an. Ich dachte an satanistische Zauberer, die kreischten und starben, und lächelte hinter meiner goldenen Maske. Ich kam drei Treppenabsätze voran, bevor ich schließlich anhielt, weil keine Schalen mehr da waren. Molly und Isabella trotteten die Treppe herab und gesellten sich zu mir. Die Luft war voll von etwas, das wie Konfetti wirkte.

»Fühlst du dich jetzt besser?«, fragte Molly.

»Sehr«, erwiderte ich. »Einfacher als Monster schlachten. Die sind nur, was sie sind. Aber Leute sollten sich nicht in Monster verwandeln.«

»Pfadfinder«, meinte Isabella, nicht unfreundlich.

»Da kommt schon wieder was die Treppe herauf«, sagte Molly. »Und das klingt echt widerlich.«

»Ich hab genug davon«, motzte ich. »Die schicken uns Bestien entgegen, um uns zu erschöpfen. Unten in der Lobby wartet dann das große Geschütz und wir haben nichts mehr, das wir ihnen entgegensetzen könnten. Meine Rüstung ist unendlich stark, aber ich bin's nicht. Und ihr verbraucht eure Magie. Ihr könnt wetten, dass uns im Erdgeschoss etwas ganz Besonderes erwartet, und wir müssen in Form sein, um uns dem stellen zu können. Wir können nicht weiter dieses Zeug bekämpfen.«

»Also, ich bin noch nicht bereit aufzugeben!«, protestierte Isabella.

»Er auch nicht«, entgegnete Molly. »Eddie weist nur darauf hin, dass selbst unsere Kräfte nicht unerschöpflich sind. Und wenn wir all unser Pulver verschießen, ist er nicht sicher, dass er uns gegen das verteidigen kann, was die Satanisten wohl in der Lobby für uns vorbereitet haben.«

»Aber ich würde sterben bei dem Versuch«, warf ich ein.

»Natürlich würdest du das«, erwiderte Molly.

»Okay, okay, ihr habt mich überzeugt«, meinte Isabella. »Der hier ist ein Klugscheißer, Molly. Und jetzt sag mir, dass du eine bessere Idee hast, Drood.«

»Naja«, sagte ich. »Ich weiß nicht, ob sie besser ist, aber eine Idee ist es auf jeden Fall.« Ich sah die Stufen hinab. »Es sind nur siebzehn Stockwerke oder so. Ich glaube, wir sollten springen.«

»Was?«, rief Molly. »Das ist die tolle Alternative? Ich nehm alles zurück. Du bist verrückt, Eddie, und gefährlich noch dazu.«

»Ich dachte, das magst du so an mir.«

»Ich springe keine siebzehn Stockwerke hinunter! Ich kann nicht fliegen! Und ich will jetzt keinen Satz von dir hören, in dem das Wort ›Besenstiel‹ vorkommt.«

»Um das ganz klarzustellen«, warf Isabella ein. »Ich fliege auch nicht.«

»Müsst ihr auch nicht«, antwortete ich in diesem geduldigen, männlichen Tonfall, der Frauen absolut verrückt macht. »Das ist alles sehr einfach. Ich nehme euch in meine Arme und springe. Ihr haltet euch an der Rüstung fest, und schon die Nähe sollte euch auch schützen.«

»Schon wieder ›sollte‹«, meinte Molly mit gefährlichem Unterton.

»So verzweifelt bin ich noch nicht«, sagte Isabella.

»Da kommt was echt Mieses die Treppe rauf«, rief ich ihr ins Gedächtnis. »Und Schlimmeres garantiert direkt hinterher.«

»Schon gut, ich bin so verzweifelt«, sagte Isabella. »Aber ich tu's trotzdem nicht.«

»Ich glaube, wir müssen, Iz«, meinte Molly.

»Nein!«

»Warum nicht?«, fragte ich.

»Ich hab Höhenangst!«

»Ach komm schon«, sagte ich. »Wahrscheinlich wird dich erst der Aufprall umbringen.«

Ich griff mir beide, hielt sie fest und sprang. Wir plumpsten das Treppenhaus hinab, die beiden Hexen klammerten sich mit beiden Händen an mir fest. Sie intonierten mehr oder weniger einstimmig einen Zauberspruch und ich konnte fühlen, wie sich subtile Magie um uns wickelte und sie an meine Rüstung band. Gute Idee, vielleicht funktionierte das sogar. Die Stufen rasten schneller und schneller an uns vorbei, Mollys und Isabellas Stimmen hallten über uns. Die verschiedensten unerfreulichen Viecher starrten uns verwirrt hinterher, als wir an ihnen vorbeifielen, und ich war ziemlich froh, sie auslassen zu können. Ich hatte genug davon, gegen satanistische Verteidigungssachen anzukämpfen. Ich wollte die großen Jungs niederschlagen und verdammt nochmal hier raus, sodass ich meiner Familie die Informationen weitergeben konnte. Darauf kam es an.

Die letzten paar Stockwerke rasten verschwommen an uns vorbei und dann rammte mich der Aufprall des Erdgeschosses wie ein Hammerschlag. Meine gerüsteten Beine beugten sich und fingen den Anprall ab. Die Rüstung schützte mich vor dem Schock. Molly und Isabella sackten in meinen Armen zusammen, als seien sie knochenlos, aber ihre Magie schien geholfen zu haben. Ich richtete mich auf und hielt die beiden Hexen fest, bis sie wieder zu Atem gekommen waren und sich auf die Beine stellen konnten. Endlich richteten sie sich auf und schoben mich beinahe wütend von sich. Demonstrativ bemühten sie sich, alleine zu stehen, und kicherten dann auf einmal. Sie gaben sich fünf, und dann fiel mir etwas ein.

»Die ganze Zeit habe ich mir ein Bein ausgerissen, um mich zwischen euch und jede Gefahr zu stellen, aber ihr beide seid Hexen. Ihr verwahrt eure Herzen an einem anderen, geschützten Ort. Wart ihr bisher überhaupt in Gefahr?«

»Sei nicht albern, Eddie«, sagte Molly. »Wir können immer noch verletzt werden oder sterben, wenn wir schlimm genug verwundet werden. Du hast doch gesehen, was passierte, als der Droodsche Mob mich angriff. Ich war weit davon entfernt, das alles einfach so wegzustecken.«

»Richtig«, meinte Isabella. »Sein Herz an einem anderen Ort aufzubewahren ist einfach nur ein As im Ärmel. Ich bin eine Hexe und keine Göttin.«

»Sprich nur für dich selbst!«, sagte Molly. »Was für eine Fahrt! Lasst uns raufgehen und das nochmal machen!«

»Vielleicht später«, sagte ich. »Ich glaube, hier sind ein paar Leute, die uns sprechen wollen.«

Wir hatten endlich die Lobby des Lightbringer House erreicht. Sie war vollgepackt mit Menschen. Wahrscheinlich war die Empfangshalle unter normalen Umständen ein weit offener, luftiger und heller Raum, groß genug, um zu beeindrucken, ohne wirklich einzuschüchtern. Eben ein Ort, um Neuankömmlinge in die richtige Stimmung zu versetzen. Aber jetzt war sie von Wand zu Wand voller Geschäftsmänner und -frauen in schicken Hosenanzügen, die sich mit allen Arten von schwerer Bewaffnung beladen hatten. Einiges war so groß, dass es zwei von ihnen brauchte, um zu zielen.

Da waren Sicherheitsmannschaften in einfachen, schwarzen Uniformen und Gewehren. Sie sahen alle sehr professionell aus. In der Menge verteilt waren Männer und Frauen mit allen möglichen magischen Waffen, vom Zeigeknochen über glühende Klingen bis hin zu Händen des Ruhms. Hunderte von Menschen, alle mit Waffen, die auf Molly, Isabella und mich gerichtet waren. Sie waren in der Überzahl, hatten die besseren Waffen und wussten es. Sie lächelten: echt widerliches und unerfreuliches Lächeln. Sie wollten uns nicht töten, nur, wenn sie mussten. Jedenfalls nicht sofort. Sie freuten sich darauf, uns an einen stillen Ort zu bringen und uns schlimme Dinge anzutun, bis wir daran starben. Vielleicht wollten sie uns auch ihrem Herrn und Meister opfern. Und hinterher unsere Leichen schänden. Ich sah mich in der Lobby um und lachte ihnen direkt ins Gesicht.

»Wisst ihr«, sagte ich laut, »das Gute daran, Satanisten zu töten, ist, dass man sich danach nie schlecht fühlt. Es gibt einfach nie zu viele tote Satanisten.«

Ich warf mich in Pose und hielt eine gerüstete Faust hoch. Scharfe Klingen schossen aus den goldenen Knöcheln heraus und schimmerten hell. In der geschockten Menge erklang das eine oder andere Keuchen. Davon ermutigt machte ich weiter und konzentrierte mich darauf, meine Rüstung zu verfeinern und sie mit purer Willenskraft in eine aggressivere Form umzugestalten. Ich konnte diese Änderungen nicht lange aufrechterhalten, aber das wussten sie ja nicht. Reihen von dicken, soliden Dornen erschienen an meinen Armen und Schultern, schwere goldene Stacheln an meinen Ellbogen. Ich wandte mich langsam um, sodass jeder einen Blick darauf werfen konnte, wie fies eine Drood-Rüstung sein konnte.

Molly ließ sich nicht nehmen, eine ähnlich beeindruckende Haltung neben mir einzunehmen. Blitze flammten durch die Luft, fuhren immer und immer wieder an ihr herab und erfüllten die Lobby mit scharfem, aktinischem Glanz. Die Blitze tanzten um Molly Metcalf herum und berührten sie nicht einmal. Dann stoppten die Blitze so plötzlich, wie sie begonnen hatten, und flimmerten über Mollys Hände, knisterten und krachten in der stillen Luft.

Isabella stampfte mit dem Fuß fest auf den Boden der Lobby. Der schwere Marmor krachte und zerbrach unter dem Aufprall. Eine Reihe von Bodenwellen breitete sich um sie herum aus und zerbrach die Marmorplatten, die in scharfen Kanten unter den Füßen der Satanisten aufplatzten.

Wir drei standen lässig Rücken an Rücken, sodass wir die ganze Lobby im Auge hatten. Rechts von mir endete die Halle in massiven Glasfenstern, aber jetzt waren sie auf undurchsichtig gestellt worden, damit auch ja niemand hereinsehen konnte. Ich war mir ziemlich sicher, dass sie auch schalldicht waren. Was auch immer in der Lobby passierte, blieb auch hier.

»Also«, fragte ich. »Wer ist zuerst dran?«

»Ich glaube, das sollte ich sein«, sagte eine bekannte Stimme.

Ein enger Pfad öffnete sich mitten in den eng beieinanderstehenden Satanisten und Alexandre Dusk spazierte nach vorn, um sich direkt vor mich zu stellen. Er sah ruhig und sicher aus, und vielleicht sogar ein wenig gelangweilt: ein großer Mann, den man von wichtigen Geschäften weggeholt hatte, um mit einer trivialen und minderen Sache fertigzuwerden. Er hielt in sicherer Entfernung von mir an und schenkte mir sein bestes professionelles Lächeln.

»Du musst erkennen, dass es jetzt vorbei ist, Drood. Du kannst uns nicht alle töten.«

»Willst du drauf wetten?«, fragte ich heiter. »Ich bin ganz sicher bereit, es auf einen verdammt guten Versuch ankommen zu lassen.«

So etwas wie eine Welle von Unbehagen lief durch die Menge. Ihnen war vielleicht noch keine Drood-Rüstung begegnet, aber sie hatten ganz sicher schon einiges darüber gehört. Viele sahen sich an und ein allgemeiner Wille, jemand anderem den Vortritt zu lassen, machte sich breit. Ein paar versteckten sich sogar hinter den anderen. Eins musste man ihm lassen: Dusk schien nicht beeindruckt zu sein. Er hielt stand und schenkte mir weiterhin sein schönstes Lächeln.

»Vielleicht sind wir in der Lage, dich zu töten, Drood, vielleicht auch nicht. Aber wir können ganz sicher deine Begleiterinnen töten, die berüchtigten Metcalf-Schwestern.«

»Pass auf, was du sagst, Dusk«, sagte Molly. »Wir sind nicht berüchtigt, wir sind legendär.«

»Richtig«, sagte Isabella. »Besonders legendär, wenn es darum geht, Müll zu entsorgen. Alle mal aufzeigen, die Interesse daran haben, zuerst auf besonders interessante und explosive Weise zu sterben.«

»Ich bin's leid, Leute in Kröten zu verwandeln«, meinte Molly. »Was ist noch ekliger als Kröten?«

»Würmer?«, schlug Isabella vor. »Die machen ein so befriedigend matschiges Geräusch, wenn man drauftritt.«

»Heuschrecken wären auch gut«, sagte Molly. »Die krachen dann!«

»Ihr redet von einem guten Kampf«, sagte Dusk. »Aber wir sind in der Überzahl. Wir haben die Waffen und die Magie und alle Mächte der Dunkelheit. Rüstung runter, Drood, und lass uns dich gefangen nehmen. Oder du kannst zusehen, wie wir deinen kleinen Freundinnen die Hosen runterziehen und sie Zentimeter für Zentimeter direkt vor dir umbringen.«

»Ihr würdet sie so oder so töten«, erwiderte ich. »Ihr seid Satanisten und eure Versprechen sind per definitionem wertlos. Aber ihr werdet sie nicht töten, Dusk.«

»Wirklich? Warum nicht?«

»Wollt ihr wirklich Louisa Metcalf gegen euch aufbringen?«

Eine weitere Welle ging durch die Menge. Sie hatten alle von Louisa Metcalf gehört. Ein allgemeines Gefühl des Unbehagens machte sich jetzt in der Menge bemerkbar. Sie hatten gedacht, es wäre einfach. Ich glaube nicht, dass auch nur einer von ihnen jemals einen richtigen Kampf erlebt hatte. Einige wichen zurück, andere senkten die Waffen und sahen sich nach den Ausgängen um. Die Selbstsicherheit tröpfelte aus ihnen heraus. Ich musste den Impuls unterdrücken, laut »Buh!« zu rufen, um zu sehen, wie viele bewusstlos wurden oder sich einnässten.

Dusk spürte wohl, was los war. Seine Stimme klang wie eine Peitsche, als er sagte: »Eine Hexe ist nur eine Hexe und ein

Drood ist nur so stark wie seine Rüstung! Wir sind so viel mehr. Wir sind die gesegneten Kinder der Finsternis.«

»Ein paar von euch vielleicht«, sagte ich. »Die meisten von euch sehen so aus, als seien sie zu lange aufgeblieben.«

Dusk zuckte mit den Achseln. »Man bekommt eben keine guten Jünger mehr heutzutage. Aber wir sind auf jeden Fall genug, um das Nötige zu erledigen. Ergib dich jetzt und wir werden dich an einem sicheren Ort festhalten, bis wir deine Familie kontaktieren und einen Handel abschließen können. Ich bin sicher, sie haben etwas, das wir gerne hätten, gegen das wir dich und die Hexen eintauschen können. Ich will euch nicht töten müssen, nicht, wenn ihr als Geisel so viel nützlicher sein könnt.«

Ich betrachtete ihn nachdenklich. »Droods geben nicht auf«, sagte ich. »Das musst du doch wissen. Du versuchst, uns hinzuhalten und Zeit zu gewinnen, um uns mit irgendeiner großen und geheimen Waffe anzugreifen. Glaubst du wirklich, du kannst uns reinlegen?«

»Das Gebäude ist sehr gründlich abgeschirmt«, sagte Dusk und bestätigte damit meine Befürchtungen. »Ich könnte eine Busladung blinder Waisenkinder hier drin opfern und keiner draußen würde auch nur das Geringste sehen und hören. Glaub nicht, wir könnten dich in dieser Rüstung nicht verletzen, Drood. Wir wissen alles, was es über das Verletzen von Menschen zu wissen gibt.«

Ich musste lachen. »Droods pflegen ihre Kampfkünste seit Jahrhunderten. Ihr seid dagegen doch nichts als Amateure.«

Dusk sah mich nachdenklich an. »Welcher Drood bist du genau?«

»Ein Drood ist ein Drood«, meinte ich.

»Glaubst du, wir fürchten die Droods?«

»Das solltest du, wenn du Verstand besitzt.«

Ein junger Mann mit wildem Ausdruck in den Augen rannte

plötzlich aus der Menge heraus, schrie, was seine Lungen hergaben, und schwang dabei ein langes, glühendes Schwert. Er ließ es in einem bösartigen Bogen herumschwingen, es bewegte sich fast zu schnell, um ihm zu folgen. Es traf mich an der Halsseite und zerbrach in ein Dutzend Scherben. Der junge Satanist stand nur mit dem Heft in der Hand da. Ich beugte mich ein wenig vor, sodass er sein eigenes Spiegelbild in der gesichtslosen goldenen Maske sehen konnte.

»Lauf«, sagte ich.

Er sprintete zurück in die Menge und verschwand. Ich sah Dusk an, der mit den Achseln zuckte.

»Einen gibt es immer.«

»Es wird einer weniger sein, wenn er das noch mal versucht«, antwortete ich.

»Ich bin neugierig«, sagte Dusk. »Warum hast du ihn nicht getötet?«

»Weil ich nur töte, wenn ich es muss«, erwiderte ich. »Das ist der Unterschied zwischen uns.«

»Oh, ich glaube, wir sind uns näher, als du zugeben willst«, sagte Dusk. »Wir beide sind durchaus in der Lage, das zu tun, was immer wir für ... notwendig halten. Und du kannst uns nicht aufhalten.«

»Ich trage eine Droodsche Rüstung«, sagte ich. »Du kannst mich nicht aufhalten.«

»Oh, bitte«, stöhnte Dusk. »Das ist nichts, was man mit einem guten Dosenöffner nicht heilen könnte.«

»Und da ist nichts an den Leuten in dieser Lobby, das ein guter Arschtritt nicht heilen könnte«, gab ich zurück. »Sollen wir anfangen?« Ich sah mich um und die Leute wichen tatsächlich zurück. »Ich meine, kommt schon! Den Teufel anbeten? Wann war das je eine gute Idee? Ich für meinen Teil glaube, da fehlt es an nichts weiter als an guter Hygieneerziehung.«

Dusk sah Molly und Isabella an. »Da euer Gefährte der Vernunft gegenüber unzugänglich erscheint, habt ihr etwas Nützliches beizutragen?«

»Verpiss dich und fall tot um«, sagte Molly.

»Offenbar nicht«, bemerkte Dusk.

»Warum reden wir eigentlich immer noch?«, fragte ich. »Warten wir immer noch auf das Auftauchen eurer fantastischen geheimen Waffe? Oder hat die gerade eine Schraube locker?«

»Nein«, sagte Dusk. »Ich bin nur neugierig. Ich habe noch nie einen Drood getroffen. Ich kenne auch keinen, der das hat. Ihr seid die urbanen Legenden der unsichtbaren Welt. Wie bist du hergekommen? Woher hast du gewusst, was heute hier stattfindet? Welcher unserer Leute hat uns verraten?«

Ich musste hinter meiner Maske lächeln. Ich hätte ihm erzählen können, das alles Zufall gewesen war, aber er hätte es wohl nicht geglaubt.

»Das willst du wohl gerne wissen«, sagte ich, um ein wenig Unfrieden zu stiften.

»Wenigstens ist meine Kraft meine eigene«, erwiderte Dusk. »Wie fühlt sich das an, wenn man weiß, dass die einzige Macht von der Rüstung kommt? Dass man die Weltherrschaft nur bekommen kann, wenn man sich selbst von ihr ausschließt? Wir baden in unserer Macht und kennen Erlebnisse, von denen ihr nur träumen könnt.«

»Es ist nicht die Rüstung«, sagte ich. »Es ist nie die Rüstung. Es ist der Drood, der drinsteckt. Und einen von uns anzugreifen bedeutet, die ganze Familie anzugreifen. Seid ihr wirklich bereit, den Droods offen den Krieg zu erklären?«

Es entstand eine lange Pause. Er dachte tatsächlich darüber nach. Ich war wirklich nicht sicher, was er als Nächstes tun würde. Er war in der Überzahl und besaß die besseren Waffen – aber er war nicht sicher. Ich war immerhin ein Drood in seiner Rüstung, und Molly und Isabella hatten einen Ruf, für Blut und Chaos zu sorgen. Ein schlauer Buchmacher würde seine Quoten darauf setzen. Ich war bereit, zu kämpfen, wenn es sein musste, aber ich hoffte wirklich, dass es nicht nötig wäre.

»Lasst sie gehen«, sagte Dusk schließlich. »Es ist ja nicht so, als ob sie irgendetwas Wichtiges wüssten. Lauf zurück zu deiner Familie, Drood. Sag ihnen, dass ihre Zeit fast vorbei ist.«

Er winkte mit der linken Hand und seine Leute gehorchten ihm sofort. Sie bildeten einen engen Gang zwischen uns und dem Eingang in die Lobby. Molly, Isabella und ich schritten langsam hinüber zur Tür und waren dabei nicht eine Sekunde unaufmerksam. Molly stieß die Türen auf, und sie und Isabella schlüpften schnell hinaus auf die Straße. Ich hielt inne, um mich noch einmal umzusehen.

»Du hast eine Menge Schaden angerichtet, während du hier warst, Drood«, sagte Dusk. »Die Rechnung wird folgen.«

»Schick sie nach Drood Hall«, antwortete ich. »Und wir werden uns alle Mühe geben, sie zu ignorieren.«

Ich verließ die Eingangshalle, und die Türen schlugen hinter mir zu. Es klang, als fiele eine ganze Menge Türen ins Schloss. Ich rüstete schnell ab, bevor ein Fußgänger mich bemerkte, dann spazierten Molly, Isabella und ich völlig normal die Straße herunter, fort vom Lightbringer House. Es fühlte sich gut an, wieder in der wirklichen Welt zu sein, den natürlichen Sonnenschein und die heitere Ruhe des Alltagslebens zu spüren. Ich merkte, dass sich meine Muskeln langsam entspannten; endlich war ich in der Lage dazu. Das war alles ein wenig knapper gewesen, als mir lieb war.

»Ich hätte ihn kriegen können«, sagte Isabella plötzlich.

»Wir hätten ihn kriegen können«, verbesserte Molly.

»Wollt ihr zurückgehen und es versuchen?«, fragte ich. »Ich kann ja solange eure Jacken halten.«

»Nicht gerade jetzt«, meinte Isabella.

»Vielleicht später«, fügte Molly hinzu. »Es waren wirklich schrecklich viele, oder?«

»Ich hab drei Hände des Ruhms gezählt, ein paar Todeszauber und etwas, das ganz so aussah wie eine Affenpfote«, zählte ich auf. »Die Drood-Rüstung ist gut, aber sie hat auch ihre Grenzen.«

»Wenn wir nicht da gewesen wären«, sagte Molly langsam. »Und du auf uns keine Rücksicht hättest nehmen müssen, hättest du sie bekämpft und auf die Konsequenzen gepfiffen?«

»Nein«, sagte ich. »Das Wichtigste war, mit den Informationen, die wir haben, da rauszukommen. Meine Familie weiß nichts über all das und sie müssen es wissen. Ich mache mir jetzt eher Sorgen um euch. Die haben eure Gesichter gesehen und wissen jetzt, wer ihr seid. Sie werden nicht aufhören, euch zu jagen. Ich glaube, ihr beide müsst mit mir zurück nach Drood Hall kommen. Da seid ihr sicher. Meine Familie lässt sich von verrückt gewordenen Teufelsanbetern nichts gefallen.«

»Mich in die Hände der Droods begeben?«, fragte Isabella. »Ich glaube nicht!«

»Was willst du dann tun?«, fragte Molly.

»Ich habe ein paar Spuren, denen ich folgen will«, sagte Isabella. »Das war meine Sache und mein Fall, lange bevor ihr eure Nase hineingesteckt habt.«

»Und wenn sie hinter dir her sind?«, fragte ich.

Isabella lächelte kurz. »Ich könnte immer gehen und ein wenig Zeit mit Louisa verbringen.«

Sie schritt die Straße hinab, den Kopf hoch erhoben und sah sich nicht um. Die Leute beeilten sich, ihr aus dem Weg zu gehen.

»Nun«, meinte Molly. »Das war ... interessant. Wessen tolle Idee war das überhaupt?«

»Deine.«

»Und warum hörst du auf mich?«, fragte Molly. »Ich würd's nicht tun.«

Kapitel 4

Zu viele Geheimnisse für eine Familie

Zurück in Drood Hall ging ich sofort ins Sanktum, wo der Familienrat bereits versammelt war und auf mich wartete. Aus irgendeinem Grund bin ich immer der Letzte, der kommt. Ich tue das freiwillig und sage das auch immer so, denn so kann ich einen großen Auftritt hinlegen und sicher sein, dass die Aufmerksamkeit eines jeden auf mich gerichtet ist. Die eigentliche Wahrheit ist aber, dass egal, was ich versuche, die anderen immer schneller sind. Manchmal denke ich, sie verabreden sich davor alle im Geheimen und sprechen ab, das Meeting zehn Minuten früher zu beginnen, damit sie mich alle schief anschauen können, weil ich schon wieder zu spät bin. Doch vielleicht liegt's auch daran: Ich bin eben immer zu spät. Zu allem. Das ist eine Gabe.

Und neuerdings sieht mich auch niemand allzu böse an, wenn ich spät mit Molly Metcalf am Arm hereinkomme, denn Molly starrt böse zurück. Und es ist nie eine gute Idee, jemanden zu ärgern, der dich in etwas Kleines und Matschiges mit Warzen darauf verwandeln kann, indem er dich nur anschaut. Mir könnte das natürlich nie passieren, denn ich habe die magischen Worte gelernt: Ja, Liebes.

Alle waren sie da und saßen rund um den großen Tisch in der Mitte des Sanktums. Der Familienrat der Droods, eilig selbst ernannt nach dem Mord an der Matriarchin, weil jemand den Laden am Laufen halten musste, während die Familie weiter ihrer Arbeit nachging. Familienpolitik kommt und geht, aber Pflicht und Verantwortung sind unvergänglich. Mein

Onkel Jack, der Waffenmeister, saß am Kopf des Tisches in seinem üblichen Laborkittel, heute frischgewaschen, aber dennoch schon mit Brandflecken und Chemieverätzungen darauf. Darunter trug er ein schmuddeliges T-Shirt mit der Aufschrift: Gib mir eine Brechstange und einen Platz, auf dem ich stehen kann – und ich hau dir die Welt in die Unterwerfung. Der Seneschall saß steif in seinem Stuhl, den Rücken durchgedrückt und den Kopf aufrecht, groß und muskulös in seinem schwarzen Anzug und dem fleckenlosen, weißen T-Shirt, wie ein Türsteher, der den Nachtclub übernommen hat. Ein Schläger und Tyrann und stolz darauf, war der Seneschall ein sehr beschäftigter Mann, der aber immer noch die Zeit fand, enttäuscht von mir zu sein.

William der Bibliothekar saß zusammengesunken in seinem Stuhl und trug einen verbeulten Morgenmantel, der irgendwann vor langer Zeit einmal ein Muster gehabt haben mochte, und ein Paar schmuddelige Hasenpantoffeln. Es war auf der Stelle klar, dass er nichts unter diesem Morgenmantel trug, und noch bevor ich den Tisch erreichte, hatte der Waffenmeister dem Bibliothekar einschärfen müssen, das verdammte Ding geschlossen zu halten. Irgendetwas war an den Hasenpantoffeln, das mich beunruhigte. Sie waren weiß, und die meisten Hasenpantoffeln sind pink. Eigentlich war ich sogar ziemlich sicher, dass sie das letzte Mal, als ich sie gesehen hatte, pink gewesen waren. Aber jetzt waren sie weiß. Irgendwie fühlte sich das an, als hätte das etwas bedeuten sollen – dass ich mich an etwas hätte erinnern sollen … Aber die Erinnerung entschlüpfte mir, also vergaß ich es.

Und schließlich war da noch mein Cousin Harry, der mehr denn je wie ein gekündigter Beamter aussah, mit seinem schicken, grauen Anzug und dem Brillengestell aus Draht. Der stille, schlaue und gefährliche Cousin Harry. Und sein Lebensgefährte Roger Morgenstern. Obwohl eine lange Tradition verbot, dass er auch mit am Tisch des Rates saß. Denn auch wenn er viel beizutragen hatte, war er doch nur zur Hälfte Drood. Und so konnte er, wie meine Molly, an den Ratssitzungen teilnehmen, aber nicht mit am Tisch Platz nehmen. Die beiden mussten auf Extra-Stühlen sitzen, die in angemessenem Abstand standen. Das ist ziemlich kleinlich, ich weiß, aber das ist die Tradition nun einmal. Wenn es eine Familie schon so lange gibt wie die Droods, dann liest man die Traditionen gewissermaßen am Wegesrand auf, wie Seepocken, die sich automatisch an einen alten Schiffsrumpf heften. Alte Traditionen wie diese sind es, die in mir immer wieder die Frage aufwerfen, ob wir ein wenig zu sehr der Inzucht verfallen sind.

Molly geht damit auf ihre ganz eigene Weise um, indem sie immer eine riesengroße Tüte Popcorn zu jeder Ratssitzung mitbringt und das Zeug so laut wie möglich während der langweiligeren Gesprächsstellen vor sich hin knuspert. Roger saß lässig in seinem Stuhl, ruhig und vollkommen entspannt. Wir alle taten unser Bestes zu ignorieren, dass seine halb-dämonische Präsenz immer noch stark genug war, den Stuhl, auf dem er saß, anzukokeln. Kleine, graue Rauchfahnen wirbelten in die Luft, und ich hoffte, dass jemand Ethel daran erinnert hatte, die Sprinkleranlage abzustellen.

Ethel, wie unsere hauseigene, andersdimensionale Freundin genannt werden will, manifestierte sich im Sanktum als ein angenehmes, rosenrotes Leuchten. In diesem rötlichen Glühen zu baden war genug, den Geist zu beruhigen und das Herz zu erleichtern. Was uns allerdings nicht vom Streiten abhielt.

Ich setzte mich auf meinen vorgesehenen Platz am anderen Ende des Tisches und begann sofort zu erzählen, was im Lightbringer House passiert war. Nur, um vom Seneschall sogleich unterbrochen zu werden. In seiner Vorstellung müssen Besprechungen eine Tagesordnung haben, und das hieß, dass die

Neuigkeiten von Zuspätgekommenen warten müssen, bis man mit den aktuellen Angelegenheiten fertig ist. Die anderen machten mit, weil der Seneschall durchaus in der Lage ist, sturer zu sein als wir alle, wenn es um Präzendenzfälle geht. Also sank ich in meinem Stuhl zurück und schmollte mit fest vor der Brust verschränkten Armen, während er sich durch das Tagesgeschäft arbeitete. Es war nicht einfach, in Ethels angenehmem, rotem Schimmer missmutig und ernsthaft schlecht gelaunt zu sein, aber andererseits hatte ich ja auch eine Menge Übung. Wenn es um Geduld geht, könnte meine Familie selbst Mutter Teresa dazu bringen, Wodka direkt aus der Flasche zu trinken und dabei einen Leprakranken zu treten.

»Wir müssen entscheiden, was als Nächstes zu tun ist, jetzt, wo die Matriarchin tot ist«, sagte der Waffenmeister düster. »Mutter ist schon seit einiger Zeit tot und wir können das nicht mehr vor uns herschieben. Ich habe die meiste Verantwortung übernommen, mit Harrys Hilfe, und habe mich um die täglichen Probleme gekümmert, weil ich der Älteste bin. Aber ich habe meine eigene Arbeit in der Waffenmeisterei, die erledigt werden muss! Ich wollte die Verantwortung nie haben. Ich bin nicht gut im Umgang mit Leuten. Wenn ich ein Problem habe, dann ist mein erster Impuls, es zu lösen, indem ich mit etwas Schwerem draufhaue. Was bei Maschinen prima funktioniert, aber nicht unbedingt mit Menschen.«

»Genau«, bestätigte der Seneschall. »Ich hasse den Gedanken daran, dass du dich auf mein Territorium wagst.«

»Jemand muss das Sagen haben«, entschied Harry. »Wir haben die Richtung verloren. Die Familie ist unterbesetzt und zu groß. Es gibt keine allgemeine Strategie und keine langfristige Politik. Jemand muss in einer Position sein, die wichtigen Dinge entscheiden zu können.«

»Jemand wie du, Harry?«, fragte ich. »Das hat das letzte Mal, als du es versuchtest, nicht so gut funktioniert.«

»Ich habe dazugelernt«, sagte Harry kalt. »Die Familiengeschichte und alles Mögliche an nützlichem Hintergrundwissen habe ich inzwischen nachgelesen.«

»Das hat er«, bestätigte Roger. »Ich wusste gar nicht, dass es so viele Bücher über Führungsregeln gibt. Macchiavelli fand ich besonders klasse.«

»Das ist nicht gerade hilfreich, Roger«, sagte Harry.

»Der Rat kann auch weiterhin die allgemeinen täglichen Aufgaben übernehmen«, meinte der Seneschall. »Aber nur, bis ein neuer Anführer gewählt wurde.«

»Harry hat sich in der Behandlung solcher Angelegenheiten als sehr kompetent erwiesen«, sagte der Waffenmeister.

»Ich hab schon immer gewusst, dass du eine gute Hausdame abgeben würdest, Harry«, warf ich ein.

»Wenigstens kümmert er sich!« Der Seneschall war ärgerlich. »Es ist ja ganz prima, auf die Papierarbeit und die Bürokratie herabzusehen, aber ohne diese kann man eine Familie dieser Größe nun einmal nicht führen! Wenn Leute wie Harry nicht auf all diese kleinen Dinge achten würden, würden unsere Abteilungen mit kreischenden Bremsen zum Stillstand kommen und du könntest Verstärkung vergessen!«

»Ach echt?«, fragte ich. »Ist ja ein Wunder, dass ich überhaupt was geschafft kriege.«

Der Waffenmeister räusperte sich lautstark und ich hielt den Mund. Nur mein Onkel Jack bringt es fertig, dass ich mich wie ein Schuljunge fühle, der einen Fehler gemacht hat.

Harry meldete sich wieder zu Wort. »Wenn wir eine neue Wahl ansetzen, dann muss ich bei allem Respekt darauf bestehen, dass allen Kandidaten die Zeit gegeben wird, eine anständige Kampagne zu veranstalten.«

»Willst du die Politik ins Herrenhaus bringen?«, fragte der Waffenmeister und runzelte finster die Stirn. »Hatten wir mit der Nulltoleranzfraktion nicht schon genug Probleme?«

»Wie soll denn jeder wissen, wie gut ich für die Familie wäre, wenn ich es ihnen nicht erklären darf?«, fragte Harry mit seiner sachlichsten Stimme.

»Ich liebe eine gute Kampagne«, meldete sich Molly, den Mund voller Popcorn. »Ich habe da auch schon einen großartigen Slogan im Kopf. Wie wär's mit ›Wählt Eddie oder ich verwandle euch in einen Mistkäfer!‹?«

»Ich wünschte, ich könnte glauben, dass sie Witze macht«, sagte der Waffenmeister.

»Jeder Versuch von dir, dich in den familiären Wahlprozess einzumischen, wird mit deiner Verbannung aus dem Herrenhaus geahndet werden«, sagte der Seneschall und sah Molly drohend an.

»Ich würde zu gern sehen, wie du das versuchst, Cedric«, erwiderte Molly und gab den Blick zurück.

»Das ist wirklich nicht hilfreich, Molly«, sagte ich.

»Was auch immer bei dieser Wahl herauskommt – sollten wir uns auch für eine neue Matriarchin entscheiden?«, fragte der Waffenmeister. »Als eine konstitutionelle Position vielleicht? Die Familie hat immer eine Matriarchin gehabt.«

»Schwierig«, meinte Harry. »Ernennen wir einfach die nächstbeste oder sollen wir die Matriarchin auch wählen lassen?«

»Wer wäre denn die nächste Nachfolgerin?«, fragte ich. »Ich habe mich mit dieser Sache nie wirklich befasst.«

»Technisch gesehen gibt die Matriarchin ihre Position an ihre Tochter weiter, oder an ihre Enkelin. Deine Mutter wäre die Nächste gewesen, Eddie, aber da sie nicht mehr da ist und du ihr einziges Kind bist, ist die Linie unterbrochen. Wenn James oder ich eine Tochter gehabt hätten, wäre sie die Nächste gewesen. Aber ich hatte nur einen Sohn, und obwohl James viele ... Nachkommen hat, wurde nur einer von der Familie anerkannt, und das ist Harry. Und bevor du etwas sagst, Harry, ja, ich weiß, dass du eine ganze Menge Halbschwestern hast, von verschiedenen Müttern, aber keine von denen kann als legitime Nachfolgerin anerkannt werden.«

»Tradition«, erklärte der Seneschall und nickte ernst.

»Mein lieber Herr Vater war da sehr umtriebig«, murmelte Harry. »Ich habe nicht einmal alle meiner Halbbrüder und -schwestern getroffen.«

»Er war sehr romantisch«, sagte der Waffenmeister bestimmt.

»Wir können nicht einfach eine Matriarchin ernennen«, sagte der Seneschall. »Wenn wir schon eine haben müssen – und ich glaube, dass wir das müssen –, dann verlangt die Tradition, dass sie eine direkte Nachfahrin ist, egal um wie viele Ecken. Es ist die Tradition, die die Familie zusammenhält.«

»Meine Tante Helen war Mutters Schwester«, sagte der Waffenmeister. »Und sie hatte eine Tochter, Margaret. Ich nehme an ...«

»Den Namen kenne ich gar nicht«, sagte ich. »Die Familie wird einfach zu groß.«

»Ich könnte jederzeit eine Keulung veranstalten«, schlug der Seneschall vor.

Wir alle sahen ihn an. Er schien keine Witze zu machen.

»Weitermachen«, wechselte ich das Thema. »Onkel Jack, was hat Margaret denn für eine Funktion in der Familie?«

»Warte mal!«, unterbrach der Seneschall. »Du meinst die Tüchtige Maggie! Sie kümmert sich um die Landschaftsgestaltung im Park, sorgt für den Rasen und den See und die Wälder und alle Wesen, die darin leben!«

»Das ist sie«, sagte der Waffenmeister. »Sie geht ganz in ihrem Job auf. Machte einen Riesenaufstand, als ich einen halben Hektar umgraben ließ, um diesen Drachenkopf zu begraben, den du aus Deutschland geschickt hattest, Eddie. Ich meine, ich habe ihn doch wieder zugebuddelt, und ich bin der Ansicht, dass so ein Grabhügel dem Garten gut steht. Und es ist der einzige Teil des Parks, mit dem du wirklich sprechen kannst, wenn du daran vorbeigehst.«

»Hat sie Matriarchinnen-Potenzial?«, fragte Harry.

»Über die Gärtner herrscht sie mit eisernem Pflanzstock«, sagte der Seneschall. »Manchmal buchstäblich. Und sie hat mich damals, als ich über ihre neuen Setzlinge gelaufen bin, mit einer Mistgabel zweimal ums Herrenhaus gejagt.«

»Das hätte ich ja zu gern gesehen«, sagte ich. »Verdammt, ich hätte sogar Karten dafür gekauft!«

»Ich bin immer noch der Ansicht, sie hätte ein Schild vors Beet stellen sollen«, schmollte der Seneschall. »Ich werde sie ansprechen. Aus sicherer Entfernung. Auf den Busch klopfen und nachsehen, was sie dazu sagt.«

»Reden wir immer noch über eine konstitutionelle Matriarchin?«, fragte ich. »Denn ich will verdammt sein, wenn ich eine neue Matriarchin will, die mit der Mistgabel über mich herrscht. Was genau wären denn ihre Rechte und Pflichten?«

»Das zu entscheiden wäre Sache der Familie, denke ich«, sagte der Waffenmeister. »Oder wen auch immer die Familie als den neuen Führer wählt.«

»Wie ist diese Margaret eigentlich?«, fragte ich und versuchte, den Blick des Waffenmeisters einzufangen.

»Geradezu bösartig, wenn man auf ihre Setzlinge tritt«, meinte der Seneschall.

»Sehr ... bestimmend«, sagte der Waffenmeister. »Kommt nicht gut mit Dummköpfen aus. Besser gesagt, gar nicht.«

»Genau die Richtige«, meinte Harry.

Ich sah ihn nachdenklich an. »Wirst du als Anführer in dieser neuen Wahl kandidieren, Harry?«

»Natürlich. Ich lebe nur, um der Familie zu dienen. Was ist mit dir, Eddie?«

»Der einzige Grund, warum ich das tun würde, ist, zu verhindern, dass du wieder das Kommando übernimmst, Harry.«

»Wie überaus unfreundlich«, erwiderte er.

»Der nächste Punkt auf der Tagesordnung ist das nach wie vor bestehende Problem des Bibliothekars.«

Jeder sah zu William hin, der immer noch still an seinem Ende des Tisches saß, wie immer verloren in seiner eigenen kleinen Welt. Selbst in Morgenmantel und Hasenpantoffeln sah er durchaus präsentabel aus. Sein Haar und der Bart waren derzeit ordentlich gepflegt, denn sein Assistent Iorith erledigte das für ihn. Aber immer noch sah er ganz so aus, als esse er nicht annähernd genug. William hatte manchmal einen erstklassigen Verstand, aber er konnte sich nicht immer daran erinnern, wo er ihn verwahrte. Er arbeitete am besten, wenn man ihn mit seinen geliebten Büchern in der Alten Bibliothek allein ließ, aber dann und wann ... Er hob plötzlich sein großartiges, graues Haupt und sah mich mit dem kalten, weitsichtigen Blick eines Soldaten aus einem schrecklichen, vergessenen Krieg an.

Er hatte bisher noch kein Wort zum Rat beigetragen.

»Wie fühlst du dich, William?«, fragte ich ein wenig laut.

»Wer weiß das schon«, erwiderte er traurig. »Ich bin hier, weil der Seneschall sagte, dass ich kommen soll. Reicht dir das?«

Ich sah in das rosenrote Schimmern, das Ethels Präsenz kennzeichnete. »Ich hatte gehofft, ihn aus diesem Sanatorium hier nach Hause zu bringen würde ihm helfen.«

»Tut mir leid, Eddie«, sagte Ethel. Ihre ruhige und freundliche Stimme schien von überall gleichzeitig zu kommen. »Ich tue alles, was ich kann, um seine Sorgenfalten zu glätten, aber jemand hat dem Verstand dieses Mannes eine Menge angetan. Ich kann kaum in seinen Kopf sehen, obwohl ich in Dimensionen blicken kann, für die ihr noch nicht einmal einen Namen habt. Seine Gedanken zu ordnen ist, als ertränke man in einem Sack Flöhe. Es geht eine Menge in ihm vor, aber alles gleichzeitig. Es wundert mich immer wieder, dass er die reale Welt sehen kann. Er kämpft dagegen an, Eddie, aber ich glaube, er verliert. Und ...«

»Ja?«, fragte ich, nachdem die Pause für meinen Geschmack ein wenig zu lang geworden war.

»Da sind noch andere Sachen in seinem Kopf«, sagte Ethel widerwillig. »Schatten. Dinge, die ich nicht einmal identifizieren kann. Ich habe keine Idee, was das sein könnte.«

»Na toll«, meinte Harry.

»Ich wünschte, es würden nicht immer alle über mich reden, als sei ich nicht da!«, sagte William und setzte sich plötzlich auf. »Okay, die meiste Zeit bin ich das nicht. Das weiß ich. Aber das ist das Prinzip! Ich sollte nicht hier sein. Bringt mich wieder in die Alte Bibliothek zurück! Da kann ich mich konzentrieren. Da komme ich zurecht. Da kann ich der Familie von Nutzen sein. Und auf nichts anderes kommt es an.«

»Ich dachte wirklich, wenn du erst nach Hause kommst, geht es dir besser«, sagte ich.

»Oh, es ist besser hier«, sagte William. »Glaub nicht, dass ich nicht dankbar wäre, Eddie. Das bin ich, das bin ich. Aber das Herz hat mich gebrochen, weißt du, und obwohl ich vom Herzen und dem Herrenhaus und der Familie fortgerannt bin, konnte ich doch nicht vor dem davonlaufen, was es mir angetan hatte. Und keine zehn Drood-Agenten könnten mich wieder dazu bringen, gesund zu werden.«

Ich sah die anderen am Tisch böse an. »Das hat lange genug gedauert! William gehört zur Familie und er braucht unsere Hilfe. Und jetzt, wo die Matriarchin nicht mehr hier ist, um das abzulehnen, sage ich, es ist an der Zeit, einen professionellen Telepathen anzuheuern und zu sehen, was der tun kann, um Williams Verstand wiederherzustellen.«

»Ich verstehe dich, Eddie«, sagte der Waffenmeister sanft. »Ich erinnere mich daran, wie William war, bevor er ging. Er war mein Freund und ich vermisse ihn. Aber ich muss auch sagen – was, wenn die Matriarchin einen guten Grund hatte, Nein zu sagen?«

»Und der wäre?«, fragte ich zurück.

»Keine Ahnung!«, antwortete der Waffenmeister. »Sieh mich nicht in diesem Ton an, Eddie! Ich habe das mit Mutter mehrfach diskutiert, aber sie hat immer abgelehnt, ihre Gründe zu nennen. Aber das musste sie ja auch gar nicht. Sie war die Matriarchin.«

»Ich habe das auch mit ihr besprochen«, meldete sich der Seneschall zu Wort. »Ich war um meinen Onkel ... besorgt. Mir wollte sie ihre Ansicht dazu auch nicht erklären. Sie sagte sehr entschieden, dass es völlig inakzeptabel wäre, einem Telepathen eine Untersuchung von William zu erlauben. Sie war sehr kurz angebunden. Ich habe angenommen, es sei ein Sicherheitsproblem, dass William irgendetwas weiß, Familiengeheimnisse, die keinem Außenseiter in die Hände fallen dürfen.«

»Das ist doch nicht sehr wahrscheinlich, oder?«, sagte ich. »Was könnte William denn wissen, das der Rest von uns nicht weiß?«

»Das ist die große Preisfrage, nicht?«, erwiderte der Seneschall. »Aber ausnahmsweise sind du und ich da einer Meinung, Edwin. Das ist schon viel zu weit gegangen. William gehört zur Familie und ihm muss geholfen werden. Nichts anderes zählt.«

»Wen können wir denn da nehmen?«, fragte Harry. »Die Familienmedien ...«

»... sind nicht gut genug für den Job«, sagte ich fest. »Was in Williams Kopf vorgeht, würde sie bei lebendigem Leib auffressen. Wir brauchen jemanden mit echter Macht, jemanden, der sie aussticht.«

»Die Ritter von London geben immer mit ihrer erstklassigen Telepathin Vivienne de Tourney an«, meinte der Seneschall.

»Anscheinend benutzen sie sie, um die Kommunikation unter den Rittern aufrechtzuerhalten, wenn sie sich in andere Welten und Dimensionen begeben, wo unsere Wissenschaft nicht immer funktioniert. Sie kann telepathischen Kontakt unter hunderten von Rittern gleichzeitig aufrechterhalten, sodass sie mit ihr und untereinander sprechen können. Sie hat sich noch nie vertan. Ein erstklassiges Gehirn. Ich könnte mit ihr reden.«

»Du hast wieder mit ihrem Seneschall einen gehoben, nicht wahr?«, meinte der Waffenmeister vorwurfsvoll.

»Ich gehe von Zeit zu Zeit gern aus, ja«, sagte der Seneschall und erwiderte den bösen Blick des Waffenmeisters »In einen kleinen privaten Club für die, die dienen. Ich habe eben ein Leben außerhalb der Familie.«

»Ich dachte, so etwas wäre aus Sicherheitsgründen verboten.« Ich war gegen meinen Willen amüsiert.

»Das ist auch verboten«, sagte der Seneschall. »Jedenfalls für jeden außer mir. Ich muss mir keine Sorgen darüber machen, die Sicherheit zu verletzen. Ich bin die Sicherheit. Und ich kann deren Seneschall jederzeit unter den Tisch trinken.«

»Diese verdammten Ritter von London«, schimpfte der Waffenmeister. »Müssen wir vor diesen hochnäsigen und steifen kleinen Ärschen zu Kreuze kriechen? Die sind immer so eingebildet – die letzten Ritter von Camelot, dass ich nicht lache! Wir sind die wahren Kämpfer für die Menschheit! Weil die immer woanders kämpfen!«

»Was ist mit dem Carnacki-Institut?«, fragte Harry. »Für die arbeiten doch jede Menge Telepathen.«

»Die Geisterjäger?«, fragte der Seneschall. »So weit kommt's noch. Die wollen mehr Bezahlung als nur Geld. Sie würden Informationen, Geheimnisse und Quellen haben wollen. Außerdem habe ich denen nie vertraut. Ich glaube nicht, dass irgendetwas, was wir denen gäben, auch auf jeden Fall bei ihnen bliebe. Die standen dem Establishment schon immer zu nahe für meinen Geschmack, trotz all der Proteste.«

»Wenn wir schon jemanden anheuern, schlage ich vor, wir sollten den Besten nehmen«, wagte ich mich vor. »Und das ist Ammonia Vom Acht.«

Jeder antwortete und keiner von ihnen war einverstanden. Der Waffenmeister zog ein saures Gesicht und der Seneschall schüttelte entschieden den Kopf. Harry und Roger sahen sich an, aber keiner sah aus, als wäre er von diesem Vorschlag angetan. William starrte schon wieder ins Leere. Ich sah Molly an und die sah demonstrativ sehr interessiert auf das übriggebliebene Popcorn in ihrer Tüte.

»In Ordnung«, sagte ich. »Zugegeben, sie ist eine giftige, boshafte und wirklich sehr einschüchternde Person, und das ist noch das Beste, was man über sie sagen kann. Aber ihr wisst genau, dass man bei ihr auch etwas für sein Geld bekommt.«

»Das steht zu hoffen«, sagte der Seneschall, »wenn man bedenkt, wie hoch ihr Honorar ist.«

»Woher weißt du denn, wie viel sie berechnet?«, fragte ich.

»Ich habe selbst schon recherchiert, als klar war, dass wir etwas wegen William unternehmen müssen.«

»Ich bin immer noch da!«, rief William dazwischen.

»Aber nur so grade«, erwiderte der Seneschall. »Können wir denn wirklich riskieren, dass diese Frau Drood Hall betritt? Sie könnte in Sekundenschnelle die Geheimnisse aus jedermanns Hirn reißen.«

»Um ehrlich zu sein, ich wollte sie eigentlich nicht ins Herrenhaus lassen«, sagte ich. »Ich dachte eher an neutralen Boden – nämlich die Alte Bibliothek. Wir könnten sie durch Merlins Spiegel direkt dahin teleportieren. Sie wäre vom Rest des Herrenhauses und der Familie abgeschnitten. Ich bin sicher, dass Onkel Jack etwas organisieren könnte, das Ammonia aus meinem Kopf heraushält.«

»Was?«, fuhr der Waffenmeister auf. »Oh. Ja. Natürlich, kein Problem. Ich ziehe es in Erwägung. Ich glaube, ich muss mich an dem Tag, an dem sie kommt, verstecken.«

»Eine Menge Leute denken so über Ammonia Vom Acht«, sagte ich verständnisvoll.

»Ich will immer noch wissen, wer oder was da in der Alten Bibliothek zusammen mit dem Bibliothekar lebt«, sagte der Seneschall entschlossen. »Ich beziehe mich dabei auf das, was auch immer dem Unsterblichen, der wie Rafe aussah, derartige Scheißangst eingejagt hat. Du warst doch dabei, Eddie, als dieses Was-auch-immer-es-war Rafe davon abgehalten hat, den Bibliothekar umzubringen. Was hast du gesehen?«

»Das hab ich dir doch schon oft erzählt. Ich habe gar nichts gesehen. Alles, was ich spüren konnte, war diese ... Präsenz. Groß und machtvoll und gefährlich, aber wie nichts, was ich jemals zuvor getroffen habe. William? William! Hast du dazu irgendetwas zu sagen?«

»Da ist etwas.« William nickte weise. »Etwas sehr Altes, denke ich. Es beobachtet mich, oder vielleicht beschützt es mich auch. Es ist sehr schwer zu beurteilen. Es klaut meine Socken, wisst ihr.«

»Wir können nicht zulassen, dass jemand oder etwas Unbekanntes frei in der Alten Bibliothek herumläuft!«, erklärte der Seneschall.

»Wir haben den automatischen Exorzierer schon drei Mal durchlaufen lassen!«, verteidigte sich der Waffenmeister. »Keins meiner Geräte war in der Lage, irgendetwas zu entdecken!«

»Warum lassen wir nicht diese Vom Acht einmal nachhören?«, schlug ich vor. »Wenn sie wirklich eine so erstklassige Telepathin ist, wie sie vorgibt, dann sollte sie doch in der Lage sein, es einzufangen. Oder uns wenigstens sagen können, mit was wir es da zu tun haben.«

»Vielleicht überlebt sie eine so direkte Begegnung nicht«,

gab der Waffenmeister zu bedenken. »Du hast doch den Zustand gesehen, in dem der Unsterbliche war, nachdem wir ihn aus der Alten Bibliothek gezerrt haben.«

»Sie soll sich zuerst William vornehmen«, sagte der Seneschall schlau. »Dann lass sie die Alte Bibliothek scannen. Und sie könnte sterben, meint ihr? Hervorragend. Ein sehr günstiger Plan für uns.«

»Du bist kalt geworden, Cedric«, sagte der Waffenmeister.

»Ich wurde kalt geboren«, erwiderte der Seneschall.

»Manchmal kann man hier drin vor lauter Testosteron nicht mehr atmen«, bemerkte Molly.

»Haben wir jetzt endlich alle Familienangelegenheiten geregelt?«, frage ich. »Ich würde wirklich gerne von meiner Begegnung mit der ersten gutorganisierten, weltweit operierenden satanistischen Verschwörung seit sechzig Jahren sprechen!«

»Es geht immer nur um dich, Eddie, nicht wahr?«, meinte Harry.

»Jedenfalls sehr viel öfter als um dich, Harry.«

Ich erzählte alles, was im Lightbringer House passiert war. Molly ergänzte den Bericht dann und wann um einige Details. Es gab ein paar Stellen, die ich lieber wegließ, die meisten davon Isabella betreffend, aber ich konnte sie nicht völlig weglassen. Ich war ziemlich sicher, dass sie sich irgendwann selbst wieder einladen würde. William wachte doch tatsächlich ein wenig auf, als er ihren Namen hörte.

»Eine sehr lebendige junge Dame!«, sagte er laut. »Ein paar wirklich schöne Beine hat sie. Die gehen bis hinauf zu ihrem Hintern. Ich weiß nicht, warum du darauf bestehst, dass sie die Alte Bibliothek nicht betreten darf, Seneschall. Wegen mir kann sie jederzeit kommen und mich besuchen.«

»Sie bekommt keinen Zutritt, weil sie nicht zur Familie gehört«, sagte der Seneschall.

»Ach komm schon, lass sie rein«, erwiderte William. »Ich könnte ihr ein paar Sachen zeigen. Oh, ja. Ich mag vielleicht den Verstand verloren haben, aber ich bin nicht verrückt.«

»Schmutziger alter Mann«, sagte Molly, aber es klang nicht ganz missbilligend.

»Weitermachen«, entschied ich. »Die meisten Sorgen mache ich mir um Alexandre Dusk und das Große Opfer, von dem er gesprochen hat.«

»Das ist beunruhigend, ja«, meinte der Seneschall. »Aber ich denke, es ist nicht so ernst, dass wir es zu einer Top-Priorität machen müssen.«

»Was?«, rief ich aus. »Hast du den Verstand verloren, Cedric? Eine satanistische Verschwörung, die jede Regierung der Welt umfasst und die von einem so großen Coup redet, dass sie die ganze Menschheit entwurzeln und die Große Bestie selbst von der Kette lassen könnte – und das siehst du nicht als eine Top-Priorität?«

»Es sind nur Satanisten«, sagte der Seneschall. »Die übertreiben immer. Wir werden aber mit Sicherheit ein Auge auf sie haben. Informationen sammeln, herausfinden, wer wirklich beteiligt ist und was sie so alles geplant haben. Ich werde einen Agenten einteilen, sich ins Lightbringer House einzuschleusen.«

»Ich könnte das tun!«, sagte ich sofort. »Ich könnte als Shaman Bond hineingehen!«

»Der Rat hat eine weitaus wichtigere Aufgabe für dich im Sinn«, sagte Harry. »Wichtig und dringend. Du musst dich morgen früh als Erstes zu deiner Untersuchung melden.«

»Was?«, rief ich. »Ich bin grade erst von den Toten auferstanden!«

»Für die Frevler gibt es keine Ruhe«, sagte der Waffenmeister nüchtern. »Ich kann dir aber jederzeit einen meiner speziellen Aufbautränke mixen, wenn du magst.«

»Nein, mag ich nicht«, antwortete ich. »Großmutter hat mir die immer gegeben, als ich noch klein war, und sie haben immer grausig geschmeckt.«

»Dann weiß man auch, dass sie einem guttun«, sagte der Waffenmeister. »Du hast doch immer ein schönes Schokoladenbonbon danach bekommen, oder nicht?«

»Es gibt einfach nicht genug Schokolade auf der Welt, um den Geschmack deiner Tränke wieder wettzumachen!«

»Es ist doch immer wieder schön, wenn man so geschätzt wird«, meinte der Waffenmeister ungerührt. Er schüttelte langsam den Kopf. »Eine echte Satanisten-Verschwörung. Nach all den Jahren! Ich hatte immer Probleme damit, die ernst zu nehmen. Was mich angeht, klingt das jedes Mal ein wenig zu sehr nach Dennis Wheatley, dem Horror-Schriftsteller.«

»Wem?«, fragte Harry dazwischen.

»Weißt du, ›Der Teufelsritt‹, das ist von ihm«, mischte sich Roger ein. »Diese alte Hammer-Horror-DVD, die wir letzte Woche gesehen haben. Bei meinen Leuten glauben die meisten, dass das ein Klassiker ist. Wir alle lieben Charles Gray als den Meister des Hexenzirkels Mocata. Sehr zwielichtig. Er lässt einen Teufelsanbeter so unglaublich cool aussehen. Man nimmt an, dass Mocata lose auf Aleister Crowley basiert, aber ich bin fest überzeugt, dass Crowley nie so beeindruckend war. Oder gar so würdevoll. Aber immerhin war er ein verdammt guter Bergsteiger.«

»Hast du nicht etwas über diese neue Verschwörung gehört?«, fragte ich. »Das sind doch deine Leute, oder?«

»Ich bitte dich! Wohl kaum«, sagte Roger. »Das sind doch nichts weiter als Amateure. Ich bin echt. Es hat immer satanistische Verschwörungen gegeben, aber keine von ihnen war wirklich so mächtig oder wichtig, wie sie glauben wollen.«

»Ja klar«, warf Molly ein. »Das musst du ja auch sagen, oder?

Weißt du irgendetwas über Alexandre Dusk und sein angekündigtes Großes Opfer?«

»Hab nichts gehört«, antwortete Roger.

Wir alle warteten ab, aber er hatte nicht mehr zu sagen. Selbst Harry sah Roger nachdenklich an, aber das schien ihn nicht zu bekümmern.

»Ich muss das mal fragen.« Ich sah den Rat reihum an. »Gesetzt den Fall, dass es eine unzweifelhaft echte satanistische Verschwörung gibt, gibt es dann auch wirklich eine Gegenorganisation der Guten? Abgesehen von uns natürlich.«

»Es gibt andere Organisationen auf der Seite des Lichts«, sagte der Seneschall. »Und ungezählte Individuen wie den Dornenfürst in der Nightside oder den Wanderer, der den Zorn Gottes in der Welt der Menschen repräsentiert.«

»Ich dachte an jemand Spezifischeren«, unterbrach ich. »Gibt es Agenten des Guten in der Welt, um sich den Agenten des Bösen entgegenzustellen?«

»Unglücklicherweise ja«, meinte der Waffenmeister. »Da ist ... der Emmanuel.«

Jeder saß auf einmal ein wenig aufrechter. Selbst William schenkte der Unterhaltung jetzt die volle Aufmerksamkeit. Soweit das möglich war.

»Emmanuel«, sagte er. »Wörtlich ›Gott mit uns‹.«

»Ist das eine Person oder eine Organisation?«, fragte ich.

»Gute Frage«, meinte der Waffenmeister nachdenklich. »Das weiß keiner. Oder wenigstens weiß keiner es sicher. Diese Familie hatte im Lauf der Jahrhunderte mit dem Emmanuel einige Abkommen. Wenn wir wussten, dass die Sache uns über den Kopf wuchs. Den Familienaufzeichnungen zufolge, und diese sind sehr geheim und sehr privat, ist der Emmanuel sehr mächtig und nicht mal eben so zu beschwören.«

»Okay«, warf ich ein. »Was ist denn das große Geheimnis dabei? Was macht der Emmanuel?«

»Er beantwortet Fragen«, sagte William. »Wahrheitsgemäß. Er weiß alles, was es über Leute, Orte und die wahre Natur der Realität zu wissen gibt. Was sehr ... beunruhigend sein kann. Um nicht zu sagen, geradezu furchtbar. Wir haben ein Buch mit aufgezeichneten Reden von ihm in der Alten Bibliothek. Es ist verschlossen, auf ein halbes Dutzend sehr verschiedene und sehr gründliche Arten, und auf dem Einband hat jemand die Worte ›Nicht vor dem jüngsten Tag öffnen!‹ eingeprägt. Ich für meinen Teil nehme das als Hinweis.«

»Er kann tun, was immer er für richtig hält«, fuhr der Waffenmeister fort. »Ich habe ihn nie getroffen, aber Mutter schon. Sie sagte, er sei ein Mann ohne Hemmungen und Grenzen. Ein Mann, der absolut alles im Namen des Guten tun würde. Deshalb haben wir mit dem Emmanuel immer nur dann Kontakt aufgenommen, wenn wir wirklich richtig tief in der Scheiße steckten und zum dritten Mal untergingen. Offenbar nimmt man Schaden, wenn man sich in seiner Nähe aufhält.«

»Warum?«, fragte ich.

»Weil wir eine Scheißangst vor ihm haben«, erwiderte William.

»Natürlich«, warf Roger ein. »Agenten des Lichts, die, die ihre Kraft direkt vom Allerhöchsten beziehen, können genauso kaltblütig, engstirnig und gefährlich sein wie jeder Agent der Finsternis. Keine der beiden Seiten kümmert sich wirklich um Personen, es geht ihnen immer um die lange Sicht. Was für die Menschheit insgesamt gesehen das Beste ist, und Gott helfe dem armen Individuum. Immer bereit, das Heute im Namen des Morgen zu opfern.«

»Wie dem auch sei«, ergriff der Seneschall das Wort. »Den Familienaufzeichnungen zufolge haben wir immer nur den einen Mann getroffen. Und ob das der Emmanuel ist oder nur der Repräsentant einer größeren Organisation – es gibt keine

Möglichkeit, das herauszufinden. Sicher ist, dass die Familie immer sehr froh war, ihn von hinten zu sehen. Offenbar muss er einen nur ansehen, damit man alles Böse heraussprudelt, was man je getan hat oder auch nur gedacht hat zu tun, um sich ihm dann zu Füßen zu werfen und um Gnade zu betteln. Wir mussten immer sehr vorsichtig sein, wen wir mit ihm reden lassen. Selbst die Besten von uns kamen von solchen Treffen … verstört wieder.«

»Ich habe vom Emmanuel gehört«, meldete sich Roger und etwas in seiner Stimme veranlasste uns alle, ihm unsere volle Aufmerksamkeit zu schenken. »Ich habe ihn nie getroffen. Ich kenne auch keinen, der das hat. Aber andererseits bewegen wir uns ja auch nicht in denselben Kreisen. Er ist noch eher eine urbane Legende der unsichtbaren Welt als die Droods. Man spricht oft über sie, trifft sie selten und am besten lässt man sie strikt allein. Jeder kennt jemanden, der behauptet, jemanden zu kennen, der den Emmanuel getroffen hat, aber wenn man versucht, diese Leute festzunageln … Woher er kommt, weiß keiner, aber wir sind alle immer sehr froh, wenn er wieder dorthin verschwindet. Das extreme Gute kann genauso schrecklich und gefährlich wie das extreme Böse sein. Alle meiner Art – die Mischlinge, die Höllenbrut und die Nephilim und alle möglichen Kombinationen der natürlichen und der unnatürlichen Welt – haben guten Grund, solch … archetypischen Kräften aus dem Weg zu gehen. Weder Gut noch Böse hat Verwendung für Grauschattierungen.«

Wir alle dachten eine Weile über Rogers Worte nach. »In einem ähnlichen Zusammenhang habe ich einmal erfahren, dass die Familie einige alte Bündnisse mit dem Himmel und auch der Hölle hat«, sagte ich schließlich. »Ist das wahr?«

»Aber ja«, sagte der Waffenmeister völlig beiläufig. »Sehr alte Abkommen mit den Höfen der Heiligen und den Häusern der Schmerzen. Was ist damit?«

»*Warum?*«, fragte ich. »Und noch eine ganze Ladung ›*Wie*‹?«

»Du hast in Geschichte wirklich nie aufgepasst oder?«, fragte der Seneschall.

»Das ist sehr alte Familiengeschichte«, erzählte der Waffenmeister. »Anfangs, in den ganz alten Zeiten, war unsere Rüstung noch neu und wir hatten erst einen Ruf aufzubauen. Damals konnten wir alle Hilfe gebrauchen, die wir kriegen konnten. Die Details, wie der Kontakt hergestellt wurden, und selbst, was genau wir davon hatten, werden in den ›Sehr Geheimen, Nur Für Die Die Es Wissen Müssen, Bitte Weitermachen Und Hier Gibt's Nichts Zu Sehen‹-Akten aufbewahrt.«

»Ich bin diese Phrase, ›Nur Für Die Die Es Wissen Müssen‹, langsam echt leid«, stöhnte ich. »Ich habe diese verdammte Familie geleitet und die schiere Anzahl der Dinge, die ich – wie sich herausstellt – trotzdem nicht wissen darf, geht mir langsam richtig auf den Sack. Wer weiß davon?«

Der Waffenmeister und der Seneschall sahen sich an, doch aus ihren Gesichtern konnte man nichts lesen. Endlich sagte der Seneschall widerwillig: »Die Matriarchin wusste davon. Und ... ein anderer.«

»William«, sagte der Waffenmeister. »Als Bibliothekar weiß er davon.«

Wir alle sahen William an und er blickte mit überraschend klaren und nachdenklichen Augen zurück. »Die originalen Verträge oder Abkommen liegen immer noch in der Alten Bibliothek. Sie lesen sich sehr interessant. Deshalb habe ich sie so weggesteckt, dass niemand mehr sie ohne meine Hilfe finden kann. Vertrau mir da, Eddie: Du musst nicht wissen, was darin steht. Das muss niemand in der Familie. Es ist genug zu wissen, dass wir ... Kontakte und vielleicht sogar Freunde an hohen und tiefen Stellen haben. Und Jacob natürlich.«

»Was?«, fragte ich.

»Der Geist. Jacob«, sagte William geduldig. »Er wusste davon. Es ging ihn nichts an, aber auf der anderen Seite ist es schwer, Geheimnisse vor den Toten zu bewahren.«

»Könnten wir diese Kontakte nicht nutzen?«, wollte ich wissen. »Um herauszufinden, was da mit dieser neuen satanistischen Verschwörung passiert und was sie im Schilde führen?«

»Nein«, sagte William.

Wir alle warteten ab, aber er hatte nichts mehr zu sagen.

»Die Familie muss geschützt werden«, erklärte der Seneschall düster. »Und einige Dinge müssen geheim bleiben.«

»Wie die Quelle der ursprünglichen Rüstung?«, fragte ich. »Oder der Pakt, den unsere Ahnen mit dem Herzen eingegangen sind? Wir haben damals in den alten Zeiten einige wirklich miese Entscheidung getroffen. Das war immer das Problem mit dieser Familie. Zu viele Geheimnisse.«

»Ich glaube, jetzt gehst du zu weit, Eddie«, sagte der Waffenmeister.

»Tu ich das? Ich glaube, ich gehe nicht weit genug! Was ist mit diesen geheimen Abteilungen in Abteilungen, von denen die Familie nicht einmal wissen soll, dass es sie gibt? Du hast mir davon erzählt, William, hast du dich an irgendetwas sonst erinnert?«

»Ich weiß es nicht!«, rief William. »Dräng mich nicht! Ich weiß, was ich wissen muss, wann immer ich es wissen muss, und an guten Tagen schließt das ein, dass ich die chemische Toilette finde. Ich weiß einiges – aber ich bin nicht sicher, dass ich diesem Wissen vertraue. Es gibt Agenten – ja, geheimer als die üblichen Agenten –, die losgeschickt werden, um die Dinge zu tun, deren Kenntnis die Familie nicht gerne zugibt, sogar sich selbst gegenüber nicht. Vielleicht besonders sich selbst gegenüber nicht. Aber ich erinnere mich nicht, wer das war – oder ist. Vielleicht werde ich es nie wissen. Nur die Matriarchin wusste alles.«

»Und die ist fort«, sagte ich. »Was eine sehr interessante

Frage aufwirft: Wer dirigiert diese Agenten derzeit und was genau tun sie im Namen der Familie?«

»Da hat Eddie nicht ganz unrecht«, gab der Waffenmeister widerwillig zu. »Wir haben die Dinge zu lange einfach laufen lassen. Zugegeben, wir waren in der letzten Zeit etwas beschäftigt, aber trotzdem. Jemand muss das Kommando übernehmen. Jemand muss die allgemeine Politik festlegen und sagen, was akzeptabel ist und was nicht und sicherstellen, dass die linke Hand der Familie weiß, was die rechte tut.«

»Wenn die Familie erst einmal einen Führer gewählt hat, kann der doch das Kommando übernehmen«, widersprach Harry.

»Können wir so lange warten?«, fragte ich. »Sollen wir diese geheimen Abteilungen einfach sich selbst überlassen, ohne dass einer weiß, was sie tun?«

»Ich weiß es«, warf William ein. »Ich hab's immer gewusst. Natürlich erinnere ich mich nicht immer an alles, was ich weiß. Oder ob das, was ich erinnere, überhaupt passiert ist.«

»Mich interessiert nicht, was er weiß oder vielleicht nicht, wir überlassen ihm sowieso nicht die Führung für irgendetwas«, erklärte der Seneschall rundheraus. »Nichts für ungut, Onkel William.«

»Oh, hallo, junger Cedric«, meinte William. »Willst du ein Eis?«

»Onkel Jack.« Ich sah den Waffenmeister entschlossen an. »Du bist hier der Älteste und hast Felderfahrung als Agent. Du musst das Kommando übernehmen. Du musst diese geheimen Abteilungen aufstöbern und sie ausliefern. Nur, bis irgendjemand wieder die Gesamtführung übernehmen kann.«

»Du magst es echt, mich ins Rampenlicht zu rücken, Eddie, oder?« Der Waffenmeister runzelte die Stirn und trommelte mit den Fingern für einen Moment auf dem Tisch herum, aber am Ende nickte er kurz. »In Ordnung. Es gibt ein paar Leute, mit denen ich reden kann. Und sie werden auch mit mir reden, wenn sie wissen, was gut für sie ist.«

»Ich sollte auch mit von der Partie sein«, sagte der Seneschall. »Das betrifft die Familiensicherheit.«

»Ja, das tut es, aber nein, solltest du nicht«, sagte der Waffenmeister. »Kehr du mal vor deiner eigenen Haustür, Cedric.«

»Moment mal«, sagte Harry. »Diskutieren wir nicht einmal darüber? Der Waffenmeister kriegt das Sagen, weil er der Älteste hier am Tisch ist?«

»Weil er der Älteste ist, weil er echte Erfahrung draußen im Feld hat und weil er genau weiß, wer diese Spezialagenten sind. Oder, Onkel Jack?« Ich wich seinem Blick nicht aus. »Du musst wissen, wer sie sind, weil du derjenige bist, der sie mit allen notwendigen Waffen und Gadgets versorgt, bevor sie zu ihrer Mission aufbrechen. Ist doch so, Onkel Jack?«

Er lächelte plötzlich. »Du warst schon immer klüger, als du jeden anderen hast glauben lassen, Eddie. Ja, ich weiß, wer sie sind. Alles, was ich tun muss, ist, sie davon zu überzeugen, mir zu sagen, für wen sie arbeiten; wer ihnen die Befehle gibt und sie auf ihre Missionen schickt. Als ob ich nicht schon genug zu tun hätte! Maschinen, die groß genug sind, den Mond aus seiner Umlaufbahn zu schieben, bauen sich nicht von allein, wisst ihr.«

Es entstand eine Pause.

»Ich dachte, wir hätten vereinbart, dass du das fürs Erste liegenlässt«, sagte ich taktvoll.

Der Waffenmeister schnüffelte laut. »Man wird ja wohl noch ein Hobby haben dürfen, oder?«

Ich wandte mich an Roger. »Wir wechseln grade das Thema. Was weißt du über den Familienpakt mit der Hölle?«

»Gar nichts«, behauptete Roger. »Viel zu weit außerhalb meines Kompetenzbereichs.«

»Gibt es jemanden, mit dem du reden könntest und der etwas darüber wissen könnte, was Dusk im Schilde führt?«

»Ich glaube kaum, dass mir jemand das sagen würde, selbst wenn er's wüsste«, sagte Roger vorsichtig.

»Obwohl du halb Drood bist?«

»Besonders weil ich halb Drood bin. Außerdem – bedenke die Quelle! Die Hölle lügt immer.«

»Außer, wenn eine Wahrheit mehr schmerzt«, sagte Harry.

»Was ist denn eigentlich bei deinem letzten Höllentrip passiert?«, fragte ich Roger. »Ist dabei irgendetwas herausgekommen?«

»Nicht wirklich«, sagte Roger. »Ich musste alles absagen und eilig herkommen, als der Angriff der Beschleunigten losging.«

»Ich glaube, wir haben jetzt lange genug über die Hölle gesprochen«, unterbrach der Seneschall. »Es ist Zeit für dringendere Themen. Unsere dringendste Top-Priorität ist die Messe für Übernatürliche Waffen, die derzeit in den Bergen über Pakistan abgehalten wird.«

»Bitte?«, fragte ich. »Was hat das mit uns zu tun?«

»Die wird immer noch meist die Messe für Übernatürliche Waffen genannt, auch wenn die meisten der Waffen, die wir heutzutage auf dem Schirm haben, eher superwissenschaftlich sind«, meinte der Waffenmeister. »Ich gehe jedes Jahr hin. Das verpasse ich nie! Letztes Jahr haben sie schon in den Begrüßungstüten die Schrecken-und-Ehrfurcht-Taktik verteilt! Die Angelegenheit ist sehr alt, Eddie, sie stammt schon aus der Römerzeit. Oder wenigstens erschien sie damals zum ersten Mal in einem offiziellen Report. Enthusiasten wie ich sind in den Achtzigern dazu übergegangen, sie Harmageddon zu nennen, aber das hat sich nie durchgesetzt. Jeder, der im Bereich von Massenvernichtung Rang und Namen hat, geht dorthin, um zu sehen, was neu und widerlich ist. Das Internet hat bei einigen Dingen den Zugang wesentlich leichter gemacht, aber nichts geht übers Herumstöbern.«

»Was hat das mit mir zu tun?«, fragte ich. »Und warum weiß ich schon jetzt, dass ich die Antwort nicht mögen werde?«

»Wirst wohl hellsichtig?«, sagte der Waffenmeister heiter. »Jetzt reg dich ab und pass auf, oder es wird einen kurzen, aber wirkungsvollen Besuch von der Ohrfeigenfee geben. Du musst das wissen. Die talentiertesten Waffenhersteller der Welt erscheinen jedes Jahr auf der Messe, um mit ihren neuesten Kreationen anzugeben. Und um Bestellungen für das kommende Jahr anzunehmen. Wir können oft herausfinden, was die bösen Jungs planen, wenn wir uns nur ihre Einkaufsliste ansehen. Der Ort der Messe für Übernatürliche Waffen ändert sich jedes Jahr und die Teilnahme ist strikt nur auf Einladung. Aber sie findet immer wieder in den Bergen über Pakistan statt, wenn auch nur deshalb, weil sie dort weit genug von jeder Zivilisation weg sind, sodass, wenn es unerwarteterweise ›peng!‹ macht, nicht allzu viel Schaden angerichtet wird. Muss ich dir wirklich etwas über Gesundheit und Sicherheit erzählen? Und die Organisatoren lieben es, die Messe so weit wie möglich von den neugierigen Augen der Welt entfernt stattfinden zu lassen.«

»Welche Organisatoren?«, fragte ich. »Wer steckt hinter dieser Messe?«

»Das Waffenhandelshaus Usher«, sagte der Seneschall. »Sehr alte Firma. Älter als wir.« Er sah mich mit kaltem Blick an. »Wir schicken dich dieses Jahr, um die Sache zu beobachten und dir Notizen zu machen, weil du der erfahrenste Agent bist, den wir übrig haben. Der nicht mit etwas anderem beschäftigt ist.«

»Warum immer ich?«, beschwerte ich mich. »Warum kann ich nicht mal einen Fall kriegen, der Herumhängen am Strand beinhaltet?«

»Ich könnte auch gehen«, bot Harry an.

»Nein, könntest du nicht«, sagte ich schnell. »Ich brauche dich hier, damit du dich um die alltäglichen Geschäfte kümmerst. Damit ich das nicht tun muss.«

»Jeder macht, was er am besten kann, Harry«, sagte der Seneschall.

»Wenn du nur wüsstest, was er am besten kann ...«, murmelte Roger.

»Nicht jetzt, Schatz«, meinte Harry.

»Wie soll ich – selbst als Shaman Bond – reinkommen, wenn ich keine Einladung habe?«, fragte ich schlau, um zu zeigen, dass ich aufgepasst hatte.

»Ich besuche die Messe jedes Jahr«, sagte der Waffenmeister munter. »Ich habe eine Dauereinladung, die wahrgenommen werden muss, weil ich eine Tarnung als Waffenenthusiast und Sonderling in Rente aufgebaut habe. Du kannst mit meinem Ticket rein. Nimm Molly mit, ich darf jemanden mitbringen. Oh, ich habe immer viel Spaß dabei, die Stände abzulaufen, still auf die neuen Erfindungen herabzusehen, die ich schon längst erfunden habe oder über die ich schon vor Jahren hinausgewachsen bin. Und ich bringe immer ein paar gute Ideen mit zurück! Von den Besten klauen und es dann Forschung nennen!«

»Wissen sie, dass du ein Drood bist?«, fragte Molly.

»Natürlich nicht! Sie würden alles zumachen und die Beine in die Hand nehmen. Oder versuchen, mich umzubringen. Möglicherweise beides. Nein, sie glauben, ich bin nur einer dieser sehr eifrigen Fanatiker, die überall bei solchen Gelegenheiten auftauchen und sich endlos Notizen machen, mit Seriennummern um sich werfen, sich über unerwartet altmodische Bauweise aufregen und stolz ihre Listen von dem, was sie sehen wollen, vergleichen. Die Sicherheitsleute der Messe könnten uns draußen halten, wenn sie wirklich wollten, aber die Waffenmacher mögen es, uns dabeizuhaben, damit sie angeben und sich berühmt fühlen können. Sie würden uns vermissen, wenn wir nicht da wären. Aber diesmal musst du hingehen, Eddie. Ich bin zu beschäftigt. Du kannst als Shaman Bond gehen und niemand muss wissen, dass du ein Drood bist. Ich werde dir die Koordinaten geben und du kannst mit Merlins Spiegel hingehen. Rein und wieder raus, kein Problem.«

»Aber was soll ich denn dort machen?«, fragte ich. »Was ist so wichtig, dass ein erfahrener Agent die Messe für Übernatürliche Waffen besuchen muss?«

»Weil es Gerüchte gibt, sehr ernste Gerüchte, dass jemand ein Hightech-Äquivalent einer Drood-Rüstung entwickelt hat«, sagte der Seneschall. »Und dass er mit dem Prototyp bei der diesjährigen Messe auftauchen will.«

»Und das dürfen wir nicht zulassen«, fügte der Waffenmeister hinzu. »Natürlich versprechen die Leute schon seit Jahren eine Drood-Rüstung, aber niemand war je in der Lage, dieses Versprechen einzuhalten.«

»Ein paar normalerweise vertrauenswürdige Quellen waren dieses Jahr sehr sicher, dass jemand vielleicht etwas hätte«, fuhr der Seneschall entschlossen fort. »Und Eddie, wenn sie das haben, dann musst du den Prototyp nehmen und ihn mit zurückbringen, sodass der Waffenmeister ihn auseinandernehmen und feststellen kann, wie er funktioniert. Bevor einer von uns sich ihm im Feld gegenübersieht.«

»Wer soll denn hinter dieser neuen Rüstung stecken?«, fragte ich.

»Wenn du es rausfindest, dann bring den auch mit zurück«, antwortete der Waffenmeister.

»In Ordnung«, sagte ich widerwillig. »Aber nachdem ich zurückgekommen bin, will ich sehr viel mehr über Dusk und sein geplantes Großes Opfer sprechen.«

»Klar«, sagte der Waffenmeister. »Wir sollten dann schon sehr viel mehr harte Informationen über die Verschwörung haben.«

Ich seufzte schwer. »Zuerst die Abscheulichen, dann die Unsterblichen und die Beschleunigten und jetzt eine brandneue satanistische Verschwörung. Wie viele Verschwörungen gibt es wohl noch?«

»Wie lang ist ein Superstring?«, antwortete William.

Wir alle sahen zu ihm hin, aber er hatte nichts weiter zu sagen.

»Sonst noch etwas?«, fragte der Seneschall endlich. »Nein? Sehr gut. Die Konferenz wird vertagt. Ich werde sehen, wer rechtmäßig als nächste Matriarchin in Frage kommt. Waffenmeister, ich will einen vollständigen Bericht über alles, was du über die geheimen Abteilungen herausfinden kannst. Harry, ich will ein komplett durchdachtes Memo von dir darüber, wie wir die nächste Wahl gestalten. Wir brauchen ein paar Ideen, bei der letzten Wahl war die Matriarchin die einzige Kandidatin. Diesmal würde ich gerne etwas mehr Wettbewerb sehen. William – warum gehst du nicht, legst dich ein bisschen hin und versuchst, dich zu erinnern, an was du dich noch erinnern kannst? Und dann schreib alles auf. Bevor du es wieder vergisst.«

»Gute Idee«, sagte William. »Ich werde Rafe fragen, ob er mir hilft.«

»Rafe ist fort«, sagte ich vorsichtig. »Du hast einen neuen Assistenten in der Bibliothek – Iorith. Erinnerst du dich?«

»Oh. Ja. Ich schreib mir das besser auf.«

Der Rat löste sich auf und jeder ging mit einer gewissen Erleichterung seinen eigenen Weg. Der Seneschall rief seine Sicherheitsleute herein, sodass sie William wieder in die Alte Bibliothek eskortieren konnten; und um den Stuhl zu entsorgen, auf dem Roger Morgenstern gesessen hatte. Ich benutzte Merlins Spiegel, um Molly und mich direkt in mein Zimmer im oberen Stockwerk zu transportieren. Molly legte ihre Hände auf meine Schultern und begann, etwas zu sagen, aber ich legte einen Finger auf ihre Lippen und schüttelte energisch den Kopf. Ich beugte mich so weit vor, dass ich ihr ins Ohr flüstern konnte.

»Molly, du musst auf der Stelle alle deine besten Zauber wirken. Ich brauche einen so starken Schutz, dass keiner mitbekommt, was ich dir sagen muss. Tu es jetzt.«

»Wer macht dir denn Sorgen, dass er dich belauschen könnte?«, fragte sie, als sie zurücktrat und ein paar magische Posen einnahm und ihre Hände so schnell bewegte, dass sie schimmernde Spuren in der Luft hinterließen.

»Jeder.«

»Einschließlich deiner eigenen Familie?«

»Besonders die.«

Molly machte eine letzte Geste und der ganze Raum erzitterte. Der Boden unter meinen Füßen schien einen guten Zentimeter abzusacken und fing sich wieder. Es war eine schwache, aber sehr reale Spannung in der Luft. Molly nickte lebhaft.

»Erledigt und getan. Du kannst frei sprechen, Eddie. Gäa selbst könnte uns jetzt nicht hören. Was ist so wichtig?«

Ich nahm ihre beiden Hände in meine und bugsierte sie neben mich auf die Kante des Betts. »Erinnerst du dich, als ich im Limbo gefangen war und Walker mich verhörte? Und mich dazu bringen wollte, all meine Geheimnisse zu verraten?«

»Na klar«, antwortete Molly. »Wir müssen immer noch rausfinden, wer eigentlich dahintersteckte. Meinst du, es könnte Dusk gewesen sein?«

»Ich habe mir überlegt, ihn darauf anzusprechen. Aber es schien nicht der richtige Zeitpunkt. Ich hasse es zu denken, dass er wirklich so viel Macht besitzt. Der Punkt ist der, dass Walker ganz am Ende etwas zu mir gesagt hat. Ich sagte: ›Wenn das der Ort ist, an den die Toten gehen, warum sind meine Eltern dann nicht hier?‹ Und er antwortete: ›Was um alles in der Welt lässt Sie glauben, sie seien tot?‹«

Mollys Augen weiteten sich und dann drückte sie beruhigend meine Hand. »Eddie, es wäre wunderbar, wenn es Hoffnung gäbe. Aber es war vielleicht gar nicht Walker. Du kannst nichts vertrauen, was du im Limbus hörst oder siehst.«

»Es hat mich aber zum Nachdenken gebracht«, sagte ich. »Ich habe nie die Leichen meiner Eltern gesehen.«

»Ich habe die Leichen von meinen auch nie gesehen«, erwiderte Molly. »Sie wurden von deiner Familie getötet, während sie mit der Schimmel-Fraktion kämpften, und die Droods haben uns nie etwas gegeben, was wir beerdigen konnten. In unserem Geschäft gibt es oft nichts, was man beerdigen kann, Eddie. Das weißt du. Ich mag den Gedanken ebenfalls, dass meine Eltern vielleicht noch leben könnten – aber du musst loslassen. Dein Leben geht weiter.«

»Aber was, wenn meine Eltern doch noch leben?«, fragte ich. »Versteckt vielleicht? Oder vielleicht sogar als Geiseln irgendwo? Ich mag den Gedanken nicht, dass sie mich all die Jahre hiergelassen haben, wenn sie noch lebten. Ich glaube lieber, sie hätten mich vor dieser Familie gerettet. Aber wenn sie noch dort draußen sind und meine Familie mich all die Jahre angelogen hat ...«

»Wir werden uns umsehen«, versprach Molly. »Und für dich die Wahrheit darüber finden, was deinem Vater und deiner Mutter passiert ist. Aber glaubst du wirklich, dass deine Familie das all die Jahre vor dir geheim gehalten hätte?«

»Na klar«, erwiderte ich. »Es gibt viel zu viele Geheimnisse in meiner Familie.«

Kapitel 5

Massenverwirrungswaffen

Am nächsten Morgen kam das Klopfen an meiner Tür viel zu früh. Ich war wach und aufgestanden und geistig schon anwesend, aber auch nur irgendwie.

Es war kaum eine halbe Stunde her, dass mich ein lärmender Wecker und Mollys rücksichtslose Fröhlichkeit aus einem extrem bequemen Bett geworfen hatten. Es war immer noch dunkel, als ich aus dem Fenster sah. Der Park des Herrenhauses erstreckte sich vor mir wie ein merkwürdiges Nachtland. Es erinnerte mich an den Anblick, den ich vom Fenster des winterlichen Herrenhauses im Limbus gesehen hatte, und ich schauderte unwillkürlich. Hier gab es allerdings keinen Vollmond, der den Park beleuchtete; solche Dinge überlässt die Familie nicht dem Zufall. Zwei lange Reihen von elektrischen Laternen säumten die lange Auffahrt zum Herrenhaus und schwebende, schimmernde Kugeln zogen still in regelmäßigen Abständen über den großen Rasenflächen ihre Kreise. Es waren Bälle aus Plasmaenergie, die von einer Maschine tief in den Kellergewölben des Herrenhauses erzeugt wurden und die vom Vorgänger des Waffenmeisters entwickelt worden waren. Davor waren es dank einer alten Tradition Papierlaternen und Irrlichter gewesen, die von einem magischen Stein gespeist worden waren. Die vorige Matriarchin hatte all das im Namen der Effizienz gestoppt. Es gab Gerüchte, dass einige der älteren Droods klagten, sie zögen die alten Lichter vor, dass sie wärmer und beruhigender gewesen seien. Aber darauf achtete niemand. Wir sind schon immer eine sehr praktisch veranlagte Familie gewesen.

Es gab Wachen draußen in der Dunkelheit, selbst wenn ich sie nicht sehen konnte. Es gab immer Wachen im Park. Wir alle machen das von unserem sechzehnten Lebensjahr an. Es ist eines der Dinge, auf die man sich freut, wenn man im Herrenhaus aufwächst. Das erste Mal, wenn einem ein Sektor zugewiesen und man in die Nacht hinausgeschickt wird, ist es ein großartiges Gefühl. Es bedeutet, dass man endlich erwachsen ist und die Pflichten eines Erwachsenen hat. Man beschützt die Familie, während sie schläft. Ich kann mich noch daran erinnern, wie sich das anfühlte: meine Runden in der Stille des frühen Morgens zu drehen, das feuchte Gras unter den Füßen und der Kopf, der bei jedem unerwarteten Geräusch herumfuhr.

Und ich konnte mich daran erinnern, im Bett zu liegen, fest zugedeckt und lecker warm, halb wach in den Morgenstunden vor der Dämmerung, während ein Teil von mir die armen Schweine draußen in der Kälte bedauerte und ein Teil glücklich war, dass ich entspannen, mich sicher und beschützt fühlen konnte. Selbstverständlich sind die meisten der Schutzmechanismen des Herrenhauses mechanischer und magischer Natur; es gibt alles von Kraftfeldern über automatische Schusswaffen in Bunkern unter dem Rasen bis hin zu Greifen in den Wäldern und der Undine im See. Aber das menschliche Element muss immer das letzte Glied in der Kette sein. Denn Schutzmechanismen können sabotiert werden, von außen wie von innen.

Wir sind, wie gesagt, eine sehr praktisch veranlagte Familie.

Als es an meiner Tür klopfte, hatte ich mich gerade zu Ende rasiert. Alle Droods machen das auf altmodische Weise, mit einer Menge Rasierschaum und einem scharfen Rasiermesser. Dadurch bekommen wir ruhige Hände und Nerven. Ich war noch nicht einmal angezogen, sondern lief noch in Boxershorts und einer Socke herum. Ich suchte nach der anderen und wartete darauf, dass Molly aus dem angrenzenden Bad wieder nach draußen kam. Ich war noch nicht einmal von Grunzlauten zu tatsächlichen Worten evolviert. Ich bin eben ein Morgenmuffel. Molly andererseits war schon seit einer Stunde wach und hatte sich schon durch ein volles englisches Frühstück mit Würstchen, gebackenen Bohnen, Schinken, Eiern und geröstetem Brot gefuttert, das man per Speiseaufzug aus der Küche geschickt hatte. Sie bot mir etwas an, aber mein Magen will vor elf Uhr morgens nichts von Mahlzeiten wissen. Also hatte ich nur einen großen Becher schwarzen Kaffee genommen, um meinem Herzen einen Tritt zu versetzen, und zwang ein paar Vollkornflakes mit Milch herunter. (Auf dem Kaffeebecher stand übrigens »Verehre mich wie die Göttin, die ich bin«. Molly hat ihn mir geschenkt.) Der Geruch des reichhaltigen Frühstücks hing noch im Zimmer und ich erlaubte mir, ab und zu ein wenig davon einzuatmen.

Molly war auf der Toilette, das Kleid hochgeschoben, das Höschen um die Knöchel, und las die neueste Ausgabe des Heat-Magazins. Gott weiß, wo sie es herhatte, auf jeden Fall nicht aus meinem Zimmer. Mir war nicht neu, dass sie darauf bestand, die Tür offen stehen zu lassen. Weil – so sagte sie – sie es mochte, mich immer zu sehen. Naja, ich mag ihre Anwesenheit und ich bin auch nicht gerade der Introvertierteste, aber es gibt ein paar Dinge, von denen ich finde, sie sollten privat bleiben. Als ich endlich die Toilette benutzen durfte, war ich still entschlossen, die Tür zu schließen, selbst wenn ich sie von innen verbarrikadieren musste.

Es klopfte wieder an der Tür – nein, nicht der Klotür – und ich öffnete. Dabei warf ich einen Blick auf die verschnörkelte italienische Uhr an der Wand. Es ging auf halb acht am Morgen zu. Jemand würde dafür bezahlen, bitter bezahlen, mich zu so einer unchristlichen Stunde zu stören. Habe ich schon erwähnt, dass ich ein Morgenmuffel bin? Ich riss die Tür auf und starrte vorwurfsvoll in den Korridor hinaus. Mein Onkel Jack stand da und strahlte mich fröhlich an.

»Hallo, Eddie! Ist das nicht ein fabelhafter Morgen? Bist du abmarschbereit?«

Ich knurrte und versuchte, noch böser zu gucken, aber das beeindruckte ihn kein bisschen. Er schlenderte herein und ich musste beiseitetreten, sonst hätte er mich glatt überrannt.

»Was machst du hier, Onkel Jack?«, brachte ich endlich heraus. »Ein Notfall? Ich hab gar keinen Alarm gehört.«

»Ach nein, nichts in der Art. Heute ist die Waffenmesse, mein Junge, und du willst doch nicht zu spät kommen. Ich hab mich entschieden, mit dir zu kommen.«

Ich bemerkte, dass ich immer noch die Tür offen hielt und nur meine Unterwäsche trug. Es zog wie Hechtsuppe. Ich sah den Korridor hinab, aber niemand anders war da, nichts, was nach Ärger aussah. Ich schloss die Tür und sah mit trüben Augen zum Waffenmeister, der sich in meinem Raum umsah und versuchte, nicht allzu beunruhigt über den Zustand darin auszusehen. Es kümmerte mich nicht. Das ist mein Zimmer. Wenn ich wie ein Ferkel leben will, dann ist das meine Sache. Der Waffenmeister hielt erschrocken inne, als er durch die offene Badezimmertür sah und wandte dem Anblick von Molly auf dem Klo schnell den Rücken zu. Ich brachte ein kleines Lächeln zustande.

»So früh am Morgen musst du uns schon nehmen, wie wir sind«, sagte ich. »Ich bin nur auf, weil Molly eine Frühaufsteherin ist. Das kommt wahrscheinlich davon, wenn man die meiste Zeit im Wald lebt. Also, wie ist das jetzt mit der Messe?«

»Ich gehe mit dir«, sagte der Waffenmeister fest entschlossen. »Ich bin seit fünfunddreißig Jahren nicht mehr im Einsatz gewesen und aller Wahrscheinlichkeit nach werde ich das auch nie wieder sein, jetzt, wo ich die geheimen Abteilungen genauso leiten soll wie die Waffenmeisterei. Ich nutze die Gelegenheit zu einem letzten Abenteuer und zur Hölle mit Cedric. Was glaubt er eigentlich, wer er ist, mich so rumzukommandieren? Etwa der verdammte Seneschall?«

»Ich wusste gar nicht, dass du die Agentenarbeit vermisst«, sagte ich. »Ich dachte immer, du seist glücklich damit, die Leute in deiner Waffenmeisterei zu terrorisieren.«

»Ja, okay, aber da gibt es glücklich und ... glücklich«, erklärte er und vermied sorgfältig, den Rücken von Molly abzuwenden. »All dieses Geschwätz über die Messe hat wieder Adrenalin freigesetzt. Ich habe meine jährlichen Besuche der Messe für Übernatürliche Waffen als meine ureigene Aufgabe betrachtet: Das eine Mal, zu dem ich rechtfertigen konnte, das Herrenhaus zu verlassen und wieder hinaus in die Welt zu gehen. Ich muss mitgehen, Eddie, ich muss hinaus und meine Hände noch einmal schmutzig machen. Bevor ich alt werde.«

Die Leute vergessen oft, dass mein Onkel Jack lange Zeit ein Einsatzagent gewesen ist und fast so gut war wie der legendäre Graue Fuchs selbst, mein Onkel James. Und dass Jack ein Agent während der kältesten Tage des Kalten Krieges war, als es in jeder Mission um Leben und Tod ging und jede Entscheidung, die man traf, eine Rolle spielte. Und jetzt, nach all den Jahren als Waffenmeister der Familie, hatte er den Ruf wieder gehört, wie ein alter Hund, der am Feuer seine Ohren spitzt, wenn die Meute laut heulend vorbeirennt. Und er musste uns allen und nicht zuletzt sich selbst beweisen, dass er es noch draufhatte. Wer war ich schon, ihm das zu verweigern?

»In Ordnung«, sagte ich. »Du kennst die Messe, ich bin froh, dich dabeizuhaben. Aber was ist mit der Einladung? Wenn du sie brauchst ...«

»Ich darf jemanden mitbringen«, sagte er heiter. »Und keiner wird sich aufregen, wenn es zwei sind. Ich bin ein bekanntes Gesicht. Sie kennen mich.«

Molly kam aus dem Bad, anständig angezogen, das Magazin unter den Arm geklemmt. »Ich hab alles gehört! Wann gehen wir?«

»Jetzt«, sagte der Waffenmeister. »Auf der anderen Seite der Welt hat die Messe für Übernatürliche Waffen schon die Tore geöffnet.« Er sah mich an. »Du solltest dich allerdings warm anziehen, Eddie. Wo wir hingehen, ist es bitterkalt.«

Merlins Spiegel entließ uns in Pakistan auf halbem Wege einen Berg hinauf. Es war Mittag, aber der Himmel war grau und bedeckt. Die Sonne versuchte es nicht einmal. Es war eine graue Welt, ganz aus Felsen, Steinen und Staub und nirgendwo war auch nur ein Lebenszeichen zu sehen. Die Luft war bitterkalt und brannte in meinen Lungen, als ich einatmete. Ich schauderte trotz meiner Schaffell-Jacke und stampfte mit den Stiefeln auf den kalten, harten Boden. Es war gut, dass ich auf die Warnung des Waffenmeisters gehört hatte. Im Vergleich zu hier war das Herrenhaus ein warmer Strand, von dem aus man in einen Kühlschrank trat.

Wir waren irgendwo auf einem groben, dreckigen Pfad gelandet, der sich in ein tiefes Tal wand, in dem die Messe für Übernatürliche Waffen bereits eingerichtet war. Zahllose Reihen von Zelten, Ständen und Hütten waren aufgebaut; schnell errichtet und leicht wieder abzureißen. Es war wie eine kleine Stadt, die man über Nacht aus dem Boden gestampft hatte. Unmengen von Leuten schoben sich bereits an den Ständen vorbei und füllten auch den letzten Zentimeter Platz zwischen den einzelnen Anbietern. Jemand mit Sinn für Humor hatte auf seiner Bude eine schwarze Flagge mit Schädel und gekreuzten Knochen gehisst.

Molly kuschelte sich dicht an mich, sie zitterte heftig, obwohl sie von Kopf bis Fuß in einen langen Hermelinmantel und eine passende flauschige weiße Kappe gehüllt war, die sie bis zu den Augen herabgezogen hatte. Ihr Gesicht war von der Kälte weiß geworden und hatte auf der Nase und den Wangen rosafarbene Flecken. Sie sah anbetungswürdig aus.

»Du siehst anbetungswürdig aus«, sagte ich.

»Ich weiß nie, was ich zu solch formellen Gelegenheiten anziehen soll«, sagte sie. »Verdammt nochmal, ist das kalt. Meine Nippel sind hart geworden.«

»Liebes, nicht in Anwesenheit des Waffenmeisters.«

Onkel Jack war beinahe nicht zu erkennen. Er war in einem schweren, schwarzen Dufflecoat begraben. Er spähte glücklich in das Tal hinab und rieb sich vor lauter Vorfreude die Hände. Er lächelte uns an.

»Kalt? Das ist doch nicht kalt! Vor sieben Jahren, als schon früh Schnee fiel und man sich von einem einwandernden Eisbär erzählte, der meinte, es sei ein wenig frisch, da war es kalt! Das ist doch nur eine leichte Brise! Atmet mal tief durch in dieser klaren Bergluft. Hier gibt es keinen Smog.«

»Natürlich nicht«, sagte ich. »Er würde in der Kälte nicht überleben. Meine Ohren sind taub.«

Molly sah auf die Waffenbörse hinab und schnaubte laut. »Ist das alles? Ein paar Zelte und nicht einmal ein offenes Café, in dem man sitzen kann? Es irgendwelchen Kreaturen gemütlich zu machen ist wohl nicht ihre Stärke, was?«

»Mädchen, das ist eine Waffenmesse und keine Modenschau!«, sagte der Waffenmeister. »Man kommt nicht her, um seinen Starbucks zu schlürfen und das Ambiente zu genießen, man ist hier, um sich Waffen anzusehen und sich zu fragen, wie man sich all das gute Zeug unter den Nagel reißen kann, bevor die Feinde es kriegen.«

»Waffennarren«, sagte sie traurig. »Pistolenfreaks. Echt der Horror!«

Der Waffenmeister baute sich demonstrativ vor ihr auf und

sah auf sie herab. »Folgt mir und passt auf, wo ihr hingeht. Sogar die heimischen Bergziegen haben angeblich erwähnt, dass es etwas knifflig ist, hier abzusteigen, und es ist noch ein langer Weg hinunter. Und seid vorsichtig, wenn ihr euch anstrengen müsst. In dieser Höhe ist die Luft ein bisschen dünn. Also seid nicht zu stolz, zuzugeben, wenn ihr euch ein wenig schwindlig fühlt oder verwirrt. Es gibt am Wegrand in regelmäßigen Abständen Sauerstoffstationen. Benutzt sie. Sie operieren auf Münzbasis, aber sie nehmen alle wichtigen Währungen. Außer dem Yen. Nicht fragen. Also, dann wollen wir doch einmal sehen, was uns dieses Jahr so erwartet. Oh, und Eddie, ich weiß, du bist als Shaman Bond hier – aber übertreib nichts. Ich will nächstes Jahr wiederkommen.«

Ich warf ihm einen schiefen Blick zu. »Ich bin ein erfahrener Agent. Ich weiß, wie man sich benimmt.«

»Nein, weißt du nicht. Du wusstest noch nie, wie man sich benimmt. Deshalb haben wir dich ja zu einem Einsatzagenten gemacht – so konntest du deinen Ärger loswerden, indem du bösen Leuten hässliche Dinge antust. Und Molly, bitte töte niemanden. Nicht, wenn du nicht glaubst, dass es unbedingt notwendig ist.«

»Selbstverständlich«, sagte Molly und lächelte heiter.

Der Waffenmeister ging den engen Pfad hinunter, als sei er seit langer Zeit damit vertraut, und ließ Molly und mich hinter ihm herstolpern. Wir hielten uns aneinander fest; aus Bequemlichkeitsgründen, zur Unterstützung und um die Körperwärme zu teilen. Ich hatte mich wohl schon zu sehr daran gewöhnt, dass meine Rüstung mich vor den härteren Klimata dieser Welt schützte. Die Berge hier waren massive graue Wände aus schroffem Stein, mit gezackten Spalten und Klüften, und nicht ein Anzeichen von Leben war irgendwo zu sehen. Ein angemessen grimmiger Ort für eine Börse, die sich dem Tod und der Vernichtung verschrieben hatte. Die Gipfel waren von Schnee überzuckert, auf- und herumgewirbelt von böigen Winden, die zu hoch wehten, als dass wir sie hätten spüren können.

Ganz oben über den Berggipfeln konnte ich den flimmernden Hitzerand der massiven Kraftfelder sehen, die die Messe vor der Außenwelt versteckten. Kraftfelder waren notwendig, um die verschiedenen Energiesysteme und magischen Emanationen der Ausstellungsstücke zu verstecken. So viele Energiespitzen an einem Ort hätten sofort Misstrauen erregt und den Alarm in allen möglichen Überwachungsstationen der Welt ausgelöst. Der Waffenmeister erklärte, dass auch eine ganze Menge magischer Schutz eingesetzt worden war, um die Verwendung der Kraftfelder zu verstecken – die plötzliche Anwesenheit derart starker Energien wäre an sich schon verdächtig gewesen. So wie in »Was habt ihr da zu verstecken?«. Die Messe für Übernatürliche Bewaffnung gab es schon sehr lange und sie hatte überlebt, weil sie sehr gründlich und sehr paranoid war.

»Wenn deine Familie schon so lange über die Messe Bescheid weiß, warum haben sie nichts dagegen getan?«, fragte Molly und umklammerte meinen Arm mit einem geradezu tödlichen Griff, als sich unter ihr eine kleine Gerölllawine löste.

»Wir lassen es wohl lieber so, wie es ist. Dann können wir beobachten, was passiert«, erwiderte ich. »Wenn wir sie erschrecken, dann schließen sie, warten ein paar Jahre und fangen dann irgendwo neu an, noch geheimer und noch tiefer im Untergrund. Und wir müssten kostbare Zeit und Ressourcen darauf verwenden, sie wieder zu erwischen. So sehen wir wenigstens, wer was herstellt und wer es kauft. Und gleichzeitig können wir sicherstellen, dass unsere eigene Bewaffnung wirklich so up-to-date ist, wie wir glauben.«

Ich warf einen Blick auf den Weg zurück, den wir gekommen waren, gerade rechtzeitig, um eine lange Reihe von Einheimischen zu sehen, die sich auf einem weit höheren Pfad vorankämpften. Männer, Frauen, Kinder, Esel, alle schwer beladen. Einige von ihnen warfen Blicke ins Tal hinunter, aber es war deutlich zu erkennen, dass sie nichts sahen. Soweit es sie betraf, waren sie allein in den Bergen und folgten den Pfaden, die schon ihre Ahnen vor Jahrhunderten angelegt hatten. Die Schutzvorrichtungen der Messe arbeiteten. Die Einheimischen gingen weiter und fuhren in ihrem alltäglichen Leben fort, wie sie es seit Generationen getan hatten, ohne auch nur eine Ahnung davon zu haben, wie nahe sie einem der gefährlichsten Geheimnisse der Welt gekommen waren.

Zu der Zeit, in der Molly und ich endlich die Talsohle und damit die Randzonen der Messe erreicht hatten, hatte der Waffenmeister bereits seine Einladung herumgezeigt, das Sicherheitspersonal der Messe beruhigt, sie über Molly und mich aufgeklärt und hatte sich zu einem Schwatz zu alten Freunden gesellt. Er ging ganz offen herum, nickte und lächelte Leuten zu, die ziemlich erfreut zurücklächelten – Leute, die alles in ihrer Macht Stehende getan hätten, ihn auf der Stelle umzubringen, wenn sie auch nur den Verdacht gehabt hätten, er sei ein Drood. Aber auf der anderen Seite hatte er das beste Cover: Er war wirklich, was er vorgab zu sein – einer von vielen Waffennarren.

Er schlenderte die langen Reihen von Ständen und Buden ab, betrachtete alles und hob gelegentlich sogar etwas auf, um es genauer zu untersuchen, und stellte detaillierte Fragen. Offenbar unterhielt er sich hervorragend. Hier und da traf er auf alte Bekannte von früheren Börsen. Dann blieb er mitten im Weg stehen, hielt den Verkehr auf und sprach lange darüber, was einer genaueren Betrachtung wert sei. Niemand kümmerte sich darum. Wie der Waffenmeister gesagt hatte: Die Messe mochte Enthusiasten wie ihn. Sie trugen zur Atmosphäre bei. Alle Leute, die Onkel Jack kannte, waren eindeutig in der gleichen Branche wie er; das, was sie trugen, und die Akzente waren vielleicht unterschiedlich, aber sie hatten alle das gleiche jungenhafte Lächeln und die Begeisterung in den großen Augen, wenn das Thema auf die verschiedenen Varianten von Mord und Totschlag kam.

Sie glaubten, der Waffenmeister sei einer von ihnen: Ein alter Waffenbauer, der sich zur Ruhe gesetzt hatte und jetzt zu viel Zeit hatte und sein Rentnerleben mit seinem Hobby füllte. Ich stellte mich demonstrativ in seine Nähe, um zu belauschen, was gesagt wurde. Große Ohren macht man am besten, wenn man an einem Stand steht und sich alles genau ansieht. Einer der Freunde des Waffenmeisters hatte in der Area 52 in der Antarktis geforscht, während ein anderer ein russischer Exilant war, der in einer der geheimen Wissenschaftsstädte der Sowjets gearbeitet hatte, die sich jetzt in der Wildnis Georgiens befand. Andere hatten sich bei Konzernen, Geheimdiensten oder bekannten Namen, die Größenwahn und mehr Geld als Verstand besaßen, verdingt. Aber egal, wer sie waren oder was sie gewesen waren, der Kanon war der gleiche: Die Börse war auch nicht mehr, was sie einmal gewesen war, die Stände und Buden sowie deren Angebot waren früher größer gewesen, es gab viel zu viel Hype und nicht genug Substanz und die Jüngeren zeigten überhaupt gar keinen Respekt mehr.

Nach einer Weile ließ ich den Waffenmeister allein weitergehen. Er wusste, was er tat, und ich wollte mir die Waffen ansehen. Die erste Bude, an der ich anhielt, hatte sich auf Steampunk-Technologie spezialisiert und bot überholte Massenvernichtungswaffen aus einem ruhigeren und zivilisierteren Zeitalter an, als Waffen noch Kunstwerke hatten sein können. Was einmal hochmodern gewesen war, war jetzt drollig und interessant, denn rücksichtslose Forschung war daran vorbeigezogen und nun war es als antik und kurios wieder gefragt – und als Sammlerstück natürlich. Es geht doch nichts über die Patina der Geschichte, um den Wert zu steigern.

Neben der Bude stand ein großer, mit Dampf betriebener Iron Man der Prärie und starrte finster auf den Stand herab. NOCH FUNKTIONSTÜCHTIG war auf einem Schild zu lesen, das man davor aufgestellt hatte. Blauschwarzer Stahl glänzte frischpoliert und erweckte ihn beinahe wieder zum Leben, rote Augen flammten in seinem unbeweglichen Gesicht auf und er hatte riesige Arme und Beine. Seinerzeit, so führte das Schild weiter aus, hatte der Iron Man der Prärie eine Dampflok überholen und die schwersten Gewichte heben können und er hatte eine Gatling Gun, ein altmodisches Maschinengewehr, in seine Brust eingebaut. Unglücklicherweise, so gab der Budenbesitzer zu, musste man das Ding bis zum Anschlag mit Kohle füttern, um den Dampfdruck aufrechtzuerhalten, oder er blieb scheppernd stehen. Und ihn dann wieder ans Laufen zu kriegen war wohl wirklich lästig. Brillant konstruiert, aber nie sehr praktisch, war seine beste Zeit bereits vorüber gewesen, als sie gerade begonnen hatte.

Der Budenbesitzer war sehr darauf erpicht, mir unzählige Serien von sorgfältig polierten Glaslinsen aus dem Arabien des 13. Jahrhunderts vorzuführen, die, arrangierte man sie sorgfältig, Sonnenlicht zu einem Laserstrahl bündeln konnten. Aber er schien nicht darauf aus, den Effekt dann auch tatsächlich vorzuführen. Vielleicht war es nicht sonnig genug. Neben mir interessierte sich Molly für einen Phlogiston-betriebenen Flammenwerfer aus dem achtzehnten Jahrhundert. Sie hob eine Augenbraue.

»Die Wissenschaft hat doch bewiesen, dass es gar kein Phlogiston gibt.«

»Bis dahin funktionierte der Flammenwerfer einwandfrei«, widersprach der Budenbesitzer.

Wir gingen weiter. Eine überraschende Anzahl von Leuten

erkannte den einen oder anderen von uns. Manchmal sogar uns beide. Keiner war im Geringsten überrascht, Shaman Bond auf der Messe für Übernatürliche Bewaffnung zu sehen. Ich hatte große Anstrengungen unternommen, um diesen Ruf zu etablieren, damit ich überall aufkreuzen konnte. Ich habe es schon immer gemocht, Shaman Bond zu sein, denn meine Tarnidentität führt keinerlei Beschränkung oder Verantwortung mit sich. Und die Leute sind beinahe immer froh, Shaman Bond zu sehen. Taucht aber Eddie Drood auf, bedeutet das immer Ärger für jemanden. Ein paar der Leute, die wir trafen, waren überrascht, Molly und mich zusammen zu sehen: der notorische Glücksritter und die berüchtigte wilde Hexe der Wälder. Einer der flüchtigen Bekannten beugte sich so dicht an mich heran, dass er »Die ist 'ne Nummer zu groß für dich, Eddie!« in mein Ohr flüstern konnte. Er bekam von mir keine verpasst. Es hätte nur die Aufmerksamkeit auf uns gezogen. Es half aber auch nicht, dass Molly diese Situation wahnsinnig witzig fand. Und dann blieb ich plötzlich stehen, als unser Weg von einer sehr breiten und sehr lauten Person blockiert wurde, die ich nur allzu gut kannte.

»Shaman Bond, so wahr ich hier stehe!«, sagte eine bekannte und schwul klingende aristokratische Stimme. »Ich bin entzückt, dich zu sehen, mein lieber Junge! Was zur Hölle tust du denn hier? Ich hätte niemals gedacht, dass du das nötige Kleingeld hast, um auch nur die verdammten Münztoiletten hier zu benutzen! Hm? Was?«

Augusta Moon stand vor mir und grinste breit. Eine Jägerin von Monstern und anderen Problemen mit einer Persönlichkeit wie eine Naturgewalt. Augusta sah aus wie eine der furchtbaren Tanten, die der Humorist P. G. Wodehouse so schön beschrieben hat. Groß und breit und matronenhaft kleidete sich Augusta wie eine altmodische, jüngferliche Tante, die zu viele Lord-Peter-Wimsey-Krimis geschrieben hatte: Ein abgetragenes Tweedkostüm, feste Wanderschuhe und ein Monokel, das sie fest in ihr linkes Auge gerammt hatte. Wenn Augusta je von Mode, Make-up oder Weiblichkeit gehört hatte, dann versteckte sie das bemerkenswert gut. Sie trug einen dicken Spazierstock aus Eiche mit einem massiven Silberknauf, der immer noch die verkrusteten Blutspuren ihrer letzten Begegnung mit den Kräften des Bösen trug. Sie war sich auch nicht zu schade, andere Leute mit ihrem Stock anzustupsen, wenn sie nachdrücklich sein wollte. Sie griff nach meiner Hand und drückte sie ordentlich. Sie lachte die ganze Zeit herzlich. Einige Monsterjäger sind wirklich Furcht erregender als andere. Augusta Moon reiste durch die Welt und tat Gutes, und es war ihr egal, ob die Leute das zu schätzen wussten.

Sie ließ meine schmerzende Hand schließlich los und betrachtete Molly durch ihr Monokel. »Ich wusste gar nicht, dass ihr beide ein Thema seid! Hmm. Das hatte ich nicht erwartet. Gesegnet sei die Welt, die solche Überraschungen bereithält! Halt dir den warm, Mädchen. Gut, wenn man einen harten Mann findet, hm? Was?«

»Was macht denn eine Lady wie du an einem solchen Ort?«, fragte ich.

»Ach, ein wenig shoppen und mich nach etwas Neuem und Widerlichem umsehen, um den Gottlosen ein wenig Feuer unterm Hintern zu machen. Nicht alles lässt sich mit einem Stockhieb auf den Kopf aus der Welt schaffen, und Gott weiß, dass ich diese Methode bei beinahe allem ausprobiert habe, was unter der Sonne lebt – oder sich vor ihr versteckt. Diesen Stock habe ich übrigens damals benutzt, um Schaschlik aus einem Vampir zu machen. Aber dass er sich vorbeugte, war seine eigene Schuld.«

»Du bist wirklich eine Furcht erregende Person, Augusta«, stellte ich nüchtern fest.

»Nur, wenn ich einen guten Grund habe, mein lieber Junge.

Was machst du hier, Shaman? Schaust nach einem hübschen kleinen Verlobungsgeschenk, was?« Sie blinzelte Molly heftig zu. »Schau nach einem Ring, Liebes und dann benutz ihn, um ihn durch irgendetwas Exotisches durchzustechen! Diese modernen Mädels, was, Shaman?« Sie sah mich nachdenklich an. Augusta besaß hinter ihrer sorgfältig gepflegten Fassade einen ausgezeichneten Verstand. »Ich hätte nicht gedacht, dass du einer von denen bist, die auf Waffen aus sind, alter Junge.«

»Ich repräsentiere jemanden anders«, log ich glatt. »Jemanden, der anonym bleiben will, weil es nur den Preis steigen ließe, wäre er bekannt. Du weißt ja, wie das ist.« Ich schenkte ihr meinen besten, wissenden Blick. »Du bist aber doch auch nicht zufällig hier, Augusta. Wonach suchst du wirklich?«

Sie lachte wieder kurz und bellend und stupste mich direkt über dem Nabel mit ihrem Stock in den Bauch. »Dich kann man wohl nicht hinters Licht führen, was, Shaman? Nein, nein. War letzte Woche in Delhi und habe nach den goldenen Fröschen von Samarkand gesucht. Die verdammten Viecher sind wieder auf die Wanderschaft gegangen, und wie immer versucht jeder, zuerst dranzukommen und sich die Beute unter den Nagel zu reißen. Und zu verhindern, dass sie in falsche Hände geraten. Abscheulich aussehende Kreaturen, aber die Geschmäcker sind verschieden, sagte der Pfarrer und knutschte den Messdiener. Wie auch immer, die Spur wurde in Delhi eiskalt, aber eine zwielichtige Bekanntschaft in Kalkutta schickte mich her. Also, wenn du diese verfluchten Viecher entdeckst, dann lass die Finger davon! Die gehören mir!«

»Ich lass dir gern den Vortritt«, sagte ich. »Ich will keine goldenen Warzen auf meinem Gemächt.«

»Dann seh ich dich später. Seid brav, meine Kleinen, und wenn ihr's nicht anders könnt, dann treibt es wenigstens nicht vor Zeugen!«

Sie drückte wieder meine Hand, schlug mich so fest auf die Schulter, dass meine Zähne aufeinanderschlugen, und bahnte sich einen Weg zwischen Molly und mir hindurch. Sie lachte noch immer, als sie in der Menge verschwand, die sich sofort teilte, um ihr Platz zu machen. Molly und ich gingen entschlossen in die entgegengesetzte Richtung.

»Schöne Freunde hast du«, meinte Molly.

»Ich dachte, sie wäre deine Freundin«, sagte ich.

»Suchen wir eigentlich nach etwas Bestimmtem?«, fragte Molly und hakte mich freundschaftlich unter, auch wenn ich sie durch zwei sehr dicke Mantelärmel kaum spürte. »Ich meine, abgesehen von der duplizierten Drood-Rüstung, die wir nicht finden werden, weil sie nie wirklich auftaucht, egal, was die Gerüchte besagen.«

»Um ehrlich zu sein, glaube ich, dass das eine Methode meiner Familie ist, mich eine Weile aus dem Herrenhaus zu lotsen. Ich hab mich schon gefragt, ob Harry etwas im Schilde führt und mich aus dem Weg haben will. Aber es ist wohl eher so, dass der Rat glaubt, ich bräuchte etwas Erholung. Eine Pause. Ein kleiner Urlaub, nach meiner Nahtoderfahrung. Und Gott weiß, dass ich einige Zeit für mich brauchen könnte, nach all dem Scheiß, der mir in letzter Zeit passiert ist. Wie Missionen so sind, ist das hier mit großer Sicherheit eine Zeitverschwendung. Also lass uns ein bisschen Spaß haben und es ausnahmsweise mal auf die leichte Schulter nehmen.«

»In Ordnung. Das kann ich. Allerdings ist das ein ziemlich mieser Ort für einen Kurzurlaub.«

»So ist meine Familie eben«, erwiderte ich.

Wir schlenderten eine Weile herum, schauten uns um und genossen die Zeit. Die Luft war immer noch bitterkalt, außer, wenn uns kurze Hitzeströme von den Heizstrahlern der Verkaufsstände erreichten. Aus einigen Ständen stieg sogar Dampf auf. Die Wege zwischen den Ausstellungsflächen waren mit simplen Holzbohlen belegt und es gab keine Zeichen und Richtungsweiser. Was Messen mit Jahrhunderte alter Tradition anging, beeindruckte mich diese hier nicht gerade durch gute Organisation. Es herrschte sicher kein Mangel an interessierten Kunden, die sich begeistert vor den verschiedenen Buden drängten und mit Geld nur so um sich warfen. Sie schwatzten fröhlich miteinander, stritten um die Herkunft der Ware und deren Auslieferungsrouten und schienen immer bei dem uralten Satz: »Gibt es Prozente bei Barzahlung?« zu landen. Einige Leute starrten ehrfürchtig die beeindruckenderen Angebote an, zu schüchtern, um auch nur nach dem Preis zu fragen. Ich erkannte eine überraschende Anzahl von Gesichtern von allen Seiten und aus jeder Art von Gruppierungen: gute Jungs und böse und alles dazwischen. Jeder braucht Waffen, egal, auf welcher Seite man kämpft.

»Kauf mir was«, befahl Molly nach einer Weile.

»Andere Mädchen wollen Pralinen oder Blumen«, antwortete ich. »Oder Schuhe.«

»Oh, das will ich auch«, sagte Molly prompt. »Aber man kann doch nicht auf eine Waffenbörse gehen, ohne etwas zu kaufen. Ich bin ziemlich sicher, dass es Gesetze dagegen gibt.«

Also sahen wir uns nach etwas Entsprechendem um.

Ein Stand bot ausgesuchte Alientechnologie an, angefangen bei Dingen, die zufällig aus dem Laderaum eines Alienraumschiffs gefallen waren oder von gestrandeten Grauen oder Reptiloiden stammten. Oder Dinge, die durch Dimensionstore gefallen waren, als der Wind in die falsche Richtung geblasen hatte. Alles war auf den Tischen vor uns ausgebreitet, in willkürlichen Haufen und Bergen. Große, unförmige Blöcke aus unbekanntem Metall, verzerrte Formen aus Kristall mit seltsamen Lichtern, die tief darin flackerten, semiorganische Stücke und Blobs, die metallene Filamente ausbildeten wie Tentakel. Das hätten genauso gut die Geheimnisse des Universums wie auch der größte Haufen Schrott und Schund sein können, die man je an einem Ort angehäuft hatte. Der Budenbesitzer gab heiter zu, dass er keine Ahnung hatte, wozu das Zeug zu gebrauchen war.

»Das ist altes Zeug. Hab' ich von einem Ausverkauf nach einem Brand in der Nightside. Muss ja irgendetwas wert sein, oder? Ist immerhin außerirdisch! Nehmt euch was und wir verhandeln den Preis. Ihr solltet in der Lage sein, etwas Nützliches mit dem Kram hier anzufangen. Hey, Sie! Nichts anfassen!«

Ein großer, breitschultriger Mann stand neben mir und sah hochnäsig auf den Verkäufer herab. Er piekte verächtlich mit einem Finger auf etwas Seltsames und Wabbliges. Ein scharfes Klatschen war zu hören, wie ein sehr kleiner und örtlich begrenzter Donner, dann verschwand er und ließ leeren Raum zurück, da, wo er gestanden hatte. Luft rauschte in das Vakuum und die Haare aller im Umkreis wurden kurz elektrostatisch aufgeladen. Der Budenbesitzer blinzelte ein paar Mal, dann erholte er sich auf wundersame Weise.

»Seht ihr! Seht ihr?«, wandte er sich an die ihn umgebende Menge. »Wie nützlich ist das! Wollten Sie nicht auch schon einmal jemanden, den Sie kennen, verschwinden lassen?«

Wir überließen ihn feilschend der sehr interessierten Menge, während ich mich fragte, wie er das Ding wohl verkaufen wollte, ohne dass er selbst es anfasste – oder wie der Käufer es wohl davontragen wollte.

Ein anderer Stand prahlte mit einem umfassenden Angebot von Kristallen, magischen Steinen und Bällen in allen Formen und Farben, die man sich nur denken konnte. Molly kriegte sich vor lauter »Ooohs« und »Ahhs« gar nicht mehr ein, aber ich selbst konnte nichts daran finden, was mich begeistert hätte. Kein Stein mit einer anständigen Aura war darunter. Glaubte man der Frau mittleren Alters hinter dem Stand – sie trug Kleider, die sie zweifelsohne für den neuesten Zigeunerschrei hielt –, hatte alles auf dem Tisch eine faszinierende Geschichte oder eine eigene Legende. Nun, das musste sie ja sagen. Wohlgemerkt, sie erkannte mich sofort als einen Ungläubigen und konzentrierte ihr Verkaufsgespräch auf Molly.

»Sehen Sie die hier, Schätzchen? Die schimmernde Kugel mit dem blutroten Farbton darin? Das ist die echte Kristallkugel, die Dr. Dee benutzt hat, um die Kunstsprache Enochäisch zu lernen. Sie wurde extra geschaffen, sodass die Menschen mit den Engeln reden können. Wenn Sie nun den Kontakt mit dem gleichen Geist herstellen könnten wie Dr. Dee, wer weiß, was für Geheimnisse Sie dann erfahren würden?«

»Ich mag das Schlüsselwort in diesem Satz: Wenn!«, meinte Molly. »Seh ich aus wie ein Landei? Da hat man wohl eine größere Chance, mit der Geisterwelt in Verbindung zu treten, wenn man mit dem Kopf gegen die Wand schlägt.«

»Wenn das so ist ...« Die Zigeuner-Lady richtete sich auf. »Ich habe nie ...«

»Oh, aber bestimmt haben Sie!«, sagte Molly freundlich.

Ich nahm sie entschlossen am Arm und wir gingen weiter. Die nächste Bude war eine entzückende Angelegenheit: Beinahe begraben unter frischen Blumen wurde ein großes Angebot von elbischen Artefakten und Waffen angeboten, und das zu sehr vernünftigen Preisen. Ich wies Molly auf ein paar Dinge hin, doch sie schüttelte sofort den Kopf.

»Einem Elben oder den Dingen, die sie hinterlassen, darf man niemals trauen: Man kann drauf wetten, dass in den meisten Sachen irgendwelche eingebauten Fallen versteckt sind, die irgendwelche transformierenden, aber angeblich komischen Dinge mit den armen Narren anstellen, die dumm genug sind, sie ohne Industriehandschuhe aufzuheben.«

»Da ist ein Zauberstab«, widersprach ich. »Der sieht sehr gut aus.«

»Fallen sollen einladend aussehen. Elbenzauberstäbe sind

da nur der Zuckerguss auf der Falle, weil sie zu den wenigen Elbenwaffen gehören, die Menschen wirklich benutzen können.«

»Ich kenne einen Privatdetektiv in der Nightside, der einen benutzt«, sagte ich. »Larry Oblivion.«

»Ja, aber der ist tot«, sagte Molly. »Da ist nicht mehr viel, was der Zauberstab mit ihm anstellen kann! Aber hey, wie kommt's, dass du jemanden aus der Nightside kennst? Ich dachte, Droods wären dort nicht erlaubt.«

»Wir haben eingewilligt, nicht mehr hinzugehen«, verbesserte ich sie. »Das ist ein Unterschied. Wir könnten durchaus hinein, wenn wir das wollten, aber wir wollen nicht. Persönlich will ich dort nicht tot überm Zaun hängen. Ich kenne Larry, weil er und seine Brüder erst kürzlich für die Familie gearbeitet haben.«

»Na ja, Hauptsache, ich muss mich mit ihnen nicht abgeben«, meinte Molly. »Dieser Hadleigh Oblivion ist mir absolut unheimlich.«

Auch Microsoft war mit einem großen Stand auf der Messe vertreten, aber so gesehen ist Microsoft überall groß vertreten.

Ich hielt vor einer einfachen Bude an, die das Waffenhandelshaus Usher repräsentierte. Es schien seltsam, dass die Familie, die die Messe für Übernatürliche Waffen seit so vielen Jahrhunderten finanzierte, selbst nur eine so bescheidene Präsenz unterhielt. Der Mann hinter dem Stand war Mr. Usher persönlich. Ich betrachtete ihn nachdenklich und er nickte höflich.

»Ich dachte, Sie leiten das Handelshaus in der Nightside«, sagte Molly.

»Oh, da bin ich auch, meine Liebe«, sagte Usher, ein kleiner, grauer Mann mit einer kleinen, grauen Stimme. Der Mann, dem das Usher-Handelshaus für Waffen gehörte, einer der größten Lieferanten für Mord und Totschlag in der Welt, war ein respektabler Mann in vorschriftsmäßigem Anzug, mit einem breiten, eckigen Gesicht, einem professionellen Lächeln und einem kalten, leidenschaftslosen Blick hinter einer Brille mit Drahtgestell. Er sah aus wie das, was er war: ein Geschäftsmann, der sich nur für Geschäfte interessierte. »Ich bin dort und ich bin hier. Ich bin überall dort, wo sich ein Waffengeschäft befindet, Miss Molly. Weil es immer jemanden gibt, der eine Waffe benötigt.«

»Sie managen die alle gleichzeitig?«, fragte ich. »Was sind Sie? Ein Metzel-Avatar?«

»Nichts derart Großartiges, Mr. Bond«, erwiderte Usher. »Ich bin ... notwendig.«

Ich warf einen Blick über die Waffen, die auf dem Tisch vor mir ausgebreitet waren. Spezielle Waffen, individuelle, bedeutende Waffen, aus Historie und Legende. Die Walter PPK, die Hitler verwendet hatte, um Eva Braun zu erschießen, bevor er sie gegen sich selbst richtete. Die alte Nickel-Pistole von Billy The Kid. Die erste Muskete, die man benutzt hatte, um einen amerikanischen Indianer zu töten, und das erste Gewehr, das man einem amerikanischen Indianer verkauft hatte. Ein halbes Dutzend Waffen, die ihre schriftstellernden Besitzer inspiriert hatten, jede einzelne ordentlich mit einem Schild versehen und mit Autogramm. Und ein Gewehr aus einem Bücherlager in Dallas. Magische Kugeln extra.

»Wie ich sehe, tragen Sie einen Colt-Revolver, Mr. Drood«, sagte Usher. »Ihr Onkel leistet wahrlich gute Arbeit.«

»Benutzen Sie diesen Namen nicht wieder,«, sagte ich kalt. »Ich bin inkognito hier. Wenn Sie meine Tarnung vor all den Leuten hier auffliegen lassen, dann jage ich Sie in die Luft.«

»Selbstverständlich, Mr. Bond. Ihr Geheimnis ist bei mir sicher. Sie wären überrascht, wie viele Geheimnisse ich bewahre.«

Molly und ich gingen zum nächsten Stand weiter. Ich war nicht sicher, ob Mr. Usher eine Kugel durch den Kopf wirklich tötete, aber eigentlich mussten die Formalitäten eingehalten werden. Molly warf mir einen schiefen Blick zu.

»Du magst doch eigentlich keine Waffen, oder? Das ist seltsam bei einem Geheimagenten.«

»Ich kann eine Waffe sehr wohl gebrauchen, wenn es sein muss«, meinte ich. »Aber ich bin Agent und kein Killer. Ich töte nur, wenn ich muss, und ich versuche wirklich sehr, weder Freude noch Befriedigung dabei zu empfinden. Wenn man auf diesem Weg zu weit geht, endet man in Gruppen wie denen von Dusk. Weil man dann dahin gehört.«

»Waffen töten also keine Menschen, sondern nur Menschen töten Menschen?«, drückte Molly es anders aus.

»Es sind Leute mit Waffen, die Leute umbringen. Gewehre machen es einfach für Menschen, Menschen zu töten. Und es sollte nie einfach sein, jemandem das Leben zu nehmen.«

»Pazifist«, spottete ein Passant.

»Wohl kaum«, erwiderte ich, aber er war schon weg.

An der nächsten Bude führte gerade ein Wissenschaftler im traditionellen weißen Kittel Bertrand Russells Kennzeichnungstheorie mit Kreide an einer schwarzen Tafel vor. Die Menge war nur mäßig interessiert. Er schien nichts zu verkaufen, aber er war so seriös und entschlossen, dass die Leute dennoch zuhörten. Sie sahen zu und runzelten die Stirn, als er vor seiner Tafel auf und ab ging. Wie ein Hund, dem man einen Kartentrick vorführt, konnten sie spüren, dass etwas Cleveres vor sich ging, aber nicht sagen, was es war.

Im Prinzip erklärte der Wissenschaftler, dass die Kennzeichnungstheorie von Russell besagt, dass, wenn man etwas genau beschreibt und dabei Mathematik verwendet, die Mathematik das Objekt ist und umgekehrt. Wenn man also die Berechnung ändert, dann ändert man auch das Objekt. Seine Theorie verfügte über viele Zusätze, die sich um Waffen drehten: Kennzeichnungstheorie-Bomben, in denen die Mathematik einer Stadt wissenschaftlich beweist, dass sie gar nicht mehr da ist. Das funktionierte angeblich sogar zum Transport von Personen – wobei die Mathematik das Universum überzeugen kann, dass die Leute dort sind, wo die Mathematik sie postuliert.

An diesem Punkt angelangt, hingen alle dem Wissenschaftler an den Lippen und er huschte vor der Tafel hin und her, fügte hier ein Symbol hinzu, nahm dort eines weg, schrieb so seine Berechnungen um und kam immer näher und näher an sein Ergebnis heran. Schließlich fügte er noch mit einem Extra-Schnörkel ein Zeichen hinzu und die Tafel verschwand. Die Menge applaudierte ihm wie wild.

»Nein! Nein!«, schrie der Wissenschaftler, warf seine Kreide auf den Boden und trampelte darauf herum. »Das hatte ich doch gar nicht vor!«

Molly und ich gingen weiter und überließen ihn sich selbst. Ich mag es nicht, erwachsene Männer weinen zu sehen.

Nicht allzu weit entfernt versuchte ein Wissenschaftler, eine skeptische Menge vom Wert eines Gerätes zu überzeugen, das Heisenbergsche Unschärfe erzeugte. Das Problem war nur, dass jedes Mal, wenn er die Kontrollen auf dem vor ihm aufgebauten Gerät justierte, er sich in etwas anderes verwandelte. Der Wissenschaftler wurde ein anderer Mann, der wiederum eine Frau, die etwas Großes und Blaues wurde, bevor es völlig verschwand und nur eine körperlose Stimme zurückließ. »Hallo? Hallo? Ist da jemand? Ach, verdammter Mist, nicht schon wieder!«

Es gab noch viele andere interessante Dinge zu sehen. Eine Flasche mit billigem Dschinn, ein Gewehr, das um die Ecke schießen konnte, und eine Horde verrückt gewordener Gespenster, die von Ketten aus verstärktem Ektoplasma an Ort und Stelle gehalten wurden. Ihre Gesichter waren ausdruckslos und die Augen leer, und ihre halb durchsichtigen Körper schwebten in- und wieder auseinander, während sie rastlos im beschränkten Platz ihres Zelts herumspukten. Sie wurden von einem Sizilianer zum Verkauf angeboten, der einen Armani-Anzug mit viel Charme und Leichtigkeit trug und seine Verkaufsgespräche beängstigend rücksichtslos führte.

»Stellt euch vor, meine Freunde«, sagte er. »Der Feind, dem niemand etwas anhaben kann, ist jetzt in Reichweite gerückt. Geister können überallhin: durch Wände hindurch, durch Stacheldraht und alle Arten von Sicherheitssystemen. Sie gehen direkt zu ihrem Ziel. Sie tun, was immer Sie ihnen befehlen, ohne Widerrede. Sie haben keine Identität mehr, ich habe ihnen diesen Unsinn ausgetrieben. Jetzt sind sie spirituelle Kampfhunde, passend sowohl für die Verteidigung als auch für den Angriff. Ektoplasmische Halsbänder und Ketten können für einen kleinen Aufpreis zur Verfügung gestellt werden.«

»Haben Sie keinen Respekt vor den Toten?«, kam eine Frage aus der Menge. »Was, wenn es Mitglieder Ihrer Familie wären?«

»Sie sind meine Familie«, sagte der Sizilianer. »Warum sollten sie ruhen, wenn sie Geld für die Familie verdienen können?«

»Was, wenn einer von ihnen aufwacht?«, fragte Molly beinahe faul. »Was, wenn sie sich durch Zufall daran erinnern, wer sie sind und was Sie ihnen angetan haben?«

Der Sizilianer grinste sein lässiges und arrogantes Lächeln. »Passiert nicht, schöne Dame. Möchten Sie nicht diesen brutal Aussehenden hier drüben? Nur für sich? Sie können darauf trainiert werden, beinahe alles zu tun ...«

»Wenn schon Leute so entsetzlich sein können«, sagte Molly. »Ist es dann ein Wunder, wenn ich im Großen und Ganzen Tiere bevorzuge?«

Der Sizilianer hörte auf zu lächeln. Er zog an der Kette eines der Geister und dieser kroch vorwärts neben ihn. Der Sizilianer wies auf Molly und murmelte etwas in sich hinein. Der Geist wurde plötzlich aufmerksam. Sein Gesicht war konzentriert und klar und die Augen voll wahnsinniger Wut. Er knurrte, sein Mund war mit spitzen Zähnen gespickt. Er hob eine Hand, deren Finger in Klauen endeten. Er sah jetzt völlig fest und körperlich aus. Der Sizilianer ließ die Kette durch seine Hand gleiten, aber bevor der Geist vorspringen konnte, sah Molly ihn direkt an und hielt seinen Blick fest. Für einen Moment bewegte sich keiner von beiden. Dann verschwand auf einmal alle Wut aus dem Gesicht des Geistes und er huschte zusammengekrümmt und wimmernd hinter den Sizilianer, um sich zu verstecken. Der Sizilianer schloss das Halsband um den Nacken des Gespenstes und warf Molly einen zornigen Blick zu.

»Hey! Wenn Sie's kaputtmachen, zahlen Sie's!«

Molly ignorierte ihn und sah nachdenklich auf die Horde Geister. Die bewegten sich ruhelos hin und her und hatten Angst vor ihrem Blick. Molly sah wieder zu dem Sizilianer hin.

»Was, wenn sie alle aufwachen und sich daran erinnern, was Sie ihnen angetan haben?«

Sie schnippte einmal mit ihren Fingern und ging dann langsam davon. Der Sizilianer kreischte schrecklich, als die Horde über ihn herfiel, aber er schrie nicht lange. Ich warf einen warnenden Blick in die Menge, für den Fall, dass jemand sich einmischen wollte, aber sie hatten alle dringend woanders zu tun. Ich holte Molly ein und ging neben ihr her.

»Dich kann man nirgendwohin mitnehmen«, sagte ich nach einer Weile.

»Einige Dinge werde ich verdammt nochmal nicht tolerieren«, sagte sie und sah starr geradeaus.

»Du süßes, sentimentales, altes Ding, du«, sagte ich.

Sie lächelte plötzlich, und es war, als ginge die Sonne auf.

»Ja, das bin ich. Und ich werde die Scheiße aus allen rausprügeln, die etwas anderes sagen.«

Die nächste Bude war ein technologisches Wunder, ganz aus blank poliertem Stahl, mit blinkenden Lichtern und elektronischen Soundeffekten. Der Standbetreiber versuchte, Passanten davon zu überzeugen, seine Bude zu betreten und sich in eine perfekte Version ihrer selbst verwandeln zu lassen. Resultate waren garantiert. Seltsamerweise schien niemand interessiert. Der Betreiber steigerte sich in seine Sache hinein, bis er vor Begeisterung Schaum vor dem Mund hatte, aber niemand hielt auch nur an, um nach dem Preis zu fragen. Ich sah Molly an.

»Das ist doch Betrug«, sagte sie rundheraus. »Man geht in die Bude und verschwindet für immer. Was herauskommt, ist ein Ding von draußen, das in eine perfektionierte Version deiner selbst transformiert wurde. Dann geht es hinaus in die Welt und sammelt Informationen, bevor der Rest als Invasion zu uns kommt. Keiner ist seit Jahren darauf hereingefallen, aber sie versuchen es immer wieder.«

»Wenn die Messe darüber Bescheid weiß, warum dürfen sie dann immer wieder kommen?«, fragte ich.

Molly warf mir einen mitleidigen Blick zu. »Sie haben doch gezahlt.«

»Ah. Natürlich. Ich Dummerchen.« Ich sah mir den Transformator an. »Ich weiß, ich bin eigentlich im Urlaub, aber ich glaube wirklich nicht, dass ich hier vor meinen Augen eine Alien-Invasion gestatten werde. Lenk mal den Betreiber ab, tu mir den Gefallen.«

»Man kann dich nirgendwohin mitnehmen«, seufzte Molly. Sie ging zu dem Budenbesitzer hin und sah ihm wütend ins Gesicht. »Hey! Sie! Meine Schwester ist da vor zehn Minuten reingegangen und bis jetzt nicht wieder herausgekommen! Was treiben Sie da für ein Spiel?«

Und während der Betreiber protestierte, stotternd seine Unschuld beteuerte und sogar anbot, die Bude zu öffnen, sodass Molly sehen konnte, dass ihre Schwester auf keinen Fall darin war, schlenderte ich auf die Rückseite des Stands, blickte mich beiläufig um, ob auch niemand zusah, und konzentrierte mich auf meinen Torques. Ich murmelte die aktivierenden Worte. Als ich mich konzentrierte, löste sich ein hauchdünnes Filament der goldenen, seltsamen Materie aus dem Reif und glitt über meine Schulter den Arm hinunter, bis es von meiner Fingerspitze in die Arbeitsöffnungen hinten an der Bude hüpfen konnte. Ich wirbelte das Filament herum und zerfetzte die empfindlichen Teile darin. Plötzlich blitzte eine Energieentladung auf, gefolgt von einer Wolke dichten, lilafarbenen Rauchs. Ich holte die seltsame Materie schnell in meinen Torques und wich zurück, während lilafarbener Rauch die Bude einhüllte. Der Betreiber vergaß, Molly weiter zu beruhigen, und heulte irgendwie unmenschlich auf, als er sah, was mit seinem Transformator passiert war. Er implodierte plötzlich, saugte sich selbst in das hinein, was auch immer darin passierte, und außerirdische Kräfte zogen das ganze Zeug in ihre Dimension zurück. Molly schubste den Betreiber kräftig von hinten. Er stolperte vor und wurde ebenfalls in die implodierenden Energien gesaugt. Ein paar Momente später waren sowohl Bude als auch Betreiber spurlos verschwunden und Molly und ich schon in angemessener Entfernung. Wir warfen keinen Blick zurück.

»Ich weiß«, sagte Molly. »Es gibt Mist, den du nicht tolerieren willst.«

»Verdammt richtig.«

Und genau in diesem Moment hatte die satanistische Verschwörung ihren Auftritt auf der Messe für Übernatürliche Bewaffnung. Eine Gruppe von ungefähr zwanzig großen und bedrohlich wirkenden Männern in dunklen Anzügen erschienen aus dem Nichts, schritten zielgerichtet über das Gelände und sahen durchaus so aus, als seien sie bereit, jeden niederzutrampeln, der ihnen nicht schnell genug aus dem Weg ging. Sie versuchten nicht einmal zu verstecken, wer sie waren, jeder von ihnen trug ein auf dem Kopf stehendes Kreuz an einer Halskette. Als sie näher kamen, erkannte ich, dass sie formelle Smokings trugen und perfekt maßgeschneiderte noch dazu. Es geht doch nichts über einen Smoking, um einer Bande von satanistischen Drecksäcken einen Hauch Klasse und Würde zu verleihen. Molly und ich gingen gleich mehrere Schritte zurück, um ihnen den Weg freizumachen. Sie alle schienen sehr ernst, sehr konzentriert und sehr entschlossen zu sein. Ich musste kichern.

»Alle mal hinsehen!«, rief ich. »Die sehen doch alle wie Kellner aus. Nein, wie Pinguine!«

Ich flitzte hinter sie und watschelte hinter ihnen her. Dabei flatterte ich mit den Armen an der Seite und gab klagende »Fütter mich!«-Laute in Pinguinsprache von mir. Die Menge liebte es. Sie flippten förmlich aus, lachten, jubelten und fielen in meine Pinguinlaute ein. Die Satanisten gingen einfach weiter. Sie konnten sich nicht umdrehen und nachsehen, was da los war, das hätte sie schwach aussehen lassen. Also beschleunigten sie ihre Schritte und versuchten, mich zurückzulassen. Also gab ich jetzt klagende »Wartet auf mich!«-Laute von mir, auch in Pinguinisch, und watschelte hinter ihnen her. Bis Molly mich am Arm packte und mich fortriss. Sie drängte mich gewaltsam in eine Seitengasse, aus der Sicht der Satanisten und der frenetisch applaudierenden Menge.

»Wir sind nicht hier, um Aufmerksamkeit zu erregen!«, zischte sie. »Besonders nicht die einer ganzen Bande von wahrscheinlich gut ausgebildeten satanistischen Fußsoldaten! Du bist ein Geheimagent, also verhalt dich auch geheim! Bleib in meiner Nähe und versuch, in sicherem Abstand herauszukriegen, was die Bastarde im Schilde führen. Sie wären nicht auf so offensichtliche Weise hier aufgetaucht, wenn es nicht etwas Wichtiges wäre!«

»Du meinst, sie wollen Freunde gewinnen und Leute beeinflussen?«, meinte ich. »Oder wollen sie Waffen kaufen wie alle anderen? Nein, ich weiß es! Lass uns den Kleinsten nehmen, ihn an einen privaten Ort zerren und ihm auf den Kopf hauen, bis seine Augen die Farbe wechseln oder er uns verrät, was wir wissen wollen.«

»Was ist los, Eddie?«, fragte Molly und sah mir forschend ins Gesicht. »Das klingt gar nicht wie du.«

»Lightbringer House«, erwiderte ich. »Sie haben uns davongejagt wie Hunde, die den Schwanz einklemmen. Das erlaube ich einem Haufen teufelsanbeterischer Drecksäcke nicht.«

Molly schüttelte langsam den Kopf. »Testosteron muss ein echter Fluch sein. Keiner soll wissen, dass ein Drood hier ist, erinnerst du dich? Du bist Shaman Bond. Der Gott sei Dank den Ruf hat, sich exzentrisch zu benehmen.«

Ich lächelte kurz. »Ich hab eine Menge Zeit und Anstrengungen in diesen Ruf gesteckt. So komme ich mit allen möglichen Sachen davon, die andere in Erklärungsnot brächten.«

»Du machst dieses Pinguin-Ding nicht mehr?«, versicherte sich Molly.

»Beinahe ganz sicher nicht«, antwortete ich. »Satanisten bringen nun einmal das Schlechteste in mir zum Vorschein. Nie verzeihen sie eine Miene. Wir können doch immer noch hinter ihnen herschleichen und sie ausspionieren, oder?«

»Na klar«, meinte Molly. »Mein Schleichen kann's jederzeit mit dem ihrer Besten aufnehmen.«

Also holten wir die Satanisten wieder ein, spazierten beiläufig hinter ihnen her und beobachteten jede ihrer Bewegungen aus einer respektablen Distanz. Wir waren nicht allein. Eine

Menge Leute war daran interessiert herauszufinden, warum die Satanisten auf die Waffenbörse gekommen waren. Die Smokinggruppe ging die Stände und Buden auf und ab, eine Reihe nach der anderen. Sie betrachteten das Angebot, aber sie kauften nichts. Sie schienen eher an den Leuten hinter den Verkaufstischen interessiert zu sein, besonders an Waffen-Designern und -herstellern. Ziemlich oft machten die Satanisten diesen ein mehr als großzügiges Angebot, mit ihnen zu kommen und Waffen für sie zu erfinden. Aber die meisten Waffenhersteller lehnten ab. Selbst sie hatten eine Grenze, die sie nicht übertreten wollten. Die Satanisten diskutierten nie, gaben keine Drohungen von sich und keine Einschüchterungsversuche. Sie lächelten nur freundlich, gaben jedem ihre Karte und gingen zum nächsten Stand.

Sie kauften ein paar Dinge, wenn klar wurde, dass die Leute nicht mit ihnen reden würden, falls sie das nicht taten, und indem ich die ganze Zeit schamlos den jeweils nächstgelegenen Stand belauschte, erfuhr ich, dass die Satanisten ein bestimmtes Budget für die Waffenmesse erhalten hatten. Was in mir die Frage aufkommen ließ, wer das Geld zur Verfügung stellte. Man kann eine groß angelegte Verschwörung nicht planen, ohne über umfassendes Kapital zu verfügen. Eine Frage, die ich der Familie stellen konnte, wenn ich wieder zurück war. Sicher wären die Standbesitzer nur zu glücklich gewesen, das Geld der Satanisten zu nehmen, auch wenn keiner die Smokingtypen allzu ernst zu nehmen schien.

Schließlich löste sich einer der Satanisten aus der Gruppe. Ihm war eine Bude aufgefallen, die geklonte Affenpfoten anbot. Er sprach kurz mit dem Betreiber, der knapp etwas erwiderte. Einer musste wohl etwas Falsches gesagt haben, denn plötzlich ging es los. Zwei Männer schrien sich gegenseitig an, Beleidigungen begannen, wurden heftiger und folgten schnell aufeinander. Der Rest der Smokingtypen mischte sich umgehend ein und stärkte ihrem Kameraden mit kalten, bösen Blicken und einer bedrohlichen, düsteren Präsenz den Rücken. Die Menge wich hastig zurück, um beiden Seiten Platz zu machen, aber nicht so weit, dass sie etwas von den aufregenden Geschehnissen hätte verpassen müssen.

Die Satanisten standen ein paar Reihen tief Schulter an Schulter. Ihre Smokings knisterten beinahe vor Entrüstung, dass jemand gewagt hatte, sich gegen sie zu stellen. Sie standen jetzt den Sicherheitsleuten der Messe gegenüber, die sich als eine kleine Armee von glatzköpfigen Mönchen herausstellte, die scharlachrote Roben trugen. Sie waren gegenüber den Satanisten in der Überzahl, doch diese war nur hauchdünn. Sie trugen keine sichtbaren Waffen, aber sie waren ganz klar diese ganz bestimmte Art von Mönch. Die Art, die keine Waffen brauchte, weil sie sich selbst zu Waffen gemacht hatte.

»Die Blutrote Garde«, flüsterte mir Molly ins Ohr. »Sie sorgen schon seit Jahrhunderten für höfliches Benehmen auf der Messe.«

Die Satanisten und die Mönche standen sich gegenüber und starrten sich gegenseitig mit kalten, ungerührten Gesichtern an. Dann trat einer der Satanisten vor, anscheinend der Anführer oder auch der Sprecher, und sprach die Mönche in einem ziemlich höflichen und vernünftigen Tonfall an.

»Ihr wisst, wer wir sind. Ihr wisst, wen wir repräsentieren. Und ihr wisst, was wir tun können. Seid ihr wirklich bereit, euch mit uns anzulegen, nur weil ein kleiner Standbetreiber einem von uns ins Gesicht gedroht hat?«

»Natürlich«, sagte einer der Mönche und trat ebenfalls vor. »Das ist unsere Aufgabe. Wir beschützen die Messe. Seid ihr bereit, euch von der Messe verbannen zu lassen, für immer, weil einer von euch seine Geduld verloren hat? Ihr wisst, wer wir sind. Und was wir tun können.«

»Wir sind beschützt«, sagte der Satanist.

»Wir sind Beschützer«, entgegnete der Mönch.

Der satanistische Anführer erwog das für einen Moment und zuckte dann leichthin mit den Achseln. »Wir werden unsere friedliche Absicht mit einem Opfer beweisen. Zum Wohle aller.«

Er wandte sich um und sah seine Gruppe an. Dann winkte er den, der den ganzen Ärger angefangen hatte, zu sich. Der trat vor und stellte sich mit schmollend gerunzelter Stirn vor den Sprecher.

»Ich werd' mich nicht entschuldigen.«

»Das verlangt auch keiner«, erwiderte der Anführer.

Seine Hand hob sich plötzlich, darin erschien eine lange, schlanke Klinge. Er stach seinem eigenen Mann ins Auge, jagte sie tief hinein und drehte sie darin um. Blut quoll hervor, tränkte seine Manschette und den Ärmel. Er riss die Klinge hinaus und sein Opfer krümmte sich scheinbar knochenlos auf dem Boden zusammen und lag still. Der Führer schüttelte ein paar Blutstropfen von der Klinge und ließ sie wieder verschwinden. Dann säuberte er seine Hand und das Gelenk affektiert mit einem Taschentuch mit Monogramm. Er lächelte den Mönch an.

»Ist das akzeptabel für euch?«

Der Mönch nickte langsam. Ich glaube, sogar er war ein wenig schockiert über die kalte und gefühllose Art, mit der der Satanist dieses Problem gelöst hatte. Die Menge schien ebenso beunruhigt. Es gibt Dinge, die erwartet man nicht einmal auf einer Waffenbörse zu sehen. Der Mönch nickte seinen Leuten zu und die Blutrote Garde teilte sich in zwei Gruppen, die sich zu beiden Seiten des Wegs in Position stellten, als die Satanisten davongingen. Kein Satanist sah auf den zurück, der zurückgelassen im Dreck lag. Die Blutrote Garde wartete ab, bis die Gruppe sich eine angemessene Strecke entfernt hatte, und verschwand dann wieder dorthin, woher sie gekommen waren. Das Publikum fiel über die Leiche her und plünderte alles, was er hatte, einschließlich seiner Klamotten, seiner Unterwäsche und, als nichts anderes mehr da war, sogar die Leiche selbst. Ich sah Molly an.

»Ist ja hardcore!«, sagte sie schließlich. »Diese neuen Satanisten machen aber nicht viele Umstände, was?«

»Was kann so wichtig sein, dass die Satanisten nicht riskieren durften, hinausgeworfen zu werden?«, fragte ich. »So wichtig, dass sie selbst einen der Ihren deswegen killen?«

Molly zuckte mit den Achseln. »Satanisten tun halt, was Satanisten tun. Weißt du was? Ich hab Hunger. Da drüben ist eine Imbissbude. Kauf mir was.«

»Hast du denn kein Geld mitgebracht?«

»Warum sollte ich Geld brauchen? Ich hab' doch dich. Kauf mir was Heißes und Scharfes und verdien dir ein paar Ich-Bin-Ein-Toller-Freund-Bonuspunkte.«

Ich begleitete sie hinüber zu der Imbissbude, die heiße Currys mit Reis anbot und große Schüsseln dunkler Suppe, in denen Dinge schwammen. Ich sah den grinsenden Gurkha hinter der Theke an. Er trug ein »Verschlingt alle Unternehmen!«-T-Shirt.

»Was ist das für eine Suppe?«

»Heiß!«, erwiderte er fröhlich. »Frisch! Essen Sie!«

Also nahmen wir zwei Schüsseln von der Suppe, gefolgt von einer Portion Rindercurry Madras und einem Vindaloo mit Huhn für Molly mit je einem Haufen farbenfrohem Pilaw-Reis. Es gab kein Essbesteck, nur Pappteller, und man verwendete die Finger. Meine waren so kalt, dass ich die Hitze sowieso kaum spürte. Ich trank die Suppe direkt aus dem Pappbecher und sie schmeckte wirklich gut. Es hätte Mulligatawny sein können, auch wenn ich noch nicht bereit war, mir anzuhören, was die Stücke möglicherweise waren, die darin schwammen. Es gibt Dinge, die ein Mensch nicht wissen sollte, wenn er ruhig schlafen will.

Als wir uns endlich wieder unter die geschäftige Menge mischten, wurde schnell klar, dass etwas in der Luft lag. Jeder schien sicher, dass etwas Spezielles vor sich ging, auch wenn keiner wirklich sicher war, was das sein konnte. Ich fragte mich, ob die Möglichkeit bestand, dass die Drood-artige Rüstung dieses Jahr doch auftauchte. Erst war sie nur ein Thema im Stillen, dann schließlich offen, bis klar wurde, dass genau das das Thema schlechthin war. Obwohl die neue Rüstung seit Jahren angekündigt und doch nie aufgetaucht war, hatten alle das Gefühl, dass es dieses Jahr so weit sein könnte. Und keiner wollte das verpassen.

Molly und ich folgten einem bestimmten Gerücht, direkt an den Rand der Börse, aber es stellte sich heraus, dass nur ein junger Enthusiast mit seinem neuen Exoskelett angab. Es war allerdings beeindruckend anzusehen: Eine Reihe von verstärkten Stahlklammern, die mit Mikroprozessoren verbunden waren und von einem riesigen, sperrigen Generator auf dem Rücken angetrieben wurden. Aber als der junge Erfinder ihn das erste Mal anschaltete, stotterte und hustete er, dann brach er den linken Arm des armen Teufels gleich drei Mal. Seine Schmerzenslaute wurden von dem Gelächter der Menge übertönt. Das Publikum war hart im Nehmen. Seine Assistenten versuchten noch, ihn aus dem Exoskelett zu brechen, als Molly und ich schon weitergingen.

Weil wir gerade am Rand der Messe waren, nutzten wir die Gelegenheit und sahen uns diejenigen Teile im Angebot an, die zu groß waren, um auf der Messe selbst verkauft zu werden. Ein Senkrechtstarter nahm viel Platz des Talbodens ein, gewaltig und glänzend und mit beeindruckenden Maschinen. Ein halbes Dutzend fliegende Motorräder mit Antigrav-Generatoren statt Rädern gab es zu sehen. Selbst einen Riesenroboter, der ungefähr sechzehn Meter hoch war, fanden wir. Sie hatten ihn dazu gebracht, sich zu setzen, damit er innerhalb der

Schutzschilde der Messe blieb. Natürlich war er japanisch. Dort mögen sie eben ihre Riesenroboter. Aber weil der hier von Toyota war, nahm ihn keiner wirklich ernst. Es gab auch einen enormen Kampfpanzer der US-Armee, den man mit den Gedanken des Fahrers fernsteuern konnte. Natürlich war es ein Prototyp und der gegenwärtige Besitzer war scharf darauf, ihn zu verkaufen und zu verschwinden, bevor die US-Army auftauchte und danach suchte.

Molly und ich fanden auch den Waffenmeister wieder. Er hielt Hof mit einer ganzen Horde seiner Mit-Enthusiasten, machte despektierliche Bemerkungen über alles, was angeboten wurde, und genoss das allgemeine Gelächter. Er war ziemlich froh, Molly und mich zu sehen, auch wenn er vor seinen Freunden demonstrativ so tat, als kenne er uns nicht. Er konnte es aber nicht lassen, vor uns anzugeben und genau zu erklären, was mit all diesen übergroßen Objekten los war.

»Der VTO ist eine tolle Idee«, meinte er großspurig. »Erhebt sich wie ein Engel, fliegt wie ein Adler, aber steuert wie eine Kuh. Die fliegenden Motorräder sind eigentlich sogar noch besser, aber die Antigrav-Antriebe werden von Batterien gespeist, die alle zwanzig Minuten neu aufgeladen werden müssen – und Gott helfe dir, wenn der Saft mitten in der Luft ausgeht. Und lass mich bloß nicht mit diesem Riesenroboter anfangen.«

Molly und ich nahmen ihn an jeweils einem Arm und zogen ihn entschlossen fort, damit wir unter vier Augen mit ihm reden und ihn über das Erscheinen der Satanisten aufklären konnten.

»Könnte ihr Erscheinen etwas mit diesen Riesenapparaten zu tun haben?«, fragte ich.

»Ach nein, Zeug wie dieses taucht jedes Jahr auf«, sagte der Waffenmeister. »Das soll gar nicht praktisch sein, da geben die Erfinder nur mit an. Sie sagen immer, dass sie endlich die Fehler im Design ausgemerzt haben, aber das haben sie nie. Ich hab noch nie einen Riesenroboter gesehen, der nicht über seine eigenen Füße fiel. Obwohl ... Satanisten sind neu hier. Was wollen sie hier?«

»Waffen?«, fragte ich. »Wie jeder andere?«

»Die haben es normalerweise lieber, sich durch zweite oder dritte Hand an die Händler zu wenden. Lass die linke Hand nicht wissen, was die rechte tut und so weiter. Außerdem waren sie eigentlich immer eher die Typen hinter den Kulissen und haben nicht öffentlich angegeben. Da steckt irgendetwas ...«

Wir gingen gerade wieder in das Gewühl der Messe hinein, als die Smokingtypen um die Ecke direkt vor uns kamen. Und ich erkannte einen von ihnen. Ich schnappte Molly und den Waffenmeister und riss sie in einen versteckten Pfad zwischen zwei Buden. Die Satanisten marschierten direkt an uns vorbei, ohne innezuhalten.

»Ich habe den großen Kerl neben dem Anführer erkannt«, erklärte ich. »Aus dem Lightbringer House.«

»Bist du sicher?«, fragte der Waffenmeister.

»Er kam mir mit einem Flammenwerfer recht nah«, sagte ich. »Und man vergisst das Gesicht von jemandem, der versucht hat, einen umzubringen, nicht so schnell wieder. Ich habe damals meine Rüstung getragen, also wird er mich nicht erkennen, aber sie alle haben dein Gesicht gesehen, Molly.«

Sie sah den Satanisten hinterher und lächelte unerfreulich.

»Willst du, dass ich ihn von den anderen weglocke und in etwas Weiches und Glibbriges verwandle?«

»Nein«, sagte ich. »Aber wir könnten ihn von der Bande weglocken und ihm für ein paar Informationen etwas Angst einjagen. Über das Große Opfer oder so ...«

»Klingt wie ein Plan für mich«, sagte der Waffenmeister.

»Moment, Moment«, unterbrach Molly. »Ihr beide dürft

euch da nicht einmischen. Er darf eure Gesichter nicht sehen. Ich bin kein Problem. Meins kennt er schon. Also haltet euch beide zurück und schaut mal einem Profi bei der Arbeit zu.«

Der Waffenmeister sah mich an. »Ist sie immer so?«

»Fast.«

Er grinste breit. »Hast du ein Glück!«

Wir gingen zielstrebig hinter den Satanisten her, Molly voran. Aber noch bevor sie etwas unternehmen konnte, wurden die Satanisten durch etwas alarmiert und hielten alle auf einmal an. Ihre Köpfe ruckten hoch, sie alle drehten sich auf einmal um und zeigten auf Molly. Die war so überrascht, dass sie dastand und sie gewähren ließ. Der Waffenmeister packte mich am Arm und zerrte mich auf die Seite. Ich mochte es nicht, Molly allein zu lassen, aber ich konnte mir nicht leisten, als Shaman Bond einzugreifen. Wenn die Leute sahen, was er wirklich draufhatte, dann begannen sie vielleicht, Vergleiche zu den Droods zu ziehen – und ich könnte nicht mehr er sein. Ich mochte es aber, Shaman Bond zu sein. Molly würde das verstehen.

Wahrscheinlich würde sie sogar stinksauer sein, wenn ich mich einmischte und ihr den Auftritt stahl.

Sie schien noch nicht einmal besonders beunruhigt, dass all die Satanisten sie im Blickfeld hatten. Sie lächelte sogar ihr wirklich gefährliches Lächeln.

»Schon recht«, sagte sie. »Dann mal los. Lasst mich mal sehen, was ihr so draufhabt, Jungs.«

Und zur Überraschung der Zuschauer wandten sich die Satanisten um und rannten davon. Sie hasteten den Durchgang hinab, der Anführer stach mit seinem Finger an jede Bude, an der er vorbeikam, und plötzlich existierte jeder dieser Standinhaber und Waffenhersteller und -Designer mit einem Wimpernschlag nicht mehr. Molly, der Waffenmeister und ich rasten hinter ihnen her. Die Menge spritzte auseinander, um uns Platz zu machen. Die Gruppe der Smokings teilte sich auf, kleine Grüppchen von ihnen rannten die engen Durchgänge auf und ab, stachen mit ihren Fingern auf die Stände und ließen jeden Wissenschaftler oder Ingenieur dahinter verschwinden.

Dafür waren sie hergekommen. Ihr Plan wurde mir immer klarer, jetzt, da sie gezwungen waren, ihn zu forcieren. Warum sollte man die Waffen der Messe stehlen, wenn man all die Waffenmacher stehlen und sie zwingen konnte, für einen zu arbeiten? Deshalb hatte ihr Anführer so gelassen hingenommen, dass man ihn wieder und wieder abgewiesen hatte. Er hatte jedem Einzelnen seine Karte gegeben. Wahrscheinlich enthielt sie irgendeinen Sender mit einem Signal, auf das sich ihr Teleporter einloggen konnte. Ich rannte weiter hinter den Satanisten her, und ein Anbieter nach dem anderen verschwand.

Die Satanisten hatten das hervorragend vorbereitet. Sie waren gut vorangekommen, bis Molly ihnen zu nahe getreten war.

Die Blutrote Garde kam auch wieder angelaufen, aber es war viel zu spät. Die Satanisten hatten die ganze Messe abgelaufen, von einer Seite zur anderen, und hatten jeden geholt, den sie markiert hatten. Ich sah den Waffenmeister an und er nickte knapp. Wir duckten uns in die versteckten Schatten einer verlassenen Bude, murmelten die aktivierenden Worte und rüsteten auf. Die eisige Kälte verschwand in dem Moment, in dem mich die goldene seltsame Materie einhüllte, und ich fühlte mich zum ersten Mal richtig wach. Ich sah Onkel Jack an und sah mich selbst in seiner glänzenden Rüstung: Ein goldener Agent von Recht und Gesetz. Oder wenigstens Drood-Recht und Drood-Gesetz.

Wir brachen aus der Bude heraus und eine ganze Menge Leute begannen zu schreien. Die Menge sah uns einmal an und stob auseinander. Jeder nahm die Beine in die Hand und rannte zum nächsten Ausgang. Die Blutrote Garde blieb auf der Stelle stehen, doch Onkel Jack und ich sausten hinter den Satanisten her. Einer wandte sich um, nahm eine magische Position ein und stieß mit einer Hand mit gespreizten Fingern in unsere Richtung. Eine grelle Flamme brach in der Luft zwischen uns aus, ein Licht, das so hell und leuchtend war, dass meine Maske sich völlig verdunkeln musste, um meine Augen zu schützen. Ich konnte hören, wie die Leute um mich herum aufschrien und in Panik ausbrachen. Ich stand da und wartete ab, die Maske justierte sich schnell wieder an das abebbende Licht und wurde wieder klar.

Die Leute stolperten herum und pressten die Hände an die ruinierten Augen. Die Blutrote Garde sah noch verwirrt aus, erholte sich aber wieder. Diese Mönche waren wirklich aus hartem Holz geschnitzt. Der Satanist war weg und rannte, so schnell er konnte, um die anderen, die schon am Rand der Messe angekommen waren, einzuholen. Der Waffenmeister war schon hinter ihnen her und ich rannte ebenfalls weiter. Über die ganze Börse verteilt hasteten die, die nicht geblendet worden waren, zu den vorbereiteten Teleportern und Dimensionsportalen. Keiner von ihnen wollte etwas mit den Droods zu tun haben. Sogar die übriggebliebenen Stand- und Budenbetreiber erwiesen sich als Hasenfüße. Sie dachten, wir wären gekommen, um sie hochzunehmen.

»Wir haben uns ausspielen lassen«, sagte der Waffenmeister düster, als ich wieder neben ihm herrannte. »Die ganze Zeit, in der wir über diese Smokings gelacht haben, haben sie daran gearbeitet, uns die Waffenhersteller direkt vor der Nase wegzuschnappen! Das ist mies, Junge, echt mies.«

»Nicht zuletzt deshalb, weil jetzt jeder denkt, wir wären für all das verantwortlich!«, sagte ich. »Früher oder später wird jemand echt aggressiv gegen uns werden.«

»Wir müssen die Satanisten aufhalten!«

»Wenn wir sie kriegen«, wandte ich ein.

Überall war Chaos ausgebrochen, die ganze Messe war verrückt geworden. Jeder, der keinen Zugang zu den Teleportern oder den Dimensionstoren hatte, rannte die Hügel oder besser die Berge hinauf. Der verräterische Schimmer über uns war verschwunden, was bedeutete, dass die Kraftfelder ausgefallen waren. Es hatte keinen Sinn, sie aufrechtzuerhalten, jetzt, wo Droods hier waren. Und eine wachsende Anzahl von wirklich angepissten Leuten versuchte nicht einmal zu fliehen. Sie schnappten sich die nächstbesten Waffen und eröffneten das Feuer auf den Waffenmeister und mich. Und auf Molly, die uns jetzt eingeholt hatte. Ich lief schnell hinüber zu ihr, um meine Rüstung zwischen sie und das Feuer zu stellen. Der Waffenmeister übernahm die Rückseite. Alle Arten von Waffen eröffneten jetzt von allen Seiten gleichzeitig das Feuer. Der Lärm war ohrenbetäubend. Kugeln hämmerten in mich hinein. Meine Rüstung absorbierte alles mit Leichtigkeit und der Waffenmeister tat dasselbe mit der Bestrafung hinter uns. Molly duckte sich zwischen uns und spähte interessiert an uns vorbei.

»Ich glaube, wir haben sie aufgeregt«, sagte sie. »So viele Waffen waren noch nie auf mich gerichtet. Das ist echt spannend! Werdet ihr Verstärkung aus der Familie rufen?«

»Ich glaube kaum«, sagte der Waffenmeister und bewegte sich ruhig hier- und dorthin, um so die Kugeln besser absorbieren zu können. »Zwei Droods sind mehr als genug. Ich glaube, wir müssen das hier beenden, Eddie. Die Messe zu schützen ist keine glaubwürdige Option mehr. Nimm so viele wie möglich lebendig mit, wir können ihre Informationen gut brauchen. Und einige von ihnen sind doch alte Freunde.«

»Man muss seinen Ehrgeiz bewundern!«, meinte Molly.

Ein halbes Dutzend Männer drängten sich an die Spitze der Menge und eröffnete mit schweren automatischen Waffen das

Feuer auf uns. Die Kugeln hämmerten in meine gerüstete Brust, den Kopf und flogen an mir vorbei, um die nahen Buden zu durchlöchern. Eine der dünneren Konstruktionen verschwand förmlich und brach in einer Wolke aus Staub und pulversiertem Holz und Metall zusammen. Ich schritt stetig in diesen Kugelhagel hinein, meine Rüstung saugte die Einschläge auf, sodass ich nichts spürte. Der Waffenmeister watete in die Leute vor ihm. Seine goldenen Fäuste wirbelten auf und ab, sodass bewusstlose und gebrochene Körper auf den Boden krachten. Onkel Jack schien ziemlich glücklich darüber zu sein, dass er wieder im Einsatz war.

Die bewaffneten Männer vor mir hörten jetzt auf zu schießen und wichen zurück, um jemand anderen vorzulassen. Derjenige hatte ein massives Geschütz im Arm, das als Puff, der magische Drache bekannt war. Er war ein großer Mann, aber dennoch schien es ihn anzustrengen, das Ding zu tragen oder auch nur in meine Richtung zu zielen. Er eröffnete das Feuer und der lange Lauf pumpte fünftausend Granaten pro Sekunde in die Luft. Der schiere Druck so vieler Geschosse, die mich alle auf einmal trafen, ließ mich rückwärtstaumeln. Meine seltsame Materie aber schluckte jedes einzelne Geschoss und unterdrückte jede Explosion, aber der Aufprall allein drückte mich wie ein Wasserstrahl nach hinten. Bis ich meine goldenen Fersen in den Boden rammte. Die hölzernen Bohlen zersplitterten unter mir und bald gruben sich meine goldenen Füße tief in den harten, steinigen Boden. Das rückwärtsgerichtete Bewegungsmoment verlangsamte sich und stoppte dann. Meine goldenen Füße hatten lange und tiefe Furchen im Boden hinterlassen. Aber ich hielt meine Position und lehnte mich ein wenig ins donnernde Trommelfeuer hinein wie ein Schwimmer, der gegen die Flut kämpft. Und dann zwang ich mich Schritt für Schritt gegen den Druck des Kugelhagels hinan. Doch die Projektile hämmerten auch weiterhin auf mich ein, prasselten auf meine Brust und den Bauch bis hinauf auf meinen Kopf, doch keins konnte mir Schaden zufügen. Dann stand ich endlich direkt vor dem Kerl und seiner Knarre, nah genug, dass er sein blasses Gesicht mit den schreckgeweiteten Augen in meiner goldenen Maske erkennen konnte. Ich riss Puff, den magischen Drachen aus seinen kraftlosen Händen, zerbrach ihn über dem Knie und zerknautschte die beiden Stücke mit meinen gerüsteten Händen zu Schrott.

»Lauf«, sagte ich. Er tat's.

Ich sah mich um. Molly kam hinter einer besonders stabilen Bude hervor. Selbst eine Metcalf besitzt Verstand genug, sich vor diesem Drachen zu verstecken. Aber da schoss ein Mann mit einem Maschinengewehr aus der gegenüberliegenden Bude und eröffnete das Feuer auf sie. Ich hatte keine Zeit zu reagieren. Molly streckte eine Hand aus, und die Kugeln verwandelten sich mitten in der Luft in Schmetterlinge, bevor auch nur eine sie erreichte. Es waren hübsche, rosa Schmetterlinge, wie animierte Stücke aus buntem Zucker. Aber Molly hatte in letzter Zeit eine Menge durchmachen müssen, also ließen ihre magischen Kräfte langsam nach, wohingegen der Mann unerschöpflich Munition zu haben schien. Also kamen die Kugeln ihr immer näher, bevor sie zu Schmetterlingen wurden und davonflogen. Ich ließ das Mollys Stolz zuliebe so lange laufen, wie ich konnte, aber schließlich hielt ich es nicht mehr aus. Also nahm ich die nächste Bude hoch und warf sie nach dem Mann. Er verschwand ohne einen weiteren Laut. Molly ließ ihre Hand sinken. Sie atmete schwer und warf mir dann einen wütenden Blick zu. »Ich hätte ihn erledigen können!«

»Natürlich hättest du das«, meinte ich. »Ich wurde einfach ungeduldig.«

Jetzt trat ein Mann hinter einer anderen Bude hervor und wies mit einer Affenpfote auf uns. Er sagte einen Zauberspruch und alle Finger fielen davon ab. Der Mann warf das, was noch übrig war, auf den Boden und trampelte darauf herum, bis er erkannte, dass Molly und ich ihn immer noch beobachteten. Daraufhin hastete er schnell davon. Das hat man eben davon, wenn man auf billige Kopien hereinfällt.

Ich sah mich um, aber jetzt waren die Durchgänge verlassen. Die Messe war beinahe leer. Alle Leute hatten gesehen, was eine Drood-Rüstung plus einer wirklich verärgerten Hexe alles anstellen konnten, und hatten das Vertrauen in die Waffen verloren, die auf der Messe für Übernatürliche Bewaffnung angeboten wurden. Doch direkt über meinem Kopf war jetzt das Röhren eines Antriebs zu hören, denn über mir schwebte auf einmal der Senkrechtstarter. Riesig, schlank und glänzend hatte er sich offenbar hermanövriert, als ich mich hatte ablenken lassen. Das Trommelfeuer hatte den Lärm der Düsen übertönt. Er rotierte langsam und wurde von dem massiven Schub der Turbinen an Ort und Stelle gehalten. Der Druck des Abwinds schlug gegen meine Rüstung und wirbelte große Staub- und Dreckwolken hoch, die meine Sicht behinderten. Molly war wieder in Deckung gegangen und schickte einen kräftigen Wind, um die Wolken fortzuwehen.

Die Zielvorrichtung des Flugzeugs nahm mich schließlich ins Visier und begann, mich mit allem zuzuballern, was verfügbar war. Schweres Trommelfeuer aus Maschinengewehren sprühte über mich hinweg, dann folgten zwei Überschallraketen. Meine Maske schloss sich wieder, als die Welt in Feuer und Donnerhall versank. Als ich wieder etwas sehen konnte, stand ich auf einem weiten und offenen Platz, die meisten Buden und Stände, die mich bisher umgeben hatten, waren explodiert oder zusammengebrochen. Weitere brannten. Molly stand in einiger Entfernung und schützte sich mit einem ihrer speziellen Kraftfelder. Aber ich wusste nicht, wie lange sie das Ding aufrechterhalten konnte, also nahm ich Anlauf und sprang angetrieben von meinen gerüsteten Beinen in die Luft.

Ich glaube, der Pilot des Senkrechtstarters fragte sich bis zum letzten Moment, was ich wohl vorhatte, weil er in den Steigflug überging, aber da war ich schon auf seiner Höhe.

Ich schnappte mir mit einer ausgestreckten, goldenen Hand das Fahrgestell und grub meine Finger tief in das Metall hinein. Da hing ich einen Moment unter dem Flugzeug, aber dann zog ich mich hoch, sodass ich auch die andere Hand in das Flugzeug graben konnte. Ich hangelte mich selbst auf einen der Flügel und stellte mich auf. Die massiven VTO-Düsen röhrten ohrenbetäubend, ich versuchte, die Balance zu halten, während ich den Flügel entlang in Richtung Cockpit ging. Ich konnte sehen, dass der Pilot mich ungläubig anstarrte. Ich nahm das Dach des Cockpits und riss es ab, das Metall kreischte laut, als es brach und sich unter meinem Griff ausbeulte. Der Pilot bekam einen Panikanfall und schlug auf den Knopf für den Schleudersitz. Er schoss an mir vorbei, sein Stuhl zog eine Stichflamme hinter sich her, die kurz und ohne Wirkung meine Rüstung streifte.

Das Flugzeug rollte und stampfte hin und her, nun, wo der Pilot es nicht mehr ausbalancierte. Die Nase richtete sich nach unten hinab und es raste Richtung Erde, direkt auf die Messe zu. Es waren noch eine ganze Menge Leute dort unten, die verloren und verwirrt die Gänge hinauf- und hinabirrten. Ich konnte nicht zulassen, dass der VTO dort herunterkrachte und sie alle umbrachte. Also begann ich, das Flugzeug zu reiten, indem ich es hierhin und dorthin drückte, um den Sturz zu steuern. Die Rüstung gab mir beinahe sofort ein Gefühl für das Flugzeug, und eine Gewichtsverlagerung in genau dem richtigen Moment reichte aus, um es in die gewünschte Richtung fliegen zu lassen. Ich ritt es bis beinahe ganz nach unten, über die Messe bis weit ins Tal hinein, dann sprang ich im letzten Augenblick ab. Ich landete sanft, meine gerüsteten Beine fingen den Aufprall ab, der Senkrechtstarter dagegen prallte heftig auf den Talboden, schlitterte in einer Qualmwolke noch ein Stück weiter, bevor er dann schließlich mit einem Funkenregen stehen blieb. Kein Feuer, keine Explosion, nichts. Ich schüttelte den Kopf und rannte zurück zur Messe.

Dennoch, was für ein Ritt.

Ich sah, dass der Waffenmeister es gerade mit dem ferngesteuerten Panzer aufnahm, und kam ihm zu Hilfe. Ein gewaltiges, kompaktes Monster aus Stahl röhrte da auf meinen Onkel zu, der stehen blieb und ihn herankommen ließ. Der Panzer schleuderte eine Granate nach der anderen gegen seine Rüstung, doch er wich nicht einen Zentimeter zurück. Als der Rauch der Explosionen sich verzog, stand er immer noch an demselben Ort, obwohl einiges von diesem Ort verschwunden war. Ich konnte aus der Pose, die er eingenommen hatte, erkennen, dass er großen Spaß an der Sache hatte. Es war vielleicht dreißig Jahre her, dass er im Einsatz gewesen war, aber er war immer noch jeder Zoll ein Agent der Droods. Außerdem hatten ihn die Jahre in der Waffenmeisterei wahrscheinlich ziemlich eingebildet werden lassen, was Explosionen anging. Der Waffenmeister wartete, bis der Panzer beinahe auf ihn gerollt war, dann beugte er sich vor, duckte sich darunter und hob die gesamte Vorderseite des Panzers vom Boden hoch. Der Waffenmeister ging dann langsam nach vorn, Schritt für Schritt hob er den Panzer dabei weiter an, bis er das Übergewicht bekam und auf den Rücken kippte. Er prallte heftig auf den Boden und eine ganze Reihe von Dingen darin machte »peng«. Schwarzer Rauch quoll aus Rissen an der Seite, zusammen mit Stichflammen von Kurzschlüssen.

Ich stellte mich neben den Waffenmeister und Molly trippelte ebenfalls zu uns hin. Sie warf ihre Arme um mich und drückte mich trotz meiner Rüstung so gut sie konnte. Ich hielt sie angesichts der Kraft meiner Rüstung sehr vorsichtig.

»Woher wusstest du, dass ich es bin?«, fragte ich.

»Deine Rüstung sieht ganz anders aus als die aller anderen«, sagte sie und lehnte sich an meine Brust. »Du weißt glaube ich gar nicht, wie sehr ihr sie neuerdings mit eurem Unterbewusstsein beeinflusst.«

Ich sah meinen Onkel in seiner einfachen, altmodischen und hautengen goldenen Rüstung an und er nickte mit seinem gesichtslosen Kopf. »Sie hat recht, Eddie. Deine Rüstung hat einen entschieden mittelalterlichen Touch. Wie ein Ritter von König Artus' Hof. Ich glaube, der Drood steckt heutzutage in den Details.«

Ein großer Schatten fiel auf uns herab. Der japanische Riesenroboter war aufgestanden und ragte über uns in den Himmel. Über sechzehn Meter hoch, eine breite Brust, massive Arme und Beine, hunderte Tonnen Stahl und die allerneueste Technik. Die Brust öffnete sich jetzt, um Unmengen von plumpen, fassförmigen Energiewaffen zu enthüllen, um die sich knisternd und funkensprühend Energien entluden. Sein Gesicht war wie ein altertümlicher japanischer Dämon angemalt, die Augen blitzten grimmig. Der Riesenroboter hob langsam und bedrohlich seine Arme. Dann trat er einen Schritt vor, stolperte über seine eigenen Füße und fiel platt auf sein Gesicht. Der Aufprall erschütterte die Erde wie ein Erdbeben. Molly, der Waffenmeister und ich beobachteten ihn genau, aber er rührte sich nicht mehr.

»Hab ich doch gesagt«, ließ sich der Waffenmeister vernehmen.

Wir gingen zu den Überresten der Messe für Übernatürliche Bewaffnung.

Die Leute, die nicht in der Lage gewesen waren, das Tal zu verlassen oder zu entkommen, oder die ihren Stand und ihre Waren nicht hatten verlassen wollen, standen in kleinen Grüppchen herum und trösteten sich gegenseitig. Sie folgten uns mit argwöhnischen Blicken, als wir vorbeikamen, aber sie sagten nichts, um die Aufmerksamkeit nicht auf sich zu ziehen. Mehr als die Hälfte der Stände, Buden und Zelte waren zerstört oder ruiniert und das ganze Gelände bestand nur noch aus Chaos. Hier und da brannte es, und Rauch wurde von einem böigen Wind hin und her geweht. Die Blutrote Garde erschien aus den Ruinen und umzingelte uns. Wir blieben stehen und verneigten uns höflich. Der Obermönch seufzte und wandte sich zu seinen Mitmönchen um.

»Geben wir's auf, Jungs. Das geht weit über unsere Fähigkeiten. Verteilt euch und seht, was ihr für die Verwundeten tun könnt. Es gibt hier immer noch Leute, die unsere Hilfe brauchen. Ist das für dich in Ordnung, Drood?«

»Nur zu«, meinte Onkel Jack. »Aber lasst niemanden gehen. Wir haben da ein paar Fragen.«

»Diese Leute brauchen Ärzte, keine Verhörspezialisten«, sagte der Mönch.

»Die werden sie kriegen«, sagte ich. »Wir sind immerhin die Guten.«

»Ja. Klar«, erwiderte der Mönch.

Er und seine Kameraden wandten sich ab, um zu helfen, wo es nötig war. Es lag ein allgemeines Gefühl von »Wir werden nicht gut genug bezahlt, um gegen Droods anzutreten« in der Luft, was nur vernünftig war.

Die Messe für Übernatürliche Bewaffnung war nun offiziell vorbei. Die Hälfte von dem, was nicht von den Satanisten wegteleportiert worden war, bestand aus Ruinen, die andere Hälfte brannte noch, und überhaupt war keiner mehr da, dem man etwas hätte verkaufen können. Das war gute Arbeit gewesen, fand ich. Außer, dass es nirgendwo eine Spur der Satanisten gab oder der Leute, die sie gekidnappt hatten. Da würden wir etwas unternehmen müssen.

»Ich werde die Familie zusammenrufen«, sagte der Waffenmeister. »Zuerst die Ärzte und Sanitäter, dann die technischen

Hilfstruppen, um alles wegzuräumen, was übrig ist. Man kann die schönen Waffen doch nicht einfach so liegen lassen.«

»Jungs und Spielzeug«, sagte Molly.

Ich reichte dem Waffenmeister Merlins Spiegel. Er öffnete ihn, um Kontakt zu Drood Hall herzustellen. Ich rüstete ab und ging mit Molly davon. Ich schauderte, als mich die kalte Bergluft wieder ergriff.

»So viel zum Thema freier Tag und hübscher Kurzurlaub«, sagte Molly.

»Ach, ich weiß nicht«, meinte ich. »Ich hatte Spaß. Hattest du denn keinen Spaß?«

»Na ja, schon«, sagte Molly. »Aber darum geht's doch nicht! Diese ekligen Satanisten sind schon wieder davongekommen! Sie haben ihre Pläne direkt vor unserer Nase ausgeführt und sind lachend verschwunden. Und wir dürfen jetzt hier aufräumen. Ich hab's satt, dass sie uns immer einen Schritt voraus sind, Eddie. Ich will wissen, was sie vorhaben. Ich will wissen, was es mit dem Großen Opfer auf sich hat. Und ich will gegen sie antreten, anstatt immer hinter ihnen herzuhinken!«

»Genau«, sagte ich. »Wir müssen jetzt schnell ins Spiel kommen, oder es könnte vorbei sein, bevor wir auch nur einmal den Ball hatten.«

Kapitel 6

Wer hat in meinem Bettchen geschlafen?

Wie alle anständigen Missionen startete die nächste mit einer Stippvisite in der Waffenmeisterei, dem mit massiven Schutzschilden gepanzerten Gewölbe unter dem Herrenhaus, wo der Waffenmeister und seine Bande von hochmotivierten und technisch gesehen geistig gestörten Laborassistenten aus der Hölle sich Tag und Nacht abrackern, um die Drood-Familie mit all den Gewehren, Gadgets und ausgesucht seltsamen Zeug zu versorgen, das Agenten im Einsatz nun einmal benötigen, um ihre Missionen erfolgreich durchzuführen. Nicht gerade der sicherste Ort, den man aufsuchen kann, aber wo wäre denn der Spaß, wenn es sicher wäre? Auf jeden Fall passiert in der Waffenmeisterei immer etwas Interessantes.

Die vertrauten Räume sahen aus wie immer, als Molly und ich am nächsten Tag hineinschlenderten. Es war ganz anders als der kalte, schweigende und verlassene Ort, den ich im winterlichen Herrenhaus gesehen hatte; im Limbus oder was auch immer das gewesen war. Trotz Mollys gutgemeinten Versicherungen hatte ich nicht das Geringste von dem vergessen, was mir in der Zeit dort passiert war, weder was ich gesehen noch was ich gehört oder was mir die Leute dort erzählt hatten.

Inzwischen hatte ich auch mit den Rechercheuren der Familie gesprochen: Walker war auf jeden Fall tot. Schon seit einiger Zeit. Also wer war es gewesen, der mich im winterlichen Herrenhaus so bedrängt und mir mit Walkers Gesicht gesagt hatte, dass meine Eltern vielleicht gar nicht tot waren? Eine

Frage ... die ein anderes Mal gelöst werden musste. Ich musste mich auf eine Mission vorbereiten.

Ich fand den bekannten und gewalttätigen Lärm der Waffenmeisterei seltsam tröstlich, als Molly und ich dem Waffenmeister an den vollbesetzten Arbeitsstationen und den verräucherten Testplätzen vorbei folgten. Die Laborassistenten waren allesamt schwer beschäftigt damit, abscheuliche und beunruhigende Waffen für den Kampf meiner Familie gegen ihre Feinde und deren hinterhältige Pläne herzustellen. Schusswaffen knatterten, Schwerter glühten und irgendwelche Dinge explodierten wie gewohnt effizient mit lautem Knall, und ein übergroßer Augapfel mit ausladend flatternden Fledermausflügeln rauschte den Hauptgang hinab, gefolgt von einem Assistenten mit einem enormen Schmetterlingsnetz.

Der Waffenmeister schritt durch sein Territorium wie ein gütiger Papa, der nach Hause gekommen ist, um zu sehen, was die Kinder in seiner Abwesenheit so angestellt haben. Er spähte über Schultern, machte hilfreiche Vorschläge, schneidende Bemerkungen und schrie den Leuten direkt ins Gesicht, wenn sie die Sicherheitsvorschriften nicht korrekt einhielten. Was von ihm ein wirklich starkes Stück war. Ich erinnere mich noch daran, dass er uns seine neueste Handfeuerwaffe vorführen wollte, die Schwarze Löcher verschoss. Es brauchte vier Mann, um ihn zu Boden zu ringen und sie ihm wegzunehmen, bevor er sie tatsächlich ausprobieren konnte.

Onkel Jack war immer überzeugt, dass die Laborassistenten in dem Moment, in dem er ihnen den Rücken zudrehte, nachlässig wurden oder ihre eigenen selbstzerstörerischen Versuche praktizierten, um den anderen eine Nasenlänge voraus zu sein. Aber in meinen Augen schienen alle so in ihrer Arbeit aufzugehen und ihren mörderischen Veranlagungen zu folgen wie immer. Einer trug ein T-Shirt mit der Botschaft: ERST ALLES IN DIE LUFT JAGEN UND DANN FRAGEN STELLEN!

Ein bestimmter Laborant, der abgesehen von einem Laborkittel, den er unglücklicherweise nicht zugeknöpft hatte, nackt war, saß auf einem mit Kreide gemalten Mandala auf dem nackten Boden. Er spielte eine E-Gitarre, in die er allen möglichen seltsamen Elektronikkram gestöpselt hatte. Ich kannte ihn schon lange. Eric war überzeugt, dass er seine Bassgitarre eines Tages dazu bringen würde, einen so kraftvollen Akkord zu spielen, dass jeder, der ihn hörte, sich augenblicklich in die Hosen schiss. Psychologisch effektiv und körperlich verheerend gleichzeitig. Bis jetzt hatte er nicht viel Erfolg gehabt. Das Beste, was er bisher zu produzieren imstande gewesen war, war ein Akkord, den man als mildes, aber wirksames Abführmittel verwenden konnte. Also ging Eric jeden Morgen in die Krankenstation und spielte ein kurzes Medley. Was, wie ich gehört hatte, bei den Patienten sehr gut ankam.

Eine ziemlich grimmig aussehende junge Dame in einem blutbespritzten Laborkittel ging vor einer Reihe von großen, warzigen Kröten auf und ab, die man mit Draht sicher auf einer hölzernen Planke montiert hatte. Sie hielt etwas in der Hand, das aussah wie eine aufgemotzte Suppenkelle, von der viele Drähte herabhingen. Immer, wenn sie mit dem Ding auf eine der Kröten wies, explodierte die. Eine schmutzige Angelegenheit. Keine der anderen Kröten reagierte darauf. Tatsächlich sahen sie eher ziemlich resigniert aus. Das tun Drogen eben mit einem. Sag nein dazu. Besonders bei Laborassistenten, die dich mit einem komischen Ausdruck ansehen.

»Ah!«, sagte der Waffenmeister glücklich. »Ich hatte mich schon gefragt, wann endlich der Knoten bei Charlotte und ihrem Protein-Sprengstoff platzt. Sehr effizient! Die Kröten sind natürlich alle geklont, damit uns nicht die Testobjekte ausgehen.«

»Warum Kröten?«

Der Waffenmeister zuckte die Achseln. »Keiner mag Kröten. Wenn es Kätzchen wären ...«

»Sprich nicht weiter«, unterbrach Molly. »Tu's einfach nicht mehr.«

»Natürlich ist das alles im Moment noch sehr rudimentär«, meinte der Waffenmeister. »Einfach draufzeigen und tot. Aber wenn Charlotte erst einmal die Feinjustierungen hingekriegt hat, dann sollte sie in der Lage sein, den Kröten die Warzen vom Rücken zu schießen!«

»Und wie genau könnte das eines Tages mal nützlich werden?«, fragte ich.

»Es steckt doch noch in den Kinderschuhen, Eddie. Noch in den Kinderschuhen!«

Ein ziemlich außer sich aussehender junger Mann wurde von einer sehr resigniert aussehenden jungen Frau an der Hand fortgeführt. Irgendwie waren beide seiner Augäpfel in einer Augenhöhle gelandet und er trug es nicht wie ein Mann. Als ich die junge Frau genauer ansah, gewann ich den Eindruck, als sei das nicht das erste Mal, dass sie so etwas erlebte.

Molly hob von einer Computerkonsole eine kleine Messingschachtel auf, die von blinkenden kleinen Lichtern übersät war. Der Waffenmeister fuhr beinahe aus der Haut.

»Nicht anfassen!«

»Warum, was ist denn?«, fragte Molly und hielt das Kästchen umso fester.

Der Waffenmeister riss ihr die Schachtel aus der Hand, sah sie an und schüttelte sie kräftig. Nichts passierte, also stellte er sie wieder auf die Konsole.

»Komisch«, sagte er. »Es hätte deine Polarität umdrehen sollen. Ich muss das Ding wohl noch einmal überarbeiten.«

»Hau du ihm eine rein«, wandte sich Molly an mich. »Du bist näher dran.«

»Das würde ich nie wagen«, erwiderte ich.

»Ich habe etwas für dich, Molly«, sagte der Waffenmeister schnell. »Komm her und sieh dir diese kleine Schönheit an.«

Er wühlte ein wenig in der herumliegenden Technik und dem klapprigen Schrott auf seinem Arbeitstisch herum und hielt schließlich eine Goldkrone hoch: einen einfachen Reif aus Gold, der von einem feinen Gitter aus hell schimmernden Kristallen überzogen war. Er hielt Molly den Reif hin und sie betrachtete ihn, wobei sie sorgfältig darauf achtete, dass sie ihn nicht berührte. Der Waffenmeister warf sich stolz in die Brust.

»Sehr hübsch«, sagte Molly schließlich. »Teuer, aber ein wenig vulgär. Ein wenig keltisch im Design, aber aus jedem Blickwinkel ästhetisch anzusehen. Was soll ich damit?«

»Auf deinen Kopf setzen!«, antwortete der Waffenmeister. »Er wird dich vor jeder Art von psychischem Angriff schützen und verdammt noch mal sicherstellen, dass Ammonia Vom Acht dir keine wichtigen Geheimnisse aus deinem hübschen kleinen Kopf klaut.«

Molly sah ihn kalt an. »Ich soll also etwas, das du gemacht hast, auf meinen Kopf legen und darauf vertrauen, dass mir das Gehirn nicht aus den Ohren rausläuft?«

»Es ist schon lange her, dass das passierte!«, protestierte der Waffenmeister. »Ich wünschte, die Leute würden aufhören, mir das vorzuhalten. Hör mal, setz dir das verdammte Ding auf den Kopf, damit ich die Einstellungen auf deine persönliche Aura feinjustieren kann. Das ist sehr gründlich getestet worden, weißt du. Was willst du, eine schriftliche Garantieerklärung?«

Molly schob die Unterlippe vor und sah mich an. »Warum muss er keine tragen?«

»Weil ich einen Torques habe«, erwiderte ich geduldig. »Und psychischer Schutz ist standardmäßig eingebaut. Bitte, setz dir die Krone auf, Molly, oder ich muss ohne dich gehen. Wenn du mit ungeschütztem Verstand zu Ammonia Vom Acht gehst, wird sie dir die Gedanken mit einem Blick aufschneiden und sie wie einen Fisch ausweiden.«

Molly schnaubte laut, riss dem Waffenmeister die Krone aus der Hand und setzte sie vorsichtig auf ihren Kopf. Der Waffenmeister glitt mit den Fingerspitzen sanft über die Kristalle und summte dabei etwas, das er wohl nur selbst mit viel Liebe eine Melodie nennen konnte, bis er schließlich alle dazu gebracht hatte, im Takt zu blinken und zu blitzen. Dann grunzte er zufrieden und trat zurück. Molly verlangte sofort einen Spiegel, um nachzuschauen, wie sie aussah. Ich hielt ihr Merlins Spiegel hin, damit sie ihr neues Aussehen betrachten konnte.

»Das bin wirklich nicht ich, Eddie. Ich steh einfach nicht auf diesen Feen-Prinzessinnen-Look. Die Leute werden mich auslachen.«

»Das würde keiner wagen«, versicherte ich ihr.

»Ammonia wird nicht denken, ich hätte ... Angst vor ihr, weil ich in ihrer Gegenwart eine schützende Kopfbedeckung trage, oder?«

»Es wird ihr nicht einmal in den Sinn kommen, dass du keine Angst hast«, warf der Waffenmeister ein. »Keiner, der auch nur ein halbwegs funktionierendes Gehirn hat, wäre so dumm, keine Scheißangst vor Ammonia Vom Acht zu haben. Die größte telepathische Begabung unserer Zeit! Nun, die größte menschliche Begabung, sollte man sagen. Wenn du ungeschützt in ihre Gegenwart gerätst, und sei es auch nur für einen Moment, könnte sie jeden Gedanken lesen, den du je gehabt hast. Oder sie könnte dich dazu bringen, dass du jemand anders bist und immer warst, oder dir geheime Befehle für zukünftiges Benehmen so tief ins Unterbewusstsein pflanzen, dass selbst andere Telepathen keine Ahnung hätten, dass sie da sind. Bis es viel zu spät ist. Oder – was sogar noch schlimmer wäre – sie könnte Lust haben, etwas Lustiges mit dir anzustellen. Ammonias Sinn für Humor ist nicht das, was man normal nennen kann.«

Molly runzelte unglücklich die Stirn, aber sie ließ die Krone, wo sie war. Ich fand schon, dass sie damit ein wenig wie eine Feenprinzessin aussah. Ich mochte das. Erwartungsvoll sah ich dann den Waffenmeister an.

»Na, Onkel Jack? Krieg ich keine neuen Sachen, bevor ich mich zu dieser gefährlichen Mission aufmache?«

»Keins meiner Gadgets oder Waffen wäre gegen Ammonia Vom Acht von Nutzen«, antwortete er. »Um die Wahrheit zu sagen, sie geben dir nur einen falschen Sinn für Sicherheit. Vertrau darauf, dass dein Torques dich beschützt, und versuch nicht, dich mit ihr anzulegen. Das wirst du zwar sowieso, aber vielleicht wird sie den Versuch anerkennen.«

»Dieser Rat ist alles, was du mir mitgibst?«

»Bitte bring sie nicht um. Sie mag nervig sein, aber sie ist sehr nützlich. Vielleicht brauchen wir eines Tages erneut ihre Hilfe.«

Ich verzog das Gesicht. »Warum sollte ich sie töten wollen?«

»Du hast sie noch nicht getroffen.«

Ich wartete ab, aber er hatte nichts mehr zu sagen. Also nickte ich zum Abschied. Er nickte flüchtig zurück und verschwand, um seinen Laborassistenten zu zeigen, was sie falsch machten. Ich nahm Merlins Spiegel in die Hand und dachte scharf nach. Molly sah mich an. »Bereit zu gehen, Eddie?«

»Ich weiß nicht genau, ob ›bereit‹ das richtige Wort ist«, sagte ich. »Aber ich kann keinen offensichtlichen Grund finden, nicht zu gehen – also …«

»Willst du nicht zuerst deine Rüstung hochfahren?«, fragte Molly. »Du willst doch nicht, dass Ammonia dein Gesicht sieht, oder wäre sie sowieso in der Lage, deine Identität zu erkennen?«

»Nein, der Torques wird mich da auf allen Ebenen schützen«, sagte ich und versuchte angestrengt, ruhig und selbstsicher zu klingen. »Aber es macht keinen Unterschied, ob sie mein Gesicht sieht – oder deins. Sie wird Shaman Bond nicht kennen, weil er sich nicht in denselben Kreisen bewegt. Ammonia ... geht nicht viel aus. Die Leute kommen zu ihr.«

»Vielleicht kennt sie dich nicht«, sagte Molly. »Aber du kennst sie, oder?«

»Ich kenne sie vom Hörensagen, das tut jeder in der Geheimagentenbranche. Und dich kennt sie wahrscheinlich auch dem Ruf nach.«

Molly lächelte schlau. »'ne Menge Leute kennen meinen Ruf.«

»Du sagst das, als wäre das etwas Gutes.«

»Ich hau dir gleich eine rein!«

Ich aktivierte Merlins Spiegel und wir sahen, wie unsere Spiegelbilder verschwanden, als der Spiegel nach Ammonia Vom Achts Aufenthaltsort suchte. Das Bild zitterte eine Weile unsicher und kämpfte sich durch ihre diversen Schutzschilde hindurch, bis am Ende ein Bild im Spiegel erschien: ein entferntes Bild eines einsamen kleinen Cottages irgendwo unten in Cornwall. Ich versuchte, den Spiegel dazu zu bringen, näher heranzuzoomen, aber näher kam er nicht. Ich hatte irgendwie das Gefühl, als hätte der Spiegel Angst davor, näher heranzugehen. Interessant. Das Cottage sah nicht gerade bedrohlich aus.

»Der Spiegel hat wirklich schwere Schutzvorrichtungen entdeckt«, sagte ich. »Da müssen wir jetzt durch und den Rest laufen. Und hoffen, dass wir keine psychischen Landminen lostreten. Sieht auch nicht allzu weit aus und das Wetter ist gut. Mein Torques und deine Krone sollten ausreichen, um uns zu schützen.«

»Und wenn nicht?«

»Dann improvisieren wir. Plötzlich und gewalttätig und umfassend. Weil Agenten das eben so machen.«

»Werd mir gegenüber bloß nicht laut, Eddie Drood«, sagte

Molly. »Nur weil wir eine Hexe in ihrem Lebkuchenhaus besuchen wollen. Ich hab ein echt schlechtes Gefühl dabei ...«

»Dann ist ja alles wie immer«, grinste ich.

Es stellte sich heraus, dass die größte und gefährlichste Telepathin unserer Zeit entschieden hatte, in einem hübschen kleinen Cottage unten an der Küste von Cornwall zu leben, auf einem Hügel mit Blick aufs Meer. Meilen entfernt von überall, mit vielen Hektar karger Landschaft zwischen der Hütte und dem nächsten Dorf oder Stadt. Molly und ich traten durch Merlins Spiegel und kamen ganz am Rand auf einer Klippe heraus. Zwei Schritte weiter und wir hätten nach Frischluft gegriffen, während wir in die tosende See plumpsten. Das war ganz sicher kein Zufall.

Ich habe einmal versucht, Gleitschwingen aus meiner Rüstung zu bilden. Und ich will nicht über das Resultat sprechen.

Molly und ich gingen vorsichtig ein paar Schritte zurück und ich steckte den Spiegel weg. Er war schon wieder auf seine Originalgröße geschrumpft, ohne dass ich ihm das befohlen hätte, so als habe er Angst, dass man ihn bemerke. Ich steckte ihn in seine Taschendimension – die ich so nenne, weil ich in meiner Tasche eine eigene Dimension aufbewahre – und sah die Klippe hinab. Über hundert Meter unter uns krachten schwere, hohe Wellen gegen dunkle und zerklüftete Felsen, Gischt flog durch die Luft.

Ein kalter Nordwind blies, Möwen hingen in der Luft und kreischten klagend. Eine alte Legende besagt, dass die Möwen die Sünden der Welt beklagen und dass sie aufhören werden, wenn wir es endlich geschafft haben, uns zusammenzureißen. Es war leicht, an einem derart verlassenen Ort eine solche Geschichte zu glauben.

Das Cottage lag etwa einen guten Kilometer entfernt, wie die Krähe flog, auf der anderen Seite einer nackten Fels- und Schotterebene. Molly und ich sahen uns an und gingen los. Nirgendwo war ein Lebewesen zu sehen. Selbst unsere Schritte auf dem steinigen Boden schienen gedämpft. Als wir näher kamen, konnte ich sehen, dass das Cottage von einem sorgfältig gepflegten Garten umgeben war. Eine kleine Steinmauer umgrenzte ihn, in altem Stil von Hand aufgeschichtet. Es gab Hecken und Blumen und in Form geschnittene Bäume. Ein kunterbunter Farbflecken in der grauen Umgebung. Wir hielten vor einem kunstgeschmiedeten Eisentor an, das den einzigen Eingang in den Garten darstellte. Hinter dem Tor führte ein schmaler Kiesweg zur Haustür. Ein einfaches Schild neben dem Tor besagte: UNBEFUGTE WERDEN VERPRÜGELT. Molly und ich standen davor, sorgfältig bedacht, nichts anzufassen, und spähten durch das Gitter. Der Garten sah wundervoll aus.

»Ich kann Schutzmaßnahmen und Verteidigungen von Industriegröße in der Luft hängen spüren. Sie warten nur darauf, dass jemand sie auslöst«, meinte Molly. »Sie fühlen sich … komisch an. Keine Magie, keine Technik, nur die Willenskraft eines Menschen. Ich habe das Gefühl, dass wir sicher sind, solange wir den Pfad nicht verlassen. Sie weiß, dass wir hier sind, Eddie.«

»Ich wäre enttäuscht, wenn sie es nicht wüsste«, sagte ich. »Wir bleiben noch einen Moment, wo wir sind. Dann kann sie uns und unsere Schutzvorrichtungen genau in Augenschein nehmen.«

»Das tut sie schon, seit wir hier angekommen sind.« Molly trat unbehaglich von einem Fuß auf den anderen. Molly hat es nicht so mit dem Herumstehen. Nicht, wenn die Alternative darin besteht, dorthin vorzupreschen, wo sich sonst niemand hinwagt. »Ich kann ihre Aufmerksamkeit wie ein schweres Gewicht spüren, das mich niederdrückt. Oder als starre ich in einen grellen Suchscheinwerfer. Die Kraft, die ich spüre, ist geradezu beängstigend. Und ich ängstige mich sonst nicht. Ah!«

Ich fuhr herum. »Was?«

»Es ist weg. Sie beobachtet uns nicht mehr.«

Das verschlungene Eisengitter schwang langsam vor uns auf, die Angeln protestierten leise quiekend. Ich wusste, Ammonia hätte diese Angeln auch ölen können, aber sie zog es vor, das nicht zu tun. Eine einfache Art der zusätzlichen Warnung. Jedenfalls wäre es das gewesen, was ich getan hätte. Ich trat vor und gab mein Bestes, um Selbstvertrauen auszustrahlen: Molly blieb dicht bei mir, Haupt erhoben, und sah wachsam in alle Richtungen. Das Tor schwang lärmend hinter uns zu, aber ich gönnte ihm die Befriedigung nicht, mich umzusehen. Unsere Schritte knirschten auf dem Kiespfad, als wir aufs Cottage zugingen. Der Garten war wirklich entzückend: offen und hübsch, mit allen Arten von Blumen, ordentlichen Hecken und Bäumen, die man in perfekte geometrische Formen geschnitten hatte. Jemand hatte viel Arbeit in diesen Garten gesteckt.

»Eine friedliche Umgebung«, sagte ich. »Für eine bekanntermaßen so unfreundliche Frau.«

»Dann sind alle Geschichten, die ich gehört habe, wahr?«, fragte Molly und warf immer noch finstere Blicke um sich.

»Wenn sie beunruhigend, abscheulich oder alarmierend sind, dann höchstwahrscheinlich ja«, sagte ich. »Das ist die Frau, die seinerzeit den amtierenden Gegenpapst einen großnasigen Idioten genannt hat. Ins Gesicht.«

»Eine treffende Beschreibung«, meinte Molly.

»Nun, ja, aber man sagt das doch dem Führer eines Kults mit einer Privatarmee von fanatischen Anhängern nicht ins Gesicht.«

»Ich schon.«

»Nun, das stimmt auch wieder, aber du bist ja auch verrückt.«

»Du sagst die nettesten Sachen, Eddie.«

»Ich tu mein Bestes.«

Das Cottage erwartete uns ein wenig bedrohlich, ähnlich dem Wartezimmer eines Zahnarztes: Es mag nett anzusehen sein, aber man weiß, es wartet Ärger. Eigentlich sah das Cottage in seinem hübschen Garten so aus, wie es sein sollte, wie ein Foto auf einer Puzzleschachtel. 1000 Teile, nicht allzu schwierig, das kennt man ja. Ein entzückendes, altmodisches Haus mit einem Ziegelkamin, der aus dem ordentlich gedeckten Dach aufragte, Kletterrosen rund um die Eingangstür und wilder Wein, der sich an der cremeweißen Mauer emporrankte. Zwei große Erkerfenster auf jeder Seite der Haustür, die – das erkannte ich beim Näherkommen – keine Klingel und keinen Klopfer besaß. Ammonia Vom Acht wusste immer, wenn Besucher kamen.

Bienen flogen laut summend über die Blumenbeete und bunte Schmetterlinge schaukelten vorbei, doch kein Vogel sang. Was mir irgendwie seltsam vorkam. Und vielleicht sogar etwas beunruhigend. Ich hielt kurz vor der Tür an und lauschte aufmerksam.

»Es ist still«, sagte Molly. »Vielleicht zu still.«

»Warum gibt es keine Vögel?«, fragte ich. »Selbst die Möwen halten sich von hier fern. Du sagst immer, du wärst eins mit dem Wilden Wald. Was stimmt hier nicht?«

»Du hast recht«, erwiderte Molly. »Ich spüre hier kein Lebewesen, das größer ist als ein Regenwurm. Nicht einmal einen Maulwurf oder eine Haselmaus. Das ist nicht natürlich.«

»Das hat etwas zu bedeuten«, sagte ich.

Molly warf mir einen schiefen Blick zu. »Warum bist du so nervös, Eddie? Du hast doch schon Schlimmeres bewältigt. Ich weiß es, denn ich war dabei. Das sieht dir gar nicht ähnlich.«

»Ich ziehe immer Gefahren vor, die ich schlagen kann«, sagte ich fest. »Telepathen sind hinterhältig. Sie greifen einen auf unerwartete Weise an und sie kämpfen nicht fair. Und immerhin reden wir hier von Ammonia Vom Acht. Du hast doch die Geschichten gehört.«

»Nimm an, dass ich das nicht habe«, erwiderte sie. »Vergiss es einfach. Welche Geschichten?«

»Ich erzähl dir ein paar der berühmteren Fälle. Nur die Höhepunkte. Sie wurde einmal gebeten, einen Fall von gespaltener Persönlichkeit eines sehr wichtigen und bekannten Mannes zu behandeln, dessen zwei Persönlichkeiten sich gegenseitig bekämpften. Der dominante Gute gegen den gewöhnlich unterlegenen Betrüger. Ammonia entschloss sich, dass sie die Betrügerpersönlichkeit lieber mochte, also machte sie diese zum dominanten Part und schickte den anderen schlafen. Das gab eine Menge Ärger, bis er endlich mit einem Misstrauensvotum aus dem Amt gefeuert werden konnte. Ein anderes Mal war sie gerufen worden, um einen Mann mit Amnesie zu heilen. Sie entdeckte dann, dass er einem anderen Telepathen bereits zuvor eine erkleckliche Menge gezahlt hatte, um all seine Erinnerungen zu löschen, weil er es nicht aushielt, der Mann zu sein, der er war. Ammonia war der gleichen Meinung und zerstörte seine Erinnerungen wieder, aber diesmal gründlicher. Sie behielt das Geld, das die Familie des Mannes gezahlt hatte, und setzte sich damit über alles hinweg, was ihre Auftraggeber gewollt hatten.«

»Bis jetzt habe ich keine Probleme mit irgendetwas davon.«

»Du vielleicht nicht«, sagte ich. »Aber es wird noch schlimmer. Nachdem sie sich einmal entschieden hatte, dass sie besser als alle anderen wüsste, was gut für die Menschen ist, ging Ammonia durch eine Phase, in der sie die Persönlichkeiten aller Leute, die sie traf, neu anordnete. Sie überschrieb ihr Bewusstsein zum Besseren – wie sie es sich definierte. Das waren eher telepathische Raubüberfälle. Ein paar dieser Neujustierungen waren erfolgreich, andere nicht. Eine ganze Menge Leute brachte sich selbst um, weil sie wussten, dass sie nicht die waren, die sie hätten sein sollen. Einige von ihnen töteten andere, weil eine kleine Hemmschwelle entfernt worden war. Aber Ammonia war schon weitergezogen. Sie bleibt nie lange genug, um das Chaos aufzuräumen, das sie angerichtet hat. Sie hat mit dem ›Verbessern‹ von Persönlichkeiten nur aufgehört, weil sich beinahe alle anderen Telepathen auf der Welt gegen sie zusammengeschlossen und sie aufgehalten haben. Das war nur durch meine Familie möglich, und ich bin nicht sicher, ob wir das ein zweites Mal schaffen. Telepathen dazu zu bringen zusammenzuarbeiten ist, als hüte man einen Sack Flöhe. Es ist möglich, aber nur mit der ständigen Drohung extremer und sofortiger Gewalt. Was sehr anstrengend sein kann. Ich bin ziemlich sicher, dass Ammonia uns immer noch die Schuld daran gibt, ihr den Spaß verdorben zu haben. Wie dem auch sei, nach all dem spielt sie ein wenig die beleidigte Leberwurst und hat sich von der Welt zurückgezogen. Sie tritt nur noch bei Fällen in Erscheinung, mit denen kein anderer fertigwird, und dann tut sie es nur der Herausforderung wegen. Und gegen ein verdammt großes Honorar.«

Auf der anderen Seite der Tür rührte sich nichts und ich fuhr fort. »Sie lebt so weit hier draußen, weil sie zu viele Geheimnisse kennt. Keiner kann etwas vor ihr verbergen, weißt du. Und weil sie beinahe jeden getroffen hat, der zur einen oder anderen Zeit eine Rolle gespielt hat, sind ihr immer Agenten und Killer auf den Fersen, entweder, um sie zu kidnappen, um alle Geheimnisse aus ihr herauszupressen oder um sie zu töten, um sicherzustellen, dass ihre Geheimnisse mit ihr sterben. Sie könnte sich so gut verstecken, dass keiner sie fände, aber ihr Stolz lässt das nicht zu. Und sie liebt es zu sehr, allen zu beweisen, dass sie immer noch so machtvoll ist, wie jeder befürchtet. Also bleibt sie hier und lässt ihre Feinde nah genug heran, dass sie ein wenig Spaß dabei haben kann, mit ihnen zu spielen. Manchmal lässt sie sie bis ans Tor herankommen, bevor sie ihre Köpfe explodieren lässt. Manchmal löscht sie ihr Bewusstsein und lässt sie leben, damit sie der Welt als abschreckendes Beispiel dienen. Und manchmal überschreibt sie den Verstand und schickt einen zurück, um die Leute umzubringen, die denjenigen geschickt haben, um sie zu töten.«

»Okay«, meinte Molly. »Du hast gesagt, was zu sagen ist. Ich fühle mich durch und durch belehrt und gewarnt. Fühlst du dich besser?«

»Nicht wirklich, nein.«

Wir wandten uns wieder der Haustür zu. Ich hatte es nicht eilig und nahm mir Zeit.

Molly runzelte die Stirn. »Du hast echt Angst vor ihr, oder?«

»Ich sag mal, nicht gerade Angst ...«, begann ich und hielt inne. Ich konnte mein Herz in der Brust hämmern spüren und den kalten Schweiß, der sich auf meiner Stirn gebildet hatte. »Wenn mein Torques nicht genug Schutz ist, dann werde ich es erst in dem Moment wissen, in dem Ammonia in meinen Kopf schlüpft und mich Dinge tun lässt. Überleg dir mal, was sie mit meiner Rüstung anrichten könnte. All die schrecklichen Dinge, die sie dir und meiner Familie antun könnte, während ich hilflos in meinem Kopf gefangen bin ...«

Ich hielt inne, weil Molly mich liebevoll anlächelte. »Ich habe niemals jemanden getroffen, der sich angesichts von Dingen, die er nicht mal getan hat, so schuldig fühlen kann! Nichts davon wird passieren, denn ich werde es nicht zulassen. Vielleicht kannst du deinem Torques nicht vertrauen, aber mir vertraust du doch, oder?«

»Ja«, sagte ich. »Dir kann ich immer vertrauen, Molly.«

Wir standen direkt vor der Tür. Ich hob eine Hand, um zu klopfen, da schwang die Tür plötzlich auf. Und da stand sie, im

Türrahmen und ganz offensichtlich im Weg: Ammonia Vom Acht höchstselbst. Sie wirkte nicht erfreut, uns zu sehen.

Die größte Telepathin, die die Menschheit je hervorgebracht hatte, war etwas unter mittelgroß, untersetzt und mit einem breiten und beinahe männlichen Gesicht unter einem krausen Haarschopf aus ungebändigtem, kastanienrotem Haar. Sie hatte stechend grüne Augen, eine Hakennase und einen schmalen Mund mit dünnen Lippen, der durch hastig aufgetragenen dunkelroten Lippenstift nicht gerade vorteilhaft betont wurde. Ihr Gesicht besaß viel Charakter, aber keiner hätte sie je hübsch genannt. Oder auch nur gutaussehend, es sei denn bei schlechter Beleuchtung. Jemand hatte einmal gesagt, dass sie ein Gesicht wie eine Bulldogge habe, die eine bepinkelte Distel ablecke, und ich erkannte, warum. Sie trug langweilige, charakterlose Kleidung, die mehr als nur ein wenig männlich aussah: Eine abgetragene Tweedjacke mit Lederflicken auf den Ellbogen und eine verbeulte Hose mit Schmutzflecken an den Knien, da sie anscheinend im Garten gearbeitet hatte. Ihre Herrenschuhe waren robust und mit Lochverzierungen gesäumt.

Ich lief nicht davon. Ich war mir meiner Pflicht bewusst.

Als sie endlich das Wort ergriff, war ihre Stimme hart und abgehackt und beinahe gefühllos.

»Also. Edwin Drood und Molly Metcalf. Ich habe euch erwartet. Ich war gerade im Garten zugange, als ich euch kommen spürte, also sollte es wohl besser etwas Wichtiges sein.«

»Moment mal.« Ich war gegen meinen Willen überrascht. »Wir sind doch ganz plötzlich durch Merlins Spiegel gekommen.«

»Ich habe gespürt, dass sich der Spiegel hier öffnen würde«, sagte Ammonia. »Ihr habt ja keine Ahnung, was für Auswirkungen das Ding auf die Welt hat, wenn ihr es benutzt. Aber auf der anderen Seite weißt du ja auch gar nicht, was es wirklich ist, oder?«

»Wissen Sie's?«, fragte Molly prompt zurück.

Ammonia ignorierte sie, was nicht leicht ist. Sie betrachtete uns beide mit zusammengezogenen Brauen und nickte dann plötzlich. »Ihr seid beide geschützt. Gut. Nichts ist schlimmer als ein lärmendes Bewusstsein. Deshalb muss ich hier draußen leben, so weit von allen anderen entfernt. Die mächtigste Telepathin der Welt zu sein ist nicht so sensationell, wie alle glauben. Ich habe Schwierigkeiten damit, alle anderen aus meinem Bewusstsein hinauszuhalten. Die Welt drängt sich immer wieder hinein, immer wieder dringen Leute in mich – und all das Geschrei macht einen müde.«

Sie trat zurück. »Kommt rein. Putzt euch die Schuhe ab. Ordentlich! Und nicht flüstern.«

Sie geleitete uns in einen weiten, hell erleuchteten Korridor mit nacktem Holzboden und verblassten Drucken von seltenen Blumen an den Wänden. Molly und ich schlüpften herein und schlossen die Tür hinter uns. Ammonia hatte uns den Rücken zugewandt und ging auf die Tür am anderen Ende zu. Sie winkte Molly und mir lebhaft zu, ihr zu folgen. Was wir taten. Sie sah sich nicht um, aber sie sprach über die Schulter mit uns.

»Ihr habt euch gefragt, warum es nur Insekten in meinem Garten gibt und keine Säugetiere oder Vögel. Ich verjage sie. Das muss ich tun. Ich ertrage die Gegenwart eines anderen Bewusstseins nicht. All dieses Fressen und Gefressen-Werden, das können sie nicht abstellen, wisst ihr. Diese ständige Furcht und Gier bereiten mir schlechte Laune.«

Ich spürte ein kaltes Kribbeln im Nacken. »Hast du da unsere Gedanken gelesen?«

»Nein«, sagte Ammonia. »Ich habe im Garten eure Unterhaltung gehört. Es ist still im Garten, deshalb mag ich ihn. Kommt rein ins Wohnzimmer. Ich will euch meinen Mann Peter vorstellen.«

Die letzte Information haute mich fast aus den Schuhen. In den Unterlagen meiner Familie stand nichts davon, dass Ammonia Vom Acht verheiratet war. Molly sah mich kurz von der Seite an und formte mit den Lippen das Wort *Mann?* Alles was ich tun konnte, war, hilflos mit den Achseln zu zucken.

Das Wohnzimmer war klein und gemütlich, voller moderner, brutal stilloser Möbel, die sich nicht im Geringsten mit dem Rest des Cottages vertrugen. Helles Sonnenlicht strömte durch das große Erkerfenster. Es gab Vasen mit frischen Blumen auf jeder ebenen Oberfläche, die Luft duftete angenehm davon. Eine große und sehr moderne elektrische Uhr beherrschte eine Wand und tickte still vor sich hin, während an den anderen Wänden Gemälde von verschiedenen Meistern hingen. Wie es schien, stand Ammonia sehr auf die Prä-Raffaeliten. Vermutlich Bezahlungen für erwiesene Dienste. Zwei große und sehr bequem aussehende Armsessel standen sich an den Seiten des echten Kamins gegenüber. In einem dieser Sessel saß tief versunken Ammonia Vom Achts Gatte Peter.

Er erhob sich lustlos aus den Tiefen des Sessels, um uns zu begrüßen. Er lächelte vage in unsere Richtung, aber reichte uns nicht die Hand. Er war einer dieser großen, schüchtern aussehenden Männer in einem teuren dreiteiligen Anzug, auf dessen Weste Flecken vom letzten Dinner zu sehen waren. Unter dünner werdenden blonden Haaren lag ein blasses Gesicht mit leerem Ausdruck und einem ruhigen, bedeutungslosen Lächeln. Er hatte einen großen Drink in der Hand, obwohl es kaum Mittag war.

»Das ist Peter«, sagte Ammonia. Sie hätte auch über einen Angestellten reden können. »Ich habe ihn geheiratet, weil er für einen Telepathen nicht existiert. Er wurde mit einem Schild geboren, der ihn vor jedem telepathischen Kontakt schützt. Seine Gedanken bleiben in seinem Kopf. Ich kann ihn nicht hören. Bei ihm kann ich mich entspannen.«

»Und ich habe sie geheiratet, weil sie mich brauchte«, sagte Peter unbekümmert. »Und ich liebe es, gebraucht zu werden. Nicht wahr, altes Haus?«

Seine Stimme klang gebildet, ja sogar aristokratisch. Diese affektierte, gelangweilte Art, schleppend zu sprechen, die jedem auf die Nerven geht.

»Ich kann seine Gedanken nicht hören und seine Gefühle nicht spüren«, sagte Ammonia. »Alles, was er sagt und tut, ist eine Überraschung für mich. Ihr habt ja keine Ahnung, was für eine Erleichterung das ist.«

»So viele Komplimente«, sagte Peter. »Ich werde ja ganz rot, Liebling.«

Ammonia nickte langsam. »Es ist nicht einfach, mit mir zu leben. Ich weiß das.«

»Einige Ehen werden im Himmel geschlossen«, erwiderte Peter. »Der Rest von uns macht es, so gut wir können.« Er sprach leise und seine Stimme verlor sich. Als er von seinem Glas zu Molly und mir aufsah, waren seine Augen eindeutig desinteressiert. »Macht euch nichts aus Ammonia. Sie ist nur sie selbst. Ihr Problem ist, dass sie ständig Schwierigkeiten damit hat zu entscheiden, wo sie selbst aufhört und andere Leute anfangen. Die Grenzen sind für Telepathen nie ganz festgelegt. Dinge schleichen sich ein, Gedanken, Emotionen, Intentionen ... Sie hat keine soziale Kompetenz. Überhaupt keine. Ich bin nicht einmal sicher, ob sie selbst eine Person ist, wirklich.«

»Peter ...«

»Ja, Liebling, ich weiß. Wir haben Gäste. Wo bleibt mein Benehmen! Kann ich euch einen Drink anbieten? Ich habe hier einen. Ich habe eigentlich immer einen.«

Molly und ich lehnten ab. Peter nickte verständnisvoll, trank mit einem Schluck, was noch im Glas war, und schlenderte hinüber zu dem sehr modernen Sideboard, um sein Glas aus einer funktionellen, aber überaus hässlichen Kristallkaraffe nachzufüllen, die bereits halb leer war.

»Ammonia trinkt nicht«, verkündete er und wandte sich wieder zu seinen Besuchern um. »Sie wagt es nicht. Ich dagegen bin selten nüchtern. Das wage ich nicht. Ich trinke wie ein Fisch, wisst ihr, wie ein kleiner stachliger Tiefseefisch. Das würdet ihr auch, wenn ihr mit der mächtigsten Telepathin der Welt verheiratet wärt. Es geht nicht um die Person, versteht ihr, es geht um den Lebensstil. Oh, setzt euch doch bitte, beide. Mit euch sieht der Raum unordentlich aus. Es nutzt nichts, zu warten, bis Ammonia euch bittet. Solche Sachen kommen ihr einfach nicht in den Sinn. Keine soziale Kompetenz, schon vergessen? Natürlich ist das nicht ihr Fehler.«

Peter ließ sich wie ein nasser Sack wieder in seinen Sessel fallen und Ammonia versank in dem Sessel ihm gegenüber. Bisher war auf ihrem Gesicht nicht eine einzige erkennbare Emotion zu sehen gewesen. Molly und ich zogen uns zwei Stühle mit steifen Lehnen heran und setzten uns zu ihnen.

»Wenn man bedenkt, was das alte Mädchen alles durchmachen musste, ist es ein Wunder, dass sie so gut bei Verstand geblieben ist«, sagte Peter leutselig. Es war abstoßend, wie er über seine Frau sprach, als sei sie mal da und mal nicht. Er lächelte Molly und mich schwach an. »Kennt ihr die Geschichte? Sie ist nicht allzu bekannt, aber sehr spaßig. Ammonia hat die ersten zehn Jahre ihres Lebens im Koma verbracht. Selbst induziert, um ihr hochentwickeltes Bewusstsein von den Gedanken dieser Welt, dic alle gleichzeitig auf sie einstürmten, zu schützen. Sie musste lernen, wie man einen Schild aufbaut, der alle anderen aus ihr heraushielt, bevor sie selbst entscheiden konnte, wer sie war. Bedenkt, dieses arme Kind wusste schon in so jungen und schutzlosen Jahren alles, was es über die menschliche Natur zu wissen gibt. All das Gute und Böse, der Wahnsinn und das Gesunde, die Heiligen und die Teufel! Nur ein eiserner Wille hat sie zusammengehalten. Das macht sie zu so einer wundervoll heilkräftigen Telepathin. Sie weiß alles, was es über die Dämonen des Unterbewussten zu wissen gibt, denn sie war dort. Du bist hervorragend bei dem, was du tust, stimmt's, Liebes? Ja, das bist du.«

»Peter ...«, meinte Ammonia.

»Ich sage ihnen nur, was sie wissen müssen, altes Haus.« Peter lächelte Molly und mich verschwörerisch an. »Ich sehe, ihr habt bemerkt, dass die Einrichtung und die Möblierung hier schrecklich modern sind. Das müssen sie sein. Ammonia kann Spuren, Echos all der Leute auffangen, die alte Dinge verwendet haben. Menschen prägen sich allem ein, wisst ihr. Sie hat das Cottage einem kompletten telepathischen Exorzismus unterziehen müssen, bevor wir einziehen konnten. Die Steinaufnahmen mussten, so wie sie waren, gelöscht werden. Und die Möblierung muss alle zwölf Monate gewechselt werden, weil sie Erinnerungen aufsaugt. Wir zelebrieren dann hinter dem Haus immer ein hübsches Feuer für das alte Zeug. Man kann ja nie wissen, was ein anderer Telepath daraus liest. Für eine Telepathin wie Ammonia ist der geistige Friede alles. Alles. Stimmt's nicht, altes Mädchen?«

»Ja«, erwiderte Ammonia.

»Und sie muss Vegetarierin sein«, sagte Peter. »Weil sie die Todesschreie und die letzten schrecklichen Momente selbst des kleinsten Stückchens Fleisch hören kann. Einmal hat mir jemand gesagt, dass Pflanzen schreien, wenn man sie aus dem Boden zieht, aber offenbar ist das nicht wahr. Ganz sicher kein Wurzelgemüse, denn davon essen wir genug. Ich hatte seit Jahren kein Würstchen. Ich kann mich nicht mal vollstopfen, wenn sie nicht da ist. Sie weiß es immer, stimmt's, Liebling?«

»Überlässt sie Ihnen immer das Reden?«, fragte Molly.

»Meist«, erwiderte Peter völlig ungerührt. »Dazu bin ich da. Sie versteht nichts von Konversation, das arme alte Ding. Und sie vertraut keinem. Die ganze Zeit, während wir hier so gemütlich sitzen und plaudern, hat sie versucht, durch eure Schilde zu dringen, einfach so, um zu sehen, ob sie es kann. Es ist nicht so, als wollte sie alles wissen, sie kann nur nicht anders. Habe ich sie jetzt genug abgelenkt, meine Liebe? Wunderbar. Dann bin ich jetzt still. Ich habe einen ernsthaften Leberschaden, den ich bearbeiten muss.«

»Ich habe von euch beiden gehört«, sagte Ammonia Vom Acht rundheraus und meine Aufmerksamkeit schnellte zu ihr zurück. »Edwin Drood und Molly Metcalf. Der Drood, der glaubt, er sei besser als die anderen Droods. Der glaubt, er sei der erste Drood, der ein Gewissen entwickelt hat. Aber du bist bei Weitem nicht der erste, der versucht, deine Familie zu erlösen, Eddie. Macht korrumpiert, das war immer so und wird immer so sein. Und die Torques, die ihr da habt, machen euch mächtiger, als Menschen je sein sollten. Und du, Molly. Die lauteste und geringste der Metcalf-Schwestern. Gibt es etwas Selbstverständlicheres oder Lächerlicheres als noch so eine junge Rebellin, die nicht weiß, was sie tut? Und ja, Molly, ich kenne meinen Ruf ebenfalls. Wird nicht der am heftigsten zurückgewiesen, der die Wahrheit sagt, die niemand hören will?«

»Prima«, sagte ich fröhlich. »Jetzt hast du's uns aber gezeigt. Aber ich glaube nicht, dass wir das zu ernst nehmen werden. Du sagst die Wahrheit, Ammonia, aber nur, wie du sie siehst. ›Was ist Wahrheit?‹ scherzte Pilatus und blieb nicht, um die Antwort zu hören.«

»Du hast keine Angst vor mir, oder?«

»Nein«, sagte ich. »Und es überrascht mich ein wenig.«

»Ich kann Leute nicht ausstehen, die Angst vor mir haben«, meinte Ammonia.

»Das stimmt«, sagte Peter und starrte traurig in seinen Drink. »Das kann sie nicht.«

»Ich möchte dich nicht anheuern, damit du mich magst«, sagte ich zu Ammonia und erwiderte ihren Blick fest. »Ich will dich anheuern, um in den Kopf unseres Bibliothekars einzudringen und ihn vielleicht zu heilen. Eine andersdimensionale Entität hat seinen Verstand vor ein paar Jahren angegriffen und er ist immer noch verwirrt. Glaubst du, du kannst das heilen?«

»Ich liebe Herausforderungen«, antwortete Ammonia.

»Das ist wahr«, warf Peter ein. »Das tut sie. Tut sie wirklich. Oh. Tut mir leid, Liebes. Tut mir leid, ihr alle. Ich habe zu viel getrunken. Oder nicht annähernd genug. Das ist schwer zu sagen. Aber du wirst ihnen doch helfen, oder nicht, altes Mädchen? Du kannst das doch für sie tun. Du kannst alles.«

Ammonia ignorierte ihn. Ihre ganze Aufmerksamkeit war auf mich gerichtet. »Wenn ich William Drood heilen kann, den angerichteten Schaden wieder in Ordnung bringe und seine Persönlichkeit wiederherstelle – wird die Familie dann meinen Preis zahlen?«

»Was willst du?«

»Ich will, dass euer Waffenmeister etwas für mich herstellt«, sagte Ammonia. »Ich will eine solche Krone, wie Molly sie gerade trägt. Nur viel stärker. Ich will etwas so Starkes, dass es die ganze Welt aus meinem Kopf hält, damit ich das nicht tun muss. Damit ich mich ausruhen kann.«

»Einverstanden«, sagte ich.

»Könnte ich deine mal aufsetzen?«, sagte Ammonia zu Molly. »Nur für einen Augenblick, um zu sehen, wie sich das anfühlt?«

»Nein, Molly«, sagte ich sofort. Mollys Hand hatte sich schon zu der Krone auf ihrem Kopf erhoben, aber als ich das sagte, fuhr sie zurück. Ich lächelte Ammonia an. »Du hast eine sehr überzeugende Persönlichkeit, Ammonia. Aber versuch so etwas noch einmal und du kannst unseren Handel vergessen. Für immer.«

»Was?«, fragte Molly. »Was ist denn los?«

»Du kennst eine Menge Drood-Geheimnisse«, sagte ich. »Und wenn du die Krone abgenommen hättest, und sei es auch nur für eine Sekunde ...«

»Du hinterhältige Kuh!«, sagte Molly zu Ammonia.

»Du hast ja keine Ahnung, wie es ist, wenn einem in jeder Sekunde Misstrauen entgegengebracht wird«, meinte Ammonia. »Warum glaubst du, dass ich mich für deine dummen kleinen Geheimnisse interessiere?«

»Naja«, erwiderte ich. »Das musst du ja sagen, nicht wahr?«

Ammonia ließ uns beide draußen im Garten warten, während sie sich von ihrem Mann verabschiedete. Oder vielleicht wollte sie alle Drinks in dem Sideboard verschließen, bevor sie aufbrach. Auch wenn Peter aussah wie ein Mann, der sich durch eine Holzvitrine durchnagen würde, um an seinen Fusel zu kommen. Molly und ich gingen den Kiesweg zurück und hielten dann und wann an, um an den Rosen zu riechen, die am Wegesrand standen. Es war wirklich alles sehr friedlich.

»Du weißt, du kannst nicht mit uns mitkommen«, sagte ich zu Molly. »Das ist privat und sehr persönlich. Drood-Angelegenheiten.«

»Ach, mach dir um mich keine Sorgen«, sagte Molly in diesem speziellen, beiläufigen Ton, den sie nur benutzt, wenn sie mich wissen lassen will, dass ich mir etwas ganz Besonderes einfallen lassen muss, um es später wiedergutzumachen. »Ich werde schon zurückfinden. Ich seh dich später, Süßer!«

Sie schnippte mit den Fingern und war verschwunden. Ich seufzte. Jetzt würde sie sich verkriechen und schmollen. Sie hasste es, ausgeschlossen zu werden. Und es würde mehr als nur eine doppellagige Schachtel von Thorntons dunklem

Schokoladentrüffelsortiment kosten, um sie diesmal zu besänftigen.

Schließlich kam Ammonia aus dem Haus und warf die Tür hinter sich zu. Sie stampfte zu mir und sah über ihren Garten hinweg, als sei sie nicht sicher, dass sie ihn je wiedersehen würde, dann bemerkte sie, dass ich allein dastand, und schnaubte laut.

»Dann lass uns das mal schnell hinter uns bringen. Ich mag's nicht, Peter so lange allein zu lassen. Beweg dich, Drood, du bist der, der Merlins Spiegel hat.«

Ich zog den Spiegel aus seiner Taschendimension, aber bevor ich ihn auch nur aktivieren konnte, wich Ammonia so heftig zurück, als hätte ich versucht, ihr eine giftige Schlange ins Gesicht zu werfen. Ich schaute Merlins Spiegel schnell an, aber er sah im Moment einfach nur wie ein gewöhnlicher Handspiegel aus.

»Da ist etwas drin!«, sagte Ammonia und starrte finster in den Spiegel. »Etwas. Oder Jemand. Ich kann es nicht sehen, aber es kann mich sehen. Das weiß ich genau. Es sieht mich in diesem Moment an.«

Ich blickte wieder in den Spiegel, aber alles, was ich sehen konnte, war mein leicht verwirrtes Spiegelbild. Ich schüttelte den Spiegel ein paar Mal aus Prinzip, aber das Spiegelbild blieb das Gleiche. Ich sah Ammonia an.

»Freundlich oder unfreundlich?«

Ammonia zuckte mit den Achseln. »Das könnte ich für dich herausfinden. Aber das kostet extra.«

»Dann kann es warten«, meinte ich. »Wir wollen erst mal sehen, was du mit dem Bibliothekar anstellen kannst.«

Ich schüttelte den Spiegel zu voller Größe auf und öffnete ein Portal, das direkt in die Alte Bibliothek führte. Ammonia spähte interessiert auf den neuen Anblick auf der anderen Seite des Spiegels. Endlose Reihen von Bücherregalen, beleuchtet von einem angenehm goldenen Schein, erstreckten sich in alle Richtungen, so weit das Auge reichte. Ich ging zuerst durch den Spiegel, um Ammonia zu zeigen, dass nichts dabei war, aber sie zögerte nicht einen Moment, mir zu folgen. Ich schloss den Spiegel und steckte ihn weg, wandte mich Ammonia zu und bemerkte, dass die gefährlichste Telepathin der Welt sichtbar zitterte.

»Es sind die Erinnerungen«, sagte sie. »Jedes Buch an diesem Ort birgt immer noch die Erinnerungen, die Spuren eines jeden in sich, der es je gelesen hat. Es ist wie eine Million Stimmen, die in meinem Kopf alle gleichzeitig schreien. Es kostet alle Kraft, die ich aufbringen kann, um sie draußen zu halten. Eure Alte Bibliothek ist viel älter, als ihr glaubt. Sie gehört eurer Familie nicht. Droods haben das Archiv nicht zusammengetragen, ihr habt sie geerbt. Und dann habt ihr sie aus dem vorigen Herrenhaus hergebracht und aus dem davor.«

»Okay«, sagte ich. »Jetzt betrittst du das Territorium der Familienangelegenheiten und Geheimnisse, von denen du nichts zu wissen brauchst. Sieh weg, Ammonia.«

Sie hörte mir nicht einmal zu und hatte den Blick auf etwas gerichtet, das nur sie sehen konnte. »So viele sind hier durchgekommen und haben Fußabdrücke im Sand der Zeit hinterlassen. Nicht alle von ihnen waren menschlich. Götter und Monster sind diese staubigen Pfade auf der Suche nach verlorenem und verbotenem Wissen entlanggekommen.«

»Okay. Jetzt übertreibst du's aber. Dramatik brauche ich nicht.«

Ammonia zuckte leichthin mit den Achseln. »Gehört alles zum Service. Zu dem, was ihr bezahlt. Jetzt geht es mir gut. Ich kann die Bibliothek in etwa abschätzen. Ziemlich angenehm, jetzt, wo ich die Bücher ausgesperrt habe. Hier kann ich arbeiten. Weit weg von deiner Familie, muss ich glücklicherweise sagen, und angemessen vom Herrenhaus entfernt.«

Ich sah sie an. »Woher weißt du, dass wir nicht doch im Herrenhaus sind?«

»Es ist mein Job, solche Dinge zu wissen. Das hier ist eine Art Dimensionstasche. Das Herrenhaus liegt in ... dieser Richtung.«

Und sie wies mit bemerkenswerter Sicherheit nach links oben. Bedenkt man, dass die Alte Bibliothek nur lose mit der realen Welt verbunden ist, entschloss ich mich, nicht nachzufragen. Wahrscheinlich hatte sie recht.

»Hallo!«, sagte Ammonia plötzlich. »Ich empfange etwas ... Seltsames! Da sind du und ich und euer Bibliothekar und sein Assistent, aber ich empfange hier noch eine andere Präsenz ... definitiv nicht menschlich.«

»Das ist wahrscheinlich Ethel«, sagte ich. »Die andersdimensionale Wesenheit, die bei uns lebt. Sie schaut immer mal herein.«

»Die Quelle der Macht deiner Familie und eurer neuen Rüstung«, sagte Ammonia. »Ich weiß alles über Ethel. Und sie ist es nicht. Ich kann spüren, dass sie uns von der anderen Seite aus Drood Hall beobachtet. Hinter außergewöhnlich mächtigen Schilden. Ich muss mich wirklich fragen, was sie so verzweifelt vor mir verstecken will. Oder vor dir. Ich könnte es herausfinden, aber das würde auch extra kosten. Aber kümmern wir uns nicht um seltsame Präsenzen. Deshalb bin ich nicht hier. Wo ist der Patient?«

Plötzlich trat Iorith hinter den nächstgelegenen Bücherstapeln hervor und warf Ammonia aus einer Entfernung, die er wohl für sicher hielt, einen bösen Blick zu. Er trug einen Mönchshabit. Die Kapuze hatte er zurückgeschlagen und enthüllte damit einen haarlosen Kopf, auf den er eine ganz ähnliche Krone gepresst hatte wie die, die der Waffenmeister Molly gegeben hatte. Iorith tat sein Bestes, um aufrecht und würdevoll stehen zu bleiben, aber er konnte es nicht so recht rüberbringen. Er sah für mich eher aus wie einer, der dringend auf die Toilette musste.

»Hallo! Ich bin Iorith! Und es geht mir gut, danke! Ich denke über gar nichts nach! Über das hier bestimmt nicht. Und darüber auch nicht. Mir geht's gut! Bestimmt!«

»Iorith, wenn du dich verdammt noch mal nicht auf der Stelle entspannst, dann werde ich dich von Kopf bis Fuß mit Ritalin vollpumpen«, sagte ich. »Du bist vorgewarnt. Und ich weiß, dass ich die Frage bedauern werde, aber warum bist du wie ein Mönch angezogen?«

»William sagte, es beruhige ihn«, erklärte Iorith. »Du würdest nicht glauben, wie viele verschiedene Outfits wir ausprobieren mussten, um eines zu finden, mit dem er leben kann. Ich kann dir versichern, dass er Freizeitschuhe nicht ausstehen kann. Oder Krawatten. Habe ich auf die harte Tour herausgefunden. Entweder das hier oder ein Kilt, und das hier war weniger zugig. Du hast meine Würde nicht gesehen, oder? Ich bin sicher, ich habe sie hier irgendwo. Mir geht's gut! Danke der Nachfrage.«

»Und warum trägst du eine dieser nagelneuen psychischen Schutzeinheiten des Waffenmeisters?«, fragte ich und wies auf seine Krone. »Dein Torques ist alles, was du brauchst.«

»Der Rat bestand darauf«, sagte Iorith steif. »In deiner Abwesenheit. Der Telepathin dürfen keine Drood-Geheimnisse in die Hände fallen. Besonders die Art nicht, die man beim Lesen der Bücher in der Alten Bibliothek erfährt.«

»Als ob mich die interessieren«, behauptete Ammonia. »Ich kenne genug Geheimnisse. Ich bin mit Geheimnissen vollgestopft. Ich scheiße förmlich Geheimnisse und pisse Mysterien. Und was eure kostbaren Bücher angeht ...«

Sie fuhr mit dem Finger grob an den Buchrücken der Bücher entlang, die ihr am nächsten standen, und ich schwöre, sie zuckten vor ihr zurück. Iorith sprang beinahe aus seiner Kutte.

»Fass die Bücher nicht an! Fass gar nichts hier an! Wir haben eine große Menge gefährlicher Bücher hier in der Bibliothek und mit gefährlich meine ich gewalttätig, besessen und manchmal auch mörderisch. Das ist kein Streichelzoo! Ich benutze spezielle Handschuhe und die wurden in Handarbeit von Nonnen der Schwesternschaft der Heilsarmee in klösterlicher Abgeschiedenheit gestrickt. Die Handschuhe sind sogar heiliger, als ich je sein werde. Und selbst dann halte ich noch die Daumen gedrückt.«

»Du plapperst, Iorith«, sagte ich.

»Ich weiß! Mir geht's gut, richtig gut, ich bin wirklich sehr nervös. Ich glaube echt nicht, dass das alles hier eine gute Idee ist, Eddie. Und ich mag ganz besonders die Art nicht, in der diese Frau mich ansieht – warum sieht sie mich so an? Eddie, mach, dass sie aufhört, mich so anzusehen! William ... ist in keiner guten Stimmung. Und ja, ich weiß, das ist er selten, aber ich muss sagen, dass er heute sogar noch schlechtere Laune hat als sonst. Er mag keine Besucher, er mag keine Telepathen und er mag ganz definitiv Ammonia Vom Acht nicht. Obwohl, wer tut das schon. Tut mir leid, das hab ich laut gesagt, oder? Vielleicht könntest du sie an einem anderen Tag vorbeibringen, wenn William etwas ... empfänglicher ist.«

»Niemand von uns wird so lange leben«, antwortete ich. »Es muss jetzt sein. Es ist zu seinem eigenen Besten, Iorith!«

Er schnüffelte. »Das haben sie Johanna von Orléans auch erzählt, dem armen Mädchen. Also gut, folgt mir. Ich werde euch hinbringen. Aber versucht, keinen Lärm oder plötzliche Bewegungen zu machen. Ich will ihn nicht wieder mit dem Bootshaken von diesen riesigen Bücherregalen holen müssen.«

Er hastete den nächsten Gang hinunter, und Ammonia und ich folgten ihm. William war in der Nähe. Wir fanden ihn mit durchgedrücktem Kreuz, steifem Nacken und dem Rücken zu einem Regal voller Sehr Verbotener Bücher. PASSIERSCHEINE UNBEDINGT VORZEIGEN, sagte ein höfliches Schild. UND EINE LISTE IHRER NÄCHSTEN VERWANDTEN, hieß es weiter. William hatte sich offenbar Mühe gegeben, seine Erscheinung etwas ordentlicher zu gestalten. Oder vielleicht hatte Iorith das für ihn erledigt. Sein graues Haar und sein Bart waren ordentlich gestutzt und er trug einen nagelneuen und sehr sauberen Morgenmantel. Er hatte immer noch seine weißen Lieblingshasenpantoffeln an den Füßen, was mich weiterhin aus einem Grund beunruhigte, auf den ich den Finger nicht legen konnte. Er sah viel älter aus, als er war, und wirkte sowohl geistig als auch physisch erschöpft. Aber er hielt sich gut, und sein Gesicht war ruhig, wenn auch ein wenig geistesabwesend. Er sah Ammonia mit seinen verlorenen Augen an, als ob er das Schlimmste erwartete, hielt sich aber dennoch heldenhaft aufrecht.

»Ich bin nicht sicher, ob ich geheilt werden will«, sagte er und sprach Ammonia direkt an. »Ich glaube, ich ziehe dieses Ich dem Ich vor, das ich früher war. Ich bin nicht sicher, ob mein altes Ich eine besonders nette Person war.«

»Das sagen eine ganze Menge meiner Patienten«, sagte Ammonia munter. »Da ist viel Vermeidung und Fehleinschätzung am Werk. Als ob der Zahnschmerz auf dem Weg zum Zahnarzt verschwindet.«

»Aber wenn ich wirklich eine schlechte Person war ...«

»Natürlich waren Sie das!«, sagte Ammonia. »Sie waren ein Drood!«

»Ammonia«, murmelte ich. »Das ist nicht sehr hilfreich.«

»William«, sagte Iorith und stellte sich schützend neben den Bibliothekar. »Wenn sie helfen kann, dann hättest du vielleicht nicht immer solche Angst ...«

Ammonia trat vor und stellte sich direkt vor William, und man musste ihm eins lassen: Er zuckte nicht zurück. Sie sah ihm in die Augen.

»Interessant. Ich empfange ... absolut nichts von ihm. Als ob er wie mein Peter eine psychische Null wäre. Und es ist nicht nur der Torques, der ihn abschirmt. Jemand hat sehr machtvolle Sperren in das Bewusstsein dieses Mannes gepflanzt.«

»Kannst du sie brechen, ohne dass er Schaden nimmt?«, fragte ich.

»Kannst du aufhören, über ihn zu reden, als wäre er nicht da!«, protestierte William.

»Kein Problem«, sagte Ammonia. »Alles itzibitzi. Deshalb habt ihr mich ja angeheuert.« Sie sah wieder William an und schenkte ihm eine Grimasse dessen, was sie wahrscheinlich für ein beruhigendes Lächeln hielt. »Sie müssen sich entspannen und beruhigen. Vielleicht setzen Sie sich auf Ihren Lieblingsstuhl. Haben Sie einen Lieblingsstuhl?«

»Natürlich«, sagte Iorith. »Ich gehe los und hole ihn, ja? Ja. Redet nicht über mich, während ich weg bin. Ich bin wirklich sehr nervös.«

Er eilte davon und kam schnell mit einem verbeulten und viel zu dick gepolsterten Lehnstuhl wieder, der so schwer war, dass er ihn nicht heben konnte, sondern so schnell vor sich herschob, wie es die quietschenden und widerspenstigen Stuhlbeine erlaubten. Er schob ihn in die richtige Position, dann lehnte er sich schwer atmend auf die Lehne, um zu demonstrieren, welchen Anstrengungen er sich uns zuliebe unterzog. William sank in den Stuhl und rückte ein wenig hin und her, bis er so bequem wie möglich saß. Ammonia war überraschend geduldig mit ihm, bis klar wurde, dass er nicht aufhören würde, sich zurechtzusetzen.

»Verdammt nochmal, entspannen Sie sich!«, rief sie aus. »Ich bin kein verflixter Zahnarzt!«

»Den mag ich auch nicht«, sagte William. »Wird es wehtun?«

»Vielleicht nicht körperlich«, sagte Ammonia.

William wollte wieder aufstehen, Iorith und ich mussten ihn schnell festhalten und wieder hinsetzen. William gab nach und schnitt Ammonia eine Grimasse.

»Ich verlange eine zweite Meinung!«

»In Ordnung«, sagte Ammonia. »Sie sind ein Drood und ich verachte alles, wofür Sie stehen. Und jetzt halten Sie die Klappe, damit ich mich konzentrieren kann.«

Ich erwartete, dass sie in eine Art Trance fallen oder mit den Händen herumfuchteln würde oder dass wenigstens ihre Augen aufleuchteten, aber da war nichts Dramatisches an dem, was sie tat. Sie stand da vor dem Bibliothekar, runzelte nachdenklich die Stirn und erwiderte seinen Blick. Plötzlich fiel mir auf, dass die Temperatur in der Alten Bibliothek fiel. In der Regel ist es der Bücher wegen ein wenig wärmer als gerade angenehm, aber jetzt wurde es zunehmend und spürbar kälter. Als ob etwas die Wärme aus der Bibliothek saugte. Selbst das Licht wurde düsterer. Schatten erfüllten auf einmal die Bücherregale um uns herum, bis wir alle uns schließlich in der einzigen Insel von echtem Licht befanden. Alles war still und schwieg, die ganze Aufmerksamkeit der Bibliothek war jetzt auf einen Ort konzentriert. Williams Gesicht war völlig leer, er blinzelte nicht und sein Blick war in weite Ferne gerichtet.

»Ich bin an den Schilden vorbei«, sagte Ammonia. Ihre Stimme klang ziemlich ruhig und sachlich. Sie hätte auch über ihre Einkäufe reden können. »Und es waren ein paar richtig fiese Sperren darunter. Aber nichts, mit dem ich nicht fertig würde. Jetzt bin ich in seinem Kopf. Seine Gedanken sind völlig chaotisch. Mit seinen Erinnerungen wurde heftig herumgespielt, ganze Teile fehlen und sind zerstört. Offenbar absichtlich. Es gibt Dinge, die er entdeckt hat, Wahrheiten, die er nie hätte erfahren dürfen. Und irgendjemand wollte, dass er nie wieder daran denkt. Aber da ist noch mehr. Ganze Sektionen seines Verstandes sind ausgeschaltet worden. Er weiß nicht einmal, dass sie da sind. Noch mehr Schilde, mehr Schutzmechanismen ... hohe Wälle mit Stacheldraht darauf ... Was versuchst du vor mir zu verstecken, William? Oder was hatte all die Jahre jemand vor dir zu verstecken? Was verbirgt sich in deinem Kopf?«

Mit einem Mal explodierten in Williams Gesicht die Emotionen, es verzerrte sich vor Wut und Hass und einer grimmigen Bosheit. Er sah überhaupt nicht mehr wie William aus. Es war, als benutze jemand anders sein Gesicht als Maske, sehe aus seinen Augen und hasse jeden, den es ansah. Es sah Ammonia drohend an, die jedoch seelenruhig zurückstarrte.

»Sieh einer an. Was haben wir denn da geweckt? Wer bist du?«

»Verschwinde! Du gehörst nicht hierher! Du hast hier nichts zu suchen! Raus hier oder ich töte dich! Ich werde euch alle töten!«

Aber trotz all der Bosheit in seinem Gesicht und dem Gift in seiner Stimme rührte William keinen Muskel.

»Das ... das klingt gar nicht nach William«, sagte Iorith.

»Ist er auch nicht«, sagte Ammonia, offenbar immer noch völlig ruhig. »Da lebt jemand anders im Kopf dieses Mannes, in seinem Verstand, seinen Gedanken. Keine vollständige Person oder eine Persönlichkeit, es ist eher ein Überrest – ein Überrest dessen, was sein Bewusstsein vor all den Jahren angegriffen hat. Etwas Implantiertes, das gewachsen ist. Ein Samenkorn! Ja, ein psychisches Samenkorn! So tief in ihm versteckt, dass er nicht einmal selbst wusste, dass es da war. Das Samenkorn hat seinen Verstand langsam, aber sicher infiltriert, wie ein Parasit. Es hat ihn langsam gefressen und durch sich selbst ersetzt.«

»Es ist das Herz«, sagte ich. Mein Magen verkrampfte sich schmerzhaft. Meine Hände waren zu Fäusten geballt. »Es ist das Herz, nicht wahr? Ich wusste immer, dass es ihm etwas Furchtbares angetan hat.«

»Ja.« Ammonia nickte langsam. »William ist nicht von der Familie oder dem Herrenhaus geflohen. Er wurde vertrieben. Ins Exil geschickt; ihm wurde befohlen, sich selbst zu verstecken, wo niemand ihn suchen würde, damit seine Familie nie entdeckt, was man ihm angetan hat. Es hat William zu seinem allerletzten Schlupfloch gemacht und den kleinsten Teil seines Selbst tief im Verstand dieses Mannes hinterlassen. Damit es, wenn dem Herzen irgendetwas passiert, wieder wachsen kann. Und es ernährt sich von der geistigen Gesundheit Williams.«

»Wie eine Hexe, die irgendwo ihr Herz an einem sicheren Ort versteckt?«, fragte ich.

»Das ist das gleiche Prinzip, ja«, antwortete Ammonia. »William wäre an irgendeinem Punkt von allein wieder ins Herrenhaus gekommen. Er ist programmiert worden, alles Wichtige zu tun, um die Wiedergeburt des Herzens zu bewerkstelligen. Schließlich wäre es aus ihm herausgebrochen wie eine bösartige Motte aus dem menschlichen Kokon und deine Familie hätte nichts kommen sehen.« Sie sah nachdenklich auf William, der knurrend auf seinem Stuhl saß und nach ihr spuckte. »Das Herz muss eine Art Ahnung gehabt haben. Außerdimensionale Entitäten erleben Zeit nicht auf unsere begrenzte, lineare Art. Entweder das oder es wurde von dem Verräter in eurer Familie gewarnt. Bist du immer noch sicher, dass ich mir das weiter ansehen soll?«

»Bleib bei William«, entschied ich. »Außerdem – das Herz ist tot. Ich habe es sterben sehen. Ich habe es getötet!«

»Nicht alles«, widersprach Ammonia. »Du hast seine physische Form zerstört. Die Macht über dich und deine Familie. Ich bin beeindruckt. Wirklich. Aber wenn genug Zeit vergangen wäre, wäre das Samenkorn in diesem Mann zu einem neuen Herzen herangewachsen. Vielleicht nicht zu Williams Lebzeiten oder deinen. Es wäre von Person zu Person gesprungen, hätte sich tief eingegraben und wie ein unsichtbarer Parasit versteckt, aber es wäre mit jeder Generation stärker geworden. Hätte sich mit seinen wachsenden mentalen Kräften weiter hinausgewagt, die Gedanken deiner Familie beeinflusst, ihre Entscheidungen manipuliert und sie in die richtige Richtung gesteuert – und sie hätten niemals geahnt, was los ist. Bis das Herz schließlich bereit gewesen wäre, sich wieder in der materiellen Welt zu manifestieren und die Kontrolle über die Droods erneut zu übernehmen.«

»Warum hat Ethel das nicht entdeckt?« Mein Mund war trocken und meine Stimme nicht so fest, wie ich es mir gewünscht hätte.

»Gute Frage«, erwiderte Ammonia. »Vermutlich weiß das Herz, wie es sich vor seinesgleichen verstecken kann. Wahrscheinlich hat es beabsichtigt, Ethel hinterrücks anzugreifen, sie zu zerstören und ihren Platz einzunehmen. Ein sehr cleverer Plan. Hätte vielleicht sogar funktioniert, wenn ihr mich nicht gerufen hättet. Aber auf der anderen Seite habt ihr so einen Verstand wie meinen noch nicht getroffen.«

William stand plötzlich auf und stieg immer weiter, bis er mitten in der Luft schwebte, über seinem Stuhl. Er hing dort frei, völlig schwerelos und starrte mit schrecklich kalter Bosheit auf Ammonia herunter. Sein Gesicht sah nicht mehr menschlich aus, als ob etwas von einer anderen Seite hindurchdringe. Fremde Energien formten sich im Nichts, wirbelten in dicken, schwarzen Flecken in der Luft, knisterten und krachten, als sie sich auf der materiellen Ebene entluden. Teile der dunklen Welt, die danach strebten, ihrem Meister Gesellschaft zu leisten. Ich begann aufzurüsten und hielt inne, als ich Ammonia ansah. Sie sah ganz und gar ungerührt auf den Schwebenden. Sie schien zu wissen, was sie tat, und das war ihre Show – also entschloss ich mich abzuwarten, was sie tun konnte. Ich bedeutete Iorith, ebenfalls nicht aufzurüsten, und er nickte widerwillig.

»Jetzt prahlst du«, sagte Ammonia. Sie war nicht einen Zentimeter zurückgewichen. »Komm da runter und ab zurück in den Stuhl. Sonst komm ich da rauf und hol dich.«

Ihre Blicke trafen sich. Nichts Sichtbares passierte, aber die Luft schien kälter denn je. Die Anspannung in der Alten Bibliothek schien zu wachsen. Mir kam es vor, als seien viel mehr als nur vier Leute anwesend. Es fühlte sich an, als stünden wir vier auf einer weitläufigen, dunklen Ebene, während zwei enorme Kräfte aufeinanderprallten und erbittert miteinander kämpften – ohne Rücksicht und ohne Gnade. Und dann, sehr langsam, Zentimeter für Zentimeter, fiel William zurück in seinen Stuhl. Die finsteren Energien verschwanden Stück für Stück, während weiße Statik die Buchregale hinauf- und hinablief. William war jetzt so steif, so bewegungslos, dass er kaum noch lebendig wirkte. Sein Gesicht war vor Wut dunkelrot angelaufen, die Augen glitzerten bösartig. Seine Zähne waren zu einem beinahe tierischen Knurren gefletscht, während das Ding in ihm um jeden Millimeter seines psychischen Territoriums kämpfte.

»Lass dich nicht zu sehr beeindrucken«, sagte Ammonia. »Das war alles nur Show, vorprogrammierte Verteidigungsroutinen. Bloß mentale Kettenhunde. Böse Hundis!«

Öliger schwarzer Rauch quoll aus Williams Mund und Nase und formte sich zu dicken und langgezogenen Wolken. Es wand sich und bebte wie furchtbares, schwarzes Ektoplasma und nahm die Gestalt eines riesigen schwarzen Dämons an, der zwischen William und Ammonia hing. Er hatte Hörner und Reißzähne und weinte dicke schwarze Tränen, die zu Boden fielen und dort auf den Dielen dampften und zischten. Ammonia lachte der dämonischen Fratze ins Gesicht und atmete scharf ein. Plötzlich verlor das Gesicht jede Form und Struktur, denn Ammonia inhalierte es bis zum letzten bisschen. Als alles verschwunden war, leckte sie sich kurz die Lippen.

»Lecker«, sagte Ammonia Vom Acht.

»Ich kann mir nicht helfen, aber ich glaube, ich sollte auch etwas beitragen«, sagte ich.

»Das tust du«, sagte Ammonia. »Wenn es so aussieht, als verliere ich, töte mich.«

Wir wichen nun alle einen Schritt zurück, selbst Ammonia, als ein grelles Licht vor uns aufflammte, weiß glühte und uns blendete. Als das Licht wieder auf ein erträgliches Level gefallen war, hatte sich eine große diamantförmige Struktur um William und seinen Stuhl herum gebildet und den Bibliothekar völlig eingehüllt. Er war jetzt nur noch ein unscharfes Bild in einem großen, facettenreich geschliffenen Diamanten. Das Herz hatte wieder seine wahre Form angenommen. Nicht annähernd so groß, wie es damals gewesen war, als es noch das Sanktum in Drood Hall beherrscht hatte. Als wir es noch alle angebetet und verehrt hatten, weil die meisten von uns es nicht besser wussten. Der Diamant leuchtete in einem grellen, kalten Licht, das mir eine Gänsehaut bereitete und meine Seele erschütterte. Der neue Torques an meinem Hals prickelte heftig und warnte mich. Ich trat sehr vorsichtig vor und klopfte mit einem Knöchel auf eine der schimmernden Facetten. Sie fühlte sich sehr real und sehr kalt an.

»Es ist das Herz!«, sagte ich zu Ammonia. »Es ist wieder da!«

»Nein, ist es nicht!«, sagte Ammonia sofort. »Das ist nur eine Erinnerung, eine Projektion. Die schiere Kraft, die im Samenkorn steckt, gibt ihr Form und Gestalt. Das ist gut, Drood! Wir zwingen es dazu, diese Kraft zu verbrauchen, um zu kämpfen und sich zu verteidigen. Um sich in einer materiellen Welt wie dieser zu manifestieren und seinen Wirt gegen mich zu verteidigen, braucht es verdammt viel Energie. Es wird sich selbst verschlingen – wenn wir lange genug durchhalten.«

»Soll ich aufrüsten?«, fragte ich. »Versuchen, den Diamanten zu zerstören, um William zu befreien?«

»Sei kein Narr, Drood! In diesem Stadium wäre ein Angriff auf den physischen Diamanten ein Angriff auf den Wirt. Das Samenkorn ist immer noch Teil eures Bibliothekars. Das mentale Feedback würde ihn bestimmt umbringen!«

»Dann gib mir eine andere Möglichkeit!«, sagte ich. »Aber warte nicht zu lang. Wir dürfen nicht riskieren, dass das Herz wieder die Kontrolle über die Familie an sich reißt! William würde lieber sterben, als dass das passiert. Alles für die Familie.«

»Ihr Droods seid immer so scharf darauf, für eure kostbare Sache zu sterben«, sagte Ammonia. »Warum versucht ihr nicht mal, eine Sache zu finden, für die ihr leben wollt?«

Das Licht, das von dem Diamanten ausging, pulsierte jetzt stark wie ein Herzschlag und erfüllte die Alte Bibliothek mit seinem unnatürlichen Schein. Es schien stärker zu werden. Iorith und ich mussten unsere Augen mit den Armen schützen. Ammonia kniff die ihren zusammen, wandte aber den Blick nicht ab. Sie stand still da, starrte wütend in das Licht und setzte ihm ihre eigene starke Energie entgegen. »Das ist eine psychische Attacke«, sagte sie. »Nicht materiell. Ich kann das Samenkorn hören. Es versucht, mit mir zu reden, jetzt, wo es weiß, dass es entdeckt wurde. Es bietet mir Dinge an, verspricht mir alles Mögliche, aber das soll mich nur ablenken. Es versucht, sich an meinen Schilden vorbeizuschleichen, sodass es in meinen Geist dringen und die Kontrolle über meine Kräfte übernehmen kann. Schlaues kleines Korn! Und die wirklich schlechte Nachricht ist, dass ich nicht weiß, ob ich es aufhalten kann, ohne es direkt anzugreifen. Was William töten würde. Das Herz ist mächtig. So unmenschlich mächtig. Ich bin gut, aber ich bin nach wie vor nur menschlich. Aber das Herz ist nicht an menschliche Beschränkungen gebunden.«

»Das ist meine Rüstung auch nicht«, sagte ich.

Ich murmelte die aktivierenden Worte, und meine goldene

Rüstung glitt augenblicklich über mich hinweg. Ich fühlte mich stärker, schärfer und bereit zuzuschlagen. Das grell glühende Licht des Diamanten verlor hinter der Maske der Rüstung seine Bedeutung. Iorith folgte meinem Beispiel und eine weitere golden schimmernde Gestalt erschien in der Alten Bibliothek. Ammonia wich tatsächlich einen Schritt zurück. Es ist nicht leicht, den Anblick eines Drood in seiner Rüstung und all seiner Macht zu ertragen. Ein gewaltiger Schrei der Wut erfüllte die Alte Bibliothek, als das Herz einen Drood in einer Rüstung sah, die es nicht selbst geschaffen hatte. Ich trat vor und legte eine goldene Hand flach auf eine der schimmernden Facetten des Diamanten. Iorith tat schnell dasselbe. Selbst durch die seltsame Materie, die meine Hand umgab, konnte ich die furchtbare Kraft des Herzens spüren. Sie pulsierte wie etwas Lebendiges. Mein Bewusstsein tastete sich vor, versuchte, William durch seinen Torques zu erreichen, aber der Diamant blockierte mich. Ich konnte spüren, dass Iorith es ebenfalls versuchte, und zusammen erzwangen wir uns langsam einen Weg hinein, bis wir Williams Gegenwart in dem Diamanten spüren konnten. Iorith und ich sprachen zusammen die aktivierenden Worte und William stimmte ein.

Das Herz schrie wieder auf, als goldene seltsame Materie aus Williams Torques glitt und ihn von Kopf bis Fuß einschloss: Eine goldene Figur innerhalb eines schimmernden Diamanten. Das Licht flammte wieder auf, beinahe unerträglich, jetzt selbst durch die Maske hindurch, als das Samenkorn des Herzens darum rang, seinen Wirt behalten zu können. William versuchte, sich zu bewegen, und wir versuchten, ihn zu erreichen, aber selbst zu dritt waren wir nicht stark genug, den Diamanten zu zerschmettern. Es reichte aus, das Samenkorn daran zu hindern, aus William hinaus und in Ammonia zu springen, aber wir waren nicht annähernd stark genug, es zu zerstören. Denn am Ende waren wir nur drei Menschen in einer Rüstung und das Samenkorn eine andersdimensionale Wesenheit von einem Ort, den wir uns nicht einmal vorstellen konnten. Wir rangen dem Samenkorn ein Patt ab, aber selbst das würde nicht lange anhalten.

»Tötet mich«, sagte Ammonia.

»Was?«, fragte ich und nahm die Augen nicht von dem Diamanten.

»Tötet mich! Ich bin der Katalysator hier. Meine Gegenwart, meine Kraft hat das Samenkorn des Herzens aktiviert. Es wird jetzt nicht aufgeben, wo es mich als einen besseren Wirt erkannt hat. Ich würde lieber sterben, solange ich noch menschlich bin, als dass dieses Ding mich als Kokon benutzt. Ich hab dir gesagt, dass du das vielleicht tun müsstest. Deshalb habe ich dich überhaupt bleiben lassen. Ihr Droods seid nicht die Einzigen, die etwas von Pflicht und Verantwortung verstehen. Also tu, was du tun musst. Ohne meine Kraft, um davon zu zehren, wird das Samenkorn sich wieder in William zur Ruhe begeben. Und dann könnt ihr euch so lange Zeit nehmen, wie ihr braucht, um das verdammte Ding zu zerstören.«

»Wir töten keine Unschuldigen, Ammonia«, sagte ich. »So erledigen wir Droods die Dinge nicht.«

»Wir können das Herz kaum aufhalten!«, widersprach Iorith. »Und William wird schwächer! Was sollen wir tun?«

»Um Hilfe bitten«, sagte ich. Die Idee kam mir spontan, aber es war, als hätte ich die ganze Zeit gewusst, was zu tun war. »Du sagtest es selbst, Ammonia, wir sind nicht allein hier.« Ich hob meine Stimme. »Ich weiß, dass du da bist! Du bist immer hier! Du hast William vor dem Unsterblichen geschützt, der sich als Rafe ausgab! Hilf uns, ihn jetzt zu beschützen! Denn wenn du das nicht tust, dann wartet ein Schicksal auf ihn und alle, die ihm etwas bedeuten, das schlimmer ist als der Tod!«

»In Ordnung«, sagte eine ruhige und amüsierte Stimme hinter einem der Bücherstapel. »Kein Grund, zu schreien. Ich bin ja hier.«

Plötzlich stand ein fast drei Meter hohes weißes Kaninchen im Licht vor uns. Es war eine riesenhafte, überwältigende Kreatur, eher muskulös als fett, mit großen, flatternden Ohren über einem breiten, intelligenten Gesicht. Es trug einen blassblauen Morgenmantel, elegant geschnitten und mit einem auffallenden Playboy-Bunny-Logo auf dem Revers. Es bewegte sich wie ein Mensch, aber mit animalischer Eleganz. Und trotz aller offensichtlichen Intelligenz war da auch eine ungezähmte Wildheit an ihm, ein beinahe wilder Charme, gefährlich und ungebändigt. Es lächelte den Diamanten an und zeigte dabei scharfe, spitze Zähne. Die Spitzen der langen Ohren streiften die Decke, als es zu uns trat, und seine Präsenz ließ die Luft wie Donnergrollen erbeben. Oder vielleicht wie ein Trommelwirbel.

Es versteckte sich nicht mehr.

Es nickte Iorith und mir leicht zu, winkte Ammonia und dann legte es eine pelzige Pfote auf den Diamanten direkt über Williams Kopf. Der Diamant knackte und bekam Risse, dann knackte er wieder und das Samenkorn des Herzens schrie auf. Williams Bewusstsein sprang heraus und vereinigte sich mit meinem und Ioriths, und zusammen zerschlugen wir den Diamanten mit unseren goldenen Fäusten, bis nichts mehr übrig war als nur ein paar schimmernde Lichtfunken, die in der Luft schwebten und einer nach dem anderen erloschen.

Ich rüstete ab. Iorith und William taten es mir gleich und wir alle wandten uns dem riesigen weißen Kaninchen zu. Es lehnte lässig am nächsten Buchregal, das leise unter seinem Gewicht stöhnte, und sah uns mit ruhigem, heiterem Blick an. Ammonia ignorierte das Kaninchen in aller Deutlichkeit und beugte sich vor, um Willliams Gesicht genau zu studieren. Eine einzige schimmernde Träne rann sein Antlitz herab und Ammonia fing sie mit der Fingerspitze auf. Sie hielt die einzelne Träne vor sich, betrachtete sie lange und schleuderte sie dann fort. Mit einem Schwupps war sie aus dieser Existenzebene verschwunden.

»Das war's«, sagte Ammonia laut. »Alles erledigt. Das Samenkorn wurde zerstört. Jetzt, wo sein bösartiger Einfluss entfernt wurde, sollte dieser Mann in der Lage sein, das meiste von dem, was er verlor, wiederzufinden. Allmählich. Ein weiterer Triumph für Ammonia Vom Acht!«

»Ist es wirklich weg?«, fragte ich. »Ich meine, total verschwunden?«

»Weg, und das ein für alle Mal«, sagte Ammonia. »Diese verdammten andersdimensionalen Kreaturen machen immer mehr Ärger, als sie wert sind.«

»Ich fühle mich viel besser!«, verkündete William und brach augenblicklich in seinem Stuhl zusammen. Ammonia schnaubte laut.

»Das ist kaum überraschend, nachdem Sie all die Jahre dieses Scheißding in Ihrem Kopf herumgetragen haben. Aber ich habe mich gut darin umgesehen, da ist jetzt nichts mehr außer Ihnen selbst. Alles, womit Sie fürderhin nicht klarkommen, ist also definitiv Ihr Problem und nicht meins.«

Ich betrachtete Ammonia nachdenklich. »Da bleibt nur noch die Frage, welche Drood-Geheimnisse du bei der Arbeit da drin vielleicht gesehen hast.«

»Ich konnte verdammt nochmal gar nichts sehen«, sagte Ammonia forsch. »Sein Torques hat ihn geschützt und mich nur sehen lassen, was ich sehen sollte. Eure Ethel ist sehr beschützend und ich muss mich fragen, was sie glaubt, so eifrig vor mir beschützen zu müssen. Oder vor euch. Könnte es sein, dass sie ihre eigenen Pläne mit den Droods hat, wie das Herz? Ich könnte es für euch herausfinden und genau erforschen, was sie in ihrem außerdimensionalen Sinn hat. Aber das würde extra kosten.«

»Wir werden darüber nachdenken«, sagte ich.

»Wenn Ethel das zulässt«, sagte Ammonia heiter. »Man darf nie jemandem von außen trauen. Apropos.« Sie wandte sich abrupt zu dem riesigen weißen Kaninchen um, das jetzt hinter William stand und eine flauschige, weiße Pfote schützend auf seine Schulter gelegt hatte. Ammonia starrte das Kaninchen wütend an und war kein bisschen beeindruckt. »Was zum Teufel bist du?«

»Ich bin Puck«, sagte das Kaninchen gelassen und mit dunkler, kultivierter Stimme. »Ich bin der heitere Wanderer, reise durch die Welt und habe Schabernack im Sinn. Ich bin das Lachen in den Wäldern und der Blitz am Himmel und nie gab es einen Freund wie mich. Deine Molly hatte von mir gehört, Eddie Drood; gar oft haben wir in frühen Morgennebeln in den Wäldern am Ende der Welt getanzt. Aber nun bin ich hier. Ich habe Gefallen an Willliam gefunden, als ich das Sanatorium besuchte, in dem er wohnte, und ich bin ihm hierher gefolgt. Einfach so. Stellt keine Fragen, Antworten sind meiner nicht würdig. Nehmt meine Anwesenheit hin. Und dass ich wundersam bin.«

»Du hast William vor dem falschen Rafe beschützt?«, fragte ich.

»Ja«, sagte Puck. »Das war ich.«

»Du hast dem armen Bastard solche Angst gemacht, dass er fast den Verstand verloren hat.«

»Keiner legt sich mit meinen Freunden an«, sagte Puck.

»Aber ... was bist du?«, fragte Iorith.

»Vielleicht bin ich ein Stück von jemandes Fantasie«, sagte Puck. »Vielleicht bin ich der letzte Überlebende einer Welt, die vor dieser war. Vielleicht bin ich alles, was noch von einem Gott übrig ist, der tief fiel. Und vielleicht bin ich nur ein großes weißes Kaninchen. Ich bin Puck und ich bin ein guter Freund. Seid dankbar dafür.«

»Ich erinnere mich. Du warst im Sanatorium«, sagte William

langsam. »Du hast mir Gesellschaft geleistet. Mich getröstet. Wir haben so lange, wundervolle Gespräche geführt. Ich bin froh, dass du wirklich echt bist. Warum habe ich mich bisher nicht an dich erinnert?«

»Weil es für dich nicht sicher war, das zu tun«, sagte Puck. »Das Samenkorn wusste, dass ich eine Gefahr bin, auch wenn ich nicht stark genug war, es selbst aus deinem Kopf zu reißen. Ich musste auf die richtige Zeit und die richtige Hilfe warten. Deshalb habe ich Ammonia Vom Acht herbefohlen.«

»Du hast mich nicht befohlen!«, sagte Ammonia prompt. »Niemand befiehlt mir irgendetwas!«

»Ich habe den Köpfen des Rats deinen Namen eingegeben«, sagte Puck. »Und dann habe ich dich davon überzeugt, den ganzen Weg herzukommen, um den Droods zu helfen, obwohl du alles verachtest, wofür sie stehen. Aber vielleicht habe ich das auch nicht getan. Wer weiß das schon. Ich bin weise und voller Wunder und weiß viele Dinge. Und einige von ihnen sind wahr.«

Ammonia starrte das Kaninchen böse an, aber wusste nichts darauf zu sagen.

»War das alles?«, fragte William. »Sind wir jetzt fertig? Fühlt sich so geistige Gesundheit an? Das ist so lange her. Was soll ich jetzt tun?«

»Die Alte Bibliothek in Ordnung bringen«, sagte Iorith. »Du bist der Bibliothekar.«

»Natürlich«, sagte William. »Komm mit, Iorith. Wir haben viel zu tun.« Er erhob sich aus seinem Stuhl und hielt inne, um das Kaninchen anzusehen. »Du wirst ... immer noch hier sein, oder?«

»Natürlich«, sagte Puck. »Wir haben noch so viel zu bereden.«

»Ich werde das mit dem Familienrat besprechen müssen«, sagte ich.

Puck neigte seinen großen, weißen Kopf in meine Richtung und grinste breit. »Du willst ihnen wirklich erzählen, dass ein möglicherweise imaginäres weißes Riesenkaninchen in der Alten Bibliothek spukt? Ich wünsche dir dabei viel Glück. Besonders, weil ich dir versprechen kann, dass ich nicht da sein werde, wenn sie kommen, um nachzusehen. Ich bin sehr wählerisch darin, wem ich mich zeige. Selbst Ethel kann mich nicht sehen, nicht zuletzt weil ich von dieser Welt bin und sie nicht. Lass mich ein Gerücht werden. Ein Flüstern, eine Familienlegende. Ein letztes Familiengeheimnis und ein letzter Schutzwall.«

Er ging in die Alte Bibliothek hinein und verschwand mit William auf der einen und Iorith auf der anderen Seite. Sie alle schienen sehr glücklich miteinander. Und ich? Ich blieb mit Ammonia Vom Acht allein.

»Bring mich zum Waffenmeister«, sagte sie. »Ich will die Krone haben, über die wir gesprochen haben. Die, die stark genug ist, um die ganze, verdammte Welt draußen zu halten.«

»Du kannst hier warten«, erwiderte ich. »Ich werde jemanden schicken, der sie dir bringt.« Ich betrachtete sie eine Weile nachdenklich. »Weißt du, da ist noch etwas, wobei du uns vielleicht helfen könntest.«

Ammonia lächelte mich fies an. »Der wahre Name und die Identität des Verräters, der sich in deiner Familie versteckt? Oh ja, den könnte ich für euch finden. Kein Problem. Aber ihr müsstet mir Zugang zu jedem einzelnen lebenden Bewusstsein in Drood Hall geben. Und deine Familie würde das nie erlauben, obwohl es ganz klar in eurem ureigenen Interesse ist und in dem der ganzen Menschheit.«

»Aber du entscheidest nicht, was im ureigenen Interesse der Menschheit ist«, erklärte ich Ammonia. »Das dürfen nur Droods.«

Kapitel 7

Das einzig Wahre

Natürlich passiert so etwas nur in Drood Hall. Ich verabschiedete gerade Ammonia Vom Acht, als gleich die nächste Katastrophe passierte. Oder wenigstens versuchte ich, sie zu verabschieden. Für jemanden, der nicht nach Drood Hall hatte kommen wollen, zeigte Ammonia erstaunlichen Widerwillen, wieder zu gehen. Sie stemmte beide Fäuste in die Hüften, schob ihr Kinn vor, warf den Kopf zurück und gab ihr Bestes, mich möglichst böse anzuschauen.

»Ich gehe nicht ohne die psychische Schutzkrone, die mir versprochen wurde! Ich kenne euch Droods, ihr versprecht mir die Welt und alles, was drauf ist, um zu kriegen, was ihr wollt, aber in dem Moment, wo ich eure schmutzige Arbeit gemacht habe, heißt es nur: ›Besten Dank, wir melden uns!‹«

»Ich frage noch einmal beim Waffenmeister an«, sagte ich so geduldig und höflich, wie es meine zusammengepressten Zähne ermöglichten. »Sehen wir mal, was er zu sagen hat.«

Ich nahm Merlins Spiegel, um Onkel Jack in der Waffenmeisterei zu kontaktieren. Sein Gesicht erschien sofort und füllte den Handspiegel aus. »Eddie! Hör zu ...«

»Ich habe immer noch Ammonia hier«, versuchte ich ihn zu übertönen. »Sie sagt, sie wird nicht ohne ihre Krone gehen.«

»Sie wird warten müssen«, sagte der Waffenmeister. »Wir haben einen Notfall, Eddie. Und ich meine einen erstklassigen, brandeiligen, Versammelt-euch-und-ruft-die-Verstärkung-Notfall. Schmeiß sie raus und verfrachte deinen Hintern in den Lageraum.«

Sein Gesicht verschwand aus dem Spiegel. Ich schaltete ihn ab und sah zu Ammonia. Sie öffnete gerade ihren Mund, um etwas zu sagen, was ich sicher nicht hören wollte, also schüttelte ich den Spiegel zu voller Größe auf, stellte ihn auf ihr Haus in Cornwall ein, packte sie im Nacken am Kragen und schob sie hindurch. An manchen Tagen hat man eben keine Zeit für Diplomatie. Ammonia wirbelte herum und starrte durch den Spiegel zurück. Sie sprühte vor Zorn und verletzter Würde.

»Ich will meine Krone!«

»Wir schicken sie dir, wenn sie fertig ist«, erwiderte ich.

»Du kannst mich nicht einfach rauswerfen! Ich weiß Dinge, die du wissen musst!«

»Danke«, sagte ich schnell. »Und tschüs, schreib uns, wenn du Arbeit brauchst.«

»Wir sehen uns wieder! Ich habe es gesehen!«

»Droh mir nicht!« Ich schaltete Merlins Spiegel ab.

Ich hab es noch nie gemocht, mit Hellsehern zu arbeiten. Der Ärger mit Telepathen besteht darin, dass sie dir ständig erzählen wollen, was in den Gedanken anderer Leute vorgeht, und das sind beinahe immer Dinge, die man besser nicht weiß. Ich persönlich würde sicher nicht wollen, dass die ganze Welt an meinen Gedanken teilhat. Besonders dann nicht, wenn es Helen Mirren in ihren besten Jahren betrifft. Ich betrachtete den Spiegel und runzelte die Stirn. Warum wollte der Waffenmeister, dass ich zu ihm in den Lageraum kam? Er ging nie dorthin. Ich war sogar leicht überrascht, dass er ihn ohne Navi gefunden hatte. Musste wohl ein echter Notfall sein. Ich öffnete Merlins Spiegel erneut und trat in den Lageraum der Familie.

Dort schien das totale Chaos ausgebrochen zu sein, begleitet von jeder Art Sirene, von Alarmglocken und Warnleuchten.

Leute rannten hin und her, als hätte jemand gerade erst das Jüngste Gericht angekündigt und wir vergessen, unsere Plätze zu buchen. Männer und Frauen an ihren Arbeitsstationen brüllten in Kommunikationsmikros, beugten sich über ihre Computer und keiner von ihnen sah glücklich über die Antwort aus, die er bekam. Ich konnte den Waffenmeister ausmachen, der ein wenig verwirrt von einem Monitor zum anderen ging und in seinem fleckigen Laborkittel sehr deplatziert aussah. Ich steckte den Spiegel weg und ging zu ihm hinüber, um ihm kräftig auf die Schulter zu tippen. Er erschrak zu Tode und als er mich ansah, trug sein Gesicht einen Ausdruck von Erschöpfung und Müdigkeit, oder fast schon Schock, als hätte jemand ihn geschlagen.

»Was ist passiert, Onkel Jack?«, fragte ich. »Was ist denn das für ein Super-Notfall? Und warum hast du mir nicht gesagt, dass etwas Schlimmes passiert ist, bis es aus dem Ruder lief?«

»Wenn ich mir die Zeit genommen hätte, dir alles zu sagen, was du nicht weißt, hätten wir nichts geschafft«, sagte der Waffenmeister wütend. Doch er gewann wieder etwas Fassung. »Das ist echt bös, Eddie. Wirklich. Sehr übel, auf die Alle-zu-den-Waffen-Art. Die Satanisten-Verschwörung hat ihren ersten Zug gemacht. Einen indirekten, aber sehr besorgniserregenden und einen sehr direkten und geradezu erschreckenden.«

»Nie hat man einen Moment Ruhe«, sagte ich resignierend. »Und die Bezahlung ist mies. Ich wette, die Satanisten geben ihren Leuten echt geile Lohnzulagen.«

»Hör gefälligst zu, Eddie! Wir haben eine Stadt verloren! Die ganze Bevölkerung ist … weg!«

»Du hast meine ungeteilte Aufmerksamkeit«, sagte ich. »Wie können die Satanisten eine ganze Stadt verschwinden lassen?«

Der Waffenmeister schüttelte langsam den Kopf. Offenbar fehlten ihm die Worte. Das sah ihm gar nicht ähnlich. »Die

Familienhellseher sind alle vor ungefähr zwanzig Minuten ausgeflippt. Alle sagten, ›etwas Schlimmes‹ sei passiert. Und dann kamen langsam die Details rein. Warte mal. Wart' mal eine Sekunde, ich muss etwas nachsehen.«

Und weg war er, bewegte sich schnell zwischen den Arbeitsstationen hin und her, sein Blick sprang von einem Monitor auf den nächsten. Derweil nutzte ich die Zeit und sah mich um. Der Lageraum war noch nie so hektisch gewesen, nicht einmal, als wir die Abscheulichen in ihren Nestern bekämpft hatten, während des Krieges gegen die Hungrigen Götter.

Der Lageraum der Familie ist ein riesiges Auditorium, das man aus dem Felsen unter dem Nordflügel von Drood Hall gehauen hat. Normalerweise kommt man nur durch eine massiv verstärkte Stahltür hinein, nachdem man einen Retina-Scan und eine gründliche Abtastung hinter sich gebracht hat. Erst dann darf man die alten Steinstufen hinab, die zu der Tür führen. Die wiederum von einer ganzen Horde geklonter Kobolde bewacht werden, die für ihren total bösartigen Charakter und komplette Abwesenheit des Humorzentrums bekannt sind. Merlins Spiegel hatte mich an all diesem Quatsch vorbeigelotst, was einer der Gründe ist, warum der Rest der Familie ihn mir wieder abnehmen will. Sie glauben, er macht mich zu mächtig. Natürlich haben sie absolut recht. Was einer der Gründe ist, dass ich nicht die geringste Absicht habe, ihn je wieder herzugeben.

Alle vier Wände des Lageraums, so hoch und breit sie auch sein mögen, sind von hochmodernen Monitoren bedeckt, die jedes Land in der Welt zeigen, einschließlich einiger, die gar nicht existieren sollten, es aber unglücklicherweise doch tun. Alle sind mit verschiedenfarbigen Dioden versehen, die Ärger anzeigen, aktuelle Missionen, bestimmte Individuen, die auf der »Interessen«-Liste der Familie stehen, sowie die Standorte der Agenten, ob im Einsatz oder nicht. Der Lageraum war derzeit zum Bersten vollgepackt mit Familienmitgliedern jeden Ranges und jeder Position. Sie drängten sich um Arbeitsstationen, schossen mit wichtigen Botschaften hin und her und schrien sich gegenseitig unter völligem Verzicht auf professionelle Ruhe und Fassung an. Viele der Aktivitäten und des Aufruhrs schienen sich um die Kommunikationskanäle und die hellseherischen Stationen zu konzentrieren. Die Familie hat buchstäbliches ›Fern‹-Sehen zu einer Kunstform stilisiert, denn wir benutzen jede Art von moderner Technik und alter Magie, die der Waffenmeister und seine Leute erfinden können, aber ich hatte noch nie gesehen, dass es den Lageraum jemals in ein derartiges Chaos verwandelt hätte. Ein Schauder rann meinen Rücken herab. Um die Familie so gründlich in Panik zu versetzen, musste schon wirklich etwas Besonderes passiert sein.

Als ich mich umsah, erkannte ich, dass der Waffenmeister nicht das einzige bekannte Gesicht im Lageraum war. Cousin Harry war da, beugte sich über einen Kommunikationsbildschirm und besprach die Lage mit dem Seneschall, der nur halb zuhörte, weil er durch einen dicken Stapel wichtiger Memos blätterte, von denen ihm ständig mehr von herumeilenden Boten gebracht wurden. Beide waren so auf die Situation konzentriert, dass sie offenbar vergessen hatten, wie sehr sie es hassten zusammenzuarbeiten. Am anderen Ende des Lageraums stand Callan Drood am Konferenztisch, las einen wichtigen Bericht nach dem anderen und bellte einen Befehl nach dem anderen heraus. Und trotz all dem ohrenbetäubenden Lärm und der eiligen Geschäftigkeit hatte man das Gefühl, Dinge würden erledigt. Die Familie hat hart für Notfälle trainiert, sodass jeder wusste, was er zu tun hatte, wenn es so weit war. Außer mir. Ich hatte immer noch keine Ahnung, was hier vor sich ging. Und dann löste sich Molly aus der Menge und kam eilig zu mir. Sie drückte mich kurz an sich, zum Zeichen, dass mir alles vergeben war, wenn auch nicht vergessen. Dann trat sie zurück, um mich mit echter Besorgnis in ihrem Gesicht anzusehen.

»Sag's mir später«, sagte sie. »Erzähl mir alles später. Weil du dich jetzt auf das konzentrieren musst, was gerade passiert.«

»Aber was ist denn passiert?«, jammerte ich. »Warum rennt jeder hier rum, als habe man ihm Feuer unterm Hintern gemacht?«

»Die Satanisten haben ihre Kampagne gestartet«, sagte Molly. »Komm mit, wir gehen zu Callan, er kann dich auf den neuesten Stand bringen.«

Sie nahm mich am Arm und brachte mich auf schnellstem Weg zum Konferenztisch, was bedeutete, dass sie alle derart einschüchterte, dass sie uns aus dem Weg gingen. Molly war schon immer sehr gut darin. Callan sah auf, als ich ankam, und schien wirklich froh, mich zu sehen. Was ihm nicht ähnlich sah. Er bedeutete seinen Leuten mit einer heftigen Geste zurückzuweichen, um uns etwas Raum zu verschaffen. Dann winkte er mich zu sich, damit wir uns nicht über den allgemeinen Lärm hinweg anbrüllen mussten.

»Alles fing vor einer halben Stunde an«, sagte er ohne Umschweife. »Aus dem verdammten Nichts. Die Kommunikationsstationen begannen, aus aller Herren Länder Fernsehübertragungen zu empfangen. Regierungschefs, Diktatoren, Religionsführer – alle wollten zumindest Fernsehzeit einkaufen, um eine Ankündigung zu machen. Oft direkt während der Primetime, die nicht gerade billig ist. Du kannst dir die Aufzeichnungen später ansehen, wenn du willst, aber alle wollten das Gleiche: Eine Menge reden, ohne wirklich etwas zu sagen. Sie wollten über die großartige Zukunft reden, die auf jeden zukommt, und nicht über die üblichen Luftschlösser, die sie bauen. Sie sprechen darüber, dass diese gute Zeit schon Ende des Jahres so weit sein soll – und dass sie ein direktes Resultat des Großen Opfers sei, das die Völker aller Länder machen werden. Keine Details bisher, nicht einmal ein Hinweis darauf, wer oder was geopfert werden soll. Vielleicht hat die Verschwörung das den politischen Führern auch noch nicht gesagt.

Wie auch immer, all die Reden klangen bemerkenswert ähnlich, nachdem wir sie erst einmal aus den Originalsprachen übersetzt hatten. Beinahe so, als seien sie von derselben Person geschrieben worden. Und nach allem, was wir wissen, wurden sie das ja auch. Du musst verstehen, Eddie, das hat es noch nie gegeben. Diese Art von Konsens und Kooperation in jedem Land der Welt – so etwas passiert einfach nicht. Selbst wir könnten so etwas nicht ohne jahrelange Planung, ohne Monsterbudget und eine Unmenge an Todesdrohungen arrangieren. Es ist schwer zu glauben, dass die Verschwörung solchen Einfluss auf so viele Menschen haben soll. – Zur Hölle, wir haben ja zur gleichen Zeit letztes Jahr nicht einmal gewusst, dass diese Verschwörung überhaupt existiert. Ja, wir waren ein wenig beschäftigt, mit den Hungrigen Göttern zum Beispiel oder den verflixten Unsterblichen, aber selbst dann! Könnten diese Bastarde wirklich eine derartige Kontrolle über so viele verschiedene Regierungen erringen? Ich würde lieber glauben, dass die meisten nicht einmal wissen, mit wem oder was sie es zu tun haben, aber es sind ja immerhin Politiker, von denen wir reden. Ich muss mich allerdings fragen, ob es einen Unterschied machte, wenn wir es wüssten. Du hättest sie nicht aus unserer Kontrolle entlassen dürfen, Eddie! Die Welt war eine ganze Ecke sicherer, als wir noch unseren Stiefel in ihren Nacken hatten!«

»Außer, wenn das grade mal nicht der Fall war«, erwiderte ich. »Zwei Weltkriege und ein endloser Kalter Krieg, ich nenne das nicht gerade Kontrolle. Ich muss glauben, dass zumindest etwas Gutes daraus entspringt, der Menschheit die Freiheit zu geben. Warum machen wir sonst überhaupt weiter?«

»Keiner war allzu deutlich, was dieses Große Opfer angeht

und was es beinhalten soll«, brachte Molly uns jetzt taktvoll aufs Thema zurück. »Entweder die Anführer glauben, dass ihre Leute noch nicht bereit sind, es zu erfahren, oder ihre neuen Herren und Meister haben es ihnen noch nicht gesagt.«

»Als wir die Kontrolle über die politischen Führer dieser Welt verloren haben, war es unvermeidlich, dass jemand kommen und unseren Platz einnehmen würde«, murmelte Harry, der sich jetzt ganz beiläufig zu uns an den Konferenztisch gesellte. »Also könnte man schon sagen, das ist alles deine Schuld, Eddie.«

»Das sagst du, Harry«, antwortete ich. »Aber andererseits sagst du das ja immer, nicht wahr? Leg mal eine neue Platte auf, die hier wird langsam alt. Also, ich sehe ein, das ist alles durchaus Besorgnis erregend, aber warum wurde ich in solcher Eile hergerufen? Wo ist der Notfall?«

»Ich bin sicher, wir wären auch ohne deine Hilfe ausgekommen«, sagte Harry. »Aber – da ist noch etwas anderes passiert. Es scheint, dass eine Kleinstadt im Südwesten Englands von der Satanistenverschwörung angegriffen wurde.«

»Es könnte der erste Teil ihres Großen Opfers sein«, sagte Callan. »Die Nachricht ist noch nicht offiziell bestätigt. Die britischen Behörden haben sie als Meldung die Nationale Sicherheit betreffend eingestuft und eine Nachrichtensperre verhängt. Obwohl nur Gott weiß, wie lange das im elektronischen Zeitalter wirklich hilft ...«

»Aber was genau ist denn geschehen?«, fragte ich. »Was genau haben die Satanisten getan?«

»Die Kleinstadt Little Stoke ist verschwunden«, sagte Harry. »Die ganze Bevölkerung ist einfach weg.«

»Es passierte ganz schnell«, sagte Molly. »Ich hab hier ein wenig die Zeit totgeschlagen, weil ich auf dich gewartet habe.«

»Und bist mir tierisch auf die Nerven gegangen«, warf Callan ein.

»Halt die Klappe, Callan«, erwiderte Molly. »Es muss ziemlich plötzlich gegangen sein. Keine Vorwarnung, kein Hilferuf. Da war diese massive Energiespitze, die beinahe jeden Alarm hier im Lageraum ausgelöst hat, und als wir den genauen Ort gefunden hatten, war alles schon vorbei. Seitdem gab es keine Kommunikation aus dem Ort, der einmal Little Stoke gewesen ist, hinaus oder hinein.«

»Wir wussten es aber vor den Behörden«, sagte Harry. »Doch wir sind ja auch Droods. Wir wissen alles. Das ist unser Job.«

»Hast du nicht einen Job, den du erledigen solltest?«, sagte Callan bedeutungsvoll. »Das ist mein Lageraum, ich halte die Besprechungen ab. Mach dich nützlich. Hol mir eine Tasse Tee. Milch, zwei Stück Zucker.«

Harry huschte vom Konferenztisch weg, als wäre ihm eingefallen, dass seine Anwesenheit irgendwo anders gebraucht wurde. Callan starrte ihm böse hinterher. »Und gefüllte Kekse!« Er schnaubte laut und richtete seine Aufmerksamkeit wieder auf mich. »Er irritiert mich, der kleine Scheißer. Er glaubt, er ist der Größte, weil sein Papa dein Onkel James war. Ich könnte eine ganze Brigade von Bastarden des Grauen Fuchses aufstellen. Wie auch immer. Sobald wir sicher waren, dass etwas wirklich Schlimmes passiert war, haben wir uns in einen CIA-Satelliten gehackt, der über der Region im Orbit war, und das hier haben wir gekriegt.«

Er schob eine Horde von Boten beiseite, die ungeduldig von einem Fuß auf den anderen traten und wichtige Nachrichten in ihren Händen hielten. Durch die Wut, die er ausstrahlte, bildete sich rasch ein Pfad zwischen ihnen hindurch. Er hielt vor einem bestimmten Monitor an, dessen Bild die Koordinaten in Südwestengland wiedergab. Callan wies ärgerlich auf den Schirm.

»Siehst du diesen schwarzen Fleck, diesen Kreis von undurchdringlicher Dunkelheit, der genau fünf Meilen im Durchmesser misst? Da befand sich die Kleinstadt Little Stoke. Kein Licht geht hinein oder hinaus, keine Kommunikation. Nur ... das hier.«

»Was ist das?«, fragte ich. »Ach verdammt, das ist doch kein Schwarzes Loch, oder?«

»Natürlich ist das kein Schwarzes Loch!«, erwiderte Callan wütend. »Oder der Gravitationssog hätte schon das ganze Land verschlungen. Bin ich eigentlich der Einzige, der während der Physikstunden aufgepasst hat?«

»Wahrscheinlich«, antwortete ich. »Du warst schon immer der Physikfreak.«

»Physikfreaks sind in«, verteidigte sich Callan. »Guck dir nur alle CSI-Serien an. Geek Chic!«

»Jungs, Jungs!«, warf Molly ein. »Könnten wir uns auf das aktuelle Thema konzentrieren?«

»Ahja, Little Stoke«, meinte Callan. »Bevölkerung unter achttausend. Nichts Wichtiges oder Besonderes an ihnen dran, soweit wir wissen. Selbst die örtliche Geschichte ist besonders öde. Aber nach der Energiespitze, die unsere Aufmerksamkeit erregt hat, und bevor die Dunkelheit einsetzte, verschwand die komplette Bevölkerung von Little Stoke einfach. Achttausend Männer, Frauen und Kinder, alle in einem Moment verschwunden. Die Gebäude der Stadt sind aber immer noch da, unter der Finsternis. Frag mich nicht wie.«

»Sieh dir mal den Ort an«, sagte ich. »Little Stoke ist an der Straße nach Bradford-upon-Avon gelegen, die viel wichtiger und bedeutender ist. Könnten die Satanisten vielleicht hinter Bradford hergewesen sein und ... danebengehauen haben?«

»Glaub ich nicht«, widersprach Callan. »Selbst die Satanisten hätten wohl kein Geschütz, das so groß wäre. Nicht, wenn man bedenkt, wer da lebt.«

»Ich bin mal dort gewesen«, strahlte Molly. »Die haben da einen herrlichen Sahnetee.«

»Wirklich?«, erwiderte Callan. »Das ist ja phantastisch. Klappe halten jetzt, die Erwachsenen reden. Nein, Eddie. Little Stoke war definitiv das Ziel. Der schwarze Kreis bedeckt ganz genau die Stadtgrenzen. Was jetzt dort ist, ist ein kleines Stück der Hölle auf Erden.«

Ich sah ihn böse an. »Wie kannst du so sicher sein, was unter all dieser Finsternis vor sich geht?«

Callan warf mir einen mitleidigen Blick zu. »Wir sind nicht auf anderer Leute Spionagesatelliten angewiesen, hier in diesem Raum arbeiten die besten Hellseher der Branche. Sie haben durch ihre Wahrsageteiche und Kristallkugeln ein wachsames Auge auf das Geschehen. Komm mit.«

Er führte Molly und mich ins Herz der Kommunikationsabteilung. Ein gehetzt aussehender junger Mann stellte sich Callan in den Weg und weigerte sich, ihn freizugeben.

»Wir haben auf der ganzen Welt die Kommunikation auf alles hin verfolgt, was Little Stoke angeht«, drängte er. »Und nach dem ersten Gewirr von Gerüchten wurde es sehr still. Keiner spricht darüber, weil von ganz oben der Befehl kam, nicht darüber zu reden. Und es gibt keine Anzeichen, dass die britischen Behörden beabsichtigen, etwas zu tun.«

»Nun, dafür gibt es ja uns«, sagte ich. »Hört weiter zu.«

Wir gingen weiter, in die Hellseher-Abteilung. Der Waffenmeister war dort und baute etwas Kompliziertes aus einem Haufen verschiedener Einzelteile wichtig aussehender Maschinen. Er nickte uns kurz zu, dann widmete er sich wieder seiner Arbeit.

»Sie sagen, dass moderne Technik sich nicht mit traditioneller Magie verträgt. Ich sage, das tut sie, wenn man sie nur fest genug aufeinanderschlägt. Gebt mir Zeit und ich werde euch alles zeigen, was in dieser Finsternis passiert. In HD mit Dolby Surround.«

Callan ignorierte ihn. Er sah einer jungen Hellseherin über

die Schulter, die intensiv in ihren Wahrsageteich – oder war es ein magischer Spiegel? – starrte: Eine beinahe unmöglich glatte Fläche silbernen Ektoplasmas, die auf der Bank vor ihr ausgebreitet war. In der Pfütze erschienen und verschwanden Bilder so schnell, dass ich nicht folgen konnte.

»Man braucht eine Gabe, um in einem magischen Spiegel etwas sehen zu können«, erklärte Callan. »Ich war aufs Hellsehen spezialisiert, bevor ich ein Agent wurde. Irgendwo habe ich auch noch meine Kristallkugel. Ah. Ja! Da. Konzentrier dich, Amelia, konzentrier dich!«

Er packte die Schulter der Hellseherin, gab ihr seine Kraft und beide konzentrierten sich. Plötzlich konnte ich *sehen*, was diese beiden in der Pfütze *sahen*. Eine Straße, eine vollkommen normale Straße in einer Kleinstadt. Die Gebäude waren intakt, auch wenn nirgendwo Menschen zu sehen waren. Aber irgendetwas an dieser Szene war falsch. Ich brauchte einen Moment, um zu erkennen, dass die Szenerie zu ruhig, zu scharf und zu perfekt war.

»Das ist ein Tarnbild«, sagte Callan. »Es ist dazu da, jeden abzulenken, der einen Blick hineinwerfen will. Es ist nicht sicher, unter die Finsternis zu sehen, noch nicht. Wir haben das auf die harte Tour herausgefunden. Alle Bewohner sind definitiv verschwunden – von einem Augenblick auf den anderen, von unbekannten Kräften gekidnappt. Aber mehr als das, die ganze Innenstadt wurde … verändert. Schrecklich verändert. Außerhalb der Fünf-Meilen-Grenze des dunklen Kreises scheint alles normal, so wie es sein sollte. Die Welt geht weiter, unberührt und ungerührt. Aber in Little Stoke selbst? Wir mussten eine ganze Reihe von Filtern und Schutzmechanismen einbauen, um die Hellseher zu schützen. Als sie den Kreis zuerst durchbrachen, um zu sehen, was passierte, haben wir beinahe sofort neun gute Männer und Frauen verloren. Sie verloren wegen dem, was sie sahen, den Verstand.

Aber ... Ich denke, wir sind bereit, es wieder zu versuchen, oder?«

Die junge Frau, Amelia, nickte steif. Der Waffenmeister fuhr auf.

»Das würde ich nicht tun, Callan! Warte, bis ich hier fertig bin, und dann kann ich euch wirklichen Schutz bieten!«

»Die Zeit haben wir nicht!«, lehnte Callan brüsk ab. »Na los, Amelia.«

Er winkte ein Dutzend Hellseher herbei, die in der Nähe gewartet hatten, und alle drängten sich jetzt um Amelia. Miteinander verbunden waren so viele Hellseher sicher in der Lage, durch alles zu sehen. Und wir hatten schon immer die besten Hellseher der Welt. Das Problem war bisher nur, sie aus den Betten der Reichen und Berühmten zu halten. Sie lehnten sich aneinander, Schulter an Schulter, und starrten intensiv in den Wahrsageteich. Und dann explodierte Amelias Kopf. Ihr Schädel barst und wurde zerblasen, als habe jemand darin eine Granate gezündet. Knochensplitter und Tropfen pink-grauer Hirnmasse schossen über den Wahrsageteich hinweg. Ihr kopfloser Körper fiel nach vorn, Blut schoss in einer dicken Fontäne aus dem Rumpf. Zwei weitere Wahrsager kreischten schrill auf, als ihre Augen explodierten und die anderen mit zäher und blutiger Flüssigkeit bespritzten. Ein weiterer Hellseher griff nach seinen Augen und riss sie aus, sodass er mit ihnen nicht mehr sehen musste. Zwei weitere entzündeten sich selbst und verbrannten in schwefelgelben, grellen Flammen. Sie bewegten sich nicht, sie standen nur da, während sie bis auf die Knochen verbrannten. Ein weiterer Hellseher begann zu lachen und konnte nicht mehr aufhören.

»Schaltet die Hellseher ab!«, schrie der Seneschall und rannte zu uns. »Ich habe euch doch gesagt, ihr sollt die ganze Abteilung zumachen!«

»Rüstet auf«, erklang auf einmal Ethels Stimme aus dem

Nichts. »Jeder soll sofort aufrüsten! Meine seltsame Materie wird euch schützen.«

Wir alle rüsteten auf und der ganze Lageraum war voller goldener Gestalten. Der Goldene, der der Seneschall war, schubste jetzt andere aus dem Weg und zerschlug den Wahrsageteich mit einer goldenen Faust. Das silbrige Ektoplasma verlor augenblicklich seine Kohärenz und rann die Beine der Arbeitsplatte hinab. Wir alle warteten einen Moment ab, doch es passierte nichts weiter. Der Seneschall schnappte sich einen Feuerlöscher und löschte die beiden brennenden Hellseher. Ihre verkohlten und geschwärzten Leichen standen aber weiterhin da. Callan winkte ein paar seiner Leute heran, die sie forttrugen und die überlebenden Hellseher aus dem Lageraum in die nächste Krankenstation brachten. Der Seneschall warf böse Blicke um sich.

»In Ordnung, jetzt kann jeder wieder abrüsten! Die Gefahr ist vorüber. Aber bleibt vorsichtig! Callan, du und Eddie bleiben mit mir gerüstet. Du prahlst ständig mit deinen hellseherischen Fähigkeiten, Callan, jetzt benutz mal diesen magischen Spiegel auf der nächsten Arbeitsbank und sieh zu, was du da *sehen* kannst!«

Callan nickte steif und warf dann einen bösen Blick auf Molly. »Du bleibst besser zurück. Du hast keine Rüstung, die dich beschützen kann.«

»Ich bitte dich«, sagte Molly, »vergiss nicht, mit wem du sprichst.«

»Ah. Na ja. Auf deine Verantwortung.« Callan nickte dem Seneschall und mir zu. »Dann mal los.«

Er ging hinüber zu der Bank, auf der immer noch der schimmernde Spiegel lag. Der Seneschall und ich stellten uns an seiner Seite auf und Molly beugte sich ebenfalls vor. Zuerst war das Einzige, was ich sehen konnte, ein dunkles, blutrotes Licht, das von einer neuen und schrecklich aussehenden Sonne ausging. Die Gebäude der Stadt standen so da, wie sie immer gestanden hatten, aber die Luft in den Straßen zitterte und flimmerte, als herrsche eine unirdische Hitzewelle. Die ganze Straße hinab zogen sich große Risse und Spalten, als habe ein Erdbeben auch die tiefer liegenden Schichten des Straßenunterbaus zerrissen. Noch während ich hinsah, schlossen sich einige der Spalten und erschienen dann wieder, als seien sie Türen, die sich öffneten und wieder schlossen. Als warteten sie darauf, dass etwas hindurchkam. Und an den Häusern war etwas falsch. Sie schienen langsam und subtil zusammenzusinken, zu versickern, in sich zusammenzufallen, so als hätten sie nicht mehr die Kraft, die Fassade der Normalität aufrechtzuerhalten. Ein paar der Ladenschilder waren falsch geschrieben oder verstümmelt oder gar völlig unleserlich. Vielleicht waren es auch Worte aus unbekannten Sprachen. Türen und Fenster befanden sich am falschen Ort oder waren falsch proportioniert oder zu völlig verrückten Winkeln verzerrt. Als ob der Wahnsinn an diesem Ort auch auf die Struktur der Gebäude übergreife.

»Hast du jemals so etwas gesehen?«, fragte ich Molly leise.

»Nicht auf dieser Welt«, erwiderte sie.

Ich sah Callan an und er zuckte unbehaglich mit den Achseln. »Wir bekommen gerade ein paar Informationen darüber, was in dem schwarzen Kreis stattfindet, aber es besteht keine Möglichkeit festzustellen, wie verlässlich sie sind. Die Gesetze der Realität wurden verbogen. Keine lineare Zeit, keine Ursache und Wirkung, alles ändert sich unwillkürlich von einem Moment zum anderen.«

»Die Satanisten haben die elementarsten Regeln dessen in die Luft gejagt, was alles zusammenhält«, bemerkte Molly. »Und damit haben sie eine ganze Stadt ins Chaos gestürzt. Na, das ist ja mal echt 'ne Bombe.«

»Wir können nicht sicher sein, dass sie wirklich dahinterstecken«, sagte Callan. »Noch nicht. Also: Wir haben keine Ahnung, wer dafür verantwortlich ist. Darum hab ich den Waffenmeister geholt.«

Er sah meinen Onkel Jack hoffnungsvoll an, aber der Waffenmeister hob nur die Schultern, ohne von dem aufzublicken, was auch immer er da gerade tat.

»Wäre eine Drood-Rüstung eigentlich genug, um mich in so einer Umgebung zu schützen?«, fragte ich ihn.

Molly sah mich scharf an. »Du denkst doch nicht darüber nach, dort hineinzugehen, oder?«

»Es könnte Überlebende geben«, sagte ich. »Leute, die dort gefangen sind. Was glaubst du, Ethel? Es ist deine Rüstung.«

»Keine Ahnung!« Ethels Stimme klang definitiv besorgt. Sie erklang von einem Ort über uns. »Sie sollte es, aber das ist mir alles neu. Ich kann nicht in den dunklen Kreis hineinsehen, aber nach dem zu urteilen, was ihr seht ... Ich habe noch nie so extreme Bedingungen vorgefunden und ich bin herumgekommen. Andererseits habe ich eure Rüstung nach den Maßstäben geschaffen, was eure Realität anrichten kann. Und da die seltsame Materie nun einmal mein Fachgebiet ist und nicht eures – riskiert es und wartet ab, was passiert! Ich kann's kaum abwarten, es herauszufinden!«

»Manchmal kann ihr ständiger Enthusiasmus schon etwas unheimlich werden«, murmelte Molly.

»Das hab' ich gehört!«

»Jemand muss da reingehen«, verkündete der Seneschall und beugte sich vor, um auf die Bilder auf dem Spiegel zu starren. »Wir müssen herausfinden, wie das gemacht wurde, bevor die Verschwörung es irgendwo anders versucht. Nächstes Mal nehmen sie sich vielleicht eine größere Stadt vor. Und ja, Edwin, wir müssen auch nach Überlebenden suchen.«

»Du hast wirklich ein großes Herz, Cedric«, sagte ich.

»Aber warum suchen sie sich einen so unwichtigen Ort wie Little Stoke aus?«, fragte Callan.

»Um ihre neue Waffe zu testen«, sagte der Waffenmeister und sah auf. Er stellte gerade Unnatürliches mit einem Haufen Silikonchips und einem Mistelzweig an.

»Warum haben sie dann die Leute fortgebracht, bevor sie die Waffe abgefeuert haben?«, fragte Molly.

»Vielleicht wollen sie sie als Versuchskaninchen für andere Waffen benutzen«, schlug der Seneschall vor.

»Ich mag einfach nicht, wie die Verschwörung gerade Fangen mit uns spielt«, stellte ich fest. »Wir hinken immer einen Schritt hinterher. Ich sage, wir stürmen das Lightbringer House mit Gewalt und mit jedem Agenten, den wir im Einsatz haben. Wir durchstoßen ihre Verteidigungslinien, schnappen uns jeden, den wir finden, und stellen ein paar sehr pointierte Fragen.«

Der Seneschall schnaubte. »Wie immer sind wir dir um einen Schritt voraus. Wir haben unsere Leute schon hingeschickt, als du und der Waffenmeister noch auf der Messe für Übernatürliche Bewaffnung Urlaub gemacht haben. Aber die von der satanistischen Verschwörung waren schon weg. Und die Akten mit ihnen. Und nein, sie haben keine Nachsendeadresse hinterlassen. Sie haben das Gebäude leergeräumt und sind in dem Moment in den Untergrund verschwunden, in dem du und die Metcalf-Schwestern die Räumlichkeiten verlassen haben. Ein paar unserer besten Leute nehmen gerade das Gebäude auseinander für den Fall, dass etwas vergessen wurde, aber im Moment gibt es keine Anzeichen, dass jemals jemand dort war.«

»Warte mal«, sagte ich. »Keine Sprengfallen?«

»Sie hatten es scheinbar wirklich eilig«, erwiderte der Seneschall.

»Irgendwas muss ihnen Angst eingejagt haben«, sagte Molly

ungeniert. »Aber auf der anderen Seite haben Iz und ich ja immer schon geglaubt, dass wir Eindruck hinterlassen.«

»Ich bin überrascht, dass sie keine Reifenspuren hinterlassen haben vor Eile«, sagte ich nüchtern.

»Versuch mal, ernst zu bleiben, Edwin«, sagte der Seneschall. »Die Situation ist ernst.«

»Ich weiß«, antwortete ich. »Jemand muss nach Little Stoke und sehen, ob es Überlebende gibt.«

»Natürlich«, sagte der Seneschall. »Ich bin sicher, dass Überlebende uns mit wertvollen Informationen über das, was passiert ist, versorgen könnten.«

»Nein«, widersprach ich klipp und klar. »Wir gehen und retten sie, weil Droods so etwas tun. Wir existieren, um uns zwischen die Unschuldigen und die Schrecken der versteckten Welt zu stellen.«

»Ach, Eddie«, ließ sich Harry vernehmen, der wieder herüberschlenderte. »Immer bist du so auf die kleinen Dinge fixiert und vergisst dabei das große Ganze. Jeder, der noch in dieser Stadt geblieben sein mag, wird unter diesen Bedingungen wohl kaum lange überlebt haben. Für die ist es zu spät. Was bedeutet, dass wir unsere Ressourcen darauf konzentrieren sollten, wie dieser furchtbare Angriff durchgeführt wurde. Hier ist dein Tee, Callan. Leider gab es keine gefüllten Kekse mehr.«

Callan nahm seinen Tee ungnädig entgegen und schlürfte misstrauisch daran, bevor er grummelig zum Zeichen seines Einverständnisses nickte. »Ich hab ja schon immer gesagt, zum Teekochen reicht es bei dir.« Dann fuhr er herum, als ein Hellseher weiter hinten hastig nach ihm rief. Wir alle eilten zu dem jungen Mann und seiner Arbeitsstation. Einen Moment war er so überwältigt von der Anwesenheit so vieler wichtiger Familienmitglieder, die auf ihn herabstarrten, dass er nur glotzte. Aber das musste man ihm lassen, er erholte sich schnell und wies mit dem Kinn auf den Bildschirm vor ihm.

»Virgil Drood, zu Ihren Diensten. Nicht den Boten köpfen, aber ich habe das hier gerade von diesem CIA-Satelliten reinbekommen. Was ihr da seht, ist ein Hügel außerhalb der Fünf-Meilen-Zone. Hier sind die Bedingungen völlig frei von dem, was da ... auch immer in der Stadt passiert. Es scheint, als gebe es Beobachter, die gerade erst hinteleportierten. Zehn Männer, drei Frauen, und ein paar von ihnen sind uns bekannt.«

Wir alle drängten uns um ihn und betrachteten den Bildschirm. Dreizehn Leute standen auf dem Gipfel eines grasbewachsenen Hügels und sahen auf das herab, was Little Stoke gewesen war. Sie schwatzten heiter miteinander. Es war nur ein Video, ohne Ton. Einer von ihnen war Alexandre Dusk, der Anführer der Satanisten aus dem Lightbringer House. Und direkt neben ihm stand Roger Morgenstern, der Sohn von James Drood und einem Lustdämon aus der Hölle. Die halbblütige Höllenbrut, die neben den Droods gekämpft hatte, weil er sich in einen von uns verliebt hatte. Und jetzt war er dort und stand neben Dusk, als wolle er sich anbiedern. Er nickte und lächelte, als sie auf die dunkle Fläche unter sich sahen.

Harry wandte sich an Callan. »Wir brauchen Ton. Wir müssen hören, was sie da sagen.«

»Tut mir leid«, sagte Virgil. »Wir können froh sein, dass wir unter diesen Umständen ein Bild haben. Ton wird eine ganze Zeit brauchen.«

»Dann holt einen Lippenleser her! Wir müssen doch einen haben. Wir müssen wissen, was sie sagen!«

Plötzlich sah Alexandre Dusk sich um und schien direkt aus dem Bildschirm auf uns zu starren. Ich glaube nicht, dass er *uns* sehen konnte, aber er wusste, dass jemand *ihn* sehen konnte. Er lächelte kalt, schnippte mit den Fingern und das Bild verschwand vom Monitor. Virgil arbeitete fieberhaft an seinen Kontrollen und ließ sich dann frustriert in seinen Sitz zurückfallen.

»Wir haben den Satellitenfeed verloren.«

»Dann hol ihn dir wieder!«, rief Harry.

»Du verstehst das nicht! Der Feed ist weg, weil der Satellit weg ist. Er ist nicht mehr da. Etwas hat ihn direkt aus dem Orbit geblasen. Und meinen Anzeigen zufolge sind die Beobachter auch nicht mehr da. Ich vermute mal, dass wir nicht so viel Glück haben, dass es sie auch aus dem Orbit geblasen hat.«

Er versuchte sich an einem unsicheren Lächeln in unsere Richtung, aber keiner von uns war in der Stimmung für auch nur den kleinsten Scherz. Wir sahen einander an, dann schauten wir Harry an, der von allein ein wenig zurückgewichen war. Er rieb sich mit ruckartigen, schockierten Bewegungen das Kinn und dachte heftig nach.

»Ich wusste nicht einmal, dass Roger das Herrenhaus verlassen hat«, sagte er beinahe weinerlich. »Er hat mir nicht gesagt, dass er irgendwohin will. Ethel, wann hat Roger Morgenstern Drood Hall verlassen?«

»Direkt nach dem letzten Ratstreffen, als ihr alle zusammen wart«, sagte Ethel. »Er ging allein, durch ein Dimensionsportal, das er im Park selbst kreiert hatte.«

»Hast du ihn nicht gefragt, wo er hin will?«, wollte Harry wissen.

»Das ist nicht meine Sache«, erwiderte Ethel. »Ihr Leute macht so ein Gewese um eure Privatsphäre, auch wenn ich nicht verstehe, wieso.«

»Einmal eine Höllenbrut, immer eine Höllenbrut«, sagte der Seneschall düster. »Ich habe dich gewarnt, Harry. Jeder hat dich gewarnt. Vertrau nie einer Höllenbrut.«

»Seit er aus der Hölle wiederkam, ist er ... anders«, verteidigte sich Harry. »Der Trip, auf den ihr ihn geschickt habt! Vielleicht haben sie ihm dort etwas angetan!«

»Die Frage ist, wie lange diese Höllenbrut schon gegen uns arbeitet«, stellte der Seneschall fest. Er sprach mit uns und ignorierte Harry. »Wie lange konspiriert er schon gegen uns mit unseren Feinden, gibt geheime Informationen weiter, die auch Details unserer Missionen betreffen?«

»Kein Grund, den Finger in offene Wunden zu legen, Seneschall«, warf ich ein.

»Er war bei Ratstreffen anwesend!«, sagte der Seneschall. »Wegen dir, Harry! All die Dinge, die er über diese Familie weiß! Ich werde alle Sicherheitsmaßnahmen neu programmieren müssen, alle Codes und Passworte wechseln, die Verteidigungen verstärken. Und jedes Stück Information, das wir von jeder Mission erhalten haben, an der er teilnahm, werde ich neu prüfen müssen!«

»Er kämpfte mit uns gegen die Toten Götter, gegen die Beschleunigten und die Unsterblichen!«, rief Harry. »Er hat sein Leben für unsere Sache riskiert, nur mir zuliebe! Es muss einen Grund geben. Ich muss nach Little Stoke.«

Dann hielt er inne. Er konnte nichts mehr sagen. Sein Gesicht war blass und schweißüberströmt, seine Hände zitterten. Ich wusste den Grund; das taten wir alle. Er erinnerte sich an die Zeit in den Ghoulstädten, Städten, die von den Abscheulichen übernommen worden und in eine eigene Realität überführt worden waren. Schreckliche Orte, die den Verstand vernichteten. Die Seelen vernichteten. Wir alle wussten, wie betroffen Harry davon und von seinen Taten dort gewesen war. Eine Menge Droods waren geistig und seelisch verwundet aus den Ghoulstädten wiedergekommen. Jedenfalls von denen, die überhaupt wiedergekommen waren.

»Roger ist nicht mehr da«, sagte ich vorsichtig. »Du hast Virgil doch gehört: Er und die anderen haben sich wegteleportiert.«

»Ich muss es wissen«, sagte Harry. »Ich muss mir sicher sein. Ich muss mit ihm reden!«

»Natürlich musst du das«, sagte ich. »Aber ein anderes Mal.

Ich muss nach Little Stoke. Du musst hierbleiben. Du wirst im Lageraum gebraucht, um Callan und dem Waffenmeister zu helfen, herauszufinden, wie das alles geschehen konnte. Und außerdem besteht doch die Chance, dass Roger hierher zurückkommt. Dann musst du hier sein.«

»Warum sollte er zurückkommen?«, fragte Callan, um zu zeigen, dass er mit uns anderen Schritt hielt.

»Weil Dusk nicht weiß, wer ihn auf dem Hügel beobachtet hat«, sagte der Seneschall. »Die Höllenbrut weiß nicht, dass wir wissen, dass er ein Verräter ist.«

»Wir wissen nicht, ob er es ist!«, rief Harry. »Und Roger würde wissen, wer ihn beobachtet hat. Er war schon immer sehr ... begabt. Er wird nicht wieder herkommen, weil er weiß, dass ich auf ihn warte. Ich würde ihn nicht erschießen oder zusehen, wie es ein anderer tut. Ich würde mit ihm reden. Seine Geschichte hören. Aber wenn er der Verschwörung wirklich angehört – dann hat er nicht nur mich verraten, sondern meine Familie. Und es ist seine Familie genauso wie meine.«

»Keiner würde erwarten, dass du dich gegen Roger wendest«, sagte ich.

»Ich schon«, antwortete Harry. »Wenn er zum Verräter geworden ist – dann töte ich ihn. Alles für die Familie.«

Die Hölle kennt keinen größeren Zorn als einen betrogenen Liebhaber, dachte ich, aber ich hatte genug Verstand, um es nicht laut zu sagen.

»Ich gehe nach Little Stoke«, sagte ich. Weil es getan werden musste und weil ich wusste, dass es Harry zerstören würde, an so einen verdorbenen Ort zu gehen. Also, müde wie ich nach der Messe für Übernatürliche Bewaffnung und Ammonia Vom Acht war, es hing wieder an mir. Wieder mal.

»Du gehst nicht allein«, sagte Molly fest. »Ich gehe mit dir.«

»Keine gute Idee«, sagte ich vorsichtig.

»Du nimmst mich nie mit«, sagte Molly fröhlich. »Dabei würdest du keine zehn Minuten an so einem Ort überleben, wenn ich dir nicht den Rücken decke, und das weißt du.«

»Wir haben auch noch andere Agenten in der Familie«, meinte der Seneschall. »Du musst das nicht tun, Edwin.«

»Ich bin der einzige Agent, der jetzt und hier Erfahrung mit den Ghoulstädten hat«, sagte ich. »Wen gibt's da noch?«

Der Seneschall sah Callan an, der unbehaglich mit den Achseln zuckte. »Wir haben fünf Agenten, die derzeit in England operieren, aber keiner von ihnen könnte vor Ablauf von drei, vier Stunden wieder hier im Herrenhaus sein.«

»Und selbst dann müssten sie noch auf den Waffenmeister warten, der einen Weg in die dunkle Fünf-Meilen-Zone bahnen muss«, fügte ich hinzu. »Aber ich habe Merlins Spiegel.«

»Moment mal, alles zurück«, sagte der Waffenmeister und sah von seiner Arbeit auf. »Es besteht die Möglichkeit, dass der Spiegel, wenn du ein Portal zwischen hier und dort öffnest, das nach Drood Hall hereinlässt, was über die Stadt hergefallen ist.«

»Das würde ich nie zulassen«, sagte Ethel beinahe hochmütig. »Ich garantiere die Integrität von Drood Hall gegen jeden und alle Bedrohungen. Vertraut mir. Ich bin der Doktor.«

»Ich glaube immer noch, dass du dich ausruhen solltest, Eddie«, sagte der Waffenmeister. »Lass mich etwas basteln, was dich schützt und dir noch etwas Schlagkraft verleiht!«

»So viel Zeit haben wir nicht, Onkel Jack«, widersprach ich. »Wir müssen dieses Chaos beseitigen, bevor es sich weiter ausbreitet.«

»Du hast recht«, sagte der Waffenmeister. »Besorg uns alle Informationen, die du kriegen kannst. Und Molly: Lass ihn nichts allzu Dummes da drin anstellen.«

»Worauf du einen lassen kannst«, erwiderte Molly.

»Ich habe nichts Nützliches, das ich dir mitgeben könnte«, sagte der Waffenmeister. »Und dieses verdammte Ding hier braucht schon länger, als ich dachte. Vergiss nicht, dass du mit deiner Rüstung auch die Umgebung scannen und alles aufnehmen kannst, was dir begegnet. Wissen kann in so einer Situation Munition sein. Also bring so viele Daten zurück, wie du kannst.«

Ich sah ihn einen Augenblick an. »Hast du irgendetwas, irgendeine Waffe, die das tun könnte, was die Satanisten Little Stoke angetan haben?«

»Nein«, sagte der Waffenmeister. »Nicht ein einziges verdammtes Teil. Nicht einmal der Armageddon Kodex. Was man in dieser Stadt getan hat, ist ein Verbrechen gegen die Realität selbst.«

»Wie lange wird es dauern, bis du eine Verteidigung entwickelt hast?«, fragte der Seneschall.

»Kommt drauf an, welche Informationen Eddie zurückbringt«, sagte der Waffenmeister. »Also, hören wir mit diesem unnötigen Gequatsche auf. Los, Eddie.«

»Schon verstanden, Onkel Jack.« Dennoch blieb ich stehen und sah Molly an. »Du hast gesehen, was in dieser Stadt passiert. Es gibt keine Garantie, dass die Drood-Rüstung ausreicht, um mich zu schützen. Und du hast nicht einmal die.«

»Ich war schon in der Hölle, im Himmel und im Limbus«, sagte Molly. »Und an einer ganzen Reihe anderer wirklich extremer Orte, von denen ihr mit eurer limitierten Philosophie nicht einmal zu träumen wagt. Ich schaffe das.«

»Natürlich kannst du das«, sagte ich. »Ich würde auf dich gegen das ganze verdammte Universum wetten.«

»Manchmal sagst du echt süße Sachen.«

Ich aktivierte Merlins Spiegel und öffnete ein Portal in das, was von Little Stoke noch übrig war, während jeder andere so weit zurückwich, wie er für sicher hielt. Eine Menge Leute versteckte sich hinter Gegenständen. Als ob das einen Unterschied gemacht hätte. Eine Reihe von brutalen Bildern schwappte über den Spiegel, der jetzt volle Größe angenommen hatte, aber sie glitten so schnell darüber hinweg, dass ich nicht folgen konnte. Sterne, Flammen und blendend helle Lichter, dunkle monströse Formen, die sich in meine Richtung hin aufbäumten, die ganze physische Welt war gruselig weich und leprös geworden, alles unter einem Himmel, der die Farbe von getrocknetem Blut hatte. Ich sah einen Moment weg, um mich zu erholen, und mein Blick fiel auf Harry, der nicht wie die anderen zurückgewichen war.

»Du musst das nicht tun, Eddie.«

»Doch, ich muss, Harry. Das ist der Job.«

Er nickte kurz. Ich wandte mich Molly zu, die fasziniert in Merlins Spiegel sah.

»Bereit, Mädchen?«

»Ich bin bereit geboren worden.«

»Das glaube ich. Wahrscheinlich hast du einen steifen Drink haben wollen und die Hebamme angemacht. Also los, bevor einer von uns ein bisschen gesunden Menschenverstand in sich entdeckt.«

»Wann ist das je vorgekommen?«

Wir lachten kurz, ich rüstete auf und wir beide traten durch Merlins Spiegel. Aus der gesunden und vernünftigen Welt an einen Ort, an dem die Realität zerstört worden war.

In boshafter Absicht, diese Bastarde.

So plötzlich in die Überreste Little Stokes zu treten fühlte sich an, als sei man vollgepumpt mit LSD mit einem Baseballschläger auf den Kopf geschlagen worden. Alles schien falsch, anders, verdorben – und änderte sich ständig. Der Boden unter mir hob sich und bebte, er schaukelte wie ein Boot auf den Wellen. Ich versuchte, etwas zu erkennen, aber es war schwer, durch die flimmernde Luft klar zu sehen. Meine Rüstung tat ihr Bestes, um mich vor meiner Umgebung zu schützen und zu isolieren und sich schnell an diese neue, sich ständig ändernde Welt anzupassen. Ich konnte förmlich spüren, wie sie sich anstrengte, immer dicker zu werden und sich von Sekunde zu Sekunde zu verbessern. Meine zweite Haut war ständigen Attacken einer Welt ausgesetzt, die sie hasste.

Die Schwerkraft kam und ging, sie fluktuierte wie verrückt, dass ich mich in einem Augenblick fühlte, als wäre ich leicht wie Luft, und im nächsten, als hätte ich einen Berg auf dem Rücken. Nichts war konstant, auf nichts konnte man sich verlassen. Außer auf meine Rüstung. Sie schob die Welt fort, weigerte sich, sich beeinflussen oder an irgendeiner Stelle ändern zu lassen und ich stand aufrecht und hocherhobenen Haupts unter einem blutigen Himmel; sicher und fest und unberührt von allem, was Little Stoke gegen mich einsetzte.

Ich sah mich nach Molly um. Sie schwebte zufrieden neben mir in der Luft, stand auf nichts und verweigerte so den unsicheren Boden unter ihren Füßen. Sie war umgeben von einem schimmernden Feld unnatürlicher Mächte. Sie sah auf mich herab, ich nickte kurz. Sie hob den Daumen und ich wandte mich wieder der Betrachtung meiner Umgebung zu.

Es war schwer, sich auf irgendetwas zu konzentrieren. Wo ich auch hinsah, nichts ergab Sinn. Richtungen schienen hier- und dorthin zu peitschen, sodass links und rechts ständig den Platz tauschten oder herumwirbelten, und selbst Auf und Ab war nicht immer so, wie es sein sollte. Little Stoke erinnerte mich wie erwartet an eine Ghoulstadt, aber es war schlimmer, viel schlimmer. Jemand hatte die Ghoulstädte untersucht, daraus gelernt und sie verbessert. Der schiere psychische Druck war beinahe überwältigend. Meine geistige Gesundheit wurde mächtig gebeutelt. Ein Teil von mir wollte zu Boden sinken, sich in Fötusstellung zusammenrollen und beten, dass alles vorüberginge. Aber das konnte ich nicht tun. Ich war ein Drood und ich hatte einen Job zu erledigen.

Ich sah auf. »Molly, ist das die Hölle?«

»Nicht einmal annähernd«, sagte sie prompt. »Die Hölle ist schlimmer. Das hier ist Chaos. Die Hölle hat eine Intention.«

»Du musst es ja wissen«, sagte ich. »Hallo, Lageraum? Hallo? Callan? Ethel? Kann mich jemand hören? Irgendeiner?«

»Nun?«, fragte Molly nach einem Moment.

»Scheinbar nicht«, sagte ich. »Ich versuche es durch meine Rüstung, aber keiner antwortet. Molly, wir sind auf uns gestellt.«

»Ist eh am besten«, sagte sie munter. »Wir wissen wenigstens, was wir tun.«

»Seit wann?«

»Still, Geliebter, immer optimistisch sein. Okay, das ist ein echt widerlicher Ort. Ich bin nicht einmal sicher, ob wir noch auf der Erde sind.«

»Technisch gesehen sind wir das wohl nicht«, sagte ich. »Die örtlichen Gegebenheiten wurden ... umprogrammiert.«

»Ich empfange keine Spuren eines größeren magischen Wirkens«, sagte Molly. »So etwas Großes kann man nicht zaubern, ohne ernstzunehmende Fingerabdrücke zu hinterlassen.«

Ich erinnerte mich an den Ratschlag des Waffenmeisters und ließ meine Rüstung Proben der Umgebung nehmen und den Nahbereich scannen. Ich konzentrierte mich auf eine bestimmte Art und die Ergebnisse erschienen auf der Innenseite meiner Maske, direkt vor meinen Augen. Alle Arten von Anzeigen und Grafiken und Skalen, von denen die Hälfte mir nichts sagte. Mein Onkel Jack ist der Wissenschaftler. Ich, ich bin schon froh, wenn ich an meinem Fernseher den Einschaltknopf finde. Aber ...

»Keine Strahlung«, sagte ich zu Molly. »Keine Gifte, keine der üblichen gefährlichen Energien. Alles andere ... ergibt keinen Sinn. So etwas wie das hier ist mir noch nie auch nur annähernd untergekommen.«

»Deine Rüstung raucht«, sagte Molly.

»*Was?*«

»Sie raucht! Da ist Dampf oder etwas anderes, das direkt auf der Rüstung verdampft. Ist bei dir drin alles in Ordnung?«

Ich fühlte mich prima. Großartig. Ich fühlte mich wach, stark und total lebendig, wie immer, wenn ich die Rüstung trug. Sie war es, die mich bei geistiger Gesundheit hielt. Ich sah an mir herab, und tatsächlich kringelten sich dicke Rauchschwaden auf meinem goldenen Torso und meinen Armen.

»Ich glaube, meine Rüstung reagiert auf die neue Umwelt«, sagte ich zu Molly. »Oder vielleicht ist es auch umgekehrt. Die Stadt versucht, durch meine Rüstung hindurchzubrechen, um mich zu kriegen, und meine Rüstung bekämpft das. Man könnte auch sagen, da herrscht Krieg zwischen der Stabilität der seltsamen Materie und den wechselnden Bedingungen der Stadt. Und bis jetzt tritt meine Rüstung der Stadt in den Arsch. Ich glaube, seltsame Materie ist sogar für diesen Ort hier zu seltsam. Ich glaube ... die Realität hier zerbricht, wenn sie auf die Rüstung trifft. Allerdings kann man nur raten, wie lange das so bleibt. Ich würde sagen, wir erledigen diesen Job so schnell wie möglich und machen dann verdammt noch mal, dass wir hier rauskommen.«

»Bisher die beste Idee, die du hattest«, versicherte Molly.

Ich sah zu ihr hinauf. »Bist du in deiner schmucken Blase da in Ordnung?«

»Wir sollten voran machen. Jetzt sofort.«

Aber immer noch hielt mich etwas an dieser Stelle fest, als ich mich umsah. »Warum haben die Satanisten das getan? Welchen Zweck hat das?«

»Eine Demonstration vielleicht«, sagte Molly. »Ein Zeichen der Macht. ›Seht her, was wir tun können. Wir können die Realität zerstören. Alle Regeln brechen und das Chaos sich ausbreiten lassen. Stellt euch uns nicht in den Weg, sonst ...‹ Das übliche Satanisten-Getue. Eine psychologische Waffe wie jede andere, die sagen soll: Wir können alles zerstören, woran ihr glaubt und auf das ihr euch verlasst.«

Ich ließ meine Rüstung in der Stadt nach Lebenszeichen scannen, nach jeglicher Spur von menschlichen Überlebenden, aber die Sensoren meiner Rüstung waren überladen und von den merkwürdigen Bedingungen verwirrt. Ich fing von allen Seiten her Lebenszeichen auf, doch keins ergab einen Sinn. Ich erzählte Molly davon und sie nickte nachdenklich und konzentrierte sich. Sie zeigte in eine Richtung, zögerte und wies dann in eine andere.

»Leute. Ganz definitiv Leute. Unbeeinflusst, unbeschadet. Ich kann sie an einem sicheren Ort sehen, sie schimmern wie Diamanten in der Finsternis. Vielleicht ... fünfzig von ihnen. Sie sind von etwas geschützt, das ich nicht zu fassen kriege. Ich glaube, sie wurden vielleicht übersehen oder zurückgelassen.«

»Fünfzig Menschen?«, fragte ich. »Von einer Stadt mit über achttausend Einwohnern? Zurückgelassen, im Stich gelassen und gefangen in diesem Albtraum!« Ich konnte Wut in mir fühlen, und wie sie langsam und kalt in mir hochstieg. »Das werde ich nicht zulassen. Ich werde nicht dabei zusehen, wie unschuldige Menschen so behandelt werden! Geh voraus, Molly. Wir werden diese Leute finden, sie aus diesem verdammten Schlamassel herausholen und nach Hause bringen. Und wenn ich die Bastarde finde, die ihnen das angetan haben, dann werde ich ihnen zeigen, was es heißt, vor Gott und den Droods Angst zu haben!«

Molly lächelte mich liebevoll an. »Ich glaube, das mag ich an dir am liebsten, Eddie. Du wirst immer über die richtigen Dinge richtig wütend.«

Ich nickte. Ich war zu zornig, um zu antworten.

Molly ging tiefer in das, was von der Kleinstadt Little Stoke übrig geblieben war. Sie schritt kräftig voran, ihre Füße hämmerten auf die unruhige Luft ein wie eine Armee im Stechschritt. Ich folgte ihr und vertraute dabei darauf, dass ihr Hexenblick uns führte, auch wenn sich jede Richtung für mich gleich anfühlte. Es war schwer, an einem Ort, dessen Straßen keinen Beginn und kein Ende hatten, ein Vorankommen auszumachen; auf Wegen, die wirkten, als ob sich eher die Welt um uns herum bewegte, während wir nicht vom Fleck kamen. Wir gingen eine Straße mehrfach auf und ab, bevor wir erkannten, was los war: Das andere Ende war wie ein endloses Möbius-Band mit ihrem Anfang verbunden. Ich verlor die Geduld und bekam einen Wutanfall und setzte eine andere Problemlösung ein, indem wir plötzlich zur Seite gingen und ich einfach einen Weg durch das nächstbeste Haus schlug. Ziegel zerbrachen und splitterten zäh unter meinen hämmernden goldenen Fäusten, einige zerbröckelten zu feuchten Fragmenten wie explodierte Früchte. Ich brach durch die Wand und lief durch das Haus, erzwang mir einen Weg durch ein Zimmer nach dem anderen. Steinsplitter regneten auf meine gerüsteten Schultern herab, bis ich schließlich auf der anderen Seite in einer anderen Straße wieder herauskam. Molly folgte mir dicht auf den Fersen. Wir gingen die neue Straße hinab, die vernünftig genug war, mir nicht auf die Nerven zu gehen, und Molly nahm schnell die Spur wieder auf.

Ich konnte nichts trauen, das ich sah, selbst durch all diese Filter und die Schutzvorrichtungen, die in meine Maske eingebaut waren. Nicht alles, was ich sah, war tatsächlich da oder benahm sich so, wie es sollte, und Gegenstände wurden zu anderen Dingen, für die ich nicht einmal einen Namen hatte. Ich rannte wie ein Hund hinter Molly her und vertraute darauf, dass sie mich durch dieses ständig sich ändernde Chaos brachte, einen hämmernden Schritt nach dem anderen. Bis dahin bahnte ich meinen Weg durch alles hindurch, was die Straße mir entgegensetzte. Allein durch Willenskraft und die sture Weigerung, mich geschlagen zu geben. Da waren Menschen, die auf mich angewiesen waren.

Es erschien mir oft so, als wechsele Molly wieder und wieder die Richtung, als wähle sie Wege, die keinen Sinn ergaben, hinauf und hinab, hin und her, und als kämen wir nicht vom Fleck. Aber ich vertraute ihr, nicht der verzerrten Welt von Little Stoke, und so ging ich weiter.

Meine Rüstung rauchte und dampfte immer noch, als die verdorbene Umgebung darum rang, die seltsame Materie zu durchdringen und mich zu erfassen.

Autos, die in der Straße parkten, wirkten nun seltsam lebendig. Nicht mehr länger nur Metall, sondern Gebilde aus Fleisch, Knochen und Knorpel. Widerliche rote Muskelstränge liefen ihre Seiten entlang, mit Augen statt Scheinwerfern und mit zähnefletschenden Mäulern, aus denen Fänge ragten, wo eigentlich Kühlergrille hätten sein sollen. Die Reifen waren rosa und schweißig, wie innere Organe, die man ans Licht geholt hatte. Die Autos gaben Laute von sich wie weinende Kinder, während sie die Straßen auf und ab krochen und sich gegenseitig angriffen, sich zerrissen und zerfleischten, während ihre Häute schwitzten und bluteten und stanken. Eines der Autos kam heulend wie eine Dschungelkreatur direkt auf uns zu, doch ich blieb stehen und ließ es auf mich prallen. Trotz seines Gewichts und seiner Geschwindigkeit kam es sofort zum Stehen, sein fleischiges Dach verknautschte an meiner Rüstung, aus aufplatzendem Fleisch lief Eiter und Blut. Es wich zurück, heulte elendig, würgte weiteres Blut hervor, und alle anderen Autos in Reichweite fielen über es her und fraßen es bei lebendigem Leib. Molly und ich machten, dass wir weiterkamen, und sahen nicht zurück.

Man konnte der Zeit an diesem verdorbenen Ort nicht mehr vertrauen als dem Raum. Die lineare Zeit, Ursache und Wirkung, Vergangenheit, Gegenwart und Zukunft kamen und gingen und folgten dabei fremden neuen Mustern und Verbindungen. Manchmal schien es, als würde ich Molly anführen, dann wieder, als seien wir auf dem Rückweg von wo auch immer wir hinwollten, sodass selbst eine Unterhaltung schwierig wurde.

»Wir sind immer noch zu den Überlebenden unterwegs«, sagte Molly.

»Woher soll ich das wissen?«, fragte ich zurück.

»Ich glaube nicht, dass ›vorher‹ hier das Gleiche ist wie bei uns.«

»Ich bin sicher, dass wir schon einmal hier waren.«

»Wohin gehen wir?«

»Ergibt irgendetwas hier für dich einen Sinn?«

»Sind wir nicht bald da?«

»Ich glaube, die Zeit ist aus den Angeln gehoben.«

»Was?«, fragte Molly.

»Was?«, fragte ich zurück.

Daraufhin sank Molly so tief hinab, dass sie nur noch ein paar Zentimeter über dem unsicheren Boden hing, und ich nahm fest ihre Hand in meine. Ich konnte sie sogar durch die Rüstung spüren. Unsere Hände hielten sich fest, sodass wir nicht getrennt werden konnten.

Die Häuser schienen zu kriechen und zu zerfließen und wie langsame Flüssigkeiten über die Straße zu zerlaufen gleich formbaren Gezeiten. Ich kämpfte meinen Weg durch sie hindurch und zerfetzte grausig klebrige Substanzen mit meinen gerüsteten Händen. Molly folgte mir, eine Hand auf meine goldene Schulter gelegt, bis ich wieder eine Hand frei hatte, ihre zu nehmen. Einige Gebäude zerschmolzen plötzlich und schwappten durch die Straße auf uns zu wie eine langsame Flutwelle, die Ziegelstücke, zerbrochene Fenster und zerschmetterte Türen mit sich trug. Ich rannte mit geballten goldenen Fäusten direkt auf die Woge zu. Ich würde nicht langsamer werden und auch nicht anhalten, nicht, solange es noch Leute gab, die meine Hilfe brauchten. Molly zerschoss die kriechende Wand mit Lichtblitzen aus ihren ausgestreckten Fingerspitzen, doch die Flutwelle absorbierte sie. Ich traf hart auf die brandende Flut und bahnte mir mit brutaler Gewalt einen Weg hindurch. Die Welle versuchte, an meiner Rüstung kleben zu bleiben, doch sie fand keinen Halt. Ich brach aus der anderen Seite wieder hinaus, während Molly majestätisch darüber hinwegflog und dann graziös zu mir heruntersank.

Wir beide fühlten uns sicherer, gesünder und realer, wenn wir einander spüren konnten.

Ich hatte keine Ahnung, wie lange wir schon in dieser Stadt gewesen waren – Stunden, Tage, Jahre ... es war wie einer dieser Träume, die scheinbar endlos sind und in denen ein Ereignis nach dem anderen geschieht, bis man weiß, dass man träumt, darum kämpft, zu erwachen, und es nicht kann.

Manchmal wurden die Häuser zu beiden Seiten der Straße zu Wesen. Lebenden Wesen. Molly und ich blieben in der Mitte der Fahrbahn, um ihnen auszuweichen. Ziegel und Steine wurden zu Pflanzen und Pilzen, Fenster wurden zu Augen, und Türen schwangen auf, um verschwitzte, organische Durchgänge freizugeben, pulsierende Schlünde, in denen Zähne wie Sägen rotierten. Einige der veränderten Häuser brüllten wie Dinosaurier oder heulten wie Seelen, die man gerade erst in die Hölle verdammt hatte. Einige stießen aufeinander, gingen ineinander über, wuchsen zu größeren, gewaltigeren Kreaturen mit fremdartigen Formen und unmöglichen Winkeln zusammen, die menschlich begrenzte Augen schmerzen ließen. Doch sie belästigten Molly und mich nicht. Sie hatten ihre eigenen unbekannten Beweggründe.

Helle Lichter streiften über die Straße, als seien sie lebende Kometen, schossen hierhin und dorthin, prallten von Gebäuden ab und lachten schrill. Donnernde Stimmen erklangen tief unter der Erde und sprachen schreckliche Dinge aus. Der Himmel war rot und purpur wie geronnenes Blut und die Sonne eine düstere Fackel, die unnatürliches Licht abgab. Furchtbare Gestalten kamen und gingen, monströse Dinge, groß und klein. Einige von ihnen gingen durch diese sich ändernde Welt, als seien sie real und alles andere nur Phantome. Molly und ich ließen ihnen viel Platz. Als die satanistische Verschwörung an diesem Ort die Realität gebrochen hatte, hatte sie auch Türen aufgestoßen, die Jahrtausende geschlossen gewesen waren. Wesen von außen hatten ihren Weg hinein gefunden, Wesen, die man würde finden und eliminieren müssen, selbst, wenn dieses spezielle Chaos beseitigt wäre. Die Familie würde jahrhundertelang ein Auge auf diese Gegend haben müssen.

An einem Ort trafen wir auf Kreaturen, die aussahen wie mutierte Kinder mit Insektenaugen und vorspringender Stirn, die in Horden durch die Straßen krabbelten. Nackt, bösartig, wild. Ich beobachtete sie sorgfältig durch meine Maske hindurch, um sicherzugehen, dass sie nichts Menschliches an sich hatten und auch niemals menschlich gewesen waren. Molly ließ sich nicht einen Augenblick täuschen. Sie bewarf sie mit Feuerbällen und sie huschten zischend und fauchend davon. Nach ihnen kamen grauenvolle Gestalten, die wie Phosphor schimmerten, so als hätten sie sich durch die Oberfläche der Welt gebrannt. Sie gingen wie Rauch durch Wände hindurch und hinterließen dunkle Flecken auf den Ziegelmauern. Ein großer Klumpen von flaschengrünen Maden hing an einem riesigen außerirdischen Auge, das still eine Straße hinabschwebte und alles mit boshafter Freude betrachtete. Große, ballonartige Formen von verrottendem Leder staksten mit langen, spindeldürren Beinen wie Stelzen über die Straßen, rannten immer wieder ineinander wie Hirsche in der Brunft und zertrampelten die Gefallenen unter sich. Ein Sturm von Rasierklingen raste mit grässlicher Geschwindigkeit die Straße hinab, doch die Klingen prallten harmlos von meiner Rüstung ab und waren nicht in der Lage, Mollys Schilde zu durchdringen.

Langsam begann ich, diese Dinge als normal hinzunehmen. Man kann nicht die ganze Zeit schockiert, erschreckt und panisch sein. Das erschöpft. Also stumpft man den Abscheulichkeiten gegenüber ab und die Horrorshow langweilt. Vielleicht kann man daran erkennen, dass man verrückt wird: wenn solche Anblicke einen nicht mehr rühren. Wahnsinn ist, wenn alle Albträume wahr werden und es dich einfach nicht mehr interessiert. Ich hielt Mollys Hand fest und sie meine. Solange wir einander hatten und nicht aufgaben, hatte die Stadt nicht gewonnen.

Manchmal schien es mir, als sei ich jemand anders, eine ganz andere Person mit einem anderen Ziel. Und manchmal war es so, dass Molly jemand anders war, jemand, den ich schon immer gekannt hatte. Es gab auch Momente, in denen wir einander ansahen und die Person, die zurückblickte, nicht erkannten. Manchmal ging ich auch allein, war allein gekommen und war an diesem schrecklichen Ort auch schon immer allein gewesen. Und manchmal schien es Molly und mir, als sei noch jemand anders bei uns. Er ging zwischen uns her, hielt aber sein Gesicht immer abgewandt, und ich hatte Sorge, dass ich, sollte er uns dieses Gesicht je zuwenden, etwas sähe, das zu schrecklich war, um es ertragen zu können.

Aber das hielt nicht an.

Was auch immer passierte, die Rüstung holte mich immer wieder in meine Realität zurück. Das einzige wirklich solide Ding an diesem Ort, änderte sie sich nicht und würde nicht erlauben, dass ich geändert würde. Und Molly – die war wahrscheinlich viel zu stur, um für eine längere Zeit eine andere als ihre eigene Realität zu akzeptieren. Ich weiß nicht, ob sie die gleichen Dinge erlebte wie ich. Ich fragte nicht.

Lebende Spinnweben fielen von oben auf uns herab und krabbelten über meine Rüstung, versuchten, mich am Boden festzuhalten und sich durch die Rüstung zu fressen. Ich rupfte sie mit vollen Händen ab und zertrat sie. Meine geistige Gesundheit bekam Aufwind. Auch wenn ich mich fragen musste, in welchem Zustand die Überlebenden dieser Stadt waren, wenn wir endlich bei ihnen ankamen. Der menschliche Verstand ist nicht dazu gemacht, Bedingungen wie diese auszuhalten. Die zerbrochene Realität von Little Stoke folgte noch nicht einmal einer Traumlogik, die sie hätte zusammenhalten können. Jetzt in der Stadt zu sein war, als müsse man eine endlose Serie von Hammerschlägen auf den Verstand aushalten. Aber Molly hatte gesagt, dass die Leute sicher waren und für den Moment geschützt, und ich vertraute Molly.

Auch wenn es nichts anderes in der Welt mehr gäbe, dem ich vertrauen könnte, ich würde mich dennoch auf meine Molly verlassen.

Endlich, trotz allem, was diese kaputte Welt auch gegen uns eingesetzt haben mochte, um uns aufzuhalten, kamen wir zur Alten Markthalle. Sie befand sich direkt in der Stadtmitte, wie mir später gesagt wurde, auch wenn solche räumlichen Wegmarken in Little Stoke bedeutungslos geworden waren. Molly und ich hatten keine Mühe, die Alte Halle zu entdecken, sie war das einzige Gebäude, das wie ein gewöhnliches, alltägliches

Gebäude aussah. Es stand aufrecht und stolz, fest in allen seinen Einzelheiten in einem Kreis von Normalität – ein fest definierter Kreis von normalen Bedingungen, umgeben von Wahnsinn. In dem Moment, in dem Molly und ich die Grenze überschritten, war es, als fiele ein großes Gewicht von unserem Geist ab. Ich blieb stehen und seufzte tief, streckte mich wie eine Katze und genoss das greifbare Gefühl von purer Erleichterung. Molly lachte laut auf und umarmte mich fest. Ich hatte nicht bemerkt, wie sehr ich gekämpft hatte, wie viel Kraft es mich gekostet hatte, weiterzugehen und bei Verstand zu bleiben, bis nichts mehr da war, gegen das ich kämpfen musste. Mein Verstand klärte sich in einem Augenblick, so als hätte mir jemand einen Eimer eiskaltes Wasser in mein mentales Gesicht geschüttet.

»Ich glaube, hier ist es«, sagte Molly.

»Und ich glaube, du hast recht«, erwiderte ich.

Wir beide sahen den Weg zurück, den wir gekommen waren, doch dieser Weg war nicht mehr da. Die Stadt hatte sich in totales Chaos verwandelt, nichts war auch nur einen Moment mehr sicher oder fest. Wir beide schauderten bei dem Gedanken daran, wie lange wir uns durch den Wahnsinn gekämpft hatten. Dann holte ich tief Luft, so wie sie auch. Wir richteten uns auf, hoben den Kopf und gingen direkt zur Alten Markthalle hin. Die Eingangstür war wundervoll und beruhigend gewöhnlich. Ich klopfte höflich. Wir warteten ab.

»Da sind ganz definitiv Leute drin«, sagte Molly leise. »Ich kann sie hören. Sie klingen wie … Leute. Das ist doch ein gutes Zeichen, oder?«

»An so einem Ort ist es ein verdammtes Wunder«, erwiderte ich. Ich klopfte wieder, ein wenig lauter diesmal. »Hallo? Gibt es Menschen hier drin? Wir sind ebenfalls Menschen! Wir sind hier, um zu helfen.«

Ich konnte erhobene Stimmen in dem alten Gebäude hören,

aber die Tür blieb geschlossen. Ich war ziemlich sicher, dass ich sie hätte eintreten können, aber das hätte wohl kaum den freundlichen ersten Eindruck erweckt, auf den ich aus war. Also ging ich von der Tür weg, um durch ein Fenster zu spähen.

»Ein Gesicht! Ein goldenes Gesicht!«

»Lasst es nicht herein! Monster!«

»Seien Sie nicht albern, Monster würde wohl kaum anklopfen, oder?«

»Da hat er recht.«

»Ach, du pflichtest ihm doch immer bei! Wir dürfen nicht riskieren, die Tür zu öffnen. Wir können nicht riskieren, das Draußen hineinzulassen!«

»Wir können uns auch nicht auf ewig hier verstecken!«

Es gab eine lange Pause, dann hörte ich, wie schwere Riegel zurückgezogen wurden und sich ein Schlüssel im Schloss drehte. Ich trat zurück, um mich neben Molly zu stellen, und in dem Moment, in dem die Tür aufschwang, hasteten wir hinein in die Halle. Die Tür schlug sofort hinter uns zu und die Riegel wurden prompt wieder vorgeschoben. Das Innere des alten Gebäudes sah völlig normal aus. Der Boden bestand aus festem Holz, das eine ganze Weile nicht anständig gebohnert worden war, die Wände waren beruhigend gerade und lotrecht, und die hohe Decke blieb da, wo sie hingehörte. Eine völlig gewöhnliche, sehr menschliche letzte Zuflucht. Voller Menschen, die Molly und mich mit großen Augen anstarrten. Sie drängten sich aneinander und sahen unsicher aus, beinahe, als erwarteten sie von Molly und mir, dass wir uns jeden Augenblick in Monster verwandelten. Ein Großteil von ihnen sah nicht allzu glücklich beim Anblick meiner Rüstung aus. Sie wussten nichts über Droods. Weil die Halle so gewöhnlich schien, rüstete ich ab, sodass sie sehen konnten, dass ich ein Mensch war. Auch Molly ließ ihr Kraftfeld fallen und sah sich strahlend um.

»Das Schlimmste ist nun vorbei«, sagte sie zu der Gruppe Überlebender. »Wir sind hier, um Sie aus diesem Chaos zu befreien.«

Alle schrien vor Erleichterung oder einfacher Freude auf. Viele umarmten sich, einige traten vor, um mir die Hand zu schütteln, und lächelten breit, als sie spürten, dass es sich um eine ganz alltägliche und einfache Hand handelte. Aber viele von ihnen wirkten weiterhin schockiert und hielten ihren Verstand wohl nur noch mit mentalen Fingernägeln fest. Sie konnten nicht daran glauben, dass der Albtraum nun endlich vorbei war.

Ein Sprecher trat vor, ein vierschrötiger, herzhafter Mann in einem abgetragenen Tweed-Anzug. Er lächelte Molly und mich an, schüttelte uns die Hände und Hoffnung glomm in seinen Augen auf.

»Ich bin Geoffrey Earl, der hiesige Vikar. Es ist gut, Sie zu sehen! Willkommen in der Alten Markthalle. Sie sind wirklich sehr willkommen, oh ja! Wir sind die letzten Überlebenden von dem, was hier ... geschehen ist.«

»Hi«, sagte ich. »Ich bin Eddie Drood, das hier ist Molly Metcalf. Wir sind das Rettungsteam.«

»Ich war nicht sicher, ob es eines geben würde«, sagte der Vikar. »Wissen Sie, was hier geschehen ist?«

»Sagen Sie uns die Wahrheit!«, sagte eine große Frau mit einem roten Gesicht, die sich durch die anderen hindurch nach vorn gekämpft hatte. Sie sah aus, als habe sie viel geweint. »Sind wir in der Hölle?«

»Nein«, antwortete Molly sofort. »Sie sind immer noch im Lande der Lebenden. Sozusagen. Was Sie draußen sehen, sind ... örtliche Bedingungen. Außerhalb dieser Stadt ist alles, wie es sein sollte. Die Welt geht weiter wie immer. Wir hatten eher die Hoffnung, dass Sie uns sagen könnten, was hier passiert ist.«

Der Vikar schüttelte den Kopf. »Es war ein Tag wie jeder andere. Wir haben uns hier getroffen, um das Erntedankfest nächsten Sonntag vorzubereiten. Dann hörten wir diesen ... unglaublichen Klang draußen. Als wir aus den Fenstern blickten, erkannten wir, dass die Welt verrückt geworden war.«

»Welche Art von Klang war das?«

»Eine Art lauter Schrei«, sagte der Vikar. »Als ob etwas die Welt verwundet hätte. Ein paar von uns gingen hinaus, um zu sehen, was vor sich ging; wir sahen durch die Fenster, was mit ihnen passierte. Keiner von uns wagte danach, hinauszugehen. Wir blieben hier. Wir beteten. Und warteten auf Rettung. Wir hofften auf Rettung. Wir begannen schon zu glauben, man habe uns vergessen. Können Sie uns irgendetwas sagen, was geschehen ist?«

»Wir glauben, dass diese Stadt das Ziel einer schrecklichen neuen Waffe geworden ist«, sagte ich und wählte meine Worte sorgfältig. »Terroristen. Wir arbeiten noch an den Details. Haben Sie eine Idee, wieso Sie überlebt haben, wo doch so viele starben? Warum ist dieses Gebäude ... geschützt?«

»Wir glauben an Gottes Willen«, sagte der Vikar fest. »Wir alle glauben an Ihn.«

Molly sah aus, als wolle sie etwas Unkluges sagen, also ergriff ich schnell das Wort. »Diese Antwort ist so gut wie jede andere, denke ich.«

»Haben Sie irgendwelche Überlebenden unterwegs getroffen?«, fragte der Vikar und versuchte, nicht zu hoffnungsvoll zu klingen.

»Es tut mir leid«, sagte ich. »Sie sind die Einzigen, die noch da sind.«

»Du lieber Gott«, rief die rotgesichtige Frau. »Jeder ist fort? Jeder?«

»Still, Margaret«, sagte der Vikar. »Sind Sie sicher, Mr. Drood?

Es könnte nicht noch irgendwo eine andere Zuflucht geben wie diese?«

»Es tut mir leid«, wiederholte ich. Ich sah mich in der Halle um. »Irgendeine Art Schutz arbeitet hier ...«

»Und ein verdammt mächtiger noch dazu«, fügte Molly hinzu.

»Gebrauchen Sie hier nicht eine solche Sprache!«, rief Margaret. Molly warf ihr einen Blick zu und Margaret verschwand wieder in der Menge. Molly sah sich langsam in der Halle um, und die Menschen machten ihr Platz. Sie blieb plötzlich stehen, beugte sich vor und starrte konzentriert auf den Boden.

»Ich hab's!«, sagte sie. »Ich kann es *sehen!* Da ist ein Objekt der Macht, sehr alt und unglaublich stark. Es liegt hier unter den Dielen. Eddie, wir müssen es uns genauer ansehen.«

»Ich glaube nicht, dass wir es stören sollten«, sagte der Vikar schnell. »Wir alle sind hier geschützt, wir können es alle spüren.«

»Wir müssen es tun«, sagte ich. »Wir müssen wissen, was den Wahnsinn von hier ferngehalten hat, für den Fall, dass es woanders noch einmal passiert.«

»Natürlich«, sagte der Vikar. »Es tut mir leid. Wir stehen wohl alle noch unter Schock. Tun Sie, was Sie tun müssen.«

Die Menge begann zu murmeln, ein paar protestierten, also fuhr ich meine Rüstung wieder hoch. Sofort wurden alle sehr still. Ich streckte meine goldenen Arme ein wenig – einige in der Menge rangen hörbar nach Luft, bekreuzigten sich und begannen zu beten. Ich ging hinüber zu dem Punkt, den Molly mir anzeigte, dann schlug ich mit einer goldenen Faust durch die Dielenbretter. Das alte Holz krachte und splitterte, als sich erst meine Faust und dann mein Arm bis zum Ellbogen hindurchbohrten. Ich riss die Hand zurück, so dass dieser Teil des Bodens mit herausgerissen wurde und ein großes, gezacktes Loch hinterließ. Und da, verborgen in dunkler Erde, lag eine einzelne, flache Steinplatte, etwa ein mal ein Meter zwanzig. Ich rüstete ab und hob sie ins Licht, dann legte ich sie vorsichtig auf einen Tisch. Molly war sofort an meiner Seite, um einen guten Blick darauf zu werfen. Der Vikar kam schüchtern auf meine andere. Der flache Stein war mit Schriften in verschiedenen Sprachen bedeckt, die tief in die Oberfläche des Steins eingraviert waren.

»Tun Sie etwas, Vikar!«, rief eine bekannte Stimme. »Sie sollen das wieder hinlegen! Sie bringen unser aller Leben in Gefahr!«

»Still, Margaret«, erwiderte der Vikar.

»Ich bin nicht still! Ich habe ein Recht darauf, etwas zu sagen!«

»Wir sind hier, um zu helfen«, sagte ich.

»Aber wer sind Sie?«, fragte Margaret und kämpfte sich durch die Menge wieder nach vorn. Sie starrte mich und besonders Molly böse an. »Wir kennen Sie nicht! Sie sind nicht aus der Gegend. Und dieser Metallanzug, den Sie da haben, der ist nicht natürlich! Sie sind durch die Hölle gelaufen, um herzukommen, und Sie erwarten, dass wir glauben, dass sie davon unbehelligt geblieben sind? Nein. Sie sind Teil dieses Teufelswerks. Sie machen uns falsche Hoffnungen und dann stehlen Sie unseren einzigen Schutz!« Sie richtete sich auf und sah sich beifallheischend um. »Ich sage, wir nehmen ihnen den Stein ab und werfen sie hinaus, zurück in die Hölle, aus der sie gekommen sind!«

»Würde ja gerne sehen, wie Sie das anstellen«, sagte Molly.

»Wir können Sie hier herausholen«, sagte ich in meiner vernünftigsten Stimme. »Ist hier noch jemand, der Ihre einzige Hoffnung auf Entkommen aus der Tür schieben will und hofft, dass jemand anders auftaucht, um Sie zu retten?«

Es gab ein wenig Gemurmel, aber das war alles. Margaret erkannte, dass sie allein dastand, und schwieg, aber ihre Blicke hätten Molly und mich immer noch ermordet, wenn sie das vermocht hätten.

»Wir stehen alle unter massivem Druck«, entschuldigte der Vikar.

»Verstehe«, sagte ich. »Halten Sie noch ein wenig durch. Es ist beinahe vorbei.«

»Können wir uns jetzt auf diese Schriften konzentrieren?«, fragte Molly. »Bevor die Eingeborenen wieder unruhig werden?«

Es gab Dutzende Zeilen von Schrift, immer noch perfekt lesbar nach wer weiß wie vielen Jahren, die die Steinplatte in der Erde gelegen hatte. Der Stein selbst hätte jeden Alters sein können, aber er hatte etwas an sich, das mir die Haare zu Berge stehen ließ. Irgendwie wusste ich, dass dieser Stein uralt war ...

»Latein«, sagte Molly. »Griechisch, alt, aber nicht klassisch, und ich bin sicher, dass das hier Aramäisch ist.«

»Das ist eine sehr bedeutsame Kombination von Sprachen«, sagte ich. »Nimm sie alle zusammen und sie lassen römisches Britannien vermuten. So etwa vor zweitausend Jahren.«

»Kannst du irgendetwas davon lesen?«, fragte Molly. »Ich kann mich vielleicht durchs Lateinische buchstabieren, aber der Rest ...«

»Das ist wieder mal eine dieser Gelegenheiten, zu denen ich wirklich wünsche, dass ich in der Schule besser aufgepasst hätte.«

»Also kannst du's auch nicht lesen«, meinte Molly. »Typisch.«

»Vielleicht kann ich helfen«, meldete sich der Vikar schüchtern. »Es ist lange her, dass ich alte Sprachen in Cambridge studiert habe, aber ...«

»Und wer sagt, dass das Zeitalter der Wunder vorbei ist«, grinste Molly.

Der Vikar lächelte sie an. »Bringen Sie uns hier raus und ich werde es für Sie nachschlagen. Also, dann mal los ... Ja. Ja. Das meiste ist ziemlich unklar, aber ein Name ragt heraus. Joseph von Arimathäa. Du lieber Himmel.«

»›Sind wohl in alter Zeit diese Füße gewandelt über Englands grüne Hügel ...‹«, murmelte ich. »Der Mann, der angeblich Jesus Christus nach Britannien brachte, als er ein Sabbatjahr einlegte. Aber warum sollte er einen solch machtvollen Schutzstein hier hinterlassen haben? Wusste er, dass etwas Schlimmes hier passieren würde, an diesem Ort, irgendwann?«

»Vielleicht hat eine gewisse andere Person ihm davon erzählt«, überlegte Molly. »Ich glaube, wir bewegen uns auf gefährlichem Boden, Eddie. Alles, was jetzt wichtig ist, ist, wie dieser Ort geschützt ist, und nicht notwendigerweise warum. Aber ich sage dir, die Macht in diesem Stein ist nicht unendlich. Wenn wir diese Leute nicht bald hier rausholen ...«

»Was?«, fragte der Vikar. »Was wird dann passieren?«

»Absolut nichts«, sagte ich. »Weil wir jetzt gehen.«

Etwas schlug gegen die verschlossene und verriegelte Tür. Ein lauter und aggressiver Ton. Die Tür erzitterte im Rahmen, aber Schloss und Riegel hielten. Jeder stand still und starrte die Tür an.

»Nichts ist bisher so nah gekommen«, sagte der Vikar leise.

Jetzt rannte etwas auf dem Dach auf und ab, etwas Schweres, mit zu vielen Beinen. Es rannte auf und ab und blieb nicht stehen. Dann trat wieder etwas schwer gegen die Tür. Das Licht draußen änderte sich, das normale Tageslicht verdüsterte sich, als werde es von Blut durchtränkt. Die Überlebenden schrien auf und drängten sich aneinander, als wieder seltsame, verzerrte Schatten durch die Fenster spähten.

»Der Kreis der Normalität schrumpft, während der Stein seine Kraft verbraucht«, sagte Molly.

»Ich habe doch gesagt, sie dürfen ihn nicht stören!«, kreischte Margaret. Ihre Stimme deutete an, dass sie kurz vor einem hysterischen Anfall stand.

»Ich glaube nicht, dass die Verschwörung etwas über den Stein wusste«, sagte ich leise zu Molly.

»Scheint so, wo doch auch deine Familie nichts davon wusste«, erwiderte sie.

»Verschwörung?«, fragte der Vikar. »Ihre Leute? Was geht hier vor? Wer genau sind Sie, Mr. Drood?«

»Wir sind die Guten«, sagte ich munter. »Und jetzt still. Seien Sie ein guter Vikar. Wir unterhalten uns gerade. Molly, ich glaube, der Stein ist ein unerwartetes Element. Keiner wusste, dass er hier war, weil er sich nicht aktivierte, bevor er gebraucht wurde. Die Verschwörung wollte keine Überlebenden zurücklassen. Der Stein schützte und versteckte diese Leute vor dem Chaos und so hat die Verschwörung sie ... übersehen.«

»Wie kriegen wir diese Leute hier heraus, Eddie?«, fragte Molly. »Ich kann kein Kraftfeld generieren, das jeden schützt, wenn wir sie alle zu Fuß zur Stadtgrenze bringen wollen. Und ich kann ganz sicher nicht so viele Leute hinausteleportieren. Also, was sollen wir tun?«

»Wenn man zweifelt, sollte man schummeln!«, sagte ich fröhlich. »Oder völlig vorurteilsbehaftet improvisieren. Merlins Spiegel hat uns hergebracht, mit der Macht des Steins zusammen weiß ich keinen Grund, wieso er uns nicht alle auch wieder rausbringen sollte.«

Molly sah mich an, dann den Stein. »Ein Genie. Du bist ein Genie! Hab ich dir in letzter Zeit gesagt, dass du ein Genie bist? Aber ... ein Tor durch all das Chaos zu öffnen und es offen zu halten wird eine verdammt große Menge Kraft kosten. Das könnte den Stein ziemlich schnell verbrauchen. Die Halle würde den Schutz verlieren und das Chaos hineinbrechen –«

»Damit befassen wir uns jetzt nicht«, unterbrach ich. »Das sollten wir nicht mal diskutieren, solange wir nicht müssen. Wir wollen doch die Überlebenden nicht in Panik versetzen, oder? Weil es keinen anderen Weg gibt, um alle hier rauszubringen. Wir könnten natürlich auch einfach rausschleichen und diese guten Leute im Stich lassen ...«

»Naja, ich könnte«, sagte Molly. »Aber du nicht. Du bist nicht so gemacht. Eins dieser Dinge, die ich an dir liebe.«

»Wie liebe ich dich? Lass mich zählen, auf wie viele Arten und Weisen ...«

»Später«, sagte Molly.

Sie küsste mich mit plötzlicher Leidenschaft und ich drückte sie an mich. Wir ignorierten das schockierte Geflüster von allen Seiten. Dann schickte ich sie, die Tür zu bewachen, während ich Merlins Spiegel hervorzog und ihn aktivierte. Er wuchs unter den Oh's und Ah's der Überlebenden schnell zu voller Größe an und ich stellte das Portal auf den Grashügel vor der Stadt ein. Das Bild flackerte unsicher, es kam und ging in sehr gefährlicher Art und Weise. Nicht gerade etwas, was man bei einem Teleport-Gerät sehen will. Ich nahm den Arimathäa-Stein und legte ihn sorgfältig unter den Spiegel und das Bild wurde klar und ruhig. Der Spiegel hatte sich mit der Macht des Steins verbunden.

Der Vikar trat vor und spähte auf das, was auf der anderen Seite des Spiegels war. Seine Augen waren groß vor Staunen und er lächelte wie ein Kind.

»Das ist echt!«, sagte er. »Ich kann den Wind spüren und den Geruch von Gras. Was ist das?«

»Ihr Weg nach draußen«, sagte ich. »Treiben Sie Ihre Herde zusammen und dann raus mit den Schafen. Molly und ich bleiben direkt hinter Ihnen.«

Der Vikar nickte kurz, sammelte dann seine Leute und schob sie mit Ermutigung, Disziplin und kurz aufflammenden unflätigen Ausdrücken durch den Spiegel. Keiner kann so gut Leute organisieren wie ein Vikar. Er hetzte sie von der einen und motivierte sie auf der anderen Seite und trieb den Rest durch den Spiegel, wie ein Hütehund seine Schafherde antreibt. Eine Menge Leute waren nervös, was den Spiegel anging, und wollte nicht gehetzt werden, aber es wollte auch keiner zurückbleiben. Ich drehte ein paar Runden durch die Halle, während sie hindurchgingen, und suchte nach Schwachpunkten und dem Klang von etwas, das von draußen hereinwollte. Aber es waren nur noch ein paar Überlebende in der Schlange übrig, als etwas Großes und Bulliges durch die Tür brach.

Es gab keine Warnung. In einem Moment war die Tür sicher verschlossen, im anderen flog sie durch den Saal, aus den Angeln getreten. Die gebrochenen Riegel flogen durch die Luft wie Schrapnelle. Etwas Finsteres und Bedrohliches füllte die Türöffnung, kränklich gelbes Licht leuchtete aus einem Paar Augen. Ich trat schnell vor, rüstete auf und gab ihm eins auf die Zwölf. Ich legte all meine Kraft in den Schlag und ich spürte Knochen brechen. Meine goldene Hand bohrte sich tief in den missgestalteten Kopf. Und dann griff irgendetwas in dem Kopf nach meiner Faust, umschloss sie und hielt sie fest. Ich wollte meine Hand befreien und konnte nicht. Arme mit zu vielen Gelenken entfalteten sich auf der Seite des Körpers der Kreatur. Klauenhände schlugen an meine Rüstung und kratzen über die seltsame Materie, um sie zu durchbrechen.

Weil ich meine Hand nicht hinausziehen konnte, suchte ich mit den Beinen Halt und schob sie noch tiefer hinein, bis sie aus dem Hinterkopf der Kreatur wieder austrat. Sie quiekte auf, ein hohes Tremolo, das in meinen Ohren wehtat. Dickes, purpurfarbenes Blut schoss aus dem Hinterkopf. Ich legte die andere Hand auf sein Gesicht, stieß goldene Finger tief in die gelben Augen, atmete durch und riss die andere Faust wieder heraus. Dann schubste ich die Kreatur fest auf die Brust, sodass sie nach hinten stolperte. Ich stellte mich in den Türrahmen, sodass nichts an mir vorbeikam. Draußen war der Kreis der Normalität verschwunden. Das Schutzfeld des Steins hatte sich bis an die Wände der Markthalle zurückgezogen und würde bald nicht einmal mehr die erreichen. Ich schrie nach Molly, um die letzten Überlebenden durch den Spiegel zu bringen.

Dann schlug etwas durch das Dach und fiel in die Halle hinab. Es traf hart auf dem Boden auf, alte Dielenbretter zerbrachen unter dem Gewicht, dann richtete es seine Aufmerksamkeit auf die letzten Überlebenden. Molly schoss einen Blitz auf die Kreatur, und dessen dunkles Fell ging in Flammen auf. Sie rannte in Kreisen in der Halle herum, während die Flammen höher und höher schlugen, und kreischte auf beängstigend menschliche Art und Weise. Etwas anderes brach durch die Bodenbretter und ließ Splitter in alle Richtungen fliegen. Es war weiß, nass, besaß einen segmentierten Körper wie ein Insekt und sprang wie ein bösartiger, unirdischer Kastenteufel aus dem entstandenen Loch. Molly warf einen Feuerball nach ihm. Der stumpfe Kopf schnappte danach und fing den Feuerball in seinem klackernden Maul, das ebenfalls aus vielen Teilen bestand. Die Flammen schienen ihm nicht im Mindesten etwas auszumachen. Molly rannte auf das Vieh zu und bombardierte es mit geformten Flüchen. Der segmentierte Horror krachte und zerbrach schließlich unter dem Einschlag ihrer Worte. Dickes, cremiges Blut schoss aus den Wunden. Ich wagte nicht, die Tür zu verlassen, um ihr zu helfen. Eine Menge Viecher kamen auf mich zu, alle waren wirklich übel, und obwohl der Anblick meiner Rüstung sie einen Moment innehalten ließ, hatte ich keine Ahnung, wie lange das anhalten würde. Sie hatten den Zusammenbruch des Schutzfeldes gesehen und sie wollten hinein.

»Wie viele sind übrig?«, schrie ich. »Wie viele noch?«

»Die Letzten gehen gerade durch!«, schrie sie zurück. »Nur noch du und ich! Weg von der Tür und lass uns abhauen! Eddie! Eddie, warum bist du noch da?«

»Weil du nicht sehen kannst, was ich sehe«, sagte ich entschlossen. »Eine ganze Armee von unerfreulichem Viehzeug ist hier draußen und ich bin das Einzige, das sie davon abhält, die Halle zu stürmen. Ich kann nicht weg. Geh, Molly. Geh durch den Spiegel und schließe ihn von deiner Seite aus. Damit nichts von diesem Wahnsinn dir folgen kann, um die normale und gesunde Welt zu infizieren.«

»Zum Teufel damit«, erwiderte Molly. »Ich lass dich nicht allein! Ich werde dich nie allein lassen. Ich bin dir in den Limbus gefolgt, um dich zurückzuholen, und ich will verdammt sein, wenn ich dich jetzt allein lasse.«

Sie stand jetzt neben mir und sah hinaus. Sie gab einen schockierten und angeekelten Ton von sich. Ich nickte.

»Eklig, was? Und gefährlich sind die auch noch. Wir können es nicht riskieren, dass sie durch Merlins Spiegel kommen.«

»Schlägst du vor, dass wir den Spiegel jetzt schließen?«, fragte Molly. »Tust du doch, oder? Du bist bereit, unser beider Leben für eine Bande von Niemanden zu opfern. Weil sie unschuldig sind.«

»So ist das nun mal«, sagte ich.

»Darum liebe ich dich«, nickte Molly. »Weil du das eine Wahre in meinem Leben bist.«

»Nein«, entgegnete ich. »Zusammen sind wir das Wahre. Aber warte mal.«

»Was jetzt?«

»Ich meine: Warte, ich habe eine Idee.«

»Ich liebe sie«, sagte Molly sofort. »Es ist eine wunderbare Idee und ich will Kinder mit ihr. Was für eine?«

»Wenn wir nicht zu Merlins Spiegel können, dann muss Merlins Spiegel eben zu uns kommen.« Ich konzentrierte mich und erweiterte meine Rüstung so, dass sie den Spiegel erreichte. Und so rauschte der Spiegel an uns heran und hüllte Molly und mich im Türrahmen, in dem ich stand, ein. Ganz plötzlich standen wir auf dem Grashügel vor der Stadt. Durch das Portal konnte ich schreckliche Kreaturen die Halle stürmen sehen, doch ich schlug ihnen den Spiegel in die furchtbaren Gesichter. Und endlich war es vorbei.

Ich schüttelte den Spiegel wieder zu normaler Größe und steckte ihn weg. Dann rüstete ich ab. Eine frische Brise blies mir ins Gesicht, der Geruch nach Gras und Erde und Blumen. Ich hatte noch nie etwas so erfrischend Normales gerochen. Als ich abrüstete, verließ mich auch meine letzte Kraft. Ich setzte mich abrupt. Ich hatte nicht erkannt, dass ich schon so lange auf Adrenalin lief. Molly setzte sich dazu und schmiegte sich an mich.

Wir saßen auf einem ziemlich steilen Hügel und sahen auf den großen, dunklen Fleck nieder, an dem sich einmal Little Stoke befunden hatte. Die geretteten Überlebenden saßen oder standen in kleinen Grüppchen auf der Hügelflanke unter uns und sprachen angeregt über das, was sie durchgemacht hatten. Ein paar lagen auf dem Rücken im Gras und starrten mit begeisterten Blicken in den perfekt normalen Himmel hinauf; sie waren einfach glücklich, wieder in einer Welt zu sein, die einen Sinn ergab. Der Vikar saß gar nicht weit von uns entfernt und ließ seine Finger durch das dickte, tuftige Gras gleiten, als hätte er noch nie etwas so Wundervolles gesehen.

Und als Molly und ich so den Hügel hinab auf den dunklen Fleck sahen, begann er plötzlich zu schrumpfen. Er fiel in sich zusammen, die Ränder rauschten schneller und schneller auf die Mitte zu, bis schließlich das ganze Ding in sich zusammenfiel und verschwand. Die Stadt war wieder zurück – oder wenigstens die Gebäude – und sah größtenteils unberührt und nicht transformiert aus. Ich musste mich fragen, wie viel von dem, was wir in der Stadt erlebt hatten, in irgendeinem Sinn »real« gewesen war.

»Ein so übler Ort muss ja grundsätzlich instabil sein«, meinte Molly. »Irgendwann musste er in sich zusammenbrechen. Vielleicht hat die Verschwörung das sogar die ganze Zeit beabsichtigt. Nichts zu hinterlassen, das zeigt, was sie getan hat. Nur der Arimathäa-Stein hat verhindert, dass das passiert, das einzig gute Ding in all diesem Chaos. Nachdem wir den einmal entfernt hatten ...«

»Entschuldigen Sie«, sagte der Vikar und näherte sich uns schüchtern. »Aber können Sie mir sagen, was da gerade passiert ist?«

»Tut mir leid«, erwiderte ich. »Ich könnte es, aber dann müsste ich Sie exkommunizieren. Alle Details sind geheim. Nationale Sicherheit. Sie wissen ja, wie das ist.«

»Ah, ja ...«

Der Vikar wandte sich wieder zu den Überlebenden um und führte sie davon. Hoffentlich nicht direkt in die wiederaufgetauchten Gebäude. Ich wollte, dass meine Familie den Ort gründlich überprüfte, bevor wir wieder Leute hineinließen. Wir mussten erst noch ermitteln, wie viel psychische Kontamination dort noch übrig geblieben war.

Die Überlebenden machten dem Vikar klar, dass sie noch nicht bereit waren, ihren Standort zu verlegen. Sie sprachen aufgeregt miteinander. Aber die schlimmsten ihrer Erinnerungen verblassten bereits. Der ungeübte menschliche Verstand ist nicht in der Lage, mit so etwas fertigzuwerden. Schon bald würden sie darüber sprechen, was sie gesehen hatten, oder gedacht hatten zu sehen oder zu erleben. Am Ende würden alle nur noch ein paar Erinnerungen an Albträume haben.

Hoffentlich.

»Sie werden reden, wenigstens ein paar von ihnen«, überlegte Molly. »Ich würde es.«

»Sollen sie doch«, erwiderte ich. »Was glaubst du denn, wer ihnen glaubt? Jetzt, wo der dunkle Fleck verschwunden ist und die Gebäude wieder da sind, haben sie keine Belege oder Beweise. Der Rest der Bewohner ist immer noch weg – aber die üblichen Behörden werden sie niemals finden.«

»Du glaubst, sie sind tot, oder?«, fragte Molly.

»Das vermute ich«, sagte ich. »Die Familie wird alles tun, sie zu finden, aber die Verschwörung ist uns zu weit voraus. Wenn wir sie eingeholt haben, dann wird es für die Leute von Little Stoke zu spät sein.«

»Was, wenn die Überlebenden an die Medien gehen?«

»Lass sie doch. Wir leben in einer sehr zynischen und ungläubigen Welt. Sie kriegen vielleicht einen kurzlebigen Bestseller da raus, vielleicht einen Fernsehfilm, aber das war's. Das Beste, was wir für sie tun können, ist sicherzustellen, dass das nie wieder passiert. Ethel? Kannst du mich wieder hören?«

»Natürlich«, sagte ihre Stimme direkt in meinem Ohr. »Ich bekomme alle möglichen faszinierenden Daten von deinem Torques. Kommt nach Hause, Eddie und Molly. Ihr braucht ein bisschen Ruhe, ihr beiden.«

»Ruhe«, sagte ich. »Das hört sich gut an.«

»Zeit fürs Bett«, sagte Molly.

»Sie sagte Ruhe.«

Molly grinste. »Danach.«

Kapitel 8

Auf Konfrontationskurs mit den Verdammten

In vielen Fällen spricht eine Menge dafür, alles zur Hölle zu wünschen und sich im eigenen Schlafzimmer zu verkriechen, bis sich alles wieder beruhigt hat. Molly und ich traten durch den Spiegel direkt in mein Zimmer in Drood Hall. Zum Teil, weil wir beide wirklich erschöpft waren und aus dem letzten Loch pfiffen, aber hauptsächlich, weil wir keine Lust hatten, dem Familienrat einen formellen Bericht abzugeben. Ich hatte kaum Zeit, den Spiegel zu schließen und wegzustecken, als Molly sich schon mit dem Rücken auf mein Bett warf und alle viere von sich streckte. Sie dehnte sich ausgiebig, als sie langsam tief in die Gänsefedermatratze sank. Ich ließ mich neben sie fallen und stöhnte laut, als sich meine Muskeln endlich entspannen konnten. Wir lagen eine lange Zeit Seite an Seite, eng aneinandergeschmiegt, und genossen den Luxus, uns für eine Weile um nichts Sorgen machen zu müssen. Es fühlte sich gut an, wieder in meinem Zimmer zu sein, zwischen vertrauten Dingen und keine Pflichten oder Verantwortlichkeiten zu haben.

»Ich mag es hier«, sagte Molly nach einer Weile.

»Wirklich?«, sagte ich ebenfalls nach einer Pause. »Ich dachte, du bist lieber in deinen eigenen privaten Wäldern.«

»Da ist es auch schön. Aber meist … Ich mag es immer da, wo du bist.« Sie wandte den Kopf auf dem Kissen zu mir. »Bist du sicher, dass nicht irgendein Mitglied der Familie hier reingeplatzt kommt und verlangt, dass wir einen vollständigen Bericht über alles abgeben, was innerhalb des dunklen Flecks passiert ist?«

»Ethel wird ihnen schon gesagt haben, dass ich wieder da bin«, sagte ich ruhig. »Aber sie wird ihnen auch gesagt haben, dass ich mehr als bereit bin, jedem eine Tracht Prügel zu verabreichen, der mich nervt, und ich dann einen Riverdance auf dessen Kopf veranstalten werde. Und keiner würde auch nur daran denken, ins Zimmer eines anderen Droods einfach reinzuplatzen. Das gibt es nicht. Wenn so viele Leute unter einem Dach leben, ist Privatsphäre nicht verhandelbar. Sie würden nicht einmal klopfen, wenn es ein großer Notfall wäre. Wir sind sicher. Wie auch immer, Ethel hat alle Daten und Informationen, die meine Rüstung aufgenommen und in meinem Torques gespeichert hat. Sie wird sie dem Waffenmeister weitergeben.«

»Ich wusste gar nicht, dass deine Rüstung so was kann«, sagte Molly.

»Die alte Rüstung konnte das auch nicht. Diese neue Rüstung aus seltsamer Materie ist viel fortgeschrittener. Wir lernen immer noch, was sie alles kann. Der Waffenmeister bettelt Ethel ständig um eine Bedienungsanleitung an, aber sie meint, es ist wichtig, dass wir diese Dinge selbst lernen. Aber genug von meiner Familie, Süße. Sollen sie sich eine Weile allein um die Welt kümmern, während wir uns um uns selbst kümmern.«

Molly lächelte. »Könntest du mir bei diesem Reißverschluss helfen?«

Eine ganze Weile später dösten Molly und ich still vor uns hin. Wir lagen nackt auf den Laken und hielten einander engumschlungen, als auf einmal Isabella Metcalf ganz plötzlich aus dem Nichts aufgetaucht am Fußende meines Bettes stand. Ich war halb eingeschlafen und deshalb beinahe überzeugt, dass ich träumte, bis Molly sich abrupt aufsetzte und etwas sehr

Unflätiges sagte. Ich erkannte, dass tatsächlich jemand anders im Zimmer war, und fuhr kerzengerade auf. Automatisch schob ich meinen Körper zwischen Molly und den Eindringling. Sie schlug mich auf die Schulter und schob mich entschieden zur Seite.

»Süß von dir, Liebling, aber ein wenig machohaft. Ich bin durchaus in der Lage, mich zu verteidigen.«

»Was macht deine Schwester in meinem Schlafzimmer?«, sagte ich laut. »Hat sie irgendeine Ahnung, wie viel Uhr wir haben und, ach scheiße, ich bin ja nackt!«

»Macht mir nichts aus«, sagte Isabella.

»Aber mir macht's was aus!«, lärmte ich. »Hast du sie eingeladen, Molly?« Und dann kam mir ein Gedanke. Ich sah nachdenklich von Molly zu Isabella. »Geht's hier um einen Dreier?«

»Darum bin ich nicht hier«, betonte Isabella sehr entschieden.

Molly stieß mir ihre Ellbogen in die Rippen. »Und wovon träumst du nachts, Sexmonster?«

»Dann will ich erst recht wissen, was sie hier macht, wo wir noch nicht einmal etwas am Leib haben«, sagte ich bestimmt.

»Ach, jetzt sei nicht so spießig, Eddie«, sagte Molly und setzte sich auf, ohne auf ihren Zustand zu achten. »Nackt zu sein ist für eine Hexe überhaupt nichts Besonderes. Ich bin splitterfasernackt zwischen den Monolithen in Stonehenge, in den Schneeregionen des Himalaya und bei Vollmond die Wall Street rauf- und runtergetanzt. Das macht man eben so.«

»Ich mach das ganz sicher nicht so«, erwiderte ich. »Ich teile nicht gern.«

Ich hätte mir am liebsten ein Kissen geschnappt und bestimmte Körperteile meiner selbst dahinter versteckt, aber ich wusste, sie hätten mich ausgelacht. Also setzte ich mich auf, zog den Bauch ein und tat mein Bestes, um von meiner Würde zu behalten, was mir geblieben war. Was ich übrigens beinahe verlor, als Molly sich gedankenverloren ihre rechte Brust kratzte.

»Reg dich ab, Eddie«, meinte Isabella. »Ich hab schon alles gesehen.«

»Meins ganz sicher nicht«, sagte ich prompt. »Wir werden jetzt das Thema wechseln. Wie kommst du eigentlich immer so leicht ins Herrenhaus trotz unserer ganzen hochmodernen Verteidigungen und Schutzmaßnahmen, die ausdrücklich dazu da sind, um Leute wie dich draußen zu halten?«

Isabella kicherte. »Als du Molly hereingelassen hast, hast du uns alle hereingelassen. Die Metcalf-Schwestern kommen im Paket. Eine für alle, alle gegen die Welt.«

»Du meinst, Louisa könnte hier auch jederzeit ohne Vorwarnung aufkreuzen?«, fragte ich. »Ach verdammt noch mal. Irgendjemand wird dem Seneschall diese Nachricht beibringen müssen und bitte, lieber Gott, ich will das nicht sein!«

»Warum bist du hier, Iz?«, fragte Molly.

Isabella verschränkte die Arme vor der Brust und ihre blutrote Motorradlederkluft krachte laut. Sie warf uns einen ernsten Blick zu. »Ich bin hier, um euch zu erzählen, was ich über diese neue satanistische Verschwörung herausgefunden habe. Und nein, das konnte nicht warten. Es ist wichtig und bedeutend, und dringend auch noch. Ich habe mit bestimmten Freunden gesprochen und anderen, die mir noch Geld oder einen Gefallen schulden, und ich habe etwas erfahren, das ihr sofort wissen müsst.«

»Iz hat Kontakte auf jeder Seite«, sagte Molly stolz. »Sie kennt Leute an Orten, von denen die meisten nicht einmal zugeben wollen, dass sie existieren. Sie erzählen ihr Dinge. Wenn sie wissen, was gut für sie ist.«

»Leute also«, sagte ich skeptisch. »Von welcher Art Leuten

reden wir hier? Ich werde keiner Information vertrauen, die aus anonymen Quellen stammt. Meine Familie auch nicht. Ich brauche Namen, Isabella.«

Sie seufzte laut und auf genervte Art. »Oh, ist ja schon gut, wenn du so spießig sein willst. John Taylor von der Nightside. Eddie Messer, der Punkgott des Rasiermessers; ein Geist namens Ash aus Schattenfall. Jimmy Donner der Mietgott. Und Grey Eidolon, der Dornenfürst, und der Schattenregent.«

»Letzteren solltest du hier nicht erwähnen, meine Liebe«, warf Molly ein. »Ich habe noch nie jemanden gekannt, der so durch und durch eine persona non grata war wie der. Droods sind wirklich nachtragend.«

»Jahrhundertelange Übung«, erklärte ich stolz.

»Ich denke mal, du findest ein paar dieser Namen durchaus vertrauenswürdig?«, fragte Isabella.

»Aber sicher«, antwortete ich. »Ich habe mit den meisten schon hier und da zusammengearbeitet. Nicht grade eine Bande von gutem Ruf, oder die Hellsten, aber meist wissen sie, wovon sie reden.«

Molly sah mich an. »Ich dachte, Droods seien in der Nightside nicht erlaubt?«

»Sind wir auch nicht.«

»Aber wie ...«

»Frag mich nicht, dann lüg ich nicht.«

»Ich hau dir gleich eine rein!«

»Das Wichtigste ist, dass alle von ihnen darin übereinstimmen, was der nächste Schritt sein sollte«, unterbrach uns Isabella laut. »Es scheint, als nähmen die Großkopferten in dieser Verschwörung sehr bald an einem Treffen teil. Alexandre Dusk wird nicht dabei sein, aber es soll ein besonderer Überraschungsgast kommen, der angeblich einiges über das Große Opfer zu sagen hat, das sie planen.«

»In Ordnung«, sagte ich. »Das ist wirklich wichtig. Aber ich sehe immer noch nicht ein, warum du das direkt in mein Schlafzimmer bringen musstest! Warum hätte das nicht bis morgen früh warten können, sodass wir das vor dem ganzen Rat hätten besprechen können?«

»Denen vertraue ich nicht«, sagte Isabella.

»Warum nicht?«

»Weil sie Droods sind.«

»Ah. Dann ist das okay«, meinte ich.

»Ich bin nicht einmal sicher, ob ich dir vertraue«, sagte Isabella. »Auch wenn Molly für dich bürgt.«

Ich lächelte Molly an. »Das tust du? Das ist ja süß.«

»Naja, ich bin ja auch eine Süße.«

»Junge, verliebte Leute. Schrecklich!«, meinte Isabella.

Ich sah sie mit meinem besten ernsten Blick an. »In Ordnung, wo müssen wir hin, um dieses satanistische Treffen platzen zu lassen? Muss ich mich fein anziehen?«

»Habe ich Zeit, um ein neues Kleid zu kaufen?«, fragte Molly.

Isabella lächelte unangenehm. »Wir gehen in deine alten Jagdgründe, Eddie. Sie treffen sich in London, im Unterparlament.«

Das verblüffte mich. Ich zog die Knie an die Brust, um gründlich nachzudenken. Das Unterparlament sitzt in einem Teil der alten römischen Katakomben, die sich tief unter den Houses of Parliament befinden, dem House of Commons und dem House of Lords. Die antiken Katakomben sind Teil eines weitreichenden Labyrinths von Tunneln, Höhlen und aus dem Stein gehauenen Gängen, die sich unter der ganzen Stadt erstrecken und in denen sich all die Geheimnisse und geheimnisvollen Leute verstecken, denen selbst London, diese alte und bekannte Stadt, nicht düster genug ist. Das Labyrinth selbst ist als Londoner Unterstadt bekannt. Die meisten bekreuzigen sich, wenn sie das sagen.

Die Römer haben die ursprünglichen Katakomben unter dem Ort gebaut, der damals Londinium hieß. Dort unten konnten sie privat Dinge erledigen, von denen sie wussten, dass ihre Götter sie missbilligten. Die Römer glaubten, dass wenn ihre Götter nicht sahen, was vor sich ging, es auch keine Bedeutung hatte. Sehr praktisch veranlagte Leute, diese Römer.

Nachdem das Römische Reich zerfallen war und sich aus Britannien davongemacht hatte, kamen andere Leute, benutzten die Tunnel zu ihren eigenen Zwecken und erweiterten sie gleichzeitig. Die Londoner Unterstadt wurde über die Jahrhunderte erheblich erweitert und vergrößert, von vielen Händen und zu vielen Zwecken. Sie ist tief im felsigen Boden verankert, weit unterhalb der U-Bahnen, und wird von allen Spezies benutzt. Heutzutage dienen die dunklen Tunnel und Galerien jedem als Heimat, angefangen bei den Schlafenden Tygern von Stepney bis hin zu den Söhnen der Schlange. Man kann Aliens, Kobolde, Traumwanderer und Seelen finden, die an die Erde gebunden sind. Sogar die missgestalteten Kinder von berühmten Persönlichkeiten und Lustdämonen sind hier zu finden. Von ihren Eltern im Stich gelassen und vergessen, geistern sie in Finsternis und Kälte und planen schreckliche Rache an einer Welt, die eigentlich ihnen hätte gehören sollen. Und nein, sie reiten nicht auf den riesigen Albino-Alligatoren herum, die man die Toilette heruntergespült hat, sobald sie für Haustiere zu groß geworden sind. Das ist nur eine urbane Legende. Die Verlorenen Kinder essen die Alligatoren und tragen die Zähne als Krone auf ihren ausgebeulten, deformierten Köpfen.

Die Londoner Unterstadt. Heim für alle, die guten Grund haben, das Licht zu fürchten. Die Verlorenen und Gefallenen, die Verfluchten und die Korrupten. Neutraler Grund und Boden für alle Gruppen und Individuen, die nirgendwo sonst toleriert werden. Die Art, die zu grob für die Nightside sind oder zu krank oder zu Übelkeit erregend für die Unterwelt. Dort verstecken sich die Unterleute, planen Hinterhalte und tun schreckliche Dinge, weit von den Blicken der Menschen entfernt.

Der ideale Ort für Satanisten, um eine Party zu schmeißen.

»Ich war ein paar Mal da unten«, sagte ich langsam. »Das Ambiente ist widerwärtig, und die Gesellschaft noch schlimmer.«

»Louisa liebt es dort«, meinte Isabella.

»Sieht ihr ähnlich«, sagte Molly.

»Ist sie ...?«, fragte ich.

»Nein«, antwortete Isabella. »Sie gräbt immer noch marsianische Gräber aus.«

»Immer noch?«, fragte Molly. »Was hat sie da nur vor?«

»Das Letzte, was ich gehört habe, war, dass sie etwas wiederzuerwecken versuchte, das mit ihr reden könnte.«

»Oh, das kann ja nur übel enden«, stöhnte Molly.

»So ist Louisa nun mal«, erwiderte Isabella.

»Hört mal«, sagte ich entschieden. »Ich warte immer noch darauf, dass mir einer sagt, warum das so wichtig ist, dass du hier hereinplatzt und unsere kostbare Freizeit störst.«

»Das Treffen der Satanisten ist auf ein Uhr morgen früh festgesetzt«, antwortete Isabella. »Das ist in ungefähr drei Stunden.«

»Zur dreizehnten Stunde«, kommentierte Molly. »Satanisten können manchmal so unglaublich sentimental sein.«

»In drei Stunden also?«, fragte ich.

»Mehr oder weniger«, antwortete Isabella. »Wenn ich du wäre, dann würde ich voran machen.«

»Ich hätte gern mal wenigstens etwas Entspannung zwischen den Notfällen«, seufzte ich wehmütig. »Ein Wochenende in einem netten Hotel, mit Zimmerservice – ich brauche schließlich meinen Schönheitsschlaf.«

»Du wirst alt«, sagte Molly und stupste mich an einer sehr indezenten Stelle.

»Ich werde euch beide dort treffen, im Unterparlament«, sagte Isabella und legte die Hand vor Augen, um sich vor einer solch offenen Zurschaustellung von Zuneigung zu schützen. Sie schnippte mit den Fingern und verschwand aus meinem Schlafzimmer.

»Ich dachte schon, sie geht nie«, sagte Molly. Sie lehnte sich freundschaftlich gegen mich und fuhr mit den Fingerspitzen über meine nackte Brust. »Also, wo waren wir?«

»Du hast mir nie erzählt, dass, dir Zugang zum Herrenhaus zu garantieren auch bedeutet, dass deine Schwestern hier jederzeit hineinkönnen«, sagte ich streng.

»Erwartest du wirklich, dass ich dir alles sage?«, fragte Molly.

»Wenn es um die Sicherheit der Droods geht, ja!«

»Du kannst manchmal wirklich sehr kleinkariert sein, Eddie Drood.«

Sie wandte sich abrupt von mir ab, stand auf und widmete sich mit voller Aufmerksamkeit der Aufgabe, sich anzuziehen. Mit dem Rücken zu mir.

»Ich hab's versaut, oder?«, fragte ich.

Molly erwiderte nichts – aber das sehr laut. Ich seufzte, rollte mich mit Bedauern aus dem Bett und wanderte im Zimmer herum, um die Kleidungsstücke wieder aufzusammeln, die ich früher am Abend von mir geworfen hatte.

»Wag es ja nicht, die wieder anzuziehen«, sagte Molly ohne sich umzudrehen. »Sie haben eine Menge durchgemacht und nur wenig davon war gut. Wirf alles in den Wäschekorb und zieh was Frisches an.«

»Die Sachen waren gestern frisch!«

»Das war gestern!«

Wir zogen uns an. Molly wählte eine beeindruckende, rücken-

und schulterfreie Kreation aus einer Taschendimension, die sie hinten in meinem Schrank angebracht hat. Ich darf nie hineinsehen, was mich misstrauisch macht und vermuten lässt, dass sie dort auch andere Dinge als Kleider versteckt. Aber ich frage nie. Ich wählte einen smarten, aber nichtssagenden Dreiteiler, weil ich auf dem Weg zum Unterparlament durch das House of Commons gehen musste und dabei nicht auffallen wollte. Oder irgendjemandem in Erinnerung bleiben wollte. Ich legte eine alte Krawatte aus Eton an. Vielleicht würde sich das als nützlich erweisen. Ich wartete, bis Molly am Frisiertisch letzte Hand an ihr Make-up gelegt hatte, und versuchte es dann mit einer hoffentlich unverfänglichen Frage.

»Wir haben ungefähr drei Stunden, bis diese kleine Fete der Satanisten losgeht. Müssen wir schon gehen?«

»Ich schon«, sagte Molly. »Du kannst ja noch hier rumhängen, wenn du willst. Ich muss vorher noch etwas erledigen.«

»Was?«

»Ich muss in den Wolfskopf-Club. Du kannst ja inzwischen alle Ratsmitglieder wecken, sie vollständig über alles aufklären und ihnen zuhören, wie sie jedes Detail haarklein zerrupfen, bevor sie dich endlich dazu autorisieren, die Situation zu untersuchen. Aber ich bin weg. Und zwar jetzt. Ich hab Sachen zu erledigen und Leute zu treffen. Verstehst du? Nicht, dass ich Isabella oder ihren faszinierenden Freunden und Verbündeten misstrau. Aber ich werde mich sehr viel besser fühlen, wenn ich ihre Informationen durch einige meiner Freunde und Verbündeten verifiziert habe. Und das bedeutet einen kurzen, aber effektiven Besuch im Wolfskopf.« Endlich wandte sie sich zu mir um. »Du kannst mich ja begleiten, wenn du willst, und mir dabei zusehen, während ich Leute an die Wand nagle und ihnen ganz gezielte Fragen stelle. Doch blamier mich nicht. Gewöhnlich kann man sich darauf verlassen, dass

Isabella die Wahrheit sagt, aber man kann ihr nicht immer trauen, dass sie einem auch alles sagt. Vorgewarnt ist gut bewaffnet und weil wir keine Waffen ins Unterparlament mitnehmen dürfen, weil wir sonst jeden Alarm auslösen würden …«

»Ich werde als Shaman Bond gehen«, sagte ich, als sie endlich einmal Luft holen musste. »Er wird nicht fehl am Platz wirken, ob nun im Club oder in der Londoner Unterstadt. Die Leute erwarten, dass er überall auftaucht. Ich habe eine Menge Arbeit darein investiert, einen solchen Ruf aufzubauen. Und die Leute werden Shaman Dinge sagen, die sie nicht einmal im Traum vor einem Drood aussprechen würden.«

»Gut!« Molly lächelte zum ersten Mal wieder. »Ich mag Shaman. Er ist gute Gesellschaft.«

»Aber er ist doch ich.«

»Nicht immer.«

»Ich kann aber auch sehr gute Gesellschaft sein!«

»Ein Spießer«, sagte Molly leichthin. »Definitiv ein Spießer.«

Merlins Spiegel konnte uns nicht direkt in den berüchtigten Wolfskopf bringen, diese halblegendäre Oase für alle wirklich interessanten und gefährlichen Leute am Rand der Realität – Die Verteidigungen des Clubs würden es nicht erlauben. Also setzte er uns stattdessen in einer müllübersäten Seitengasse irgendwo im schmuddeligeren Teil von Soho ab. Die Eingänge des Clubs wechseln ständig zwischen den verwahrlosteren Teilen Londons hin und her. Der Wolfskopf ist eigentlich nicht in der Stadt; es gibt sogar Leute, die behaupten, er befände sich nicht auf der Erde. Sozusagen. Aber man kann den Club an sehr geheimen Plätzen in jeder größeren Stadt der Welt betreten. Solange man gut gelittenes Mitglied ist, versteht sich.

Die Gasse war voller Schatten, die nicht klar bestimmbar waren. Ein bernsteinfarbenes Licht kroch von der einzigen Straßenlaterne am Eingang der Gasse über die schwarzen Müllsäcke und noch fieseren Abfall. Ein kalter Wind blies, wirbelte ein paar Blätter auf und spielte mit ihnen, war aber nicht stark genug, um etwas anderes vor sich herzutreiben. Der scharfe Geruch von frischem Urin hing in der Luft. Molly ignorierte das alles und starrte eingehend auf einen bestimmten Teil der nackten Ziegelmauer, die sich von dem Rest scheinbar nicht unterschied. Sie ignorierte die obszönen Graffitis und nickte langsam, als ihre Hexensicht ihr die Zeichen unter den Zeichen zeigte. Sie sagte das aktuelle Pass*Wort* und eine großartige Tür aus massivem Silber erschien in der Mauer vor uns. Als ob sie schon die ganze Zeit da gewesen sei und wir hätten sie bis jetzt nur nicht bemerkt. Das matt glänzende Metall war mit eingravierten Drohungen und Warnungen in allen Engels- und Dämonensprachen übersät. Die verstörenden Buchstaben waren scharf und deutlich, für menschliche Augen sogar schmerzhaft. Ich trat vor und drückte meine Hand an das beunruhigend warme Metall und die Tür schwang langsam nach innen auf. In den Wolfskopf-Club hineinzukommen ist nie ganz einfach, denn wenn – ob nun aus guten oder auch schlechten Gründen – der Name nicht mehr auf der Liste der erwünschten Gäste steht, beißt die Tür einem die Hand ab. Einer der vielen Gründe, warum der Wolfskopf einfach keinen Türsteher braucht.

Molly und ich traten schnell durch die Öffnung in blendend helles Licht, stampfende Musik, aggressiv modernes Mobiliar und mehr gute Zeit und fieberhaftes Leben, als man in begrenzter Raumzeit an so einem Ort unterbringen kann. Der Schuppen vibrierte und war vollgepackt. Hauptsache, alle hatten Spaß und nach uns die Sintflut. Ich bahnte mir einen Weg durch die Menge, Molly an meiner Seite, nickte hierhin und lächelte dorthin. Eine Menge Leute nickten und lächelten zurück, Shaman Bond und Molly Metcalf waren in der Szene bekannt. Gigantische Plasma-Bildschirme hingen an der Wand und zeigten intime Geheimnisse der Reichen und Schönen. Unfassbar schöne Mädchen, die kaum irgendwelche Kleidung trugen, tanzten wie besessen auf gut ausgeleuchteten Bühnen, während eine Gruppe von jungen Dingern, die richtig high waren, sich an der Decke tummelte.

Molly und ich lehnten uns in einer beiläufigen, aber wachsamen Pose an die Bar am anderen Ende des Clubs. Man bekommt hier im Wolfskopf alles, wonach man fragt, vom Atom-Cocktail mit einem Schuss Strontium 90-Perrier bis zum Glas medizinischen Absinth mit einem Schirmchen darin. Ich habe Leute Drinks bestellen sehen, die so flüchtig waren, dass sie in einem Becher aus abgelaufenem Uran kamen, und so konzentrierten Alkohol, dass er von einem stepptanzenden pinkfarbenen Elefanten serviert wurde. Auch wenn ich zugeben muss: In jener Nacht hatte ich ein paar intus gehabt. Ich bestellte meine übliche Flasche Beck's und Molly einen Buck's Fizz. Sie glaubt, der Orangensaft mache den Drink gesund. Es gibt immer ein Dutzend Barkeeper, die die ganze Länge der Theke bevölkern. Alle haben das gleiche Gesicht. Ich habe nie gefragt.

Die Gäste bestanden aus den üblichen Verdächtigen. Larry Oblivion, der tote Privatdetektiv, suchte nach nützlichen Kontakten und neuen Aufträgen. Er trank pures Formaldehyd mit einem Schuss Veilchensahnelikör, damit sein Atem nicht so stank. Er war ziemlich froh, Molly sagen zu können, dass er nichts über eine neue satanistische Verschwörung wusste und auch nicht wissen wollte. Er war von seiner Ex ermordet worden und dann als Zombie wieder auferstanden und hatte deshalb mehr Grund als die meisten, auf seine Seele aufzupassen. Es gibt nichts Besseres als den Tod selbst, um einen über das Leben danach nachdenken zu lassen.

Ein fetter, mittelalter und beunruhigend herzlicher Typ in einem Hawaiihemd und Shorts winkte zu Molly hinüber. Er trank aus einer Whiskeyflasche mit einem Nippel am Ende und kratzte sich selbst auf entschieden zu selbstvergessene Weise. Molly ging zu ihm hinüber und ich folgte ihr. Keiner von uns wollte ihm zu nahe kommen. Er warf Molly lüsterne Blicke zu. Mir nickte er heftig zu.

»Seid gegrüßt, Kameraden und was dergleichen Mist mehr ist. Trash, Sir, zu Ihren Diensten. Ist nicht mein eigentlicher Name, verstehen Sie, ich hab ihn mir ausgesucht. Er ist real, romantisch, mehr ... ich. Trash: Wunderknabe, exzentrischer Tänzer und Nekromant in Wartestellung am St. James-Court. Bastarde. Ich hab gehört, ihr seid einer neuen satanistischen Verschwörung auf der Spur. Ich frag mich, was mit der letzten passiert ist. Die Leute halten es einfach nicht mehr für nötig, auf ihre Verschwörungen achtzugeben. Als ich noch jung war, konnte man von einer anständigen Verschwörung erwarten, dass sie einem was bot fürs Geld. Die war noch was, was man Kindern und Kindeskindern weitergab. Nicht, dass ich mit so was geschlagen wäre. Molly, meine Liebe, ich wäre rasend gern eine Hilfe, aber dieser Tage bin ich nicht interessiert. Es sei denn, es hat direkt etwas mit Tod und Sterben zu tun. Sex und Tod, weißt du, alles dreht sich nur noch um Sex und Tod. Und wenn nicht, will ich's nicht wissen. Ich könnte ein paar kürzlich Verstorbene fragen, ob sie was wissen, aber ehrlich gesagt würde ich nichts von dem trauen, was die zu sagen haben. Die Toten habe seltsame Vorstellungen von dem, was real ist und was nicht. Entweder das oder sie haben einen echt schrägen Sinn für Humor und erzählen eine Menge Lügen. Und sie haben immer eigene Pläne.«

Wir gingen weiter und überließen Trash seiner Unterhaltung mit einem Emo-Ghoul mit zu vielen Piercings. Ich hatte Jeremy Diego entdeckt, der sehnsüchtig mit einer gefalteten

Banknote in der Luft herumwedelte, um die Aufmerksamkeit eines Barkeepers zu erhaschen. Einige Leute werden einfach nicht bedient. Jeremy war ein Geisterjäger des Carnacki-Instituts, und das sah man ihm an: Er hatte ein vorzeitig gealtertes Gesicht und einen Blick, der aus einer anderen Welt zu kommen schien. Er war ein kleiner und stämmiger Typ in einem abgetragenen Anzug und einem verschlissenen Fedora, der sein halbes Frühstück auf dem Anzug spazierentrug. Er schien angemessen erfreut, mich zu sehen, und nickte Molly höflich zu, aber wie immer, wenn es keine Geister anging, hatte er keine Ahnung.

»Es heißt, dass sich im Jenseits etwas tut.« Er starrte uns über den Drink, den ich ihm gekauft hatte, an wie eine Eule. »Sehr Machtvolles sogar. Furchtbar viele unserer Hellseher sehen in die Zukunft und kommen mit einer geistigen Kriegsneurose zurück. Etwas Übles ist zu uns unterwegs. Sie können sich nicht darüber einigen, was es ist, aber auf der anderen Seite – Hellseher eben. Das Einzige, dessen man sich sicher sein kann, ist: Wir werden es echt nicht mögen, wenn es kommt. Merk dir das, junger Shaman. Wir werden alle noch vor dem Zubettgehen in Tränen ausbrechen.«

Dann war da noch Monkton Farley, der berühmte Detektiv und Ratgeber. Er lehnte sehr lässig an der Bar, in einem makellos geschnittenen Anzug, eleganten Manschetten und glänzend polierten italienischen Schuhen. Vor ihm stand die übliche Menge von Bewunderern, die eifrig seiner Erzählung über den Fall mit der Unnatürlichen Entwicklung lauschten. Glücklicherweise war er fast fertig, denn wir hätten nichts aus ihm herausbekommen, bevor er sie beendet hatte. Wir warteten das Ende des Beifalls ab, dann drängten wir uns nach vorn. Er sah über seine lange Nase und die pinkfarbene Champagnerflöte hinweg auf mich herab. Aber er hatte Verstand genug, das bei Molly nicht zu versuchen. Stattdessen warf er ihr ein eiskaltes Lächeln zu.

»Satanische Verschwörung?«, fragte er in diesem affektierten, aristokratischen Ton, den er – das wusste ich genau – nicht hätte haben sollen. »Noch nie gehört. War sehr beschäftigt, wisst ihr. Nichts geht über Erfolg und all das. Bin gerade erst zurück aus der Wildnis des ländlichen Somerset. Gott, wie ich alles Ländliche hasse! Dort ist es so ... unzivilisiert.«

Molly und ich teilten uns danach auf, damit wir eine größere Fläche abdecken konnten. Ich arbeitete mich mit meinem üblichen angewandten Charme durch den Club, stellte hier und da eine diskrete Frage, aber als ich mich wieder mit Molly traf, hatte trotz aller Bemühungen keiner von uns viel vorzuweisen. Bei den Stammgästen herrschte das Gefühl vor, etwas läge in der Luft, aber keiner wusste Genaueres. Und wenn ich präziser mit der Sprache rausrückte und direkt nach einer neuen satanistischen Verschwörung fragte, lachten die meisten Leute mich aus. »Eine satanistische Verschwörung? Ach, mein Lieber, das ist ja so was von letztes Jahrhundert!«

Und dann, als Molly und ich uns gerade mit ein paar neuen Drinks erfrischten, sah ich ein Gesicht, das einigermaßen unerwartet für mich war. Philip MacAlpine war einer dieser Spione aus alten Zeiten, die ihr ganzes Erwachsenenleben an den trügerischen Fronten der Spionage und des doppelten Verrats zugebracht hatten. Angeblich hatte er mit meinen Onkeln James und Jack damals gute Arbeit geleistet, aber jetzt, am Ende seiner Karriere, war er nur ein kleiner Beamter beim MI-13 und half dabei, die Sachen unter Verschluss zu halten, von denen die Öffentlichkeit nichts erfahren sollte. Er hatte mehr als einmal versucht, mich zu töten, aber ich tat mein Bestes, das nicht persönlich zu nehmen.

Er sah alt und müde aus, also entschied ich mich dazu, ihn mit meiner Gesellschaft aufzuheitern. Als ich näher kam, warf er einen Blick auf mich und versuchte zu fliehen. Aber ich hatte bereits Molly von der anderen Seite geschickt, damit sie sich ihm in den Weg stellte. Er sah zu ihr, dann zu mir und ließ die Schultern hängen. Ich lächelte ihn an, er grunzte zurück. Man hätte glauben können, dass er nicht erfreut war, mich zu sehen.

»Nicht erfreut, mich zu sehen, Philip?«, fragte ich heiter.

»Ich hatte eine Karriere!«, giftete er. »Ich hatte Aussichten und ein Büro mit Fenster! Und dann kamst du.«

»Vielleicht hättest du nicht versuchen sollen, mich zu töten«, sagte ich vernünftig.

»Ich hätte dabei nicht versagen sollen«, sagte MacAlpine beleidigt. »Ich habe ihnen gesagt, dass es keinen Zweck hat, sich von Angesicht zu Angesicht mit einem Drood-Agenten zu messen, aber auf mich hört ja keiner. Auch wenn ich heutzutage mehr Einsatzerfahrung habe als die Hälfte meiner Vorgesetzten zusammengenommen. Die Abteilungen sind auch nicht mehr das, was sie mal waren. Früher bin ich mit einem coolen Auto durch Osteuropa gegondelt, mit den neuesten Waffen, und habe an den richtigen Orten für Ärger gesorgt. Und jetzt muss ich Formulare in dreifacher Ausfertigung ausfüllen, nur um aufs Klo gehen zu dürfen. Das Ende des Kalten Krieges ist schuld. Damals wusste man noch, wie man das Spiel ordentlich spielt. Jetzt gibt es nur noch Fälle von Fanatikern und religiösen Führern, die keinen Sinn für Humor haben und die die Regeln nicht kapieren würden, wenn man sie ihnen auf die Stirn tätowierte.«

»Ich habe gehört, dass du dir eine hübsche kleine Nische beim MI-13 gebastelt hast«, widersprach ich. »Du fängst unregistrierte Aliens aus anderen Dimensionen.«

»Der MI-13 ist immer noch eine Macht, mit der man rechnen muss«, sagte MacAlpine schnell. »Droods haben auch nicht alle Antworten. Es gibt für uns noch eine Menge zu tun.«

Ich nickte und hörte nur halb auf das, was er zu sagen hatte. Ein seltsames Déjà-vu-Gefühl sorgte dafür, dass sich alle meine Nackenhaare aufstellten. Als ich das letzte Mal mit Philip MacAlpine gesprochen hatte, war es im winterlichen Herrenhaus, im Limbus, gewesen. Ich erinnerte mich noch an diese Unterhaltung, aber er tat es nicht. Er war ja auch gar nicht da gewesen. Oder doch? Es war schwer, sich einer Sache sicher zu sein, die an diesem seltsamen Ort passiert war. Ich fragte mich, ob er sich erinnern würde, wenn ich ihn darauf ansprach, was er dort gesagt hatte. Ich entschied mich, besser nicht zu fragen. Ich unterbrach seine Lamentos darüber, dass sein Leben nicht so verlaufen war, wie es das hätte tun sollen, und starrte ihn böse an.

»Du schuldest mir was, MacAlpine. Du, der MI-13 und dieses ganze Land. Ich habe die Kronjuwelen davor bewahrt, gestohlen zu werden.«

MacAlpine zog die Nase hoch. »Schon recht. Das sagst du öfter. Auch wenn das offiziell nie passiert ist, du vergisst es nicht. Was willst du? Einen Orden? Ich könnte dir vielleicht eine hübsch bemalte und verzierte Urkunde, unterschrieben von Ihrer Majestät, besorgen.«

»Du schuldest mir was«, sagte ich und etwas in meiner Stimme ließ ihn für einen Moment meinem Blick ausweichen. »Du schuldest mir was, und ich fordere einen Gefallen ein. Genau jetzt, mit einer Schleife drumherum. Nichts allzu Schweres. Ich muss ins Unterparlament und dazu brauche ich Zugang zur äußeren Lobby des House of Commons. Ich könnte mir den Weg auch erzwingen, aber das wäre für uns beide mehr Ärger, als die Sache wert ist. Also will ich, dass du Molly und mir zwei MI-13-Sicherheitspässe gibst. Natürlich nur für einen Tag. Jetzt, Philip. Oder ich werde richtig quengelig.«

Er grummelte und murmelte einige Zeit vor sich hin, aber er

meinte es nicht ernst. Er zog sein Handy heraus und trat beiseite, damit er ungehört sprechen konnte. Auch wenn er sich die Mühe nicht hätte machen müssen, über die lärmende Musik und das Durcheinander der lauten Stimmen mussten wir uns anschreien, um gehört zu werden. Molly sah ihm böse hinterher.

»Dem hab ich noch nie getraut. Mieser kleiner Sack. Glaubst du wirklich, dass er uns helfen wird? Er kann dich nicht ausstehen.«

»Möglich«, sagte ich ruhig. »Aber er ist viel zu professionell, um das ins Geschäftliche zu mischen. Mag sein, dass er mir nicht helfen will, aber seine Vorgesetzten werden es tun. Sie schulden den Droods einiges, und das wissen sie. Also werden sie froh sein, es auf billige Weise wiedergutmachen zu können. Was bedeuten denen schon zwei Passierscheine? Die geben die Dinger heutzutage doch als Party-Merchandise aus.«

MacAlpine steckte sein Handy weg und kam wieder zu uns. Er sah noch grimmiger aus als vorher, wenn das überhaupt möglich war. »In Ordnung, alles ist arrangiert. Zwei Sicherheitspässe warten am Eingang zum House of Commons auf euch. Ein Vollausweis für Shaman Bond und einer für eine Begleitperson.«

»Eine Begleitperson?«, fragte Molly indigniert. »Die mächtige und legendäre wilde Hexe der Wälder ist eine Begleitperson!?«

»Wenn ich deinen wirklichen Namen auf den Pass schreiben lasse, dann lassen sie dich nie rein«, erwiderte MacAlpine. »Dein Ruf eilt dir voraus.«

»Ja«, sagte Molly ein wenig heiterer. »Das tut er gern.«

Jetzt wandte MacAlpine mir seine volle Aufmerksamkeit zu. »Die Pässe werden euch in die äußere Lobby bringen, nicht weiter. Lasst es nicht drauf ankommen. Wie ihr ins Unterparlament kommt, ist eure Sache.«

»Kein Problem«, erwiderte ich fröhlich.

»Ich mag die Art, wie du das sagst, wirklich nicht«, sagte MacAlpine traurig.

»Gut!«

»Es soll nicht leicht sein, ins Unterparlament zu gelangen!«, sagte MacAlpine. »Oder in die Londoner Unterstadt! Denn eigentlich geht ihr dorthin, stimmt's?«

Ich betrachtete ihn nachdenklich. Da war etwas in seiner Stimme ... »Was hast du gehört, Philip?«

Er lächelte mich zum ersten Mal an. »Dass vielleicht endlich etwas Schlimmeres diese Welt betreten hat als Droods.«

Molly und ich verließen den Wolfskopf-Club durch die Hintertür und kamen auf einer schäbigen Seitenstraße in Westminster wieder heraus. Die Straßenlampen waren hell und klar, kaum jemand war draußen und nur die allerbesten Autos rollten ruhig vorbei. Molly und ich spazierten Arm in Arm die Straße entlang und erholten uns von dem ohrenbetäubenden Lärm im Club. Es war nicht weit bis zum House of Commons. Ich machte keine Anstalten, Merlins Spiegel auszuprobieren, denn beide Parlamentshäuser sind unter unzähligen Schichten von Schutzmaßnahmen und Verteidigungen begraben, die man im Laufe der Jahrhunderte darübergelegt hat. Die Elite sorgte schon immer zuerst und vornehmlich für sich selbst. Bringt man ein Objekt der Macht, wie Merlins Spiegel es ist, auch nur in die Nähe des Parlaments, wird sich jeder SAS-Kampfzauberer der Armee hierher teleportieren, bis an die Zähne bewaffnet und bereit, extreme Gewalt gegen alles anzuwenden, was sich bewegt. Also spazierten Molly und ich einfach so hier entlang und nahmen die landschaftlich schönere Strecke, um die Zeit bis um ein Uhr morgens totzuschlagen.

Bei einem Pub namens *Untergegangener Wähler* hielten wir kurz an. Das Aushängeschild der Kneipe zeigte tatsächlich einen Wähler, der mit dem Gesicht nach unten in der Themse trieb. Hier in Westminster ist man nicht gerade subtil. Die Kneipe hatte sich dem Massengeschmack angenähert, wie Pubs das in letzter Zeit öfter tun, und dieser hier machte sehr viele Zugeständnisse. Aber dennoch war er der Treffpunkt für all die politischen Schreiber, die Reporter, Rechercheure und Trittbrettfahrer, die immer um ein Parlament herumhängen wie Fliegen um einen toten Hund. Natürlich waren es Print-Reporter; die Fernsehleute waren eine raffiniertere Bande und hatten ihre eigenen, exklusiveren Kaschemmen, in denen sie abhingen. Und die Rechercheure hier waren nichts weiter als bessere Boten, die dafür sorgten, dass ihre respektablen Parlamentsmitglieder alle Informationen besaßen, die sie brauchten, und sich so nicht ständig blamierten, wenn sie ihren Mund aufmachten. Gott bewahre, dass sie vielleicht eine eigene Meinung äußerten, die vorher nicht gründlich Marketing-getestet war. Es war ein harter, undankbarer und nie enden wollender Job, aber es war oft der einzige Weg ins Spiel zu kommen für die, die nicht die richtige Familie oder die richtigen Parteiverbindungen hatten. Es herrscht nie ein Mangel an Leuten, die näher an die Macht wollen, ohne sich der Mühe, gewählt zu werden, zu unterziehen. Der *Untergegangene Wähler* war der Ort, an dem sich diese Leute trafen, um ihre Zunge zu wetzen, ihren Ärger darüber loszuwerden, was für Idioten ihre Arbeitgeber doch waren, und darüber, dass alle anderen sie daran hinderten, Erfolg zu haben.

Molly kannte eine ganze Menge dieser Leute aus ihrer Zeit beim Manifesten Schicksal, als diese Gruppierung noch vorgab, ein Teil des politischen Prozesses zu sein. Wir spazierten beiläufig in die Bar hinein und eine Menge Leute lächelten und nickten uns zu. Molly ist niemand, den man leicht vergisst, und wie immer erwarteten die Leute von Shaman Bond, dass er überall auftauchen kann. Ein paar Schreiberlinge von der Regenbogenpresse winkten uns zu sich an die Bar.

»Willkommen zurück in diesem Sündenbabel, meine liebe Molly!«, sagte ein viel zu dick angezogener Gentleman in einem langen, speckigen Mantel. »Versuchst du immer noch Rufschädigungen und allgemeinen Aufstand zu initiieren?«

»Ach, das waren noch Zeiten!«, sagte Molly. »Hallo, Brian. Gib mir einen Drink aus, dann erzähle ich dir, wer ein paar Leichen im Keller hat und wo.«

Jeder lachte, auch wenn es ein wenig unbehaglich klang. Bei Molly weiß man nie.

Der Pub selbst gab sich alle Mühe, ein Ort zu sein, der ein wenig schäbig war, an dem man ruhige Deals abschließen konnte und wo teure Gegenstände heimlich und billig den Besitzer wechselten, wenn keiner hinsah. Das Interieur war ebenso mehr als nur ein wenig altmodisch, mit gerahmten politischen Cartoons aus den Fünfzigern und Sechzigern an der Wand. Keiner war allein hier. Die Leute kamen, um zu reden. Bezahlt wurde mit Geheimnissen, und Klatsch war pures Gold wert. Und jeder hatte etwas zu verkaufen oder noch besser, zu tauschen. Reputationen konnten hier gemacht oder zerstört und alte Kränkungen gerächt werden, indem man die richtige Person in die falsche Richtung stupste.

Es gab eine Menge Seitenblicke und Gemurmel, als sich die Stammgäste darüber wunderten, was Molly Metcalf und Shaman Bond wohl hier wollten. Weil niemand je zufällig in den *Untergegangenen Wähler* kam oder weil er einfach in Ruhe einen Drink nehmen wollte. Wir mussten etwas wollen und sie alle fragten sich, wie sie es uns am besten verkaufen konnten. Viele schienen sich an Molly zu erinnern, aber auf der anderen Seite hinterließ sie immer großen Eindruck. Eine Journalistin, die für ein gehobeneres Schundblatt schrieb, eine Linda Van Paulus, erinnerte sich an Shaman Bond und schlenderte betont gelassen in meine Richtung. Sie gab mir einen Drink aus, was anständig war, und wir standen eine Weile zusammen an der Bar, während Molly alte Verbindungen auffrischte und dann skrupellos Informationen aus ihnen herausquetschte.

»Shaman, Liebelein«, begann Linda und nahm mich über ihr Ginglas hinweg genau unter die Lupe. »Ich bin überrascht, dich und die berüchtigte Molly Metcalf zusammen zu sehen. Geschäftlich oder privat?«

»Ein wenig von beidem«, erwiderte ich.

»Habe ich richtig gehört? Ihr beide seid zusammen?«

»Vor dir kann man wirklich nichts geheim halten, Linda.«

»Ach, ich weiß nicht. War wohl eher ein Glückstreffer.«

Linda war groß, mit einem langen Pferdegesicht und einem Mund mit zu vielen Zähnen darin. Sie war so nachlässig angezogen, dass es beinahe ungepflegt aussah. Aber sie besaß Verstand, den sie manchmal sogar zu benutzen geruhte. Sie sah zu Molly hinüber und den Leuten, mit denen sie sprach, und ich konnte beinahe hören, wie die Rädchen ihres Verstandes ratterten, als sie realisierte, was sie gemeinsam hatten. Ich unterbrach sie schnell, um sie abzulenken.

»Also, Linda. An welcher Story arbeitest du gerade? Irgendwas Interessantes?«

»Der Premierminister und sein ganzes Kabinett führen etwas im Schilde«, sagte Linda sofort. Sie konnte nie der Versuchung widerstehen, damit anzugeben, wie viel sie wusste. »Das ist etwas überraschend, denn normalerweise sind sie sich über gar nichts einig. Aber was auch immer es ist, was sie da planen, es muss wirklich wichtig sein, denn ich kann nicht einmal ansatzweise herausfinden, was es ist. All meine üblichen Quellen haben sich entweder aus dem Staub gemacht oder wollen mehr Geld, als meine Herausgeber bereit sind zu zahlen. Deppen. Ich sage ihnen ständig, dass man Geld ausgeben muss, um es zu machen, aber in den Aufsichtsräten sitzen heutzutage nur Erbsenzähler. Im Zählen von Pennies sind sie groß, und Pfunde wollen sie gar nicht erst ausgeben. Keiner von denen hat Druckerschwärze in den Adern.« Sie sah mich plötzlich an und knallte ihr Glas auf die Bar. »Du weißt doch was. Tust du doch, oder? Komm schon, Shaman, sag's mir, um der alten Zeiten willen. Ich sehe schon zu, dass du nicht zu kurz kommst.«

»Nun«, sagte ich vorsichtig. »Wahrscheinlich wirst du es nicht glauben, aber ich habe sehr verlässliche Gerüchte gehört, dass der Premierminister und seine Leute mit einer neuen satanistischen Verschwörung unter einer Decke stecken.«

Das Interessante war, dass sie mir nicht sofort ins Gesicht lachte. Sie sah mich nachdenklich an und trommelte mit den Fingern auf dem Tresen herum. »Das hast du also gehört, ja? Das hat wohl kaum etwas mit dem Großen Opfer zu tun, von dem unser glorreicher Führer gesprochen hat? Ja ja, Liebchen, Tante Linda hat auch Gerüchte gehört. Meine üblichen Informanten haben sich vielleicht verkrümelt oder sich selbst durch zu teure Preise aus dem Markt gekickt, aber es gibt immer noch Leute, die reden wollen, wenn man weiß, wo man hinhören muss. Noch hat keiner Details über dieses Große Opfer, aber du kannst Gift drauf nehmen, dass deinesgleichen und ich diejenigen sein werden, die es am Ende bringen sollen. Und der Premier und seine Bande wird davon profitieren. Siehst du diesen kleinen Kerl da drüben? Der über seinem Cuba Libre brütet? Mit dem solltest du reden. Der liebe kleine Adrian Toomey arbeitet für die Times und gelegentlich als Rechercheur für die einzige anständige Dokumentarreihe der BBC, Panorama. Sprich mit ihm. Sieh zu, was du aus ihm rauskriegst.« Sie packte mich fest am Arm und ihre langen Finger gruben sich tief in mein Fleisch. »Und sag mir nur ja alles, was du herausfindest. Ja. Der liebe, liebe Adrian. Er steckt tiefer da drin als jeder andere. Jedenfalls behauptet er das gern.«

Ich dankte ihr, gab ein paar Versprechen, die ich nicht zu halten gedachte, und ging hinüber zu Adrian Toomey, der am Rand einer Unterhaltung saß und nicht im Geringsten darauf achtete. Seine blassblauen Augen starrten in weite Ferne. Er war ein untersetzter, schwermütiger Kerl in einem ausgebeulten Pullover und einem formlosen Blazer, aber seine alte Schulkrawatte war sicher echter als meine. Er blinzelte kurz, als ich mir einen Stuhl heranzog und mich neben ihn setzte. Als ich ihm erklärte, was ich von ihm wollte, begann er, unruhig auf seinem Sitz hin und her zu rutschen. Er beugte sich vor, um vertraulich mit mir sprechen zu können. Seine sanfte, klare Stimmer verlor sich fast im Lärm des Pubs.

»Alle meine üblichen Quellen sind von der Bildfläche verschwunden, Mr. Bond. Keiner scheint zu wissen, was mit ihnen passiert ist. Und die paar, die noch da sind, die offiziellen Sprecher, die Pressesprecher und die, die ab und an eine Information weitergeben – die reden so viel wie immer, ohne wirklich etwas zu sagen. Und nicht, weil sie unter Druck gesetzt werden oder eingeschüchtert wurden, sie scheinen wirklich nicht zu wissen, was vor sich geht. Und das sind die Leute, die üblicherweise eingeweiht sind. Jeder spricht über dieses Große Opfer und die wundervolle Zukunft, die schon bald beginnen soll, aber keiner weiß, wie sie aussehen soll oder was sie beinhaltet. Außer unseren derzeitigen Herren und Meistern. Und die reden nur hinter verschlossenen Türen darüber und mit erhöhter Sicherheit, und keiner führt Protokoll über das, was gesagt wird. Einer erzählte, dass er den Premierminister gestern hat weinen sehen.

Je höher ich gehe, desto weniger haben die Leute zu sagen. Da herrscht eine bestimmte Atmosphäre in den Korridoren der Macht, Mr. Bond. Die Leute haben Angst. Sie sind zutiefst verängstigt von dem, was kommt. Sie wissen genug, um sicher zu sein, dass sie gar nicht mehr wissen wollen. So etwas habe ich noch nie erlebt.«

»Verzeihen Sie mir, wenn ich ganz deutlich werde«, sagte ich. »Aber haben Sie etwas über eine neue satanistische Verschwörung gehört?«

Adrian Toomey sah mich traurig an. »Ach, Mr. Bond. Ich habe Sie für einen ernsthaften Rechercheur gehalten. Ich befasse mich nicht mit diesem Schwachsinn der Regenbogenpresse.«

Molly und ich verließen den *Untergegangenen Wähler* nicht sehr viel schlauer, als wir hineingegangen waren. Molly hatte alle ihre Kontakte angezapft – erfolglos. Der Premierminister und sein Kabinett planten definitiv etwas und wahrscheinlich nichts Gutes, dessen war sich jeder sicher. Aber keiner wusste, was es war. Molly war ziemlich genervt und ein wenig befremdet, dass sie nicht in der Lage gewesen war, etwas Spezifischeres herauszufinden. Westminster ist in der Regel nicht so gut, was das Verbergen von Geheimnissen angeht. Irgendjemand weiß immer etwas und kann es nicht abwarten, zu reden. Aus politischen Gründen, aus Prinzip oder fürs Geld. Aber es schien, als wollten die paar Leute, die Bescheid wussten, nicht reden. Weil sie zu viel Angst hatten.

Interessanterweise war es dennoch so, dass nur wenig Leute an eine neue satanistische Verschwörung glauben wollten, außer denen, die für die aktuellen Klatschblätter arbeiteten. Doch für die war das sowieso das tägliche Brot. Ich musste unwillkürlich an den Jungen denken, der vor dem Wolf gewarnt hatte.

Dennoch, die Nacht war angenehm und es war erst kurz nach Mitternacht, also schlenderten wir langsam durch die hell erleuchteten Straßen von Westminster und schmiedeten

Pläne, was wir den Satanisten bei ihrem Treffen Widerliches antun wollten, wenn wir sie erst einmal erwischt hatten.

Wir erreichten das House of Commons eine gute halbe Stunde vor der Zeit. Einer von Philip MacAlpines Leuten erwartete uns bereits. Ich erkannte ihn sofort. Ich hatte schon mit ihm zu tun gehabt, als ich nur einfacher Einsatzagent in London gewesen war und noch mein Handwerk lernte. Niemand setzte einen minderen Beamten wie Alan Diment auf irgendetwas Wichtiges an. Alan war ein mittelalter, niederer Kurier, so still und anonym, wie jeder geheime Bote sein sollte. Er war auf eine unauffällige aristokratische Art blond und blauäugig; jene Art Mann, der bei Geheimdiensten landet, weil der Papa das Gleiche getan hatte. Er wäre ganz offenbar gern mysteriös gewesen, hatte aber nicht die Selbstsicherheit, das auch zu vermitteln. Ich habe keine Ahnung, was er beim MI-13 macht, wenn er nicht gerade Botengänge erledigt, aber er ist vertrauenswürdig genug. Wenn auch nur, weil er nicht den Ehrgeiz hat, ein Verräter zu sein.

Er ging vor dem House of Commons ziemlich offen auf und ab und sah ganz so aus, als wolle er gar nicht da sein. Er nickte mir schnell zu, als ich herankam, und brachte ein kleines, aber sehr korrektes, höfliches Nicken Molly gegenüber zustande.

»Ich kann nicht glauben, dass ich das tue«, sagte er. »Aber Befehl ist Befehl, und was muss, das muss und so weiter. Also. Hier sind zwei MI-13-Pässe, einer auf Shaman Bond ausgestellt, der andere, nun, auf einen anderen. Ist sie wirklich – ja, das dachte ich mir. Ihren Namen schreiben wir besser nicht auf einen Passierschein, was? Wir wollen doch unseren Freunden drinnen keinen Herzinfarkt verpassen. Die Pässe bringen Sie in die äußere Lobby, aber auf keinen Fall weiter! Ich wurde extra angewiesen, das ausdrücklich zu betonen, und ich denke, Sie stimmen mir zu, dass ich das nach besten Kräften versucht habe. Wenn Sie jemand belästigt, dann zeigen Sie ihm die Pässe und werfen ihm gemeine Blicke zu, und man wird Sie allein lassen. Bitte machen Sie nichts kaputt, *bitte* töten Sie niemanden und vor allem: Tun Sie nichts, was das MI-13 in Verlegenheit bringen könnte. Wir sollen nächsten Monat eine Budget-Erhöhung kriegen und da ist es nicht gut, sich Feinde zu machen, also versuchen Sie, sich aus allem Ärger rauszuhalten.«

»Ärger?«, fragte ich unschuldig. »Wir?«

»Wenn Sie verhaftet werden, hat die Abteilung noch nie von Ihnen gehört«, sagte Diment. »Wir werden jegliche Kenntnis Ihrer Person leugnen und schwören, dass die Pässe gefälscht sind. Würden Sie jetzt bitte so nett sein, für die Passierscheine hier zu unterschreiben?«

»Was glauben Sie?«, fragte Molly.

»Ach, hier bitte«, sagte Diment. »Nehmen Sie die verdammten Dinger, damit ich nach Haus gehen kann.«

Er drückte mir zwei kleine laminierte Pässe in die Hand. Sie sahen sehr offiziell aus, aber auch sorgfältig leer. Kein Foto, weil MI-13-Agenten nicht im Gedächtnis bleiben wollen, und die offiziellen Unterschriften waren nur Gekritzel. Perfekt.

»Gut. Das war's. Ich bin weg«, sagte Diment. »Ich gehe heim, wo ein warmes Bett und eine heiße Frau auf mich warten. Und wenn Sie weitere Hilfe benötigen, zögern Sie nicht anzurufen, aber mich bitte nicht. Rufen Sie MacAlpine an. Der hat mich noch nie gemocht. Und tschüs.«

Er hastete in die Nacht hinaus und murmelte dabei weiter vor sich hin. Molly sah mich an.

»Wenn ich gewusst hätte, dass es so leicht ist, ins Parlament einzubrechen, hätte ich das schon vor Jahren getan. Weißt du, ich könnte dir günstig ein paar Liter Napalm besorgen ...«

»Ein anderes Mal«, winkte ich ab.

Ins House of Commons hineinzukommen war leicht. Mit den Pässen herumwedeln und selbstsicher aussehen. Die wachhabenden Polizisten nickten uns zu. Die Sicherheitsleute im Inneren bestanden darauf, einen kurzen Blick auf den Pass zu werfen, aber sie beugten sich der implizierten Macht des MI-13. Die Äußere Lobby sah genauso aus, wie man es aus dem Fernsehen kannte: sehr alt und vollgesogen mit Geschichte und Tradition. Voller Leute mit vage bekannten Gesichtern, die wichtigtuerisch herumliefen, selbst um diese Uhrzeit. Die Regierungsgeschäfte schlafen nie, was manchmal etwas Gutes ist und manchmal nicht. Gelegentlich kam jemand durch die äußere Lobby, der sehr würdig und bedeutend aussah und huldvoll den wartenden Fernsehkameras zulächelte. Man weiß ja nie, ob eine Kamera läuft oder nicht. An mir oder Molly zeigten die Fernsehreporter kein Interesse. Sie erkannten uns nicht, also konnten wir auch nicht wichtig sein.

Ein uniformierter Sicherheitsmann mit einem großen Suchhund dachte genau das Gegenteil und kam auf uns zu, um uns zu kontrollieren. Also kniete ich mich sofort auf den Boden und begann, ein großes Gewese um den Hund zu machen, seinen Kopf zu streicheln, ihn hinter den Ohren zu kraulen, sodass er glücklich mit dem Schwanz wedelte, als ich ihm liebevollen Unsinn zuflüsterte. Der Wachmann sah gequält aus.

»Bitte tun Sie das nicht, Sir, er arbeitet.«

»Oh ... er arbeitet? Ja?«, fragte ich den Hund. »Na, arbeitest du fein?«

»Ist ja rührend«, meinte Molly.

Ich zeigte dem Wachmann unsere Pässe, und widerwillig zerrte er seinen Hund fort, nur um beinahe sofort von einem Sicherheitsmann in Zivil ersetzt zu werden, der es anscheinend als persönliche Beleidigung auffasste, dass er über einen MI-13-Besuch nicht im Voraus informiert worden war. Er sah an seiner Nase entlang auf mich herunter, dann auf Molly und studierte unsere Pässe sehr gründlich. Offenbar war er scharf darauf, einen Fehler zu finden, damit er sagen konnte, sie seien falsch.

»MI-13 also?«, fragte er verschnupft. »Ich bin Peregrine Le Behan.« Er sah wieder an seiner Nase entlang auf uns herab und dachte offenbar, der Name müsse uns etwas sagen. Ich glaube, er erwartete, wir beide würden uns verbeugen und ihm unser Erstgeborenes anbieten, um seinen Zorn zu besänftigen. »Keiner aus Ihrem Department hat das mit mir abgeklärt! Oder jemand aus Drood Hall. Oh ja, Eddie Drood und Molly Metcalf! Ich habe Ihre Akten gelesen. Sie bedeuten Ärger, Sie beide, und ich will wissen, was Sie hier mit MI-13-Pässen tun!«

»Wenigstens bin ich jetzt nicht mehr die Begleitperson«, stellte Molly fest.

»Die Tatsache, dass wir diese Pässe benutzen, sollte Ihnen schon sagen, dass wir inkognito hier sind«, sagte ich. »Und was Sie anbetrifft, was jeden hier betrifft, ist es unnötig, einen großen Wirbel um unsere Anwesenheit zu machen. Wir sind nur zwei MI-13-Leute, die sich mal schnell umsehen. Das ist doch kein Grund, irgendjemanden in Panik zu versetzen, oder?«

Le Behan schnaubte laut. »Diese Pässe haben keinen Wert, denn sie wurden nicht mit mir abgeklärt. Also konfisziere ich sie. Und Sie beide kommen mit mir, damit ich weitere Untersuchungen anstellen kann. Ich bin sicher, wir können einen hinreichend deprimierenden Raum finden, in dem wir Sie festhalten können, während ich herausfinde, was hier wirklich vorgeht. Ihnen hätte nie erlaubt werden dürfen, hierherzukommen.«

»Erlaubt?«, fragte ich und etwas in meiner Stimme ließ ihn einen Schritt zurückweichen. Ich lächelte kalt. »Keiner erlaubt einem Drood, irgendetwas zu tun. Wir tun, was getan werden muss, und mindere Beamte wie Sie gehen uns dabei gefälligst aus dem Weg, wenn Sie nicht niedergetrampelt werden wollen.«

Le Behan begann etwas offiziell Klingendes und passend Empörtes hervorzustottern, also rüstete ich meine rechte Faust auf und hielt sie ihm vors Gesicht. Er hörte sofort auf zu sprechen, seine großen Augen auf die goldenen Dornen gerichtet, die jetzt aus meinen Knöcheln sprossen. Er wimmerte sogar leise auf. Er riss sich von dem Anblick fort und sah Molly an. Sie lächelte unerfreulich, schnippte mit den Fingern und verwandelte seine teuren Schuhe in ein Paar toter Fische. Le Behan sah aus, als breche er gleich in Tränen aus.

»Und jetzt seien Sie ein braver kleiner Beamter und verpissen Sie sich«, sagte ich. »Oder wir kriegen schlechte Laune.«

»Ernsthaft schlechte Laune«, sagte Molly.

»Und geben Sie mir die verdammten Pässe wieder«, sagte ich. Er schubste sie mir in die Hand und ich warf ihm noch einen bösen Blick zu. »Vergessen Sie nicht: Wir waren nie hier. Oder wir werden es so arrangieren, dass *Sie* nie hier waren.«

»Überhaupt jemals«, fügte Molly hinzu.

Le Behan tappte mit schmatzenden Lauten in seinen toten Fischen davon und ich ließ die Rüstung um meine Hand verschwinden. Keiner bemerkte es, es gab keinen Alarm. Keiner achtete überhaupt auf uns. Die Fernschleute warteten immer noch darauf, dass jemand Wichtiges auftauchte. Die Sicherheit war in der äußeren Lobby wirklich mies. Ich würde später mit jemandem ein ernstes Wort darüber reden müssen.

Molly und ich wanderten in der Lobby herum und beobachteten den Ort. Die alten Wände wirkten solide genug, aber meine durch den Torques verstärkte Sicht führte mich sofort zu einer bestimmten Sektion, die in einer Nische versteckt war. Als wir näher kamen, bemerkten wir, dass mehrere sehr machtvolle »Bitte weitergehen, hier gibt es nichts zu sehen«-Zauber in Kraft traten, mehr als genug, um gewöhnliche Aufmerksamkeit abzulenken. Molly wischte sie mit einem Wink ihrer Hand beiseite wie Spinnweben. Als wir näher herantraten, zeigte meine *Sicht* mir eine massive Tür in der Wand, die aus massivem Gold gemacht war. Molly gab bewundernde Laute von sich.

»Ist das wirklich massives Gold? Das ist es, o Mann, das ist es! Tonnen davon! Das setzt der Tür vom Wolfskopf noch eins drauf!«

»Komm mir bloß nicht auf Ideen«, unterbrach ich sie. »Die Tür ist in die Wand eingelassen, man könnte das selbst mit einem verzauberten Brecheisen nicht aufstemmen.« Ich ließ meine Finger über das glänzende Gold gleiten. Es war unnatürlich warm und ein wenig unbehaglich. Als ob etwas wirklich Widerliches auf der anderen Seite auf uns wartete. »Das ist nicht einfach nur Gold, Molly. Es fühlt sich ... bewohnt an.«

»Könnte das dasselbe Material sein wie deine Rüstung?«, fragte Molly.

»Gute Frage«, erwiderte ich. »Offenbar nicht die seltsame Materie meiner jetzigen Rüstung, aber ... das Herz hat damals eine Menge Zeug hinterlassen, von dem meine Familie meist keine Ahnung hatte. Nein. Nein, ich denke nicht. Die Londoner Unterstadt existierte schon Jahrhunderte, bevor das Herz in unsere Realität eingebrochen ist. Das ist wahrscheinlich ein Zufall.«

Aber selbst als ich das sagte, fühlte ich mich nicht ganz wohl damit.

»Wie kommen wir da rein?«, wollte Molly wissen. »Ohne dass wir etwas Dringendes, Gewaltsames oder Aufmerksamkeit Erregendes tun?«

»Wir benutzen das Pass*Wort*.« Ich sagte es auf. Die goldene Tür schwang glatt und still vor uns auf.

»Woher wusstest du das?«, fragte Molly.

»Droods wissen eben alles.«

»Nicht immer«, erwiderte sie süß. »Oder wir wären gar nicht hier, stimmt's?«

»Richtig«, bestätigte ich.

Hinter der Tür befand sich eine enge Treppe mit sehr alten, sehr glatten und abgetretenen Stufen, die in die Finsternis führten. Sie sahen alt genug aus, um tatsächlich römisch zu sein. Ich sah mich um, aber kein Mensch schenkte uns Aufmerksamkeit. Die Vermeidungszauber der Tür schützten uns. Ich ging die Stufen voran, Molly kam dicht hinter mir. Sie wollte eigentlich vorgehen, aber ich hatte das nicht zugelassen. Dann wollte sie neben mir herlaufen, aber die Stufen waren nicht breit genug, also gab sie sich damit zufrieden, dicht hinter mir zu bleiben und zu schmollen. Es gab kein Geländer, also mussten wir unsere Schultern dicht an die Wand drücken, um sicherzugehen, dass wir der Kante der Stufen und dem bodenlosen Abgrund dahinter nicht zu nah kamen.

Wir stiegen für eine ganze Weile tiefer und tiefer und tiefer. Als ich nach oben sah, war das Licht am Treppenanfang hinter der wieder verschlossenen Tür verschwunden. Die einzige Beleuchtung ging von schwebenden, blassgrün phosphoreszierenden Kugeln aus, die einsam durch die Luft vor uns hertrieben und den Weg nach unten erhellten, wie Irrlichter, auf die man sich mehr als üblich verlassen konnte. Sie hielten inne, wenn wir es taten, waren aber immer darauf bedacht, einen respektvollen Abstand einzuhalten, egal, wie sehr ich versuchte, aufzuholen. Die Schatten waren tief und dunkel und der Abgrund an unserer Seite schien nach wie vor keinen Boden zu haben. Wir stiegen hinab und folgten den Lichtern, bis ich jegliches Gefühl dafür verlor, wie tief wir schon gekommen waren.

»Wie tief, glaubst du, geht das hier?«, fragte Molly.

»Bis ganz nach unten«, antwortete ich.

»Ich hasse solche Antworten.«

Die grob behauene Steinmauer trug mehrere Schichten von Graffiti aus verschiedenen Jahrhunderten, in vielen Sprachen und Dialekten, einschließlich ein paar Worten Latein. Ich zeigte Molly eine der deutlicher erkennbaren Inschriften.

»Irgendeine Ahnung, was das hier heißen soll?«

»Tut mir leid«, sagte sie. »Das ist auf keinen Fall klassisches Latein. Wenn du mich fragst, könnte es ›Dickus Schwanzus lässt dich sabbern‹ bedeuten.«

Einige der Inschriften wurden deutlicher, als wir weiter abstiegen, auch wenn viele davon doppeldeutig waren. *Juden sind stets die, denen man für gar nichts die Schuld geben kann! König Pöbel zeigt uns den Weg. Wir alle sind Liliths Kinder. Dagon ist zurückgekehrt!* Dieser letzte Spruch sah sehr neu aus.

Meine Beine begannen, sich von der Anstrengung des ständigen Abstiegs zu verkrampfen, mein Rücken brachte mich beinahe um. Molly musste das auch spüren, aber sie beschwerte sich nicht, also konnte ich das auch nicht. Ich biss die Zähne zusammen, um den Schmerz zu unterdrücken, und ging weiter.

»Man sollte glauben, die hätten in unserem Zeitalter mal einen Lift einbauen können«, sagte ich.

»Würdest du dem Ding trauen?«

»Gute Frage. Geht es nur mir so oder wird es hier gerade wirklich kalt?«

»Wir sind weit von der Sonne entfernt.«

»Vielleicht ist es das.«

»Warst du jemals zuvor in der Londoner Unterstadt?«, fragte Molly. »Ich meine, du hast das Pass*Wort*. Selbst ich kenne das Pass*Wort* nicht.«

»Ich bin ein Einsatzagent in London«, erwiderte ich. »Ich erfahre alle Pass*Worte*. Aber nein, ich war noch nie hier. Das war alles immer eher Matthews Gebiet als meins. Er setzte sich mit den Behörden und den Drahtziehern zusammen, bearbeitete alle wichtigen Fälle und kannte alle wichtigen Leute. Ich wusste aber von der Londoner Unterstadt – und hab all die Geschichten gehört. Das ist die Schattenwelt, das verzerrte Spiegelbild der Welt darüber, wo der Schwanz mit dem Hund wedelt. Wie unten, so oben. Es wird behauptet, dass alle neuen Parlamentsmitglieder hierher gebracht werden, nachdem sie gewählt wurden. Sie werden ins Unterparlament gezerrt, damit sie sehen, wo die wahre Macht liegt. Und die, die nicht niederknien oder ihren Kopf neigen, werden verrückt oder getötet.«

»Diese Geschichten habe ich auch gehört«, sagte Molly. »Und ausnahmsweise hoffe ich, dass sie nicht wahr sind.«

Etwas später – und da hatte ich schon überhaupt keine Ahnung mehr, wie viel später – erreichten wir den Fuß der Treppe. Molly und ich hielten an und lehnten uns aneinander. Wir atmeten schwer. Wir massierten uns abwechselnd etwas Gefühl zurück in die Beine und rieben einander den Rücken, und als wir fertig waren, sahen wir uns um. Wir standen in einem engen Steintunnel, der von ein paar der grünen Lichter erhellt wurde, die unter der Decke hingen. Alles sprach dafür, dass die Felswände wirklich authentisch antik waren, denn man konnte immer noch die originalen Werkzeugspuren darin erkennen. Wir folgten dem Korridor für eine Weile, gingen scharf nach links und fanden uns selbst in einer großen, aber überraschend angenehmen Grotte wieder. Helles elektrisches Licht vertrieb die Dunkelheit, auch wenn sie weiterhin in einer Reihe von Eingängen lauerte, die aus der Grotte hinausführten. Dicke Teppiche und Felle bedeckten den Boden, bequeme Möbel standen zur Verfügung und es gab sogar eine Bar. Leute standen herum und schwatzten fröhlich miteinander. Es waren sogar ziemlich viele Leute. Wenn der Ort nicht so seltsam gewesen wäre, hätte es eine Party von vielen sein können, überall. Einige der Anwesenden warfen ein paar Blicke auf uns, als wir ankamen, aber keiner schien besonders interessiert. Wenn wir hier waren, dann nur, weil wir erwartet wurden.

»Das sieht aus wie ein Wohnzimmer«, sagte Molly. »Und die Leute wirken so gewöhnlich!«

»Es gibt eine Bar«, erwiderte ich, »und wenn man Zweifel hat, geht man an die Bar.«

Molly blickte in einige der leeren Eingänge hinein, doch die waren von unergründlicher Dunkelheit erfüllt. Sie schauderte doch tatsächlich. »Hier unten kann man nichts und niemandem trauen. Man sagt, man kann in den Katakomben der Londoner Unterstadt alles und jeden finden. Beschwörungen von jedem Ort und jedem Zeitalter, jedem Stil und jeder Kultur. Weil hier unten nichts vergessen wird oder verlorengeht. Aber das hier – das sieht aus wie eine Swingerparty aus den Siebzigern.«

Ich zuckte mit den Achseln. »Solange wir unsere Schlüssel nicht in eine Schale werfen müssen.«

»Pass auf«, unkte Molly. »Hier gibt es bestimmt Monster.«

Ich ging in Richtung der Bar und Molly kam neben mir her. In diesem Moment kam Isabella Metcalf aus der Menge und uns direkt entgegen. Ich hätte sie beinahe nicht erkannt. Sie hatte ihre übliche blutrote Motorradlederkluft gegen einen eleganten Geschäftsanzug in dunkelblau getauscht und trug dunkle Strümpfe und Schuhe, die zweifellos der letzte Schrei waren.

»Sind deine Schultern gepolstert?«, fragte ich in unschuldigem Ton.

»Halt die Klappe, Eddie.«

»Nein wirklich, ich habe gehört, das ist wieder in.«

»Halt die Klappe, Eddie!«

»Bitte«, sagte ich. »Es heißt: ›Halt die Klappe, Shaman Bond‹, wenn's dir nichts ausmacht. Ich habe hier eine geheime Identität, die ich aufrechterhalten muss.«

Isabella trat so nahe an mich heran, dass sie deutlich sprechen konnte, ohne ihre Stimme erheben zu müssen. »Und mein Name ist Felicity. Ich habe eine Verschwörungsagentin getötet und ihre Leiche beseitigt, damit ich ihre Einladung benutzen kann, um hereinzukommen. Wie seid ihr – nein, ich will's nicht wissen. Im Moment denken alle, ich gehöre zu ihnen. Glücklicherweise bin ich noch nie so bekannt gewesen wie du, Molly. Keiner wird allzu überrascht sein, dich oder Shaman zu sehen, aber passt auf. Das ist ein größeres Treffen, als ich vermutete, und für Leute, die in der Hierarchie der Verschwörung ganz oben sind.«

Ich sah mich um. »Ich muss sagen, das ist wirklich nicht, was ich bei einem Satanistentreffen erwartet hätte. Ich meine, wo sind die ganzen Ziegen und die nackten Frauen, die auf Altären festgebunden sind?«

»Du bist herrlich altmodisch, Süßer!«, sagte Molly. »Versuch mal, mit der Zeit zu gehen. Das ist keine religiöse Zeremonie, das ist ein Kennenlernen, bei denen sich die Treuen mal endlich von Angesicht zu Angesicht sehen. Eine Gelegenheit, bei der die oberen Ränge einander kennenlernen und voreinander angeben können, wie toll sie alle sind. Etwas gutes Leben, ein paar Belohnungen, die sie alle bekommen werden, vielleicht ein paar inspirierende Reden und eventuell auch eine kleinere Berühmtheit aus den obersten Rängen. Aber keine Ziegen. Du hast wieder diese Horrorfilme von Hammer gesehen, oder?«

»Wir sollten uns trennen«, unterbrach Isabella. »Etwas herumspazieren, uns unters Volk mischen, mit Leuten reden. Mal sehen, was wir dabei rausfinden.«

Sie zog entschlossen von dannen und Molly lächelte mir kurz zu, bevor sie in eine andere Richtung davonschlenderte. Ich ging direkt zur Bar und bestellte ein Beck's. Mit einer netten, kalten Flasche in meiner Hand und einem angenehmen Geschmack im Mund fühlte ich mich gleich besser. Der Barkeeper warf mir einen seltsamen Blick zu, als ich ihm meine Bestellung nannte, aber ich starrte ihn nieder. Ich mag nun einmal, was ich mag. Ich spazierte in der riesigen Grotte hin und her, nickte und lächelte alle Gesichter um mich herum an. Ein paar kannte ich, eine überraschend große Anzahl schien mich zu kennen. Immerhin hat Shaman Bond den Ruf, überall aufzutauchen.

Zuerst schien alles ganz normal. Nur eine weitere Party, mit teuer angezogenen Männern und Frauen, die herumstanden, an Drinks in teurem Kristall nippten und an teuren Snacks knabberten, die auf teuren Silbertabletts von unterbezahlten Kellnern im Smoking herumgereicht wurden. Aber dennoch. Etwas Ungewöhnliches umgab die Veranstaltung. Ich hielt einen der Kellner an, der sich höflich vor mir verbeugte.

»Sagen Sie«, begann ich. »Was können Sie denn empfehlen? Was mögen die Leute am liebsten?«

»Ah, Sir«, antwortete er hoheitsvoll. »Für unsere geehrten Gäste nur das Beste. Der beliebteste Drink heute Abend ist Menstruationsblut von besessenen Nonnen und die gefragtesten Delikatessen sind mild gewürzter Krebs, Babyherzen auf Kardamomsamen und eingelegte Augäpfel. Kann ich Ihnen vielleicht etwas –«

Ich schnitt ihm das Wort ab. »Danke, vielleicht später.«

Ich entließ ihn mit einem kurzen Wink meiner Hand, weil er das zu erwarten schien, und er trug sein Tablett mit satanistischen Hors d'Œuvre weiter durch die Menge. Es war ein schlagender Beweis dafür – wenn es denn noch einen gebraucht hatte –, dass einige Leute einfach alles essen, wenn man ihnen sagt, sie dürften es nicht. Und dass nichts wirklich notwendigerweise das war, was es allem Anschein nach war. Die teuer angezogenen Männer und Frauen waren nicht hier, um sich zu amüsieren. Obwohl sie alle diese leichte Arroganz zur Schau trugen, die von Gesundheit und Macht und Position herrührt, erfüllten sie den Raum mit stiller Verzweiflung und versuchten immer wieder aufs Neue, die wirklich wichtigen Leute von den Neulingen und Möchtegernen zu unterscheiden, sodass sie auf die Richtigen einen guten Eindruck und vielleicht sogar eine Bekanntschaft machen konnten. Das war keine Party, das war Überlebenskunst der Stärkeren. Eine überaus nervöse Person mit stechenden Augen und viel zu viel Make-up stellte sich plötzlich vor mir auf und wandte sich mit geübtem Charme an mich.

»Ich kenne Sie nicht, oder?«

»Ich glaube nicht«, antwortete ich. »Ich bin Shaman Bond. Kümmern Sie sich nicht um mich, ich bin niemand Wichtiges.«

»Warum verschwende ich dann Zeit damit, mit Ihnen zu reden?«, giftete sie und schritt davon.

»Nett, Sie kennenzulernen«, murmelte ich. »Ich hoffe, Sie bekommen bald Dysenterie.«

»Du weißt eben, wie man die Damenwelt beeindruckt«, sagte Molly, die gerade neben mich trat.

»Fass das Essen und Trinken nicht an«, riet ich ihr.

»Oh, ich weiß alles über diesen Kram. Du solltest mal sehen, was bei den Hexensabbaths verteilt wird. Manches davon würde eine Ziege kotzen lassen.«

»Es sind vielleicht Satanisten, aber sie wissen wirklich nicht, wie man eine Party schmeißt«, fand ich. »Ich habe noch nie so viele Leute getroffen, die keine Ahnung haben, wie man Spaß hat. Ich habe auch noch nie so viele Gesichter gesehen, denen ich liebend gern eins reinhauen würde, einfach aus Prinzip. Wo ich auch hingehe, versuchen sie, mit endlosen Geschichten darüber, wie grausam sie sein können und was sie Furchtbares getan haben, Eindruck auf mich und alle anderen zu machen. Alles, was ich höre, ist: ›Oh, es ist ja so befreiend, ein Satanist zu sein!‹ Und sie reden so beiläufig über Vergewaltigung, Folter und Mord und geistige Abscheulichkeiten aller Art. ›Wir sind vielleicht bösartig, aber wenigstens bilden wir uns etwas darauf ein.‹«

»Was hast du denn anderes erwartet?«, fragte Molly vernünftig.

»Ich könnte jeden Einzelnen hier umbringen und mich ohne Gewissensbisse gut dabei fühlen.« Meine Stimme musste besonders kalt geklungen haben, denn Molly sah mich scharf an.

»Das sieht dir nicht ähnlich, Eddie, und das weißt du. Lass sie nicht an dich ran. Wir sind hier, um Informationen zu sammeln. Wenigstens diesmal.«

Ich zuckte unbehaglich mit den Schultern und nahm einen langen Schluck aus meiner Flasche. »Ich glaube, diese Leute haben einen schlechten Einfluss auf mich.«

»Hallo, Molly!«, sagte eine kleine, pummelige Rothaarige in diesem Moment neben uns. Sie trug ein silbernes Abendkleid, das ihr nicht stand. Sie und Molly küssten die Luft rechts und links von ihren Gesichtern und schmatzten dabei laut, dann sah mich die Rothaarige an, als sei ich ein Gegenstand aus einem Katalog. Ihr Gesicht war rot angelaufen und sie stand nicht mehr allzu sicher auf den Beinen.

»Das ist Jodie Harper«, stellte Molly vor. »Jodie, das ist Shaman Bond.«

»Oh ja, mein Lieber, ich habe von Ihnen gehört«, sagte Jodie. »Sie hatten wohl endgültig genug davon, ganz allein zu arbeiten, oder? Sie sind wohl zu den Gewinnern gewechselt!«

Sie gab mir keine Gelegenheit, das zu kommentieren, sondern wandte sich sofort wieder an Molly. »Es ist schon so lange her, meine Liebe! Seit dieser Sache mit der alten Tanzschule im Schwarzwald, richtig? Ich hätte wissen sollen, dass du hier bist, Molly; du konntest ja nie ertragen, außen vor zu stehen!« Dann wandte sie sich wieder an mich. »Endlich trauen Sie sich mal in die richtige Welt hinauf, was, Shaman? Oder sollte ich lieber sagen, hinunter?«

Sie lachte laut über ihren eigenen Witz und das erste Mal erkannte ich, wie ängstlich sie wirklich war. Das Glas in ihrer Hand sah aus, als wäre ordentlicher Alkohol darin, und was auch immer bevorstand, sie schien es bitter nötig zu haben, eine Menge davon herunterzustürzen, damit sie ihm ins Gesicht sehen konnte. Was in mir unwillkürlich die Frage aufkommen ließ, was denn so furchtbar war, dass selbst eingefleischte Satanisten Angst davor hatten. Jodie erkannte jetzt, dass sie allein lachte, und hörte ganz plötzlich damit auf. Sie fluchte beinahe geistesabwesend, wandte sich ab und ging zur Bar.

Molly sah ihr kühl hinterher. »Nichts ist schlimmer als eine abergläubische Satanistin. Jodie konnte sich noch nie zu etwas bekennen. Ich glaube nicht, dass sie in dieser Gesellschaft lange überleben wird. Eddie, ist dir aufgefallen, dass all die Felle auf dem Boden von gefährdeten Arten stammen? Die Kerzen in den Leuchtern wurden aus menschlichem Talg gemacht, aus Leichen von politischen Häftlingen und Ebola-Opfern. Sogar die Luft, die wir atmen, wurde mit der Essenz von Leid geschwängert, das man aus den Tränen der Unschuldigen destilliert hat.«

»Woher weißt du das alles bloß?«

»Weil es Standard bei satanistischen Treffen ist«, antwortete Molly. »Ich hab an so was schon teilgenommen.«

»Darüber reden wir später«, entschied ich.

»Der Punkt ist, das meiste davon wurde getan, um die Gäste

quasi in den richtigen Zustand von Respekt und Ehrfurcht gegenüber den Kräften zu schocken, denen sie geschworen haben zu dienen. Es ist nicht genug, die Gesetze dieser Erde zu brechen, sie müssen in ihrem Herzen in allem sündigen, was sie tun, und es genießen. Alles ist erlaubt, jeder Schrecken wird ermutigt, und die Schwächeren unter sich zu begraben ist ihre Pflicht und ihre Freude. Hier ist kein Platz für Nichtüberzeugte oder Unentschlossene. Die Abscheulichkeiten, die hier angeboten werden, wurden absichtlich eingerichtet, um die Möchtegerne und die Heuchler auszusieben.«

»Wahrscheinlich ist das gewöhnlich so«, überlegte ich. »Aber ich glaube, dass dieses Mal mehr dahintersteckt. Kannst du das nicht fühlen? In der Luft, in den Gesichtern, in den Gesprächen? Da kommt etwas auf uns zu, und alle machen sich in die Hosen vor Angst. Das geht über eine Falle hinaus. Da ist spürbar Böses in der Luft, ja, spirituelle Verdorbenheit. Wie Fingernägel, die an der Tafel meiner Seele kratzen. Das ist keine Party für Menschen, Molly, da ist etwas anderes hier, etwas aus der Hölle.«

»Du glaubst doch nicht, dass sie etwas beschworen haben?«, sagte Molly. »Etwas aus der Hölle, nur für diese Versammlung? Nein ... Nein. Das hätte ich gefühlt. Ich bin sicher, dass ich das gespürt hätte.«

»Aber du fühlst doch etwas, oder?«

»Ja«, sagte sie. »Etwas Böses. Etwas, das ich kenne.«

Wir beide unterbrachen uns, als ein weiterer Gast auf uns zukam. Groß, blass, mit einem harten Gesicht unter langen, glatten blonden Haaren und in ein apfelgrünes Cocktailkleid gehüllt, schenkte sie mir ein eisiges Lächeln und nickte Molly knapp zu. Sie sah so dünn aus, dass man hätte glauben können, eine frische Brise könne sie davonwehen, aber in ihren Augen und jeder ihrer Bewegungen brannte eine grimmige und nervöse Energie.

»Ich bin Mutter Shipton«, sagte sie mit scharfer Stimme. Jedes Wort klang wie ein Peitschenhieb. »Ist natürlich nicht mein richtiger Name. Ich habe ihn gewählt. Namen haben Macht, alte Namen besonders. Ich dachte schon, dass ich Sie erkannt habe, Shaman. Wir haben uns bei Barrys Party vor ein paar Jahren gesehen. Und Sie – Sie müssen die berüchtigte Molly Metcalf sein. Ja. Niedlich. Bin froh, dass eine so wichtige Hexe wie Sie endlich den linken Pfad gefunden hat. Dieser Wicca-Quatsch war zum Scheitern verurteilt. Viel zu wischiwaschi. Bei Satan weiß man, woran man ist. Sie sind beide hier für das besondere Ereignis? Natürlich sind Sie das. Sind wir alle. Er wird uns endlich die Wahrheit sagen. Alles über das Große Opfer. Ich kann's kaum erwarten. Er wird von dieser speziellen Kanzel dort sprechen.« Sie wies auf eine altmodische Kanzel aus Holz, die man auf seltsame Art und Weise in eine Nische der Grotte gequetscht hatte. Mutter Shipton lächelte glücklich. »Sie ist natürlich angemessen entweiht worden. Eigentlich haben wir sogar eine richtige Party draus gemacht. Die Mädels haben literweise Wasser getrunken und dann haben wir drübergepinkelt – und die Jungs haben dem Ganzen mit einer abgefahrenen Bukkake-Sitzung die Krone aufgesetzt.« Sie kicherte kurz. Ein knapper, unerfreulicher Ton. »Wenn diese Kanzel noch weiter entwürdigt werden sollte, würde sie wohl Schwefel bluten. Eine passende Umgebung für unseren speziellen Gast, um uns die letzte Phase des Großen Plans mitzuteilen.«

»Wer ist dieser spezielle Gast?«, fragte ich.

Sie sah mich an. »Das wissen Sie nicht?«

»Ich hörte, wie mehrere Namen genannt wurden«, sagte ich vorsichtig. »Aber ich wurde schon einmal enttäuscht, also glaube ich erst, dass er es ist, wenn ich ihn sehe, und erst dann.«

»Oh, da ist er schon«, unterbrach Molly. »Schau mal.«

Die ganze Gesellschaft wurde still, als sich alle der entweihten Kanzel zuwandten, in die jetzt Roger Morgenstern kletterte. Ich hatte nicht gesehen, dass er gekommen war, und den Gesichtern der anderen nach zu urteilen, hatten sie es auch nicht. Roger trug einen blendend weißen Dreiteiler, auf dem frische Blutspuren zu sehen waren. Wie eine übergroße Rorschach-Karte aus der Hölle. Er gab sich keine Mühe mehr, seine dämonische Seite zu unterdrücken. Zwei enorme, gewundene Hörner ragten aus seiner Stirn, sein leichtes Lächeln enthüllte spitze Zähne und seine Augen leuchteten in einem trüben Karmesinrot. Es gab nicht den geringsten Zweifel, dass er hinter der Kanzelwand Hufe statt Füßen hatte. Roger hatte sein höllisches Erbe angenommen. Und als er seine Position in der entweihten Kanzel einnahm und auf die Versammlung hinabblickte, schien seine Gegenwart die gesamte Grotte wie ein Wind aus der Hölle zu durchwehen, der Hitze und Asche mit sich brachte. Man musste ihn nur ansehen, um zu wissen, dass er böse war, in jedem Sinn des Wortes.

Man hörte erstauntes Aufkeuchen und Gemurmel. Eine ganze Menge Leute wich zurück. Plötzlich wollte keiner mehr auffallen. Eine Frau fiel auf die Knie und übergab sich. Ein Mann begann, aus den Augen zu bluten. Aber die meisten Leute sahen ihn anbetend an, als ob er die Antwort auf jedes boshafte Gebet sei, das sie je gebetet hatten.

Roger Morgenstern schaute sehr selbstzufrieden auf die glücklichen, aufwärtsgerichteten Gesichter herab. Sie gehörten ihm schon, bevor er etwas gesagt hatte. Weil Roger eine Höllenbrut war, geboren von Mensch und Sukkubus: Das Echte, die Wirklichkeit. Sie alle neideten ihm seine Macht und seine Position und wollten sie für sich selbst. Er war ein Prinz in der Welt, die da kommen sollte, und sie alle wollten genau wie er sein.

Als er sich vorbeugte und die Hände auf die Kante der Kanzel legte, begann das alte Holz unter seinen Fingern zu verkohlen, schwärzte sich und rauchte.

Er hielt sich nicht mit Begrüßungen oder Eingangsworten auf oder damit, der Menge ein paar Nettigkeiten zu sagen. Er erging sich auch nicht in Schmeicheleien oder inspirierenden Reden. Er war an diesen Ort, zu diesen Leuten gekommen, um ihnen etwas Wichtiges zu sagen. Die Pläne der Hölle für die Menschheit. Ich konnte mein Herz in der Brust pochen fühlen, meine Hände ballten sich zu Fäusten. Hier ging es um das Große Opfer. Endlich würde ich herausfinden, worum es dabei ging.

»Bald wird es Zeit für das Große Opfer.« Rogers gewöhnliche, feste Stimme war in der Lage, jedermanns Aufmerksamkeit zu fesseln. »Schon bald werden wir alle Regierungen dieser Welt davon überzeugt haben, ihre Völker unsere Pläne ausführen zu lassen. Sie werden davon überzeugt werden, ihre Kinder mit ihren eigenen Händen zu opfern, für das Allgemeinwohl. Zur gleichen Zeit, über die ganze Welt hinweg, werden Eltern ihre Kinder ermorden, von Teenagern über die Schulkinder bis hin zu den Säuglingen in ihren Armen. In allen Gemeinden, Städten und allen Ländern werden sie ihre Kinder umbringen, um selbst ein besseres Leben zu erhalten. Eine Generation wird die nächste vollkommen auslöschen, weil in der Zukunft ein besseres Leben auf sie wartet.

Es sollte nicht allzu schwer werden, sie zu überzeugen. Die Alten waren von der Jugend schon immer enttäuscht und außerdem eifersüchtig auf sie. Und die Medien verteufeln die jeweils kommende Generation seit Jahrzehnten. Haben ihnen die Schuld an allem gegeben, sich über ihre Ziele lustig gemacht und sie als Bedrohung dargestellt. Eltern haben Angst vor ihren eigenen Kindern. Alle Führer dieser Welt werden die Erwachsenen dazu bringen zu glauben, dass die derzeitige Generation von Kindern verdorben, korrupt und jenseits aller

Rettung ist – und eine Bedrohung der Zivilisation selbst bedeutet! Wie viel besser, wie viel sicherer wird die Welt sein, wenn die Jugend fort ist! Sie müssen allesamt sterben, damit alle anderen sicher leben können. Sie können immer neue Kinder haben, bessere Kinder, in der Zukunft. Wenn man einmal die erwachsene Bevölkerung ausreichend mit Propaganda gefüttert und in angemessene Hysterie versetzt hat, werden die Regierungen den Erwachsenen Waffen in die Hände geben und der Natur ihren Lauf lassen.

Blut wird in Strömen fließen, und das Einzige, was man wird hören können, sind die Schreie der Kinder, wenn die Welt das größte Massenopfer begeht, das die Menschheit je gesehen hat. Es muss willig gegeben werden, sie müssen es freiwillig tun, sonst ist es keine Sünde. Wenn wir es richtig angehen, wird sich die gesamte erwachsene Bevölkerung in die Hölle verdammen.

Wir können nicht direkt eingreifen, aber wir können die Dinge beeinflussen und ihnen die Richtung weisen. Wir haben Leute, die an einer Maschine von großer Macht arbeiten, die den Geist beeinflusst. Derzeit wird sie von Waffenmachern auf den neuesten Stand gebracht, die wir erst kürzlich auf der Messe für Übernatürliche Bewaffnung entführt haben. Es ist überraschend, wie schnell manche Leute arbeiten können, wenn man sie erst anständig ... motiviert. Schon bald wird diese Maschine fertig sein, dann wird sich ihr Einfluss auf die ganze Welt ausdehnen. Nicht so stark, dass man eine Meinung ändert, das wäre uns nicht von Nutzen. Aber die Maschine wird den Menschen helfen, die Vernunft in dem zu erkennen, was wir ihnen erklären werden. Wir haben die entführte Stadtbevölkerung von Little Stoke als Testobjekte benutzt, mit überaus ermutigenden Ergebnissen. Schon bald wird die Welt zu einer Melodie tanzen, die nur wir hören können, und oh – was für einen wunderbaren Tanz wir sie werden tanzen lassen!«

Er hielt inne und alle brachen in begeisterten Applaus aus. Sie jubelten und klatschten und trampelten mit den Füßen. Molly machte mit, um nicht aufzufallen, aber ich konnte nicht. Mir war schon schlecht gewesen in meinem Leben, aber das hier ... Ich hatte noch nie etwas so Boshaftes, so vollständig Abscheuliches, so Unmenschliches in meinem Leben gehört. Eltern, die ihre eigenen Kinder töteten? Eine ganze Generation sollte betrogen und von denen abgeschlachtet werden, die sie hätten lieben und beschützen sollen? Ich sah Roger an, noch nie war der Wunsch, jemanden zu töten, so stark gewesen. Ich kämpfte meine Gefühle nieder und zwang mich dazu, rational zu denken, damit ich mir ausdenken konnte, was ich als Nächstes zu tun hatte. Zuerst würde ich diese Information nach Drood Hall bringen müssen. Die Familie musste wissen, was geplant wurde: Nichts weniger als die Zerstörung und die Verdammnis der gesamten menschlichen Rasse. Aber dann begann Roger wieder zu sprechen.

»Ich weiß, ich weiß.« Er hob die Hände, und in der gesamten Grotte wurde es wieder totenstill. Jeder schwieg und hing an seinen Lippen.

»Wie kann uns irgendetwas davon nützen? Was haben wir davon? Der Zweck des Großen Opfers ist, eine ganze Generation an einer unverzeihlichen Sünde schuldig werden zu lassen. Ein verachtenswerter Akt, der nie abgegolten oder vergeben werden kann. Eine ganze Generation, die dem Himmel für ewig verloren ist. Es wird nicht genug sein, nur Satan, unseren Herrn aus der Hölle zu befreien, kann er doch die Türen von seiner Seite aus nicht öffnen. Aber mit der Macht, die uns das Große Opfer geben wird, werden wir alle Tore der Hölle von dieser Seite aus öffnen und die Hölle befreien. Satan wird hervorkommen und sich erheben, und mit ihm alle Gefallenen und Verdammten, die es je gab. Die Hölle wird auf Erden ausbrechen, Regierungen werden gestürzt, Führer auf ihrem

Thron abgeschlachtet, denn sie werden nicht mehr gebraucht. Alle Bewohner dieser Erde werden unterdrückt, zu Sklaven gemacht und für ihre Sünden in Ewigkeit bestraft werden. Und ihr alle, die ihr dieser Verschwörung zum Sieg verholfen habt, werdet zu Königen auf dieser Erde, um mit der Menschheit zu tun, was euch gefällt. Sie werden von eurer Hand leiden, zu eurer Freude, für immer und ewig.«

Der Applaus für die Worte war in der Tat ohrenbetäubend. Es dauerte lange, bis er verebbte, und als er es endlich tat, sprach jemand anders, bevor Roger es konnte. Ich wusste sofort, wer es war. Isabella. Sie hatte sicher geglaubt, sie könne aus der Menge heraus frei sprechen. »Das haben wir alles schon gehört, Morgenstern. Aber wann wird es passieren?«

Roger Morgenstern sah von seiner entweihten Kanzel hinab und erkannte Isabella sofort. Seine leuchtend karmesinroten Augen glitten hastig über die Menge und blieben schließlich an Molly und mir hängen. Er wies anklagend mit einem Finger in unsere Richtung. »Ein Drood!«, sagte er laut. »Ein Drood hat sich unter uns gemischt! Und diese verräterischen Hexen Molly und Isabella Metcalf! Ergreift sie! Macht sie nieder!«

Die versammelten Satanisten wandten sich wie ein Pack wilder Hunde gegen uns. Sie waren außer sich vor Zorn, dass sie so einfach infiltriert worden waren und dass man ihren großen Moment so verdorben hatte. Ihnen war ein Vorgeschmack auf das gereicht worden, wovon sie immer geträumt hatten, und sie waren bereit, jeden zu töten, der das torpedierte. Sie warfen sich auf Isabella und Molly, heulten und zischten und griffen mit Klauenfingern nach ihnen. Aber die beiden Hexen hatten sich bereits Rücken an Rücken gestellt und beschworen schon Magie um sich herum. Wilde Energien funkelten und blitzten um Mollys Hände herum, wirbelnde Magie erleuchtete die Luft um Isabella. Mächtige Schutzschilde hüllten die beiden ein und riegelten sie vor den einstürmenden Satanisten ab. Es gab Hexen und Hellseher und Zauberer in der Menge, aber keiner war den legendären Metcalf-Schwestern gewachsen.

Alle anderen suchten nach dem Drood, aber keiner sah in meine Richtung. Sie erwarteten eine Gestalt in goldener Rüstung zu sehen, weil ein Drood ihrer Meinung nach so aussah. Sie hatten nicht erkannt, dass Roger Morgenstern auf Shaman Bond gezeigt hatte – warum auch? Alle kannten Shaman.

»Raus hier, Drood!«, schrie Isabella. Licht krachte um ihre Hände herum. »Wir beschäftigen diese Bastarde solange!«

Molly warf Feuerbälle in die zusammengedrängte Menge, Anzüge und Kleider und Haare fingen sofort Feuer. Männer und Frauen kreischten schrill, rannten ineinander und verbreiteten so die Flammen. Isabella warf Blitze in alle Richtungen und ließ Männer und Frauen zu verkohlten Leichen verbrennen, zuckende Körper wurden in alle Richtungen geschleudert. Molly warf etwas auf die entweihte Kanzel, das zischte und brutzelte und sofort explodierte, Roger durch die Luft schleuderte und schroffe Holzsplitter wie Schrapnelle durch die Menge jagte. Schreie erfüllten die Grotte: Schreck und Schmerz, Horror und Wut.

Aber Roger landete mühelos, unverletzt, und es waren so viele, die angriffen, zu viele, als dass Isabellas und Mollys Attacken ihnen wirklich etwas ausgemacht hätten. In der allgemeinen Verwirrung, in der so viel gleichzeitig passierte, achtete keiner mehr auf Shaman Bond. Soweit es die Menge betraf, erschien ein golden gerüsteter Drood aus dem Nichts in ihrer Mitte. Es gab Rufe und Schreie, und jeder um mich herum wich eilig zurück. Die Satanisten sahen einander an. Keiner war sicher, was er tun sollte, aber alle wussten, dass ganz sicher ein anderer der Erste zu sein hatte. Eine plötzliche Stille fiel über die Grotte und wurde nur von den knisternden Flammen der brennenden Leichen gestört, als Roger Morgenstern zu mir kam. Alle wichen zurück, um ihm Platz zu schaffen.

Roger sah mich an und machte eine großzügige Geste. Dann hob er seine Stimme, sodass alle ihn hören konnten. »Jetzt sind sämtliche Schutzzauber an Ort und Stelle, Drood! Du kannst nicht hinaus. Alle Ein- und Ausgänge wurden versiegelt und dein kostbarer Spiegel von Merlin kann keinen Kontakt mit der Außenwelt mehr herstellen. Du bist hier mit uns gefangen.«

Ich lachte und die Satanisten, die in meiner Nähe standen, wichen noch weiter zurück. Ich wandte Roger meine gesichtslose Maske zu. »Ja, so kann man das auch betrachten. Eine andere Sichtweise wäre, dass ihr alle hier mit mir und den beiden berüchtigten Metcalf-Schwestern eingesperrt seid. Komm schon, Roger. Ich wollte noch nie jemanden so gern töten wie dich.«

»Typische Drood-Arroganz.« Roger rührte sich nicht von der Stelle. »Du hast ja keine Ahnung, wie viel Macht, von der wir zehren können, in diesem Ort steckt. Hier im Unterparlament, in der Londoner Unterstadt. Dieser Ort gehört uns, nicht dir, und du hättest nicht kommen sollen, kleiner Drood. Und ihr kleinen Hexen auch nicht.«

Molly warf ihm einen Feuerball ins Gesicht. Flammen ergossen sich über ihn und perlten unbeachtet an ihm herunter, um sich zu seinen Füßen zu einer Pfütze feuriger Flüssigkeit zu sammeln. Er sah Molly an und hob eine Augenbraue.

»Bitte, Molly. Vergiss nicht, wer und was ich bin. Ich fürchte mich nicht vor Feuer. Das ist deiner nicht würdig.« Er wandte sich wieder mir zu. »Kämpf, soviel du willst, Drood. Wenn wir dich dann zu Boden zerren, wird der Sieg nur umso süßer für uns sein. Und wenn wir schließlich eure gebrochenen Körper nach Drood Hall schicken, werden selbst die abgebrühtesten Mitglieder deiner Familie jammern und sich über dem Anblick dessen, was wir dir angetan haben, bevor wir dich endlich sterben ließen, erbrechen.«

Die Satanisten lachten, es war ein übler, gemeiner und hässlicher Laut. Eher tierisch als menschlich. Ein Ton, den Leute von sich gaben, die sich selbst zu Tieren erniedrigten und es genossen. Ich war immer noch von Molly und Isabella getrennt, die Menschenmasse hielt uns voneinander fern. Die Satanisten standen sehr still und beobachteten uns mit brennenden, gierigen Augen. Sie warteten auf Schwachstellen und auf jegliche Öffnung in Schilden und Rüstung, die sie ausnutzen konnten. Es waren schrecklich viele, aber im Moment schienen sie sich damit zufriedenzugeben, Rogers Anweisungen zu befolgen.

»Sieht nicht grade gut für uns aus, Iz«, sagte Molly.

»Zeit zu gehen«, erwiderte Isabella. »Ich glaube, wir sind nicht mehr willkommen. In weiser Voraussicht habe ich auch, bevor ich hier herunterkam, einen Teleportzauber gelegt. Rogers Kraftfeld kann den nicht blocken, weil es technisch schon passiert ist. Ich muss nur das aktivierende *Wort* sagen, und wir sind draußen. Aber ...«

»Ich wusste, da gibt es ein Aber«, sagte Molly. »Aber was?«

»Der Zauber ist nicht stark genug, um den Drood mitzunehmen. Es ist die Rüstung.«

»Nein!«, rief Molly sofort. »Ich werde nicht ohne ihn gehen!«

»Geht«, warf ich ein. »Ich habe die Rüstung. Ihr nicht. Ich komme später nach.«

»Ich lass dich nicht im Stich!«

»Das musst du! Bring sie hier raus, Iz!«

Isabella schlang ihre Arme um Molly und hielt sie fest im Arm, als sie das aktivierende *Wort* rief. Weg waren sie, und die Luft rauschte wie ein kleiner Donnerschlag an die Stelle, an der sie gestanden hatten.

Die Satanistenmenge gab einen lauten, wilden und hasserfüllten Laut von sich, dann richteten sie all ihre Aufmerksamkeit auf mich. Aber ich war schon unterwegs. Ich senkte meine goldene Schulter, pflügte durch sie hindurch und schleuderte dabei zerbrochene Körper rechts und links von mir fort. Ich schlug mit dornenbewehrten goldenen Fäusten um mich, zerriss Fleisch und ließ Blut durch die Luft sprühen. Ich wollte sie alle töten, so sehr, dass ich es schmecken konnte. Aber ich erkannte sowohl, dass die Chancen schlecht standen, als auch eine wahrhaft schlimme Situation, wenn ich eine sah. Worauf es nun ankam, war, die Information hier rauszubringen. Die Familie musste über das Große Opfer Bescheid wissen.

Kreischende und heulende Männer und Frauen warfen sich auf mich, versuchten, sich mir in den Weg zu stellen und mich zu Boden zu zerren, aber sie kamen gegen meine Rüstung nicht an. Knochen brachen und Leute fielen, als ich durch die Menge zu dem Eingang rannte, durch den ich hereingekommen war. Ich versuchte, Drood Hall durch meine Rüstung zu erreichen, oder wenigstens Ethel, aber keiner hörte mich. Dafür sorgten Rogers Kraftfelder. Ich war allein. Dann erreichte mich eine Stimme durch meine Rüstung: Es war Roger Morgenstern. »Du kannst nicht hinaus. Du kommst nicht davon. Du gehörst jetzt uns.«

Ich zwang die Stimme aus meinem Kopf hinaus und platzte durch die Menge, nur, um zu sehen, dass der Felsentunnel, der von den Stufen zur Grotte führte, nicht länger da war; der Eingang war durch eine Wand aus Fels ersetzt worden. Ich schlug mit der Faust auf den Fels, der Stein brach und splitterte, doch es war nur noch mehr Fels dahinter. Ich schlug wieder und wieder darauf ein, aber es war nur Stein dahinter, so als habe man den gesamten Tunnel aufgefüllt. Ich wirbelte herum und sah der wartenden Menge ins Gesicht. Ich hatte auf der anderen Seite der Grotte Ausgänge gesehen, aber ich würde meinen

Weg durch sie hindurch erkämpfen müssen, um sie zu erreichen. Ohne Garantie, dass Roger sie nicht auch versiegelt hatte.

Die Satanisten nahmen sich Zeit, um auf mich zuzukommen, sie verspotteten und verhöhnten mich mit verächtlichen Worten. Ich hatte ihnen den Spaß verdorben, ihr besonderes Ereignis, und sie wollten mich unbedingt mit Blut und Schrecken dafür zahlen lassen. Sie zeigten mir ihre Waffen, die furchtbaren Dinge, die sie mit in die Londoner Unterstadt gebracht hatten. Einige hatten Zeigeknochen der Aborigines bei sich, andere glühende Hexendolche, ein paar hielten Knochenamulette. Einer trug eine Hand des Ruhms, die er aus einer Mumienklaue gemacht hatte: eine verbotene Waffe. Einige hatten schwarzmagische Zauber, die aus den Knochen und Häuten von Selbstmördern geschaffen wurden. Einer von ihnen besaß sogar etwas, das sehr nach einer Variante meines eigenen Coltrevolvers aussah. Den ich nicht mitgebracht hatte, aus Angst, er könnte den Alarm auslösen. Ich behielt die Knarre sorgsam im Auge, denn es schien mir wahrscheinlich, dass die Satanisten Zugang zu Kugeln aus seltsamer Materie hatten. Aber man wusste ja nie. Die Unsterblichen jedenfalls hatten welche gehabt.

Die Menge schlug mit allem auf mich ein, was sie hatte, und ließ ihre Waffen alle auf einmal los. Grausame Energien krochen über mich hinweg, tanzten auf meiner Rüstung, entluden sich in die Luft, waren aber nicht in der Lage, die seltsame Materie zu durchbrechen. Magien prallten daran ab, Flüche waren vergeblich und blieben nicht daran haften. Meine Rüstung erklang von all den Einschlägen und Erschütterungen wie ein Gong oder eine Glocke, aber ich spürte sie nicht. Ich trug keinen Schaden davon.

Die Rüstung absorbierte auch Kugeln und schüttelte alles andere ab. Ich stand fest und widerstand allem. Und wartete darauf, dass sie ihre Waffen erschöpften. Doch die Menge wurde dessen schnell müde und die Mutigeren unter ihnen schossen vor, um mich direkt anzugreifen. Glühende Klingen zerbrachen auf meiner Rüstung und magische Waffen wurden abgelenkt, ohne Schaden anzurichten. Ich lachte hinter meiner gesichtslosen Maske und wartete darauf, dass sie in die Reichweite meiner gerüsteten Hände kamen. Ein Teil von mir wollte Amok laufen und sie alle töten. Ihre verhassten Gesichter mit meinen dornenbewehrten Fäusten zerschlagen, zu töten und töten und mich in die Wut versenken.

Aber das konnte ich nicht tun. Das würde ich nicht tun. Teilweise weil es mich zu einem von ihnen gemacht hätte. Aber zum größten Teil, weil ich immer noch meine Pflicht kannte: Ich musste auf eine Chance warten, zu entkommen und die Information rauszubringen.

Und dann hörte auf einmal alles auf. Keine Waffen mehr, keine Attacken, keine gebrüllten Drohungen und Beleidigungen. Die Menge war still und wich zurück, um Roger zu mir durchzulassen. Sie wollten nicht, aber Rogers Autorität und seine schiere höllische Präsenz war ihnen überlegen. Er stand vor mir, sorgfältig darauf bedacht, eine Armeslänge Entfernung einzuhalten. Ich betrachtete ihn aufmerksam hinter meiner Maske. Er wusste, dass ich Shaman Bond war. Würde er meine zweite Identität enthüllen und zerstören? Weil er es konnte? Ich glaubte nicht daran. Es war wahrscheinlicher, dass er dieses Wissen für sich behielt, für eine zukünftige Gelegenheit, um Druck auszuüben oder um mich zu erpressen.

Er sah dämonischer aus als je zuvor. Scharlachrote Flammen züngelten um seine gespaltenen Hufe und er hinterließ in den teuren Teppichen und Fellen eine Spur von brennenden Hufabdrücken. Der Gestank von Blut, Schwefel und saurer Milch, der Gestank der Hölle, umwehte ihn. Ein Schwarm Fliegen umflog seinen gehörnten Kopf wie ein Heiligenschein.

»Tut mir leid!«, sagte er leichthin. »Ich muss ihnen dann und wann ihren Spaß lassen.«

»Warum?«, fragte ich.

Er nickte langsam und wusste, ich sprach nicht über die Menge. »Warum ich hier bin? Warum ich auf der Seite der Hölle bin? Oh, Eddie, das ist wirklich einfach. Als ich das letzte Mal in der Hölle war – als Botschafter deiner Familie! –, wurde mir in den Häusern der Schmerzen sehr klargemacht, dass ich dort eine persona non grata war. Weil ich ihre Seite verlassen hatte. Weil ich meine menschliche Seite willkommen geheißen hatte. Weil ich mich auf die Seite der Droods geschlagen hatte. Aber am meisten dafür, dass ich Harry Liebe und Gefühle entgegenbrachte. Das ist meiner Art nicht erlaubt. Ich wurde vor die Wahl gestellt: Zu zeigen, auf welcher Seite ich wirklich stehe, indem ich diese neue satanistische Verschwörung anführe und die Droods und Harry insbesondere verrate. Oder dass ich bei der erstbesten Gelegenheit wieder in die Hölle geschleudert werde, Zeter und Mordio schreiend in die Schwefelklüfte gezerrt werde, um auf ewig Folter und Qual zu erleiden. Keine besonders schwierige Wahl.

Und jetzt ist das Ende nah. In diesen Leuten und in diesem Ort steckt genug Macht, dir diese Rüstung vom Leib zu schälen. Wenn du nicht vernünftig wirst und dich ergibst.«

Ich lachte ihm ins Gesicht. »Das kannst du ja versuchen, Höllenbrut.«

»Die Zeit der Droods ist vorbei. Jetzt ist das Zeitalter der Hölle angebrochen, endlich. Du hast gehört, was passieren wird. Du kannst es nicht aufhalten.«

»Das bist du doch gar nicht, Roger«, entgegnete ich. »Nicht wirklich. Du warst an unserer Seite, als wir gegen die Hungrigen Götter, die Beschleunigten und die Unsterblichen gekämpft haben.«

»Das war damals. Und jetzt ist jetzt. Und jetzt bin ich wahrhaftig ich.«

»Glaubst du wirklich, dieser lächerliche Haufen Versager und Möchtegern-Dämonen wäre meiner Familie je gewachsen?«

Die Menge gab hässliche Laute von sich, hielt aber auf der Stelle den Mund, als Roger ihnen einen Blick zuwarf. Er lächelte ruhig. »Wir haben etwas, das du nicht hast.«

»Und was wäre das?«

»Das wirst du schon herausfinden. Das Besondere an einer Geheimwaffe ist, sie so lange geheim zu halten, bis man sie endlich benutzt.«

»Soso. Und was jetzt? Wirst du mich wirklich töten, Cousin?«

»Nein«, erwiderte Roger. »Ich werde dich gehen lassen.«

»Was?«

Aber meine Stimme wurde von der Menge übertönt. Sie wandten sich Roger zu, hunderte Stimmen kreischten und protestierten gleichzeitig. Ein Drood, ihnen hilflos ausgeliefert? Sie hatten von einer Gelegenheit wie dieser geträumt. Einige von ihnen waren im Lightbringer House gewesen, als Alexandre Dusk mich hatte gehen lassen, und sie waren ganz und gar nicht glücklich darüber, dass ich ihrem Ärger wieder entkommen würde. Aber Roger sah sie nur böse an, ohne sich dazu herabzulassen, das Wort an sie zu richten. Wo sein Blick hinfiel, schwiegen die Satanisten und sahen weg. Und langsam, wie ein Mann, der von einem Pack halb erzogener Hunde umgeben ist, brachte Roger sie wieder unter Kontrolle.

»Ich will, dass du zurück zu deiner Familie gehst, Edwin, und ihnen von deinem Versagen berichtest.« Roger lächelte langsam und ließ mich seine spitzen Zähne sehen. »Ich will, dass du dem Rat Bericht erstattest und ihnen allen sagst, was du hier erfahren hast.«

»Und Harry auch?«

»Sag es allen. Ich will, dass die Droods wissen, was sie erwartet, was ich zusammengestellt habe, um es gegen dich zu schicken. Ihr könnt nichts tun, um es aufzuhalten. Weil ihr nur eine viel zu große und unübersichtliche Familie seid, während die Verschwörung eine weltweite Organisation mit Regierungen ist, die nur auf einen Wink von uns warten.«

»Was soll ich Harry sagen?«

»Sag ihm ... es war spaßig, solange es währte.« Er machte eine knappe Geste mit einer Hand. »Hier. Die Schilde sind unten. Geh. Solange du kannst.«

Molly und Isabella erschienen auf der Stelle hinter mir, rissen mich in ihre Arme und teleportierten mich hinaus.

Das Letzte, was ich hörte, war Roger Morgensterns infernalisches Gelächter.

Kapitel 9

Für einen Augenblick hatte ich wirklich geglaubt, wir seien in Schwierigkeiten

So froh ich auch war, dem Kaffeekränzchen der Satanisten auf Wiedersehen sagen zu können – das Droodsche Ratstreffen im Sanktum war nicht unter meinen Top Ten, zu denen Molly und Isabella mich hätten teleportieren können. Aber trotzdem, als der Schimmer des Teleports erlosch, standen Molly und ich direkt vor dem Ratstisch und sahen einem etwas verwirrten Seneschall, dem Waffenmeister, Harry und – William, dem Bibliothekar, in die Augen. Der Seneschall ging von »Verwirrt« sofort zu »Schockiert« und dann einem Wutausbruch über. An diesem Punkt nahm sein Gesicht eine violette Farbe an, die in der Natur so nicht vorkommt. Außer man denkt an den Arsch eines Pavians, was ich tunlichst vermeide. Der Waffenmeister grinste breit und winkte mir sogar kurz zu. Harry sah mich missbilligend an, aber das tat er ja eigentlich immer. William dagegen betrachtete mich nachdenklich. Sein Gesichtsausdruck war überraschend kühl und gesammelt. Er war außerdem wesentlich besser gekleidet als sonst und sah ausnahmsweise so aus, als habe er sich selbst angezogen. Der Seneschall warf Molly und mir böse Blicke zu.

»Nur ein einziges Mal wünschte ich, ihr würdet die allgemeine Höflichkeit haben, die verdammte Tür zu benutzen, wie jeder andere auch!«

»Langweilig«, erwiderte Molly prompt. »Ich steh' nicht auf allgemein und ich war nie wie jeder andere.«

»Einer deiner vielen Vorzüge«, sagte ich. »Und danke für die Rettung.«

»Rettung?«, sagte der Waffenmeister. »Was für eine Rettung?«

»Isabella erzählte uns, es gäbe in der Londoner Unterstadt ein Satanistentreffen«, sagte ich. »Wir waren dort, haben Roger getroffen und es ist natürlich alles schiefgegangen.«

»Wartet mal«, unterbrach Molly und sah sich hastig um. »Wo ist Isabella?«

»Sie war direkt neben dir, als ihr kamt und mich umarmt habt«, sagte ich. »Wollte sie denn mit dir herkommen?«

»Naja, das habe ich angenommen. Wir standen in der Londoner Unterstadt in der Nähe und haben darauf gewartet, dass die Schilde der Satanisten lange genug aufbrechen, um reinzuspringen und dich da rauszuholen. Wir haben uns nicht damit aufgehalten, die Dinge auszudiskutieren. Ich nehme an, sie hat entschieden, dass sie hier nicht willkommen ist.« Sie warf dem Seneschall einen vorwurfsvollen Blick zu. »Ich frage mich, wie sie wohl auf diese Idee gekommen ist.«

»Ich bin sicher, sie taucht wieder auf«, sagte ich besänftigend. »Ob wir das wollen oder nicht.«

»Ja, so ist Isabella eben.« Molly strahlte mich auf einmal an. »Hey, ich habe dich gerettet!«

Ich seufzte. »Das wirst du mir für immer unter die Nase reiben, oder?«

»Immer«, meinte Molly glücklich.

»Er wollte mich gehen lassen, weißt du.«

Sie schnaubte laut. »Das hat er *gesagt.*«

»Genug!«, donnerte der Seneschall und schlug mit einer riesigen Faust auf den Tisch. »Ich will einen Bericht, Edwin! Ich will alles wissen, was bei diesem Satanistentreffen geschehen ist, alles, was schiefgelaufen ist und wieso ein Drood in voller Rüstung gerettet werden muss!«

Es gibt einige Dinge, die man nicht endlos vor sich herschieben kann, und eins davon sind schlechte Nachrichten. Ich rüstete ab, Molly und ich zogen uns Stühle heran und wir setzten uns. Ich klärte den Rat über alles auf, was ich im Unterparlament erfahren hatte. Einschließlich Roger Morgensterns Anwesenheit, seiner herausragenden Position in dieser Verschwörung und seiner Ausführungen über die wahre Natur des anstehenden Großen Opfers. Keiner im Rat sagte etwas, aber alle lauschten aufmerksam. Sie konnten aber die Emotionen nicht aus ihren Gesichtern fernhalten. Sie waren angewidert, beunruhigt, zornig, aber am Ende zeigten alle nichts anderes als kalte Entschlossenheit. Denn wir sind Droods und wir kennen unsere Pflicht: Alles über die bösen Mächte herauszufinden, die die Menschheit bedrohen, und sie aufzuhalten. Was auch immer dazu nötig ist und was es uns auch kostet.

»Aber wer steckt hinter all dem?«, fragte der Waffenmeister schließlich. »Alexandre Dusk war der Frontmann im Lightbringer House. Aber so bösartig, wie er ist, er ist nicht ganz oben und wird es auch nie sein. Und auch wenn Roger der Sprecher im Unterparlament war, er ist einfach nicht für die gesamte Verschwörung verantwortlich. Also, wer leitet das Ganze? Wer hat die Idee zu diesem Großen Opfer gehabt und hat die notwendigen Drohungen und Erpressungen vorgenommen, um alle Regierungen dieser Welt zum Einverständnis zu bewegen?«

»Das wusste bei dem Treffen keiner«, sagte Molly. »Und das liegt sicher nicht daran, dass wir nicht versucht hätten, das rauszufinden.«

»Ich kann immer noch nicht glauben, dass Roger uns alle betrogen hat«, meinte Harry. Er versuchte, ruhig und professionell zu klingen wie jeder andere auch, aber er war nicht mit dem Herzen dabei. Er nahm die stahlgerahmte Brille ab und rieb sich müde über die Stirn. Er saß zusammengesunken in seinem Stuhl, wie jemand, der den Kampf verloren hat. »Er hätte uns das nie antun können. Nie! Er muss undercover arbeiten und versuchen, sie von innen aufzubrechen ...«

»Es tut mir leid, Harry«, sagte ich. »Aber das glaube ich nicht.«

»Du hast ihn doch nie gemocht!«, fuhr Harry auf, sein Gesicht rot vor Wut und noch anderem. »Du warst doch einer von denen, die uns auseinanderbringen wollten, nur ... nur weil er war, was er war!« Er unterbrach sich. Tränen, die er vor uns nicht weinen wollte, standen in seinen Augen. Keiner sagte etwas. Am Ende war es überraschenderweise Molly, die versuchte, ihn zu trösten. »Ich habe ihn auch einmal sehr gemocht. Er hat wirklich bewundernswerte Eigenschaften. Aber wir wussten immer, was er war, was er wirklich war.«

»Einmal eine Höllenbrut ...«, begann der Seneschall.

»Haltet die Klappe!«, rief Harry. »Ich will das nicht hören! Ihr kennt ihn nicht! Ihr habt nie auch nur versucht, ihn zu verstehen!«

Er sprang auf, wandte uns den Rücken zu und stürmte aus dem Sanktum. Die Tür knallte hinter ihm zu. Wir alle sahen uns an, aber es gab nichts Sinnvolles, was wir sagen konnten, also kehrten wir zu den dringenderen Themen zurück. Harry würde sich wieder einkriegen. Oder auch nicht. Wie auch immer, wir würden damit fertigwerden.

»Das wirklich Beunruhigende daran ist, wie tief oder weit die Kontrolle der Verschwörung reicht«, überlegte der Seneschall. »Alle Regierungen, alle Führer in der Welt? Keiner, der ausschert? Wie lange geht das schon so? Wie konnte uns das entgehen?«

»Wir waren in letzter Zeit zu sehr mit unserer eigenen Verteidigung beschäftigt«, sagte der Waffenmeister. »Und es liegt nun einmal in der Natur von Verschwörungen, dass sie unerkannt bleiben.«

Der Seneschall beharrte auf seiner Frage. »Was wir uns fragen müssen, ist, wie weit die Korruption geht.«

»Jeder kann gekauft werden«, sagte William in überraschend

vernünftigem Ton. »Jeder kann überzeugt, bestochen, bedroht, in diesem Fall, so nehme ich an, sogar besessen werden. Wir sehen uns einem Feind ohne Skrupel und moralische Hemmungen gegenüber, der absolut alles tun wird, um zu bekommen, was er will. Man kann niemandem mehr trauen.«

»Muss ich schon wieder die ganze Familie scannen?«, fragte der Waffenmeister.

»Ich glaube, wir können Roger als Einzelfall ansehen«, meinte ich. »Wenn man bedenkt, wer und was seine Mutter war. Und überhaupt, kann man einen Verstand auf böse Absicht hin scannen?«

»Hmmm. Ja«, knurrte der Waffenmeister. »Verzwickt. Nicht notwendigerweise unmöglich, aber ganz entschieden verzwickt ...« Und er lehnte sich zurück, um darüber nachzudenken.

Manchmal glaube ich, dass mein Onkel Jack der gruseligste Drood überhaupt ist.

»Roger erwähnte eine neue Maschine, die direkt auf menschliche Gedanken Einfluss nehmen kann«, fuhr ich fort. »Wie es aussieht, haben sie bereits einfache Tests damit durchgeführt und ermutigende Resultate erhalten. Roger sagte auch etwas darüber, dass diese neue Maschine wahrscheinlich dem Verstand einen ganz ordentlichen Schubs in die gewünschte Richtung geben könnte. Weltweit. Haben wir so etwas, Onkel Jack?«

»Natürlich nicht«, mischte sich der Seneschall ein. »Oder wir würden es täglich benutzen.«

»Darf ich mal auf freien Willen und individuelle Freiheit hinweisen?«, fragte William.

»Natürlich«, sagte der Seneschall. »Fühl dich frei, es zu erwähnen, und ich fühle mich frei, alles zu benutzen, um sowohl einen solchen Horror als auch das Große Opfer zu verhindern.«

»Wenn die Maschine überhaupt existiert«, gab ich zu bedenken. »Roger könnte ihnen ja auch Sand in die Augen gestreut haben, um die Gläubigen zu beeindrucken. Aber wenn es sie gibt – könnten wir vielleicht etwas erfinden, das ihre Wirkung blockiert? So etwas in der Art einer Gegenübertragung?«

»Ohne zu wissen, was es mit dieser Maschine auf sich hat?«, wehrte der Waffenmeister ab. »Ohne zu wissen, wie sie funktioniert oder was sie eigentlich macht? Du willst also, dass ich ein Gegensignal sende, das die ganze Welt abdeckt? Hmmm. Verzwickt. Ich muss darüber nachdenken.«

Ich wandte mich mit erhobener Stimme an das rosenrote Glühen, das das Sanktum erfüllte. »Ethel?«

»Ich bin hier, Eddie. Und ich bin froh, dass du gesund wieder hier bist. Ich konnte sehen, was im Unterparlament passierte, aber ich konnte dich nicht erreichen. So ein geschmackloses Treffen. Es mischte schlechten Geschmack mit dem spirituellen Bösen.«

»Kannst du irgendetwas unternehmen, um das alles aufzuhalten?«, fragte ich geradeheraus. »Könntest du verhindern, dass das Große Opfer stattfindet?«

»Fragst du mich, ob ich mich direkt einmischen soll?«

»Ich mag es nicht«, gab ich zu. »Aber wo so viel auf dem Spiel steht ...«

»Die Kinder«, warf der Seneschall ein. »Wir müssen die Kinder retten. Wir dürfen nicht zulassen, dass unser Stolz uns da im Weg steht. Ich werde betteln, wenn es sein muss.«

»Richtig«, fügte William hinzu. »Das ist wichtiger als wir selbst.«

»Und das ist genau der Grund, warum ich nicht eingreifen kann«, sagte Ethel. »Ich bin euer Schutzengel, nicht euer Gott. Das ist eure Welt und eure Realität. Ich habe euch die Waffen gegeben, mit denen ihr gegen das Böse antreten könnt. Aber ich werde nicht eure Kriege für euch führen. Das wäre das Ende des freien Willens eurer ganzen Spezies. Ich habe mir große Mühe gegeben, mich aus euren Angelegenheiten herauszuhalten, ein Beobachter zu sein und ein Ratgeber. Alles nur aus Angst, ich könnte das natürliche Gleichgewicht eurer Realität stören. Ich werde euch nicht retten. Das müsst ihr selbst tun.«

»Und wenn wir versagen?«, fragte William.

Es gab eine lange Pause, dann sagte Ethel: »Dann werde ich euren Tod betrauern.«

Jeder am Tisch sah jeden an, aber keiner wollte etwas sagen. Ich räusperte mich. »Also, wo können wir bei diesen Schweinehunden am besten ansetzen? Ich hab die Schnauze voll davon, auf Zehenspitzen um die Verschwörung herumzuschleichen und Informationen zu sammeln. Wir wissen alles, was wir wissen müssen. Wir müssen diesen bösartigen kleinen Scheißern empfindlich eins auf die Zwölf geben, bevor sie die notwendigen Bedingungen für das Große Opfer schaffen können!«

»Kenne deinen Feind«, sagte William.

»Prima«, sagte ich. »Forsch mal in deiner Alten Bibliothek. Finde ein paar Dinge heraus, die wir gegen sie verwenden können. Seneschall, wie können wir sie verletzen?«

»Gebt mir ein Ziel«, erwiderte der Seneschall. »Und ich werde ihnen Droods entgegenstellen, bis jedes einzelne Mitglied der Verschwörung tot ist. Das Problem mit den Satanisten ist, dass jeder dazugehören kann, überall. Sie verstecken sich in respektablen Institutionen und benutzen Unschuldige als menschliche Schilde.«

»Isabella hat eine Menge darüber nachgedacht«, sagte Molly. »Sie sagte, sie glaube, sie kenne jemanden, der vielleicht in der Lage sei, ihr Hinweise auf das Oberhaupt der Verschwörung zu geben.«

»Hat sie einen Namen erwähnt?«, fragte ich.

»Nein. Aber andererseits hat Isabella Kontakte überallhin.«

»Ruf sie«, sagte ich. »Kontaktier sie. Jetzt.«

Aber bevor irgendeiner von uns etwas tun konnte, stand Isabella auf einmal im Raum. Direkt vor uns, am Ende des Tischs. Sie war eine mentale Projektion, keine physische Präsenz. Ihr Bild war verschwommen und instabil, halb durchsichtig und zitterte, als blase ein heftiger, ätherischer Wind hindurch.

Der Seneschall schlug wieder mit der Faust auf den Tisch und sah ernsthaft genervt aus. »Warum zum Teufel taucht ihr immer wieder einfach so in Drood Hall auf, trotz all der Verteidigungen und Schutzmaßnahmen, die ich extra eingerichtet habe, um euch draußen zu halten?«

Isabella sah mich an. »Hast du's ihm noch nicht gesagt?«

Der Seneschall sah mich misstrauisch an. »Mir gesagt? Mir was gesagt? Eddie?«

»Später«, lenkte ich ab. »Iz, wo warst du?«

»Ich bin hier und da in der Welt gewesen, auf und ab gewandert«, sagte Isabella ruhig. »Und ich habe mit Leuten gesprochen. Sie gezwungen, mit mir zu reden. Ich habe eine gewisse Person gefunden, die nur zu willig war, mir zu sagen, was ich hören wollte, nach einem Augenblick physischen Drucks. Ein charmanter kleiner Tunichtgut namens Scharlatan Joe.«

»Den kenne ich«, sagte ich sofort. »Ich würde aber die Beschreibung nicht teilen. Joe ist ein Yuppie, ein Trickbetrüger. Ein schleimiger Abenteurer, der sich überall herausmogeln kann. Aber es ist erstaunlich, wie oft er am richtigen Ort ist, um die Dinge zu belauschen, die eine Rolle spielen!«

»Genau«, fuhr Isabella fort. Ihre Projektion zitterte und verschob sich, wurde einen Augenblick durchsichtig wie ein Geist und ihr Mund bewegte sich, ohne dass wir einen Ton hörten. Doch plötzlich wurde sie wieder scharf. »Er war wieder mal an einem Ort, an dem er gar nicht hätte sein dürfen, und tat Dinge, die jeder andere für eine schlechte Idee gehalten hätte. Aber der liebe Joe hörte etwas so Bedeutendes, Wichtiges und Schockierendes, dass es ihm eine Scheißangst einjagte. Also verkroch er sich im hintersten Loch und buddelte es hinter sich zu, fest entschlossen, so lange von der Bildfläche zu verschwinden, bis es egal war, was er wusste. Aber ich kann jeden finden, wenn ich es will. Und ich weiß viel mehr über dunkle Magie, als er sich je würde träumen lassen. Ich habe ihn gefunden und ihn zum Heulen gebracht, dann habe ich ihm das Näschen geputzt, sodass er gar nicht mehr abwarten konnte, mir alles zu sagen, was er wusste. Um genau zu sein: Wo das nächste große Treffen der Führer der satanistischen Verschwörung stattfinden wird. Nicht nur die höheren Ränge wie Alexandre Dusk oder Roger Morgenstern, sondern die Jungs von ganz oben.

Ihr habt nicht viel Zeit, Molly und Eddie – es ist schon in drei Stunden so weit und sie werden nicht lange brauchen. Nach allem, was Scharlatan Joe sagt, wollen sie Zeuge des ersten großen Tests der Maschine zur Gedankenbeeinflussung werden. Sie soll an einer Stadt voller ahnungsloser Menschen ausprobiert werden.«

»Okay, das ist es«, sagte ich. »Wir müssen sofort aufbrechen. Ein totaler Präventivschlag, eine ganze Armee von Droods, geführt von allen Einsatzagenten, die wir in so kurzer Zeit zusammentrommeln können. Zuschlagen, wenn diese Schweine es nicht erwarten, sie in Grund und Boden stampfen, die Maschine unter den Nagel reißen und alle Führer der Verschwörung auf einmal schnappen.«

»Klingt wie ein Plan für mich«, sagte der Seneschall. »Drei Stunden also. Gib mir eine Stunde, Eddie, um eine Streitmacht zusammenzustellen. Sie wird anständig groß sein müssen. Wir können nicht wissen, wie viele Bodentruppen sie haben oder welcher Art ihre Bewaffnung ist. Aber wir können es schaffen. Wir können die Verschwörung beenden, bevor sie das Große Opfer starten. Wo sind sie, Isabella? Wo treffen sie sich?«

»Der Treffpunkt ist eine ehemalige Kirche in Glastonbury«, erwiderte Isabella. »Anscheinend ist sie schon seit Jahrzehnten ein Hotel. Sie wurde komplett zum Cathedral Hotel umgebaut, jetzt finden dort Geschäftskongresse und dergleichen statt. Die Verschwörung hat das gesamte Hotel unter fremdem Namen gebucht, also müsst ihr euch keine Gedanken darum machen, dass Unschuldige unter die Räder geraten.«

»Das klingt immer besser«, sagte der Seneschall.«

»Eine ehemalige Kirche«, wiederholte der Waffenmeister. »Diese Satanisten sind wirklich altmodisch und lieben ihre Traditionen. Für Meister des Bösen können sie bei solchen Sachen wirklich erstaunlich sentimental werden.«

»Lasst uns nichts überstürzen«, gab William zu bedenken. »Fürs Protokoll – und ich kann nicht fassen, dass ich hier die Stimme der Vernunft bin! – darf ich dich, Eddie daran erinnern, dass die letzten beiden Male, die du dich den Satanisten gestellt hast, nicht sonderlich gut ausgingen, nicht wahr? Du wurdest aus dem Lightbringer House geworfen und musstest aus dem Unterparlament gerettet werden. Du hattest trotz deiner Rüstung Glück, dass du da lebend rausgekommen bist. Wir müssen vernünftig darüber reden. Und ja, ich weiß, dass diese Formulierung vor Ironie trieft, weil ich sie sage. Trotzdem.«

»Wir haben keine Zeit für akademische Diskussionen«, rief der Seneschall. »Drei Stunden, erinnert ihr euch? Du denkst, wir organisieren.«

»Mach dir keine Sorgen, William«, sagte ich. »Diesmal werden wir vorbereitet sein, eine Armee von gerüsteten Droods hinter uns. Wie wir das schon mit den Unsterblichen getan haben. Die Satanisten werden gar nicht wissen, wie ihnen geschieht, bis es viel zu spät ist.«

»Mir gefällt das immer noch nicht«, sagte der Bibliothekar stur. »Gewalt spielt ihnen nur in die Hände.«

»Dann müssen wir eben besser sein als sie«, argumentierte der Seneschall. »Isabella, was kannst du uns noch sagen?«

Aber sie war schon weg. Nicht einmal der Hauch einer Präsenz war am Kopfende des Tisches spürbar. Molly versuchte, sie zu erreichen, wieder Kontakt zu bekommen, aber konnte es nicht. Sie runzelte unzufrieden die Stirn.

»Es ist nicht so, als blockiere sie mich. Es ist, als wäre sie überhaupt nicht da. Etwas ist ganz und gar nicht in Ordnung.«

»Vielleicht dachte sie, dass noch jemand mithört«, sagte ich. »Sie würde das Überraschungsmoment nicht riskieren wollen.«

»Ja«, meinte Molly. »Das kann gut sein.« Doch sie klang nicht glücklich damit.

Der Seneschall eilte davon, um seine Truppen zu organisieren. Der Waffenmeister ging in seine Waffenmeisterei, um sich dort destruktiven Gedanken zu widmen. William wartete ab, bis sie fort waren, und nahm mich dann auf ein Wort beiseite. »Ich fühle mich viel besser, seit Ammonia Vom Acht, äh, interveniert hat«, sagte er. »Meine Gedanken sind viel klarer, als sie seit – ich weiß nicht wie lange waren.«

»Das habe ich bemerkt«, bestätigte ich.

»Ich will dich etwas fragen. Über Ammonia.« Der Bibliothekar warf mir einen Blick zu, den ich nicht ganz verstand. »Eine überaus bemerkenswerte Frau.«

»Sehr bemerkenswert.«

»Ein hervorragender Verstand. Es gab, wie soll ich sagen, einen geringen Transfer, weißt du, während sie sich mit meinen Gedanken verband. Sie war wirklich sehr beeindruckend.«

»Beeindruckend?«

»Also, weißt du, ich hab mich gefragt ...«

»Sie ist verheiratet«, unterbrach ich ihn.

»Ah. Natürlich ist sie das.« Er nickte langsam. »Das sind die Besten immer, nicht wahr?«

Er schritt davon, zurück in die Alte Bibliothek und ich wusste wirklich nicht, was ich davon halten sollte.

In der nächsten Stunde raste der Seneschall wie ein Verrückter durch Drood Hall und sammelte Freiwillige aus jeder Sektion und jeder Abteilung, um eine kleine Armee von mehr als hundert Droods zu einer Streitmacht zusammenzustellen. Ich hatte alle Hände voll zu tun, um am Ball zu bleiben. Das muss man ihm lassen: Er ist verdammt gut in seinem Job. Und wenn ein großer Kampf bevorsteht, dann gibt es wahrscheinlich niemanden in der Familie, dem man lieber in Gefahr und Tod folgen würde als ihm, denn man weiß, dass er Himmel und Erde in Bewegung setzen wird. Nicht nur, damit die Sache erledigt wird, sondern weil er auch einen selbst sicher zurückbringen wird. Alle Droods machen von frühester Kindheit an Kampfübungen, aber nur wenige konnten realistischerweise erwarten, dass sie wirklich eingesetzt werden. Allerdings haben einige kürzliche Ereignisse – der Krieg gegen die Hungrigen Götter und die Schlacht gegen die Beschleunigten – das geändert. Eine Menge von früher nur rein akademisch denkenden Droods war gezwungen worden, hinauszugehen und zu kämpfen, und zur Überraschung aller hatten sie festgestellt, dass ihnen die direkte Konfrontation gefiel. Als also der Seneschall nach Freiwilligen suchte, fand er sie überall. Er versammelte seine Streitmacht im Park draußen vor dem Herrenhaus und prüfte sie auf Herz und Nieren, um zu sehen, wer dem Job wirklich gewachsen war. Er schritt die Reihen ab, bellte Befehle und sah genau hin, als Droods sich in ihren Rüstungen duellierten. Ich stand in sicherer Entfernung daneben und ließ ihn machen. Der Seneschall hatte militärisch schon immer mehr draufgehabt als ich.

Wir hatten neun aktive Einsatzagenten; das waren alle, die im Herrenhaus anwesend waren. Sie hatten Bericht über beendete Missionen erstattet. Sie hätten sich ausruhen und erholen sollen, aber kaum hatten sie gehört, worum es ging, konnten wir sie nicht mehr stoppen. Ein Dutzend weitere waren unterwegs, aber wahrscheinlich war bereits alles vorbei, bevor sie kommen konnten. Es standen zudem fünf Ex-Agenten zur Verfügung, die aus diversen physischen oder psychologischen Gründen nicht mehr eingesetzt wurden. Aber auch sie waren fest entschlossen, nicht außen vor gelassen zu werden. Einer von ihnen war Callan.

»Mein Vertreter kann den Lageraum leiten, bis ich wiederkomme«, sagte er trotzig. Er stand neben mir und wir betrachteten das Training der Streitmacht durch den Seneschall gemeinsam.

»Du musst das nicht tun, Callan.«

»Doch, muss ich.« Callan sah auf das organisierte Chaos vor ihm, damit er mich nicht ansehen musste. »Das letzte Mal, dass ich draußen im Einsatz war, hat dieser miese Verräter von Blauem Elf mir meinen Torques vom Leib gerissen. Du hast ja keine Ahnung, wie sich das anfühlte. Ich hab das Herrenhaus seitdem nicht mehr verlassen, nicht einmal, als Ethel mir einen neuen Torques gab. Ich muss da raus und ein paar Satanistenhirne einschlagen und mir selbst beweisen, dass ich das noch kann. Dass ich immer noch ein Drood bin. Oder ich ende wieder in meinem Zimmer, weigere mich rauszukommen und habe Angst vor allem und jedem. Ich kann nicht mehr dahin zurück, Eddie, ich werde das nicht mehr tun. Ich gehe mit dir. Du brauchst die Leute. Und außerdem: Ich hab ein mieses Gefühl bei der Sache.«

»Du hast immer ein mieses Gefühl bei allem«, sagte ich. »Deshalb haben wir dich ja zum Leiter des Lageraums gemacht.«

»Ich habe auch gegen die Beschleunigten gekämpft«, sagte Callan. »Zusammen mit allen anderen. Ich bin nicht wie du, Eddie. Ich hatte nie Spaß an der Gewalt, die man als Einsatzagent haben muss. Aber an diesem Tag gefiel es mir. Manchmal – tut es eben gut zurückzuschlagen, wenn einem die Welt weh getan hat.«

Mit diesen Worten warf er sich in das Getümmel.

Wir hatten auch zwölf Agenten gefunden, die sich bereits zur Ruhe gesetzt hatten und von denen der jüngste 52 und der älteste 64 Jahre alt war. Sie sahen alle älter aus, als sie waren, wie das halt im Einsatz so ist. Die meisten Agenten leben nicht lange genug, um in Rente zu gehen. Das Große Spiel frisst die meisten von uns lange vorher auf. Diese alten Männer und Frauen hatten sich also als überaus schwer zu töten erwiesen. Ich hatte so eine Ahnung, dass das nützlich sein würde. Jeder in der Streitmacht war ein Freiwilliger, keiner wurde unter Druck gesetzt oder setzte einen anderen unter Druck. Die Neuigkeiten über die Natur des Großen Opfers hatten sich im Herrenhaus schnell verbreitet und die allgemeine Wut war in der Luft so präsent, dass man sie praktisch schmecken konnte. Also gab es keinen Mangel an Leuten, die bereit und willens waren, loszuziehen und die Satanisten zu bekämpfen, um eine solche Obszönität zu verhindern. Aber obwohl ich mit über hundert gerüsteten Droods im Rücken losziehen würde, hatte ich doch ein schrecklich kaltes, übles Gefühl in der Magengrube. Als ob ich etwas außer Acht gelassen hatte – etwas Wichtiges und sogar Offensichtliches …

Darüber hinaus war das letzte Mal, dass ich eine Armee von Droods gegen den Feind geführt hatte – damals gegen die Abscheulichen auf der Nazca-Ebene –, alles fürchterlich schiefgelaufen. Wir waren in einen Hinterhalt geraten, eine versteckte Armee hatte uns überrascht, der wir zahlenmäßig unterlegen gewesen waren. An diesem Tag waren eine Menge guter Männer und Frauen auf üble Art und Weise gestorben. Ich hatte dieser Armee vorgestanden, aber alles, was ich nach Hause gebracht hatte, waren Leichen gewesen.

Aber diesmal hatte ich ein As im Ärmel. Merlins Spiegel. Er konnte uns direkt zu den Satanisten bringen. Wir würden aus dem Nichts erscheinen, ohne Vorwarnung. Solange ich ihn offen ließ, würde ich immer einen Ausweg haben. Wenn er wirklich gebraucht wurde. Wenn alles wieder schiefging.

Im letzten Moment kamen Molly und Harry aus dem Herrenhaus zu uns. Ich hatte mich schon gefragt, wo sie geblieben war. Die beiden hatten offenbar miteinander gesprochen, weil sie sich in der gegenseitigen Nähe beinahe wohl zu fühlen schienen. Molly stellte sich dicht neben mich, wand ihren Arm durch meinen und lehnte ihren Kopf an meine Schulter. Sie hatte mit Harry über die Zeit geredet, in der sie und Roger ein Paar gewesen waren. Das war lange her. Ich wusste das, und sie wusste, dass ich es wusste. Und wir beide wussten, dass das jetzt nicht der Zeitpunkt war, sich auf die Vergangenheit zu konzentrieren.

»Ich komme mit euch«, sagte Harry auf eine Art, die sehr deutlich machte, dass es keinen Zweck hatte, mit ihm zu argumentieren. »Roger wird dort sein.«

»Wahrscheinlich«, erwiderte ich. »Glaubst du wirklich, du kannst ihm das ausreden? Ihn auf die Seite der Engel ziehen?«

Harry sah über den Park, sodass er mich nicht ansehen musste. »Bevor du das Unterparlament verlassen hast, bevor Roger dich hat gehen lassen, hast du gesagt, ob es etwas gäbe, das er mir sagen will. Irgendeine Botschaft. Er hätte alles Mögliche sagen können: mir sagen, dass alles vorbei ist, dass er mich nie geliebt hat, dass ich mich zum Teufel scheren soll. Aber das hat er nicht. Ich kann ihn noch erreichen. Ich weiß, dass ich es kann. Also muss ich gehen, Eddie. Ich muss es versuchen.«

»In Ordnung«, antwortete ich. »Aber komm uns nicht in die Quere, wenn die Schlacht begonnen hat. Das hier ist Krieg. Und wenn man bedenkt, was auf dem Spiel steht ...«

»Ich weiß«, sagte Harry.

Der Seneschall beendete schließlich die kriegerischen Übungen, versammelte seine Armee vor sich und nutzte die Gelegenheit, sie mit etwas zu Tode zu langweilen, das er wohl für eine anfeuernde Rede hielt. Mein Blick glitt über die Droods hinweg und im Stillen war ich zufrieden mit dem, was ich sah. Sie sahen wie Soldaten aus, die in die Schlacht zogen. Wie eine Armee. Ich hielt die Rede des Seneschalls so lange durch, wie ich konnte, dann holte ich Merlins Spiegel hervor und aktivierte ihn. Der Seneschall unterbrach seine Rede, als er erkannte, dass keiner mehr zuhörte. Ich schüttelte den Spiegel zu voller Größe auf und öffnete ihn noch weiter, größer, als ich je versucht hatte, bis endlich ein Portal von etwa sechs Quadratmetern entstanden war. Ich war mir nicht sicher gewesen, dass es funktionieren würde, aber es schien ausreichend stabil zu sein. Durch das Portal sah ich das Cathedral Hotel genau an der Stelle, an der es sein sollte. Ein großes Gebäude, eindeutig umgebaut mit einer raffiniert modernen Fassade. Das Schild sagte einfach nur »CATHEDRAL HOTEL, fünf Sterne«. Das einzige Überbleibsel des ursprünglichen Hotelzwecks war ein alter Glockenturm am rechten Ende, den man vermutlich stehen gelassen hatte, um dem Gebäude einen historischen Touch zu verleihen. Etwas für die Fotos der Touristen.

Vor dem Hotel erstreckte sich ein großer Parkplatz mit ordentlich aufgemalten Parkbuchten, aber nur einer Hand voll Autos. Niemand war zu sehen, keine Anzeichen von Satanisten weit und breit. Der ganze Ort war still und friedlich, der Tag sonnig und warm. So weit, so gut. Ich entschied mich selbst zu einer kleinen motivierenden Rede. Ich wandte mich zu der Drood-Armee um und sie sahen mich erwartungsvoll an.

»Ihr seht aus, als wärt ihr kampfbereit«, sagte ich. »Gut. Ich führe euch jetzt durch Merlins Spiegel. Keine Rüstung – jetzt nicht. Wir wollen unschuldigen Passanten keinen Schrecken einjagen. Wir gehen schnurstracks über den Parkplatz und hinein ins Hotel. Dann erst rüstet ihr auf. Die Satanisten haben das Hotel geblockt, um ihre Privatsphäre zu wahren. Wenn ihr also erst einmal drin seid, rennt alles über den Haufen, das nicht ganz klar zum Hotelpersonal gehört. Keine Warnungen, keine Gnade. Sie werden keine Gefangenen nehmen, aber wir auch nicht. Außer ihre Anführer: Alexandre Dusk, Roger Morgenstern und alle, die bei ihnen sind. Fangt sie lebendig, wenn ihr könnt. Wir haben Fragen.«

»Bei Widerstand töten, bei Flucht auch«, brachte der Seneschall es auf den Punkt. »Keine Zurückhaltung. Es gibt nur eine Antwort auf alles, was diese Schweinehunde getan haben, und alles, was sie planen: den Tod. Das ist die einzige Gerechtigkeit.«

Ich schritt durch den Spiegel. Molly war neben mir, Harry und der Seneschall folgten auf dem Fuße. Die Drood-Armee ging direkt nach uns durch. Ein paar Augenblicke später waren alle durch den Spiegel und verteilten sich über den leeren Parkplatz.

In diesem Moment änderte sich alles. Die ruhige und stille Szenerie vor uns verschwand von einem Augenblick zum anderen wie die Illusion, die sie auch gewesen war. Zwischen uns und dem Hotel stand eine riesige Armee, tausende von schwer bewaffneten Satanisten, angeführt von Alexandre Dusk, der mich zufrieden anlächelte.

»Das ist eine Falle!«, schrie der Seneschall. »Schützt den Spiegel! Er ist unser Weg hier raus!«

Aber als wir uns umdrehten, war Merlins Spiegel nur ein 6 Quadratmeter großer Spiegel, der unsere schockierten Gesichter wiedergab. Ich versuchte es mit einem halben Dutzend verschiedener Kontroll*Worte*, aber das Glas war nur ein Glas. Die Satanisten hatten ihn wieder blockiert, wie sie es auch schon im Unterparlament getan hatten. Das ging mir wirklich auf die Nerven. Ich wandte mich zu Molly.

»Das war alles eine falsche Information, um uns in eine Falle zu locken. Könnte es sein, dass sie Isabella umgedreht haben? Könnte sie die ganze Zeit eine von denen gewesen sein?«

»Nein!«, antwortete Molly sofort. »Sie hätte so etwas vor mir nicht verbergen können. Sie hatte nie Zeit für irgendwelche Satanisten. Sie müssen sie gefangen haben. Kein Wunder, dass wir nur eine Projektion im Sanktum gesehen haben. Es war eine Illusion, niemals wirklich sie. Was hast du mit meiner Schwester gemacht, Dusk, du satanistischer Drecksack?«

Alexandre Dusk lächelte Molly und mir leichthin zu. Er sah sehr entspannt aus, sehr selbstsicher, als stünde er hier, um den sonnigen Tag zu genießen, und nicht, weil er eine Armee hinter sich wusste, die zehn Mal so groß war wie meine. Er nickte mir leicht zu, der arrogante Schweinehund.

»Warum glaubst du, hat Roger dich gehen lassen?«, sagte er. Seine Stimme klang aufreizend vernünftig. »Wir wussten, dass Molly und Isabella in der Nähe waren und auf eine Gelegenheit warteten, reinzukommen und dich zu retten, also haben wir das möglich gemacht. Als sie dich hinausteleportierten, haben wir gewartet, und für ein paar unserer erfahreneren Zauberer war es ein Leichtes, einzugreifen, sich Isabella zu schnappen und sie an einem unserer Orte der Macht festzusetzen. Sie hat das gar nicht erwartet. Und auch wenn sie eine sehr talentierte junge Dame ist, wir haben dieser Tage ebenfalls sehr mächtige Leute auf unserer Seite. Leute, die wissen, woher der Wind bläst. Dann war alles, was wir noch tun mussten, euch ein Bild von ihr zu schicken und sie das sagen zu lassen, was wir wollten. Euch eine wichtige Deadline präsentieren, damit ihr keine Zeit habt, darüber nachzudenken, und eine Möglichkeit, die zu gut ist, um zu widerstehen. Und du bist voll hineingetappt, Eddie, wie immer. Und hier sind wir nun! Ah! So viele Droods auf einem Haufen! Das gab es noch nie! So viele Torques, die wir euren Leichen fortnehmen und zu unseren machen können!«

»Ja klar«, sagte ich. »Als ob das passieren würde.«

An Dusks Lächeln änderte sich nicht das Geringste. »Ich freue mich wirklich darauf, Eddie. Es gibt immer noch Menschen in der Welt, die darauf warten, von euch vor uns gerettet zu werden. Es wird mir eine besondere Freude sein, jedem Einzelnen von ihnen einen abgetrennten Drood-Kopf zu schicken, um auch die letzte Spur Hoffnung zu vernichten.«

»Du arroganter kleiner Arsch«, sagte ich. »Ihr steht hier einer Armee von Droods gegenüber. Ein Mann mit Grips würde die Beine in die Hand nehmen. Nicht, dass das etwas nützen würde.«

»Einhundertsieben Droods, wenn ich richtig gezählt habe«, sagte Dusk immer noch völlig unbeeindruckt und ich begann mich zu fragen, warum. »Während ich eintausendunddreihundert hoch motivierte Männer und Frauen hinter mir habe, die mit den allerneuesten Waffen ausgerüstet sind. Eure kostbare und viel gepriesene Rüstung gehört der Vergangenheit an. Ihr seid Gestrige. Wir sind am Puls der Zeit.«

Ich musste lächeln. »Da bist du aber nicht auf dem neuesten Stand mit den Memos, oder? Wir haben aufgerüstet.«

Dusk winkte genervt und frustriert mit der Hand. Es regte ihn auf, dass wir nicht angemessen beeindruckt waren und seine Drohungen ernst nahmen. »Ihr Droods werdet alle sterben! Und eure lächerlich antiquierte Moral mit euch!«

»Wird nicht passieren«, sagte der Seneschall brüsk. »Eine Schlacht kann viele Ausgänge haben, jeder gute Soldat weiß das. Aber selbst wenn ihr jeden von uns vernichtet, es würde keinen Unterschied machen. Was auch immer passiert, die Familie wird weitermachen. Droods sind ewig.«

»Ihr wisst ja nicht, mit wem ihr es zu tun habt.« Dusks Stimme war jetzt so kalt, wie sein Gesicht rot war. Er fand das alles nicht so lustig, wie er geglaubt hatte. Er betete uns die richtigen Sätze vor, aber wir weigerten uns, auf die Stichworte zu reagieren. Wenn es nach ihm gegangen wäre, hätten wir erkennen sollen, dass wir schon längst geschlagen waren. Wir hätten bis in die Zehenspitzen zittern sollen, versuchen, uns zu ergeben, vielleicht sogar um Gnade betteln sollen, damit er uns ins Gesicht hätte lachen können, wenn er das ausschlug. Wir hätten alles Mögliche tun, nur nicht trotzig bleiben und wiederum zurücklachen sollen. Er wies auf die endlosen Reihen, die hinter ihm standen. »Erlaubt mir, unsere letzte Errungenschaft zu präsentieren. Wir haben sie einem dieser brillanten Wissenschaftler zu verdanken, die wir von der Messe für Übernatürliche Bewaffnung entführt haben. Wir haben jetzt unsere eigene Rüstung. Eine moderne Rüstung. Er war dieses Jahr wirklich in der Lage, eine Rüstung zu präsentieren, die Drood-gleich gewesen wäre, aber wir haben ihn vorher geschnappt. Tretet vor, Jungs.«

Ein Dutzend Männer traten prahlerisch vor. Wenigstens nahm ich an, es seien Männer. Es war schwer zu sagen.

»Diese neue Rüstung ist hochmodernes, lebendes Superplastik, das dank eines kybernetischen Links im Hirn programmiert ist, direkten Anweisungen des Trägers zu folgen«, erklärte Dusk stolz. »Unzerstörbar, unbegrenzt anpassungsfähig, in der Lage, jede Form oder Funktion anzunehmen, die der Träger sich nur ausdenken kann. Tausend Waffen in einer, kombiniert mit dem absoluten Schutz. Jeder in dieser Armee ist ein Träger.«

Dann hielt er inne, denn innerhalb der Droods war hier und da leises Kichern zu hören. Dusk warf mit bösen Blicken um sich.

»Entschuldige«, sagte ich. »Ich weiß, es ist schrecklich ungezogen, aber ... Das ist alles? Wirklich? Das ist eure supermoderne Rüstung?«

»Die sehen wie Spielzeug-Soldaten aus«, meinte der Seneschall.

Da hatte er recht. Das taten sie. Sie waren von Kopf bis Fuß in langweiliges, graues Plastik gekleidet, glatt und formlos, wie erwachsene Männer, die man in flüssigen Kunststoff getaucht hatte, der dann durchgehärtet war. Ich hätte am liebsten unter ihre Sohlen geguckt, um den Fuß zu sehen, auf dem sie standen. Ein paar hielten Plastikgewehre in der Hand, das Material der Gewehre ging nahtlos in die Plastikhände über. Die Gesichter waren grobe und verzerrte Versionen der Züge darunter, wie das auch bei Plastiksoldaten der Fall war.

»Los!«, forderte Dusk seine Leute ärgerlich auf. »Zeigt ihnen, was ihr könnt! Der Erste, der mir einen Drood-Kopf bringt, bekommt einen speziellen Bonus.«

Die Plastikmänner stürzten unglaublich schnell auf uns zu, gefolgt von rund fünfzig anderen aus den Reihen dahinter. Die Plastik-Rüstung passte sich geschmeidig ihren Bewegungen an. Die ohne Schusswaffen ließen Schwerter und Äxte mit Furcht erregend scharfen Klingen aus den Plastikhänden wachsen. Einige hatten Gewehre, andere Handfeuerwaffen, ein paar Maschinengewehre, auch wenn ich noch keine Ahnung hatte, womit die geladen waren. Plastikkugeln? Gegen eine Drood-Rüstung?

Und dann – ging auf einmal alles den Bach herunter. Die Plastikrüstung begann sich zu wandeln, das ursprüngliche Grau blitzte in wirbelnden Farben auf. Dunkle, zornige Schattierungen von Rot, Blau und Grün, fiebriges Violett und krankes Gelb. Sie wirbelten über die Oberfläche der Plastikrüstung wie infizierte Ölteppiche. Die Träger stolperten, hielten inne und sahen sich verwirrt an. Seltsame Beulen und Eruptionen erschienen und verschwanden auf der Rüstung, die Oberfläche siedete und blubberte, als sie in immer neue Formen ausbrach. Einige Rüstungen buckelten sich aus, einigen wuchsen Flügel, ein paar bekamen zusätzliche Arme. Erschrockene und verwirrte Stimmen schrien aus den Rüstungen heraus. Ein paar wurden zu fremdartigen neuen Gestalten, gewalttätig, aggressiv und zunehmend unmenschlich; sie reflektierten die Gedanken, Wünsche und innersten Bedürfnisse des Trägers. Einige wurden zu mittelalterlichen Dämonen, samt Hörnern am Kopf und Hufen und Klauenhänden. Roger Morgenstern hatte eindeutig Eindruck gemacht.

Aber bei diesen Änderungen blieb es nicht. Die Menschen in der Rüstung schrien jetzt vor Horror und Schmerz, sie baten um Hilfe. Einige wurden zu lebenden Monstern, verzerrt und entstellt. Einige wurde ruckartig größer; in kurzen Eruptionen wuchsen sie bis auf fünf, sechs Meter Höhe und schwankten dann unsicher hin und her, beim Versuch, das Gleichgewicht zu halten. Andere verzerrten sich zu monströsen Viechern, schrecklich unmenschlich, die Art von Ungeheuern, die einen in Albträumen verfolgt. Dusks Armee schrie vor Schreck und Panik auf und wich zurück. Rufe, dass etwas nicht in Ordnung war, wurden laut. Und es war etwas nicht in Ordnung. Die Veränderungen gingen weiter, die Plastikrüstung formte ungeheure Gestalten aus den Tiefen des Unbewussten. Dinge, deren bloßer Anblick schmerzte und mit denen der Verstand unmöglich fertigwerden konnte.

Ich wusste, was da geschah. Das lebende Superplastik war durch ein kybernetisches Implantat direkt mit dem Verstand des Trägers verbunden. Ähnlich, wie auch eine Drood-Rüstung funktionierte. Aber diese neu gerüsteten Männer hatten im Gegensatz zu den Droods keine Übung darin. In der Familie werden wir von klein auf darin unterrichtet, wie wir das kontrollieren, was wir über unsere Rüstung denken, sodass wir uns der Kontrolle immer bewusst sind. Diese unglücklichen Männer hatten die Kontrolle über ihr Unterbewusstsein verloren und produzierten jetzt Formen, die ihre versteckten Bedürfnisse und Wünsche reflektierten. Ungeheuer aus dem »Es«. Böse Gestalten, monströse Formen, albtraumartige Impulse, die nie dazu gedacht waren, sich in der realen Welt zu manifestieren. Ohne die mentale Disziplin, in der jeder Drood von Kindesbeinen an gedrillt wurde, gab die Rüstung jedem Träger das, was er wirklich wollte.

Die Plastikgestalten änderten sich jetzt immer schneller, wandelten sich in Sekundenschnelle von einer Gestalt zur anderen, dirigiert von lang unterdrückten Bedürfnissen und unerkannten Motivationen. Grenzenloser Appetit, rohe Eifersucht und sexuelle Gier wurden entfesselt, nahmen dank des unbegrenzt anpassungsfähigen Superplastiks Gestalt an und suchten nach einem Ziel. Bis sie sich schließlich gegeneinander wandten und den Feind – die Droods – vergaßen, da der Instinkt sie zwang, alte Verletzungen und Komplexe auszuleben. Keine Disziplin, keine Richtung, jeder für sich. Allerdings war das, was in der Plastikrüstung noch vorhanden war, kein Mensch mehr.

Ich wandte mich an den Seneschall. »Ich hab die Nase voll davon. Das sind Satanisten. Gib's ihnen, Seneschall.«

»Als ob du mir das sagen müsstest«, erwiderte der Seneschall, stürmte vor und schrie seinen Leuten zu, ihm zu folgen. Was wir taten.

Wir alle stürmten in unserer großartigen, glänzenden und goldenen Rüstung vor und warfen uns auf die ersten Reihen der feindlichen Armee. Das Plastik hatte gegen unsere Waffen aus seltsamer Materie keine Chance. Die Männer und Frauen dahinter trugen Waffen aller Art, wissenschaftlich oder magisch, die meisten jedoch streng verboten. Und keine davon konnte auch nur das Geringste gegen die Drood-Rüstung ausrichten. Und als die Kugeln, Energieblitze und Angriffsmagien an der Rüstung zerbrachen und harmlos dran herunterrannen, zerbrach auch ihre Selbstsicherheit. Wir bewegten uns schnell zwischen ihnen hindurch, schlugen sie mit goldenen, dornenbewehrten Fäusten und goldenen Schwertern und Äxten nieder. Knochen brachen und splitterten, Fleisch zerriss und Blut flog in die Luft. Wir hatten keine Gnade. Nicht für die. Nicht nach allem, was sie getan hatten und was sie planten. Wir kämpften um die Rettung einer ganzen Generation von Kindern, schützten sie davor, gemetzelt und abgeschlachtet zu werden. Wir schlugen die Satanisten nieder und stampften sie unter unseren Füßen zu Matsch, gierig auf das nächste Ziel, wie in einem wilden und grimmigen Rausch.

Wir waren geboren, um das Böse zu bekämpfen, aber wir haben selten die Gelegenheit, auch wirklich Hand anzulegen.

Wir durchbrachen die feindlichen Linien, und sie wichen vor uns zurück und brachen zusammen. Einige kämpften sogar, doch die meisten flohen. Aber keiner entkam. Der Seneschall sorgte dafür. Er schickte seine Leute aus, den Feind zu umzingeln und die Fluchtwege zu blockieren, dann trieb er sie wieder in ihren Tod zusammen. Einige warfen ihre Waffen fort, versuchten, sich zu ergeben, bettelten und weinten um ihr Leben. Aber für so etwas hatten wir keine Zeit. Sie hatten jegliches Recht auf zivilisierte Behandlung verwirkt, als sie den Satanisten beigetreten waren. Sie hatten ihre Seelen und ihr Leben dem Bösen hingegeben und damit alles aufgegeben, was sie menschlich gemacht hatte.

Man kann nicht einfach den Satanisten beitreten. Man muss sich seinen Weg zu ihnen erkaufen, durch Blut und Mord, Schrecken und dem Leiden von Unschuldigen. Man muss Dinge tun, von denen es kein Zurück gibt, keine Chance auf Vergebung oder Erlösung. Man verkauft nicht einfach seine Seele: Man spuckt darauf und wirft sie weg.

Sie gehörten in die Hölle und dorthin schickten wir sie.

Ich kämpfte mich stetig durch die Linien des Feindes, hieb in Brustkörbe und zerschmetterte Schädel, angetrieben von einem Zorn, der sich nicht besänftigen ließ. Ich habe mich selbst immer als einen Agenten und nicht als Killer betrachtet, aber wenn ich jemals mein Handeln und mein Sein als gerechtfertigt angesehen habe, dann war das an diesem Tag. Manches Böse ist so groß, dass man es nur zermalmen kann, um die Menschheit vor seiner Verdorbenheit zu schützen. Aber selbst als ich kämpfte, verlor ich nie die Kontrolle, weil es nicht genug war, einfach nur die niederen Ränge auszulöschen. Dusk war immer noch irgendwo da draußen. Und wenn er diese Gedankenkontrollmaschine erreichte ... ich schlug mich weiter durch die Reihen in Richtung des Cathedral Hotels, meine dornenbewehrten goldenen Fäuste wirbelten unermüdlich auf und ab, während unablässig Blut daran herablief.

Molly war direkt neben mir, griff die Satanisten am Kragen, riss sie an sich und schrie jedem direkt ins Gesicht: »Wo ist meine Schwester? Wo ist Isabella? Was habt ihr mit ihr gemacht?« Aber keiner wusste, wovon sie überhaupt redete, also warf sie sie beiseite und machte weiter und suchte nach jemandem, der es wusste. Hin und wieder beging jemand den Fehler, sie anzugreifen, dann schlug Molly ihn mit schneller und übler Magie nieder und fuhrt fort.

Ich hatte beinahe das andere Ende der Schlacht erreicht, als Harry plötzlich an mir vorbeilief, das Getümmel hinter sich ließ und auf das Hotel zurannte. Der Seneschall rief ärgerlich hinter ihm her, da er dachte, dass er das Schlachtfeld verließ, aber ich wusste, wo er hin wollte. Ich hatte Roger Morgenstern in der Armee nicht gesehen, was bedeutete, dass er sich im Hotel aufhielt, wenn er überhaupt hier war. Harry wollte ihn finden. Also ging ich ihm nach. Der Kampf war schon gewonnen, wir wurden nicht mehr gebraucht. Und wenn Roger da war, wollte ich dabei sein, wenn er auf Harry traf.

Ich stürmte beinahe gleichzeitig mit Harry in die Hotelhalle. Sie sah offen und hell aus, modern und effizient und vollständig verlassen. Harry wirbelte herum, bereit zum Kampf. Ich blieb rasch stehen und hob die Hände, um zu zeigen, dass sie leer waren.

»Ich bin nicht hier, um dich aufzuhalten, Harry. Ich bin hier, um dir zu helfen.«

Seine gesichtslose goldene Maske wandte sich mir zu. »Warum solltest du das tun, Eddie?«

»Weil ich nicht glauben will, dass Roger uns völlig verloren ist.«

»Du hast ihn doch nie gemocht.«

»Er mochte mich auch nicht. Na und? Er gehört zur Familie.«

Harry schüttelte langsam den Kopf. »Ich will dich nicht dabeihaben. Das ist privat.«

»Roger wird nicht allein hier sein«, sagte ich und ließ meine Hände sinken. »Er wird Wachen haben, Schutzvorrichtungen. Ganze Schichten davon. Du wirst jemanden brauchen, der dir Rückendeckung gibt, oder du kriegst ihn nie.«

Harry nickte steif und widerwillig. Doch wir mussten unser Gespräch unterbrechen, denn wir hörten schnelle Schritte herankommen. Wir stellten uns nebeneinander auf und eine ganze Bande von schwerbewaffneten Sicherheitsleuten rannte aus einem Nebenflur auf uns zu. Sie alle trugen automatische Waffen und eröffneten augenblicklich das Feuer auf Harry und mich. Wir blieben stehen und zuckten angesichts des dröhnenden Dauerfeuers nicht einmal zusammen. Unsere Rüstung absorbierte jede einzelne Kugel. Die Einschläge allein hätten schon ein Pferd umwerfen können, aber wir wichen nicht einen Zentimeter zurück. Noch mehr Wachen erschienen und verschossen seltsame Energie. Gewaltige Kräfte krochen und knisterten über unsere Rüstung hinweg und versuchten, sich einen Weg hinein zu erzwingen. Sie versagten und erloschen.

Harry und ich warteten ab, um sicherzugehen, dass sie uns mit allem, was sie besaßen, beschossen hatten, dann schritten wir entschlossen voran. Schwere Klingen schossen aus Harrys Händen, furchtbare Dornen wuchsen aus seinen Armen und Schultern. Er bewegte sich auf die Wachen zu, als sei er der lebendige Tod, und er schnitt jeden nieder, der sich ihm in den Weg stellte. Ich ließ aus einer Hand ein langes, goldenes Schwert wachsen und ging hinter ihm her, hackte und schnitt. In keinem von uns war auch nur ein wenig Erbarmen. Ich musste nur an das Große Opfer und Berge von toten Kindern denken, und mein Herz wurde zu einem kalten und schrecklichen Ding.

Es dauerte nicht lang. Es war ein Gemetzel, keine Schlacht. Schon bald war die Lobby voller Leichen und blutgetränkt. Noch mehr Blut rann an unserer Rüstung herab und bildete zu unseren Füßen Pfützen.

»Okay«, sagte Harry. »Ich denke, wir können jetzt als gesichert annehmen, dass sie wissen, wir sind hier. Dann gehen wir uns mal vorstellen.«

Er ging den Korridor hinab, aus dem die Wachen gekommen waren. Ich folgte ihm. Der Gang mündete in einen weiteren, dann hielten wir wieder inne. Von irgendwo über uns war ein tiefes, ominöses Knurren zu hören.

»Ach, verflucht nochmal«, sagte ich. »Die haben einen Höllenhund beschworen. Ich hasse diese Viecher.«

»Können wir den umgehen?«

»Weiß ich doch nicht. Ich seh' keine Seitenflure. Aber was

auch immer das ist, es muss hier irgendwas bewachen. Oder irgendwen. Also werden wir ihn wohl erledigen müssen. Okay, ich mach das. Geh und such Roger.«

»Spinnst du jetzt, Eddie? Kein Drood hat je auf eigene Faust einen Dämonenhund besiegt.«

»Da bist du wohl nicht auf dem Laufenden mit meinen Berichten, was, Harry? Ich habe einen besiegt, im Lightbringer House.«

»Ich habe deinen Bericht gelesen, du hattest Molly und Isabella dabei, die dir geholfen haben.«

»Du liest meine Berichte? Ich bin geschmeichelt. Hör zu, ich kann das Ding in Schach halten, solange du mit Roger redest. Darauf kommt's doch an.«

»Das kann ich nicht zulassen.«

»Doch, kannst du. Du kannst mich nicht leiden, schon vergessen?«

»Ach ja, stimmt. Alles für die Familie?«

»Für die Familie, Harry.«

Wir gingen den Korridor zusammen hinab, dann links um die Ecke und stellten fest, dass kein Höllenhund auf uns wartete. Der ganze Gang vor uns hatte sich verändert, transformiert und war von einem Geist aus der Hölle besessen. Der Flur lebte, jede Oberfläche war organisch, fleischig, verdorben. Wie der lebende Schlund, der den Aufzugsschacht im Lightbringer House ersetzt hatte. Die Wände waren zu Fleisch geworden: Scharlachrotes und purpurfarbenes Fleisch, mit dunklen, verfaulenden Flecken und einem Netz von dicken, pulsierenden Venen. Der Boden bestand aus einer langen, gerippten und grell pinkfarbenen Zunge, glitschig vor Verdauungssäften, die Decke bildete ein einziges, in die Länge gestrecktes Auge, das uns mit wahnsinnigem und fasziniertem Blick ansah, ohne zu blinzeln. Große, spitze Zähne ragten in regelmäßigen Reihen aus dem Fleisch der Wände und als wir hinsahen, begannen sie, sich langsam wie ein Fleischwolf oder eine lebende Kettensäge zu bewegen. Das ganze Ding stank nach Blut, Schwefel und saurer Milch, es lebte und war hungrig und wartete auf uns. Ich sah Harry an.

»Nach dir.«

»Das ist doch nur Fleisch und Zähne«, meinte er. »Glaubst du wirklich, das könnte die Rüstung durchdringen?«

»Das ist ein Dämon aus der Hölle«, erwiderte ich. »Ein überlegenes Wesen mit überlegener Kraft, wenn es unsere Realität so völlig überschreiben kann. Ich habe absolut keine Ahnung, was dieses Ding mit unserer Rüstung anstellen könnte.«

»Es ist dort, damit wir nicht an Roger herankommen«, sagte Harry.

»Mit an Sicherheit grenzender Wahrscheinlichkeit. Also, wenn man nicht sicher ist, muss man bluffen. Wenn wir nicht da durch können, dann können wir's vielleicht umgehen.«

Ich wandte mich von dem besessenen Flur ab und schlug ein Loch in die gewöhnliche Wand neben mir. Meine goldene Faust drang problemlos hindurch. Ich zog meine Hand zurück, zerbrochene Ziegel und Ziegelstaub fielen auf den Boden. Ich hieb auf die Wand ein und öffnete damit ein Loch, das groß genug war, dass man hindurchtreten konnte. Aber als ich innehielt, um hindurchzusehen, stellte ich fest, dass mich von dort nur die andere Seite des besessenen Korridors anstarrte.

»Verdammt«, sagte ich. »Damit hat man das gesamte Hotel überschrieben, jeder Gang führt jetzt zu sich selbst. Das Ding ist überall, wo es gebraucht wird, überall gleichzeitig. Egal, wie wir an Roger rankommen wollen, dieses Ding wird überall sein, um uns den Weg zu versperren.«

»Das hast du rausgefunden, indem du in ein Loch geschaut hast?«, fragte Harry.

»Natürlich nicht. Ich habe auf die Sensoren meiner Rüstung zugegriffen.«

»Wir hätten einen Exorzisten mitbringen sollen.«

»Na, das nächste Mal wissen wir es ja dann besser, gell?«, sagte ich. »In Eile kann man eben nicht an alles denken. Warum wünschst du dir eigentlich nicht gleich auch eine taktische A-Bombe, wenn du schon dabei bist?«

»Sei mal nicht so empfindlich«, gab Harry zurück. »Lass mich mal was versuchen.«

Er konzentrierte sich und legte beide Arme vor sich zusammen. Rasche Wellen bildeten sich auf seiner Rüstung, die sich verformten und miteinander verbanden, sodass eine immense Maschinenpistole entstand. Die Art, die man in Filmen sieht, wenn der Held ein ganzes Haus auf einmal in die Luft jagen will. Ich ging hastig aus dem Weg und Harry eröffnete das Feuer auf den besessenen Korridor. Kugeln aus seltsamer Materie barsten mit unfassbarer Geschwindigkeit und Wucht aus dem langen, goldenen Lauf heraus und durchlöcherten das dämonische Fleisch der Wände und des Bodens. Scharlachrotes Fleisch explodierte unter den Einschlägen, dunkles Blut spritzte überallhin und Dauerfeuer zerriss die lange pinkfarbene Zunge der Länge nach von einem Ende zum anderen. Etwas kreischte furchtbar, ein unglaublicher, grausiger und vollkommen bösartiger Laut. Harry änderte sein Ziel, zerfetzte den Korridor und verwüstete das verlängerte Auge ebenfalls von einem Ende zum anderen. Die lange, geschlitzte Pupille explodierte, und dicke Flüssigkeiten regneten in das zerfetzte Fleisch des Gangs. Harry stellte das Feuer ein und die Maschinenpistole versank wieder in seiner Rüstung. Und während er dastand, sein Werk betrachtete und es für gut befand, riss jede einzelne Kugel aus seltsamer Materie, die er abgefeuert hatte, sich aus dem dämonischen Fleisch und flog zu ihm zurück, um von der Rüstung wieder aufgenommen zu werden.

»Okay«, gab ich zu. »Ich bin beeindruckt. Furchtbar zerstörerisch, aber sauber ausgeführt. Ich wusste nicht, dass unsere Rüstung das kann.«

»Ich habe geübt«, erklärte Harry. »Roger brachte mich auf die Idee. Sein Lieblingsfilm war immer schon *Sie kannten kein Gesetz* von Sam Peckinpah. Ich weiß nicht, wie oft ich den mit ihm ansehen musste.«

»Dieser kleine Teufel!«, bemerkte ich.

Wir unterbrachen uns an dieser Stelle und starrten verblüfft auf den Gang, denn das zerrissene und zerfetzte Fleisch des besessenen Korridors reparierte sich selbst, verband sich wieder zur Einheit und stellte sich selbst wieder her, bis der Flur exakt wieder so aussah wie zuvor. Verfaulende Wände, pulsierende Zunge und glotzendes Auge.

»*Verdammt*«, fluchte Harry.

»Ja, kann man sagen«, bestätigte ich. »Das ist mal eine überlegene dämonische Präsenz!«

»Was machen wir jetzt? Nach einem Tanker voller Weihwasser schicken?«

»Dauert zu lang. Lass mich mal nachdenken. Das ist eher Mollys Territorium als meins.« Ich überlegte fieberhaft. Das musste ein Ablenkungsmanöver sein, um uns fernzuhalten, während Roger und Dusk sich aus Dodge City davonmachten und vermutlich die Gedankenbeeinflussungsmaschine mit sich nahmen.

Mir kam ein Gedanke.

»Bist du religiös, Harry?«

»Was? Nein, genaugenommen nicht. Nicht organisiert jedenfalls. Ist schwer, eine eingetragene Kirche zu finden, die irgendwas mit Roger oder mir zu tun haben will. Du?«

»Auf meine Art. Wir wissen, dass Himmel und Hölle echt sind, die Familie hat regelmäßig mit ihnen zu tun. Aber wir wissen auch nicht viel darüber, nur genug, um zu wissen, dass wir gar nicht mehr wissen wollen.«

»Wie hilft uns das? Was willst du, das ich tue, meine Rüstung in ein großes, goldenes Kruzifix verwandeln?«

»Das wäre vielleicht sogar nützlich, wenn wir es mit einem Nest von Vampiren zu tun bekämen. Aber nein. Ich hab da etwas anderes im Sinn. Und du wirst das echt nicht mögen, Harry.«

»Das wäre ja nichts Neues.«

»Wie mutig fühlst du dich?«, fragte ich. »Und wie sehr liebst du Roger?«

»Was für eine Frage ist das denn?«, wollte Harry wissen.

»Eine relevante. Du bist nicht aus Pflicht und Rache hier, so wie ich. Du bist nicht mal wegen der Satanisten hier. Du bist hier, um die Höllenbrut Roger Morgenstern zu finden und hoffentlich zu retten. Du bist der Einzige, der nur wegen ihm hierherkam. Weil du ihn liebst. Und in keinem Ort der Hölle ist Platz für Liebe. Also denke ich, du solltest abrüsten und in diesen Korridor hineingehen und der Liebe vertrauen, dass sie dich beschützt.«

»*Bist du verrückt geworden?!*«

»Vielleicht. Aber ich glaube, das wird funktionieren. Wenn du bereit dazu bist.«

»Ich wusste es!«, rief Harry. »Du willst mich loswerden!«

»Du bist wegen Roger hier! Das ist es, worauf es dir ankommt! Ist er nun deine große Liebe oder ist er's nicht? Weil, wenn er's nicht ist, wirst du's jetzt auf die harte Tour rausfinden. Wenn er's ist, wird die Hölle selbst nicht in der Lage sein, sich dir in den Weg zu stellen.«

»Die Liebe besiegt alles?«, erwiderte Harry. »Bist du nicht ein bisschen zu alt, um daran zu glauben?«

»Ich glaube an das Böse, denn ich hab's gesehen. Und ich glaube an das Gute, weil ich's gesehen habe. Und ich glaube an die Liebe. Meine Molly ist in den Limbo gegangen, in den Schatten des Todes selbst, um mich zu finden und wieder zurückzubringen. Wagst du es, weniger für deine Liebe zu vollbringen? Wann immer die Hölle droht, die Erde zu erobern, ist auch der Himmel da. Was wir im Namen des Himmels tun, hat auch die Kraft des Himmels.«

»Du bist so überzeugt davon«, sagte Harry. Er sah den besessenen Gang hinab, der zwischen Roger und ihm stand. Er sah wieder zu mir. »Willst du wirklich, dass ich das tue?«

»Ich bin direkt hinter dir«, bestätigte ich.

»Ich bin nicht sicher, ob ich an all das glaube«, sagte Harry. »Also glaubst du wohl besser mit mir daran.«

Er rüstete ab, und ich auch. Dann gingen wir langsam hinein in den lebenden Korridor. Ein ganz normal aussehender Mann, in seinem schicken Anzug, der Brille mit Drahtgestell und einem Gesicht, das redlich versuchte, mutig und entschlossen auszusehen. Ich ging hinter ihm her, aber er sah sich nicht einmal um. Er ging festen Schritts hinein in die faulige und stinkende Luft und das blutrote Licht. Als er seinen Fuß auf die dicke, fleischige Zunge setzte, die anstelle des Bodens dalag, zog sie sich vor ihm zurück. Wo Harry seinen Fuß auch hinsetzte, war plötzlich wieder der ganz gewöhnliche Fußboden eines Hotelflurs. Er zögerte nicht und sah nach seinem ersten ungläubigen Blick auf den Boden noch ein weiteres Mal hin, dann ging er einfach weiter vorwärts. Und die Hölle zog sich vor ihm zurück. Die Zunge verschwand, das faulige Fleisch der Wände zog sich zuckend zurück und gab Flecken ganz gewöhnlicher Wand frei. Schartige Zähne fielen aus der Wand und verschwanden, bevor sie auf dem Boden auftrafen.

Wir hatten den halben Korridor abgeschritten, als das Fleisch, das sich noch an den Wänden befand, auf einmal wieder dicker wurde und sich auf Harry stürzte und versuchte, ihn einzuhüllen, doch es konnte ihn nicht erreichen. Es löste sich auf und zerfiel, wurde zu Nebel und Staub und weniger als

Staub. Harry ging den Flur hinab bis ganz zum Ende, ich blieb dicht hinter ihm. Und als er endlich anhielt und sich umdrehte und den Weg betrachtete, den er gekommen war, war da nichts mehr übrig, das angezeigt hätte, dass die Hölle je einen Platz auf der Erde gehabt hatte.

Harry sah mich an. Er versuchte zu lächeln, aber er war zu aufgewühlt. Ich zitterte selbst ein bisschen.

»Ich war nicht ganz sicher, ob es funktioniert«, sagte ich.

»Das sagst du mir jetzt.« Harry atmete tief durch und dann wieder aus. »Ich ... ich muss mir die Konsequenzen dessen überlegen, was da gerade passiert ist. Und wenn ich Roger finde, dann werde ich ihm schnell den Refrain von *The Power of Love* vorsingen. Roger hat *Frankie Goes To Hollywood* immer geliebt.«

»Ich hatte immer eine Schwäche für *Welcome to the Pleasure Dome*«, antwortete ich. »Geiles Video.«

Harry sah mich an. »Du bist wirklich voller Überraschungen, Eddie, stimmt's?«

»Du hast ja keine Ahnung«, grinste ich.

»Glaubst du wirklich, der Himmel sieht zu?«

»Vielleicht.«

»Naja, ich hab das ja nicht für den Himmel getan. Ich hab's für Roger getan.«

»Dann gehen wir doch los und sagen's ihm«, meinte ich.

Wir gingen los, aber Harry blieb plötzlich noch einmal stehen und sah mich an. »Was hättest du gemacht, wenn es nicht funktioniert hätte?«

»Ach, ich bin sicher, dass mir etwas anderes eingefallen wäre.«

»Ich hätte sterben können!«

»Jeder Plan hat kleine Macken, Harry.«

»Ich hasse dich.«

»Vorsicht«, erwiderte ich. »Man weiß nie, wer zuhört.«

Wir gingen weiter, tiefer ins Gebäude hinein. Harry schien zu wissen, wo er hinwollte, also folgte ich ihm. Schon bald kamen wir in das Kontrollzentrum der Verschwörung. Es war ein funktioneller Raum im hinteren Teil des Hotels, direkt neben dem alten Glockenturm. Man hatte ihn wahrscheinlich gewählt, weil er dem Überbleibsel der entweihten Kirche am nächsten war. Die Tür war nicht verschlossen oder bewacht, sie stand sogar halb offen, sodass man drinnen an so einem heißen, sonnigen Tag etwas frische Luft bekam. Harry und ich rüsteten auf und gingen direkt hinein. Da saß Roger Morgenstern in seiner vollständig menschlichen Form zusammen mit einem halben Dutzend Assistenten und zwei bewaffneten Wachen. Sie saßen friedlich zusammen und machten eine Zigarettenpause. Alle sahen auf einer Reihe von Widescreen-Monitoren den Geschehnissen draußen zu. Es war ziemlich klar, dass der Kampf vorüber war. Der Seneschall führte auf dem Parkplatz gerade Säuberungsarbeiten an den paar überlebenden Satanisten aus.

Roger fuhr plötzlich herum und sah Harry und mich. Er nickte langsam. Seine Assistenten und die beiden Wachen sahen sich ebenfalls um. Als die Wachen nach ihren Kanonen griffen, töteten Harry und ich sie schnell. Die Assistenten rannten aus dem Hintereingang hinaus. Ich ließ sie gehen. Ich hätte sie erwischen können, aber ich hatte die Nase voll vom Töten. Sollte der Seneschall doch mit ihnen fertigwerden. Wegen ihnen waren wir nicht hier. Harry ging auf Roger zu. Ich blieb im Türrahmen stehen.

»Du bist gekommen«, sagte Roger zu Harry. »Ich habe mich schon gefragt, ob du es tun würdest. Hallo, Harry.«

»Hallo, Roger«, meinte Harry. »Ich glaube, wir müssen ernsthaft über unsere Beziehung reden.«

Roger sah mich an. Ich erwiderte den Blick. Ich war nicht dazu bereit, Harry und Roger allein zu lassen, noch nicht. Roger stand von seinem Stuhl vor den Monitoren auf, um sich vor Harry zu stellen. Die beiden Männer sahen sich einen langen Augenblick an.

»Ich habe dich vermisst, Harry.«

»Ich dich auch, Roger. Und jetzt sag mir, was hier los ist.«

»Ein Test«, sagte Roger. »Es tut mir leid, aber eigentlich ging es die ganze Zeit nur um mich. Ich wusste, ihr würdet mit einer Drood-Armee hier auftauchen, und meine Vorgesetzten auch. Das ist der endgültige Test meiner Loyalität zur Hölle. Ich soll dich töten, Harry, hier und jetzt, um ihnen und mir zu beweisen, dass die Gefühle dieser Welt mich nicht mehr beherrschen. Dass meine einzige Bindung die an die Kräfte der Hölle ist.« Er hielt eine Hand hoch und zeigte uns ein kleines Gerät. »Unsere neuen Waffendesigner haben das für mich gebaut. Ein einfaches Spielzeug, basierend auf etwas, das der Waffenmeister einmal benutzt hat. Ein Schalter, der eine Drood-Rüstung gegen den Willen des Trägers wieder in den Torques zwingen kann und ihn so hilflos und verwundbar macht. Alles, was ich tun muss, ist, das Ding zu benutzen und dich dann zu töten, Harry. Und dich auch, Eddie; ich will ja nicht, dass du dich ausgeschlossen fühlst. Und dann – dann werde ich endlich bewiesen haben, auf wessen Seite ich stehe. Ich werde zu einem General Luzifers gemacht werden, und wenn die Portale der Hölle endlich aufgestoßen werden, werden wir Verdammten die Erde betreten und alle Menschen unter unseren Hufen zermalmen, dann werde ich ein Prinz der Erde und habe die Herrschaft über die Menschheit. Alles, was ich immer wollte, im Gegenzug dafür, dass ich dich töte, Harry. Da fällt die Wahl doch leicht, oder?«

»Aber du wolltest diese Dinge doch nie, Roger«, meinte Harry.

Ich war da nicht so sicher, aber ich sagte nichts und blieb, wo ich war. Ich wollte sehen, wie das ausging. Die Kräfte der Hölle waren vor Harrys Entschlossenheit zurückgewichen, das hatte etwas zu bedeuten. Und ich ... ich hatte Vertrauen in Harry und Roger.

Roger sah das einfache Gerät in seiner Hand an und dann wieder Harry. Er hielt den Schalter hoch und alle meine Bauchmuskeln spannten sich an. Dann öffnete Roger die Finger und ließ den Schalter zu Boden fallen. Er trat fest darauf. Ich hörte, wie das Gerät zerbrach, und atmete auf.

»Was sagt man dazu«, meinte Roger. Er schien ehrlich erschüttert. »Ich konnte es nicht tun. Ich dachte, ich könnte es, aber ich konnte es nicht. Ich dachte, ich wollte Macht und Ansehen und meine Rache an einer Welt nehmen, die mich immer zurückgewiesen hat – aber am Ende wollte ich nur das eine, was ich wirklich immer wollte. Und das bist du, Harry.«

Er trat einen Schritt vor. Harry nahm ihn in die Arme, und da standen sie nun und hielten einander fest.

»Ich bin echt ein Fan von Happy Ends«, sagte ich nach einer Weile. »Und wenn Molly hier wäre, dann wäre sie in Tränen aufgelöst. Wirklich. Aber ihr hört gar nicht zu, oder?«

Endlich wandten sie sich mir zu, leger den Arm umeinander gelegt. Harry lächelte breit, während Roger mich mit einem kleinen Lächeln beehrte, das nur ein kleines bisschen sardonisch war.

»Danke, dass du nicht eingegriffen hast«, sagte er. »Und jetzt tu mir den Gefallen und bring Harry hier raus. Ab nach Drood Hall mit dem Rest von euch, solange ihr noch könnt.«

»Ich gehe nicht ohne dich«, sagte Harry sofort.

»Du kapierst es nicht«, sagte Roger. »Das ist immer noch eine Falle für euch. Die Armee da draußen war nur der Anfang – Truppen, die nur dazu da waren, euch beschäftigt zu halten. Und die eine Gelegenheit suchten, ihre kostbare neue Plastikrüstung auszuprobieren. Die richtige Armee ist erst unterwegs. Tausende von ihnen, mit machtvollen neuen Waffen. Stark genug, um euch die Rüstung förmlich vom Leib zu reißen. Sie werden euch alle töten und die Torques von euren Körpern schälen, wenn ihr euch in Agonie windet. Der einzige Grund, warum sie noch nicht hier sind, ist der, dass sie sehen wollten, wie ihr kämpft, um einzuschätzen, wozu ihr imstande seid. Und jetzt, wo sie das wissen, werden sie jede Minute hier sein. Also müsst ihr jetzt gehen. Ich löse die Sperren, die Merlins Spiegel blockieren, dann könnt ihr euch nach Drood Hall zurückziehen.«

»Komm mit uns«, sagte Harry.

»Es tut mir leid«, erwiderte Roger und ich konnte sehen, dass er es so meinte. »Ich kann nicht. Jemand muss hier bei den Maschinen bleiben und die Verschwörung davon abhalten, die Sperren und Blockaden wieder zu etablieren und Merlins Spiegel wieder abzuschalten. Meine Vorgesetzten wissen schon, dass ich nicht der bin, für den sie mich hielten.« Er warf einen Blick auf die Monitore. »Sie beobachten mich. Jeder beobachtet in dieser Verschwörung jeden. Sie wissen jetzt, dass ich sie betrogen habe. Indem ich mich für dich entschieden habe, Harry, habe ich mein eigenes Todesurteil unterschrieben. Also musst du jetzt gehen. Du musst leben, sonst wäre alles, was ich getan habe, umsonst.«

»Ich gehe aber nicht«, sagte Harry hartnäckig. »Ich bleibe hier bei dir. Eddie, geh du und sag den Droods, was hier los ist, und bring sie sicher nach Hause. Dann stellst du eine echte Armee zusammen, kommst zurück und rettest den Tag.«

»Klingt wie ein Plan für mich«, sagte ich.

»Ihr seid nicht auf die Armee, die kommt, vorbereitet!«, rief Roger. »Sie haben Waffen, die schlimmer sind als euer übelster Albtraum! Harry, du musst jetzt gehen!«

»Glaubst du wirklich, ich lasse dich hier, damit du allein stirbst?«

»Ich bin ja schon weg«, sagte ich. »Ich muss meine Leute von hier wegbringen. Harry, verbinde deinen Torques mit dem Drood-Lageraum, dann kann er Live-Bilder von allem, was hier passiert, übertragen. Haltet die Stellung, Jungs. Ich bin mit Verstärkung zurück, bevor ihr blinzeln könnt.«

»Selbstverständlich bist du das«, sagte Harry. »Das bist du immer, Eddie.«

Ich rannte so schnell durch die Hotelkorridore zurück, wie meine gerüstete Kraft mir erlaubte. Die Wände verschwammen, der Boden krachte und splitterte unter meinen stampfenden Schritten und die Welt wurde zu einem Wirbel aus Farbflecken, bis ich aus dem Hotel stürzte und auf dem Parkplatz abrupt abbremste. Der Seneschall sah ruckartig auf, als ich auf einmal vor ihm erschien. Ich musste einen Moment innehalten, um zu Atem zu kommen. Der Seneschall wies mit einer lässigen Geste auf den großen Haufen Toter, die sich um ihn türmten, mit gebrochenen Gliedern und blutig.

»Alle tot«, sagte er. »Die armen Schweinehunde hatten nie eine Chance. Allerdings war's gutes Training für die Truppen.«

Ich erklärte schnell die Situation, und der Seneschall erfasste sofort, was getan werden musste. Wir beide sahen Merlins Spiegel an. Mich durchlief ein deutlicher Schwung Erleichterung, als ich die klare Sicht von Drood Hall und seinen Parks auf der anderen Seite des Spiegels sah.

»Bring alle ins Herrenhaus zurück«, sagte ich. »Und dann bring eine Armee zurück, die so groß ist, dass uns egal sein kann, was die Verschwörung uns schickt.«

»Für Harry und Roger?«

»Beide sind Droods.«

»Natürlich sind sie das«, bestätigte der Seneschall. »Alles für die Familie.«

Er sammelte seine Leute auf und bugsierte sie mit hastigen Befehlen und unflätiger Sprache durch Merlins Spiegel. Ich wartete bis zum Ende ab, weil ich hoffte, mir fiele in letzter Minute ein verzweifelter Plan ein. Vergeblich. Aber manchmal gibt es einfach nichts, was man tun kann. Molly blieb bei mir und am Ende musste ich weichen, weil sie sonst bei mir geblieben wäre. Wir gingen durch den Spiegel und ich schloss ihn hinter mir, damit uns nichts mehr folgen konnte.

Ich rannte durchs Herrenhaus in den Lageraum und überließ das Ausheben der Armee dem Seneschall. Ich musste sehen, was mit Harry und Roger passierte. Als ich im Lageraum ankam, hatten sie bereits die Übertragung der Bilder aus Harrys Torques auf den großen Bildschirm gelegt. Wir konnten sie in der Zentrale im Hotel sehen und jedes Wort hören, das sie sagten, aber wir konnten nichts tun, um ihnen zu helfen. Wir konnten nur zusehen und darauf warten, dass uns der Seneschall sagte, die Armee stehe bereit.

Harry Drood und Roger Morgenstern saßen still beieinander und sahen auf die eigenen Monitore, die eine Endlosschleife des leeren Parkplatzes zeigten. Sie schienen entspannt und sich in der Gesellschaft des anderen wohlzufühlen.

»Wir werden sehen, wenn die Armee der Hölle sich hierher teleportiert«, sagte Roger. »Es dürfte sogar ziemlich schwer werden, sie zu übersehen.«

»Werden es wirklich tausende sein?«, fragte Harry. »Echt?«

»Aber ja. In der satanistischen Verschwörung sind Soldaten nicht knapp. Sie scheint Leute anzuziehen, die es mögen, dass man ihnen Befehle erteilt. Und die gern Menschen töten.«

»Mit schrecklichen neuen Waffen? Mächtiger als die Rüstung der Droods?«

»Unglücklicherweise ja. Das musste ja mal so kommen. Die Droods konnten nicht immer allen vorausbleiben.«

»Kannst du ... etwas mit deinen infernalischen Kräften tun?«

»Nein. Alles, was ich je davon besaß, wurde mir genommen, als ich mich für dich entschied und für mein menschliches Erbe.«

»Ich habe immer noch meine Rüstung«, meinte Harry.

»Die wird dir nicht helfen«, sagte Roger. »Die Armee, die kommt, wird sie herunterreißen wie einen alten Mantel. Ich hab's dir doch gesagt, die haben das schon lange geplant.«

»Können wir denn gar nichts tun?«, fragte Harry.

»Das Hotel hat immer noch alle Schutzvorrichtungen, die von diesen Geräten hier gespeist werden«, sagte Roger. »Solange ich hier bin, um die Passworte zu ändern, können sie die Verteidigungen von außen nicht durchbrechen. Wenn wir sie lange genug draußen halten, kommt Eddie vielleicht mit Verstärkung. Auch wenn sie dazu die ganze Familie mitbringen müssen und jede Waffe, die die Waffenmeisterei zur Verfügung stellen kann. Ich hoffe, du hörst zu, Eddie.«

»Also haben wir eine Chance?«, fragte Harry.

»Nein«, antwortete Roger. »Ich war optimistisch. Das machen Menschen so.«

Harry dachte eine Weile nach. »Die Verschwörung kann nicht lange hierbleiben, nicht mit einer Armee dieser Größe. Das würde doch von den Behörden bemerkt werden.«

»Harry, mein Liebling, die Behörden gehören ihnen«, unterbrach Roger. »Sie könnten ein Massaker an Unschuldigen durchführen, direkt hier, mit Flammenwerfern, und es würde gedeckt werden.«

Harry gab einen kurzen, frustrierten Laut von sich. »Roger, mal ganz ehrlich. Was haben deine Anführer den Regierungen dieser Welt versprochen, um sie vom Großen Opfer zu überzeugen?«

»Was die Hölle immer verspricht: Macht. Und die Befriedigung geheimer Bedürfnisse und Gelüste. Alles, was du zu wollen glaubst. Sie haben versprochen, dass sie zu Königen der Welt werden, die da kommt. Narren.«

»Also, dann beantworte mir wenigstens das«, meinte Harry. »Wer sind die Anführer dieser neuen satanistischen Verschwörung? Wer ist dafür verantwortlich?«

»Nur ein Mann, um ehrlich zu sein«, antwortete Roger. »Und es ist ein Name, den du kennst. Und ich glaube, auch einer, der dich überraschen wird. Es sind immer die kleinen Leute, die stillen und zurückhaltenden, die heimlich ehrgeizigen kleinen Männer, auf die man aufpassen muss. Aber ich kann dir seinen Namen nicht sagen. Nicht einmal jetzt. Ich stehe unter einem Fluch, der mir von der Hölle selbst auferlegt wurde, seinen Namen nicht außerhalb der Verschwörung auszusprechen.«

»Ich würde den Namen also kennen …«, sagte Harry nachdenklich. »Es ist kein Drood, oder?«

»Nein«, sagte Roger. »So viel kann ich sagen.«

Harry sah ihn an. »Ich kann nicht sagen, dass ich mich hier drin sehr sicher fühle. Könnten wir den Raum nicht verbarrikadieren?«

»Ja, wenn du willst.«

»Glaubst du, das hilft?«

»Nein. Aber es ist etwas, das wir tun können, während wir warten.«

»Ach zum Teufel damit«, sagte Harry. Er verschränkte die Arme, tappte mit einem Fuß auf den Boden und dachte angestrengt nach. »Wie Eddie entschieden zu gerne sagt: Wenn man zweifelt, sollte man bluffen. Oder wenigstens mit Stil improvisieren. Wenn wir uns aufrüsten und ein Loch in den Boden schlagen, kann ich vielleicht einen Tunnel unter der Verschwörung her buddeln – warum schüttelst du den Kopf, Roger?«

»Weil die Schutzschilde des Hotels noch funktionieren«, erwiderte Roger. »Und ich wage es nicht, sie auch nur für einen Moment herabzulassen. Wir sitzen in einer Blase, die uns von unten, oben und allen Seiten umgibt. Aber war eine nette Idee.«

Sie saßen zusammen Seite an Seite und genossen die Gesellschaft des anderen. Wartend.

»Ich habe es geliebt, mit dir durch die Parks des Herrenhauses zu gehen«, sagte Roger. »Der endlose Rasen, die Wälder und der See ... Mir ist das alles entgangen, weil ich von der Familie getrennt aufwuchs. Ich hab dort Frieden gefunden. So, als könnte ich eines Tages dazugehören, wenn ich es nur genug versuche.«

»Wann bist du zuerst ... abtrünnig geworden?«, fragte Harry. »Ich meine, wann hast du dich das erste Mal gegen die Droods, gegen die Menschheit gewandt?«

»Bevor Eddie angegriffen und erstochen wurde«, sagte Roger. »Was dachtest du denn, wie der getarnte Unsterbliche so einfach ins Herrenhaus gekommen ist?«

»Warst du glücklich als Satanist?«

»Tatsächlich war ich das«, erwiderte Roger. »Es ist ein sehr befriedigender Lebensstil. Man kann wirklich alles das tun, was man immer wollte, jede Sünde ausleben, sich in jeder Lust suhlen und jedes Bedürfnis stillen – aber Maßlosigkeit wird nach einer Weile sehr langweilig. Wenn man einfach alles tun kann, spielt auch nichts eine Rolle mehr. Das ist alles so ... oberflächlich.«

Er unterbrach sich, beugte sich vor und sah auf die Monitore. Harry sah ebenfalls hin und alle Farbe wich aus seinem Gesicht.

»Sie sind hier«, sagte Roger.

»Wie viele?«, fragte Harry.

»Alle.«

»Lieber Gott.« Harrys Gesicht war vor Schock ganz weiß geworden. »Ich wusste nicht, dass es eine Armee geben könnte, die so groß ist. Menschen und Monster und ... Eddie! Hör zu! Komm nicht! Ihr hättet keine Chance!«

»Keiner bemerkt je, wie mächtig die Hölle sein kann, bis es zu spät ist«, sagte Roger.

»Was tun wir jetzt?«, fragte Harry. »Dagegen können wir nicht kämpfen!«

»Das hatte ich nie vor«, sagte Roger. »Ich hatte vor, mich hier lange genug zu verstecken, bis die Armee gelangweilt nach Hause geht.«

»Eddie könnte immer noch kommen.« Harry begann, seine Fassung langsam wiederzugewinnen. »Da sind immer noch die verbotenen Waffen im Armageddon Kodex.«

»Ja«, erwiderte Roger. »Siehst du irgendwo Alexandre Dusk da draußen?«

Harry sah sich konzentriert einen Monitor nach dem anderen an. »Nein.«

»Oh, gut«, sagte Roger. »Für einen Moment dachte ich, wir hätten ein Problem.«

In diesem Augenblick explodierten die Maschinen alle gleichzeitig. Die Verschwörung hatte herausgefunden, dass sie die Passworte und Schutzschilde nicht umgehen konnte, also hatte sie den Selbstzerstörungsknopf gedrückt. Die Explosion füllte den Bildschirm im Lageraum völlig aus und für eine ganze Weile konnten wir nur Rauch sehen, der sich langsam verzog und dann Trümmer und Schutt und Flammen freigab. Ich sah Harry in seiner goldenen Rüstung, der auf den Knien mit den Händen versuchte, sich panisch durch den Schutt zu graben. Er schleuderte Bruchstücke der zerstörten Geräte beiseite, als wären sie nichts, bis er endlich entdeckte, was von Roger Morgenstern übrig war. Der Mann, der um des Mannes willen, den er liebte, der Hölle selbst getrotzt hatte, war von der

Explosion zerrissen worden. Beide Beine fehlten ihm, sein Torso und die Hälfte seines Gesichts waren verbrannt und von den Flammen geschwärzt. Nur ein Auge war noch offen, das andere war versengt und geschlossen. Irgendwie klammerte er sich noch mit mehr als nur menschlicher Energie ans Leben. Er sah Harry mit seinem einen Auge an und brachte mit verkohlten und verrußten Lippen eine Art Lächeln zustande.

Harry fegte sich einen freien Platz in den Trümmern und setzte sich neben Roger. Er nahm seinen Körper in beide Arme und flüsterte ein paar Mal Rogers Namen. Dann schloss Roger sein Auge, ein wenig Blut blubberte aus seinem Mund und er hörte auf zu atmen.

Harry rüstete ab. Er war jetzt nur noch ein Mann, der mitten in einem zerstörten Raum saß und seine tote Liebe im Arm hielt.

»Nein«, sagte er. »Du kannst nicht tot sein. Ich habe mir meinen Weg durch die Hölle erkämpft und einen Dämon mit meiner Liebe verscheucht, du kannst nicht tot sein! Das ist nicht fair! Gott, ich verfluche dich! Gott, das ist nicht fair!«

Von draußen drangen jetzt Geräusche in den Raum, von Leuten oder etwas, das kein Mensch war und sich einen Weg durch die Trümmer bahnte, versuchte, hineinzukommen, zu Harry zu kommen. Er legte Rogers toten Körper auf den Boden und lächelte kurz. Es war bitter.

»Ihr werdet mich nicht kriegen«, sagte er. »Alles für die Familie.«

Er hob eine goldene Hand, ließ eine Klinge daraus wachsen und stach sich damit direkt durch das Herz.

Kapitel 10

Was man nicht alles aus Rache tut

Das Bild auf dem Monitor ging aus.

Im Lageraum in Drood Hall breitete sich eine lange, schreckliche Stille aus. Ich sah mich langsam um. Molly, Callan und der Seneschall hatten mir am Ende Gesellschaft geleistet. Rechtzeitig, um Roger und Harry sterben zu sehen. Jeder im Lageraum war schockiert und fassungslos. Ein Tod im Einsatz war nichts Neues für Droods, aber wir sehen normalerweise nicht zu, wie einer von uns kaltblütig direkt vor unseren Augen umgebracht wird. Und ich glaube, wir waren alle ein wenig mehr als üblich aufgeregt, weil Roger und Harry so mutig gestorben waren; im Dienst der Familie, auch wenn die meisten von uns dem einen weder völlig vertraut noch den anderen besonders gemocht hatten. Ein paar der Hellseher weinten leise. Niemand schien zu wissen, was man tun oder sagen sollte.

»Ethel?«, fragte ich.

»Ich bin hier, Eddie«, sagte die ruhige, stille Stimme aus dem Nichts. »Es tut mir leid. Sie sind fort. Ich kann nicht mehr sehen, was dort passiert. Starke Kraftfelder sind aktiviert. Ich kann nichts tun.«

Ich wandte mich an den Seneschall, der neben mir stand. »Heb' deine Armee aus. Die ganze verdammte Familie, wenn's sein muss. Wir gehen zurück.«

»Das ist sinnlos«, erwiderte der Seneschall. »Roger und Harry sind tot, Eddie. Keiner von uns kann mehr etwas für sie tun.«

»Sie werden sich Harrys Torques genommen haben«, meldete sich Callan zu Wort. Um sich zu vergewissern, dass er noch an seinem Platz saß, hob er eine seiner Hände unwillkürlich zum eigenen Torques an den Hals; ein Ersatz für den, den der Blaue Elf ihm weggenommen hatte.

»Wir müssen zurück!«, beharrte ich. »Wir müssen diese Schweinehunde dafür bezahlen lassen!«

»Eddie«, sagte Molly nun und stellte sich dicht neben mich. »Du schreist.«

»Wir gehen nicht zurück.« Die Stimme des Seneschalls war sehr kalt und sehr fest. »Das ist es, was sie wollen, Eddie. Bedenkt man die Größe der Verschwörungsarmee, dann hätten sie Harry und Roger lebend fangen können, wenn sie gewollt hätten. Sie hätten einen Weg gefunden. Zum Teufel, sie hätten das Hotel mit Gewalt betreten und sie überwältigen können. Sie hätten die beiden als Geiseln nehmen können, für ein Lösegeld. Uns mit ihnen drohen können! Stattdessen haben sie das Zimmer in die Luft gejagt, mit voller Absicht. Sie wussten, wir sehen zu, und wollten uns so wütend machen, dass wir wieder reinstürzen, egal, wie sehr wir in der Unterzahl gewesen wären. Und dann ... Sie würden uns abschlachten, Eddie. Wir sind nicht auf einen totalen Krieg vorbereitet, nicht jetzt. Aber sie. Gib mir Zeit, Eddie. Gib mir Zeit, eine anständig trainierte und ausgerüstete Armee auszuheben, mit ein paar der abscheulicheren verbotenen Waffen aus dem Armageddon Kodex, und ich werde diese Armee gegen alles einsetzen, was die Verschwörung so ins Feld werfen kann. Aber wir sind nicht bereit. Noch nicht.«

»Sie werden nicht abwarten«, sagte ich. Ich fühlte mich taub und kalt, und meine Stimme schien von weit weg zu kommen. »Sobald sie bemerken, dass wir den Köder nicht schlucken, werden sie verschwinden.«

»Wir werden sie wiederfinden«, sagte der Seneschall. »Und dann werden wir den Krieg zu ihnen bringen.« Er sah auf den leeren Bildschirm. »Sie sind beide gut gestorben. Wie Männer. Wie Droods. Ich habe mich in ihnen geirrt.«

»Wir müssen etwas tun!«, rief ich. »Wir haben sie dort allein gelassen. Wir müssen etwas tun!«

»Dann tu was«, meinte Callan. »Aber tu es woanders. Ich habe hier einen Lageraum zu leiten.«

Er ging zwischen seinen Leuten davon, murmelte beschwichtigende und gelegentlich sarkastische Worte, rief nach Kannen frischen Tees und mehr gefüllten Keksen und brachte jeden still, aber entschlossen wieder ans Arbeiten. Die Techniker kehrten an ihre Kom-Stationen zurück, die Hellseher wieder an ihre Wahrsageteiche. Der Lageraum begann wieder, die Welt zu beobachten.

»Isabella Metcalfs Information war falsch«, sagte der Seneschall vorsichtig. »Sie wurde nur geschickt, um uns in eine Falle zu locken.«

»Die Verschwörung hat sie«, erklärte ich. »Sie haben sie direkt aus ihrem eigenen Teleport herausgeholt, in dem Moment, in dem wir das Unterparlament verlassen haben.«

»Das hätte sie nie freiwillig getan«, sagte Molly.

»Isabella hat einen ... ganz bestimmten Ruf«, sagte der Seneschall, immer noch sehr vorsichtig.

»Kannst du dir wirklich vorstellen, dass ein Freigeist wie Isabella sich mit diesen vereinsmeiernden Pennern von Satanisten abgibt?«, rief Molly verärgert. »Gott weiß, was sie ihr angetan haben. Wir müssen sie retten!«

»Wir müssen sie erst mal finden«, gab ich zu bedenken.

»Wie hieß nochmal Isabellas Informant?«, fragte der Seneschall. »Die Projektion erwähnte einen Scharlatan Joe.«

»Dusk sagte, dass die Projektion nur ein Bild von Iz gewesen sei«, meinte ich. »Ihre Worte, durch ihr Bild ...«

»Ja, genau, die Führer der Satanisten-Verschwörung sind ja auch so bekannt dafür, immer die Wahrheit zu sagen«, sagte

Molly. »Komm schon, Eddie! Dusk hat uns reingelegt und versucht, uns zu demoralisieren. Das tun sie eben. Nein. Die Projektion war echt. Ich kenne doch meine eigene Schwester! Sie hat versucht, uns eine Botschaft zu schicken, obwohl sie festgehalten wird.«

»Und sie haben es ihr gestattet, weil sie wollten, dass wir es wissen«, sagte ich.

»Ich werde sie leiden lassen«, sagte Molly. »Jeden verdammten Einzelnen von ihnen.«

Ihre Stimme war nicht ungewöhnlich kalt oder bedrohlich. Sie war einfach nur Molly. Der Seneschall und ich sahen uns an. Ich entschied mich, das Thema zu wechseln.

»Scharlatan Joe ist die einzige konkrete Spur, die wir haben«, sagte ich. »Ich kenne ihn. Ein Trickbetrüger, ein Schelm, Dieb, Schurke und hinterlistiger kleiner Scheißer. Er und Shaman Bond sind schon seit Jahren befreundet.«

»Ist er gewöhnlich eine verlässliche Quelle?«, fragte der Seneschall.

»Er versteht sein Handwerk«, sagte ich. »Auf seine Weise ist er ein ehrlicher Bösewicht, bei ihm bekommt man was fürs Geld.«

»Also warum hat er diesmal so falschgelegen?«, fragte Molly.

»Konnte er nicht«, erwiderte ich. »Wenn er Isabella wirklich auf das Cathedral Hotel angesetzt hat, dann kann es nur sein, dass jemand ihn bezahlt und/oder ihn überzeugt hat, das zu sagen, was man ihn sagen lassen wollte.«

»Ich glaube, wir werden mit diesem Kerl reden müssen«, sagte Molly. »Und zwar ein sehr ernstes Wörtchen.«

»Er wird untergetaucht sein«, sagte ich. »Aber Merlins Spiegel wird ihn schon finden.«

Ich beschwor den Spiegel durch meinen Torques. Er stand immer noch im Park, ein rund sechs Quadratmeter großes Portal, das ins Nichts führte. Ich rief ihn zu mir. Er schrumpfte wieder zu normaler Größe und erschien im Lageraum in meiner Hand. Jeder zuckte ein wenig zusammen, als ich den Spiegel plötzlich in der Hand hielt.

»Ich wusste nicht, dass das Ding das kann«, sagte der Seneschall.

»Ich habe geübt«, erwiderte ich.

»Ich wusste nicht, dass der Spiegel innerhalb des Herrenhauses rumspringen und überall erscheinen kann, wo es ihm gefällt, ohne auch nur eines meiner sehr sensiblen Alarmsysteme auszulösen!«, grollte der Seneschall.

»Na, dann weißt du's ja jetzt«, sagte ich. Ich hielt den Handspiegel hoch und schaute hinein. Ich erkannte das Gesicht, das mir entgegensah, kaum. Ich hatte nicht gewusst, dass ich so zornig und kalt aussehen konnte. »Du bist doch in der Lage, jeden zu finden, den ich kenne«, sagte ich zum Spiegel. »Also, finde mir Scharlatan Joe. Wo auch immer er sich versteckt oder was auch immer ihn versteckt. Tu's.«

Mein Gesicht verschwand aus dem Spiegel und wurde durch eine Reihe von verschwommenen Bildern ersetzt, als das Ding sich durch eine ganze Menge Schutzschilde und Ablenkungszauber kämpfte, bis es endlich deutlicher wurde und schließlich kristallklar eine sehr bekannte Szenerie zeigte. Molly drängte sich an mich, um besser hineinsehen zu können.

»Aber – das ist ja der Wolfskopf-Klub! Was macht er denn da?«

»Offenbar hebt er mit ein paar Freunden einen, wie's aussieht«, sagte ich. »Vermutlich versteckt er sich ganz offen. Der Wolfskopf wird ja gemeinhin als neutrales Territorium angesehen.«

»Schau ihn dir an.« Molly konnte es kaum glauben. »Da steht er an der Bar und kippt die Drinks, als habe er nicht eine Sorge auf der Welt. Na, der kann was erleben. Was sind das für Leute da bei ihm, kennst du die, Eddie?«

»Natürlich«, sagte ich. »Shaman Bond kennt jeden. Dazu ist er da. Diese große, furchteinflößende Dame ist Lady Verdammnis. Geboren oder vielleicht auch geschaffen an einem dieser Orte, an denen die Wände der Welt dünn geworden und Einflüsse von außen durchgesickert sind. Es gibt Leute, die sagen, sie nimmt jeden Tag ein wenig Tod zu sich, um sich dagegen zu immunisieren. Und es gibt Leute, die sagen, dass sie nicht mehr ist als eine durchgeknallte Gothic-Tussi mit der Wahnvorstellung, eine Göttin zu sein. Macht sie aber nicht weniger gefährlich.

Das neben ihr mit den schweren, scharlachroten Roben und dem Umhang ist der größte und vielleicht dickste Priester auf der Welt: der Bischof der Bestien. Weigert sich, zu einer organisierten Kirche zu gehören, die seinesgleichen als Mitglied akzeptiert. Er verkündet lautstark, dass der Genuss aller fleischlichen Gelüste der beste Weg ist, um Gott zu verehren, der sie uns zu diesem Zwecke gegeben hat. Er behauptet, von jeder lebenden Spezies dieses Planeten ein Exemplar gegessen zu haben, sodass er ihre Seelen in sich aufnahm und so seine Verbindung mit der Welt der Lebenden verstärken konnte. Er ist sehr stark. Er hat sieben Mal in Folge den Vatikanischen Pro-Am Exorzismus-Wettbewerb gewonnen. Die Nonnen von dreiundsechzig verschiedenen Schwesternschaften beten jeden Tag für seine Seele. Keiner weiß wieso.

Und dann haben wir da das Indigo-Phantom, der, der da so stolz in mitternachtsfarbenem Leder, Kapuze und Cape steht. Ein altmodisch operierender Kämpfer gegen das Verbrechen und ein Abenteurer. Ein Mann, der zu seiner eigenen Fantasie wurde, weil er fand, dass einer es ja tun müsse. Ist überraschend effizient. Und er ist ein echter Kerl in einer Welt, die zunehmend auf Schein abfährt.«

»Wieso hängt ein kleiner Drecksack aus der Gosse wie Scharlatan Joe mit diesen Leuten herum?«, fragte Molly.

»Scheint, als gebe er ihnen ein paar Drinks aus«, vermutete ich. »Vielleicht sucht er auch nach Schutz. Der Wolfskopf ist berühmt dafür, für alle und jeden neutraler Boden zu sein. Aber nicht heute. Ich kann da nicht als Shaman Bond rein, nicht wenn ich das tue, was ich tun muss. Ich muss gerüstet da rein, als ein Drood. Und nein, du kannst nicht mitkommen, Molly. Du brauchst eines Tages vielleicht selbst den Schutz des Klubs.«

Sie nickte langsam und widerwillig. »Eddie, finde raus, was mit meiner Schwester ist. Was auch immer es kostet.«

»Keine Sorge«, sagte ich. »Joe wird mir alles sagen, was ich wissen muss.«

Ich rüstete auf, schüttelte Merlins Spiegel zu Türgröße auf und trat durch das Portal in den Wolfskopf-Klub. Dann schüttelte ich den Spiegel wieder herunter, steckte ihn weg und sah mich gemächlich um.

Jeder im Klub hatte in dem, was er tat, innegehalten, um den gerüsteten Drood anzustarren, der aus dem Nichts in ihrer Mitte erschienen war. Das hätte unmöglich sein sollen. Deshalb kam man schließlich in den Wolfskopf: Um vor Leuten wie mir sicher zu sein. Keine Alarme wurden ausgelöst, aber die stampfende Musik hörte auf der Stelle auf, und eine Videoleinwand nach der anderen schaltete sich ab. Die Tänzer hörten auf zu tanzen, überhaupt stand jeder im Klub sehr still und hoffte, dass er nicht auffiele. Plötzliche Puffs in der leeren Luft markierten das plötzliche Verschwinden von bestimmten besonders nervösen Individuen, die sich hinausteleportierten. Andere begannen, nonchalant in Richtung der verschiedenen Ausgänge zu schlendern. Es ist erstaunlich, wie viele Leute auf einmal an etwas Schuld zu haben glauben, wenn ein Drood auftaucht. Die viel gerühmte Klubsicherheit hätte eigentlich jeden vor jedem schützen müssen, aber vernünftige Leute gingen eben auf Nummer sicher.

Ich ging direkt auf Scharlatan Joe zu, der mit seinen neuen Freunden an der Bar stand. Jeder andere sah erleichtert aus und ging mir aus dem Weg. Joe sah sofort auf die dreizehn Barkeeper mit dem gleichen Gesicht. »Ich sollte hier sicher sein! Ich soll hier beschützt sein! Sogar vor den hochwohlgeborenen und allmächtigen, verdammten Droods!«

Die Barkeeper waren die erste Verteidigungslinie des Klubs und konnten gemeinsam mit so ziemlich jedem, der Ärger machte, fertigwerden. Aber sie warfen nur einen Blick auf meine goldene Rüstung und entschieden sich dazu, dass sie sowohl in der Unterzahl waren als auch zu wenig Bewaffnung zur Verfügung hatten, und dass sie nicht bezahlt wurden, um sich mit so etwas wie mir auseinanderzusetzen. Sie alle duckten sich hinter die Theke, sodass sie nicht mehr zu sehen waren. Ich hielt das für eine sehr vernünftige Einstellung.

Scharlatan Joe fluchte kräftig, als er sich die im Stich gelassene Bar ansah, und versuchte, sich hinter seinen neuen Freunden zu verstecken. »Ihr habt mir versprochen, ich sei hier sicher, ihr Schweinehunde! Wozu bezahle ich euch eigentlich einen Mitgliedsbeitrag?«

»Tust du doch gar nicht«, klang es hinter der Bar hervor.

»Akzeptiert ihr Kreditkarten?«

Jeder trat beiseite, um mir viel Platz zu machen. Ich erkannte Freunde, Feinde und Verbündete überall, aber es war Shaman Bond, der sie kannte, nicht ich. Ich war mit keinem von ihnen bekannt. Ich konnte nicht riskieren, dass mich einer von ihnen erkannte. Ich wollte nicht, dass sie Shaman Bond so ansahen, wie sie mich jetzt ansahen, in einer Kombination von Bewunderung, Furcht und nicht ganz verstecktem Hass. Wir Droods beschützen die Welt, aber keiner hat uns je versprochen, dass die Welt uns dafür lieben würde.

Ich hatte Scharlatan Joe beinahe erreicht, als das Indigo-Phantom plötzlich einen Schritt nach vorn machte und sich mir in den Weg stellte. Er sah entschlossen und bestimmt aus, sehr beeindruckend in seiner Art sich zu kleiden, wie man es von kostümierten Helden nun einmal erwartete. Und das Besondere daran war, dass ich genau wusste, dass er das nie vor dem Spiegel geübt hatte oder auch nur darüber nachgedacht hatte. Er hatte eine natürliche Begabung dafür, weil er einfach echt war. Aus Respekt vor seinem Ruf hielt ich an und betrachtete ihn nachdenklich. Wenn meine gesichtslose und abwehrende goldene Maske ihn überhaupt beeindruckte, dann verbarg er es ganz hervorragend.

»Tut mir leid«, sagte Indigo. »Joe mag ein kleiner Gauner und Schwindler und überhaupt ein extrem lästiger Kerl sein, aber selbst er hat an diesem Ort ein Recht auf Schutz. Der Klub ist für uns alle eine Zuflucht für die Guten, die Bösen und alles dazwischen. Und auch, wenn die Kerle hinter der Bar nicht den Arsch in der Hose haben, für ihn einzustehen, ich hab' ihn.«

»Du weißt ja nicht, was er getan hat«, erwiderte ich.

»Das spielt überhaupt keine Rolle, mein lieber Junge«, sagte der Bischof der Bestien und sprang mit einem herrlichen Wirbel seiner scharlachroten Roben und seines Umhangs auf mich zu. Ich schwöre, die Bodendielen quiekten laut unter seinem massiven Gewicht. Der Bischof lächelte mich entspannt an, sein geschürztes Rosenmündchen verschwand fast in seinem immens fetten Gesicht. Seine tief eingesunkenen Augen waren freundlich, aber bestimmt. »Eine Zuflucht gilt für jeden oder für keinen. Wie kann ein so unbedeutender Kerl wie Scharlatan Joe all diese Aufregung wert sein? Setzen Sie sich, mein lieber Junge, trinken Sie was und knabbern Sie ein paar der genießbareren Barsnacks und wir diskutieren das in einer zivilisierten Weise aus.«

»An jedem anderen Tag hätte ich das getan«, sagte ich. »Und bei jedem anderen vielleicht auch. Aber nicht bei ihm und nicht heute. Ich kann nicht zulassen, dass Sie sich einmischen, Bischof, und wenn Sie wüssten, was er getan hat, mit wem er sich eingelassen hat und wofür er verantwortlich ist, dann würden Sie ihn mir überlassen.«

»Das bezweifle ich wirklich«, murmelte der Bischof. »Kommen Sie schon, lassen Sie uns gemeinsam vernünftig –«

»Er kapiert nicht, was vernünftig ist«, warf Lady Verdammnis ein. »Das muss er gar nicht. Er ist ein Drood.«

Sie stakste zu mir, stellte sich vor mir auf und grinste mir höhnisch direkt in meine gesichtslose Maske. Ihre leichenblasse Haut hob sich grell von ihrem knallbunten Zigeunerrock und -tuch ab. Dicke Locken von langem, dunklem Haar quollen um ihr spitzes Gesicht herum, in dem grimmig grüne Augen leuchteten. Ihre Lippen waren dunkel. Sie legte die Hand auf die Hüften und warf den Kopf zurück, um dem Spott in ihrem Grinsen besser Nachdruck verleihen zu können.

»Raus mit der Sprache, Drood. Gib mir einen guten Grund, auf deinem Arsch nicht Polka zu tanzen und dich und die Deinen nicht bis ins siebte Glied verfluchen zu müssen.«

»Ich bin wegen Joe hier«, sagte ich. »Und er wird mit mir reden.«

»Ich weiß gar nichts!«, rief Joe sofort. »Ihr müsst ihn aufhalten! Er will mich töten!«

»Wahrscheinlich hast du's verdient«, meinte der indigofarbene Schatten. »Aber – du kannst ihn nicht haben, Drood. Hier geht es ums Prinzip.«

»Tut mir leid«, sagte ich, und ich meinte es auch so. »Aber ich habe keine Zeit für so was.«

Lady Verdammnis tänzelte vor. Jeder Schritt war graziös, auf den Punkt genau und ziemlich tödlich. Sie kann mit einer Berührung töten, wird behauptet, das Herz in der Brust schwächen und einem die Seele aus den Augen ziehen. Aber sie war noch nie auf eine Rüstung wie die meine getroffen. Sie stampfte und drehte eine Pirouette nach der anderen um mich herum, sang laut in antikem römischen Stil und immer wieder schossen ihre Hände auf mich zu. Aber immer wieder zog sie sich im letzten Moment zurück, denn sie war nicht imstande, meine Rüstung zu berühren. Immer wieder ballten sich ihre Hände zu Fäusten, als wollten sie etwas greifen, aber mein Herz schlug regelmäßig und setzte nicht einmal aus. Schließlich schoss sie vor und warf ihr Gesicht direkt in meine gesichtslose goldene Maske. Ihre Augen funkelten grimmig, waren groß in ihrem blassen Gesicht, aber alles, was sie in meiner Maske erkennen konnte, waren ihre eigenen Züge.

Die Energie in ihren Augen erlosch und die psychische Kraft warf sie zurück. Sie jammerte auf vor Schreck. Sie wandte sich um und stolperte in die Menge, zitterte und bebte und die Menge ließ zu, dass sie sich in ihr versteckte.

Der Bischof der Bestien seufzte schwer, schüttelte langsam seinen gewaltigen Kopf mit der Glatze und watschelte zu mir hin, um den Kampf aufzunehmen. Sein enormer Körper war wie eine riesige Wand und beinahe auch so fest. Unter dem Fett hatte er eine Menge Muskeln. Er stieß mir ein großes Knochenkreuz entgegen, das in seiner gewaltigen Hand fast verlorenging. Aus der Nähe konnte man sehen, dass das Kreuz aus zwei Zeigeknochen der Aborigine gemacht worden war. Grausiges Material gut genutzt. Und bei einem anderen hätte das wahrscheinlich auch funktioniert. Der Bischof stieß das Knochenkreuz in meine Maske, es explodierte umgehend in seiner Hand und trieb fiese Splitter tief in sein fettes Fleisch.

Blut tropfte dick von seiner Haut, aber er zuckte nicht zurück. Er schüttelte einmal seine verletzte Hand, um die schlimmsten Splitter loszuwerden, dann hielt er seine andere Hand hoch. An jedem der fetten Finger trug er massive Ringe, jeder mit seinem eigenen magisch leuchtenden Kristall. Er verfluchte mich dann, es klang laut und durchdringend. Ich stand da und ließ ihn machen. Er hatte eine schöne Stimme und viel festen Glauben, aber die Selbstsicherheit verließ ihn in dem Maße, in dem in seinen Ringen nach und nach die magischen Lichter ausgingen. Ihre Energien erschöpften sich an meiner Rüstung. Jetzt sprang der Bischof mit wallenden Roben wie Segel vor und schleuderte mir einen klassisch-lateinischen Exorzismus der alten Schule entgegen. Ich gab ihm eins auf die Nase. Sein massiger Kopf ruckte zurück, seine Augen rollten hoch und er verfrachtete seine Länge und sein beachtliches Gewicht auf den Boden. Ich schwöre, dass der Boden vor Respekt erzitterte.

Das Indigo-Phantom sah mich ausdruckslos an, dann stellte er sich gelassen vor mich hin. Er sah wirklich aus wie echt, geschmeidige Muskeln unter dem Kostüm, jede kleine Bewegung war kalkuliert und zeigte ausgiebiges Training und hart erarbeitetes Können. Ein Mann, der das geworden war, woran er glaubte, und es in die Tat umsetzte, weil er glaubte, es sei das Richtige. Er arbeitete oft in der Nightside, weil diese Welt zu zynisch geworden war, um an schöne Träume zu glauben.

Man hätte einen guten Drood aus ihm machen können.

»Was auch immer Joe gemacht hat«, sagte Indigo. »Es muss einen Weg geben, es wieder zu richten.«

»Nein«, sagte ich. »Diesmal nicht.«

»So schlimm kann es nicht sein«, erwiderte Indigo. »Ich meine, komm schon, wir reden hier über Scharlatan Joe! Was hat er getan? Einen Drood bei einem Deal reingelegt? Oder versucht, deiner Familie ein wenig Sumpfland in Florida zu verkaufen?«

»Droods sind wegen ihm gestorben«, erklärte ich.

»Oh Gott!« Joe klang hundeelend. »Das wusste ich nicht! Ich schwöre, das wusste ich nicht!«

Indigo warf ihm einen zornigen Blick zu. Wahrscheinlich erkannte er zumindest einen Teil der Wahrheit in seinem Gesicht. Aber das musste man Indigo lassen: Es änderte seine Entschlossenheit nicht im Mindesten. Hier stand ein Prinzip auf dem Spiel – Zuflucht und Schutz für die, die beides nötig hatten – und er würde nicht weichen. Ich wusste, es gab einen Grund, warum wir Freunde waren. Er sah mich geradeheraus an.

»Ich kann nicht zulassen, dass du ihn bekommst, Drood.«

»Er muss nicht notwendigerweise sterben«, sagte ich. »Sag mir nur, was ich wissen will.«

»Er lügt!«, sagte Joe sofort. »Ich weiß gar nichts! Lass nicht zu, dass er mich verletzt!«

»Dein Ruf eilt dir voraus, Drood«, sagte Indigo. »Und ich kann wirklich nicht hier herumstehen und einen Hai wie dich einen kleinen Fisch wie ihn tyrannisieren lassen.«

Scharlatan Joe und das Indigo-Phantom waren beide seit Jahren schon Freunde von Shaman Bond. Ich hatte Betrügereien mit Joe ausgeheckt und mit Indigo die schlimmen Jungs bekämpft. Mehr Zeit in ihrer Gesellschaft als in der meiner Familie verbracht. Aber das hier war wichtiger als Freundschaft.

Indigo musste gespürt haben, dass die Zeit der Worte vorbei war. Seine Hand bewegte sich schneller, als man ihr mit den Augen folgen konnte, und ein rasiermesserscharfer Wurfstern sauste blitzend auf mich zu. Ich fing ihn aus der Luft heraus auf und zerknüllte den soliden Stahl in meiner goldenen Hand. Aber Indigo hatte das vorausgesehen. Der Wurfstern war eine Ablenkung, etwas, das meine Aufmerksamkeit binden sollte, während er eine Hand voll nützlicher Dinge aus seinem Werkzeuggürtel zog.

Natürlich hat er einen Werkzeuggürtel. Wozu lebt man eigentlich seine Fantasien, wenn man dann nicht konsequent ist?

Er warf eine Kapsel vor mich auf den Boden. Eine zähe,

graue Flüssigkeit spritzte überallhin und schwappte schließlich auch gegen meine goldenen Füße. Ich wusste, was das war: Ich hatte schon gesehen, dass Indigo sie benutzte: eine speziell entwickelte reibungsfreie Flüssigkeit, die dazu gemacht worden war, allen Kontakt zwischen einem Bösewicht und dem Boden, auf dem er stand, zu unterbinden. Ich hatte ganze Horden von Gaunern gesehen, die den Bodenkontakt verloren, hinfielen und nicht mehr in der Lage waren, aufzustehen. Sehr nützliches Zeug. Indigo bezieht es aus einer militärischen Quelle. Ich ging direkt hindurch und stolperte nicht einmal. Indigo wich verwirrt zurück. Die reibungslose Flüssigkeit hatte ihn noch nie im Stich gelassen. Aber seltsame Materie folgt ihren eigenen Gesetzen. Oder sie schafft im materiellen Universum ihre eigenen Gesetze. Genau wie ein Drood.

Indigo warf noch eine Kapsel, die auf meine goldene Brust prallte. Dicke, dampfende Flüssigkeit rann meine goldene Rüstung herab, und wieder erkannte ich sie. Säure, die stark genug war, um sich durch Stahl zu fressen. Sie lief harmlos an meiner Rüstung herab und bildete um meine Füße herum eine Pfütze. Zischend und fauchend brannte sie dort Löcher in den Boden.

Das Indigo-Phantom wich immer noch zurück, aber er hatte noch nicht aufgegeben. Er hielt ein großes, blockartiges technisches Gerät in die Höhe. Die Menge ließ jetzt lautes, unbehagliches Gemurmel verlauten, denn viele von ihnen erkannten das Ding. Ich wusste ebenfalls, was es war, weil ich den Waffenmeister veranlasst hatte, es Indigo als Weihnachtsgeschenk zu machen. Es war ein handliches EMP-Gerät. Indigo überzeugte sich davon, dass ich einen langen Blick darauf werfen konnte, und als ich dennoch nicht stehen blieb, aktivierte er es mit dramatischer Geste. Der elektromagnetische Puls erfüllte den Wolfskopf innerhalb eines Augenblicks und alle Lichter erloschen gleichzeitig, denn jedes elektrische Gerät fiel sofort aus. In der plötzlichen Dunkelheit flammten Blitze auf, als kleine Geräte in der Menge explodierten, verstecktes Zeug und Einzelteile, die *peng* machten. Ein paar Feuer brachen aus. Trübes, bernsteinfarbenes Licht flammte auf, als die Notfallgeneratoren ansprangen. Das neue gedämpfte Licht ließ den Klub wie eine Höhle mit zu vielen Schatten darin aussehen.

»Tut mir leid«, sagte ich zu Indigo. »Aber meine Rüstung ist keine Technik. So gesehen.«

Das Indigo-Phantom war nicht weiter zurückgewichen. Er stand trotzig zwischen Scharlatan Joe und mir, seine Lederhandschuhe krachten, als er seine Fäuste ballte. »Tut mir leid, Drood«, sagte er ruhig. »Aber du wirst mich niederschlagen müssen, um ihn zu kriegen. Und ich glaube nicht, dass du das tun kannst, ohne mich zu töten. Und ich glaube auch nicht, dass du die Art Mann bist, die das jemandem antun kann, der nur das Richtige tut.«

»An jedem anderen Tag hättest du recht«, sagte ich. »Aber nicht heute.«

»Dann mal los«, sagte das Indigo-Phantom.

Ich versuchte ihn möglichst schmerzlos und einfach auszuschalten, aber Indigo ließ das nicht zu. Er griff mich mit jeder seiner gekonnten Bewegungen an, versuchte jeden Hieb und jeden schmutzigen Trick, den er kannte, bewegte sich schneller, als selbst ich es in meiner Rüstung konnte. Er hieb wieder und wieder auf mich ein, suchte nach Schwachpunkten in meiner Rüstung, versuchte, meine eigene Stärke gegen mich einzusetzen. Aber er verletzte sich nur die Hände an der harten, unnachgiebigen seltsamen Materie. Ich versuchte, ihn zu Boden zu werfen, aber irgendwie war er nie da, wo meine Fäuste ankamen. Er war blendend trainiert. Ich wurde schneller, überließ mehr und mehr meiner Rüstung, bis seine Fähigkeiten endlich keine Rolle mehr spielten.

Ich drängte ihn gegen die Bar, sodass er mir nicht mehr entkommen konnte, dann begann ich, ihn mit meiner goldenen Faust zusammenzuschlagen. Wieder und wieder, doch er wollte nicht fallen. Ich schlug ihn furchtbar, ich sah, dass sein Blut flog und hörte Knochen brechen, aber er schrie nicht und hörte auch nicht auf zu kämpfen. Diesmal waren auf meinen Fäusten keine Dornen und ich ließ auch keine Klingen aus der Hand wachsen. Ich wollte ihn nicht töten. Aber am Ende ging mir die Geduld aus, denn er wollte nicht nachgeben. Ich kam näher, brach ihm die Rippen und das Schlüsselbein und schließlich auch die Arme. Und als seine Arme nutzlos herunterhingen, schlug ich ihn mit ein paar Schlägen auf den Kopf zu Boden. Seine Kapuze würde ihn schon vor dem Schlimmsten bewahren. Wenigstens hoffte ich das.

Er hatte eine grandiose Show abgezogen, wie es sich für einen Helden, wie er einer war, gehörte. Aber er hätte sich nie zwischen einen Drood und seine Beute stellen dürfen.

Ich sah auf ihn hinab, wie er da auf dem Boden saß wie ein Häufchen Elend und ihm Blut aus der gebrochenen Nase und dem Mund strömte. An einem seiner Nasenlöcher erschienen jetzt Blutbläschen und ich hoffte, dass keine seiner Rippen die Lunge angestochen hatte. Er war mein Freund, aber ich war zu wütend, zu kalt entschlossen, um mich aufhalten zu lassen. Ich würde mich später entschuldigen. Ich würde mich später um das kümmern, was ich getan hatte. Ich musste wenigstens ein wenig Rache für das, was man Harry und Roger angetan hatte, üben. Weil ich nicht, wie ich versprochen hatte, zurückgekommen war, um sie zu retten. Weil ich sie nie gemocht hatte. Und weil Rache alles war, was noch übrig war. Alles, was ich für sie tun konnte. Ich musste etwas tun. Wenn man denen, die man hasst, nichts tun kann, verletzt man eben die, die man kriegt.

Ich sah mich unter den verbliebenen Stammgästen des Wolfskopf-Klubs um. Sie drängten sich in kleinen Grüppchen zusammen und starrten mich an, als sei ich das Monster.

»Haut ab«, sagte ich. »Wegen euch bin ich nicht hier.«

Sie flohen, so schnell sie konnten und keiner sah sich auch nur um. Sie hatten einen Drood in seinem Zorn gesehen, das Monster war frei und sie wollten nichts damit zu tun haben. Joe machte eine winzige Bewegung in Richtung des nächsten Ausgangs, aber ich war schon da und stellte mich ihm in den Weg. Er drängte sich wieder gegen die Bar. Ich sah über den Tresen, wo sich das Personal versteckte.

»Haltet euch bloß da raus!«, sagte ich.

»Keine Sorge«, sagte der Barkeeper, der mir am nächsten war. »Aber Sie sollten sich beeilen. Das Management weiß bereits, dass Sie hier sind. Sie haben das echte Sicherheitspersonal schon angerufen, und wer die sind, wissen Sie ja.«

Ich nickte. Das wusste ich. »Die Wilden Kerle.«

Ich wandte mich wieder Scharlatan Joe zu. Er war mir so nahe, dass ich nur die Hand ausstrecken musste, um ihn zu berühren, wenn mir danach war. Er war so nah, dass sein Atem an meiner Maske hätte kondensieren können. Er war ein jämmerlicher Anblick: panisch, zitternd, sein Gesicht weiß und die Lippen zusammengepresst, seine Augen groß und hektisch wie die eines erschrockenen Tiers. Als ich eine goldene Hand auf seine Schulter legte, kreischte er schrill auf und machte sich in die Hosen. Der plötzliche Geruch nach Urin war in der schalen Luft erschreckend deutlich. Seine Knie gaben nach und ich musste seine Schulter noch fester packen, damit er nicht zusammenbrach.

Er war seit Jahren mein Freund gewesen. Wir hatten viel Spaß miteinander gehabt. Und ich hatte ihn zu diesem Häufchen Elend gemacht.

»Wer hat dir die Informationen über die satanistische Versammlung gegeben, die im Cathedral Hotel stattfinden sollte?«, fragte ich. »Und wer hat dir gesagt, dass du sie Isabella Metcalf weitergeben solltest?«

»Oh Gott«, jammerte Scharlatan Joe. »Du musst doch wissen, dass ich darüber nicht reden kann. Sie würden mich umbringen!«

»Was glaubst du denn, was ich tue, wenn du's mir nicht sagst?«, fragte ich. »Gute Droods, gute Männer sind wegen dir tot!«

»Das wusste ich nicht!«, versicherte Joe. »Ich hab nur getan, was man mir sagte! Das tun Leute wie ich eben. Ich kann nicht sagen ...«

»Ich kann dich zwingen.«

»Wirst du die Information aus mir rausprügeln? Mich foltern? Ist es das, was Droods heutzutage tun?«

Ich hatte genug. Ich steckte die Spitze eines goldenen Zeigefingers in sein linkes Ohr.

»Raus damit, Joe«, sagte ich dann. »Oder ich werde ein rasiermesserscharfes Filament meiner Rüstung durch dein Trommelfell in dein Gehirn schicken und die Wahrheit aus dir herausreißen. Du würdest hinterher noch leben, aber was dann noch in deinem Kopf ist, wäre nicht mehr von nennenswertem Nutzen für dich.«

Ich bluffte, doch Scharlatan Joe konnte das nicht wissen. Nach allem, was er mich hatte tun sehen, glaubte er mir. Er begann zu weinen, in großen, erschütternden Schluchzern, die seinen ganzen Körper durchliefen. Rotz lief ihm aus der Nase. Ich sagte mir selbst, dass ich es später wiedergutmachen würde. Shaman Bond würde das tun. Aber ich glaube, ich wusste in diesem Moment auch, dass sich einige Dinge nicht wiedergutmachen lassen.

»Die Quelle dieser Information war Sir Terrence Ashtree«, sagte Scharlatan Joe zwischen dem Ringen nach Luft und weiteren Schluchzern. »Ein großer Mann in der Stadt. Er ist an dieser neuen satanistischen Verschwörung beteiligt. Weil es gut fürs Geschäft ist. Er hat mir gesagt, was ich Isabella Metcalf sagen sollte, wenn sie käme. Und dass ich es ihr so sagen soll, dass sie sich nicht daran erinnert, bis die Verschwörung will, dass sie sich erinnert. Ashtree. Er ist euer Mann. Der, den ihr wollt. Nicht ich ...!«

Ich fragte ihn nicht, ob er dafür bezahlt worden war oder ob man ihn gezwungen oder gar bedroht hatte, um es zu tun. Es spielte keine Rolle.

Ich kannte Terrence Ashtree. Er war Sprössling einer alten Handelsdynastie, alle in leitenden Positionen im Establishment. Außer dass Terrence niemals aus eigener Kraft wirklich erfolgreich gewesen war. Über ihn selbst wusste ich nicht viel. Das war immer Matthews Bereich gewesen, als er noch Agent in London gewesen war und ich selbst die Krümel aufgelesen hatte, die von seinem Tisch gefallen waren. Aber dann hatte Matthew die Familie betrogen, war von ihr getötet worden und ich war zum Hauptagenten in London aufgerückt. Ich hatte einmal geglaubt, dass es das war, was ich immer hatte sein wollen. Unsere Träume betrügen uns manchmal, wenn sie wahr werden.

Ich hatte immer eine Tour zu all den Großen in der Stadt unternehmen wollen, um ihnen ein wenig Ehrfurcht vor den Droods einzubläuen. Aber ich hatte kaum angefangen und war erst bei Ashtree gewesen, als der Krieg gegen die Hungrigen Götter losgegangen war. Dann waren sofort die Unsterblichen gekommen und ich war zu beschäftigt gewesen. Fälle in der Stadt, Fälle in der Geschäftswelt schienen so unwichtig zu sein, wenn man das Ende der Welt dagegenhielt. Natürlich war das, bevor wir herausgefunden hatten, was alle Banker vorhatten.

Sir Terrence Ashtree, auch bekannt als Terry der Teufel, weil er für einen guten Deal hemmungslos jeden hereinlegte oder aus dem Weg räumte. Nicht, dass seine Rücksichtslosigkeit ihm so gesehen etwas genutzt hatte. Bis vor Kurzem. Ein Gerücht besagte, dass Terry der Teufel auf dem aufsteigenden Ast saß, dass er ein Mann war, mit dem man rechnen musste, und das war etwas überraschend – er war schon ein Mann in den besten Jahren, während das Halsabschneidertum eher etwas für die Jungen ist. Ich war mir der Änderungen in der Stadt vage bewusst gewesen, aber hatte ihnen nicht viel Aufmerksamkeit geschenkt. Da hatte ich allerdings auch noch nichts von der satanistischen Verschwörung geahnt.

Ich wandte mich wieder an Scharlatan Joe. Er hatte beinahe aufgehört zu weinen. Seine Augen waren rot und geschwollen, sein Mund schlaff und bebend.

»Wo ist Isabella Metcalf jetzt gerade?«

»Ich weiß es nicht! Ich weiß es nicht! Ich schwöre, ich weiß es nicht! Die Verschwörung hat sie. Jeder weiß das. Aber ich habe keine Ahnung! Sie sagen Leuten wie mir so etwas nicht. Wenn auch nur, damit Leute wie Sie es aus Leuten wie mir nicht rausprügeln können.«

Er hatte recht. Ich trat zurück und ließ meine Hand sinken. Er brach vor Erleichterung fast zusammen. Er lächelte und nickte mich an und war gierig, mir seine Dankbarkeit zu zeigen, und ich wollte ihn fast dafür schlagen, dass er so lächerlich war. Dafür, dass er mich spüren ließ, was für ein Monster ich war.

»Warum?«, fragte ich. »Warum hat ein kleiner Schmalspurgauner wie du überhaupt mit Satanisten zu tun?«

»Es war das Geld«, antwortete Scharlatan Joe. »Das ist es bei mir doch immer. Und die Bezahlung war richtig gut.«

Ja, dachte ich. *Das ist es bei dir immer, und so war es immer schon. Das klingt doch schon im Namen an. Ich wusste immer, was für ein Mensch du bist, und all die Jahre waren wir Freunde. Welches Recht habe ich schon, jetzt wütend zu sein?*

»Hau ab«, sagte ich. »Na los, verschwinde von hier. Verkriech dich irgendwo in der großen weiten Welt, wo niemand dich suchen wird. Bis die Droods und die Metcalf-Schwestern dich schließlich vergessen.«

»Aber ... das kann ja ewig dauern!«, stotterte Scharlatan Joe.

»Ja«, sagte ich. »Aber das ist alles an Gnade, was ich dir gewähren kann.«

Ich brachte ihn zum nächstgelegenen Ausgang. Ich öffnete mit gerüsteter Kraft gewaltsam die Tür, sodass sie auf irgendeinen düsteren Hinterhof führte. Joe starrte mich an. »Das ist doch aber nicht so gedacht«, sagte er. »Keiner sollte diese Türen öffnen können, nur die Klubbesitzer! Jeder weiß das!«

»Du wärst überrascht, was ein Drood alles kann, wenn er nur wütend genug ist«, sagte ich.

Scharlatan Joe hastete durch die offene Tür und ich schloss sie wieder hinter ihm. Ich habe ihn nie wieder gesehen.

Ich nahm Merlins Spiegel heraus, aktivierte ihn und öffnete ein Portal zwischen dem Klub und Drood Hall. Molly kam direkt durch und ich schloss den Spiegel wieder. Ich wollte nicht, dass jemand anderes sah, was ich getan hatte. Zu was ich geworden war. Molly sah sich schnell um, als ich den Spiegel wegsteckte, und nahm den düster beleuchteten Klub auf, die Trümmer, die blutigen, bewusstlosen Gestalten des Bischofs der Bestien und des Indigo-Phantoms.

»Nun«, sagte sie. »Man kann immer sehen, wo ein Drood aufgetaucht ist. Eddie, was ist hier passiert?«

»Ich bin passiert«, sagte ich. »Du wolltest doch Antworten, erinnerst du dich?«

Molly stellte sich dicht vor mich und ich rüstete ab. Sie legte eine Hand auf mein Gesicht und ihre Finger wurden nass. Ich hatte nicht bemerkt, dass ich geweint hatte.

»Oh, Eddie, was hast du getan?«

»Schlimme Dinge«, sagte ich. »Notwendige Dinge.«

»Du hast ihnen das angetan? Ich dachte, sie wären deine Freunde.«

»Ich bin nicht immer ein toller Freund. Kommt halt vor in meinem Job.«

»Eddie«, sagte Molly. »Das sieht dir gar nicht ähnlich. Ich mag dich so nicht.«

Ich sah sie an und plötzlicher Ärger schoss mir in die Wangen. »Ich hab das für dich getan! Du wolltest doch deine Schwester wiederhaben, oder?«

»Ich will meinen Eddie zurück!«

»Wenn das hier vorbei ist«, sagte ich. »Ich werde zurück sein, wenn das hier vorbei ist. Bis dann geht es nur um die Verschwörung. Ich werde tun, was ich tun muss, um sie aufzuhalten. Um die Menschheit zu retten. Um die Kinder zu retten.«

»Du kannst das Böse nicht mit bösen Methoden bekämpfen«, erwiderte Molly. »Ich muss das wissen. Gegen das Böse zu kämpfen sollte das Beste in uns hervorbringen, nicht das Schlechteste.«

Ich brachte ein kleines Lächeln zustande. »Sollten wir in diesem Streit nicht gegensätzliche Positionen einnehmen? Sollte ich dir nicht eine Predigt über übertriebenes Handeln halten?«

Sie warf sich in meine Arme und drückte mich fest. Ich hielt sie ebenso fest, wie ein Ertrinkender, der sich an einen Strohhalm klammert. Schließlich schob Molly mich von sich fort.

»Wir haben eine Menge durchgemacht«, sagte sie. »Wir brauchen Drinks. Wir brauchen richtig große Drinks.« Sie beugte sich über die Bar und warf einen vorwurfsvollen Blick auf die Barkeeper. »Hey du! Seriengesicht! Ich will die besten Weine der Saison, alle in einem verdammt großen Glas gemixt, geschüttelt, nicht gerührt, mit zwei verdrehten Strohhalmen.«

Der Barkeeper, den sie angesprochen hatte, zuckte hilflos mit den Achseln. »Wenn es nach mir ginge, dann könntest du eins von jedem haben, aufs Haus, mit Schirmchen. Aber als der elektromagnetische Impuls losging, hat er alle Geräte abgeschaltet. Das Management bewahrt den Alkohol in einer Taschendimension auf, die mit der Bar verbunden ist, und solange die Systeme abgeschaltet sind, kommen wir nicht dran. Wir können nichts servieren, bis das Management kommt und den Reset-Button drückt.«

»Ich hasse euch«, erklärte Molly.

Um sie abzulenken, erzählte ich ihr alles, was ich von Scharlatan Joe erfahren hatte. Es dauerte nicht lang.

»Das ist alles?«, fragte Molly. »Nur ein Name? Was ist mit Isabella? Wo ist sie gefangen?«

»Er sagte, er wüsste nichts darüber«, sagte ich.

»Und das hast du geglaubt?«

»Nach allem, was ich ihm angetan habe? Ja. Man kann niemanden zwingen, etwas zu sagen, was er nicht weiß.«

»Ich kann das verdammt gut«, grollte Molly. »Ich kann nicht glauben, dass du den kleinen Scheißer hast laufen lassen.«

»Wir haben einen neuen Namen«, sagte ich. »Eine neue Spur, einen neuen Weg in die Verschwörung. Terry der Teufel war ein wichtiges Mitglied der Geschäftswelt, schon bevor er sich der Verschwörung anschloss. Die Chancen stehen gut, dass er alles mögliche Wichtige weiß. Und Namen hat. Wollen wir ihn mal besuchen?«

»Kannst ja versuchen, mich dran zu hindern«, meinte Molly.

Dann wirbelte sie herum und versuchte, in jede Richtung gleichzeitig zu sehen. »Hast du das gespürt? Was zum Teufel war das? Die ganze Atmosphäre hat sich an diesem Ort geändert. Die Temperatur ist gefallen, etwas saugt alle Energie aus dem Raum. Da kommt was. Etwas Übles.«

»Das ist die Sicherheit des Wolfskopf-Klubs«, sagte ich. »Die Wilden Kerle.«

»Oh, Kacke«, sagte Molly. »Eddie, wirf den Spiegel an. Wirf ihn auf der Stelle an, weil ich wirklich nicht hier sein will, wenn sie kommen. Sogar ich habe Vernunft genug, um Angst vor den Wilden Kerlen zu haben.«

Ich hatte Merlins Spiegel schon in der Hand und aktiviert. »Ich bin ziemlich sicher, dass ich mit ihnen fertigwürde«, sagte ich. »Aber ich glaube, ich habe wohl genug Schaden für heute angerichtet.«

»Das ist echt kein guter Zeitpunkt für Frechheiten, Eddie! Bring uns zum Teufel hier raus!«

Ich öffnete ein Portal zwischen dem Klub und einem ganz bestimmten Büro in der City. Wir beide traten schnell hindurch in das Vorzimmer von Sir Terrence Ashtree. Ein schrecklich brüllender Laut erfüllte jetzt den Klub auf der anderen Seite des Spiegels, wild, schrecklich und voll Zorn, als sich irgendetwas Abscheuliches im Wolfskopf manifestierte. Ich schaltete den Spiegel ab. Er schien sich einen Moment dagegen zu wehren, als ob etwas ihn zwingen wolle, sich von der anderen Seite her zu öffnen, aber die Verbindung war schnell unterbrochen und der Spiegel war wieder nur ein Handspiegel. Ich steckte ihn weg und sah mich mit Molly in dem Büro um, in dem wir angekommen waren.

Meine Familie würde sich beim Management des Wolfskopfs entschuldigen. Und sie würden es akzeptieren, denn wir haben alle hin und wieder geschäftlich miteinander zu tun.

Wir waren in Ashtrees Vorzimmer gelandet, das angemessen alt eingerichtet war, vielleicht sogar ursprünglich viktorianisch, mit vielen schweren Holzpaneelen an der Wand und ziemlich hässlicher Möblierung. Der einzig moderne Anflug war der hocheffiziente Computer auf dem Tisch der Sekretärin. Niemand war zu sehen. Es war alles sehr friedlich und still und deshalb auch sehr beunruhigend.

»Ich war schon einmal hier«, sagte ich zu Molly. »Ich bin sicher, dass Sir Terrence sich an mich erinnert. Und doch ... Das ist seltsam.«

»Seltsam?«, fragte Molly sofort. »Wie seltsam?«

»Das hier ist das Vorzimmer, wo einen die Sekretärin warten lässt, bis Terry der Teufel bereit ist, dich zu empfangen«, erwiderte ich. »Und wie alle Sekretärinnen des Bosses ist sie hier, um seine Privatsphäre und ihr Territorium zu verteidigen wie ein Kettenhund. Also – wo ist sie?«

Wir beide sahen auf den leeren Schreibtisch. Der Computer war abgeschaltet, alles war adrett und ordentlich. Nicht einmal ein halb ausgetrunkener Kaffeebecher stand herum.

»Sehen wir mal nach, ob Terry der Teufel in seinem Büro ist«, meinte Molly. »Wo wir doch schon mal hier sind.«

»Ja«, sagte ich. »Sehen wir nach. Ich bin sicher, wir haben eine Menge zu besprechen.«

Die massive Tür, die in Ashtrees sehr privates Büro führte, war nicht verschlossen. Ich versuchte, den Knauf angesichts möglicher Sprengfallen vorsichtig hinunterzudrücken, aber er drehte sich leicht in der Hand. Ich stieß die Tür mit aller Kraft meiner Schulter auf und Molly und ich schlenderten hinein. Ashtree saß still hinter seinem Schreibtisch, ein müder alter Mann in einem zerknitterten Anzug, mit eingefallenem, hagerem Gesicht. Er zuckte nicht einmal zusammen, als Molly und ich hereinkamen. Er nickte uns beiden langsam zu.

»Ich habe auf jemanden gewartet«, sagte er. »Ich wusste, dass schließlich jemand kommen würde. Aber ich erkenne keinen von Ihnen.«

»Edwin Drood«, sagte ich. »Und Molly Metcalf.«

»Ah. Ja. Isabellas Schwester. Bitte kommen Sie doch herein, machen Sie es sich bequem. Ich habe Ihnen so viel zu erzählen.«

Ich sah mich gründlich in seinem Büro um, aber in den Ecken lauerten keine versteckten Attentäter, also zog ich Molly und mir jeweils einen Stuhl heran und setzte mich neben sie.

Ashtree rührte sich nicht. Er betrachtete uns erschöpft, aber neugierig.

»Edwin ... Ja, ich erinnere mich an Sie. Ich war sogar erfreut, Sie zu sehen, wissen Sie. Ich bin mit Matthew nie zurechtgekommen.«

»Das sind nicht viele«, antwortete ich. »Wissen Sie, warum wir hier sind?«

»Natürlich. Ich bin überrascht, dass es so lange dauerte. Meine Spur war deutlich genug. Ich bin froh, dass Sie hier sind, damit ich einen Schlussstrich ziehen kann. Ich wollte das alles nie, wissen Sie. Es war ... Ich habe so lange gekämpft und versucht, den geschäftlichen Erfolg zu erreichen, den man von mir erwartete, obwohl ich nie Geschmack daran fand. Aber es war das, was meine Familie von mir wollte, also tat ich es. Sie wissen ja, wie das ist, Eddie. Aber ich bin nie wirklich weit gekommen oder habe Nennenswertes erreicht, egal, wie sehr ich es auch versuchte. Als also diese neue satanistische Verschwörung auf mich zukam, mir geradezu einen Headhunter schickte, ergriff ich die Gelegenheit beim Schopf. Sie wissen also von ... Natürlich wissen Sie es. Ich hatte nicht geglaubt, dass sie echt seien, müssen Sie wissen. Ich meine, wer glaubt denn heutzutage noch an satanistische Verschwörungen? Ich dachte, es wäre so etwas wie der alte Hellfire Club. Eine Chance, sich zu verkleiden und herumzuspielen.

Doch plötzlich wurde alles, was ich anfasste, zu Gold. Ich war der große Mann der Stadt, das, was meine Familie immer gewollt hat. Ich hatte alles, was ich mir je gewünscht hatte. Ich war glücklich, wissen Sie. Es war so lange her, dass ich glücklich gewesen war. Als man mir also sagte, ich solle eine Information an Scharlatan Joe weitergeben, dachte ich: Warum nicht? Was bedeutet Isabella Metcalf mir schon? Ich musste es auf eine bestimmte Art und Weise tun und ein paar sehr unerfreuliche Arten von Magie benutzen, aber das gehörte zum Spiel, sehen

Sie? Ich hätte es besser wissen müssen. In der Verschwörung ist nichts je einfach oder geradeheraus. Es gibt immer Pläne hinter den Plänen, Fallen in den Fallen.

Ich war da, als die Verschwörung Isabella entführt hat. Sie griffen sie direkt aus ihrem Teleport-Zauber. Sehr mächtige Leute arbeiten für die. Sie hat sich nach Kräften gewehrt. Ich war beeindruckt. Aber die Verschwörungsleute hatten alle Arten von Waffen und schmutzigen Tricks bei der Hand und die haben sie erschöpft. Als sie hilflos war und man ihr jede Magie abgenommen hatte, hat man ihr ... schreckliche Dinge angetan. Sie haben sie schrecklich verletzt, ihren Willen gebrochen, sie besudelt und missbraucht. Und gelacht, während sie es taten. Sie ließen mich zusehen. Es war ihre Art von Belohnung. Sie dachten, es gefiele mir. Aber es stieß mich ab.

Ich konnte es nicht abwarten, dort wegzukommen. Ich dachte, ich sei ein hartgesottener Mann, der zu allem bereit ist, aber zu meiner Überraschung war in mir die ganze Zeit ein guter Mensch, der nur aussteigen wollte. Es gab eine Grenze, die ich nicht überschreiten mochte. Ich konnte Isabella nicht helfen, aber ich konnte auch nicht danebenstehen und zusehen. Sie sahen die Schwäche in mir, sie wussten, dass ich keiner der Ihren mehr bin. Also kam ich hierher, um abzuwarten, wer auch immer mich zuerst findet. Ich hätte fliehen können, hätte mich verstecken können, aber ... ich glaube, ich muss bestraft werden für das, was ich getan habe.«

»Lebt sie noch?« Mollys Stimme klang hart. »Meine Schwester? Ist Isabella noch am Leben?«

»Soweit ich weiß«, bestätigte Ashtree. »Sie haben sie mitgenommen. Sie fortgezerrt. So viel Blut ... Ich habe nie zuvor so viel Blut gesehen. Sie sagten, sie hätten noch Verwendung für sie, wissen Sie. Ich hatte keine Ahnung, was geschehen würde! Sie müssen mir glauben, ich wusste es nicht ... Ich habe nie verstanden, auf was ich mich da einließ. Oder vielleicht habe ich es auch nicht verstehen wollen, weil es mir so gut ging. Ich habe nicht an Teufelsanbeter geglaubt. Nicht an den Teufel geglaubt. Aber es hat sich herausgestellt, dass er an mich glaubte. Ich bin kein schlechter Mensch, Eddie, Molly. Nicht wirklich. Ich habe schlechte Dinge getan, ich weiß, Dinge, auf die ich nicht stolz bin, aber das war nur, um weiterzukommen. Keiner wurde je wirklich verletzt.«

»Wenn Sie etwas wiedergutmachen wollen, dann helfen Sie uns, Isabella zu finden«, sagte ich. »Und die Maschine zur Gedankenbeeinflussung. Und vor allem die Führer der Verschwörung.«

»Sie verstehen nicht«, sagte Ashtree. »Ich hatte nie mit Leuten auf diesem Level zu tun, habe nie mit jemandem so weit oben gearbeitet. Ich war in der Verschwörung nie so wichtig.«

»Wussten Sie vom Großen Opfer?«, fragte ich.

»Nein!«, antwortete Ashtree. »Ich hätte mir nie träumen lassen ... Ich hatte keine Ahnung. Ich war nur dafür zuständig, Geld zu sammeln! Ich habe mit Zahlen jongliert.«

»Sie müssen aber etwas wissen«, sagte ich. »Etwas, das uns helfen kann. Deshalb sind Sie doch auch hiergeblieben, oder?«

»Natürlich«, sagte Ashtree. »Darum bin ich ja froh, dass Sie mich zuerst gefunden haben. Ich war im Lightbringer House, sehen Sie, um einen Bericht abzugeben. Ich kam an einer Tür vorbei, die ein wenig offen stand. Meine Neugier siegte und ich sah hinein. Und da war er, der Große Führer der satanistischen Verschwörung, und hielt ein privates Treffen ab. Ich konnte es nicht glauben. Ich konnte nicht glauben, dass *er* es war! Ich kannte ihn, ich hatte mit ihm in der Vergangenheit zu tun gehabt. Ich konnte nicht fassen, dass ein so unbedeutender Mann das Oberhaupt der Verschwörung sein sollte! Aber auf der anderen Seite sind es immer die kleinen Leute, die die großen Ambitionen haben.«

»Wer?«, fragte ich. »Sagen Sie uns den Namen!«

»Ich kann nicht«, erwiderte Ashtree. »Ich kann seinen Namen niemandem sagen, der nicht der Verschwörung angehört. Das kann niemand. Sie haben mich entdeckt, wissen Sie, und haben mich mit einem Fluch belegt. Ein übler Bund, der sich in meine Seele gebrannt hat. Es schmerzt, auch nur an den Namen zu denken. Aber ich kann Ihnen sagen, wo Sie Isabella Metcalf finden. Ich hätte das eigentlich auch nicht wissen dürfen, aber vor mir reden die Leute, wissen Sie. Weil ich nicht wichtig bin. Sie haben sie zum geheimsten Ort der Verschwörung gebracht, in ihre versteckte Festung. Wo das Oberhaupt sitzt und sich an seinen Schätzen und seinen Gefangenen ergötzt und alle wichtigen Entscheidungen trifft. Ich kann Ihnen nicht sagen, wie Sie dorthin kommen. Aber Sie müssen dorthin.«

»*Wo?*«, rief Molly. »Wo müssen wir hin? Wo ist meine Schwester?«

»Sie halten sie im Zeitlosen Augenblick gefangen«, sagte Sir Terrence Ashtree, der nie wieder Terry der Teufel sein würde.

Und dann kreischte er fürchterlich auf, verkrampfte sich in seinem Sessel, als sein Fleisch auf der Stelle zu verfaulen und zu zerfallen begann. Sie hören immer zu, hatte Roger gesagt. Ich stieß den schweren Schreibtisch aus dem Weg, um zu Ashtree zu gelangen, aber es war schon zu spät. Die Verschwörung nahm Rache an ihm dafür, dass er es gewagt hatte, sie zu verraten. Ashtree schrie und schrie wieder, während er sich in seinem Sessel hin und her warf. Sein Fleisch schmolz und rann in zähen Strömen von verwesendem Gewebe von den Knochen. Er hätte schon am Schock sterben sollen, aber die gleiche dunkle Magie, die ihn tötete, hielt ihn auch am Leben, damit er das Leid erfuhr und den Schrecken spürte. Es war eine Strafe. Sein Kopf zuckte in Agonie vor und zurück, er spuckte dicke Batzen von eitrigem Fleisch aus, das auf dem Boden landete und Flecken bildete. Ich hörte, wie seine Knochen, zerrissen von wilden Kräften, brachen und in ihm splitterten. Ich konnte nichts tun, um ihn zu retten. Ich sah Molly an, aber auch sie schüttelte hilflos den Kopf, während Ashtrees Gesicht schmolz, aus dem leere Augenhöhlen starrten. Die Tonlage seiner Schreie änderte sich und schwand, als die Stimmbänder verrotteten und durch seine Kehle davonrannen.

Ich rüstete auf, ließ eine Klinge aus meiner Hand wachsen und schlug ihm den Kopf ab. Es war die einzige Gnade, die ich ihm erweisen konnte. Der Kopf fiel hinunter, während der Körper in sich zusammenfiel, und nach ein paar Augenblicken war er fort. Er hinterließ nichts weiter als dicke, schmierige Flecken auf und um seinen Schreibtisch. Der Gestank war so schlimm, dass es Molly und mich aus dem Zimmer trieb und ich die Tür zuschlug, um den Geruch dort drin zu halten. Molly sah mich vorwurfsvoll an.

»Wo zum Teufel ist dieser Zeitlose Augenblick? Du weißt es, oder?«

»Ja«, antwortete ich.

»Nun, was genau ist das?«

»Genau das, was man vermuten würde. Das perfekte Versteck.«

Kapitel 11

Taten unter den Augen des Himmels

Manchmal beginnen sogar die außergewöhnlichsten Reisen mit einem einzigen Schritt. Molly und ich traten durch Merlins Spiegel vom Büro des Toten übergangslos in die Waffenmeisterei in Drood Hall. Es war das übliche Chaos von planlos herumrennenden Laborassistenten, Explosionen, Transformationen und kurzen Ausbrüchen von spontaner Selbstentzündung. Merkwürdige Maschinen taten Dinge, die die physikalischen Gesetze dieser Welt nie erlauben würden, und noch merkwürdigere Vorrichtungen taten Dinge, die in der Natur nie hätten vorkommen dürfen. Ein Laborassistent mit zwei Köpfen stritt heftig mit sich selbst, wessen Schuld es sei. Und sogar, welcher der ursprüngliche Kopf war und welcher abgeschnitten werden sollte. Alles war wie üblich in der Droodschen Waffenmeisterei. Molly sah mich düster an, als ich Merlins Spiegel schloss und ihn wegsteckte.

»Okay, was machen wir hier? Warum sind wir nicht im Lageraum? Ich dachte, dort wollten wir hin? Du weißt doch, ich mag keine Überraschungen. Ich hoffe, du hast einen guten Grund hierfür. Warum sind wir in diesem viel gefährlicheren und anstrengend launischen wissenschaftlichen Labor aus der Hölle?«

»Weil du wissen wolltest, was der Zeitlose Augenblick ist«, antwortete ich. »Und ich weiß genug darüber, um zu wissen, dass ich nicht annähernd genug darüber weiß. Also sind wir hier, um mit meinem Onkel Jack darüber zu reden, weil er als Waffenmeister sechs unmögliche Dinge schon vor dem Frühstück kapiert. Wir reden hier immerhin über den Mann, der eine Zeitmaschine entwickelt hat, um in der Zeit zurückzureisen und sich selbst zu sagen, dass man keine Zeitmaschinen bauen soll, weil sie mehr Ärger bringen, als sie wert sind. Von derartigem Querdenken muss man doch beeindruckt sein, oder nicht? Ah, da ist er ja.«

Ich führte Molly durch den Tumult der ungezügelt arbeitenden Genies zu dem Platz, an dem der Waffenmeister still in seinem Lieblingssessel saß; dem Platz mit all den Chemie- und Brandflecken und dem aufgedruckten Satz: PLÖTZLICHE EXPERIMENTE WECKEN DIE AUFMERKSAMKEIT GOTTES. Der Waffenmeister saß nachdenklich da, die Augen in weite Ferne gerichtet, und scherte sich nicht um laute Geräusche und gelegentlich ausbrechende Schimpftiraden. Er hatte eine frische, dampfende Tasse Tee neben sich stehen, einen Teller mit gefüllten Keksen und ein Paket Haferflockenplätzchen mit Schokolade. Eindeutig Hirnfutter, wenn es je welches gegeben hatte. Er ignorierte Molly und mich. Er war völlig gedankenverloren. Es gibt Menschen, die behaupten, der Waffenmeister ist dann am gefährlichsten, wenn er nachdenkt. Ich musste ihn mehrfach ansprechen, mit wachsender Lautstärke, bis er schließlich aufsah.

»Ah, Eddie«, sagte er geistesabwesend. »Und Molly auch, wie nett. Ja, ich habe darüber nachgedacht, wie man am besten gegen die Gedankenbeeinflussungsmaschine der satanistischen Verschwörung vorgeht. Der beste Weg scheint mir zu sein, dass ich selbst eine baue und dann herausfinde, wie man sich dagegen wehrt.«

»Wir müssen vorher miteinander reden, Onkel Jack«, sagte ich vorsichtig. »Die Familie existiert, um der Menschheit zu dienen, und nicht umgekehrt. Und ganz besonders sind wir nicht hier, um ihnen vorzuschreiben, was sie denken sollen.«

»Ich rede nicht über direkte Kontrolle der Gedanken«,

sagte der Waffenmeister. »Nicht als solche. Aber wäre es wirklich so schlimm, wenn man hier und da die Menschheit in die richtige Richtung schubsen würde? Ihnen Dinge wie ›Nie wieder Krieg‹ ins Ohr flüsterte? ›Speist die Hungrigen, gebt den Heimatlosen Obdach, holt die ursprüngliche Cola in den alten Flaschen wieder auf den Markt und hört auf, miese Filmversionen von perfekten TV-Serien zu machen‹?«

»Siehst du?«, fragte ich. »Es geht nicht darum, was man am Anfang will, sondern wo das alles endet. Die Versuchung ist zu groß, um nach der ersten Hilfe aufzuhören und sich dann nicht weiter einzumischen. Schlag dir die Idee aus dem Kopf, Onkel Jack.«

»Jaja, ist ja schon gut«, schmollte der Waffenmeister. »Schon erledigt. Ihr jungen Leute heute wisst ja gar nicht mehr, wie man Spaß hat. Also, was machst du hier unten, Eddie? Ich weiß, ich bin dein Lieblingsonkel und ich mag unsere kleinen Schwätzchen. Oh, kann ich dir einen Keks anbieten? Das ist echte Schokolade, weißt du.«

»Nicht jetzt«, sagte ich.

»Aber eigentlich kommst du nur, wenn du etwas von mir willst«, sagte der Waffenmeister und richtete einen vorwurfsvollen Blick unter weißen, buschigen Augenbrauen auf mich. »Was ist los, hast du wieder Ärger mit deinem Festplattenreceiver?«

»Wenn wir uns wieder dem aktuellen Thema zuwenden könnten?«, bat ich geduldig. »Warum hast du aufgegeben, die Gedankenbeeinflussungsmaschine zu blockieren? Sonst gibst du doch auch nicht so schnell auf. Was ist los? Irgendwas ist da, das weiß ich.«

Der Waffenmeister seufzte kurz und nickte widerwillig. »Setzt euch, ihr beiden.«

Molly und ich sahen uns um. Es gab keine anderen Stühle. Also klauten wir diejenigen der Laborassistenten, die sie gerade nicht benutzten, und setzten uns dem Waffenmeister gegenüber. Er machte ein großes Gewese darum, etwas Tee in die Untertasse zu gießen, um ihn abzukühlen und dann zu schlürfen, aber wir alle wussten, dass er den Moment hinausschob, also stellte er den Tee wieder ab und schenkte uns seine volle Aufmerksamkeit.

»Es ist die Sache mit Harry und Roger«, sagte er düster. »Ihr Tod. Er trifft mich sehr. Mehr als ich erwartet hatte, wenn man bedenkt, dass ich sie eigentlich nicht leiden konnte. Meine beiden armen Neffen. Sie haben so sehr versucht, das Richtige zu tun. Alte Männer sollten junge nicht vor ihnen sterben sehen. Onkel sollten ihre Neffen nicht zu Grabe tragen. Meine Generation hat es mit ihren Kindern nicht allzu gut angestellt. Harry war James' einziges legitimes Kind. Und ja, ich weiß, dass es andere Bastarde wie Roger gibt. Einige sind auf der guten Seite, andere auf der schlechten, die meisten irgendwo dazwischen, über die Welt verteilt. Alle aus der Familie geworfen, weil wir die Mütter nicht leiden konnten. Viele von ihnen haben sich einen eigenen Namen gemacht, aber ich kann nicht anders: Ich muss mich fragen, wie viel mehr sie erreicht hätten, wenn wir sie willkommen geheißen hätten, sie als Droods erzogen und aufgezogen hätten. Es wird eine Beerdigung geben müssen, wenn dieser Mist hier vorbei ist. Und ich glaube, wir sollten alle Nachkommen von James dazu einladen. Sie alle nach Hause holen. Wir haben sie schon viel zu lange allein in der Welt dort gelassen. Sie zu vielen schlechten Einflüssen und Versuchungen ausgesetzt. Sie müssen sich fühlen, als hätten wir sie im Stich gelassen, als ob wir uns nicht kümmern wollten, und sie hätten recht. Also ab nach Hause mit ihnen, denn sie gehören zur Familie. Sie gehören zu uns.«

»Harry und Roger kamen wieder ins Herrenhaus«, sagte ich vorsichtig. »Und es hat nicht allzu gut funktioniert. Wir haben sie zu Missionen ausgeschickt, bis sie das umgebracht hat.«

Der Waffenmeister fuhr zu mir herum. »So war das nicht, Eddie, und das weißt du.«

»Tu ich das?«, entgegnete ich. »Jedenfalls fühlt es sich so an.«

»Timothy war mein einziger Sohn«, sagte der Waffenmeister. »Ich kann mir nicht helfen, aber ich frage mich, ob er, wenn ich mehr Zeit mit ihm verbracht hätte, vielleicht nicht zu Tiger Tim geworden wäre. Aber ich hatte immer so viel zu tun, so viele Pflichten ... und ich konnte nie gut mit Kindern umgehen. Ich wusste nie, was ich mit ihnen reden sollte. Ich kenne dich nur, Eddie, weil du als Teenager immer Ärger gemacht hast, die Schule schwänztest, um dich hier herunterzuschleichen und mich mit endlosen Fragen über das Leben als Agent zu nerven. Weil du bereits auf Teufel komm raus geplant hast, wie du am besten aus dem Herrenhaus und so weit weg von der Familie verschwindest, wie du kannst.«

»Und hier bin ich wieder, wo ich hingehöre«, sagte ich. »Schon lustig, wie das Leben manchmal so spielt.«

Der Waffenmeister nickte langsam. »Charles' und Emilys einziges Kind. Der einzige überlebende Nachkomme meiner Generation. Nur du und ich sind jetzt noch von der direkten Linie der Matriarchin übrig.«

Sein Gesichtsausdruck wurde plötzlich sehr finster und er wandte den Blick ab. Es war der Blick eines Soldaten, der in zu vielen Kriegen zu viel Tod gesehen hat. Ich fragte mich, ob ich ihm sagen sollte, was Walker mir im Limbo gesagt hatte. Dass meine Eltern vielleicht gar nicht tot waren. Aber es geschahen schon zu viele Dinge gleichzeitig und ich durfte nicht zulassen, dass er abgelenkt wurde. Nicht, wenn es noch so viele Dinge gab, die er tun musste. Seine Aufmerksamkeit wandte sich dann plötzlich wieder mir zu, als habe er nie etwas anderes getan.

»Was machst du hier, Eddie?«

Ich klärte ihn kurz darüber auf, was im Wolfskopf-Klub und in Sir Terrence Ashtrees Büro passiert war. Ich ließ die ganzen Teile aus, die mich wie ein Monster aussehen ließen. Ich sagte ihm, dass die höheren Chargen und selbst die Anführer der neuen satanistischen Verschwörung sich im Zeitlosen Augenblick verbargen, und er nickte nachdenklich.

»Ja, ja, das würde sogar Sinn ergeben.«

»Warum?« Molly war nicht mehr in der Lage, abzuwarten. »Warum ergibt das Sinn und was ist dieser verflixte Zeitlose Augenblick?«

»Das Versteck, das Hauptquartier und letzte Zuflucht der vorigen satanistischen Verschwörung, damals in den 1940er Jahren«, sagte der Waffenmeister. Er lehnte sich in seinem Stuhl zurück und verflocht die Finger in seinem Schoß, während er problemlos in den Oberlehrermodus überging. »Mein Onkel Laurence war damals Agent im Einsatz. Er war dein Großonkel, Eddie, Großmutter Marthas älterer Bruder. Und er hat mir alle möglichen Arten genannt, wie er die Satanisten im besetzten Frankreich bekämpft hat. Sie waren 1943 auf dem Höhepunkt ihres Einflusses und schmiedeten alle möglichen schwarzmagischen Pläne gegen England. Sie arbeiteten von Basispunkten an der französischen Küste aus, von denen sie fälschlicherweise glaubten, sie seien sicher. Sicher und geschützt. Na, Onkel Laurence hat es ihnen gezeigt! Er ging von Stadt zu Stadt und arrangierte alle Arten von unglücklichen Vorfällen, um ihre Fortschritte zu bremsen. Man konnte zwar nicht alles in die Luft jagen oder all die Leute umbringen, die man hätte töten müssen, weil die Nazis sonst die lokale Bevölkerung unter Druck gesetzt hätten. Die Nazis waren immer scharf auf Exekutionen. Es muss sich prima angefühlt haben, damals im Einsatz gewesen zu sein und den letzten gerechten Krieg zu kämpfen. Ich konnte es kaum erwarten, selbst Agent im Einsatz zu werden, aber alles, was ich für meine Mühe gekriegt habe, war der Kalte Krieg.

Tut mir leid, ich schweife ab. 1943. Oktober. Onkel Laurence kümmerte sich gerade um einen besonders üblen Hexenzirkel unten in Nantes, als er über eine Information stolperte, die auf den geheimen Unterschlupf und das Waffenlager der Satanisten hindeutete, den Zeitlosen Augenblick. Ich bin nicht sicher, ob die Satanisten diesen Ort geschaffen haben oder ihn entdeckten oder ob sie ihn von jemand anders eroberten – wie auch immer, es war das perfekte Versteck. Die Satanisten schlugen ihr Hauptquartier dort auf, dort, wo keiner ihrer Feinde sie erreichen konnte. Schon gut, Molly, sei nicht so ungeduldig, ich beeile mich ja. Der Zeitlose Augenblick war – und ist wahrscheinlich noch – eine Art Taschendimension jenseits von Raum und Zeit, wie wir sie kennen. Eine merkwürdige alternative Dimension, die sich zwischen dem Tick und dem Tack der linearen Zeit verbirgt. Sehr schwer zu lokalisieren, und noch schwerer zu betreten. Onkel Laurence hat die Mission angeführt, die zum Ziel hatte, das Dimensionsportal, das die Satanisten benutzten, um den Zeitlosen Augenblick zu betreten, zu zerstören, ihnen den Hintern zu versohlen und sie von ihrem Hauptquartier abzuschneiden. Ihre Führer und all die geheimen Superwaffen, die man dort hortete, um sie Hitler zu präsentieren, damit er seinen Krieg gewänne, sollten vernichtet werden. Ohne all das waren sowohl die oberen als auch die unteren Ränge geschwächt. Die meisten von ihnen nahmen die Beine in die Hand und verschwanden. Die paar, die blieben, verloren all ihren Einfluss auf das Oberkommando der Nazis, nachdem klar war, dass sie all die wundervollen Dinge, die sie versprochen hatten, nicht halten konnten. Das war das Ende für sie als treibende Kraft in diesem Krieg. Was uns natürlich geholfen hat, ihn zu gewinnen, ganz ohne Zweifel.«

»Das muss es sein, was diese Verschwörung erneuert hat«, rief Molly aus. »Irgendjemand hat sich wieder Zugang zum Zeitlosen Augenblick verschafft!«

»Scheint so«, erwiderte der Waffenmeister.

»Vermutlich dieser mysteriöse neue Führer«, sagte ich. »Dessen Namen wir immer noch nicht wissen. Warum stehen alle seine Leute unter dem Fluch, seinen Namen außerhalb der Verschwörung niemals zu nennen? Was ist an diesem Namen so Besonderes? Warum ein solches Geheimnis daraus machen?«

Molly sah den Waffenmeister an. »Wahrscheinlich würden wir ihn erkennen. Höchstwahrscheinlich kennen wir ihn.«

»Ach verdammt noch mal«, fluchte der Waffenmeister. »Doch kein Drood?«

»Nein«, sagte ich schnell und sehr entschieden.

»Gut«, antwortete Jack. »Ich schätze, das ist schon mal was. Wenn ich schon wieder ein Scannen der gesamten Familie ankündigen müsste, stünden uns ein paar sehr unerfreuliche Antworten ins Haus.«

»Die Beeinflussungsmaschine muss sich im Zeitlosen Augenblick befinden«, überlegte ich. »Das ist der einzige sichere Ort dafür, bis sie gebraucht wird. Der eine Ort, an dem wir sie nicht finden konnten. Sie müssen sie nur rauskarren, wenn es Zeit ist, die Leute für das Große Opfer vorzubereiten.«

»Genau wie mit den Entführten von Little Stoke«, ereiferte sich Molly. »Und den gekidnappten Waffenherstellern von der Messe für Übernatürliche Bewaffnung. Und Isabella! Der eine Ort, an dem man sie festhalten und von dem sie nicht entkommen kann!«

»Wenn sie überhaupt noch lebt«, gab ich vorsichtig zu bedenken.

»Natürlich lebt sie noch!« Molly sah mich böse an, ihre Hände waren unbewusst zu Fäusten geballt. »Sie muss noch leben. Ich würde es wissen, wenn sie tot wäre.«

Ich sah sie nachdenklich an. »Du hast mir mal gesagt, dass die Metcalf-Schwestern im Paket kommen. Und dass Isabella deshalb so leicht ins Herrenhaus hinein- und wieder hinausgelangt.«

»Echt?«, fragte der Waffenmeister.

»Molly«, fragte ich. »Könntest du diese Verbindung nicht benutzen, um deine Schwester zu finden und eine Verbindung zwischen dieser Realität und dem Zeitlosen Augenblick herstellen?«

»So einfach ist das nicht«, sagte Molly widerwillig. »Die Verschwörung wäre zwar nicht in der Lage, die Verbindung zu entdecken und somit zu blockieren, aber selbst dann wäre das Beste, was ich tun könnte, dir die richtige Richtung zu zeigen. Metaphorisch gesprochen.«

»Ich habe eine Idee, wie man danach weitermachen kann«, sagte ich. »Keine wirklich sichere oder gar geistig gesunde Idee, aber ... Onkel Jack?«

»Das wird wirklich übel, stimmt's?«, stöhnte der Waffenmeister. »Immer, wenn du mich Onkel Jack statt Waffenmeister nennst, weiß ich, dass es richtig übel wird. An was denkst du, Eddie?«

»Damals, als das Herrenhaus von den Beschleunigten angegriffen wurde, erwähnte der Seneschall eine letzte Möglichkeit zur Verteidigung namens Alpha-Rot-Alpha«, begann ich vorsichtig.

»Was ist das?«, fragte Molly sofort. »Das hab ich noch nie gehört. Und so, wie du das sagst, klingt es, als wäre es etwas, das man mir in jedem Fall hätte sagen müssen.«

»Alpha-Rot-Alpha«, sagte der Waffenmeister langsam, »ist die allerletzte Verteidigungsmöglichkeit für Drood Hall – und die furchteinflößendste. Ein mächtiger Dimensionsgenerator, der tief unter dem Herrenhaus vergraben ist. Die meisten Familienmitglieder wissen nicht einmal, dass er da ist. Denn wüssten sie, dass da ein sehr machtvoller und weitgehend unerprobter Dimensionsgenerator direkt unter dem Boden steckt, auf dem sie leben, würden sie hier wohl kaum noch leben wollen. Und sie hätten recht damit. Wenn man ihm Energie zuführt, dann kann Alpha-Rot-Alpha das gesamte Herrenhaus und jeden darin aus dieser Realität in eine andere bringen. Die Idee dahinter ist, dass wir so einer echten Katastrophe entkommen könnten, indem wir in eine andere Dimension verschwinden und dort bleiben, bis die Gefahr vorüber ist. Der Generator würde jeden wieder zurückbringen, wenn es wieder sicher ist. Wie auch immer ...«

»Ich wusste einfach, dass da ein ›Wie auch immer‹ kommt«, sagte Molly, und zu mir gewandt fragte sie: »Wusstest du nicht auch, dass da ein ›Wie auch immer‹ kommt?«

»Der Generator wurde nie wirklich getestet.« Der Waffenmeister ignorierte Molly. »Die meisten von uns sind nicht einmal sicher, dass er funktioniert. Er wurde nur einmal aktiviert, und was dann nach dem Probedurchlauf passierte ...«

»Hast du diesen Generator gebaut?«, wollte Molly wissen.

»Nein! Nein. Das war der Waffenmeister vor mir. Dein Großonkel Francis, Eddie. Großvater Arthurs jüngerer Bruder. Ein brillanter Kopf, aber ich glaube, er ist als Baby draufgefallen. Francis Drood war zweifelsohne ein hervorragender Designer und Büchsenmacher. Aber unglücklicherweise war er das, was man heutzutage einen Querdenker nennt. Man könnte auch sagen, er hatte seinen verdammten Verstand verloren. Er hat ein paar nützliche Sachen erfunden, die Agenten noch heute verwenden, und er hat drei der verbotenen Geräte aus dem Armageddon Kodex konstruiert. Waffen, die so mächtig und potentiell zerstörerisch sind, dass wir nie gewagt haben, sie zu benutzen. Schon die Bedienungsanleitung zu lesen kann einen dazu bringen, in kalten Schweiß auszubrechen. Aber eins muss ich dem Mann lassen: Er hatte nie Probleme, in großen Dimensionen zu denken. Rationalität und Verantwortungsbewusstsein allerdings, ja, in den Abteilungen hatte er große Probleme.

Er hat Alpha-Rot-Alpha geschaffen, nachdem die Chinesen versucht haben, das Herrenhaus mit einer Atombombe auszuradieren. Da haben sie wohl ein wenig überreagiert. Ist meine Meinung. Wie auch immer, Francis überredete die damalige Matriarchin dazu, den Generator einem Probelauf zu unterziehen. Wir haben damals die meisten Familienmitglieder aus dem Park hinausgeschafft – nur für den Fall. Wir waren alle sehr daran interessiert, zu sehen, was dann passiert. Aber vorzugsweise natürlich aus sicherer Entfernung. Dein Onkel James kam extra deshalb aus Ost-Deutschland zurück, ich aus Nepal und deine Eltern aus Peru. Dann fragte die Matriarchin nach Freiwilligen unter den Agenten, um das Herrenhaus zu begleiten und zu verteidigen, wo auch immer es landen würde. Nur für den Fall. Diese Phrase haben wir damals oft verwendet, wenn es mit Francis zu tun hatte. Also haben wir vier und noch vier weitere uns freiwillig gemeldet. Wir waren alle im Haus, als Francis Alpha-Rot-Alpha zum ersten Mal aktivierte. Wir hatten keine Ahnung, wo wir enden würden oder wo es hinging. Alles, was Francis hatte, war ein Haufen Berechnungen, die nur er verstand, und die Versicherung, dass sein Generator das Herrenhaus ganz sicher *weg*schicken würde.

Zuerst schien alles prima zu laufen. Die eigentliche Transition war ein wenig ... verstörend, weil das Herrenhaus förmlich aus der Welt gerissen wurde, aber es erschien in jedem Fall irgendwoanders. Nicht auf einer alternativen Erde oder auch nur in einer anderen Realität, sondern auf einer völlig fremden Welt. Als wir erst einmal aus dem Keller kamen und aus den Vorderfenstern schauten, war das Erste, was wir sahen, zwei Sonnen, die unglaublich grell an einem giftgrünen Himmel leuchteten, und die Luft hatte einen so hohen Anteil an Sauerstoff und echt widerlichen Spurengasen, dass wir sie nicht atmen konnten. Wir mussten aufrüsten, um in dieser seltsamen Welt überleben zu können, in die Francis' Generator uns gebracht hatte. Wir waren mitten in einem Aliendschungel voller Pflanzen und Tiere und ... Wesen gelandet, die wir nie zuvor gesehen hatten. Einige von ihnen waren so anders und furchteinflößend, dass einen der Kopf schmerzte, wenn man sie nur ansah. Alles war *falsch* – ein lebendiger Albtraum, vollgepackt mit schrecklichen Viechern, egal, wo wir hinsahen.

Und während wir noch damit fertigzuwerden versuchten, wurde der ganze Dschungel auf einmal lebendig und griff uns an. Nicht diese ganzen schrecklichen Bestien, die den Dschungel bevölkerten, sondern die Pflanzen selbst. Sie wanden sich wütend und schlugen mit langen Tentakeln nach uns. Alles lebte und war zornig und ganz und gar feindselig. Tausende Kreaturen griffen das Herrenhaus aus allen Richtungen gleichzeitig an, brachen durch Fenster, hämmerten gegen die geschlossenen Türen und erhoben sich, um durch das Dach zu brechen. Wir wehrten uns, so gut wir konnten, und schickten Francis nach unten, um den Generator wieder anzuwerfen und uns alle wieder zurückzubringen. Es hat wahrscheinlich gar nicht so lange gedauert, und doch schien es uns ewig. Es war, als kämpfe man in einem Albtraum gegen schreckliche Bestien, die einen immer wieder angreifen, egal, wie sehr man sich gegen sie wehrt. Ich sah, wie die junge Alice fiel, weil sich hunderte Dornen durch ihre Rüstung gebohrt hatten. Ich sah, wie Oliver von tobenden Pflanzen zu Boden gezerrt und zerrissen wurde, die über ihn hinwegkrochen. Seine Rüstung bot nicht viel mehr Schutz als Alufolie. Dann sah ich, wie Pflanzen beide auffraßen und ihr Blut tranken. Manchmal habe ich immer noch böse Träume.

Aber endlich arbeitete Alpha-Rot-Alpha wieder und wir kamen nach Hause. Im Herrenhaus herrschte Chaos, alles war zerschlagen und kaputt und infiziert mit allen möglichen außerirdischen Lebensformen, die sich ihren Weg hinein erzwungen hatten. Glücklicherweise konnten sie in unserer Luft nicht überleben, also hielten wir Abstand und sahen ihnen beim Sterben zu. Sie verstanden nicht, was ihnen passierte, aber sie versuchten, ein paar Droods zu töten, die sich bemühten, ihnen zu helfen. Es gibt immer ein paar Idioten, die mit diesem Wenn-wir-nur-mit-ihnen-kommunizieren-können-Blödsinn ankommen. Ich hätte am liebsten einen Flammenwerfer benutzt, um sie auszurotten. Wir warteten, bis wir sicher waren, dass alles tot war, dann zerrten gerüstete Droods sie von überallher aus dem Herrenhaus, häckselten sie klein, um sicherzugehen, und verbrannten sie auf großen Scheiterhaufen. Wir haben die Reste in einer entfernten Ecke des Parks vergraben. Bis heute wächst dort nichts nach.

Es brauchte Wochen, bis wir das Herrenhaus wieder bewohnbar gemacht hatten. Und es ausgeräuchert war, weil ein paar dieser kleinen Scheißer Sporen hinterlassen hatten, die Ahnungslose hätten einatmen können. Nachdem die Matriarchin einen genauen Blick auf das geworfen hatte, was wir zurückgebracht hatten, und sich unsere Berichte angehört hatte, sagte sie Francis ins Gesicht, dass er den Generator nie wieder benutzen dürfe, bis er sicher sei, wohin er das Herrenhaus schicke. Und dass Alpha-Rot-Alpha nur als allerletzter Ausweg benutzt werden dürfe, nachdem wir alles andere versucht haben, einschließlich Gebete und Kopf-in-den-Sand-Stecken-und-hoffen-dass-alles-verschwindet. Francis hat den Rest seines Lebens, als Waffenmeister und auch später, als er in Rente war, damit verbracht herauszufinden, wie man das Ding kontrollieren könnte, aber er hat es nie geschafft. Die Familie hat den Generator tief unter dem Herrenhaus vergraben, ihn Francis' Fantasterei genannt und aus den Akten gelöscht. Damit jeder seine Ruhe hat.«

»Aber«, sagte ich schließlich. »Könnte er uns in den Zeitlosen Augenblick bringen?«

»Irgendwie wusste ich, dass du das fragen würdest«, sagte der

Waffenmeister. »Ich erzähle dir eine höchst sensible Geschichte ohne Sex und du wirst nicht einmal vorsichtig. Technisch gesehen ja, ich glaube, das geht. Aber eigentlich ist alles, was ich tun kann, das Ding anwerfen. Und hoffentlich auch wieder abschalten. Ich habe absolut keine Ahnung, wie man es steuert, und das weiß auch niemand sonst.«

»Aber dabei kann ich helfen!«, rief Molly. »Meine Verbindung zu Isabella wird uns in die richtige Richtung lenken.«

»Und ich kann diese Richtung durch Merlins Spiegel verstärken, damit wir dorthin kommen, wo wir hinmüssen!«, fügte ich hinzu. »Du startest den Generator, Onkel Jack, Molly wird ihn ausrichten und ich werde ihn steuern. Direkt in den Zeitlosen Augenblick.«

Der Waffenmeister lächelte plötzlich. »Wisst ihr, das ist echt verrückt, aber es könnte glatt funktionieren!«

Ich sah Molly an. »Wenn er das sagt, klingt es irgendwie viel beängstigender.«

Der Waffenmeister sah Molly an. »Wenn ihr Metcalf-Schwestern alle miteinander verbunden seid, heißt das, dass die gefürchtete Louisa auch weiß, was hier vorgeht?«

»Mit an Sicherheit grenzender Wahrscheinlichkeit«, sagte Molly. »Aber keine Sorge, selbst sie wird ziemlich lange brauchen, um vom Mars hierherzukommen.«

Im Gesicht des Waffenmeisters zuckte es. »Ich frage besser nicht, was sie auf dem Mars macht.«

»Das ist am besten«, bestätigte ich. »Also, wo ist Alpha-Rot-Alpha genau? Du sagtest, er sei unter dem Herrenhaus begraben?«

Der Mund des Waffenmeisters verzog sich, als ob er etwas Bitteres gegessen habe. »Ich hatte gehofft, ich müsse nie wieder dorthin. Oder wenigstens, dass ich sehr alt und sicher in Rente bin, bevor irgendein anderer armer Idiot es tun müsste. Kommt mit.«

Er wuchtete sich aus seinem Stuhl, begleitet vom üblichen Ächzen, und führte Molly und mich ans hintere Ende der Waffenmeisterei, aus den Schusslinien heraus und an den Mülltonnen für die schiefgegangenen Zauber vorbei. Drei Laborassistenten standen um einen funkelnden Wasserkühler herum und bedachten die kleine Meerjungfrau, die sie hineingeworfen hatten, mit aufgeregten Kommentaren. Der Waffenmeister scheuchte sie mit gebellten Kommandos und ein paar Flüchen an ihre Arbeitstische zurück. Endlich hielt er vor einer großen, wuchtigen Maschine an, deren Zweck nicht erkennbar war. Sie trug nicht mal ein Schild, auf dem stand, was es war.

»Aufrüsten, Eddie«, befahl der Waffenmeister. »Wir müssen dieses Ding einen halben Meter nach links schieben. Links von mir aus gesehen, nicht von dir aus. Und vorsichtig. Sie ist schwerer, als sie aussieht.«

»Was ist es?«, fragte ich, nachdem ich aufgerüstet hatte. Molly piekste und fummelte und trat schon probeweise an den soliden Stahlflanken herum.

»Eigentlich hätte das ein Nahrungsmittel-Synthetisierer werden sollen. Die Idee war in den Sechzigern der große Hit. Und es hätte bei der anstrengenden Aufgabe geholfen, eine Familie wie die unsere zu ernähren. Aber wir haben sie nicht ans Laufen gekriegt. Francis hat es versucht, und hin und wieder versucht sich heute noch einer der ehrgeizigeren Laborassistenten daran. Aber auch wenn es in der Theorie bis auf die tausendste Stelle hinter dem Komma funktioniert – alles, was die Maschine produziert, ist eine Art glühender grüner Brei, der übel aussieht und noch schlechter riecht.«

»Wie schmeckt es?«, wollte die immer praktische Molly wissen.

»Haben wir nie rausgefunden, denn wer diesem Zeug zu nahe kommt, den frisst es selbst. Und als es erst einmal da war, sind wir es nicht mehr losgeworden. Wir haben alles probiert, einschließlich Feuer und Säure und es mit Stöcken verprügeln, aber es ist ein sturer kleiner Organismus. Am Ende haben wir auch das letzte Restchen auf den Boden des Pazifischen Ozeans teleportiert. Nach allem, was wir wissen, ist es dort immer noch, kriecht über den Ozeanboden und jagt den Riesenkraken dort unten eine Heidenangst ein.« Er hielt für einen Moment inne. »Die scheinen ja in letzter Zeit auszusterben.«

»Und warum habt ihr den Replikator nicht zerstört?«, fragte ich.

»Also wirklich, Eddie, diese Antwort solltest du doch kennen. Weil die Familie vielleicht eines Tages einen echt bösartigen grünen Brei braucht, der Leute frisst«, antwortete der Waffenmeister. »Die Familie wirft niemals etwas weg. Und die Maschine hat ja durchaus einen Zweck. Den du unschwer erkennen wirst, wenn du mit der Fragerei aufhörst und das Ding verdammt nochmal einen halben Meter nach links rückst. Von mir aus gesehen, nicht von dir aus.«

Ich lehnte meine goldene Schulter an die riesige Maschine und drückte fest. Die Maschine bewegte sich nicht einen Zentimeter. Ich atmete durch, stellte meine Füße auf und setzte die ganze Kraft meiner Rüstung gegen das verdammte Ding ein. Einen langen Moment geschah nichts, außer dass sich die Stahlplatten unter meinen Füßen unter dem Druck zu wellen begannen, dann ruckte die Maschine ein paar Zentimeter nach links. Widerwillig, als kämpfe sie die ganze Zeit gegen mich an, bewegte sich die eigensinnige Maschine schließlich einen halben Meter nach links und enthüllte dabei eine hölzerne Falltür im grob behauenen Steinboden. Ich stand langsam auf und streckte meinen schmerzenden Rücken, während Molly sich vor die Falltür kauerte, um sie genau in Augenschein zu nehmen.

»Ich spüre gar keine Schutzfelder oder Schutzzauber«, sagte sie.

»Natürlich nicht«, sagte der Waffenmeister. »Die würden nur die Aufmerksamkeit auf sich ziehen. Und außerdem: Wenn wir diesen Generator je brauchen, dann haben wir es wahrscheinlich sehr eilig.«

Er kniete sich neben die Falltür. Seine Knie knackten und beschwerten sich vernehmlich. Er hob ein solides Vorhängeschloss aus Stahl auf und hielt es einen Moment in der Hand, bevor er sich konzentrierte und seine linke Hand aufrüstete. Er ließ einen komplizierten goldenen Schlüssel aus seinem Zeigefinger wachsen und schob ihn vorsichtig in das Schloss. Der Schlüssel drehte sich leicht und das Schloss öffnete sich. Der Waffenmeister legte das Schloss sorgfältig beiseite und ließ den Schlüssel wieder in seinem Zeigefinger verschwinden. Dann wuchtete er die schwere Falltür auf. Die gewaltige Holzluke schwang leicht und still zurück, als wären die massiven Bronzescharniere erst einen Tag vorher geölt worden. Wir starrten zu dritt in das dunkle Loch im Boden hinab.

Alles, was ich erkennen konnte, waren Dunkelheit und die ersten paar Tritte einer Eisenleiter, die hinabführte. Selbst das gleißende Licht der Waffenmeisterei konnte die Dunkelheit nicht mehr als nur ein paar Zentimeter durchdringen. Ich studierte die Öffnung durch die Maske meiner Rüstung. Ich verwendete nacheinander ultraviolettes und infrarotes Licht, dann sogar mein zweites Gesicht, aber nichts half. Die Dunkelheit blieb absolut und behielt ihr Geheimnis für sich. Ich suchte nach elektromagnetischer Strahlung oder einem halben Dutzend anderer Warnsignale. Immer noch nichts. Meine Rüstung konnte absolut nichts entdecken, was dort unten war. Was eigentlich hätte unmöglich sein sollen.

»Ich kenne die Details des Schlüssels«, sagte der Waffenmeister leise. »Der Seneschall auch. Sonst niemand. Nicht einmal die Matriarchin hätte gewusst, wie sie allein an Alpha-Rot-Alpha hätte herankommen sollen. Es ist zu gefährlich. Eddie, du beschwerst dich laufend darüber, dass die Familie Geheimnisse vor dir bewahrt, das sollte dich davon heilen. Folgt mir die Leiter hinab. Passt auf, wo ihr hintretet, bedrängt mich nicht und wenn wir unten ankommen, dann lauft nicht davon. Und vor allem: *Nichts anfassen!*«

Er huschte die Eisenleiter mit einer Leichtigkeit und Beweglichkeit hinab, die sein Alter Lügen straften. Angeber. Ich folgte ihm etwas vorsichtiger, und Molly bildete das Schlusslicht. Sie blieb mir so nahe, dass sie mir fast auf die Finger trat. Die Falltür fiel hinter uns zu, sobald wir alle im Loch verschwunden waren. Ich war immer noch in meiner Rüstung. Ich neige dazu, das zu tun, wenn ich in völlige Dunkelheit steige, von der ich nicht weiß, welche Bedrohungen sie bergen mag. Die Stufen führten weiter und weiter und weiter hinab, bis meine Bein- und Rückenmuskeln sich vor Anstrengung zu verkrampfen drohten. Die einzigen Geräusche waren das Klingen unserer Füße auf den Eisensprossen und das laute Atmen des Waffenmeisters unter uns.

»Alles in Ordnung!«, schrie er fröhlich hinauf. »Die Falltür soll zufallen! Das ist eine Sicherheitsmaßnahme. Weniger, um Laborassistenten draußen, als vielmehr alles, was von hier unten hinauf ins Herrenhaus kommen könnte, drin zu halten.«

»Wie was zum Beispiel?«, fragte Molly sofort.

»Keine Ahnung. Aber es ist immer besser, man lässt es nicht drauf ankommen.«

Wir waren schon so lange hinabgeklettert, dass ich wirklich die Schnauze voll davon hatte, als ich endlich am Boden der Sprossen angekommen war. Meine gerüsteten Füße knallten auf groben Steinboden. Ich trat von der Leiter fort, um Molly aus dem Weg zu gehen, als plötzlich Lichter aufflammten und mich für einen Moment blendeten. Meine Maske kompensierte das grelle Licht schnell und ich sah um mich herum eine

Höhle aus massivem Fels, die sich in alle Richtungen erstreckte. Mein erster Eindruck war der, dass die Höhle größer sein musste als das Herrenhaus selbst, aber das konnte nicht sein, denn sonst wäre das Herrenhaus ja schon längst in die Höhle durchgebrochen. Selbst so war sie wirklich riesig. Die Felswände waren mit Linien fein gezeichneter mathematischer Symbole gekennzeichnet, von denen mir keines etwas sagte. Ich sah Molly an, aber sie zuckte nur mit den Achseln.

»Mathemagie«, erklärte der Waffenmeister fröhlich. »Designertheorie, nur übernatürlich aufgeladen. Seht sie nicht zu lange an, sonst fangen eure Augen an zu bluten.«

Er hatte noch mehr zu dem Thema zu sagen, aber ich hörte nicht länger zu. Ich betrachtete das, was die gewaltige Höhle beinhaltete, sie von einer Wand zur anderen und vom Boden bis zur Decke ausfüllte und nur enge Gehwege hindurch ließ: Seltsame Maschinen und hochkomplizierte Technologie, fremdartige Objekte, die genauso gut Hightech als auch besonders Besorgnis erregende Beispiele abstrakter Kunst hätten sein können. Keine blinkenden Lichter, nichts, was aussah wie eine Kontrolltafel, und oft schien ein Teil hin- und herzugleiten und in ein anderes überzugehen. Einige Teile waren sogar richtiggehend unscharf oder undeutlich, als könnten meine Augen nicht wirklich verstehen, was sie da sahen. Farbcodierte Kabelstränge erstreckten sich über die ganze Höhle hinweg, verbanden alles miteinander und hingen wie ein kompliziertes Netz zwischen den oberen Maschinenteilen und der Decke. Ich ging langsam durch das hindurch, was ich widerwillig als einen einzigen großen Generator erkannte. Es war, als wandere man durch einen Dschungel aus Technologie. Molly blieb dicht an meiner Seite. Der Waffenmeister war uns natürlich voraus und polterte mit seinen Händen im Laborkittel die Wege entlang. Er murmelte unglücklich vor sich hin.

Maschinenteile bewegten sich ständig, hoben und senkten

sich oder glitten nach links oder rechts. Andere Teile beugten sich vor, sackten in sich zusammen oder gingen irgendwie ineinander über. Einige änderten langsam ihre Form, als ob sie nicht in der Lage seien, eine einzige beizubehalten, und summten laut und irgendwie wichtig vor sich hin. Es gab sogar Teile, die mich irgendwie nachdenklich zu beobachten schienen. Ich konnte mir keinen Reim auf all das machen. Außer, dass das alles für eine Maschine, die seit Jahrzehnten nicht benutzt worden war, irgendwie sehr geschäftig wirkte. Alles, was ich sicher wusste, war, dass die Atmosphäre hier unten mir eine Scheißangst einjagte. Ich fühlte mich nicht so, als wäre ich an einem Ort, an dem es Leute geben dürfte, wo etwas so begrenztes und zerbrechliches wie ein Mensch sich hätte aufhalten sollen.

Alle meine Instinkte schrien mir zu, mich auf der Stelle und zur Hölle nochmal aus dem Staub zu machen, solange ich konnte, oder wenigstens der Maschine ein paar ordentliche Tritte zu verpassen, damit sie wusste, wer der Boss war.

»Du kannst abrüsten, Eddie«, sagte der Waffenmeister leise. »Wir wollen doch niemanden reizen.«

Ich tat es widerwillig. Das Erste, was mir auffiel, war, wie warm die Höhle war, beinahe unangenehm heiß und feucht. Statik knisterte in der Luft, die nach Eisenspänen und Verbranntem roch. Molly schlang ihren Arm durch meinen hindurch und ich tätschelte geistesabwesend ihre Hand.

»Versucht mal, nicht ganz so beeindruckt zu sein«, sagte der Waffenmeister trocken. »Das ist nur eine Maschine. Okay, hier gibt's eine Menge, was ich noch nicht verstehe, aber das heißt nicht, dass es für die Familie nicht noch nutzbringend verwendet werden kann. Dein Großonkel Francis war ein brillanter Mann, Eddie, und nur manchmal ernsthaft gestört. Ja ... ich kann damit umgehen. Sie anschalten. Und wieder ausmachen. Alles andere geht dann von selbst, vermute ich.«

»Wenn man bedenkt, wie schief die erste Reise gelaufen ist, warum hebt man sie dann auf?«, wollte Molly wissen. »Ich erkenne etwas potentiell echt Gefährliches, wenn ich es sehe, und ich sehe es jetzt in diesem Moment.«

»Weil Francis immer einen Grund für alles hatte, was er tat«, erwiderte der Waffenmeister geduldig. »Es war nicht immer ein erkennbarer Grund. Alpha-Rot-Alpha war nie dazu gedacht, einfach ein Schlupfloch zu sein. Er hatte alle möglichen Ideen dafür. Er hat sie in seine Arbeitsbücher geschrieben, und wenn wir eines Tages den Code entschlüsseln, in dem er sie niederlegte, dann – auf mein Wort! – werden wir ein oder zwei Dinge wissen! Nein, Molly, Droods werfen nie etwas weg, das vielleicht eines Tages nützlich sein könnte. Und heute scheint Alpha-Rot-Alphas Tag gekommen. Ich weiß allerdings, was du meinst. Um ehrlich zu sein, nach all den Jahren wieder hier unten zu sein jagt mir eine Scheißangst ein.«

Er blieb plötzlich vor einem gewaltigen Generator stehen, der so groß war wie ein Haus und bis an die hohe Decke reichte. Er sah aus wie ein Wasserfall, der mitten im Stürzen zu solidem Kristall gefroren war, angereichert mit glühenden Drähten, die wie bunte Venen hindurchliefen. Über und über war der Generator mit eingravierten fremdartigen Symbolen bedeckt und überall hatte man Teile von eindeutig außerirdischer Technik angebracht. Alles umgab eine riesige Sanduhr, die etwa sechs Meter hoch und aus solidem Silber und Glas gefertigt war, ein Gebilde von solch perfekter Transparenz, dass man es kaum sehen konnte. Der obere Teil der Sanduhr war voller golden schimmerndem Sand. Alles befand sich an seinem Platz, kein Goldkorn fiel in den unteren Bereich.

»Wenn ich Alpha-Rot-Alpha aktiviere, dann wird der goldene Sand anfangen, in die untere Sektion zu rinnen. Der Generator wird uns aus dieser Realität in eine andere katapultieren. Wenn die untere Sektion voll ist, dann heißt das, wir sind angekommen. Bei der Rückkehr wird der goldene Sand wieder nach oben fliegen. Wenn ich mich recht daran erinnere, dann ist das irgendwie ... unnatürlich anzusehen.«

»Das alles hat man also um eine Sanduhr herum gebaut?«, fragte ich.

Der Waffenmeister nickte unglücklich. »Dein Großonkel Francis war ein sehr durchgeknallter Mensch.«

Molly und ich kletterten wieder hinauf in die Waffenmeisterei und ließen Onkel Jack mit dem Dimensionsgenerator zurück. Er sagte, er brauche ein wenig Zeit mit dem Ding allein. Die Kletterei nach oben schien bei Weitem nicht so lang zu sein wie der Weg nach unten, vielleicht war das auch so eine Sicherheitsmaßnahme. Nachdem wir beide wieder in der Waffenmeisterei anlangten, schloss ich die Falltür und kontaktierte Ethel, um sie zu fragen, wo der Seneschall war.

»Er ist in der Einsatzzentrale, Eddie, und kommandiert alle mit Vergnügen herum. Und ich kann nur sagen, was auch immer ihr da unten in diesem Loch habt: Ich mag es nicht. Es ist viel komplizierter, als gut ist, und es macht mir Bauchschmerzen. Und ich hab' nicht mal einen Bauch.«

Es schien keine Antwort darauf zu geben, also gingen Molly und ich durch Merlins Spiegel in die Einsatzzentrale. Wir hätten auch zu Fuß gehen können, aber die Einsatzzentrale ist am anderen Ende des Herrenhauses im Südflügel und ich war nicht der Ansicht, dass wir so viel Zeit hatten. Außerdem hätten die Leute mich angehalten und mir Fragen gestellt und ich war nicht in der Stimmung, die zu beantworten. Die wachhabende Schicht in der Einsatzzentrale nickte uns kurz zu, als Molly und ich aus dem Nichts erschienen, was ein Anzeichen dafür war, wie sehr sich die Dinge geändert hatten. Der Einsatzleiter ist Howard, ein zugeknöpfter Kerl in einem zugeknöpften Anzug, der ihm nicht steht. Er nickte mir schnell zu und widmete sich wieder dem Studium seiner Monitore. Howard hat unglaubliche organisatorische Fähigkeiten und besitzt echte Leidenschaft, wenn es um die Familiensicherheit geht. Er war einer der besten Laborassistenten des Waffenmeisters, aber es stellte sich heraus, dass er etwas zu ernsthaft für diese Wissenschaft war. Also hatte ihn die Matriarchin gewaltsam hierher befördert, wo er seine Rachsucht besser gegen die Feinde der Familie einsetzen konnte.

Die Einsatzzentrale ist neben dem Lageraum unser zweites Hightech-Zentrum, in dem alle Fäden der Verteidigungen des Herrenhauses, angefangen von Kraftfeldern bis hin zu den wirklich machtvollen Langstreckensensoren, zusammenlaufen. Der überraschend vernünftig proportionierte Raum war immer vollgepackt mit dem allerneuesten Equipment und den bestausgebildeten Technikern, die es bedienten. Aber es herrschte kein Heckmeck, auch die drängende Atmosphäre des Lageraums fehlte. Diese Leute wussten, was sie taten, und erledigten ihre verschiedenen Aufgaben ruhig und professionell. Sie standen zwischen der Familie und den äußeren Kräften, die uns bedrohten. Sie saßen in bequemen Stühlen vor technischen Geräten, die sie besser kannten als ihre Westentasche, und alles, was sie brauchten, war immer in Reichweite. Es gab eine lange Warteliste dafür, in der Einsatzzentrale arbeiten zu dürfen.

Der Seneschall wandte sich von den Kommunikationsfachleuten ab, um kurz mit Howard zu sprechen, dann kam er zu Molly und mir herüber.

»Ich habe die Armee zusammengestellt, die du haben wolltest, Edwin. Beinahe achtzig Prozent der Familie sind bereit, in den Krieg zu ziehen. Die, die zu jung oder zu alt sind, werden eine Notbesetzung bilden, um alle notwendigen Systeme in unserer Abwesenheit am Laufen zu halten. Keiner will außen vor bleiben.«

»Vielleicht sollten wir doch einige zurücklassen«, sagte ich. »Für den Fall, dass wir nicht zurückkommen.«

Der Seneschall schüttelte entschieden den Kopf. »Alle wissen, was auf dem Spiel steht, und alle wollen mit in den Kampf ziehen. Die Satanisten dürfen nicht gewinnen. Wenn sie es tun, hat es keinen Sinn zurückzukehren. Alle sind bereit, wir warten darauf, dass du uns ein Ziel nennst.«

Also erzählte ich ihm vom Zeitlosen Augenblick und auch von Alpha-Rot-Alpha, und der Seneschall bezog das in seine Maßnahmen ein. Bis zu dem Moment, in dem auf einmal William der Bibliothekar in der Einsatzzentrale auftauchte. Er trug eine Splitterschutzweste, Jeans und ein Stirnband wie Rambo und verlangte lautstark, mitkämpfen zu dürfen. Dass er immer noch Hasenpantoffeln trug, war nicht zu übersehen. Er schritt auf uns zu, sah ein wenig beunruhigt, aber entschlossen aus. Die Techniker, an denen er vorbeiging, hielten in dem inne, was sie gerade taten, und sahen ihm mit so etwas wie Überraschung, aber auch Bewunderung hinterher. Alle hatten sie vom Bibliothekar gehört, und die Geschichten waren beim Erzählen immer weiter ausgeschmückt worden. Keiner von ihnen hatte den Bibliothekar je gesehen. Es war ja auch überhaupt das erste Mal, dass er die Alte Bibliothek alleine verlassen konnte, soweit ich mich erinnerte, außer, dass er häufig sehr widerwillig bei einem gelegentlichen Ratstreffen erschienen war. Ich war überrascht, dass er die Einsatzzentrale überhaupt ohne ein Bindfadenknäuel gefunden hatte. Ich nickte dem Seneschall kurz zu, als der Bibliothekar sich zu uns gesellte.

»Oh ja, das vergaß ich, zu erwähnen. Der Bibliothekar sagte, er wollte uns in die Schlacht begleiten.«

»Nein, Onkel William«, sagte der Seneschall sehr entschieden. »Du kannst den eigentlichen Kampf nicht mitmachen. Du bist viel zu wertvoll für die Familie.«

»Schmeichelei wird dir nichts nutzen, junger Cedric«, sagte der Bibliothekar. »Ich muss das tun. Diese satanistischen Arschlöcher halten Ammonia gefangen und ich muss sie befreien. Ich muss. Ich schulde ihr was.«

Der Seneschall sah mich an. »Ist er ...?«

»Scheint so«, erwiderte ich. »Als sie sich mit seinem Geist verbunden hat, hat sie offenbar großen Eindruck auf ihn gemacht.«

»Aber sie sieht aus wie eine ...«

»Aussehen ist nicht alles, Cedric«, sagte ich mit fester Stimme.

»Sie hat einen hervorragenden Verstand«, sagte William träumerisch. »Wirklich. Ihr habt ja keine Ahnung. Ich bin sicher, wir haben vieles gemeinsam.«

Wir alle sahen uns an, aber keiner fühlte sich danach, etwas zu sagen. Es bestand immerhin die Möglichkeit, dass Ammonia etwas in den Kopf des Bibliothekars gepflanzt hatte, etwas, um sich selbst für ihn attraktiv zu machen. Aber hätte Williams Freund Puck das zugelassen? Das bezweifelte ich. Dennoch, Ammonia und der Bibliothekar? Das hatte ich nicht erwartet. Vielleicht war es Seelenverwandtschaft. Und dann war da natürlich noch die Tatsache, dass sie verheiratet war. Aber letztendlich kommt die große Liebe immer unerwartet und schert sich um nichts. Aber ich sagte nichts davon laut. Ich wollte nicht, dass Molly mich auslachte. Sie sagt immer, ich sei viel romantischer, als mir guttäte. Und das von einer Frau, die eine Liebesschnulze nach der anderen liest.

»Ihr müsst mich mitgehen lassen«, sagte William stur. »Weil ich nämlich weiß, wo wir hingehen. In den Zeitlosen Augenblick. Laurence hat ein ganzes Buch darüber geschrieben, was er an diesem unnatürlichen Ort vorgefunden hat. Ah, ihr wusstet wohl auch nicht, dass er wirklich dorthin ging, oder? Er führte ein Team von lokalen Widerstandskämpfern hinein, um die satanistische Verschwörung in ihrem Hauptquartier anzugreifen. Es scheint, als hätten die Satanisten sich da im Zeitlosen Augenblick ein ganz spezielles Heim weit weg von zu Hause gebaut. Eine Burg, ein Schloss Shreck – oder richtiger, eine Horrorburg. Er hatte eine Menge darüber zu erzählen, und ich habe alles darüber gelesen. Also gehe ich mit euch, Cedric. Weil ihr brauchen werdet, was ich darüber weiß.«

Ich sah den Seneschall an und überließ ihm die Entscheidung. Er seufzte leise. »Du musst auf ihn aufpassen, Edwin. Ich werde zu sehr damit beschäftigt sein, Satanisten umzubringen.«

»Alles mal Stopp«, unterbrach ich. »Zurück auf Anfang. Du musst verstehen, dass wir da nicht einfach alles umbringen können, das sich bewegt und nicht zu uns gehört. In diesem Schloss gibt es Leute, die gerettet werden müssen. Die Leute aus Little Stoke, Mollys Schwester Isabella und höchstwahrscheinlich auch Ammonia Vom Acht. Vielleicht auch ein paar der entführten Waffenbauer von der Messe für Übernatürliche Bewaffnung. Ein paar haben sich vielleicht geweigert, für die Satanisten zu arbeiten, und ein paar von ihnen sind alte Freunde des Waffenmeisters. Das kann nicht einfach nur ein Vernichtungsfeldzug sein, Seneschall, das ist auch eine Rettungsmission.«

»Wir werden für diese Leute tun, was wir können«, entgegnete der Seneschall. »Wir werden sie sicher nach Hause bringen, wenn wir können. Aber unsere Priorität besteht darin, diese Verschwörung zu zerschlagen, bevor sie mit dem großen Opfer beginnen kann. Die Kinder dieser Welt verlassen sich auf uns. Die Satanisten werden sich weder ergeben noch verhandeln. Entweder töten wir jeden Einzelnen von denen oder sie töten uns alle. Sie müssen bis auf den letzten Mann ausgelöscht werden, und ganz besonders dieser mysteriöse Führer, oder alles geht wieder von vorne los. Das ist Krieg, Eddie, bis auf den letzten Mann oder den letzten Drood, wenn es sein muss.«

»Verstanden, Seneschall«, sagte ich. »Wann wird deine Armee bereit sein?«

Der Seneschall sah zu Howard hinüber, der rasch nickte. Der Seneschall lächelte. »Wann immer du bereit bist, Eddie. Jeder ist an Ort und Stelle, jeder weiß, was er zu tun hat. Callan ist im Krisenraum. Alle Verteidigungen sind in Alarmbereitschaft.«

»Dann mal los«, sagte ich. Ich setzte mich durch meinen Torques mit dem Waffenmeister in Verbindung und sagte ihm, er könne Alpha-Rot-Alpha anschalten. Er war sofort einverstanden, wenn auch nicht mit allzu großer Begeisterung. Ich nahm Merlins Spiegel heraus und wies ihn an, sich auf den Zeitlosen Augenblick zu konzentrieren. Molly legte eine Hand auf meine und die andere auf den Spiegel und fügte so ihre Verbindung zu Isabella hinzu. Eine langsame, aber stetige Vibration begann jetzt, den Boden zu erschüttern. Köpfe fuhren auf, als jeder sie zu spüren begann. Ich bekam eine Gänsehaut.

»Ich bin nicht sicher, was passiert, wenn der Dimensionsgenerator erst einmal loslegt«, murmelte Ethel still in mein Ohr. »Vielleicht komme ich mit euch, vielleicht aber auch nicht. Das ist mir alles ganz neu.«

»Aber du bist doch eine Dimensionsreisende«, erwiderte ich.

»Ja, aber ich mache das auf natürliche Weise. Was euer Alpha-Rot-Alpha tut, ist, um ehrlich zu sein, eine Abscheulichkeit und wäre in einem vernünftigen Universum verboten. Wenn ich nicht mit euch im Zeitlosen Augenblick bin, dann warte ich hier auf euch, wenn ihr zurückkommt.«

»Und wenn wir nicht zurückkommen?«, wollte ich wissen.

»Dann werde ich nach Hause gehen«, sagte Ethel. »Ich

würde nicht hier bleiben wollen, wenn ihr nicht auch hier seid. Es war schön, dich zu kennen, Eddie, dich und deine ganze Familie. Ich werde mich an euch erinnern. Ihr wart immer so lustig.«

Die Vibrationen waren jetzt stark genug, um den gesamten Raum zu erschüttern. Equipment klirrte und wackelte, die Techniker mussten sich mit beiden Händen an ihren Arbeitsstationen festhalten. Die Lichter flackerten und flammten immer wieder aufs Neue auf, Schatten huschten durch die Halle. Fremde Eindrücke krochen über meine Haut hinweg und meine Zähne klapperten. Ich hielt Merlins Spiegel grimmig fest, dessen Spiegelbild völlig leer war. Molly hielt ihn ebenfalls fest und mich auch. Ihr Griff war so stark, dass ich sicher war, dass nichts auf der Welt ihn je würde lösen können. Alles um mich herum wirkte vage und unsicher, die Leute um mich herum wie Geister. Die Vibrationen erschütterten jetzt meine Knochen und waren bis ins Fleisch hinein zu spüren. Ich fühlte mich, als würde ich zerrissen und wieder neu zusammengesetzt. Wieder und Wieder. Es erinnerte mich an meine Zeit im Limbus, weder lebendig noch tot. Ich konnte nichts mehr trauen. Ich konzentrierte mich auf Molly und etwas wie eine Hand packte etwas, von dem ich glaubte, es sei meine Hand, besonders fest. Und dann wurde auf einmal wieder alles scharf, als ob das gesamte Herrenhaus hochgehoben und an einem anderen Ort wieder abgesetzt worden wäre. Molly und ich entspannten unseren Griff und lachten laut auf, glücklich, dass wir überlebt hatten.

Ich sah in Merlins Spiegel. Das Bild war immer noch verschwommen. Ich war so vorsichtig, dass ich ihn nicht schloss, aber fürs Erste wegsteckte. Howard war mit seinen Leuten bereits einen Schritt weiter. Er sprach leise mit ihnen, versuchte, ihnen über den Schock hinwegzuhelfen und wieder an die Arbeit zu gehen. Überall waren die Bildschirme leer und zeigten nichts als eine silbrig schimmernde Leere rund um das Herrenhaus.

»Da draußen ist nichts«, sagte einer der Techniker mit erhobener Stimme. »Nichts! Keine Materie, keine Energie. Das da ist nicht einmal Licht, wie wir es kennen. So wird das Ende des Universums aussehen, wenn das Spiel schließlich vorbei ist, die Türen geschlossen und die Stühle auf dem Tisch stehen!«

»Jemand sollte dem Mann einen ordentlichen Drink verpassen«, sagte Howard. »Und einen Klaps auf den Hinterkopf. Jetzt ist nicht die Zeit, um auszuflippen, Leute! Welchen Teil von ›Wir gehen in eine völlig andere Realität!‹ habt ihr nicht verstanden? Und jetzt an die Arbeit, da muss irgendwas draußen sein. Selbst wenn es nur diese Horrorburg ist, in der die Satanisten sich verstecken. Na los doch, Leute, wie kann man denn eine ganze Burg übersehen?«

Die Techniker befassten sich wieder mit ihrer Arbeit und es kehrte ein wenig Ruhe im Lageraum ein, als sie sich auf die bekannten Aufgaben konzentrierten. Der Seneschall trat neben Howard.

»Keine Materie, keine Energie?«, fragte er leise. »Was ist mit Schwerkraft und Wärme und … solchen Dingen? Hier drin scheint ja alles normal zu sein.«

»Die vielen Verteidigungen und Schutzzauber des Herrenhauses funktionieren«, antwortete Howard ebenso leise. »Ich habe dafür gesorgt, bevor der Waffenmeister dieses verdammte Ding eingeschaltet hat. Ich musste sicherstellen, dass sie, unter welchen Umständen auch immer wir hier landen – oder auch ohne ebensolche –, funktionieren. Die Schilde halten die Bedingungen unserer Realität hier im Herrenhaus aufrecht. Was natürlich passiert, wenn wir rausgehen …«

»Moment mal«, sagte der Techniker von vorhin, der sich jetzt wieder gefangen hatte. »Neue Werte kommen herein. Scheint, als hätten wir uns stabilisiert. Ich bekomme keine

Schadensmeldungen von den anderen Flügeln des Herrenhauses. Den Langstreckensensoren zufolge sind die Umweltbedingungen außerhalb des Hauses überraschend erdähnlich. Luft, Schwerkraft, Temperatur – alles innerhalb annehmbarer Parameter. Das kann kein Zufall sein. Ich glaube nicht, dass das einfach so passiert. Ich denke, das hat jemand absichtlich so eingerichtet.«

»Ich bin mir gerade nicht sicher, ob das nicht sogar noch beunruhigender ist statt weniger«, sagte ich.

»Könnte das die Verschwörung sein?«, wollte Molly wissen. »Die ursprüngliche, meine ich, aus den Vierzigern.«

»Auf gar keinen Fall«, sagte der Techniker. »Das geht weit über ihre Fähigkeiten hinaus. Und auch weit über unsere. Es ist wahrscheinlich, dass sie es irgendwie so vorgefunden haben und dann einzogen. Und ihr Schloss gebaut haben. Das ist nicht nur eine Taschendimension, sondern eine ganz andere Wirklichkeit.«

»Könnten wir ohne Rüstung außerhalb des Hauses überleben?«, fragte der Seneschall.

»Wahrscheinlich«, sagte Howard und ging schnell von Arbeitsstation zu Arbeitsstation, betrachtete Bildschirme und sah seinen Leuten über die Schulter. »Aber ich würde es nicht versuchen. Rüstet auf und bleibt gerüstet, bis wir alle wieder sicher zu Hause sind. Ah! Burg in Sicht! Das Herrenhaus scheint ruhig durch die silbrige Leere zu schweben, und rund einen Kilometer von uns entfernt schwebt eine Burg in der Luft! Legt das mal auf den Hauptschirm.«

Das Bild auf dem großen Schirm zuckte ein paar Mal, erschien und verschwand wie ein Geist, so als habe es Schwierigkeiten, dem Befehl zu folgen. Dann klärte es sich. Eine gewaltige, mittelalterliche Burg hing jetzt im silbrigen Grau. Es war schwer zu beurteilen, wie groß sie war, wo doch nichts in der Nähe war, um einen Maßstab zu bieten, also huschte unten im Bild ein Datenstrom mit Messwerten hindurch. Die Burg war riesig, ungefähr zwanzig Mal so groß wie Schloss Frankenstein, das den jetzt entmachteten Unsterblichen gehört hatte. Massive Steinmauern, gewaltige Türme, lange Wehrgänge mit Zinnen und überall Flaggen und Banner in einem bekannten Schwarzrot, dominiert vom Hakenkreuz. Naziflaggen. Alle standen stocksteif da, von keinem Windstoß gestört.

»Ich hab die Bücher alle gelesen«, meldete sich William. Ich zuckte ein wenig zusammen, da er auf einmal direkt neben mir stand. »Aber ich hätte nie erwartet ... man kann auf der Erde keine Burg bauen, die so groß ist. Sie würde unter ihrem eigenen Gewicht zusammenbrechen. Die alte Verschwörung muss alle Materialien nach und nach hergebracht und hier zusammengesetzt haben. Aber wozu braucht man eine derart große Burg? Wozu wurde sie gebaut, was wollte man darin aufbewahren? Oder ist da noch etwas hier in dieser Leere, die vielleicht gar nicht leer ist, gegen das sie sich verteidigen mussten? Davon stand nichts in Laurence' Bericht. Warum haben sie es Schloss Shreck genannt, die Horrorburg?«

Der Seneschall beugte sich über ein Mikrofon und rief den Waffenmeister. »Ist Alpha-Rot-Alpha okay? Kannst du uns wieder sicher nach Hause bringen? Die zweite Frage bitte zuerst beantworten.«

»Alles läuft wie geschmiert«, erwiderte der Waffenmeister. »Soweit ich das beurteilen kann. Ich habe alles getan, was ich tun sollte, und die Maschine hat alles bekommen, was sie brauchte. Wenn auch nicht ganz auf die Art und Weise, die ich erwartet hatte. Also, Seneschall, jetzt solltest du erledigen, was du zu tun hast, und dann ab nach Hause. Denn je eher wir von diesem unnatürlichen Ort verschwinden, desto besser.«

»Kannst du uns sicher wieder nach Hause bringen?«, wollte der Seneschall wissen.

»Ah«, meinte der Waffenmeister. »Da fragst du mich was. Technisch gesehen ja. Verlass dich mal darauf. Ich würde es tun.«

»Ich finde auch, wir sollten hier so schnell wie möglich wieder verschwinden«, warf Howard ein. »Mich interessiert nicht, ob die Umweltbedingungen hier so erdnah sind, dass es keinen Unterschied macht. Wir können nicht einmal ahnen, was ein längerer Aufenthalt für Folgen haben könnte. All meine Sensoren sagen mir, dass das ein wirklich schlimmer Ort ist. Ich glaube nicht, dass Menschen sich hier aufhalten sollten. Ich habe beinahe den Eindruck, als koste es den Zeitlosen Augenblick Anstrengung, uns hier zu tolerieren. Die Schilde des Herrenhauses sind stabil, aber der Energieverbrauch ist immens, viel höher, als er sein sollte. Das heißt, wir reden hier von einer Deadline, Seneschall. Ich würde sagen, wir haben höchstens 12 Stunden, bevor die Generatoren versagen und die Schilde zusammenbrechen.«

»Was sagen deine Scanner uns über Schloss Shreck?«, fragte William. »Kannst du uns sagen, ob irgendeiner darin ist?«

»Sie haben selbst schwere Schutzschilde«, meinte Howard. »Wir können nicht sagen, was darin vorgeht. Ich sehe keine Anzeichen für Kraftfelder, wie ich sie kenne. Nichts, das uns daran hindern würde, direkt hineinzulaufen. Aber ich mag die Idee nicht.«

»Wozu würden sie denn Schutzschilde brauchen?«, fragte ich. »Was sollte denn hier sein, gegen das sie sich verteidigen müssten?«

»Eine wirklich interessante Frage, und noch dazu eine, mit der wir uns ein andermal beschäftigen sollten«, mischte sich Molly ein. »Seht euch das Schloss an. In einigen der Fenster brennt Licht. Da ist jemand zu Hause. Also los, statten wir denen mal einen Besuch ab und schlagen ein paar Satanistenschädel ein.«

»Wie immer direkt auf den Punkt«, sagte ich. »Hören wir auf zu reden. Wir gehen rein.«

»Verdammt richtig«, bestätigte der Seneschall.

Die Drood-Armee versammelte sich auf dem Dach. Hunderte von goldenen Gestalten schimmerten hell, als sie über die schrägen Dachziegel kletterten, Grüppchen um die Giebel und Kuppeln bildeten und die Flugzeuge auf den Landeflächen vorbereiteten. Als mehr und mehr von uns aufs Dach kamen, wurde es zunehmend enger, bis es ein Wunder war, dass wir uns nicht alle gegenseitig über die Kanten schoben wie Pinguine auf einer Eisscholle, die das Wasser ausprobierten. Molly und ich hielten uns rechts und links an einem hervorstehenden Giebel fest, ich in meiner Rüstung und sie in ihrem besten weißen »Ich-trete-in-diverse-Ärsche«-Kleid, und sahen auf Schloss Shreck herab. Es schwebte in einiger Entfernung in der silbernen Leere vor uns. Es war wirklich riesig, wie eine mittelalterliche Stadt, die aus dem Felsen gehauen und in Nazi-Banner und -Flaggen gewickelt worden war. Die erleuchteten Fenster starrten uns wie wachsame Augen an.

»Gut ist, dass sie da unten und wir hier oben sind«, sagte Molly nach einer Weile. »Wir können einfach draufspringen. Der Tod von oben!«

»Die müssen wissen, dass wir hier sind«, sagte ich. »Und wer wir sind. Die müssen wissen, dass wir kommen.«

»Gut«, sagte Molly. »Dann lass sie ein wenig Panik haben.«

»Wir können nicht wissen, wie viele von denen da unten sind«, gab ich zu bedenken. »Das könnte eine ganze Armee sein – die Armee, die wir im Cathedral Hotel nicht zu sehen bekamen.«

»Du musst aufhören, dich damit zu beschäftigen«, sagte Molly. »Davon war nichts deine Schuld.«

»Das ist noch nicht erledigt.«

»Du kennst mehr Wege, dich wegen Angelegenheiten, für die du nicht verantwortlich bist, schuldig zu fühlen als jeder andere, den ich kenne«, sagte Molly. »Ich fühle mich nie schuldig an etwas. Das solltest du mal versuchen. Das ist unglaublich befreiend.«

Mehr und mehr goldene Gestalten quollen aufs Dach, kamen aus den Speichern, den Falltüren und den weniger offiziellen Öffnungen und wurden vom Seneschall schnell in Gruppen eingeteilt. Ich hatte noch nie so viele bewaffnete Droods auf einem Haufen gesehen, nicht einmal, als wir uns gegen die Beschleunigten gewehrt hatten. Eine Menge Familienmitglieder trug Waffen, die aus der Waffenmeisterei stammten. Normalerweise ist eine Rüstung das Einzige, was ein Drood im Einsatz braucht, aber diesmal war es anders. Wir zogen in den Krieg.

Eine Flugmaschine nach der anderen ging an den Start, das lebhafte Röhren und Klappern klang in der unheimlichen Stille des Zeitlosen Augenblicks beruhigend. Da waren skelettartige Tragschrauber, die schwarzen Rauch und Dampf ausspien, sorgfältig konservierte Spitfires aus den Vierzigern mit getunten Maschinen, wirklich fiese Gewehre mit eigenen Schutzschilden (der Waffenmeister hatte diese Idee aus irgendeiner Fernsehshow geklaut) und Dutzende von unterschiedlichen fliegenden Untertassen. Die waren eigentlich nicht original außerirdischer Herkunft, eher rückentwickelte außerirdische Technologie, die man in Untertassen verwandelt hatte. Einfach nur so zum Spaß. Einige Droods haben die seltsamsten Hobbys. Die alle gefördert werden, weil man nie wissen kann, wann etwas Nützliches dabei herauskommt.

Der Seneschall kam mit ruhiger Sicherheit über die schwankenden Dachziegel auf mich zu. Man kann den Seneschall auch in seiner Rüstung immer erkennen, er hat ihr Aussehen so modifiziert, dass er so klar und geschäftsmäßig aussieht wie eine goldene Pistolenkugel. Ein schweres Kaliber.

»Die Flugmaschinen sind startbereit«, meldete er. »Ich habe angeordnet, dass sie sich erst einmal das Schloss ansehen, etwaige Verteidigungen zerstören und vielleicht schon ein paar Tieffliegerangriffe drehen, um jeden aufzuregen, der eventuell zu Hause ist. Mir wäre lieber, wenn ich wüsste, mit wie vielen wir es zu tun haben. Es könnte schließlich alles sein, von einer Notbesetzung bis zu einer vollen Armee.«

»Eddie sagte das auch schon«, bestätigte Molly.

»Wirklich?«, fragte der Seneschall. »Etwas von mir muss auf dich abgefärbt haben, Eddie.«

»Ein furchtbarer Gedanke«, sagte ich.

»Und ein mentales Bild, auf das ich gut hätte verzichten können«, fügte Molly hinzu.

»Es spielt keine Rolle, wie viele es gibt«, lenkte ich ab. »Wir gehen da rein. Wir müssen Leute retten und andere bestrafen. Schick die erste Welle, Seneschall.«

Er wandte sich um und winkte mit einer goldenen Hand in Richtung der Landeplattformen. Die Flugmaschinen stiegen auf. Die Tragschrauber sprangen wie erschrockene Vögel vom Herrenhaus weg in die Luft und tauchten hinab zum Schloss. Die Spitfires warfen sich selbst über die Dachkante, drehten eine elegante Kurve und stießen dann wie wütende Adler auf die Burg herab. Ihre Schutzschilde schimmerten und funkelten, wo die Ränder in Kontakt mit der Leere gerieten. Die Fliegenden Untertassen stiegen einzeln oder zu zweit auf, schweigend und ernsthaft. Sie glühten in allen möglichen Farben, einige von ihnen waren nicht einmal für menschliche Augen gedacht. Sie fielen auf die Burg zu wie knallbunte Geister.

Alle Flieger wechselten sich dabei ab, über dem Schloss zu kreisen und wieder und wieder darauf hinabzustoßen. Jedes Mal kamen sie ihm ein Stück näher und versuchten dabei, eine

Reaktion zu provozieren. Die Fenster waren immer noch ganz sicher erleuchtet, aber es sprangen keine Schutzfelder an, und keine Waffen erschienen. Eine Spitfire flog sogar so dicht am Schloss vorbei, dass sich eines der Nazi-Banner auf den Zinnen zu bauschen begann. Eine andere Spitfire röhrte direkt an der Dachrinne der Burg entlang und eröffnete aus allen Rohren das Feuer. Eine Reihe von lauten Explosionen erschütterte die Burg in ihren Grundfesten, als Kugeln sich in alten Stein gruben und Steinsplitter überall hinspritzten – aber es kam immer noch keine Antwort. Ich sah den Seneschall an.

»Gib das Signal. Wir gehen rein.«

Ich ließ den Giebel los und sprang vom Herrenhaus herab. Meine gerüsteten Beine schoben mich vom Haus fort, und ich fiel wie ein Stein durch die silberne Leere in Richtung der Burg unter mir. Selbst unter dem Schutz meiner Rüstung schien ein eisiger Wind durch mein Fleisch bis zu den Knochen hindurchzuwehen. Zum Teufel mit Luft und Licht und Schwerkraft; an diesem Ort gab es nichts, das erdähnlich war. Ich fiel mit weit ausgestreckten Armen und Beinen auf das Schloss zu und als ich mich konzentrierte, wuchsen große, goldene Flügel aus meinem Rücken. Sie bremsten meinen Fall erheblich und schon bald bekam ich den Dreh heraus, wie ich sie hier- und dorthin drehen und mich so in Richtung des Schlossdaches steuern konnte. Weitere goldene Gestalten erschienen neben mir, und zusammen fielen wir wie Racheengel auf Schloss Shreck hinab.

Auf der Erde hätte das natürlich nie funktioniert, aber wir waren ja weit von zu Hause entfernt.

Molly segelte auf mich zu. Sie flog aus eigener Kraft, ihr weißes Kleid flatterte um sie herum. Sie lachte und jubelte vor Entzücken, im Gesicht leuchtete unkomplizierte Freude. Sie war immer schon toll darin gewesen, den Moment zu genießen, und offenbar auch sehr glücklich, endlich etwas tun zu können. Sie steuerte dicht auf mich zu, grinste breit und rollte sich auf den Rücken, um ihre Beine lässig übereinanderzuschlagen.

»Angeberin«, kommentierte ich.

Ich spähte nach links und rechts. Droods erfüllten die silbrige Leere um mich herum und fielen mit zunehmender Geschwindigkeit und mithilfe ihrer unterschiedlichen Flügel. Einige zeigten goldene Streben, so ähnlich wie lebende Doppeldecker, andere wiederum hatten richtige Vogelflügel aus fein geformten goldenen Federn gebildet. Einige hatten sich gar nicht mit Flügeln aufgehalten, sie hatten ihre Rüstung aerodynamisch gestaltet und schossen wie Projektile auf das Schloss zu. Sie waren uns allen bereits weit voraus und der Geschwindigkeit nach zu urteilen hatten sie meiner Meinung nach eine gute Chance, durch das Dach des Schlosses zu brechen und auf der anderen Seite wieder herauszukommen. Ich fand ihren Ehrgeiz bewunderungswürdig, aber ich war auch entschlossen, vorsichtiger zu sein. Wenn auch nur, weil ich nicht glauben konnte, dass das Schloss so ganz ohne Verteidigungen war.

Die Flugmaschinen flitzten jetzt überall um Schloss Shreck herum, schossen hierhin und dorthin und feuerten aus allen Rohren Löcher in die äußeren Mauern, brachen ganze Stücke aus den Zinnen heraus. Sie summten um die Burg herum wie wütende Wespen, während die goldene Drood-Armee unerbittlich weiter aufs Ziel vorrückte. Wir waren schon sehr nahe dran – als sich überall in den Mauern Geschützklappen öffneten und riesige Kanonen mit schrecklich langen Läufen auf uns zu zielen begann. Alle feuerten gleichzeitig eine Breitseite auf uns, mitten in die Ziele, die vor ihnen lagen, hinein. Sie hatten gewartet, bis genug von uns in Reichweite waren. Droods in Rüstung waren vor ihnen sicher, aber die Flugmaschinen waren es nicht.

Die Tragschrauber waren die Ersten, die in die Leere geblasen wurden. Die Maschinen explodierten in Wolken aus schwarzem Dampf und Rauch und liebevoll instand gehaltene Treibstofftanks wurden von Kugeln durchlöchert. Viele gingen in Flammen auf. Goldene Piloten wurden aus ihren dem Untergang geweihten Flugmaschinen geworfen und griffen hilflos ins Nichts, während sie in eine endlose Leere fielen. Sie lebten noch, aber wir hatten keine Möglichkeit, sie zu erreichen. Ich fragte mich, wie lange sie wohl fallen und wie lange sie leben würden ...

Die Spitfires rollten und überschlugen sich mit unglaublicher Geschwindigkeit und schossen wie wild auf die Geschützstellungen ein, aber es waren zu wenige gegen zu viele Kanonen. Die Kugeln konnten die Kraftfelder der Flugzeuge nicht durchschlagen, also produzierte das Schloss jetzt Waffen, die fremdartige Strahlen abfeuerten. Die Energien krochen über die Spitfire-Maschinen hinweg und fraßen Löcher in ihren Schutzschirme, durch die die Kugeln die Maschinen erreichen konnten. Einige explodierten, andere verloren ihren Antrieb und einige fielen in Spiralen in die Leere wie verwundete Vögel. Die übriggebliebenen Spitfires sahen, dass es sinnlos war, den Kampf weiter zu forcieren, und drehten ab. Sie tauchten in die Leere hinein, um die Gefallenen zu retten. Strenggenommen hätten sie das nicht tun dürfen, aber in einer Familie sorgt man eben füreinander.

Die Strahlenwaffen griffen als Nächstes die fliegenden Untertassen an, die in aller Stille eine nach der anderen in Ausbrüchen von unnatürlichen Farben explodierten.

Der Rest von uns fiel weiter auf die Horrorburg zu und zog die Flügel ein, um Fahrt aufzunehmen. Aber Kugeln und bösartige Energien fanden den Weg zu uns, krachten auf unsere gerüstete Brust, doch sie waren nicht in der Lage, durchzubrechen. Wir fielen wie Furien und prasselten auf das Burgdach ein wie ein Regen goldener Munition. Fester Stein wurde vom

Aufprall unserer goldenen Füße zerschmettert und viele von uns brachen gleich in die Räume darunter. Einige manövrierten sich seitwärts und schlugen geradewegs von der Seite durch die Burgmauern. Überall waren gewaltige Wasserspeier und stilisierte Steinadler in die Mauern eingelassen; die ergaben gute Griffe. Schon bald schwärmten wir überall an Schloss Shreck herum, brachen mit goldenen Fäusten Löcher ins Dach, krabbelten wie goldene Käfer über die Wände, rissen Geschütze aus ihren Ständen und warfen sie in die Leere.

Neue Waffen feuerten durch das Dach und trafen uns mit unbekannten Energien. Einige wurden vom Einschlag in die Luft gewirbelt, andere wurden von den Füßen gerissen. Droods taumelten, als bösartige Energien über sie krochen und einen Weg hinein suchten. Aber unsere Rüstung hielt.

Ich schlug ein Loch ins Dach, bis die Öffnung groß genug war, dass ich hindurchpasste, und sprang in die Finsternis. Ich war im Schloss Shreck. Molly sprang neben mir hinein. Keine der Attacken hatte sie auch nur ansatzweise verletzen können. Wir waren in einem Speicher voller Gerümpel gelandet. Das meiste trat ich einfach beiseite, als ich auf der Suche nach einem Weg ins eigentliche Schloss hindurchlief. Ich konnte bereits hören, wie sich mehr Droods den Weg hineinbahnten. Molly grinste mich an wie ein unartiges Kind, das irgendwo herumlief, wo es eigentlich nicht sein durfte. Hinter meiner Maske konnte ich gar nicht anders, als ebenfalls zu lächeln. Ich fühlte mich gut dabei, endlich gegen den Feind vorzugehen

Schließlich fanden wir eine Falltür und eine Leiter, die in einen weiten Korridor aus Stein führte, und schon bald bewegten wir uns schnell durch das oberste Stockwerk der Burg. Solide Steinwände, Marmorböden, alles in einer Größenordnung, die normale Menschen sich klein fühlen ließ. Über allem hing wie ein Leichentuch eine schwere Stille. Wohin ich auch sah, befanden sich Nazi-Insignien: riesige Flaggen, Banner, klobige, schwarze Hakenkreuze, Adler mit Klauen, sogar gigantische Porträts von stilisierter arischer Jugend und Soldaten aus den Vierzigern. Es war, als ginge man durch ein Museum des größten Albtraums der Geschichte, ein Lobgesang auf Hitlers Nazi-Deutschland: das Zentrum einer Feier, die nie stattgefunden hatte.

Molly schnaubte laut. »Ist wohl schon eine Weile her, dass hier mal jemand umdekoriert hat.«

»Nichts hat sich geändert, denn damals waren die Satanisten eine echte Weltmacht«, sagte ich. »Man hat die Zeit konserviert, in der sie das letzte Mal eine Chance hatten zu gewinnen. Die Satanisten waren schon immer seltsam sentimental. Sie lieben die Vergangenheit, denn damals waren sie, was sie hätten sein sollen. Tu mir einen Gefallen, Molly. All dieser Nazi-Scheiß geht mir auf die Nerven. Stell irgendetwas Destruktives damit an.«

»Herzlich gerne«, erwiderte sie.

Sie schnippte mit den Fingern und jede einzelne Flagge und jedes Banner ging in Flammen auf. Das Geräusch des prasselnden Feuers war angenehm laut in der Stille, als Molly und ich fröhlich den Gang entlangliefen.

Wir gingen durch steinerne Galerien hinab, durch weite Passagen und lange Wendeltreppen, bis wir uns in einer großen, offenen Halle wiederfanden. Immer noch war kein Lebenszeichen zu sehen. Wir gingen langsam weiter, meine goldenen Füße klangen laut auf dem Marmorboden. In der Mitte der Halle stand ein großer, runder Tisch, der von Stühlen in Throngröße umgeben war. An den Wänden hingen idealisierte Porträts von Männern in mittelalterlicher Rüstung und in symbolischer Umgebung. Alle trugen Hakenkreuze auf den Harnischen und den Schilden.

»Hitler und sein innerer Kreis hatten immer diese komische Faszination, was König Arthur und seine Tafelrunde anging«, sagte ich. »Wirklich überraschend, wenn man bedenkt, dass sie absolut keine Ahnung vom Rittertum hatten. Man nimmt an, dass der Führer einen solchen Raum auch unter dem Berghof in Berchtesgaden unterhielt – wie ein verdrehtes Camelot. Was im Übrigen ein cooler Name für eine neue Indie-Band wäre.«

»Wir müssen weiter«, drängte Molly. »Ich kann Isabellas Gegenwart spüren, sie ist nicht allzu weit entfernt. Aber ich spüre auch, dass etwas ganz und gar nicht stimmt.«

»Dann sollten wir sie finden«, sagte ich. »Geh voran, Molly.«

Sie ging wieder ein Stück den Weg zurück, den wir gekommen waren, und wir ließen die Halle hinter uns. Sie schlug ohne zu zögern eine neue Richtung ein und beschleunigte ihren Schritt. Ihr Gesicht war von Angst gezeichnet und schon bald rannte sie, angetrieben von einer Sorge, die nur sie spürte, den Korridor hinunter. Ihre Arme bewegten sich im Takt. Ich rannte neben ihr her, meine gerüsteten Füße verkratzten den Marmorboden. Dabei kam mir in den Sinn, dass ich, seit ich das Schloss betreten hatte, noch keinen anderen Drood zu Gesicht bekommen hatte. Ich hörte nicht einmal Kampf- oder Zerstörungslaute. Ich versuchte, den Seneschall durch meinen Torques zu erreichen, konnte aber keine Antwort bekommen. Wahrscheinlich störte das Schloss die Kommunikation. Ich versuchte auch, Ethel zu kontaktieren, aber von ihr war ebenfalls nichts zu hören gewesen, seit wir in den Zeitlosen Augenblick eingedrungen waren. Wahrscheinlich war sie immer noch auf der Erde, an dem Ort, wo sich das Herrenhaus befunden hatte, und wartete auf unsere Rückkehr. Ich fragte mich, wie lange sie warten würde.

Wir stiegen immer weiter hinab, von Stockwerk zu Stockwerk, bis wir von einer doppelflügeligen und massiven Stahltür aufgehalten wurden. Rund sechs Meter hoch und beinahe genauso breit. Ich zog an einer der Türen, doch sie bewegte sich nicht einen Millimeter. Es gab drei separate Schlösser, jedes von der Größe meines Kopfs. Ich grinste hinter meiner Maske, legte beide goldenen Hände gegen die Türflügel und schob sie mit Gewalt hinein, bis meine goldenen Finger tief in den Stahl gesunken waren. Dann zog ich. Die drei Schlösser explodierten, eines nach dem anderen, und Molly musste sich hinter mir verstecken, um den Einzelteilen zu entgehen, die wie Schrapnelle durch die Luft flogen. Die Türen öffneten sich dank meiner unglaublichen Stärke. Als der Spalt zwischen beiden Flügeln endlich groß genug war, ließ ich los und ging durch sie hindurch in eine Halle, die größer war als jede andere, die ich bisher gesehen hatte. Sie war überwältigend, über hundert Meter lang und vollgestopft mit der größten Sammlung fremdartiger Maschinen und Waffen, die ich jemals an einem Ort vorgefunden hatte.

»Ich dachte mir schon, dass wir so etwas finden würden«, sagte der Waffenmeister.

Ich wirbelte erschrocken herum. Molly fuhr ebenfalls zusammen, quiekte laut vor Überraschung und versuchte dann angestrengt so zu tun, als wäre nichts passiert. Der Waffenmeister stand in einer Rüstung neben uns, die er ausgerechnet wie einen Laborkittel geformt hatte, und betrachtete mit großem Interesse die Halle. Ich schlug ihm fest auf die Schulter. Der Ton hinterließ ein lautes Echo.

»Tut mir leid«, sagte er. »Es ist unmöglich, an diesem unnatürlichen Ort zu kommunizieren. Trotzdem – ihr müsst zugeben, das ist echt beeindruckend. Hier haben die Nazis also ihre ganzen geheimen Superwaffen aufbewahrt, die den Krieg für sie gewinnen sollten. All die Dinge, die sie nicht mehr einsetzen konnten, weil Laurence den Ort dichtgemacht hat und das Zeug hier wegsperrte. Seht euch das alles an … Ich habe über ein paar Sachen gelesen, aber nie erwartet, dass ich sie mal mit eigenen Augen zu sehen bekäme. Prototypen von Fliegenden Untertassen, massive Bohrer, um eine Stadt von unten anzugreifen, Panzer in der Größe von Eisenbahnwaggons – und seht mal da hinten! Ein leichtgewichtiges hölzernes Flugzeug, um den Atlantik zu überqueren und ihre krude Atombombe auf New York oder Washington abzuwerfen!«

»Ein Flugzeug aus Balsa-Holz?«, sagte Molly. »Ach, komm schon!«

»Howard Hughes hat so ein ähnliches für die Amerikaner gebaut«, sagte ich. »Die *Spruce Goose.* Ging nie in Serie, aber es flog.«

»Okay. Ein hölzernes Flugzeug, in Ordnung«, meinte Molly. »Aber fliegende Nazi-Untertassen in den Vierzigern?«

»Es hieß damals, dass die Nazis Zugriff auf ein havariertes außerirdisches Raumschiff gehabt hätten«, sagte der Waffenmeister. »Einige der besten Naziwissenschaftler haben sich ein Bein ausgerissen bei dem Versuch, es rückzuentwickeln. Stellt euch vor, jemand baut einen überlichtschnellen Antrieb mit Vakuumröhren und Sklavenarbeit. Trotzdem – wer weiß, was sie mit ein bisschen mehr Zeit vielleicht geschafft hätten? Die Atombombe hätten sie beinahe vor uns gehabt. Sie waren gegen Ende verzweifelt genug, um alles zu versuchen. Ich erkenne sogar ein paar der Dinge, die hier rumstehen. Oh, Eddie, wir müssen das hier mit nach Hause nehmen. Das alles ist von herausragender historischer Bedeutung!«

»Alles der Reihe nach, Onkel Jack«, sagte ich.

»Ich muss Isabella finden«, erklärte Molly. »Sie ist in Schwierigkeiten, ich weiß das einfach!«

»Natürlich musst du das«, meinte der Waffenmeister sofort. »Geh voran, Liebes.«

Wir machten uns wieder auf und hasteten durch einen übergroßen Durchgang nach dem anderen, alle gebaut, um zu beeindrucken oder wenigstens einzuschüchtern, bis wir uns vor einer weiteren verschlossenen Tür befanden. Noch mehr solider Stahl. Das Wort »VERBOTEN« war tief ins Metall hineingraviert. Ich trat sie auf, wir eilten hinein – und stellten fest, dass wir am Ende eines langen Ganges voller fremdartiger Ausrüstung standen, die von einer dicken Schicht Eis bedeckt war. Endlose Reihen von großen Glaszylindern erstreckten sich vor uns und verschwanden in der Dunkelheit, und jeder war mit einer dicken Kruste Frost überzogen. Die Deckenlichter gingen eines nach dem anderen an, als wir dastanden, und enthüllten immer mehr Zylinder, die in der Ferne verschwanden. Jeder einzelne hatte ein blockartiges Bedienfeld am Fuß, das ebenfalls mit funkelndem Raureif überzogen war. Ich ging näher heran, um es zu betrachten. Die Lichter darauf blinkten, schwere Hebel waren zu sehen und mit handgeschriebenen Etiketten versehen, alle auf Deutsch. Der Waffenmeister ging langsam den Gang hinab und versuchte, alles gleichzeitig in den Blick zu nehmen. Molly blieb bei mir, zitterte und hatte die Arme um sich geschlungen.

»Es ist eiskalt hier drin. Selbst nach all den Jahren noch. Was haben die hier nur gemacht?«

»Etwas aufbewahrt«, vermutete der Waffenmeister heiter. »Ich frage mich, was wohl.«

»Irgendwelche Proben?« Molly war unwillkürlich fasziniert.

»Kryogenische Kammern!«, rief der Waffenmeister aus. »Krude, aber zweckmäßig.« Er beugte sich dicht über einen der Zylinder und wischte das Eis mit dem Unterarm fort. »Exemplare von Tieren – irgendeiner Spezies.« Er sah auf das Bedienfeld. »Mein Deutsch ist ein wenig eingerostet, aber wenn ich diese Etiketten hier richtig lese, dann haben wir in diesen Zylindern Werwölfe, Nosferati, Drachenähnliche, Gestaltwandler – und eine ganze Reihe von Zylindern, auf denen ›Außerirdische‹ steht. Ich glaube, das hier waren erste primitive Versuche mit Biotechnologie. Wahrscheinlich inspiriert von was auch immer sie in diesem havarierten außerirdischen Raumschiff gefunden haben.«

»Kannst du uns sagen, zu welcher außerirdischen Rasse die Aliens gehören?«, fragte ich. »Kann sein, dass wir ihre Botschaften kontaktieren müssen.«

Der Waffenmeister kratzte noch mehr Eis von einem Zylinder und studierte genau, was darin war. »Nein«, sagte er schließlich. »Ich erkenne das nicht. Was interessant ist, denn ich hätte schwören können, dass ich alle Aliens, denen Erlaubnis zu dieser Welt gewährt wurde, schon einmal gesehen habe.«

»Sie haben hier Monster kreiert«, sagte ich. »Typisch Nazis. Haben sie vielleicht versucht, eine neue Form von Schocktruppen zu schaffen?«

»Vielleicht«, sagte der Waffenmeister. »Oder vielleicht haben sie nur experimentiert. Sie liebten doch Experimente. An Dingen, an Leuten – Willkommen im Haus der Schmerzen, Dr. Moreau.«

»Ergeben diese Kontrollfelder Sinn für dich?«, wollte ich wissen.

»Nein«, bedauerte der Waffenmeister. »Zu technisch.«

»Warte mal«, sagte Molly. »Du willst diese Dinger aufwecken?«

»Ich hatte eher daran gedacht, sie von ihrem Leid zu erlösen«, sagte ich.

In diesem Moment erbebte der ganze Gang, die Lichter flammten gleißend hell auf, als hätten sie einen Energieschub bekommen. All die Zylinder begannen, an Ort und Stelle zu stöhnen und zu summen, wie Stimmgabeln aus Glas. Eisbrocken fielen und zersprangen laut auf dem Boden. Frost auf den Instrumenten begann zu verdampfen, schmolz und floss davon. Es war immer deutlicher zu erkennen, was in den Zylindern war, und schon bald wünschte ich mir, ich sähe es nicht. Zu viele Bestien, die nicht hätten existieren sollen, die man aus Schmerz und Horror geschaffen hatte. Nichts an ihnen war natürlich; sie waren Stückwerk, grausige Kombinationen aus

Mensch und Tier, die man zu lebenden Albträumen geformt hatte. Alle wachten jetzt langsam auf. Mäuler öffneten sich und enthüllten schroffe Zähne. Finger öffneten und schlossen sich, griffen ins Nichts oder tippten und kratzten ans Innere der Zylinder. Augen öffneten sich, die Blicke voller Schmerz, Wut und Wahnsinn.

»Sie werden wieder zum Leben erweckt!«, rief Molly. »Waffenmeister, was hast du getan?«

»Ich habe gar nichts getan!«, verteidigte sich der Waffenmeister und sah sich hastig um. »Ich hab nichts angefasst! Wir müssen die Systeme gestartet haben, als wir hier reinkamen!«

»Wir haben keine Zeit für so was«, sagte ich.

Ich zerschlug das nächstbeste Bedienfeld mit einem Hieb meiner goldenen Faust. Das Licht im Zylinder ging sofort aus, der Inhalt hörte auf, sich zu bewegen. Ich ginge langsam die Reihen auf und ab, schlug jedes Kontrollfeld zu Mus, bis mein Arm trotz Rüstung wehtat. Es gab eine kleine Serie von Explosionen, ein paar Feuer, ein wenig Rauch verwehte ... und eines nach dem anderen schalteten sich die Systeme ab. Das Eis schmolz immer noch und floss als Wasser davon, aber in den Zylindern schlossen sich die Augen und Mäuler, die Finger hielten inne.

»Schlafen die jetzt alle wieder?«, fragte Molly, als ich endlich meine Arbeit beendet hatte und zu ihr zurückkam.

»Sie sind alle tot, Molly«, sagte der Waffenmeister leise. »Wir haben sie von ihrem Leiden erlöst. Manchmal ist das die einzige Gnade, die wir anbieten können.«

Molly legte beruhigend eine Hand auf meinen goldenen Arm. »Du hast getan, was du tun musstest, Eddie.«

»Ich weiß«, erwiderte ich. »Passiert in letzter Zeit ziemlich oft.«

Auf einmal konnte ich in der Ferne Kampfgeräusche hören. Ich fuhr herum. Gewehrfeuer, Schläge und Explosionen erklangen. Es schien, als wären die Droods endlich auf den Feind getroffen. Aber gegen wen kämpften sie da? Ich ging wieder zurück zur Tür, um nachzusehen, als einer der größten Zylinder plötzlich barst und bösartige kleine Glasscherben durch die Luft flogen. Der Waffenmeister und ich sprangen schnell auf Molly zu, um sie zu schützen. Als wir uns wieder umwandten, sahen wir, wie sich Kältegase aus dem zersprungenen Glas zogen und wie schwerer Nebel über den Boden krochen. Aus den Überresten des Zylinders trat eine massive affenartige Kreatur. Ich muss sagen »affen*artig*«, denn es war eine von diesen Stückwerk-Gestalten, nur grob aus ungefähr einem Dutzend Spezies zusammengestoppelt und nicht alle davon Affen. Es war riesig, gigantisch, über drei Meter groß und breit gebaut, die gescheckte Haut spannte sich straff über geschwollenen Muskeln. Das Fell war in großen Flecken ausgefallen. Viel Zeit und Mühe, nur damit Naziwissenschaftler den Killeraffen aus der Legende wieder hatten schaffen können. Der Kopf war rasiert worden, gezackte Narben wanden sich über die gewölbte und vergrößerte Stirn. Stahlklammern umgaben den Schädel und versprühten statische Elektrizität. Die Augen waren wild, voller Leid und dem Wissen, was man ihm angetan hatte.

Es kam langsam auf uns zu, als ob es unsicher sei, ob es auf zwei Beinen gehen oder die immensen Fingerknöchel zu Hilfe nehmen sollte. Die übergroßen Muskeln regten sich bei jeder Bewegung und drohten, die zu knapp gestraffte Haut zu sprengen. Ich wollte es nicht verletzen. Das arme Schwein war bereits verletzt genug. Also trat ich vor und ging mit weit ausgebreiteten Armen in einer Geste des Willkommens darauf zu. Der Affe schnappte sich einen meiner Unterarme und warf mich mit einer einzigen Bewegung seines eigenen überlangen Arms die gesamte Länge des Gangs hinab. Ich wirbelte durch die Luft, krachte durch ein paar der Zylinder und gegen die hintere

Wand. Der Affe nahm Kurs auf Molly, die Einzige ohne Rüstung.

Sie versuchte ein paar Grundzüge der Magie, aber keine fand einen Ansatz bei der Kreatur. Der Affe hatte seine eigenen eingebauten Schutzfelder. Er schritt weiterhin auf sie zu, schüttelte den Kopf von einer Seite zur anderen, als schmerze der an einer Stelle, die nicht zu erreichen war. Molly wich immer weiter zurück. Der Affe knurrte sie an. Nichts geistig Gesundes war an diesem Brummen, nur Wut, Schmerz und Horror. Dann trat auf einmal der Waffenmeister aus den Schatten, stellte sich hinter den Affen und schlug ihn mit aller Kraft in den Rücken. Die Kreatur brüllte lauter auf als eine Feuersirene. Die goldene Hand des Waffenmeisters sank tief in den muskulösen Rücken, dann riss er die Wirbelsäule mit einer einzigen schnellen Bewegung heraus. Blut schoss in hohen Bogen hinaus gegen seine Rüstung und floss rasch davon. Der Affe krachte auf den Boden, zuckte noch ein paar Mal und lag dann still. Der Waffenmeister sah das blutige Ding in seiner Hand an und öffnete dann die Finger, um es auf den Boden fallen zu lassen. Molly starrte ihn an. Ich ging zu den beiden hinüber.

»Die Leute vergessen oft, dass ich einmal ein Agent im Einsatz war«, sagte der Waffenmeister ruhig.

»Du hättest es nicht zu töten brauchen«, sagte Molly.

»Dann hätte es dich getötet«, erwiderte Onkel Jack.

»Das weißt du doch nicht!« Molly hatte auf einmal Tränen in den Augen. »Wir hätten es retten können. Es von hier fortbringen können ...«

»Einige Viecher sind eben nicht geschaffen, um Haustiere zu sein«, sagte der Waffenmeister. »Na los doch, lass uns deine Schwester finden.«

Aber zuerst gingen wir nachsehen, was es mit den Kampfgeräuschen auf sich hatte; nur für den Fall, dass wir gebraucht wurden. Wir fanden sie schnell. Die Satanisten hatten die Drood-Kräfte gestellt und sich mit ihnen angelegt, die Schlacht war voll im Gange. Nicht, dass die Satanisten persönlich gekommen wären, stattdessen hatten sie etwas vorgeschickt, was sie in Schloss Shreck gefunden haben mussten, als sie hergekommen waren, vielleicht sogar in den Reihen der Glaszylinder. Eine ganze Armee von blonden, arischen Supermännern in Nazi-SS-Uniformen, alle mit dem gleichen arrogant gutaussehenden Gesicht. Klone. Hunderte und Aberhunderte von perfekten Soldaten, alle aus demselben Mann geschaffen. Geschaffen, um in einem lang beendeten Krieg zu kämpfen. Die Satanisten hatten sie gegen uns eingesetzt, um zu sehen, was sie bewirken konnten. Und vielleicht, um uns etwas aufzureiben. Ich fragte mich, was die Satanisten den Klonen erzählt hatten, wer wir wohl seien und wer es gesagt hatte. Was auch immer es war, es schien sie motiviert zu haben, die attraktiven Gesichter waren rot vor Wut und Zorn.

Sie drangen mit jeder Art von Waffe auf uns ein und bewegten sich dabei unmenschlich schnell. Sie verfügten über alles, von der Standard-Luger über moderne Maschinenpistolen bis hin zu fremdartigen Strahlenwaffen, doch keine war gegen die Drood-Rüstung von Nutzen. Dennoch erschwerte ihre schiere Anzahl das Vorankommen der Droods beinahe bis zum Stillstand. Wir mussten unseren Weg durch sie hindurchboxen, sie niederschlagen und dann über ihre Leichen hinwegtrampeln. Zwei gigantische Streitmächte rangen in der großen Steinhalle von Angesicht zu Angesicht miteinander und füllten sie mit aufeinander einschlagenden Leibern von Wand zu Wand. Beide Seiten prügelten aufeinander ein, es wurde keine Gnade gewährt oder erbeten. Molly, der Waffenmeister und ich warfen uns in den Kampf, um unser Teil beizutragen. Wir hatten kein Problem, die Klone zu töten. Sie waren vielleicht keine Satanisten, aber ganz sicher waren sie Nazis.

Der Seneschall trieb seine Leute an und stand selbst wie immer in der ersten Reihe. Ich wusste, dass er sich darum sorgte, dass die Klone nur eine Ablenkung waren, die uns ausbremsen sollte, während die Satanisten entkamen.

Sie mussten über Teleportationsfähigkeiten verfügen, um in den Zeitlosen Augenblick hinein- und wieder hinauszukommen. Wir würden etwas dagegen unternehmen müssen.

Die Schlacht ging weiter, immer weiter. Goldene Fäuste und Äxte, die Nazi-Klone niederwarfen, während Kugeln, Explosionen und bösartige Energien vergeblich gegen die Rüstung aus seltsamer Materie angingen. Blut schoss hervor, Knochen brachen und das immer gleiche arrogante, hasserfüllte Gesicht fiel wieder und wieder vor uns zu Boden. Bis da endlich kein Nazi mehr war, den ich töten konnte. Ich hielt inne und sah mich um. Blut und Innereien tropften zäh von den Dornen meiner goldenen Fäuste. Ich atmete schwer in meiner Rüstung, aber es fühlte sich gut, sehr gut an, meine Hände endlich an den Feind legen zu können. Oder wenigstens *einen* Feind.

Molly war direkt neben mir, angriffslustige Magie knisterte und funkelte um ihre Hände herum. Kein einziger Blutfleck war auf ihrem langen, weißen Kleid zu sehen. Auch den Waffenmeister konnte ich nirgendwo erblicken, die Schlacht hatte ihn von uns getrennt. Überall waren Droods in der Halle umgeben von aufgehäuften Leichen. Vielleicht waren es Nazis gewesen, vielleicht auch hasserfüllte und hassgetriebene Nazi-Klone, motiviert von einer hasserfüllten Philosophie, aber sie hatten gegen uns nie eine Chance gehabt.

Eine goldene Gestalt in einer glatten, traditionellen Rüstung arbeitete sich zu mir und Molly durch. Ich wusste, dass es William war. Seine Füße steckten nach wie vor in Hasenpantoffeln.

»Ihr müsst mir helfen«, sagte er. »Ammonia ist nicht weit von hier. Ich kann ihre Anwesenheit spüren.«

»Ich die von Isabella auch«, bestätigte Molly. »Wir müssen in der Nähe der Gefangenen sein.«

Ich nickte. Der Seneschall rief seine Truppen bereits wieder zur Ordnung und war bereit weiterzugehen. Es waren genug Droods hier, sie brauchten mich nicht. Und ich war derjenige, der gekommen war, um Gefangene zu befreien, nicht um zu töten. Also bedeutete ich Molly und William, voranzugehen. Ich brauchte das Gefühl, dass ich nicht hierhergekommen war, um bloß zu töten.

Wir fanden Ammonia Vom Acht zuerst. Sie saß allein in der Mitte eines überraschend intelligent ausgestatteten Labors; ein Raum, der von einer einzelnen, riesigen Maschine ausgefüllt wurde. Ausgehend vom Maschinenkern kroch der Generator über den Boden halb die Wände hinauf. Er wuchs und breitete sich aus wie eine boshafte Treibhauspflanze. Ammonia war zu einem Teil der Maschine geworden, in ihrem Zentrum fest an einen Stuhl geschnallt, nackt ausgezogen, sodass Schläuche in ihr fleckiges Fleisch hatten getrieben werden können. Man hatte ihr die Haare geschoren, um Löcher in ihren Schädel bohren und eine erschreckende Menge Drähte hineinführen zu können. Die Drähte führten hinauf in die höheren Teile der Maschine, wo Farben sanft aufleuchteten wie vorbeihuschende Gedanken. Ammonia saß vollkommen still. Ihr Gesicht war leer und ausdruckslos, ihre Augen sahen starr geradeaus. Ich glaube nicht, dass sie wirklich etwas sah.

William rüstete ab und rannte zu ihr. Er bahnte seinen Weg durch einen Wust von Kabeln und Ausrüstung, um vor ihr niederzuknien. Er brachte sein Gesicht vor ihres und wiederholte mehrfach ihren Namen, aber sie wusste offenbar gar nicht, dass er da war. Molly und ich sahen nachdenklich den einzigen Techniker im Zimmer an, der sich ans andere Ende des Laboratoriums verdrückt hatte, als wir hineingestürmt waren. Er trug den traditionellen, weißen Laborkittel, weiße Latex-Handschuhe und tat sein Bestes, um sich hinter den letzten Ausläufern der Maschine zu verstecken. Er sah aus, als wäre er am liebsten geflohen, aber wir standen zwischen ihm und dem einzigen Ausgang. Ich winkte ihm, um vorzukommen, aber er weigerte sich. William hob den Kopf und sah den Techniker an, der tatsächlich aufwimmerte, als er William ins Gesicht blickte.

»Komm her«, sagte William. Der Techniker gehorchte, kam hinter der Maschine hervor und stolperte zu uns, beinahe gegen seinen Willen. Er hielt noch hinter Ammonia im Sessel wieder an und zitterte am ganzen Leib. Sein Gesicht war schweißnass. William nickte langsam.

»Rede. Sag mir, was hier passiert ist. Was ist diese Maschine? Und was habt ihr Ammonia Vom Acht angetan?«

»Ich bin Stefan Klein, ich habe hier die Verantwortung –«

»Interessiert mich nicht«, unterbrach William. »Was habt ihr der Frau angetan?«

»Sie ist ein Teil des großen Plans geworden.« Klein musste schlucken. »Es gab nie einen Generator zur Gedankenbeeinflussung. Ich kann gar nicht fassen, dass jemand wirklich glauben konnte, wir hätten so ein Ding. Ich meine, ein einziger mechanischer Generator, der jeden Verstand auf der Welt gleichzeitig beeinflussen kann? Wohl nicht sehr wahrscheinlich, was? Wenn wir so etwas gehabt hätten, dann wäre das Große Opfer umsonst gewesen, und wir hätten gleich die Weltherrschaft übernommen, ohne der Hölle Seelen zu schicken. Nein, nein. So funktioniert das viel besser. Man nehme das mächtigste telepathische Gehirn der Welt, verdrahte es mit dem komplexesten mentalen Verstärker, der jemals geschaffen wurde, und überlasse ihr dann die Schwerarbeit. Ammonia

Vom Acht war schon immer viel mächtiger, als sie sich selbst jemals zu sein gestattete. So ist Ethik eben.«

»Und ich habe euch direkt zu ihr geführt«, sagte ich. »Als ich sie in ihrem Versteck in Cornwall gefunden habe.«

»Wohl kaum«, sagte eine bekannte Stimme. »Das war ganz allein mein Verdienst.«

Wir alle wandten uns um und da lehnte jemand mit einem echt großen Drink in der Hand elegant im Türrahmen: Ammonias Ehemann Peter. Sein Lächeln war vage wie immer, aber seine Augen waren klar und aufmerksam. Er lächelte uns wohlwollend an, hob sein Glas in unsere Richtung und nahm einen großen Schluck. Offenbar war es seine Absicht, uns hören zu lassen, was er zu sagen hatte. Als das Glas leer war, warf er es nachlässig an die Seite und sah nicht einmal hin, als es auf dem Boden zerschellte.

»Ich muss gestehen, dass ich das alte Mädchen leider ziemlich leid geworden bin«, sagte Peter. »Sie klammerte recht heftig und war sehr fordernd. Sie war so anstrengend: Immer musste ich sie beruhigen, mich um sie kümmern und die Schulter sein, an der sie sich ausweinte. Bevor ich Ammonia Vom Acht traf, habe ich nie getrunken, wisst ihr. Und seht mich jetzt an. Es ist das Einzige, was hilft, ihre überwältigende Persönlichkeit zu ertragen, ihren endlosen Bedürfnissen nachzukommen. Und niemals hatte ich Geld! Nicht einmal einen Penny hatte sie für den armen alten Peter übrig.

Sie verdiente Millionen, aber ich musste sie immer an mein Taschengeld erinnern! Und wir lebten wie Eremiten, am Ende der Welt. Früher hatte ich Freunde, früher ging ich aus, früher hatte ich Spaß! Schließlich wurde das alles zu viel. Also nahm ich mit den Satanisten Kontakt auf. Sie waren nicht schwer zu finden, das Internet ist doch wirklich etwas ganz Tolles. Und sie waren sehr verständnisvoll. Also musste ich nur auf den richtigen Moment warten, um sie zu verraten – zu früh, und Leute wie ihr hättet herausgefunden, was man mit ihr anstellen wollte, und versucht, die Satanisten aufzuhalten. Als sie also aus dem Chez Drood wiederkam, ganz erschöpft und völlig fertig, wartete ich mit einem ganz besonderen heißen Punsch auf sie. Und als sie erst einmal in ihrem Sessel schnarchte, senkte ich die Schilde und sagte den fiesen Teufelsanbetern, sie könnten kommen und sie holen. Irgendwie wachte sie sogar auf, als man sie aus dem Haus trug. Sie sah mich an und fragte, warum ich nichts täte, um sie aufzuhalten, und als sie verstand, da weinte und weinte und weinte sie. Ach, ihr habt ja keine Ahnung, wie gut es tut, dass ich diese alte Schachtel endlich los bin.«

»Sie Riesenstück Scheiße!«, stieß William hervor. Seine Stimme war kalt, ruhig und ziemlich tödlich. Er stand auf, um Peter unheilvoll anzustarren. Doch dieser schien sich keinen Deut darum zu kümmern. William ging sofort auf ihn los. »Sie hatte einen hervorragenden Verstand!«

»Heul doch«, meinte Peter. Er zog einen Stahlflachmann aus der Innentasche seines Jacketts. »Tut mir leid, alter Junge, kenn ich dich? Würde es mich kümmern, wenn ich's täte? Nein, ich glaube eigentlich nicht.«

William rüstete auf, augenblicklich umgab ihn eine goldene Haut. »Es kann dafür gesorgt werden, dass du dich darum kümmerst.«

»Nein«, erwiderte Peter. »Ich glaube nicht.«

Er hielt seine andere Hand hoch und zeigte uns einen einfachen Metallschalter wie den, den Roger Morgenstern damals im Cathedral Hotel gehabt hatte. Und bevor einer von uns reagieren konnte, drückte Peter das Ding – ein scharfer, metallischer Laut in der Stille. Williams Rüstung verschwand, von einem unwiderstehlichen Befehl wieder in den Torques gezwungen. Meine Rüstung verschwand ebenfalls. Plötzlich spürte ich die Kälte des Laboratoriums und begann zu zittern. Molly trat schnell vor, doch als sie ihre Hände hob, um ihre Magie loszulassen, geschah nichts. Sie versuchte ein paar einfache Beschwörungen, aber die Worte fielen unbeholfen in die Stille und bewirkten nichts. Peter lächelte sie von oben herab an.

»Magie wirkt hier nicht, Liebchen. Derart subtile Energien müssen unterdrückt werden, damit die ›Maschine‹ ihre Arbeit tun kann.«

»Ich brauche keine Rüstung, um die Scheiße aus so einem verräterischen Wicht wie dir herauszuprügeln«, sagte William.

»Na, für solche Fälle habe ich da noch eine Waffe.« Peter schüttelte seine Stahlflasche einmal und plötzlich hatte er eine Luger in der Hand. Peter kicherte heiter. »Das nenne ich doch mal eine Wandlung. Wundervolles kleines Spielzeug, nicht? Meine neuen Meister waren sehr großzügig.« Bei all seiner sorgfältig eingeübten Nachlässigkeit war seine Hand doch sehr sicher, als er uns drei mit der Luger in Schach hielt. Wir standen alle sehr still. Keiner von uns zweifelte daran, dass er sie verwenden würde.

»Ich habe schon die Sicherheit gerufen«, sagte Peter. »Ach du liebe Zeit, jetzt, wo meine Flasche weg ist, habe ich ja nichts mehr zu trinken. Man hätte mir auch eine Flasche mitbringen sollen.« Er lächelte uns leichthin an. »Wir alle haben diese Schalter, wisst ihr. Sehr viele davon. Den Rest eurer Leute erwartet ein echt übler Schreck, wenn sie erst einmal diese Nazi-Schläger-Klone hinter sich haben und auf die richtig bewaffnete Armee treffen. Und das Beste ist, wir haben die Blaupause für den Schalter aus eurer Familie bekommen! Ist das nicht toll? Es basiert auf dem Gerät, das euer Waffenmeister vor all den Jahren erfunden hat. Einer von euch ist also ein Verräter, aber ich glaube, das wusstet ihr schon längst, nicht? Er hat euch schon wieder verkauft, so leid mir das tut. Oder sie! Soll mir fernstehen, etwas darüber zu verraten! Bitte, rühr dich nicht, Eddie. Ich glaube wirklich nicht, dass ich einem von euch erlauben kann, mir noch näher zu kommen. Ich bin kein sehr sinnenfroher Mensch. Aber ich glaube nicht, dass ich schießen werde, solange ich es nicht muss. Obwohl ... ich glaube, ich will doch. Es könnte Spaß machen. Also, mit wem soll ich anfangen?«

Ich warf William einen Blick zu. Unsere Blicke trafen sich kurz, dann legten wir los. An einem Drood ist mehr dran als nur seine Rüstung. Wir sind aufs Kämpfen trainiert, mit und ohne Waffen, von Kindesbeinen an, und eines der ersten Dinge, die man uns beibringt, ist das, was man tun kann, wenn keine Rüstung da ist. Ich warf mich nach links, während William nach rechts sprang, und während Peter noch zögerte, weil er sich nicht entscheiden konnte, wen er zuerst angreifen sollte – kam Molly fix nach vorn und trat ihm voll in die Eier. In dem Tritt steckte furchtbar viel Schwung und Rachsucht, Peter knickte nach vorn, Tränen schossen ihm aus den hervortretenden Augen. Er krachte auf die Knie, zitterte und bebte und versuchte, genug Luft in die Lungen zu bekommen, um anständig zu schreien. Molly schnappte ihm die Pistole aus der schlaffen Hand und drückte den Lauf an seinen Kopf. Ich glaube, er bemerkte den Stahl an seinem Kopf nicht einmal. Ich wand ihm den Schalter aus der Hand, warf ihn auf den Boden und zertrat ihn. Sofort waren William und ich wieder in unsere Rüstungen gehüllt. William trat zu Molly, nahm ihr die Luger aus der Hand und schoss Peter in den Kopf. Zwei Mal. Die eine Seite seines Kopfs explodierte, er fiel nach hinten und lag still. William drehte sich um und erschoss Stefan Klein, einmal ins Herz und einmal in den Kopf. Der Techniker fiel, alle viere von sich gestreckt, in die Maschine. William gab einer leicht verwirrten Molly die Pistole.

»Es gibt einfach Mist, den ich nicht dulde«, erklärte er, bevor er sich wieder zu Ammonia wandte. Er sah sich die Verkabelung genauer an, die ihr Gehirn mit der Maschine verband. »Damit komme ich zurecht«, sagte er dann. »Das ist keine Raketenwissenschaft. Ihr beide geht los und sucht Isabella. Ich werde Ammonia von diesem ... Ding hier befreien und sie wieder ins Herrenhaus bringen.«

»Schaffst du das allein?«, fragte ich vorsichtig.

»Ich bin nur wegen Ammonia gekommen«, antwortete William. »Sie ist wirklich eine sehr bemerkenswerte Dame. Dieser kleine Scheißhaufen da war ihrer nie würdig.« Er sah sich zu mir um. »Ich habe ihr Bewusstsein gesehen, als sie sich mit mir verbunden hat. Du solltest sehen, wie sie wirklich ist, Eddie. Sie leuchtet wie ein Stern und brennt wie ein helles Feuer.«

»Glaubst du wirklich, dass sie zurückkommen kann, nach allem, was man ihr hier angetan hat?«

»Warum nicht?«, fragte William. »Das konnte ich doch auch.«

Molly trat dicht neben mich. »Er braucht uns nicht, Eddie. Und ich mache mir langsam richtig Sorgen um Iz.«

»Ist sie weit von hier?«

»Nein, nicht sehr.«

»Dann los. Wir sehen dich später, William.«

Aber er war bereits in die Bewunderung seiner Ammonia versunken und murmelte ihr beruhigende Worte zu, als er die Drahtverbindungen eine nach der anderen löste.

Wir fanden die Gefangenen der Satanisten – oder das, was von ihnen übrig war – zusammengepfercht in einer Reihe von kleineren Zellen im Fels, die nur wenig mehr waren als Löcher. Schwere Vorhängeschlösser hingen an den Türen. Molly machte eine rasche Geste mit einer Hand und alle Türen flogen mit lautem Krach aus den Angeln auf den Gang. Der Geruch war das Erste, was mich traf: Dreck und Verfall und Fäulnis, so schlimm, dass ich meiner Maske befehlen musste, ihn auszuschließen. Molly und ich traten vor, um die Zellen zu überprüfen. Keine Fenster, keine Möbel, nicht einmal ein Strohhalm auf dem Boden oder ein Eimer für Abfall. Die Gefangenen waren in die Zellen geworfen und einfach sich selbst überlassen worden. Halb blinde, halb verhungerte Männer und Frauen krochen schmerzhaft langsam auf den Korridor hinaus und schützten ihre Augen vor Tageslicht, an das sie nicht länger gewöhnt waren. Sie fragten bemitleidenswert, ob sie wirklich endlich gerettet würden. Es stellte sich heraus, dass von den Tausenden von Städtern aus Little Stoke nur etwas über hundert überlebt hatten. Der Rest war bei Experimenten gestorben. Über hundert Leute eingesperrt in ein Dutzend fensterlose Zellen. Und einundzwanzig Waffenmacher von der Messe für Übernatürliche Bewaffnung, die sich geweigert hatten, mit den Satanisten zusammenzuarbeiten. Weil es manchmal selbst für Kriegsgewinnler eine Grenze gibt, die sie nicht überschreiten wollen. Molly und ich beruhigten sie alle, so gut wir konnten, und schickten sie dann zu William, damit er sie in die Halle bringen konnte.

Immer noch drangen Kampfgeräusche aus den oberen Stockwerken zu uns herunter. Schreie der Wut, von Schmerz und Schrecken, Schüsse und Explosionen. Wie viele Nazi-Klone hatten die Satanisten? Ich fragte mich unwillkürlich, ob meine Familie bereits auf Satanisten mit Klick-Schaltern getroffen war und ob ich vielleicht wieder zu ihnen gehen sollte. Oder ob ich die Gefangenen begleiten und sicherstellen sollte, dass sie das Schloss auch wirklich verließen. Aber Molly hatte Isabella noch nicht gefunden und ich konnte sie nicht alleine hierlassen. Je näher sie ihrer Schwester kam, desto besorgter wurde sie und war mittlerweile überzeugt, dass ihr etwas Schreckliches passiert war. Also gingen wir weiter, tiefer in den Zellenblock hinein.

Wir fanden sie in der allerletzten Zelle, die hinter einer Ecke lag. Eine einzige Zelle, deren Tür bereits weit offen stand. Die

Tür war nicht nummeriert, kein Schild war daran angebracht, sodass man sie von den anderen hätte unterscheiden können, aber Molly wusste Bescheid. Sie stürmte mit dem Namen ihrer Schwester auf den Lippen in die Zelle und wurde dann plötzlich still. Ich hastete hinter ihr her und da sah ich, was die Satanisten Isabella Metcalf angetan hatten.

Sie hatten sie gekreuzigt und mit dem Kopf nach unten an ein umgedrehtes Kreuz genagelt, das nur an einem einzigen groben Seil hing. Ihr Kopf war nur Zentimeter vom Boden entfernt. Nägel von kaltem Eisen hatte man ihr durch Handgelenke und Knöchel gehämmert, schwere Stahlklammern durch Arme und Beine getrieben. Man hatte ihr ein Auge ausgerissen, das Ohr daneben war grob abgeschnitten worden. Ihr Gesicht war so zusammengeschlagen, dass ich sie kaum erkannte. Blut tropfte ständig aus den vielen Wunden und bildete unter dem umgedrehten Kreuz eine halbgetrocknete Pfütze. Ihre Kleider waren in Fetzen, ihre Haut verletzt, verbrannt und geschlagen. Weil sie sich gewehrt hatte.

Sie lebte noch, denn sie war eine Hexe und hatte ihr Herz woanders versteckt. Also konnte sie nicht sterben, egal, was man ihr antat.

Ich brauchte erst einen Moment, um zu erkennen, dass ein Mann neben ihr stand. Ich wandte mich langsam um, um ihn anzusehen. Es war Philip MacAlpine vom MI-13. Er hatte das Seil, an dem das umgedrehte Kreuz hing, mit beiden Händen gepackt. Er starrte mich böse an.

»Was stehst du da noch herum, Drood?! Hilf mir, sie runterzuholen! Ich bin nicht den ganzen Weg hierhergekommen, nur, um ihr beim Sterben zuzusehen!«

Ich ging schnell zu ihm hinüber, um ihm zu helfen, das Seil zu lösen. Wir ließen das Kreuz langsam zwischen uns herab. Molly war beim Kreuz geblieben, nahm so viel von seinem Gewicht auf sich, wie sie konnte, und murmelte ihrer Schwester beruhigend zu. Isabella öffnete ihr verbliebenes Auge kein einziges Mal und gab auch keinen Laut von sich. Ich glaube nicht, dass sie wusste, wo sie war oder was ihr passiert war. Oder wenigstens hoffte ich das. Wir legten das Kreuz zwischen uns dreien auf den Boden. Ich rüstete ab, sodass Isabella mein Gesicht erkannte, wenn sie aufwachte. MacAlpine schrie auf.

»Eddie Drood! Ich hätte wissen müssen, dass du es bist.«

»Kümmer dich nicht um mich, Phil, was machst du hier?«

Er schnaubte verächtlich. »Ihr Droods seid nicht die Einzigen, die die neue satanistische Verschwörung untersuchen. MI-13 hat seit Ewigkeiten seine besten Leute an dem Fall dran; seit wir entdeckt haben, wie sehr sie die derzeitige britische Regierung unterlaufen haben. Ihr seid nicht die Einzigen, die wissen, was Sache ist. Das ganze Gerede von diesem Großen Opfer war das letzte Puzzleteil; wir wussten, jetzt müssen wir etwas unternehmen. Glücklicherweise unterhalten wir seit Jahren Agenten, die undercover in der Londoner Unterstadt arbeiten, also war es mehr als einfach, ein paar Satanisten niederen Ranges zu schnappen und die Information aus ihnen herauszupressen. Ich habe mich schon gefragt, warum du auf einmal so scharf darauf warst, ins Unterparlament zu kommen, also habe ich meine Leute auf dich angesetzt, als du diese Satanistenparty aufgemischt hast. Nachdem wir erst einmal herausgefunden hatten, was da vor sich ging, dass sie dich davonkommen ließen und Isabella geschnappt hatten, war es für uns an der Zeit einzugreifen. Isabella hat schon einmal für uns gearbeitet, und unsere Schulden bezahlen wir immer. Ich kam zuerst hier rein und benutzte das Teleport-System, das wir in der Londoner Unterstadt gefunden hatten, um die Lage auszuspionieren und nach Isabella zu suchen. Und den ganzen Plunder mitzunehmen, der hier vielleicht zufällig rumliegt, natürlich.«

»Natürlich«, sagte ich. »Typisch MI-13, immer ein höheres

Motiv. Trotzdem, ich bin froh, dass du hier bist, Phil. Wo ist deine Verstärkung?«

»Eine ganze Brigade von SAS-Kampfzauberern, die nur auf meinen Befehl wartet«, erwiderte Phil schlau.

»Erst mal schauen, was meine Leute so machen können«, sagte ich. Ich hatte das eindeutige Gefühl, dass eine ganze Bande von SAS-Raufbolden wirklich nützlich sein konnte, wenn die Satanisten ihre Klick-Schalter gegen meine Familie benutzten, aber ich wollte sie noch nicht rufen. Es durfte schließlich nicht durchsickern, dass die Droods um Hilfe hatten schreien müssen! Ich schlug MacAlpine auf die Schulter. »Gut, dich zu sehen, Phil. Wir nehmen jede Hilfe, die wir kriegen können. Wir sind nicht zu stolz dafür.«

»Nicht nach allem, was ich gehört habe.« Wir beide lachten kurz.

»Helft mir. Ich brauche Hilfe für Isabella.« Molly hatte sich an uns gewandt, das blasse Gesicht völlig ausdruckslos.

Ich kniete mich neben sie, auch MacAlpine kam näher und runzelte angesichts von Isabellas Wunden die Stirn.

»Wie kriegen wir diese Nägel aus ihr raus?«, fragte er. »Und die Stahlklammern? Ich habe keine Brechstange und selbst wenn, der Schock, den es bedeuten könnte, wenn man die Dinger einfach rauszieht, könnte sie glatt umbringen ...«

Noch während er sprach, winkte Molly knapp mit einer Hand, und jeder einzelne Nagel und jede Klammer schossen mit solcher Gewalt und Geschwindigkeit aus Isabellas Körper hinaus, dass sie in der Felsendecke über uns verschwanden. Isabellas Körper bäumte sich einmal auf, aber sie gab immer noch keinen Laut von sich. Molly kauerte sich neben sie, strich mit einer Hand über das zerschlagene und blutige Gesicht ihrer Schwester und murmelte dabei uralte Heilgesänge. Die klaffenden Wunden, die die herausgezogenen Nägel hinterlassen hatten, schlossen sich bereits. Ich wusste nicht, wie viel Zeit

Molly brauchen würde, um den größten Schaden zu heilen, oder ob Isabella überhaupt in der Lage sein würde, sich danach zu bewegen; ich wusste nur, ich konnte hier nicht warten, bis es so weit war. Es gab noch eine Menge zu tun hier im Schloss Shreck, in der Horrorburg.

»Ich dachte, Hexen können mit Eisen nicht umgehen?«, murmelte MacAlpine in mein Ohr.

»Kommt drauf an, wie wütend sie sind«, erwiderte ich leise.

»Ich bin überrascht, dass Isabella noch am Leben ist«, sagte MacAlpine. »Nach allem, was man ihr angetan hat. Sie muss die Konstitution eines Ochsen haben. Nichts für ungut.«

»Die Metcalf-Schwestern sind überhaupt schwer zu töten«, sagte ich. Ich hätte ihm auch von dem versteckten Herzen erzählen können, aber immerhin gehörte er zum MI-13 und er hatte mehr als einmal versucht, Molly und mich zu töten. Einige Geheimnisse sollten in der Familie bleiben.

Molly sah auf. »Ich kann sie nicht allein lassen, Eddie. Sie braucht mich. Sieh nur, was sie ihr angetan haben ...«

»Tu, was du kannst«, sagte ich. »Stabilisiere sie. Dann bring sie von hier weg ins Herrenhaus. Die haben Spezialisten, die wissen werden, was zu tun ist.«

»Ich will dich hier nicht allein lassen«, sagte Molly.

»Das tust du nicht. Ich hab Philip MacAlpine für die Rückendeckung.«

»In der Tat«, warf MacAlpine schnell ein. »Ich erkenne einen Feind, wenn ich einen sehe.«

Molly betrachtete MacAlpine. »Danke. Dafür, dass Sie versucht haben, meiner Schwester zu helfen. Passen Sie auf meinen Eddie auf.«

»Vertrauen Sie mir«, sagte MacAlpine. »Ich würde nicht wollen, dass ihm etwas geschieht.«

Draußen im Gang versuchte ich, durch meinen Torques den Seneschall zu erreichen. Und sehr zu meiner Überraschung und Erleichterung brachte ich eine kurze, wenn auch schlechte Verbindung zustande. Er klang, als wäre er sehr weit entfernt; seine Stimme wurde lauter und leiser, aber wir konnten einander hören. Ich ließ MacAlpine kurz stehen, während ich den Seneschall auf den neuesten Stand brachte.

»Wo bist du, Seneschall?«

»Verdammt, wenn ich das mal wüsste! Wir haben uns von draußen durchs Dach und durch die Wände hineingekämpft ins Zentrum des Schlosses und haben dabei eine ganze Armee von Nazi-Klonen erledigt. Wir haben auf dem Weg alles zerstört, was auch nur annähernd gefährlich aussah, einschließlich der Teleport-Portale der Verschwörung! Die Satanisten werden nirgendwo mehr hingehen. Sie sind hier mit uns gefangen. Wo bist du?«

»Ich verlasse grade den Zellenblock, zusammen mit einem Agenten des MI-13, den ich hier aufgelesen habe. Er sagt, er kann eine ganze Brigade von SAS-Kampfzauberern herholen, wenn du sie brauchen kannst.«

»Schön, das zu hören«, sagte der Seneschall unerwarteterweise. »Wir haben Verluste, Eddie. Ich kann jede Hilfe brauchen, die ich kriegen kann.«

»Ich vermute mal, ihr seid auf die Klick-Schalter getroffen, Seneschall. Wie läuft es bei euch?«

»Nach ein paar echt katastrophalen Zusammenstößen, in denen es zu Handgemengen und jedem fiesen Trick kam, den wir nur gegen sie anwenden konnten, sind wir letztendlich mit jeder Waffe fertiggeworden, auf die wir trafen. Jetzt erschießen wir die Schweinehunde aus der Entfernung, bevor sie überhaupt ihre Klick-Schalter benutzen können. Aber es behindert unser Fortkommen, Eddie. Ich glaube, der Führer und der innere Kreis haben keine Klone mehr, die sie gegen uns einsetzen können, aber wir sind dennoch nicht näher an ihnen dran.«

MacAlpine drängelte mich, um zu erfahren, was los war, also brach ich den Kontakt mit dem Seneschall ab und klärte MacAlpine über die wichtigsten Punkte auf.

»Ich glaube, ich weiß, wo wir diesen Verschwörungsanführer finden können«, sagte er sofort. »Einer unserer Leute war eine Zeitlang ganz dicht an ihm dran, natürlich undercover. Er hat uns eine Menge über den Grundriss des Schlosses erzählt. Folge mir.«

Ich ließ zu, dass er mich durch hell erleuchtete Felskorridore und -durchgänge führte, in denen immer noch brennende Nazi-Flaggen und -Banner hingen, an denen Molly vorhin ihr Missfallen zum Ausdruck gebracht hatte. Offenbar gab es in mittelalterlichen Burgen keine Sprinkler-Systeme. Ich konnte immer noch Kampfgeräusche hören, aber sie waren sehr weit entfernt. Der Hauptteil der Droods hatte mich noch nicht eingeholt. MacAlpine warnte mich, noch nicht aufzurüsten, goldene Füße machen auf Marmorboden eine Menge Krach, und er glaubte, dass wir für unseren Vormarsch nicht derart Werbung machen sollten. Wenn der Anführer glaubte, die Droods wären beinahe an ihn herangekommen, dann würde er möglicherweise fliehen. Als wir näher kamen, rannten hin und wieder kleine Grüppchen von Satanisten in Richtung Schlacht an uns vorbei, doch MacAlpine gab ihnen das korrekte Passwort und sie liefen weiter.

»Es ist wirklich richtig nützlich, dich bei mir zu haben, Philip!«, sagte ich.

»Du hast ja keine Ahnung«, erwiderte er. »Wirklich.«

Ich war langsam echt beeindruckt von ihm. Es war so leicht zu vergessen, dass dieser mittelalte, übergangene Mann seinerzeit ein wirklich ordentlicher Spion gewesen war und ebenso mit meinem Onkel Jack wie auch meinem Onkel James zusammengearbeitet hatte. Die Tatsache, dass er vergeblich versucht hatte, mich zu töten, sprach dabei nicht gegen ihn. Eine Menge Leute fielen in diese Kategorie.

»Droods mögen vielleicht hip sein, aber der MI-13 ist gründlich«, sagte er. »Immerhin hattet ihr ja keine Ahnung, dass wir die Verschwörung untersuchen, oder? Ich war immer ein besserer Agent, als du glaubtest.«

»Hör auf, nach Komplimenten zu fischen«, sagte ich. »Ich bin beeindruckt. Zufrieden?«

»Noch nicht«, sagte er. »Aber warte nur ab.«

Endlich kamen wir zu einer gewaltigen Eichentür mit einem riesigen Hakenkreuz, das man als Relief darauf geschnitzt hatte. MacAlpine legte das Ohr an die Tür und lauschte einen Moment, dann drückte er vorsichtig die Klinke und öffnete sie einen Spalt. Er gab mir einen knappen Wink und stieß die Tür dann ganz auf. Er ging hinein, ich folgte ihm schnell. Hinter der Tür war ein großes Auditorium voller Leute, die in einem großen Theatersaal mit langen Sitzreihen saßen, die auf eine offene Bühne ausgerichtet waren.

»Alle höheren Ränge der neuen satanistischen Verschwörung«, murmelte MacAlpine. »Sicher und geschützt von Verteidigungssystemen, die selbst für Droods zu stark sind.«

Ich blieb an der Tür und betrachtete die Leute in den Sitzen, überrascht, wie viele ich davon kannte. Bekannte Gesichter aus Politik, Wirtschaft, den Medien und anderen Berühmtheiten. Auf der Bühne stand Alexandre Dusk selbst, lächelte breit und sah mich direkt an. Er winkte mir ein Willkommen zu und jeder im Publikum wandte sich um, starrte und lächelte mich an. Nur dass sie nicht mich ansahen. Sie sahen und lächelten Philip MacAlpine an. Und als ich mich zu ihm umwandte, grinste er und hielt eine Hand hoch. Mit einem Klick-Schalter darin. Er drückte knapp darauf. Als ich meine Rüstung zu rufen versuchte, konnte ich es nicht. MacAlpine winkte zwei wartende Wachen heran, große muskulöse Typen in SS-Uniformen, die sofort da waren, um mich an den Armen zu nehmen. Ich wehrte mich nicht. Ich hatte meinen Stolz.

»Typisch Drood«, sagte MacAlpine. »Immer bereit, an das Beste in den Menschen zu glauben. Ich dachte, ich wäre fällig, als du hereingeplatzt bist und mich bei Isabella gefunden hast. Aber ich war schon immer schnell im Umdenken. Und du konntest nicht glauben, dass ein kleiner Mann wie ich einen großen Mann wie dich übertrumpfen konnte.«

»Ich konnte nicht glauben, dass du so tief sinken kannst«, korrigierte ich ihn.

»Wie fühlt sich das an?«, wollte er wissen. »Allein zu sein und hilflos, nackt ohne Rüstung, unter deinen schlimmsten Feinden? Wie fühlt es sich an, zu wissen, dass all die Dinge, die wir Isabella Metcalf angetan haben, nichts im Vergleich zu dem sind, was wir dir antun werden?«

Ich antwortete nicht. Warum hätte ich ihm diese Befriedigung geben sollen? MacAlpine lachte mir ins Gesicht und ging den Hauptgang zur Bühne hinunter, um seinen Platz darauf einzunehmen. Die Wachen schleiften mich hinter ihm her. MacAlpine nickte Alexandre Dusk zu, der beiseitetrat, um MacAlpine die Bühnenmitte zu überlassen. Die Wachen hielten mich an der Seite fest, wo jeder einen guten Blick auf mich hatte. Es gab keinen Spott und keine Buh-Rufe, sie sahen mich nur mit brennenden, gierigen Augen an. MacAlpine lächelte über die versammelten Satanisten hinweg, dann grinste er mir wieder glücklich zu.

»Ja«, hob er an. »Ich bin der Anführer der neuen satanistischen Verschwörung. Ich habe alles organisiert, das Große Opfer arrangiert und euch arme, blöde Droods an der Nase herumgeführt. Du hast es nicht kommen sehen, nicht wahr? Selbst als du mich dabei erwischt hast, wie ich die arme Isabella folterte, konntest du nicht glauben, was du sahst. Du hast alles geglaubt, was ich dir sagte, obwohl dir doch klar sein musste, dass ich das alles in dem Moment erfunden habe, in dem ich es dir sagte.«

Sein Blick schweifte über das Publikum, auf seine Leute, die ihm bei jedem Wort an den Lippen hingen. »Lasst die Droods Schloss Shreck übernehmen! Lasst sie ihre Zeit verschwenden, indem sie in alle Verteidigungssysteme und Sprengfallen laufen, die wir ihnen gelegt haben! Wir brauchen das Schloss nicht mehr. Ich habe bereits Befehl gegeben, die Gedankenbeeinflussungsmaschine anzuschalten, die von Ammonias außergewöhnlichem Gehirn gesteuert wird. Was war das, Eddie? Wolltest du etwas sagen? Nein? Dann halt den Mund und hör zu. Du wirst das sowohl interessant als auch informativ finden.«

Er wandte sich wieder ans Publikum. »Wir werden hier durch die Teleport-Portale fliehen, die Maschine samt dem Labor mit uns nehmen und dann werden wir alle Eingänge zum Zeitlosen Augenblick versiegeln. Die Droods werden eingesperrt hier zurückbleiben. Welche bessere Rache könnte es geben? Draußen in der Welt können wir dann den Fortschritt des Großen Opfers beobachten, zusehen und lachen, wenn die Erwachsenen dieser Welt ihre eigenen Kinder abschlachten und sich selbst zu ewiger Verdammnis verurteilen. Und dann werden wir die Tore der Hölle öffnen und unser Herr Satan wird sich mit all seinen Gefallenen erheben und wir werden zu Königen dieser Erde!

Wir können immer wieder hierher zurückkommen, wenn wir das Bedürfnis nach frischem Fleisch haben, das wir foltern wollen. Warum sollten die Droods denn auch die Hölle auf Erden verpassen?«

Er unterbrach sich an dieser Stelle, weil ich mir das Grinsen nicht länger verkneifen konnte. Die Wachen hatten mir meine Arme schmerzhaft verdreht, aber ich lachte sie aus, Philip MacAlpine und all die schafähnlichen Gesichter im Publikum.

»Typisch MacAlpine«, sagte ich laut. »Viel zu beschäftigt mit deinen Plänen, als dass du dich mal auf das Wesentliche konzentrieren würdest. Wir haben Ammonia Vom Acht bereits gefunden, sie von der Maschine befreit und alle Teleport-Portale zerstört. Meine Familie kommt her und ihr geht nirgendwohin. Ihr seid hier mit uns gefangen.«

Unter den versammelten Satanisten war Bewegung zu spüren. Berühmte Männer und Frauen sprangen auf, schrien und stritten durcheinander und brüllten MacAlpine zu, etwas zu unternehmen. Er wandte sich ab, um leise mit Alexandre Dusk zu sprechen, dann trat er wieder vor, um seine Leute mit Blicken und Rufen zu beruhigen.

»Das spielt keine Rolle!«, rief er. »Die Gedankenbeeinflussungsmaschine war niemals wirklich notwendig, sie war nur dazu da, um uns zusätzliche Schlagkraft zu verleihen. Wir brauchen sie nicht. Was wir auf der Welt in Bewegung gesetzt haben, kann nicht mehr aufgehalten werden. Das Große Opfer wird stattfinden wie geplant. Und ich bezweifle stark, dass die Droods alle unsere Teleport-Portale gefunden haben. Wie auch immer, ich glaube wirklich, dass wir uns, bevor wir von hier verschwinden, die Zeit für ein wenig Unterhaltung nehmen und unser Missfallen an diesem armen, hilflosen Drood in unserer Mitte zum Ausdruck bringen sollten. Denn ich denke, wir haben alle genug von dieser Einmischerei und diesen Störungen unserer Angelegenheiten!«

Das Publikum jubelte. Sie mochten den Vorschlag.

»Ach, komm schon«, sagte ich. »Ich weiß doch, du kannst gar nicht abwarten, es mir zu sagen. Wie hat es ein so kleiner Niemand wie du geschafft, Anführer einer satanistischen Verschwörung zu werden?«

»Dank dir, Eddie«, sagte MacAlpine. »Das ist alles deine

Schuld. Nichts davon wäre passiert, wenn es dich nicht gegeben hätte. Ich war mit meinem Job zufrieden, zufrieden damit, nicht mehr im Einsatz zu sein und dahinzudümpeln. Ich hatte eine gute Karriere, wenn ich auch wenig geschätzt wurde, und freute mich ehrlich auf die Frühpensionierung. Ich wollte irgendwo an die Küste ziehen, wo es ruhig ist, und Rosen züchten. Und dann hast du alles damit ruiniert, dass du auf den Kopf gestellt hast, was von meiner Karriere noch übrig war und mich vor meinen Vorgesetzten gedemütigt hast! Du hast mich alt und nutzlos aussehen lassen. Und das hat mich wachgerüttelt. Ich habe gemerkt, dass mein Leben nicht vorbei war, bis ich das wollte, und dass, wenn es großartig werden sollte, ich selbst es großartig werden lassen musste.

Also habe ich meine alten Kontakte genutzt, um mir ein neues Leben aufzubauen und meinem Ehrgeiz freien Lauf zu lassen. Ich hatte Zugang zu allen möglichen Informationen des MI-13 und ich benutzte sie, um die letzten Überreste der alten satanistischen Verschwörung zu finden. Es gab noch einige, die tief im Untergrund lebten und nur auf jemanden warteten, der sie mit einer neuen Vision versorgte. Englands herrschende Klasse hat schon immer einen Hang zur dunklen Seite der Macht gehabt. Und so habe ich in der letzten Zeit, während du und deine kostbare Familie mit den Hungrigen Göttern und den Unsterblichen beschäftigt waren, still die Kontakte benutzt, die ich während einer langen und meist erfolgreichen Karriere habe knüpfen können, um ähnlich denkende Menschen zusammenzubringen. Es war eigentlich bemerkenswert einfach, eine neue satanistische Verschwörung aufzubauen; ich kannte immer auch Leute von der anderen Seite. Alles Teil der Arbeit in der Spionagebranche. Natürlich hatte ich Hilfe. Alexandre Dusk war der letzte Satanist der alten Schule und ein wenig vorsichtig, bis ich ihm meinen bemerkenswerten neuen Plan erläuterte. Und dann konnte er gar nicht schnell genug an Bord kommen. Er war froh, das öffentliche Gesicht der neuen Verschwörung zu sein, während ich alles nebenher arrangierte. Bis ich dazu bereit war, meine Rache an der Welt zu nehmen, die mich nie angemessen geschätzt oder belohnt hat, trotz allem, was ich getan hatte, um sie zu schützen.«

»Molly hatte recht«, unterbrach ich ihn, als er Luft holen musste. »Es sind immer die traurigen, bitteren kleinen Leute, auf die man achten muss. Ich glaube, eine Therapie hätte geholfen.«

Er starrte von der Bühne böse auf mich herunter. »Du kapierst es nicht, oder? Alles, was du und deine Droods durchmachen mussten, ist auf meinen Befehl hin geschehen. Es wurde geplant, geschaffen, um euch an den Rand eurer Kräfte zu bringen. Euch zu immer extremeren Reaktionen zu provozieren, um euch Schritt für Schritt aus dem Licht in die Finsternis zu führen. Alles, was wir getan haben, war dazu da, immer außergewöhnlichere Reaktionen hervorzurufen, bis ihr ... bis ihr so böse wart wie wir. Blick zurück auf das, was du getan hast, seit du begonnen hast, uns zu bekämpfen, Eddie. Warst du je so bösartig, so gewalttätig? Ich glaube, das hat mir von allem am besten gefallen, zuzusehen, wie die ach so anständigen Droods zu solchen Schlägern werden.«

Ich erinnerte mich daran, wie Molly gesagt hatte: *Du kannst das Böse nicht mit bösen Methoden bekämpfen. Das Böse zu bekämpfen sollte das Beste in uns hervorbringen und nicht das Schlimmste.* Und ich erinnerte mich an all die Dinge, die ich dem Indigo-Phantom und Scharlatan Joe angetan hatte, zweien meiner ältesten Freunde. Alles im Namen der Rache.

»Siehst du?«, fragte MacAlpine. »Ihr alle habt auf eurer Jagd nach uns fragwürdige Dinge getan, um uns aufzuhalten. Ihr habt Folter genutzt und Einschüchterung. Ihr habt Leute getötet, um euch besser zu fühlen. Ihr habt euch erniedrigt, Drood.

Oh, wir haben uns große Mühe gegeben, um uns Pläne auszudenken, die eure dunkle Seite hervorbringen. Und weißt du auch, warum, Eddie? Weil nur die, denen das Angesicht des Himmels leuchtet, auch die sind, die die Kräfte des Himmels nutzen können, und nur sie können hoffen, gegen die Mächte der Dunkelheit zu bestehen. Und du und deine Familie, ihr seid nicht mehr qualifiziert.«

»Ihr wart nah dran«, sagte ich fest. »Aber nicht nah genug. Wir sind nicht gekommen, um böse Menschen zu bekämpfen. Wir kamen, um eure Gefangenen zu retten. Wir sind nicht gekommen, um euch zu bestrafen für das, was ihr getan habt, sondern um das Große Opfer und eine Generation von Kindern zu beschützen. Es ist nicht, was man tut, Phil, es ist, warum man es tut.«

»Das kannst du dir weismachen, Eddie«, sagte MacAlpine und lächelte leicht. »Und versuch, dich mal daran zu erinnern, wohin die Straße führt, die mit guten Vorsätzen gepflastert ist.«

»Das warst wirklich du im Limbus, nicht wahr?«, wollte ich wissen. »Deshalb war ich in der Lage, dich zu schlagen, auch wenn ich nichts anderes dort berühren konnte.«

»Oh ja«, erwiderte MacAlpine. »Das war ich. Nachdem wir erst einmal entdeckt hatten, wie verwundbar du bist, konnte ich der Versuchung nicht widerstehen, dir eins auszuwischen. Eine Chance, all deine Geheimnisse zu erfahren! Es hätte alles so viel einfacher gemacht.«

»Wie hast du Walker dazu gebracht, solchen Abschaum wie dich zu repräsentieren?«, wollte ich wissen. »Er hat die meiste Zeit seines Lebens damit verbracht, Organisationen wie deine auffliegen zu lassen.«

»Walker?«, fragte MacAlpine. »Du hast Walker dort getroffen? Ich hatte schon gehört, er sei tot ...«

Noch während er darüber nachdachte, befreite ich mich

von meinen Wachen. Und zwar mit ein paar alten und sehr unerfreulichen Tricks, die jeder Drood von Kindesbeinen an lernt. Beide gingen heulend und stöhnend zu Boden und ich rannte auf die Türen zu. Ein Aufschrei ging von den versammelten Satanisten aus. Sie sprangen von ihren Sitzen auf und versuchten, mich zu ergreifen. Ich konnte hören, dass MacAlpine sie anbrüllte und antrieb. Ich kam an die Tür, riss sie auf, rannte in den Korridor hinaus und lächelte den herankommenden Satanisten fies zu. Sie alle blieben auf der Stelle stehen und warteten ab. Ich war immerhin ein Drood. Obwohl sie so viele waren und ich nur einer, wollte keiner der Erste sein, der Hand an mich legte. Um ehrlich zu sein, sahen sie alle so aus, als hofften sie, dass ein anderer der Erste wäre.

»Was willst du damit erreichen, Eddie?«, brüllte MacAlpine von der Bühne aus. »Ein unbewaffneter Drood gegen eine Armee der unseren?«

»Das hier ist der einzige Weg nach draußen«, sagte ich laut, sodass alle mich hören und verstehen konnten. »Das ist der einzige Ausgang und ich bewache ihn. Denn es könnte noch einige Teleport-Portale geben, die meine Familie noch nicht gefunden hat, und ich kann nicht riskieren, dass ihr sie erreicht, bevor meine Familie kommt. Also müsst ihr schon an mir vorbei, um zu entkommen, und solange ich hier in der Tür stehe, können mich immer nur ein paar von euch angreifen. Also ist alles, was ich tun muss, durchzuhalten, bis der Rest meiner Familie auftaucht. Sie sind gar nicht mehr so weit weg, ich habe Kampflärm gehört. Und wenn sie erst einmal hier sind und sehen, was ihr mit mir gemacht habt – oh Mann, was die euch alles antun können …!«

»Würde bitte jemand diesen arroganten kleinen Wichser erschießen?«, fragte MacAlpine.

»Schusswaffen funktionieren hier nicht«, gab Alexandre Dusk zu bedenken.

MacAlpine sah ihn an. »Was?«

»Keine Gewehre, keine Schusswaffen, keine Magie! Das war doch alles Teil der Verteidigungen, die ich in deinem Auftrag anlegen musste, um die Droods fernzuhalten! Du sagtest selbst, du willst jede Möglichkeit ausgeschlossen wissen!«

»Na ... dann schalt die Verteidigungen ab!«

»Kann ich nicht! Nicht einfach so! Das bräuchte zwei, vielleicht drei Stunden.«

»Dusk, du bist ein Idiot.« MacAlpine wandte sich mir zu. »Du hast keine Chance gegen uns alle, Eddie! Ohne deine Rüstung bist du einfach nur ein Mann.«

»Ein sehr speziell trainierter Mann«, sagte ich. »Ein Drood ist jeder beliebigen Anzahl von Bodensatz-Amateuren wie euch gewachsen.«

»Wir werden dich zu Boden werfen und zerreißen!«

»Was wir im Namen des Himmels tun, hat die Kraft des Himmels«, sagte ich und wählte meine Worte sorgfältig. »Ich bin vielleicht manches Mal vom Weg abgewichen, aber ich glaube, ich habe immer wieder zurückgefunden. Ich habe mich dazu entschlossen, wieder im Licht des Himmels zu stehen und mit Blut für das zu bezahlen, was ich in Blut getan habe. Ich glaube ... wenn man weiß, dass man sowieso stirbt, dann kommt es darauf an, ob man Gott in die Augen sehen kann. Ich weiß, ihr werdet mich schlussendlich besiegen. Wenn es genug Schakale gibt, dann werden sie den Löwen immer zu Boden werfen. Aber alles, was ich tun muss, ist, euch hier lange genug aufzuhalten, dann wird meine Familie mich schon rächen. Jeden Einzelnen von euch wird sie abschlachten. Nicht aus Rache, nicht einmal aus Gerechtigkeit. Sondern um sicherzustellen, dass keiner von euch mehr auf die Menschheit losgelassen wird. Also bleibe ich hier. Eine letzte Chance, Abbitte zu leisten. Und du hast recht, Phil: Ich habe eine Menge, für das ich Abbitte leisten muss.«

Alexandre Dusk war von der Bühne heruntergekommen. Er bahnte sich einen Weg durch die Menge in meine Richtung, auch wenn er sorgsam einen sicheren und respektvollen Abstand einhielt.

»Rede hier nicht über Gott und Himmel, Drood. Hier in Schloss Shreck haben die keinen Platz, nicht nach all den schrecklichen Dingen, die wir getan haben. Das sind unser Platz, unser Spiel, unsere Regeln. Hast du vielleicht einen hellen Lichtstrahl erwartet, der von oben auf dich herabscheint und dir Kraft verleiht, weil du dich uns entgegenstellst? ›Meine Stärke ist zehnfach, weil mein Herz so rein ist‹? So funktioniert das nicht, Drood.«

»Hab ich nie geglaubt. Ich erwarte gar nichts. Außer hier zu stehen und zu kämpfen und euch so lange wie möglich aufzuhalten.«

»Wenn du bleibst, töten wir dich«, drohte Alexandre Dusk.

»Das würde ich gar nicht anders haben wollen«, sagte ich.

Ich zog den Revolvercolt aus dem Holster und schoss Dusk in den Kopf. Er kippte nach hinten. Blut flog in die Luft, als er in die Satanisten hinter ihm stürzte. Sie wichen zurück, gaben laute, schockierte Rufe von sich. Dusk war tot, bevor er auf dem Boden aufschlug. Die Menge wurde still und starrte mit verwirrten und verstörten Augen erst auf die Leiche, dann wieder auf mich. Ich lächelte sie heiter an.

»Ihr habt mich in diesem Fall schon einmal ohne meinen Colt geschnappt«, sagte ich. »Also möchte ich betonen, dass ich ihn diesmal mitgebracht habe. Ich hatte so eine Ahnung, als könne das nützlich werden. Und solange ich hier stehe, auf der anderen Seite der Tür, funktioniert das bestens. Dusk hat die Schutzmaßnahmen gegen Schusswaffen offenbar auf das Auditorium beschränkt. Ihr habt doch nicht geglaubt, dass ich mich einfach nur hierhin stelle, oder?«

»Schnappt ihn euch!«, kreischte MacAlpine von der Bühne. Seine Stimme klang beinahe hysterisch vor Wut und Frust.

»Das ist ein Coltrevolver«, sagte ich. »Verfehlt nie sein Ziel, muss nie nachgeladen werden. Normalerweise. Aber bei all den Schutzmaßnahmen an diesem Ort ist es vielleicht nur eine einfache Schusswaffe. Mit einer Hand voll Kugeln. Was bedeuten würde, ich kann nur eine begrenzte Anzahl von Leuten töten. Kommt schon, Leute! Wer ist bereit zu sterben, damit den anderen die Ehre zuteilwird, mich zu besiegen?«

Ich versuchte, weiterhin den Seneschall durch meinen Torques zu erreichen und ihm zu sagen, wo ich war und dass er gefälligst einen Zahn zulegen sollte. Aber selbst wenn er mich hören konnte, ich vernahm keine Antwort. Also kam es auf mich an: Ein Mann gegen eine Horde Satanisten. Ich sah mich um und aller Blicke waren schweigend auf mich gerichtet. Zornige, knurrende Gesichter, brennende, hasserfüllte Augen. Solange ich darauf achtete, dass ich im Türrahmen blieb, und dafür sorgte, dass sie mich nicht fortschoben, konnten mich immer nur ein paar erreichen und keiner von ihnen wollte der Erste sein, der starb. Obwohl MacAlpine sich auf der Bühne heiser schrie und sie anbrüllte, endlich etwas zu tun, tat es keiner. Ein paar brüllten sogar zurück und sagten, wenn er so verdammt scharf darauf sei, dann solle er doch herunterkommen und es selbst versuchen.

Sogar diese paar Stimmen verstummten, als Alexandre Dusk sich aufsetzte. Ein paar Blutstropfen rannen ihm das Gesicht herunter, sie gingen von einer großen Wunde in der Stirn aus. Dann stoppten auch sie. Er stand langsam auf, klopfte sich den Staub vom Anzug und wandte sich dann lächelnd zu mir um. Es war ein sehr kaltes und wissendes Lächeln.

»Hexen sind nicht die Einzigen mit so viel Verstand, ihr Herz an einem sicheren Ort zu verstecken«, sagte er. »Wie Phil schon sagte: Ich bin altmodisch und kenne alle Tricks.«

Er kam direkt auf mich zu und ich schoss ihn in die Brust. Er schwankte, aber kam weiter auf mich zu und ich hatte keine andere Wahl, als weiter auf ihn zu schießen. Ich verschoss auch die letzte Kugel im Revolvercolt, aber er ging nicht wieder zu Boden. Er hielt inne und grinste.

»Also«, rief MacAlpine von der Bühne her. »Ein Mann, ohne Waffe.«

»Ein Drood«, antwortete ich und warf den leeren Colt hinter mich. »Und abscheulicher Bodensatz wie ihr kommt nicht vorbei!«

Jetzt griffen sie mich an, rannten an Alexandre Dusk vorbei, die Hände in der Gier, mich zu ergreifen, ausgestreckt wie Klauen. Es waren höllisch viele und ein paar von ihnen sahen wie wirklich riesige Bastarde aus, aber ich hatte recht gehabt: Solange ich meine Position hielt, konnten sie mich höchstens zu zweit oder dritt auf einmal angreifen. Ich schlug sie mit harten, gnadenlosen und geübten Hieben nieder, bevor sie überhaupt Hand an mich legen konnten. Sie krachten auf den Boden und die, die dahinter kamen, trampelten einfach über ihre Vorgänger hinweg, um zu mir zu gelangen. Ihre Gesichter waren rot angelaufen und verzerrt vor Wut. Sie waren verzweifelt bemüht, mich zu Boden zu reißen und wieder zu verschwinden, bevor der Rest meiner Familie auftauchte. Aber am Ende waren sie nur Amateure, denen ein sehr geübter Drood entgegenstand.

Ich schlug hart und oft auf sie ein und ich tat es mit jahrelang praktiziertem Können. Ich verschwendete keine einzige Bewegung oder verwendete auch nur ein bisschen mehr Energie, als ich musste. Ich wusste, dass ich lange würde durchhalten müssen. Es fühlte sich gut an, richtig gut, einen Satanisten ins Gesicht oder in den Hals zu schlagen, ihnen die Rippen zu brechen und die Kniescheiben zu zertrümmern, meine Faust auf Knochen krachen zu hören und Blut in die Gegend fliegen zu lassen. Alles, was ich tun musste, war, an die Gefängniszellen zu denken und an die Gefangenen, die ich dort gefunden hatte. Aber ich war immer noch darauf bedacht, mich zu zügeln. Ich blieb, wo ich war, überließ es ihnen, einander im Weg zu stehen, und freute mich über die Möglichkeit, einigen sehr schlechten Menschen wenigstens ein bisschen essentielle Gerechtigkeit zukommen zu lassen.

Natürlich dauerte das nicht lang. Zuerst schmerzten meine Hände, dann begannen sie zu bluten. Ich hatte mich zu sehr daran gewöhnt, in meiner Rüstung zu kämpfen. Meine Fäuste wurden jedes Mal durchgeschüttelt, wenn ich auf Knochen traf, und meine Hände und Arme begannen zu schmerzen. Ich atmete schneller und unwillkürlich wurde ich langsamer. Dann begannen auch meine Beine und der Rücken zu schmerzen, denn ich bewegte mich die ganze Zeit und konnte nicht einmal für einen Moment innehalten. Schweiß rann mir das Gesicht herunter, brannte mir in den Augen und hinterließ Salz auf meinen Lippen. Und dann begannen meine Lungen zu ächzen, weil ich nicht innehalten konnte, um zu Atem zu kommen.

Ich kämpfte weiter und immer noch kamen sie auf mich zu, eine endlose Welle grausamer, boshafter Gesichter, fliegender Fäuste, Klauenfinger und improvisierter Waffen. Stumpfe Instrumente, Stilettoabsätze, selbst Schlüssel, die sie sich zwischen den Fingern eingeklemmt hatten. Sie kamen immer weiter, kletterten über die Leichen ihrer Gefallenen hinweg, um mich zu erreichen, doch ich blieb standhaft und wich nicht zurück. Doch die Angriffe erschöpften mich zusehends. Weil ich am Ende eben doch nur ein Mann gegen so viele war. Sie schlugen mich und brachten mir in ihrer Gier, mich zu verletzen und zu Boden zu reißen, tiefe Wunden bei. Und alles, was ich tun konnte, war standzuhalten und es hinzunehmen.

Wegen Harry und Roger, die allein geblieben waren, um sich ihren Feinden und dem Tod entgegenzustellen, weil ich es nicht geschafft hatte, rechtzeitig Verstärkung zu holen. Wegen dem Indigo-Phantom und Scharlatan Joe, meinen alten Freunden, und dem, was ich im Namen des Guten getan hatte. Und ich konnte nur denken: Rache ist ein zweischneidiges Schwert.

Ich war jetzt tödlich müde, jede Bewegung bedeutete Überwindung, jeder Schlag eine Qual. Blut rann mir das Gesicht herunter und tropfte mir von der Nase. So war ich noch nie zusammengeschlagen worden. Ich hatte nicht gewusst, dass man so geschlagen werden und gleichzeitig stehen bleiben konnte. Die Dinge, die wir tun, weil wir uns schuldig fühlen. Und während ich vielleicht endlich bald im Angesicht des Himmels stehen würde, fühlte ich mich doch kein bisschen stärker. Meine Muskeln schmerzten, in meinen Händen flammte immer wieder Schmerz auf, wenn ich jemanden schlug, meine Lungen keuchten vor Anstrengung jedes Mal, wenn sie Luft einsogen. Ich fühlte mich scheiße. Mehr und mehr Schläge erreichten mich, und weniger und weniger von meinen richteten echten Schaden an. Fäuste prallten gegen die Knochen in meinem Gesicht, rammten sich in meine Rippen, hämmerten gegen einen Arm in Verteidigungshaltung. Scharfe Kanten hieben nach mir, schossen auf mich zu und wieder fort. Und immer noch hielt ich irgendwie stand. Auch wenn der Boden zu meinen Füßen rutschiger wurde von meinem Blut.

Der Himmel hat schon immer eine Schwäche für Märtyrer gehabt.

Ich musste das doch gar nicht tun. Ich hätte mich umdrehen und fliehen und die Satanisten hinter mir herlaufen lassen können. Ich hätte sie zu den Truppen des Seneschalls bringen können. Ich hatte keine Ahnung, wo der Rest meiner Familie blieb. Und wenn die Satanisten diesen Raum verließen ... Ich konnte das Risiko nicht eingehen, dass sie doch noch irgendwo ein Teleport-Portal versteckt hatten, um das Schloss und den Zeitlosen Augenblick verlassen zu können. Sie wieder auf die Erde und zu ihrem Großen Opfer entkommen zu lassen … zu all den Kindern dieser Welt. Nein. Ich musste sie hier festhalten, so lange ich konnte. Und hoffen, dass meine Familie rechtzeitig einträfe.

Ich torkelte jetzt. Mir tat alles weh. Ein Auge war zugeschwollen und ich hatte so viel Blut im Mund, dass ich es immer wieder ausspucken musste. Der Schmerz in meinen Seiten kam von den gebrochenen Rippen. Es war mörderisch, nur die Arme zu heben. Ich war zerfetzt und blutig, völlig ausgepumpt und wurde nur von dem puren Willen, mich von Abschaum wie diesem nicht besiegen zu lassen, aufrecht gehalten. Ich kämpfte nicht mehr, ich versuchte nur noch, mich so gut wie möglich zu schützen. Mit jedem Atemzug sprühte ich meinen Feinden Blut ins Gesicht, denn meine Nase war gebrochen. Der einzige Grund, warum nicht mehr Schläge treffen konnten, war der, dass ich so sehr taumelte. Ich hielt meinen Kopf unten und lachte sie mit geplatzten und blutigen Lippen aus.

Schließlich waren sie nahe genug, um mich zu packen und mit Klauenhänden meine Arme und Schultern zu umklammern. Sie zerrten mich mit Gewalt vom Türrahmen fort, doch ich bekämpfte sie mit aller Kraft, die mir noch geblieben war. Ich ließ sie um jeden Zentimeter kämpfen. Nicht aus Stolz. Nicht einmal wegen meiner Familie, sondern weil ich sie nicht tun lassen konnte, was sie geplant hatten. Ich musste die Kinder retten.

Weil es keinen gegeben hatte, der für mich gekämpft hatte, als ich ein Kind war und meine Eltern mich in den kalten Armen der Familie zurückgelassen hatten.

Und dann ließen sie mich plötzlich alle los und wichen zurück. Ich stürzte beinahe, ohne die harten Hände, die mich aufrecht hielten. Ich stand schwankend in der Tür, starrte meine Feinde mit meinem gesunden Auge an und dann, obwohl ich kaum noch etwas mitbekam, hörte ich das Getrampel von goldenen Füßen auf dem Marmorboden hinter mir. Die Satanisten wichen jetzt zurück ins Auditorium und schrien einander an. Ich sah sie benommen an, halbblind und halbtot, während Philip MacAlpine Instruktionen von der Bühne brüllte, um seine Leute anzufeuern. Ich brachte ein kleines Lächeln zustande. Ich hatte ein wenig Schwierigkeiten damit, die Tatsache zu akzeptieren, dass ich immer noch lebte, aber man konnte nicht tot sein und derartige Schmerzen empfinden. Ich registrierte langsam, dass MacAlpine von der Bühne gestiegen war und sich durch seine eigenen Leute einen Weg zu mir bahnte.

»Du hast alles verdorben!«, kreischte er mich an. »Du musst immer alles verderben! Du hast meine Karriere zerstört und mein Leben und meinen wundervollen Plan, aber trotzdem wirst du sterben!«

Er sprang nach vorne, einen kleinen Zeremoniendolch in der Hand, der auf mein Herz zielte. Ich erinnerte mich vage, dass so etwas schon einmal geschehen war, damals, im Herrenhaus, also wartete ich bis zum letzten Moment ab, bis er beinahe über mir war. Dann spuckte ich einen Mund voll Blut in seine Augen. Er schrie auf und kam plötzlich geblendet und verwirrt stolpernd zum Stehen. Und es war das Leichteste der Welt, vorzutreten und ihm das Messer wegzunehmen. Ich konnte den glatten Knochengriff in meiner geschwollenen Hand kaum spüren. MacAlpine fiel wieder zurück in die Menge und hieb auf seine eigenen Leute ein, als er versuchte, von mir wegzukommen. Ich öffnete langsam die Hand und ließ das Messer auf den Boden fallen. Es war ja nicht so, als hätte ich noch genug Kraft besessen, es zu benutzen. Ich war überrascht, dass ich mich überhaupt auf den Beinen hielt. Also stand ich da und sah die oberen Chargen der neuen satanistischen Verschwörung in Panik ausbrechen und sich gegenseitig anschreien, während hinter mir das Trampeln der Familie, die zu meiner Rettung heraneilte, näher kam.

Goldene Gestalten waren mit einem Mal um mich herum, goldene Hände hielten und stützten mich. Meine Erleichterung war so groß, dass ich beinahe zu heulen begann. Noch mehr goldene Gestalten strömten an mir vorbei ins Auditorium, und die Satanisten traten einen ungeordneten Rückzug an, sie schubsten sich gegenseitig durch die Stuhlreihen in ihrer Verzweiflung zu fliehen. Leere goldene Gesichter beugten sich über mich. Ich mochte das Bild, das sich darin spiegelte, wirklich nicht. Dann hörte ich die Stimme des Waffenmeisters.

»Lieber Gott. Eddie, mein Junge, was haben sie dir angetan?«

Eine Gestalt rüstete ab und da war das vertraute Gesicht meines Onkels Jack. Es war voller Schock, Schrecken und Wut über das, was er sah. Seine starken Ingenieurshände ergriffen und stützten mich. Ich versuchte, ihn anzulächeln. Blut von meinem demolierten Mund rann mir das Kinn herab.

»Sie haben einen Klickschalter«, sagte ich so deutlich, wie ich konnte. »Wie deinen. Hat mir die Rüstung genommen. Aber ich hab es trotzdem mit ihnen aufgenommen.«

»Natürlich hast du das«, erwiderte Onkel Jack. »Du bist ein Drood.«

Er zog seinen eigenen Klickschalter hervor und drückte ihn vor meinen Augen. Meine Rüstung floss aus dem Torques und umhüllte mich von einem Moment zum anderen von Kopf bis Fuß. Ich seufzte wohlig auf, als aller Schmerz von der Rüstung davongespült wurde. Ich fühlte mich wieder stark und konzentriert. Meine Rüstung konnte mich nicht heilen, aber sie hielt mich aufrecht. Ich holte tief Luft und richtete mich auf. Mein Kopf war wieder klar. Ich sah mich rasch im Auditorium um.

»Schließt die Türen«, sagte ich. »Und stellt Wachen davor auf. Keiner verlässt den Saal.«

Der Waffenmeister gestikulierte dringend und ein halbes Dutzend Droods gingen wieder hinaus auf den Gang und schlossen die Türen fest hinter sich. Der Seneschall kam herüber und stellte sich vor mich hin.

»Wir haben die überlebenden Gefangenen ins Herrenhaus gebracht. William ist mit Ammonia da und Molly mit ihrer Schwester. Alle anderen im Schloss sind tot. Alle Nazi-Klone, alle Satanisten. Auch wenn wir ein paar gute Leute dabei verloren haben. Ihre Namen sollen nicht vergessen werden.

»Ich sehe, du hast deine Rüstung wieder«, sagte ich.

»Du glaubst doch nicht, dass ich so etwas Wichtiges wie den Klickschalter erfinde, ohne etwas zu haben, das ihn neutralisiert, oder doch?«, fragte der Waffenmeister.

»Habt ihr alle Teleport-Portale gefunden?«, fragte ich zurück. »Seid ihr sicher, dass ihr auch die versteckten nicht übersehen habt?«

»Ein paar Leute kontrollieren das«, sagte der Waffenmeister. »Aber Eddie, hör mal, ich muss dir sagen –«

»Nein«, sagte ich. »Das hier ist wichtiger. In diesem Saal sind die oberen Chargen der Verschwörung und ihr Anführer. Philip MacAlpine.«

»Den mochte ich nie«, verkündete der Seneschall nach einer Pause. »War gut in seinem Job, aber niemals aus den richtigen Gründen.«

Der Waffenmeister schüttelte langsam den Kopf. »Er hat mit James und mir gut zusammengearbeitet. Aber er war nie mit dem Herzen bei der Sache.«

Der Seneschall sah über die nun stille Menge der Satanisten, die von der Anwesenheit so vieler Droods in voller Rüstung eingeschüchtert waren. Es gab noch eine Menge trotziger Gesichter, aber keiner war so blöd, sich zu rühren. Der Seneschall nickte einmal.

»Das sind die Letzten. Wir müssen sie uns vom Hals schaffen, hier und jetzt.«

»Vom Hals schaffen?«, fragte ich.

Der Seneschall wandte mir seine gesichtslose Maske zu. »Sie töten, Eddie. Jeden Einzelnen von ihnen töten. Hast du ein Problem damit?«

»Nein«, antwortete ich. »Sie müssen sterben. Nicht aus Gerechtigkeit oder Rache, nicht einmal für all das Furchtbare, das sie tun wollten. Sondern darum: Wenn wir sie leben lassen, versuchen sie es wieder. Das oder Schlimmeres. Sie müssen hier sterben und ihre Träume und Pläne und finsteren Absichten mit ihnen. Keine Gnade. Nicht für sie.«

»Da bin ich völlig bei dir«, meinte der Seneschall.

Er nutzte seine Gabe, zwei schwere Maschinengewehre in seine Hände zu rufen. Dann ging er direkt auf die wartenden Satanisten zu und eröffnete das Feuer. Er bewegte die Gewehre sanft hin und her und mähte die Satanisten reihenweise nieder. Er stieg ruhig über die Leichen der Gefallenen hinweg, um an die nächsten zu gelangen. Die meisten versuchten zu fliehen, aber die goldenen Gestalten waren da, um sie aufzuhalten, und schlugen sie mit goldenen Fäusten nieder. Es gab Gekreische, Geschubse und Geschiebe, Leute, die sich gegenseitig als menschliche Schutzschilde zu benutzen versuchten. Es gab Schreie um Gnade, Versprechen, alles zu tun, was wir wollten, jeden Preis zu zahlen, den wir verlangten, all ihre Kontakte preiszugeben, alles für ihr Leben zu tun. Aber meist schrien sie nur. Keiner von uns hatte ihnen etwas zu sagen. Wie konnten sie nur hoffen, dass ihnen vergeben würde, dass man ihnen Gnade schenkte, nach allem, was sie getan und geplant hatten, zu tun? Wir schickten sie zu Gott. Sollten sie doch zusehen, ob er ihnen Gnade erwies.

Sie mussten sterben, denn es war unsere Pflicht, sicherzustellen, dass sie niemandem mehr schaden konnten.

Es dauerte nicht lange. Die Maschinengewehre des Seneschalls erstarben schließlich und nur noch Droods standen herum. Ein paar gerüstete Gestalten gingen sorgfältig durch die Reihen der Leichen, aber es gab keine Verwundeten. Der Seneschall war sehr effizient. Er sah sich nach all den Leichen, die zusammengesunken und aufeinander aufgetürmt dalagen, um und nickte einmal, zufrieden über die getane Arbeit. Die Gewehre verschwanden aus seinen Händen. Dann wandten wir uns alle zu den beiden einzigen Leuten im Saal um, die noch standen und nicht zu uns gehörten. Philip MacAlpine und Alexandre Dusk standen zusammen auf der Bühne und starrten trotzig zurück. Ich ging auf sie zu, der Seneschall und der Waffenmeister kamen mit mir. MacAlpine sah sich rasch um, aber es gab keinen Fluchtweg für ihn. Alexandre Dusk grinste mich selbstgefällig an. Die Schusswunde in seiner Stirn war beinahe vollständig verheilt. Er hob die Hände, dunkle Energien knisterten und wirbelten darum herum.

»Ich habe meine Kraft und ich habe meine Schilde«, sagte er. »Ihr könnt mich nicht töten und ihr könnt mich nicht aufhalten.«

»Falsch«, antwortete der Waffenmeister. Er hob seinen Klickschalter, drückte einmal darauf und die Magie um Dusks Hände erlosch. Er sah seine Hände einen Moment blöde an, dann wieder uns. Der Waffenmeister grinste. »Es gibt alle möglichen Arten von Klickschaltern. Eddie, würde es dir etwas ausmachen ...?«

Ich trat vor und sprang auf die Bühne. MacAlpine wich schnell zurück, aber Dusk war noch zu überrascht, um zu reagieren. Er öffnete den Mund, um etwas zu sagen, doch ich ließ ein langes, goldenes Schwert aus meiner rechten Hand wachsen und schlug ihm den Kopf ab. Die Leiche brach auf der

Bühne zusammen, aus dem Halsstumpf schoss Blut. Der Kopf fiel auf die Bühne, rollte über die Kante und blieb vor den Füßen des Seneschalls liegen. Der Mund bewegte sich noch, bis der Seneschall darauftrat. Das war das Ende von Alexandre Dusk.

Philip MacAlpine knurrte mich an. »Mich kriegt ihr nicht!«, sagte er. Seine Stimme war hoch und brüchig. »Mir egal, was ihr habt. Ich habe ein Abkommen! Mir wurde versprochen, dass nichts auf der Welt mir schaden kann.«

»Die Hölle lügt immer«, sagte ich. »Außer, wenn eine Wahrheit dich mehr verletzt. Du solltest wissen, wie Teufelspakte immer ausgehen.«

»Ihr könnt mir nichts tun! In der Hoffnung, mich als Anführer zu ersetzen, haben meine eigenen Leute schon versucht, mich auf hundert verschiedene Arten zu töten. Ich habe Gift getrunken, Kugeln aufgesogen, über Flüche gelacht! Nichts kann mir etwas anhaben. Eure Rüstung ist wertlos gegen mich.«

»Ja, klar«, meinte der Seneschall hinter mir. Er trat vor über die Bühne und holte mit seiner goldenen Faust so schwungvoll nach MacAlpines Kopf aus, dass die Kraft ausgereicht hätte, ihm selbigen vom Nacken zu reißen. Doch plötzlich hob sich MacAlpines Hand, um sie aufzuhalten. Die goldene Faust rammte sich harmlos in MacAlpines Handfläche, mitten im Schwung aufgehalten. Und noch während alle zusahen, schloss MacAlpine die Hand und zerquetschte die Finger des Seneschalls trotz seiner goldenen Rüstung. Er konnte die goldene, seltsame Materie nicht durchdringen, aber die Hand darin. Wir alle hörten Knochen brechen und splittern. Der Seneschall grunzte einmal. MacAlpine ließ los und der Seneschall trat zurück und hielt sich seine verletzte Hand vor die Brust. Er schrie nicht auf.

Der Waffenmeister sah MacAlpine nachdenklich an. »Ich

frage mich, was eine goldene Axt mit seinem Nacken machen würde.«

»Tu's nicht«, sagte ich. »Er ist wirklich geschützt. Seneschall, sind die Verwundeten alle evakuiert? Ist noch irgendeiner hier im Schloss?«

»Alle weg«, erwiderte der Seneschall.

»Dann, zur Hölle, sollten wir alle sofort aus Schloss Shreck verschwinden und MacAlpine hier sich selbst überlassen. Für immer im Zeitlosen Augenblick versiegelt.«

»Ah«, meinte der Waffenmeister. »Da haben wir ein kleines Problem. Wie ich versuchte, dir zu sagen ...«

Ich drehte mich zu ihm um. »Was?«

»Als wir die Teleport-Portale zertrümmert haben, haben wir versehentlich einen Selbstzerstörungsmechanismus ausgelöst. Erfunden, um den Zeitlosen Augenblick zu versiegeln, sodass nichts mehr rein oder raus kann. Ein Spielverderber für den Fall, dass alles andere versagt. Wir haben den Zerstörungsmechanismus gefunden, aber das Werk ist von mächtigen Schilden geschützt. Wir kommen nicht ran. Das Beste, was wir tun können, ist, den Timer alle sechzig Sekunden zu resetten. Ein Drood macht das gerade. Das Problem ist, der Selbstzerstörungsmechanismus ist so machtvoll, dass er Alpha-Rot-Alpha beeinträchtigt. Vereinfacht gesagt: Wenn der Selbstzerstörungsmechanismus zerstört wird, passiert Alpha-Rot-Alpha das Gleiche. Und Alpha-Rot-Alpha braucht wesentlich mehr als sechzig Sekunden, um zu starten. Wir wären hier auf ewig gefangen. Was bedeutet ...

»Einer von uns muss hierbleiben«, fasste der Seneschall zusammen. »Um den Timer immer wieder auf null zu stellen, bis das Herrenhaus sicher wieder zurück ist.«

An manchen Tagen kommt einfach alles zusammen.

»Ich bleibe«, sagte der Seneschall schließlich. »Ich kenne meine Pflicht. Mein Job ist es, die Familie zu beschützen.«

»Nein«, widersprach ich. »Ich werde es sein müssen.«

»Warum?«, wollte der Waffenmeister wissen. »Warum musst immer du es sein, Eddie?«

»Weil ich uns hier hingeführt habe. Ich kenne meine Pflicht. Alles für die Familie. Bring mich zu diesem Selbstzerstörungsmechanismus, Onkel Jack. Seneschall, bring jeden anderen hier raus.«

»In Ordnung«, erwiderte der Seneschall.

»Nein!«, widersprach MacAlpine. »Ihr geht nirgendwohin!«

Er stürzte vor, die Hände nach meinem Hals ausgestreckt. Ich riss Merlins Spiegel hervor, aktivierte ihn und klatschte ihn auf MacAlpine. Der Spiegel schickte ihn fort.

»Wo hast du ihn hingeschickt?«, wollte der Seneschall wissen.

»Runter zu den kryogenischen Kammern«, sagte ich. »Da kann er mit den anderen Monstern spielen.«

»Der Spiegel!«, sagte der Seneschall. »Du könntest den letzten Moment abwarten und ihn dann benutzen, um dich zum Herrenhaus zu transportieren, genau dann, wenn wir verschwinden!«

»Nein«, sagte der Waffenmeister. »Ich habe die Schilde hier im Auditorium heruntergefahren, aber die Hauptschilde des Schlosses funktionieren noch. Sie werden dem Spiegel nicht erlauben, etwas aus dem Schloss zu transferieren. Tut mir leid, Eddie, wenn du dich darauf verlassen hast ...«

»Hab ich nicht«, antwortete ich. »Aber wir können ihn doch benutzen, um zu dem Mechanismus zu gelangen, oder?«

»Klar«, sagte er. »Bring die Familie nach Hause, Seneschall. Bereite Alpha-Rot-Alpha vor. Sobald ich zurückkomme, hauen wir ab.«

Merlins Spiegel folgte den Anweisungen des Waffenmeisters und brachte uns beide zu einem kleinen Raum, der mit fremdartiger, altmodischer Technik ausgestattet war: großes, sperriges Zeug, mit einer Menge von Vakuumröhren und massiver Verdrahtung. Eine große graue Schachtel zählte rückwärts die Sekunden. Der gerüstete Drood daneben drückte den Reset-Knopf und der Timer ratterte zurück, um erneut die Minute herunterzuzählen. Der Waffenmeister gab dem Drood die Marschbefehle und schickte ihn durch Merlins Spiegel zum Seneschall. Der Waffenmeister, ich und die Box waren allein.

»Frag mich nicht, was das ist oder wieso es mit Alpha-Rot-Alpha zusammenhängt«, sagte er. »Die Leute, die hier früher arbeiteten, hatten ein paar echt komische Gedankengänge. Ich könnte Monate damit verbringen, die Technik hier auseinanderzunehmen. Aber wir haben keine Monate.«

»Macht nichts«, versicherte ich. »Ich weiß, was ich tun muss. Zeit für dich zu gehen, Onkel Jack.«

Er rüstete ab, um mir sein Gesicht zu zeigen. Er sah wie jemand aus, der bei einer Beerdigung trauert. »Das ist nicht fair, Eddie. Du hast so viel für die Familie getan! Ich bin ein alter Mann. Ich sollte bleiben.«

»Nein«, widersprach ich sofort. »Sie brauchen dich, um Alpha-Rot-Alpha zu bedienen. Und außerdem bist du für die Familie viel zu wertvoll. Was wären die Droods ohne ihren Waffenmeister? Jemand muss das hier tun. Und ich bin derjenige.«

»Warum?«

»Buße«, erwiderte ich. »Und nein, du darfst nicht fragen, wofür.«

»Du warst immer mein Lieblingsneffe«, sagte der Waffenmeister. »Ich weiß nicht … Ich weiß nicht, was ich dir sagen kann, Eddie.«

»Sag Molly von mir Lebewohl«, entgegnete ich. »Du musst ihr sagen, wie sehr ich sie immer geliebt habe.«

»Das weiß sie«, erwiderte Onkel Jack. »Eddie ...«

»Ja?« Ich drückte den Knopf.

»Ich muss Merlins Spiegel mitnehmen. Hier ist er dir nicht von Nutzen und er ist viel zu wertvoll, als dass die Familie ihn hierlassen könnte.«

»Klar«, sagte ich. »Molly wird mit ihm in der Lage sein, Alpha-Rot-Alpha euch alle nach Hause bringen zu lassen.«

Ich reichte ihm den Spiegel. Der Waffenmeister nahm ihn widerwillig.

»Es war das beste Spielzeug, das du mir je gegeben hast, Onkel Jack.«

Er sah aus, als wolle er unbedingt etwas sagen, aber könne es nicht. Also schüttelten wir uns sehr förmlich die Hände.

»Du hast dich wacker geschlagen, Eddie«, sagte er. »Du bist eine Zierde der Familie. Man wird sich an dich erinnern.«

»Dann sorg dafür, dass sie sich an mein wahres Ich erinnern!«

Der Waffenmeister nickte schnell, aktivierte Merlins Spiegel, ging hindurch und war weg. Endlich konnte ich mal als Beobachter zuschauen, wie das aussah, und es war ganz genauso verrückt und beunruhigend, wie man mir immer gesagt hatte.

Ich war allein in Schloss Shreck. Der Schreckensburg.

Ich holte mir einen Stuhl heran und setzte mich neben den stur ratternden Countdown der Selbstzerstörungsmaschine. Ich fragte mich, wie ich wissen konnte, dass das Herrenhaus weg war. Am besten ging man wohl von einer Stunde aus und dann ... Was wir im Namen des Himmels tun, wiegt am schwersten. Und einmal gilt für alles.

Ich saß in meinem Stuhl und sah mich im Zimmer um. Ich rüstete nicht ab, die Stärke der Rüstung war alles, was mich aufrecht erhielt. Ich behielt den Countdown im Auge und machte mir einen Spaß daraus herauszufinden, wie lange ich ihn allein lassen konnte, und dachte über mein Leben nach. Ich genoss meine Triumphe, listete meine Sünden auf und bedauerte all die Dinge, die ich noch hatte tun wollen und zu denen ich nicht mehr gekommen war. Ich wünschte, dass ich besser darin gewesen wäre, die Familie zu leiten, solange ich die Chance gehabt hatte. Ich wünschte, dass nicht so viele gute Droods in Kriegen gestorben wären, die ich geplant hatte. Und dann waren da all die Dinge, die ich so vielen Leute noch hatte sagen wollen, weil man immer glaubt, man hätte mehr Zeit. Molly und ich hatten noch nicht geredet. Nicht über die Dinge, die wirklich wichtig waren. Ich hatte sie immer heiraten wollen, irgendwann. Aber es war nie der richtige Moment gekommen, ihr das zu sagen. Ich hoffte, dass sie verstand, warum ich das hier tun musste. Vielleicht nicht. Sie hat nie viel für Schuld und Sühne übrig gehabt.

Ich wünschte auch, ich hätte mehr Zeit damit verbracht, mit Onkel Jack über all die wunderbaren Dinge zu sprechen, die er und Onkel James getan hatten. Ich hätte mit ihm auch über meine Eltern reden können ... aber das hatte ich nie getan.

Ich dachte an Philip MacAlpine. Zweifellos rannte er schreiend durch die Steinkorridore und versuchte, mich zu finden und aufzuhalten, bevor das Herrenhaus den Zeitlosen Augenblick verlassen konnte. Na klar doch. Würde er sterben, wenn das Schloss letztendlich in die Luft flog, oder würde Satans kleines Geschenk ausreichen, ihn überleben und endlos durch die silberne Leere fallen zu lassen? Ich lächelte, und ich bin ziemlich sicher, dass es kein angenehmes Lächeln war.

Ich drückte wieder und wieder auf den Knopf, immer wieder rannen die Sekunden rückwärts.

Auf einmal flog die Tür auf und Philip MacAlpine platzte in den Raum. Ich stand auf, blieb aber neben der Maschine stehen. Er stand mit brennenden Augen vor mir und grinste breit. Er hatte etwas in der Hand, das ganz so aussah wie mein Coltrevolver. Er zielte auf meinen Kopf.

»Weg von der Maschine, Eddie. Wenn ich schon untergehe, dann nehme ich euch alle mit.«

»Tut mir leid, Phil«, meinte ich. »Ich gehe nirgendwohin.«

»Hab 'ne Weile gebraucht, um den hier zu finden«, sagte er und wies auf die Waffe. »Eines der ersten Dinge, die meine Leute für mich zusammengebastelt haben. Ein Coltrevolver, der Kugeln aus seltsamer Materie abfeuert. Die schlagen glatt durch diese tolle Rüstung, die du da hast. Der Verräter in eurer Familie war wirklich sehr hilfsbereit. Er konnte nur ein paar Kugeln aus seltsamer Materie liefern, aber ich habe genug, um dich umzubringen.«

»Dann schießt du besser nicht vorbei«, sagte ich nur.

»Das werde ich nicht«, versicherte mir Philip MacAlpine.

In diesem Moment teleportierte Molly Metcalf ins Zimmer. Sie erschien direkt neben MacAlpine, erkannte, was er vorhatte, und noch während er verwirrt von ihrem plötzlichen Auftauchen war, riss sie ihm den Coltrevolver aus der Hand und warf ihn mir zu. Ich fing ihn auf und richtete ihn auf MacAlpine, während Molly zu mir herüberkam. Ich drückte wieder auf den Reset-Knopf. MacAlpine starrte mich böse und trotzig an.

»Mir tut's nicht leid. Mir tut gar nichts leid. Es wäre großartig gewesen.«

»Nein, wäre es nicht«, entgegnete ich.

Er lachte mich aus. »Du kannst mich nicht verletzen. Nichts auf dieser Welt kann mich verletzen. Das wurde mir versprochen!«

»Ja«, gab ich zu. »Aber seltsame Materie ist nicht von dieser Welt.«

Ich schoss ihn zweimal in den Kopf, dann krachte er auf den Boden und rührte sich nicht mehr. Ich sah Molly an.

»Wie ...«

»Hast du wirklich geglaubt, ich lasse dich hier? Ich hab dir doch gesagt: Ich war schon im Himmel, in der Hölle und im Limbus! In den Zeitlosen Augenblick zu kommen war ein Kinderspiel! Komm schon, jeder andere ist sicher wieder zu Hause, also können wir diesen schrecklichen Ort sich selbst überlassen. Zeit, nach Hause zu gehen, Eddie.«

»Verdammt richtig.«

Kapitel 12

Was übrig bleibt

Als ich in meinem Zimmer endlich abrüstete und Molly sah, was man mir angetan hatte, legte sie eine Hand auf den Mund und tat ihr Bestes, um nicht schockiert auszusehen. Sie half mir, mich auf mein Bett zu legen, und biss sich jedes Mal auf die Unterlippe, wenn ich unwillkürlich einen Schmerzenslaut von mir gab. Sie verbrachte den Rest des Tages damit, neben mir zu sitzen und ihre Heilmagie zu wirken. In den frühen Morgenstunden war ich wieder gesund. Also verbrachten wir die nächsten paar Tage im Bett.

Danach blieb nur noch das Aufräumen. Jeder Einsatzagent in der Familie reiste um die Welt, um den verschiedenen Regierungen und Führern mitzuteilen, dass die Satanistische Verschwörung aufgeflogen war, nicht wieder entstehen würde und damit jedes Versprechen, das sie gemacht hatte, hinfällig war. Das Große Opfer war ganz sicher von der Tagesordnung verschwunden. Eine Hand voll Diktatoren und Regierungen wollte eine so gute Idee nicht aufgeben, aber dann passierten eine ganze Reihe von Herzinfarkten und unglücklichen Unfällen und es wurden neue Diktatoren und Regierungen ernannt.

Während also Gottesfurcht in die gebläut wurde, die es nötig hatten, reisten Molly und ich quer durch Europa, besichtigten die Sehenswürdigkeiten und hatten unseren Spaß daran, Touristen zu spielen. Wir mussten es auf die harte Tour absolvieren, mit Flugzeug und Auto, denn Merlins Spiegel war kaputt. Die Anstrengung mit Alpha-Rot-Alpha war zu viel für ihn gewesen und jetzt war der Spiegel von einer Seite zur anderen gesprungen. Der Waffenmeister glaubte noch irgendwie daran, dass es möglich wäre, ihn zu benutzen, aber jeder andere hielt das für eine ganz miese Idee. Also blieb der Spiegel in der Waffenmeisterei weggeschlossen, weil keiner sich mit einem Artefakt anlegen wollte, das Merlin Satansbrut geschaffen hatte. Nicht einmal mein Onkel Jack.

Molly und ich kehrten etwa drei Monate später nach England zurück. Wir reisten in einem perfekt restaurierten Rolls Royce Phantom V. Wunderbares Fahrgefühl. Sehr geschmackvoll. Es war ein heller, sonniger Tag, als Molly und ich die ländlichen Nebenstraßen des englischen Südwestens entlangfuhren. Strahlend blauer Himmel, kein Wölkchen zu sehen und die Vögel sangen sich ihre kleinen Herzen aus dem Leib. Die Art von Tag, die einen glücklich macht, lebendig zu sein.

Es gab keine Warnung.

Ich fuhr den Phantom die lange Kiesauffahrt zum Herrenhaus entlang und lachte und machte Witze mit Molly. Den ersten Hinweis darauf, dass etwas nicht stimmte, bekam ich durch die Stille des Parks. Keine Greifen, keine geflügelten Einhörner, keine Lebenszeichen, nirgendwo. Dann fuhr ich um die letzte Kurve und da war das Herrenhaus. Oder besser, was davon übrig war.

Das Herrenhaus war eine ausgebrannte Ruine. Die Wände waren eingestürzt, zerschmettert, vom Feuer geschwärzt. Die Fenster waren zerschlagen. Das Dach war eingestürzt und ins Haus gefallen. Keine der Mauern war noch intakt. Das Herrenhaus war eine Hülle, in der Tod und Zerstörung lauerten. Die Vordertüren waren aus den Angeln gesprengt und lagen zerbrochen und verkohlt auf der Auffahrt. Eine einzige goldene Figur lag zusammengerollt im Eingang, die Rüstung halb geschmolzen und verklebt. Ich hatte nicht gedacht, dass das möglich war.

Ich bremste den Phantom abrupt ab und für einen langen Moment konnte ich mich nicht rühren. Der Schock hielt mich an Ort und Stelle. Dann stürzten Molly und ich aus dem Wagen. Molly stellte sich dicht neben mich. Nach einer Weile gingen wir hinein, um uns umzusehen.

Das Herrenhaus war völlig zerstört worden. Nichts war intakt geblieben. Wir fanden noch mehr goldene Gestalten: Tot, geschmolzen, einige beinahe formlos. Das Herrenhaus war fort und meine Familie tot – und ich hatte nichts mitbekommen. Ich war zu beschäftigt gewesen, Tourist zu spielen. Ich versuchte, durch meinen Torques Kontakt aufzunehmen, zu irgendeinem anderen Drood, denn vielleicht war noch einer draußen im Einsatz, der dem Gemetzel entkommen war, aber keiner antwortete. Nicht einmal Ethel.

»Wer könnte so etwas getan haben?«, fragte Molly endlich. Ich hatte keine Antwort.

Alles war mir genommen worden.

Alles, was mir noch blieb, waren die Pflicht und die Rache.

Ich war der letzte Drood.

ENDE

»Eine dunkle, wilde Mischung von Maschine und Magie.«

GREG BEAR

Jay Lake
DIE RÄDER DER WELT
Roman
Aus dem amerikanischen
Englisch von
Marcel Bülles
368 Seiten
ISBN 978-3-404-20656-8

Stellen Sie sich vor: Unser Sonnensystem ist ein einziges großes Uhrwerk. Die Erdkugel besitzt einen kilometerhohen metallenen Zahnkranz, der den ganzen Äquator umspannt, und dreht sich auf einer Schiene um die Sonne. Doch nun läuft die Uhr ab.
In dieser Welt herrscht Kaiserin Victoria über die britischen Provinzen in Neuengland. Die Royal Navy durchstreift die Lüfte mit ihren lenkbaren Luftschiffen. Und in der Stadt New Haven erhält der junge Uhrmacherlehrling Hethor von dem Messing-Engel Gabriel den Auftrag, den Hauptschlüssel zu finden, mit dem sich das Uhrwerk der Erde wieder aufziehen lässt. Wenn er versagt, wird die Welt aufhören, sich zu drehen, und alles Leben enden.